嗤うあかんべえ

옮긴이 김소연

경북 안동에서 태어났다. 한국외국어대학에서 프랑스어를 전공하고, 현재 출판기획자 겸 번역자로 활동하고 있다. 옮긴 책으로 『우부메의 여름』, 『망량의 상자』 등의 교고쿠 나쓰히코 작품들과 『음양사』, 『샤바케』, 『집지기가 들려주는 기이한 이야기』(이상 손안의책 출간), 미야베 미유키의 『마술은 속삭인다』, 『외딴집』, 『혼조 후카가와의 기이한 이야기』, 『괴이』, 『흔들리는 바위』(이상 도서출판 북스피어 출간) 등이 있으며 독특한 색깔의 일본 문학을 꾸준히 소개, 번역할 계획이다.

AKANBE
by MIYABE Miyuki
Copyright © 2002 MIYABE Miyuki
All right reserved.

Originally published in Japan by PHP KENKYUJO, Tokyo.
Korean translation rights arranged with OSAWA OFFICE, Japan
through THE SAKAI AGENCY and SHINWON AGENCY.

이 책의 한국어판 저작권은 THE SAKAI AGENCY와 신원 에이전시를 통해
MIYABE Miyuki와의 독점계약으로 도서출판 북스피어에 있습니다.
저작권법에 의해 한국 내에서 보호를 받는 저작물이므로 무단전재와 무단복제를 금합니다.

* 이 도서의 국립중앙도서관 출판시도서목록(CIP)은 e-CIP 홈페이지(http://www.nl.go.kr/cip.php)에서 이용하실 수 있습니다.(제어번호: CIP2009002276)

"처녀의 사령이라……. 나도 처음 듣는다.
그래서 그 처녀는 어떻게 되었느냐?"

―오카모토 기도
「쓰노쿠니야」, 『한시치 체포장*』

★ 『한시치 체포장半七捕物帳』: 오카모토 기도의 연작 시대 소설. 에도 시대를 배경으로 쓴 추리 소설로, 일본 시대 소설·탐정 소설 초창기의 걸작

† **일러두기**
본문의 모든 주는 옮긴이 주입니다.

1

혼조 아이오이초 히토쓰바시 옆에 있는 다카다야는 주인 시치베에가 부엌칼 한 자루로 일으켜 크게 키워 온 식당이다.

이 식당은 일명 '마카나이 가게', '도름집'이라고도 불리는, 소위 말하는 도시락 가게다. 에도 성내의 관리나 바깥 성문을 지키는 관리들, 삼백 제후의 무가 저택이나 하급 무사들이 사는 공동 주택에 도시락을 들이는 장사다. 사람의 생활에서 식사는 빼놓을 수 없고, 높으신 무사님도 배는 고픈 법이라 이것은 꽤 큰 장사였다.

그러나 결코 쉬운 장사는 아니다. 다카다야도 여기까지 오기 위해 보통 힘들었던 게 아니다.

우선 상대가 삼백 제후라도 대부분이 돈에 쪼들리고 있어서 깎을 수 있는 것이라면 발가락 끝의 가죽까지 깎을 기세로 아등바등 생활하는 집뿐이었다. 복작거리는 장사 경쟁자들을 피해 출입 도시락 가게의 자리를 움켜쥐려면 때로는 이문을 포기하고라도 싸고 맛있는 도시락을 배달해야 한다.

또한 처음부터 상대가 정해져 있는 장사이기 때문에 오른쪽에는 의리가 있고 왼쪽에는 겸손이 있으며 위에는 조심스러움이 있고 아래에는 연줄이 있는 식이어서, 무엇이 어찌 되었든 일만 잘하고 요란하게 팔아 치우기만 한다고 해서 크게 번성할 수 있는 것도 아니다. 특히 신참이 파고들기는 어렵다.

시치베에는 본디 에도에서 태어났지만 부모의 얼굴도 똑똑히 기억하기 전에 버려져서 세간의 때와 진흙에 범벅이 되어 자랐으며, 열두세 살이 되었을 무렵에는 날치기나 도둑질은 당연하고 다른 사람은 아예 신용하지 않는, 눈매가 비뚤어진 아이로 자라 있었다. 그대로 살았다면 한 마리의 어엿한 식충이가 되었으리라.

시치베에의 길이 바뀐 것은 열세 살이 되던 해 봄, 꽃놀이가 한창일 무렵에 북적거리는 아사쿠사의 꽃놀이 손님을 상대로 번성하고 있던 튀김 포장마차에서 날치기를 하다가 미처 도망치지 못하고 붙잡혔을 때였다. 튀김 포장마차의 주인은 얼핏 보기에 간장에 조린 것 같은 안색의 할아버지였는데 어째서인지 시치베에를 쫓아오는 다리가 위타천韋陀天처럼 빨라서 '앗' 하고 생각했을 때는 이미 뒷덜미를 잡혀 덥석 끌어올려지고 있었다.

나중에 안 사실이지만, 이 할아버지는 이래 봬도 날치기 아이들을 붙잡는 게 특기라서 지금까지도 많은 공을 세웠다고 한다. 붙잡은 아이들을 파수막에 넘기지 않고 날치기한 몫만큼 포장마차 일을 거들게 한 후 설교를 하고 나서 놓아주는 것을 매우 좋아하는, 붙잡힌 사람 입장에서 보자면 구더기처럼 얄미운 할아버지였다.

할아버지는 시치베에도 똑같이 대했다. 포장마차 뒤에서 설거지를 시키고, 손님에게 머리를 숙이게 했다. 도망치려고 하면 그때마다 질풍처럼 쫓아와 붙잡는다. 시치베에는 네 시간 동안 여덟 번을 도망쳤고 그때마다 붙잡혀, 마지막에는 숨이 턱까지 차고 말았다. 반면 할아버지는 여전히 태연한 얼굴을 하고 있었다.

포장마차를 접을 때쯤 되어, 마구 부려 먹힌데다 끝내 도망치지 못한 데 대한 피로로 축 늘어져 있는 시치베에를 할아버지는 찬찬히 바라보았다. 그러더니 무슨 생각을 했는지, 밥을 먹여 줄 테니 따라오라고 말했다. 시치베에는 도망칠 생각도 했지만 배가 너무 고파서 생각처럼 뛸 수가 없었다. 달리 좋은 생각도 나지 않았기 때문에 다리를 질질 끌며 따라갔다.

할아버지는 포장마차를 끌며 터벅터벅 걸어 혼조 마쓰자카초 부근까지 갔다. 당시에는 아직 집도 몇 채 없었고, 할아버지가 턱 끝으로 가리킨 집도 다 기울어진 초라한 공동 주택이었다. 그 무렵 시치베에가 지내고 있던, 관음보살 절 근처의 이나리 신사 마루 밑이 훨씬 더 낫다 싶을 정도였다.

물론 다 기울어진 그 공동 주택이 할아버지의 집이었다. 장지문을 열고 들어가 보니 안은 의외로 깨끗하게 정돈되어 있었다. 할아버지는 찬밥에 매실 장아찌를 곁들인 상을 차려 주었다. 튀김은 없냐고 물었더니 "그건 파는 거다, 이 바보야" 하며 주먹으로 쥐어박았다.

할아버지는 밥을 찻물에 말아 먹었다. 시치베에는 밥을 세 그릇이나 먹었고 세 그릇째에는 차가 아직 우려지지 않아 그냥 뜨거운 물에 말아서 먹었다. 한 그릇만 비운 할아버지는 밥그릇에 차를 따라 마시면서 걸신들린 듯이 먹는 시치베에를 물끄러미 응시했다.

시치베에가 겨우 밥그릇에서 얼굴을 들고 크게 트림을 하자 할아버지는 웃었다. 그리고 말했다. 너는 내가 잡은 날치기 꼬마들 중에서도 제일 집요하게 도망치려고 한 놈이다. 지금까지 네 시간 사이에 여덟 번이나 나를 뛰게 만든 녀석은 없었어. 할아버지는 왠지 기분이 좋아 보였다.

시치베에는 잠자코 있었다. 할아버지도 한동안 입을 다물고 있었다. 그러고는 내일도 밥이 먹고 싶으냐고 물었다. 당연한 일이었기 때문에 시치베에는 당연하지 않느냐고 대답했다. 그러자 할아버지가, 그럼 내일도 자기 일을 거들라고 말했다.

―일을 하면 밥은 먹을 수 있어. 세상은 그렇게 되어 있거든.

시치베에는 그 시절 이야기를 할 때, 그를 붙잡아서 새 인생을 살게 해 준 할아버지의 이름을 말하려고 하지 않는다. 그냥 '할아버지'라고만 부른다. 사실을 말하면 시치베에라는 이름도 할아버지가 지어 준 것으로, 그때까지 그에게 이름 따윈 없었다고 한다.

"시치베에'시치'는 일본어로 숫자 칠을 뜻한다라는 건 할아버지가 붙잡아서 가르친 아이들 중에서 내가 일곱 번째였기 때문이야."

열여섯 살 때까지 시치베에는 할아버지의 포장마차를 거들며 그곳에서 요리의 기초를 배웠다. 계속 이대로 지내게 되는 건가 싶었는데 어느 날 갑자기,

―네가 고용살이 할 곳을 찾았다.

라며 할아버지가 그를 아즈마바시 다리 근처에 있는 도시락 가게로 데려갔다. 그곳에서 주인을 소개해 주더니 오늘부터 너는 여기서 일하라고 했다.

포장마차 할아버지가 시원스러운 얼굴로 돌아가려고 하자 시치베에는 당황해서 쫓아갔다. 할아버지는 또 머리를 딱 쥐어박았다.

―나는 너라는 옷을 깨끗하게 빨기는 했지만 다시 지어 줄 수는 없어. 그래서 저 주인한테 맡긴 거다. 고맙게 생각해.

그러고는 성큼성큼 가 버렸다. 그 후로 한 번도 만나러 와 주지 않았고, 시치베에에게는 할아버지를 만나러 갈 시간 따윈 없는 생활이

기다리고 있었다.

　도시락 가게에서 그는 시치베에가 아니라 '쓰레기 시치'라느니 '똥개 시치'라고 불렸다. 주인인 숙수를 필두로 하여 탄탄한 상하 관계로 이루어진 이 가게에서 채소를 씻거나 짐을 옮기거나 주방 청소 따위를 하는 허드렛일 일꾼은 고작해야 그런 존재였다.

　도망치려고도 했지만 상대는 수가 많고 이쪽은 혼자라 할아버지의 포장마차에서 도망치려고 했을 때보다도 훨씬 더 심한 꼴을 당하기 십상이었다. 대신 아무리 고함을 치고 꾸중을 할지언정, 도망치지 않고 일을 하면 밥과 잠자리는 제공해 주었다.

　"지금 생각해 보면 꽤나 난폭하게 다시 지어 준 거지."

　시치베에는 웃으며 당시의 일을 되돌아본다.

　"하지만 덕분에 요리를 배울 수 있었어."

　그곳에서 십오 년 동안 일했다. 시치베에는 한 해 한 해 지내다가 정신을 차려 보니 십오 년이 지나 있었을 뿐이라고 하지만, 실은 배가 고파서 날치기를 하던 꼬마가 전혀 다른 사람으로 다시 태어난 세월이었다.

　그 도시락 가게를 나온 것은 시치베에 스스로 원해서가 아니다. 주인이 죽으면서 시치베에와는 사이가 좋지 않았던 숙수가 가게를 물려받게 되었기 때문에 쫓겨날 바에는 먼저 나가자고 결정한 것이었다.

　일자리는 금세 찾을 수 있었다. 이번에도 역시 도시락 가게였다. 그곳 주인은 당시의 시치베에보다 여덟 살 위였다. 아버지 대신이었던 지난번 도시락 가게의 주인을 잃은 후, 이번에는 형이 생긴 듯한 기분이었다.

사실은 이곳 주인도 전에 일하던 도시락 가게의 주인이 키워 내서 제몫을 해내게 된 숙수였다. 전 주인은 자신에게 만일 무슨 일이 생기면 시치베에를 보살펴 주라고 남몰래 부탁해 두었던 모양이다.

―아저씨는 네가 언젠가 자신의 가게를 갖게 되기를 기대하고 계셨어. 도시락 가게가 아니어도 되니까, 포장마차든 식당이든 좋으니 독립할 수 있게 되기를 말이다.

왜일까, 하고 시치베에는 의아하게 여겼다. 형님뻘인 주인은 웃으며 대답했다.

―네게는 그만한 실력이 있기 때문이지.

날치기 꼬마는 아사쿠사의 튀김 포장마차에서 꽤 먼 곳까지 와 있었다.

시치베에가 자신의 가게를 갖기까지는 그 후로 십이 년이 더 걸렸다. 그도 결국 도시락 가게를 선택했다. 형님뻘인 주인이 자신이 갖고 있는 단골 거래처를 양보해 주기도 해서 큰 어려움 없이 개업할 수 있었다.

이렇게 해서 '다카다야'는 태어났다.

이런 인생이었기 때문에 시치베에는 사십 대가 반 이상 지날 때까지 아내가 없었다. 다카다야가 있는 혼조 아이오이초의 관리인이 중매를 서 주어 겨우 아내를 얻었다. 이름은 오사키, 한 번 결혼했던 여자로 서른다섯이었다. 딸린 자식이 있었지만 이미 고용살이를 나가 있던 아이는 시치베에가 오사키를 아내로 맞은 지 얼마 되지 않아 고용살이 하던 곳에서 주인의 눈에 들어 사위가 되었고 곧 아이를 얻었다. 다시 말해서 시치베에는 아내를 얻었나 싶었더니 할아버지가 된 셈이다.

오사키도 이제 아기를 낳기는 힘든 나이였고 시치베에도 이제 와서 아이를 바라지는 않았다. 배짱이 두둑하고 다부진 오사키는 시치베에와 마음이 잘 맞았기 때문에, 무리해서 아기를 바랐다가 산고로 오사키를 잃게 될까 두렵기도 했다. 완전히 새로 태어난 시치베에라는 남자는 새롭게 얻은 인생 속에 또 '고독'이라는 두 글자가 들어오는 것이 무엇보다도 두려웠다.

두 사람은 아이 대신 가게를 번성시키고 젊은 숙수를 키우는 일에 열의를 쏟기로 했다.

"나도 옛날에 누군가가 내 손을 잡아 준 덕분에 인생이 바뀌었어. 이번에는 내가 은혜를 갚을 차례지."

시치베에는 그렇게 말하며 오갈 데 없는 아이나 부모도 감당하지 못하는 엇나간 아이를 종종 데려다가 다가다야에서 키웠다. 도망치는 아이도 있었고 붙어 있는 아이도 있었다. 세월이 지남에 따라 붙어 있는 아이가 점점 늘어 갔다. 다만 붙어 있는 아이가 많아도 아이들 전원이 요리를 잘하게 되는 것은 아니다. 어느 시점에서는 포기하고 다른 일을 찾아 주어야 할 때도 있었다.

그중 나이는 어리지만 심지가 굳은 다이치로라는 아이가 있었다. 엇나간 아이가 아니라 화재로 부모를 잃은 고아였다.

다이치로는 다카다야에 눌러앉았을 뿐만 아니라 요리를 배워 숙수가 되었다.

다이치로는 스물세 살 때 두 살 아래인 다에와 가정을 꾸렸다. 다에는 다카다야에서 허드렛일을 하던 처녀로, 시타야 사카모토초에 가족이 있었지만 가난한데다 아이가 많은 집이라 다이치로와 마찬가지로 자신의 앞가림은 스스로 해야 하는 처지였다.

다카다야는 성공해서 살림도 넉넉했기 때문에 이미 오시아게에 숙사를 갖고 있었고, 따라서 젊은 부부의 생활도 이곳에서 시작되었다. 다카다야의 숙수들은 모두 이렇게 시치베에 부부의 보호를 받으며 살기 시작하다가 점차 독립해 나갔다.

다이치로와 다에가 가정을 꾸리고 나서 곧 사내아이가 태어났다. 다카다야의 숙수인 다이치로의 아이라면 시치베에에게는 손자나 마찬가지다. 게다가 첫 손자에 사내아이이니 그야말로 눈에 넣어도 아프지 않을 만큼 귀여워했다.

하지만 어린아이의 목숨은 덧없다. 두 살 때 홍역에 걸린 아이는 병의 문을 빠져나오지 못하고 어이없게 세상을 떠나고 말았다. 그때 다에의 배에 있던 두 번째 아이는 큰 아이를 장사지내고 나서 두 달 후에 무사히 태어났다. 한창 귀여운 나이의 장남을 잃고 앓아누울 정도로 우울해하던 다에도 겨우 기운을 되찾아 시치베에는 가슴을 쓸어내렸건만—.

일곱 살이 되기 전의 아이는 신의 것. 이 아이는 홍역에 걸릴 나이까지 크지도 못했다. 기저귀를 떼기도 전에 세상을 떠나고 말았다. 무엇이 잘못되었는지도 확실하지 않다. 설사를 하고 하룻밤 사이에 울음소리가 약해지는가 싶더니 숨이 끊어지고 만 것이다.

시치베에는 자신의 생각과 노력으로 살아갈 길을 개척해 온 남자다. 있는 힘을 다해서 되는 일이라면 전부 어떻게든 이루어 왔다. 하지만 아무리 노력해도 사람의 생사에는 손을 댈 수 없다. 그런 만큼 어린아이의 명운을 쥐고 자유자재로 조종하는 하늘의 가혹한 처사에 저도 모르게 저주의 말을 내뱉었다.

하지만 머리만 끌어안고 시간을 보낼 수는 없었다. 다이치로와 다에 사이가 이상해졌기 때문이다. 연이은 장남과 차남의 죽음에 부부 사이까지 금이 가기 시작한 것 같았다. 다이치로의 생활은 황폐해졌다. 심지어는 밖에서 술을 떡이 되도록 마시고 싸움을 일으켜 숙수의 생명인 오른손에 상처를 입기까지 했다. 한편 다에는 오시아게의 숙사에 틀어박혀 밥은커녕 물도 마시지 않은 채 자리만 보전하고 있었다.

이래서는 안 된다. 어쨌든 자신이 정신을 똑바로 차리지 않으면 젊은 부부는—나아가 다카다야는 끝장이다. 시치베에는 스스로를 채찍질하며 다이치로를 꾸짖고 다에를 격려해 가면서 장사에 정성을 쏟았다.

그런 마음을 헤아려 오사키도 그를 잘 도와주었다. 역풍 속에서 아내에 대한 고마움은 더욱 절절하게 느껴졌다.

겨우 다카다야가 안정을 되찾았을 무렵, 다이치로와 다에는 생각지도 못한 여자아이를 얻었다.

이름은 오린이라고 한다.

오린은 튼튼한 아이였다. 아기 때도 배앓이 한번 한 적이 없고 큰오빠가 넘지 못했던 홍역의 벽도 탈 없이 넘어 다섯 살 여섯 살 나이를 먹어 갔다. 오린의 건강하고 밝은 목소리는 끊어져 가던 다이치로와 다에의 유대를 이어 주었을 뿐만 아니라, 이전보다 끈끈하게 만들어 주었다.

할아버지, 할아버지 하며 시치베에의 뒤를 따라다니는 오린의 붉은 뺨, 반짝이는 눈동자를 보면 지금까지의 모든 고생이 보답받고 앞으로의 행복을 이 어린 여자아이가 가져다줄 것 같은 느낌이 든다.

"오린은 각별한 아이야."

시치베에는 아이를 안고 뺨을 부비며 자주 그렇게 말했다.

"각별한 가호가 있는 아이야."

그것이 어떤 가호인지 다카다야 사람들은 딱히 캐묻지 않았다. 묻지 않아도 다들 알 것 같았기 때문이다.

오린에게는 아무 일도 일어나지 않으리라.

오린이라면 괜찮으리라.

그러나 그것도 결국 확신이 아니라 바람에 불과할 뿐이었다. 열두 살이 되던 해 봄, 서둘러 지는 벚꽃의 꽃잎이 첫눈처럼 마당을 하얗게 물들일 무렵, 오린은 고열로 쓰러졌다.

목숨이 위험할 수도 있다―진찰한 의원은 그렇게 말했다.

"가능한 방법은 다 써 보겠지만, 그 후에는 기도할 수밖에 없습니다. 가혹하다 생각하지 마시고 만일을 대비해서 각오는 해 두십시오."

시치베에는 세 번째로 하늘을 올려다보며 하늘을 저주했고, 다이치로와 다에도 몸부림치며 한탄했다. 그 옆에서 오린은 조용하고 고요하게 작은 발을 움직여 피안으로 건너가려 하고 있었다.

2

―나는 죽는 걸까?

고열에 꾸벅꾸벅 졸면서 오린은 생각했다.

높은 열이 가라앉지 않고 몸 마디마디가 삐걱거리며 아프다. 똑바로 누워 있으면 등이 아프고, 오른쪽을 밑으로 하고 누우면 오른쪽 어깨가, 왼쪽을 밑으로 하면 왼쪽 팔꿈치가 아프다. 머리는 멍하니 뜨겁고, 관자놀이 양쪽을 누가 주먹으로 꾹 누르는 듯한 느낌이 든다. 이마에 올려져 있는 젖은 수건은 벌써 미지근해져서 기분 나쁘다.

―죽는 건 싫어. 계속 집에 있고 싶단 말이야.

힘없이 그렇게 생각하다가 오린은 떠올렸다. 지금 이렇게 앓아누워 있는 방은 오시아게의 그리운 숙사가 아니다. 그래서 장지를 열어도 툇마루는 없고, 시치베에 할아버지의 커다란 나막신과 오린의 빨간 끈이 달린 나막신이 섬돌 위에 나란히 놓여 있지도 않다. 작은 마당에는 민들레도 없다.

여기는…… 어디더라. 이사한 지 열흘 정도는 지났는데 오린은 아직도 기억하지 못한다.

으음…… 우미베다이쿠초라고 했던가? 시치베에 할아버지는 여기가 오시아게무라보다 훨씬 바다에 가깝다고 가르쳐 주었다. 만조가 되면 바다 냄새가 난다면서. 수로에 작은 다리가 가득 걸려 있고, 생선이나 채소나 간장 등 팔 물건을 실은 작은 배가 오간다. 저건 우로우로_{우왕좌왕, 어정버정의 뜻이 있는 말} 배라고 한단다, 하고 할아버지는 손가락질을 하며 가르쳐 주었다.

그래, 다리 위에서 수로를 바라보다가 작고 재미있는 배를 발견했었지. 채소를 가득 싣고, 시치베에 할아버지보다 더 주름이 자글자글한 할아버지가 노를 젓고 있었는데 뱃머리에 개가 한 마리 타고 있었다. 아, 개다, 하고 내가 손가락질을 했더니 멍멍 하고 짖었다. 그러자 배에 탄 할아버지가, 이 녀석의 이름은 하치란다, 하고 큰 소리로 말했다. 하치, 하치 하고 내가 부르자 개가 또 멍멍 하고 짖으며 이번에는 꼬리를 흔들었다.

"채소가 좋군요. 행상으로 파는 것이라면 하나 사 볼까."

시치베에 할아버지가 그렇게 말하자 배에 탄 할아버지가 흥 하고 가슴을 젖히며 대꾸했다.

"웃기지 마시오. 이것은 전부 히라세이에 납품할 채소요."

그러고는 배를 저어서 가 버렸다. 시치베에 할아버지는 히라세이라, 하며 웃고 나서 멀어져 가는 채소배 할아버지를 향해 양손을 통 모양으로 만들어 입가에 대고는 큰 소리로 말했다.

"그렇소? 히라세이에 납품하고 있다니 믿음직스럽군. 우리도 우미베다이쿠초의 후네야라는 요릿집이오. 새로 간판을 내건 지 얼마 안 되었지. 다카바시 다리 옆이라오, 조만간 들러 주시오."

알겠소? 우미베다이쿠초의 후네야, 후네야라오―.

그렇다, 여기는 후네야라는 가게다. 아버지와 어머니가 이번에 이 가게를 경영하게 되었다. 그래서 이사를 왔는데. 나는 병에 걸리고 말았다…….

다카다야 시치베에에게는 그의 대에서 끝내 이루지 못한 꿈이 있었다. 요릿집을 갖는 거다. 도시락 가게가 아닌 진짜 요릿집 말이다.

진짜 요릿집은 도시락 같은 것은 만들지 않는다. 만든 음식을 손님의 집까지 배달하는 일도 없다. 손님 쪽에서 솜씨 좋은 숙수를 찾아 일부러 가게까지 온다. 손님이 숙수에게 '자네에게 부탁하고 싶네' 하며 주문을 한다. 숙수는 재료를 음미하고, 내놓을 음식을 궁리하고, 실력을 발휘해 연회석을 꾸민다. 따라서 요릿집이란 연회 장소를 빌려 주고, 자리를 장식할 숙수의 실력을 빌려 주는 장사다.

연회에는 여러 종류가 있다. 축하하기 위한 것도 있고 재를 올리기 위한 것도 있다. 교양 수업의 복습 모임도 있는가 하면 시 모임도 있다. 인생의 한 고비를 맞이하는 엄숙한 모임도 있고, 그냥 화려하게 즐기기 위한 모임도 있다. 그런 모임들에 화려함을 더하는 요리를 만드는 숙수로서 인정받고, 나아가 이런저런 연회는 꼭 시치베에의 요릿집에서 시치베에가 만든 요리로 하고 싶다는 소리를 듣는 것이 그의 오랜 꿈이었다.

그러나 애석하게도 지금까지 시치베에의 인생은 너무 바빴다. 도시락 가게인 다카다야를 꾸려 나가고, 젊은 숙수를 키우고, 새로운 요리를 연구해 나가다 보니 인생의 대부분이 훌쩍 지나갔다. 정신을 차렸을 때는 환갑이 훨씬 지나 있었다.

그래서 시치베에는 그의 꿈을 다이치로에게 맡기기로 했다. 단호하게 결단을 내린 것은 바로 재작년의 일이다.

시치베에가 숙수로 길러 낸 다이치로는 이미 언제든지 독립할 수 있을 만한 실력을 갖고 있었다. 다에와 가정을 꾸리고 오린을 얻은 그는 남자로서도 어엿하게 제몫을 해내게 되었다. 그러나 다이치로는 그의 인생의 토대를 쌓아 주고 기둥까지 세워 준 은인 시치베에의 뜻에 끝까지 따를 생각이었기 때문에, 자기 쪽에서 독립을 바라거나 또는 다카다야를 자신에게 물려 달라고 아부하지 않았고, 담담하게 다카다야의 숙수 일을 하고 명절 때 용돈을 받아 가며 다른 고용살이 일꾼들과 똑같이 처자식과 함께 오시아게의 숙사에서 검소하게 살고 있었다. 자신의 미래는 시치베에가 결정해 주리라고 굳게 믿고 있었다.

다이치로의 충성심 강한 마음을 시치베에는 충분히 이해하고 있었다. 그래서 어느 날 밤, 숙사의 어느 방으로 그를 불러내어 무릎을 맞대고 앉아 이야기를 꺼냈다. "다이치로, 네가 요릿집을 해 주었으면 좋겠다. 내 꿈이었던 요릿집을 네 손으로 일으켜 다오. 물론 준비는 내가 하마. 어울리는 장소에 건물을 빌리거나 요릿집에 필요한 자잘한 물건들을 갖추기 위한 밑천은 내놓으마. 다카다야의 분점이라고 생각하면 될 게야. 다이치로 너는 아무것도 걱정할 필요가 없다. 다만 이 분점을 맡는 데는 조건이 있다. 도시락 가게가 아니라 요릿집을 해 다오. 너라면 괜찮을 게다. 네 실력이라면 틀림없이 할 수 있을 게야."

다이치로는 깜짝 놀라며 처음에는 새파랗게 질려서 거절했다. 이제껏 키워 주었는데 분점까지 내 주다니 당치도 않다. 제몫을 해 내게 된 이상 앞으로 자기 앞가림은 스스로 하라고 내쳐도 불평할 수 없는 입장이다. 오히려 지금까지 신세진 만큼 일해서 갚아야 할 정도다.

시치베에는, 그래, 나는 네 은인이다, 은인의 부탁을 못 들어주겠다는 거냐며 화를 내 보기도 하고, 그렇게 딱딱하게 굴지 마라, 나는 요릿집을 갖는 게 기대가 되어 견딜 수가 없다며 웃어 보이기도 하고, 이 꿈이 이루어지면 나는 언제든 안심하고 극락으로 갈 수 있다며 눈물을 지어 보이기도 하는 등 온갖 방법으로 다이치로를 설득했다. 목소리가 너무 커서 걱정이 된 다에가 상황을 보러 왔을 정도다.

오랫동안 함께 지내 오면서 처음으로 본 시치베에의 다양한 표정에 다이치로는 마음이 움직였다. 그는 일단 그 자리에서 물러나 다에와도 상의했다. 시치베에에게 은혜를 입은 것은 그녀도 마찬가지다. 부부는 밤새도록 자지 않고 이야기를 나누었다. 그리고 하늘이 하얗게 밝아 올 무렵에 한 가지 결론을 내놓았다.

다이치로와 다에는 시치베에 앞에서 머리를 숙이고, 그의 꿈을 이루는 큰일을 둘이서 맡겠습니다, 하고 대답했다. 그러나 시치베에가 뛸 듯이 기뻐하기 전에 이것만은 양보할 수 없다는 조건을 내놓았다.

"저도 다에도 그만한 돈을 모아 놓지는 못했으니 요릿집을 열기 위한 밑천은 아무래도 아저씨가 내 주셔야 할 겁니다. 하지만 그 돈은 어디까지나 저희가 아저씨께 빌린 것으로 해 주십시오. 분점이나 재산을 나눠 주시려는 생각이라면 받아들일 수 없습니다. 돈은 빌린 것으로 해 주십시오. 저희 둘이 열심히 일해서 조금씩이라도 갚아 나가겠습니다. 부탁이니 그렇게 해 주세요. 저희를 보내면서 주는 선물이라고 생각하고, 부디 그렇게 해 주십시오."

처음에 시치베에는 너는 내 아들이나 마찬가지인데 이상한 고집을 부린다며 몹시 기분 나빠했다. 다이치로도 한때는 간담이 서늘해져서 이러다가 다카다야에서 해고당할지도 모른다고 다에와 둘이서 각오를 다졌을 정도다. 그러나 그때, 시치베에와 오랫동안 함께 살아온 아내 오사키가 도움의 신으로 등장했다.

"다이치로 씨는 정말 당신 아들 같은 사람이에요. 성격까지 당신을 꼭 닮았는걸. 생각해 봐요. 당신도 다이치로 씨만 했을 때 키워준 도시락 가게 주인이 이런 얘기를 꺼냈다면 틀림없이 지금의 다이치로 씨와 똑같은 대답을 했을 게 분명해요. 내기라도 할까요? 나는 이세 다이코〔번갈아 가며 이세 참배를 하면서 다이다이 가구라를 봉납할 비용을 적립하던 계 조합〕에 모아 놓은 돈을 몽땅 다 걸어도 상관없어요."

오사키는 언젠가 시치베에가 은퇴할 마음을 먹으면 그때야말로 둘이서 함께 이세로 참배를 가고 싶다며 오랫동안 돈을 모아 왔다. 지금은 웬만한 호화 여행을 할 수 있을 정도의 액수가 모였으리라. 그 돈을 전부 걸겠다는 소리다. 시치베에는 웃고 말았다. 어디에 어떻게 돈을 걸겠다는 뜻일까. 신에게 기도하며 지낸 세월을 돌려받기라도 하지 않으면 애초에 내기는 성립하지 않는다.

그러나 시치베에는 오사키의 이런 엉터리 같은 점이 마음에 들었다.

"알았어, 알았어. 내가 졌어. 대출 증서를 쓰도록 하지."

이렇게 해서 시치베에의 꿈, 다이치로 부부의 향후 인생 목표인 요릿집을 향한 길이 열렸다.

그러나—.

의외로 새 가게를 열기에 어울리는 장소를 찾기가 어려웠다.

도시락 가게인 다카다야에서 너무 가까운 곳은 안 된다. 조금 한적한 곳이었으면 좋겠지만 번화가에서 멀면 장사가 안 된다. 땅값이 비싸면 꾸려 나갈 수가 없다.

시치베에의 시선은 아사쿠사나 간다 방면만을 향하고 있었지만 다이치로는 처음부터 후카가와의 어딘가를 생각하고 있었다. 후카가와에는 도미가오카 하치만구 근처에 '히라세이'라는 유명한 요릿집이 있다. 니혼바시 근처의 큰 가게나 살림이 풍족한 무가 저택 사람들이 단골로 드나드는 격식이 있는 가게다. 그러나 이 지역도 지난 십 년이나 십오 년 사이에 급속하게 개발되었으니 '히라세이'를 이용할 만한 돈은 없지만 흔한 배달 요리는 시시하다, '히라세이'보다는 부담 없으면서도 나름대로 격조 있는 요릿집이 있었으면 좋겠다—고 생각하는, 돈 좀 있는 사람이 꽤 많지 않을까 하고 그는 생각했다. 유명 요릿집이 처마를 나란히 하고 있는 곳에 일부러 찾아가, 불리한 줄 알면서 경쟁에 몸을 던지기보다는 이곳에서 새로운 단골손님을 잡는 일이 더욱 보람 있지 않을까.

게다가 후카가와라면 아사쿠사나 간다 근처보다는 땅값도 쌀 터이다. 다이치로는 내키지 않아 하는 시치베에를 설득해, 후카가와 일대에서 가게 터를 찾아보기로 했다.

좀처럼 이렇다 할 물건은 나오지 않았다. 다카다야에서는 다이치로가 빠진 자리를 물려받을 숙수도 키우는 중이고 고용살이 일꾼들도 다이치로의 독립을 다 함께 축하해 주고 있는데, 제일 중요한 가게 자리가 정해지지 않으니 부푼 꿈도 희망도 차츰차츰 식은 술처럼 되어 가고 말았다.

이렇게 일 년이 지나고, 일 년 반이 지나고, 다카다야에서 다이치로의 입장이 왠지 어정쩡해지기 시작했을 무렵, 문득 이런 얘기가 굴러들어 오듯이 전해졌다. 오나기와 강가의 다카바시 다리 옆에 원래는 요릿집이었던 건물이 시설까지 전부 껴서 임대로 나와 있다는 것이다.

얼른 믿기가 힘든 이야기였음에도 다이치로와 시치베에는 그 길로 동네의 관리인을 만나러 갔다. '우미베다이쿠초'라는 동네인데, 옛날에는 이름 그대로 목수(다이쿠)들만 모여 살았다지만, 가느다란 수로 건너편에 있는 그냥 '다이쿠초'로 목수들이 옮겨간 지금은 작은 점포들이 서로 기대듯이 처마를 나란히 하고 있는 곳이다.

관리인은 마고베에라는 여든두 살의 노인으로, 귀는 상당히 어두운 모양이지만 정신은 다이치로보다 더 또렷해서 기분 좋을 만큼 시원스럽게 금전 이야기를 꺼냈다. 적정 액수의 땅값이다. 노인의 이야기에 따르면 전에 있던 요릿집이 꾸려 나갈 수 없게 된 까닭은 숙수의 실력이 형편없었기 때문이지 자리 탓이 아니며, 이곳은 절도 많아서 요릿집을 열기에 그럭저럭 괜찮은 터라고 한다.

문제의 건물은 우미베다이쿠초 한쪽에 있는 무가 저택과 좁은 수로를 사이에 두고 나란히 서 있었다. 이 수로는 건물 남쪽으로도 갈고리꼴로 깊이 파 들어가 있어, 두부 같은 직사각형 모양인 건물의 동쪽 면과 남쪽 면은 삼분의 이 정도까지 물에 둘러싸여 있다.

건물의 정면은 여섯 간(약 11미터), 손님용 객실은 두 개가 있는데 양쪽 모두 이층 남쪽이며 넓이는 다섯 평. 남쪽 창문에서는 남쪽의 수로를 내려다볼 수 있다. 다이치로가 난간에 손을 얹고 내려다보니 거울처럼 평평한 수면에 오리 두세 마리가 느긋하게 미끄러지고, 민물 가마우지가 잠수했다 떠올랐다 하면서 먹이를 잡고 있었다.

옆에 있는 무가 저택의 주인은 나가사카 몬도노스케라는 고부신봉록 삼천 석 미만의 하타모토와 고케닌 중 직책이 없는 자들 組의 하타모토쇼군가 직속 가신으로 쇼군의 알현이 가능한 무사로 이제 막 사십 대에 접어들었다고 한다. 저택의 구조는 그럭저럭 괜찮지만 선대에 고부신 조에 들어간 그 후 지금껏 그대로라고 하니 살림살이가 풍족할 리 없다고 나이 많은 관리인은 거침없이 말했다. 요릿집은 찻집과는 다르기 때문에 게이샤를 불러다 놓고 요란하게 떠드는 일은 적지만, 그래도 다소의 가무歌舞는 있을 테고 손님을 상대하는 장사이니만큼 사람 출입이 많을 수밖에 없다. 그러나 그런 점은 옆집에 사는 나가사카 님께 명절 때 제대로 선물을 갖추어 들고 찾아가 인사만 해 두면 전혀 지장이 없을 거라고 노인은 말했다.

"오히려 그쪽에서도 고마워하지 않을까요?"

귀가 어두운 사람 특유의 큰 소리로 말하는 바람에 다이치로는 조마조마했다. 이층 남쪽 창에서 비스듬히 내려다보이는 나가사카의 저택은 야윈 나뭇가지 너머로 쥐 죽은 듯 조용하고 인기척도 없다. 아무래도 빗물이 새지 않도록 고칠 필요가 있어 보이는 지붕 기와의 흐트러진 모습을 보고, 다이치로는 늙은 관리인의 말이 틀림없으리라고 생각했다.

서쪽으로 아담하게 줄지어 있는 작은 상가商家도 이곳에 요릿집이

문을 열면 얼마간의 은혜를 입게 될 것이다. 근처 상가 사람들이 늙은 관리인을 선두로 건물 주위를 돌아보거나 들어갔다 나왔다 하는 다이치로와 시치베에를 꽤나 붙임성 있는 웃음을 띠며 지켜봐 주어 마음이 든든했다. 가끔씩 얼굴을 살짝 가까이 하며 속삭이는 대화를 주고받거나 눈썹을 찌푸리고 고개를 젓거나 하는 모습도 보이지만 그러려니 하고 넘겨 버렸다.

가게를 둘러본 다음 날, 대답을 아직 보류해 둔 다이치로가 다에를 데려왔다. 쉴 새 없이 눈동자를 움직이며 건물 안팎을 보고 다니던 그녀가 마지막으로 오나기가와 강을 등지고 양손을 허리에 댄 채 우뚝 서서 건물을 올려다보며 말했다―이 가게는 꼭 배 같네요. 오리나 가마우지와 함께 수로 위에 둥실둥실 떠 있는 것 같아요.

그 한마디에 다이치로는 이곳을 빌리기로 결정했다. 그렇군, 배라. 어울리지 않는가. 앞으로 우리 가족을 태우고 노를 저어 나갈 배다. 가게 이름도 후네야_{후네는 일본어로 '배'라는 뜻}라고 하면 되겠다.

그렇다, 후네야다. 처음부터 정해져 있었던 것처럼 입에 착 달라붙지 않는가.

―후네야.

오린은 이불 위에서 몸을 뒤척였다. 그렇다, 여기는 후네야. 우리의 새 집이고, 가게다. 시치베에 할아버지도, 오사키 아주머니도 이곳에는 없다. 아버지와 어머니는 이사한 후로 가게 열 준비를 하느라 바쁘다. 아침에는 날이 밝기 전부터 일을 하고 밤에는 불빛 하나에 머리를 맞대다시피 하고 밤새 상의를 하는 등, 계속 가게 일에 매달려 있다.

그런데 나는 병에 걸리고 말았다.

높은 열이 오늘로 벌써 닷새나 내리지 않는다. 물밖에 마시지 못해 바싹 야위어서 하루 종일 정신없이 잤다. 어머니가 울음을 터뜨릴 것 같은 얼굴로 간병을 해 주지만, 가게 일이 있는 중요한 시기라 계속 옆에 붙어 있을 수는 없다. 그럴 때는 오사키 아주머니도 가끔 와 준다. 시치베에 할아버지는 하루에 한 번, 의원님과 함께 온다. 의원님이 어려운 얼굴로 고개를 저으면 시치베에 할아버지도 똑같이 고개를 저으며 부스스한 눈썹을 축 늘어뜨린다.

—나, 정말로 죽는 거구나.

오린에게는 들리지 않는 곳에서, 마을 의원은 몇 번이나 이야기하곤 했다. 열이 내릴 때까지 이 아이의 몸이 버틸 수 있을지 없을지가 관건이다. 몸이 지면 죽고 몸이 이기면 살아남을 것이다. '대체 어떤 병인지, 저도 짐작이 가지 않습니다. 안됐지만 따뜻하게 해 주고 물을 주면서 지켜보는 수밖에 없겠지요…….'

어머니는 계속 곁에 있어 주었다. 하지만 오늘부터 어머니도 몸이 안 좋아지고 말았다.

죄송해요.

오린은 슬퍼서, 정신이 없는 중에도 눈물을 흘렸다. 그러자 옆에서 문득 손이 뻗어와 오린의 머리에서 미끄러져 떨어진 수건을 집어 들어 오린의 눈물을 닦아 주었다.

오린은 눈을 뜨려고 했다. 누가 있는 것일까? 할아버지일까? 아주머니일까? 아버지는 바빠서 밤이 되기 전에는 이곳에 오지 못한다. 아니면 의원님이 왔나?

누군가의 손이 오린의 이마를 어루만진다. 차가운 손이다. 굉장히 차가워서 기분이 좋다.

―어머니일까? 몸이 좋아져서, 일어나서 와 준 걸까?

오린은 눈을 뜨려고 노력했다. 열심히 눈을 움직이고 뺨을 흠칫거리며 통나무를 굴리듯이 무거운 몸을 똑바로 눕히고 옆에 있는 누군가의 얼굴을 보려고 했다.

차가운 손이 이마에서 떨어졌다. 오린은 그것을 좇듯이 간신히 눈을 떴다.

똑바로 누워 있는 오린 위에 검은 그림자가 드리워져 있다. 어른은 아닌 것 같다. 오린만 한 크기의 그림자였다.

―누구야?

마음속의 물음에 대답하듯 그림자가 한층 더 깊이 몸을 숙이고 오린의 눈앞에 얼굴을 내밀었다. 오린은 그것을 정면에서 보았다.

작은 여자아이였다. 오린보다 더 작다. 게다가 그 아이는―.

메롱을 하고 있었다.

3

높은 열 때문에 계속 눈앞에 안개가 끼어 있다. 오린은 무거운 눈꺼풀을 움직여 눈을 깜박였다. 잘못 본 건가 싶었기 때문이다.

하지만 아무리 눈을 비비고 봐도 역시 그 아이가 오린 위를 덮치다시피 얼굴을 내밀고 메롱을 하는 모습이 보인다.

―꿈인가? 나는 꿈을 꾸고 있는 걸까?

틀림없이 그럴 것이다. 병으로 누워 있는 오린의 머리맡에 와서 일부러 메롱을 하다니. 우리 집에 이런 여자아이는 없다. 시치베에 할아버지가, 오린네가 후네야로 가 버리고 나면 오린에게 놀이 상대가 없어질 것이 가엾어서 마음에 걸린다고 말했을 정도니까.

본 적 없는 얼굴이다. 메롱을 하며 흰자위를 드러내고 있어서 일본에서는 눈동자를 위로 하고 손가락으로 아래 눈꺼풀을 끌어내려 빨간 속살을 보이며 메롱을 한다 진짜 얼굴이 어떻게 생겼는지는 잘 알 수 없지만 오시아게에서 함께 자란 오유미가 아닌 것은 분명하다. 오유미라면 메롱을 한다 해도 오린이 얼굴을 알아볼 수 있다. 등을 돌리고 있어도 발끝만 보아도 오유미라면 알아볼 수 있다. 그만큼 사이가 좋았으니까. 그렇지, 오유미는 지금쯤 무엇을 하고 있을까. 벌써 바느질 공부를 시작했을까.

그건 그렇고 이 아이는 누굴까? 석 달쯤 전에, 겨우 보름 정도 다카다야에 있었던 안색 나쁜 여자가 데리고 있던 여자아이도 아니다. 그 아이는 훨씬 더 야위고 몹시 심술궂은 눈빛을 하고 있었다. 오린은 어떻게든 사이좋게 지내려고 했지만 그 아이는 지독한 불퉁이였다. 오린이 소중히 여기던 귀여운 종이 인형이 갖고 싶다고 조르다가 이것만은 안 된다고 거절하자 끝이 새빨개진 부지깽이를 휘두르며 오린을 쫓아 집 안 전체를 뛰어다녔다. 그래서 시치베에 할아버지가 그 모녀를 쫓아냈다. 그때는 정말로 깜짝 놀랐다. 부지깽이로 위협을 받은 일도 처음이었지만 시치베에 할아버지가 그런 얼굴을 하고 어린아이에게 고함을 치는 모습도 처음 보았다.

―미안하긴 하지만 더 이상 여기에서는 자네들을 돌봐 줄 수 없어.

고함을 친 후 시치베에 할아버지는 모녀에게 말했다.

―자네가 우리 가게의 평판을 듣고 도움을 청하러 와 준 것은 기쁜 일이야. 하지만 옛날과 달리 이곳도 식구가 늘었어. 여자도 있고 아이들도 많이 있지. 닥치는 대로 다른 아이에게 상처를 입힐지도 모르는 아이를 이곳에 놔둘 수는 없어.

두 사람이 왔을 때와 똑같이 보따리 하나만 들고 나갈 때, 어머니 쪽이 몹시 원망스러운 눈으로 오린을 바라보았다. 그것을 알아차린 오린의 어머니가 허둥지둥 오린을 집 안으로 들여보냈다.

―저런 눈으로 쳐다보다니 저주라도 걸면 무섭잖니.

그랬지, 어머니는 정말로 무서워했다. 그래서 내가 병에 걸리자 어머니는 역시 쫓겨난 여자가 보복으로 오린을 저주한 거라며 울고불고 하다가 아버지에게 꾸중을 들었다.

비몽사몽 그런 생각을 하다가 정신을 차려 보니 메롱을 하던 여자아이는 사라지고 없었다. 오린의 눈에는 다시 천장의 나뭇결만이 흐릿하게 보이게 되었다. 아아, 역시 꿈이었어. 그런데 그 아이는 누구일까―.

다음에 눈을 떴을 때는 의원님이 베개 옆에 계셨고, 약 냄새가 나는 손이 가슴에 닿아 있었다. 의원님은 시치베에 할아버지와 비슷한 나이로 보이는데다 얼굴도 쭈글쭈글한데, 어째서 손은 이렇게 매끈매끈할까.

"어디, 크게 숨을 쉬어 보렴."

의원님의 말에 숨을 쉬었다. 가슴 깊은 곳에서 새액새액 하는 소리가 났다. 오린 안에서 아주 작은 또 한 명의 오린이 쳇바퀴를 돌리는 생쥐처럼 열심히 달리며 오린의 목숨을 붙들어 놓으려고 애쓰고 있다. 그런 기분이 들었다. 새액새액 하아하아 하는 소리는 작은 오린의 숨소리다.

약탕이며 탕파며, 의원님은 바로 옆에 있는 어머니에게 여러 가지 이야기를 하고 머리를 쓰다듬어 준 후에 돌아갔다. 오늘은 할아버지가 같이 오지 않은 모양이라 오린은 조금 실망했다.

어머니가 오린의 옷을 갈아입혀 주었기 때문에 기분이 상쾌해졌다. 어머니는 안색이 몹시 나빴다. 좋지 않은 몸을 이끌고 오린을 보살피려고 일어나서 와 준 것이 틀림없다.

어머니의 부축을 받으며 약을 먹고 있자니 놀랍게도 오쓰타 아주머니가 방으로 들어왔다. 식지 않도록 두 손으로 탕파를 안고 있다.

"오린, 안녕. 몸은 좀 어떠냐?"

오쓰타 아주머니는 오린의 발치에 있는 탕파를 갈아 주고는 생글생글 웃으며 물었다. 그리고 오린이 뭐라고 말하기도 전에 자신이 대답했다.

"이제 곧 좋아질 거야. 선생님도 그렇게 말씀하셨으니까."

오쓰타 아주머니의 버릇이다. 언제나 자신이 묻고 자신이 대답해 버린다. 하지만 오린은 오쓰타 아주머니를 좋아하기 때문에 전혀 신경 쓰지 않았다.

"언니, 오린의 열이 조금 내린 것 같은데 어때요?"

어머니가 오쓰타 아주머니에게 말을 건다. 오쓰타 아주머니의 거친 손이 오린의 이마를 문지른다.
"아아, 정말이네. 그렇게 뜨겁지 않은 것 같아."
"그렇지요, 제 기분 탓이 아니지요?"
어머니는 눈에 띄게 안심했다.
어머니와 오쓰타 아주머니는 어머니가 아직 아버지와 가정을 꾸리기 전부터 사이가 좋았다. 오쓰타 아주머니는 어머니보다 대략 열 살쯤 연상이고, 어머니가 다카다야에서 일하기 시작했을 때 오쓰타 아주머니가 하나부터 열까지 보살펴 주며 여러 가지를 가르쳐 주었다고 한다. 그래서 어머니는 지금도 오쓰타 아주머니를 '언니'라고 부른다.
후네야 이야기가 결정되었을 때 어머니는 시치베에 할아버지에게 오쓰타 언니를 꼭 좀 빌려 주세요, 언니가 없으면 저는 가게를 꾸려 나갈 자신이 없어요, 하고 몇 번이나 부탁했다. 그러나 시치베에 할아버지는 승낙해 주지 않았다. 어머니가 이렇게 열심히 부탁하는데 어째서 시치베에 할아버지는 들어 주지 않는 걸까. 오린은 이상하게 생각하기도 했고 조금은 화가 나기도 했다.
하지만 이곳으로 옮겨 올 때가 되어, 시치베에 할아버지가 아버지에게 하는 이야기를 주워 들었다.
—다에의 부탁을 내가 왜 들어주지 않는지, 너는 알지?
—네, 압니다.
—오쓰타가 있으면 다에는 아무래도 오쓰타에게만 의지하게 될 게다. 마치 오쓰타가 안주인이고 다에는 하녀 우두머리인 것처럼 말

이야. 오쓰타는 성격이 시원시원한 여자이니 결코 분수를 모르는 짓은 하지 않겠지만, 그래도 오쓰타가 붙어 있으면 다에는 아무리 시간이 지나도 어엿한 안주인이 될 수 없을 게야.

─저도 그 사람에게 도움이 되지 않으리라고 생각합니다.

─후네야를 꾸려 나가려면 가급적 새로운 고용살이 일꾼을 고용하는 게 좋겠지만, 처음부터 그렇게 하면 여러 가지 불편도 있을 테지. 하녀 우두머리로는 오리쓰를 보내 주마. 오리쓰는 다에보다 나이도 어리고 고분고분한 성격이니, 단단히 잘 가르치면 다에에게 거역하지 않고 손발이 되어 열심히 일할 게다.

그렇게 해서 다카다야에서는 오리쓰 씨가 따라왔다. 지금도 어디에선가 도구를 설치하거나 그릇을 닦으며 자질구레한 일들을 하고 있을 것이다. 그런데 어째서 오쓰타 아주머니가 여기에 있는 걸까? 오린에게는 놀랍지만 기쁜 일이었다.

오쓰타 아주머니는 언제나 기운이 넘치고 아침에도 잘 일어나며 밥을 많이 먹고 힘이 몹시 세다. 다카다야에 있었을 때 시치베에 할아버지는 술에 취하면 웃으면서, 우연히 오쓰타와 씨름꾼이 팔씨름을 했는데 세 번 중에 두 번을 이겼다는 얘기를 하곤 했다.

나도 먹보거든, 하며 오쓰타 아주머니는 오린에게 자주 간식을 주었다. 어머니가 "떡과자는 하나만 먹어야 해요"라고 말하면 나중에 오쓰타 아주머니가 몰래 하나를 더 주어 둘이서 쿡쿡 웃으면서 부엌에서 그것을 먹었다. 가게 앞에 사탕 장수가 지나가면 "자, 오린, 다녀오렴!" 하고 부르러 왔다. 야시장에 가면 반드시 뭔가를 사 주었다. 작년 여름에는 개구리 모양을 한 물총이 갖고 싶어서 울다가 아버지에게 따끔하게 야단을 맞고 울며 잠자리에 들었는데, 다음 날 아침에 그것이 베개 옆에 놓여 있어서 깜짝 놀랐다. 오쓰타 아주머니가 사 준 것이었다.

"내가 갖고 싶어서 산 거야."

어머니와 함께 고맙다는 인사를 하러 가자 오쓰타 아주머니는 그렇게 말했다.

"다 늙어서 그런 장난감이 못 견디게 갖고 싶어질 때가 있단 말이지. 하지만 사도 갖고 놀기는 창피하잖니. 그러니 오린에게 주마."

그해 여름 내내, 오린은 개구리 물총으로 즐겁게 놀았다. 오쓰타 아주머니도 가끔 오린과 함께 물총을 쏘며 놀았다. 나무에 물을 뿌리거나 시치베에 할아버지에게 물을 쏘며 온 마당을 뛰어다닌 적도 있었지……

어머니와 오쓰타 아주머니가 작은 목소리로 뭔가 소곤소곤 이야기하고 있다. 두 사람 다 오린의 이불 바로 옆에 있는 듯하다. 오린은 목소리를 내어 말을 걸려고 했지만 잘되지 않았다. 벌써 며칠이나 음식을 먹지 않았기 때문에 힘이 하나도 없다.

"응? 뭐라고?"

어머니의 얼굴이 조심스럽게 다가왔다. 오쓰타 아주머니의 커다란 얼굴도 나란히 보였다.

"오린, 뭐라고 말했니?"

오린은 오쓰타 아주머니가 계속 여기에 있어 줄 거냐고 물었지만 전해지지 않은 모양이다.

"헛소리일까요?"

"꿈을 꾼 게 아닐까?"

오린은 눈을 뜨고 있다고 생각했는데, 아무래도 눈꺼풀이 딱 달라붙어 버린 모양이다. 그래서 두 사람은 오린이 자고 있다고 생각하는 것이다.

엄마, 아줌마, 아까 이상한 꿈을 꿨어요. 모르는 여자아이가 나한테 메롱을 했어요. 오린은 이어서 그렇게 말해 보았다. 하지만 역시 전해지지 않는다. 스스로도 소리 내어 말했는지, 그냥 머릿속으로 생각만 했을 뿐인지 잘 알 수가 없다.

어머니가 울음 섞인 목소리로 중얼거린다.

"언니……. 이 아이, 좋아질까요?"

"그렇게 마음이 약해지면 안 돼. 네가 정신을 똑바로 차려야지."

"알지만…… 그건 알지만…… 저는 형편없는 엄마인가 봐요. 마치 저주라도 받은 것 같아요. 어째서 계속 자식을……."

"오린은 죽지 않아."

오쓰타 아주머니는 화난 목소리로 말한다.

"이 아이는 강한 별 아래에서 태어났어. 부처님의 강한 가호를 받고 있단 말이야. 큰나리도 그렇게 말씀하셨잖아."

"하지만……."

"괜찮아, 틀림없이 좋아질 거야. 자, 잠깐 안채에 가서 쉬고 오렴. 너야말로 환자 같은 얼굴을 하고 있어."

"슬슬 골동품상이 올 때가 되었어요. 그 왜, 진키치 씨라고 했던가? 그 사람."

"오면 깨워 줄게. 그때까지 좀 누워 있어. 나는 너를 쉬게 하려고 온 거니까."

 어머니가 장지문을 열고 나가자 오쓰타 아주머니의 다부진 손이 오린의 이마 위에 있던 젖은 수건을 갈아 주었다. 오린은 이마가 차가워서 기분이 좋았다. 오쓰타 아주머니는 엄마가 곤란에 처했다는 얘기를 듣고 달려와 주었구나, 그렇다면 이제 안심이다. 그렇다, 아까 메롱을 하던 아이가 있는 것을 알아차리기 전에 누군가의 차갑고 상냥한 손이 이마를 어루만지고 눈물을 닦아 주었다. 분명 오쓰타 아주머니였을 것이다. 틀림없이 그럴 것이다. 아아, 다행이다.

 오린은 잠이 들었다.

 그렇게 잤다. 자고—자고—잤을 텐데—.
 "여기는 어디지?"
 문득 정신이 들고 보니 어딘가 어둑어둑한 곳을 걷고 있었다.
 주위에는 싸늘한 안개가 피어오르고 있다. 밤의 어둠은 없지만 낮의 빛도 보이지 않는다. 몹시 넓은 곳 같다. 하지만 안개 때문에 자신의 코끝 정도밖에 보이지 않는다. 뒤를 돌아보아도 온 길이 보이지 않는다.
 어딘가 가까운 곳에서 강물이 졸졸 흐르는 소리가 들린다. 빠른 물소리는 아니다. 느긋한 흐름. 강가에서 자갈에 물이 닿는 소리.
 그러고 보니 발치에는 온통 자갈이 깔려 있다. 큰 것도 있다. 작은 것도 있다. 전부 모서리가 닳아 둥그렇게 되어 있다. 강가의 돌이다.
 어? 강가?
 오린은 흠칫하며 걸음을 멈추었다.

혹시 여기는 삼도천 강가일까?

결국 오고 만 걸까. 원래 이렇게 저도 모르는 사이에 와 버리는 걸까.

오린은 걸음을 멈추고 쪼그려 앉았다. 삼도천. 염라대왕. 시치베에 할아버지가 자주 이야기해 주었다. 거짓말을 하면 안 돼, 오린. 다른 사람을 곤란하게 만들거나 속이면 안 된다. 염라대왕은 다 보고 계시거든.

강물 흐르는 소리를 듣고 싶지 않아서 오린은 두 손으로 귀를 덮었다. 여기서 이렇게 무릎을 껴안고 잠들어 버리면 어떻게 될까. 눈을 뜨면 후네야의 침상 속으로 돌아가 있지 않을까. 그래, 그렇게 하자.

그렇게 열로 뜨거웠던 몸이 지금은 추울 정도다. 머리도 뺨도 싸늘하다. 배는 등가죽에 붙을 지경이다. 녹초가 된 느낌은 들지 않지만 왠지 굉장히 목이 말랐다.

아아. 그런 생각을 하고 있으면 안 돼. 자야 한다. 눈을 감고 자 버리는 거야. 그러면 돌아갈 수 있어—.

"어—이."

안개 맞은편에서 느긋한 목소리가 들렸다.

"이봐—, 거기에 쪼그리고 앉아 있는 빨간 옷을 입은 애야. 어—이."

나를 말하는 거다. 오린은 얼굴을 들었다. 새빨간 잠옷. 어머니가 붉은색은 마를 쫓는다고 무당에게 들었다며 일부러 입혀 준 잠옷이다.

하얀 안개가 느릿느릿 흐르고 시야가 트였다. 끝도 없이 이어지는 넓은 강가에서 모닥불 하나가 타오르고 있다. 그 옆에 거무스름한 사람 그림자가 앉아 있었다. 손짓하며 오린을 부른다.

"얘야, 이쪽으로 오렴. 불을 쬐도록 해."

할아버지의 목소리였다. 귀에 익은 목소리는 아니다. 오린이 아는 사람 가운데 삼도천 강가에서 만날 만한 할아버지는 아직 없다. 적어도 짐작 가는 사람은 없었다.

"춥지? 이 안개는 싸늘하거든. 이쪽으로 와서 앉으렴."

오린은 천천히 걸음을 내딛어 모닥불로 다가갔다. 말을 건 할아버지는 오린을 안심시키려는 것인지 싱글벙글 웃으며 모닥불 옆을 가리킨다.

"저어······."

"아가씨, 이름이 뭐지?"

정말 붙임성이 좋은 할아버지다. 마르고 뾰족한 턱과 팔자로 처진 눈썹. 꽤 나이가 많다. 몇 살이나 되었을까? 여든 정도일까. 색깔이 바랜 가느다란 줄무늬 기모노에 가장자리가 닳은 띠. 거기에 구리색 담뱃대를 끼워 놓았다. 자루 부분에는 용이 새겨져 있다. 빙글빙글 자루를 감고 있는 것처럼.

"저는 오린이에요."

"오린이구나. 좋은 이름이야. 앉으렴. 몸을 따뜻하게 해야지."

싱글벙글 웃는 할아버지의 얼굴. 왠지 눈을 맞추면 안 될 것 같은 기분이 든다. 오린은 주의 깊게 거리를 유지하며 앉았다. 그래도 모닥불은 따뜻했다. 불꽃의 색깔은 선명하고 아름답고, 장작이 기세

좋게 튀는 소리도 든든하다. 삼도천 강가에서 모닥불을 피운다는 이야기는 시치베에 할아버지도 한 적이 없었는데.

"괜찮아."

할아버지가 갑자기 말하며 한층 더 큰 웃음을 지었다.

"괜찮다고요?"

"어느새 길을 잃고 이런 곳에 들어오게 되어 곤란했지? 여기는 분명히 삼도천 강가란다."

오린은 오싹해져서 저도 모르게 양손으로 가슴을 껴안았다.

"그러니까 그렇게 무서워하지 않아도 된다는 얘기야. 오린 너는 돌아갈 수 있단다. 길을 잃고 이곳에 오는 사람은 아직 저쪽 기슭으로 건너갈 시기가 아니라는 뜻이거든."

처음 듣는다. 오린은 눈을 크게 떴다.

"정말이에요?"

"응, 정말이야. 저쪽 기슭에 건너갈 시기가 된 사람들은 이곳에는 오지 않아. 처음부터 선착장에 더 가까운 곳으로 나오게 되니까."

선착장―다시 말해서 삼도천을 건너는 배가 닿는 곳.

"정말이죠? 정말로 저는 집에 돌아갈 수 있는 거죠? 아직 안 죽는 거죠?"

"그래, 안 죽는단다."

할아버지는 크게 고개를 끄덕이고 오린의 뒤, 안개 너머를 꿰뚫어 보듯이 눈을 가늘게 떴다.

"너 같은 경우가 가끔 있단다. 죽을 뻔해서―혼이 몸에서 빠져나와 이 근처까지 둥실둥실 오고 마는 거야. 신기한 일이지."

"그런 얘기는 처음 들었어요."

"어린아이에게 할 만한 이야기는 아니니까."

할아버지는 모닥불 위로 손을 쬐며 손가락을 서로 문질렀다.

"오린 너도 이렇게 몸을 잘 덥혀 두렴. 몸 구석구석까지 따뜻해지면 원래 있던 곳으로 돌아가 있을 테니까."

오린은 자세를 고치며 모닥불로 가까이 다가갔다.

"아니, 그렇게 몸을 내밀면 안 돼." 할아버지가 웃었다. "머리카락이 타겠다. 화상을 입으면 어쩌려고."

확실히 불꽃이 콧등을 태울 것 같다. 뜨거워, 하고 소리 내어 말하며 오린은 양손으로 코를 눌렀다.

"그것 봐라, 내가 뭐랬니."

할아버지는 모닥불에 발갛게 비친 오린의 얼굴을 뚫어져라 쳐다보았다.

"이런…… 오린……이라고 했지?"

"네."

"그 얼굴…… 혹시 다카바시 다리 옆에 있는 집으로 이사 온 아가씨인가? 수로에 둘러싸여 있는, 나가사카 님 댁 옆의."

후네야를 말하는 것이리라. 옆집의 무사님을 어머니는 분명히 나가사카 님이라고 불렀다.

"네, 맞아요. 열흘쯤 전에 이사 왔어요."

이번에는 오린이 할아버지의 얼굴을 찬찬히 쳐다보았다.

"할아버지, 저를 아세요?"

"아니, 아니."

왠지 갑자기 허둥거리던 할아버지가 크게 손을 흔들었다. 엉덩이를 뭉개다시피 하며 모닥불에서 조금 떨어진다.

"하지만 다카바시 다리 옆에 있는 집이라고……. 그럼 그 집에 대해서 아세요?"

"어? 음, 뭐."

할아버지는 주위를 이리저리 둘러보고는 모닥불 반대쪽으로 움직인다. 오린도 그쪽을 쳐다보았다.

주위에 온통 깔려 있는 강가의 돌 사이에 둥글게 물웅덩이가 생겨나 있었다. 너무 깨끗한 원이어서 마치 거울 같다. 할아버지는 그것을 들여다보고 있다.

"그게 뭐예요?"

"음, 글쎄다. 창 같은 거란다."

할아버지는 잠시 물웅덩이를 바라보다가 이윽고 시선을 들더니 다시 뚫어져라 오린의 얼굴을 보았다.

"이것도 인연이려나……. 아니, 그래서 오린 네가 여기에 온 것일까."

의미심장한 말이다. 오린은 가볍게 일어서서 할아버지가 들여다보고 있던 물웅덩이가 있는 곳까지 재빨리 움직였다. 하지만 거기에는 아무것도 비치지 않았다. 다만 매끄러운 물이 둥글게 고여 있을 뿐이다.

"창이 아닌데요. 그냥 물웅덩이잖아요."

"오린, 네가 들여다보면 안 돼."

할아버지는 부드럽게 야단쳤다.

"이 물웅덩이는 할아버지 건가요?"

할아버지는 뼈가 불거진 손을 들어 턱을 긁적였다.

"그렇, 지."

"할아버지가 들여다보면 뭔가 보이나요? 할아버지, 여기서 뭘 하고 계시는 거예요?"

"오린 너랑 마찬가지란다. 길을 잃고 이곳에서 쉬고 있는 거지."

그런 것치고는 익숙해 보이는데. 게다가 침착하기까지 하다. 도저히 그냥 길을 잃은 사람처럼 보이지 않는다.

오린의 강한 시선에 졌는지 할아버지는 "이런, 이런" 하고 중얼거리더니 팔짱을 꼈다.

"할아버지는 가끔 여기에 숨을 돌리러 온단다."

"숨을 돌리러?"

"응, 할아버지는—나쁜 놈을 붙잡아 두고 있거든. 그 녀석이 나쁜 짓을 할 수 없도록 단단히 말이다."

오린은 제일 먼저 떠오른 생각을 말해 보았다.

"할아버지는 나랏일을 하세요?"

할아버지는 고개를 저었다.

"아니, 그렇지 않아. 다만, 할아버지가 붙잡고 있는 나쁜 놈은 할아버지가 아니면 잡아 둘 수 없거든."

잘 모르겠다. 하지만 오캇피키(범인의 수색과 체포를 맡았던 자)는 아닌 모양이다. 그렇게—무서운 얼굴로는 보이지 않는다. 굳이 말하자면 동네의 참견쟁이 관리인 같은 느낌이다.

"하지만 할아버지도 녹초가 되거든."

할아버지는 머리를 계속 긁적였다.

"그래서 나쁜 놈이 자고 있는 사이에 가끔 이렇게 여기로 모닥불을 쬐러 오는 거란다."

"삼도천 강가에요?"

"응. 사실 이미 맞은편에 건너가 있어도 될 나이인데…… 하고 생각하면서 여기서 멍하니 쉬는 거지."

그러고는 다시 둥근 물웅덩이에 시선을 떨어뜨렸다.

오린은 문득 생각했다.

"할아버지, 혹시 물웅덩이에 현세가 비치는 거예요? 그, 할아버지가 붙잡고 있는 나쁜 놈 같은 게 비치나요? 그렇지요? 그래서 웅덩이를 들여다보며 감시하는 거지요?"

"오린은 똑똑하구나."

할아버지는 감탄했다.

"하지만 오린 너는 들여다보아도 아무것도 비치지 않을 게다."

오린은 다시 한번 몸을 내밀고 물웅덩이를 들여다보았다. 정말이다. 아무것도 보이지 않는다. 그건 그렇고 깨끗한 물이다. 평평한 구슬 같다. 건드려도 잔물결조차 일지 않는 게 아닐까.

오린은 재빨리 손가락 끝을 담갔다. 물이 찰박거리며 튀어 오르고 수면에 원이 생겼다. 뭐야, 평범한 물이었어.

차갑다. 그 느낌이 방금 전까지 몹시 목이 말랐다는 것을 생각나게 했다. 오린은 별 생각 없이 손가락 끝에 묻은 물방울을 핥았다. 이 물, 달까?

"우와—."

느닷없이 할아버지가 외쳤다.

"뭘 했지? 지금 무슨 짓을 한 게냐, 오린!"

오린은 손가락을 문 채 어리둥절한 얼굴을 했다.

"뭘 했냐니요?"

"이 물을 마셨니?"

할아버지가 물웅덩이를 가리킨다. 오린은 고개를 끄덕였다.

"마셨다고 할 정도는 아니에요. 핥았을 뿐인데."

"마찬가지야."

할아버지는 한 손으로 얼굴을 덮었다.

"이런, 이런…… 이것 참 배짱이 두둑한 아이로군. 일이 귀찮아지겠는데. 하지만…… 그 편이 좋을지도 몰라. 응, 그럴지도 모르지."

중얼중얼 뇌까린다. 오린은 핥아 버린 손가락을 자세히 살펴보았다. 무엇을 잘못한 것일까?

"어라?"

할아버지가 놀란 기색이다. 다시 물웅덩이를 들여다본다. 그러고는 오린을 돌아보며 말했다.

"그렇군, 오린은 이미—. 어차피 보게 되어 있었군. 그렇다면 괜찮을지도 모르겠는데."

"할아버지, 무슨 얘기를 하시는 거예요?"

할아버지는 강가의 돌 위에서 앉은 자세를 바로하며 등을 폈다.

"빌릴 가게를 찾으러 온 사람은 아무래도 성실한 장사꾼처럼 보였고, 아무 그늘도 느껴지지 않아서 이 사람이라면 이번에야말로 괜찮겠다 싶어 이야기를 진행했는데—설마 이런 덤이 딸려 있을 줄

이야."

 더욱더 영문을 모르겠다. 오린은 완전히 애가 달아서 살짝 입을 삐죽거렸다. 하지만 불평을 하려는 순간 몸의 힘이 빠져나가는 것을 느꼈다.

 몸이 완전히 따뜻해졌기 때문이다. 이곳에서 사람 세상으로 돌아갈 때가 온 것일까—?

 "아아, 슬슬 돌아가는 게로구나."

 할아버지는 다정하게 말하며 오린에게 웃음을 지었다.

 "괜찮다, 오린. 잠에서 깨면 할아버지에 대해서는 잊어버릴 게야. 꿈 같은 거지. 하지만 언젠가 또 만날 일이 있을지도 모르겠구나."

 "할아버지?"

 불꽃이 흔들거리고 점점 색깔이 선명해지면서, 한편으로는 가장자리가 흐릿해져 가고 몸은 따끈따끈—머리는 흔들흔들—시야가 흐려지고—.

 눈을 뜬 오린은 머리맡에서 인기척을 느꼈다. 또 오쓰타 아주머니인가 싶어서 고개를 돌려 보니 머리맡에는 안마사가 앉아 있었다.

 —?

 깜짝 놀란 오린은 눈을 깜박거렸다. 몸이 건강할 때였다면 팔로 눈을 북북 문질렀을 것이다.

 —??

 잘못 보지 않았다. 틀림없이 안마사가 앉아 있다.

 쥐색 안마사였다. 기모노도 쥐색이고 얼굴도, 매끈한 머리도 전부

쥐색이다. 깡말라서 뼈가 불거졌고 양쪽 어깨는 옷걸이 같은 뼈 위에 기모노가 걸려 있는 느낌이었다.

안마사는 기분이 나빠 보였다. 다문 입이 시옷자를 두 개 늘어놓은 듯하다. 화가 난 것처럼도 보이고, 울음을 터뜨리기 직전처럼도 보인다. 하기야 오린은 지금까지 장님이 우는 것도, 화내는 것도 본 적이 없기 때문에 어디까지나 상상이지만.

―다쿠안 씨?

다카다야에서, 또는 오시아게의 숙사에 묵으러 왔을 때, 시치베에 할아버지가 자주 부르던 안마사의 이름을 중얼거려 보았다. 다쿠안 씨라고 하는데, 옛날에 살았던 유명한 스님과 이름이 같다. 다쿠안 씨가 와서 한바탕 주물러 치료를 하고 돌아가면 시치베에 할아버지는 '아아, 살 것 같다, 살 것 같아' 하며 좋아했다. 오린은 가끔 시치베에 할아버지의 심부름으로 치료를 마치고 돌아가는 다쿠안 씨를 부엌문까지 안내하기도 했는데, 사실 다쿠안 씨는 불려간 곳의 집 안을 돌아다닐 때 안내가 필요 없었다. 모퉁이도 계단도 장지문이 있는 곳도, 전부 똑똑히 기억하고 있다.

정원에서 매화나 산사나무 꽃이 피기 시작하면 제일 먼저 그것을 알아차리는 사람도 다쿠안 씨다. 아무래도 봉오리가 벌어진 모양이라고 다쿠안 씨가 가르쳐 주어서 나막신을 꿰어 신고 보러 가면 가지 때문에 방에서는 보이지 않는 곳에 작은 봉오리가 두어 개, 분명히 꽃잎을 엿보이고 있었다. 어떻게 알았느냐고 물었더니 다쿠안 씨는 웃으면서 향기가 나기 때문이라고 대답했다. 오린은 몹시 감탄해서 다쿠안 씨를 존경하게 되었다.

하지만 다쿠안 씨는 좀 더 몸집이 크고, 굳이 말하자면 뚱뚱한 안마사다. 몸이 무거워서 무릎이 아프다며 웃었던 적도 있다. 그때 다쿠안 씨가 가르쳐 주어서, 오린은 '염색집 주인의 흰옷_{남의 일 하기에 바빠 자기 일을 할 겨를이 없다는 뜻의 속담}'이라는 말을 배웠다.

게다가 다쿠안 씨는 늘 싱글벙글 웃는다. 그런데 이 안마사는 기분이 나빠 보인다—.

어안이 벙벙해서 바라보고 있자니 머리맡에 있던 안마사의 모습이 갑자기 사라졌다. 어라라 하는 사이에 이번에는 오린의 이불 바로 오른쪽 옆에서 하얀 무언가가 가볍게 나부끼는 모습이 얼핏 보였다. 오린은 그쪽을 보려고 했지만 어찌된 셈인지 몸이 멋대로 움직여 엎드리고 말았다. 안마사가 오린의 몸을 움직인 것 같았다.

그때 목소리가 들렸다.

"여기를, 이렇게."

갑자기 오린의 등 한가운데를 손가락 끝으로 꾹 누른다.

목소리가 이어졌다.

"여기는, 이렇게."

또 꾹 하고 지압을 당했다. 오린의 야윈 등에 손가락이 파고드는 느낌이라 지끈지끈 아프다. 저도 모르게 "꺅" 하는 소리를 지르고 말았다.

그러자 목소리가 꾸짖었다.

"안 아파!"

이유도 없이 '네, 죄송해요' 하고 사과하고 싶어지는 위엄에 찬 목소리였다.

손가락이 또 등을 눌렀다. 꾹꾹꾹 하고 힘이 들어간다. 오린은 아파서 힘을 주며 꾹 참았다. 그러자 또 야단을 친다.

"힘 빼!"

네, 알겠어요. 힘을 뺀다. 다시 손가락이 등을 누른다. 아까와 같은 곳이다. 이번에도 '꺅' 하고 소리를 지를 뻔했지만 야단을 맞을까 봐 참았다.

그런 일을 한동안 되풀이했다. 안마사는 오린의 등을 누르면서 가끔 "여기가 이렇게"라든가 "여기는 이렇게" 하고 계속 중얼거렸다. 아무래도 혼잣말인 것 같다. "여기는 이렇게인가?" 하고 말할 때도 있었는데 질문을 했나 싶어서 오린이 뭐라고 말하려 하면 "조용히!" 하고 야단을 쳤다. 그래서 잠자코 가만히 있기로 했다.

그렇게 가만히 참고 있자니 점점 손가락으로 눌려도 아프지 않게 되었다. 오히려 딱딱하게 굳어 있던 등의 살이 풀리고 기분이 좋아지기 시작했다. 그 무렵에야 오린은 겨우 깨달았다. 그렇구나, 나는 안마 치료를 받고 있는 거야. 이게 안마사의 치료구나.

안마사는 오린을 똑바로 눕히고 다시 머리맡으로 다가왔다. 이번에는 오린의 머리와 목덜미를 안마하기 시작했다. 역시 처음에는 안마사가 건드리면 펄쩍 뛰어오를 정도로 아팠지만, 풀어지기 시작하자 기분이 좋아서 눈을 감고 가만히 있어도 전혀 고생스럽게 느껴지지 않았다.

한 시간쯤 그러고 있었을까. 이윽고 안마사가 오린의 이마를 가볍게 때렸다.

"이제 열은 내릴 게다."

무뚝뚝한 말투였다. 오린은 눈을 떴다. 하지만 아무리 둘러보아도 안마사의 모습은 찾을 수 없었다. 당황해서 이불 위에 몸을 일으키고 앉았다가 자신의 힘으로 일어날 수 있음을 깨닫고 이번에는 그 사실에 깜짝 놀랐다.

일어나 보고 알았다. 배가 고파서 눈이 핑핑 도는 것 같아. 아니, 정말로 천장이 빙글빙글 돈다―어라, 어라, 나 쓰러질 것 같아.

털썩 쓰러져서 기절해 버린 모양이다. 얼마나 지났을까, 장지문이 열리는 소리에 오린은 정신이 들었다.

"오린!"

오쓰타 아주머니였다. 들고 있던 들통을 내던지다시피 하며 달려온다.

"너, 어떻게 된 거니? 속이 안 좋아? 응?"

오쓰타 아주머니가 부축해 일으켜 주어서, 오린은 천천히 고개를 저었다. 그렇게 해도 머리가 아프지 않다는 것을 확인했다. 몸의 열기는 사라지지 않았지만 오싹오싹한 오한은 더 이상 느껴지지 않는다. 몹시 나른한 기분이 드는 까닭은 배가 고파서일 것이다.

오린이 뭐라고 대답하기도 전에, 안타까운 시선으로 바라보는 오쓰타 아주머니의 따뜻한 팔 안에서 오린의 배가 꼬르륵 소리를 냈다.

오쓰타 아주머니가 눈을 휘둥그렇게 떴다.

"어머나. 배가 고픈 게로구나?"

아주머니는 웃음을 터뜨렸다. 오린의 가냘픈 몸을 쓰다듬고 문지르면서 웃었다 울었다 한다. 오린도 같이 웃었다. 아무래도 목숨을 건진 모양이다.
 빨리 죽을 먹고 싶었다.

                                4

 오린이 건강해지고 후카가와 후네야에도 겨우 문을 여는 날이 찾아왔다. 가게 내부의 준비도 드디어 끝나고, 첫 손님을 맞이하는 것은 삼월 이십일로 정해졌다. 다이치로가 우미베다이쿠초에 가게를 내기로 결심한 지 딱 한 달이 지난 셈이다.
 가게 자리가 결정되기까지 시간이 걸리는 바람에 입장이 이도저도 아니게 되어 괴롭기도 했지만 그만큼 손님을 끌기 위한 사전 교섭을 할 시간은 많았다. 시치베에는 후네야의 첫 번째 손님으로 어떤 사람들이 어울릴지 이것저것 상상하고 있었지만 다이치로는 좀 더 냉정하게 현실을 보고 있었다. 배달 음식점으로서 출입이 허락되어 있는 무가 저택이나 장사 거래가 있는 큰 상가에도 선전을 빼먹지 않았고, 그러는 한편으로 같은 요릿집을 경영하는 주인이나 숙수들이 소개해 주는 자잘한 손님의 이야기에도 크게 기뻐하며 귀를 기울이고 가게를 열게 되면 꼭 잘 부탁한다며 부지런히 머리를 숙였다.
 결국 후네야의 첫 번째 손님은 다이치로가 데려왔다. 이십일에 후네야를 찾을 이들은 후카가와 모토마치의 벼 창고 맞은편에 있는 쓰쓰야라는 아담한 잡곡 도매상 일가였다. 은퇴한 지 오래된 선대 주인이 올해 고희를 맞게 되어, 친척들이나 장사 동료 스무 명 정도가 모여서 연회를 열고 축하하고 싶다는 주문이었다.

쓰쓰야의 현재 주인은 아직 오십 대로 부부가 요령 있게 가게를 꾸려 나가는 참이고, 외동딸에게는 이미 남편이 있어서 젊은 부부도 함께 장사에 힘쓰고 있었다. 그 데릴사위가 다이치로와는 오랫동안 알고 지낸 사이인 가쿠스케라는 남자였다. 이번 이야기는 그의 소개로 결정되었다.

가쿠스케는 다이치로와 동갑으로 열일고여덟 살 때 한동안 도시락 가게에서 일한 적이 있다. 부엌일이 아니라 도시락을 배달하거나 그릇을 수거하는 등 힘쓰는 일을 맡아 했었다. 그 무렵 다카다야의 다이치로도 아직 부엌에서는 막 수업을 시작한 참이라 배달하러 나가는 일이 훨씬 더 많았다.

가쿠스케가 있었던 도시락 가게와 다카다야의 단골처는 겹치는 경우가 많았기 때문에 그와 다이치로는 일 년 내내 어디선가 마주치곤 했다. 둘은 처음부터 왠지 모르게 죽이 잘 맞아서 곧 친하게 이야기를 나누는 사이가 되었다. 시치베에라는 든든한 아버지 같은 날개 밑에 있었지만 부모나 형제와는 인연이 없었던 다이치로와는 대조적으로, 가쿠스케는 부모와 수많은 동생들에게 둘러싸여 시끌벅적하지만 가난에 쫓기는 생활을 하고 있던 탓인지 입이 조금 무거웠다. 다이치로가 열 마디를 하는 동안 고작해야 한 마디 정도밖에 하지 않는다. 가쿠스케의 말에 따르면 좁은 집에서는 동생들이 깨어 있는 내내 부업에 힘쓰면서 왁자지껄 떠들어 대기 때문에 그는 끼어들 새가 없어 자연스럽게 말수가 없어졌다고 했다.

처음부터 숙수가 되는 것이 목표였던 다이치로와는 달리 가쿠스케는 요리에 흥미를 갖고 있지는 않았다. 실제로 도시락 가게 일도 일 년 반쯤 하다가 그만두었다. 게으름뱅이는 아니었기 때문에 일이 끊이지는 않았지만, 그는 좀처럼 한 군데에 정착하지 못하고 힘쓰는 일이라면 무엇이든 하는 것 같았다. 생계를 위해서였다.

그런 가쿠스케가 기바의 목재 도매상에서 벌부樸夫 견습 일을 하고 있을 때, 주인을 통해서 혼담이 들어왔다. 쓰쓰야의 데릴사위 자리였다. 쓰쓰야는 가쿠스케가 일하고 있던 목재 도매상의 먼 친척에 해당하는데, 예의범절을 가르칠 겸해서 외동딸을 그곳에 하녀 고용살이로 내보낸 상태였다. 그 딸이 아무래도 가쿠스케를 보고 첫눈에 반한 모양이다. 가쿠스케는 그때 스물두 살이었다.

가쿠스케가 의논을 해 오자 다이치로는 두말없이 데릴사위로 들어가라고 권했다. 상대가 견실한 장사를 하고 있는 가게인데다, 자세히 들어 보니 가쿠스케도 쓰쓰야 주인의 딸을 싫지 않게 생각하는 눈치였다. 망설일 게 뭐가 있냐며 등을 떠밀었다.

가쿠스케는 망설였다. 장남인 자신이 데릴사위로 가면 동생들을 버리게 되는 거라고 고집스럽게 생각했다. 다이치로는 걱정이 되어 가쿠스케에게 비밀로 하고 그의 집을 찾아가 보았는데, 그의 가족은 모두 이번 혼담을 반기고 있었다. 지금까지 자신들을 위해 실컷 고생해 온 오빠에게 겨우 운이 트였다, 사양할 필요는 전혀 없다고, 동생들은 하나같이 그렇게 말했다.

다이치로는 가쿠스케에게, 네가 깨닫지 못했을 뿐 동생들도 충분히 어른이 되었다. 네 쓸데없는 걱정은 오히려 그들을 슬프게 하는 거라고 설득했다. 그제야 가쿠스케도 결심한 듯했다.

혼담은 정해졌다. 행복해 보이는 가쿠스케의 얼굴을 보고 비로소 다이치로는, 여름에는 땀투성이가 되고 겨울에는 서릿발을 밟으며 도시락을 짊어지고 돌아다니던 시절에 비해서 자신과 가쿠스케 사이에 정말 큰 차이가 생겼다고 생각했다. 당시의 다이치로는 겨우 부엌에 붙어 있게 되기는 했지만 시치베에가 키운 요리장을 우두머리로 형님뻘 되는 숙수가 위로 아직 두 명이나 더 있어서 매일 이리저리 부려 먹히는, 수업중인 몸이라는 사실에는 변함이 없었다.

혼자 뒤에 덩그러니 남겨진 듯한 기분이 들었다. 그렇게 동생들의 사랑을 받는 가쿠스케가 부럽기도 했다. 스물두 살의 다이치로가 자신의 인생이 몹시 쓸쓸하다고 느낀 것도 무리는 아니었다. 이 시기에 다이치로는 툭하면 수업에 열중하지 못하고 일에도 소홀해져서 시치베에에게 몇 번인가 야단을 맞았으나 좀처럼 마음을 다잡지 못한 채 괴로워하고 있었다.

그가 다에와 가정을 꾸리게 된 것은 가쿠스케가 혼인하고 나서 일 년 후의 일이다. 지금 와서 생각해 보면 우스운 이야기고 아무리 찔러도 시치베에는 자백하지 않지만, 시치베에와 오사키가 상의해서 고삐 풀린 망아지처럼 되어 버린 다이치로가 정신을 차릴 수 있도록 아내라도 맞이하게 하자는 얘기가 나왔던 게 아닐까. 실제로 다에 덕분에 다이치로는 마음을 다잡았다. 만일 그가 마음을 다잡지 못했다면 가쿠스케와는 오늘까지 사귀어 오지 못했으리라.

시치베에가 자신에게 요릿집을 맡기고 싶다고 이야기했을 때, 다이치로는 다에 다음으로 가쿠스케와 상의했다. 오랜만에 단둘이 도미가오카 하치만 신사 문전마을_{신사나 절 앞에 발달한 마을}에 있는 술집에서 술을 마시며 지금까지의 일과 앞으로의 일을 몽땅 털어놓은 후 가쿠스케의 의견을 물었다. 이제는 완전히 쓰쓰야의 작은나리가 된 가쿠스케는, 지금까지 죽도록 고생해 온 네게 겨우 운이 트인 거다, 뭘 그렇게 꽁무니를 빼느냐며 다이치로를 격려했다. 다이치로는 먼 옛날에 어디선가 들은 적이 있는 말이라고 웃으며 고개를 끄덕였다.

―요릿집이 문을 열면, 어떻게 해서든 돈을 마련해서 네 요리를 먹으러 갈 거다. 요릿집에서 숙수가 실력을 발휘한 요리를 먹다니, 우리한테는 터무니없는 사치지만 반드시 그렇게 하고 말 거야.

가쿠스케는 그렇게 말했다. 약속이 이렇게 빨리 실현된 것이다.

―첫 번째 손님이 쓰쓰야라면 후네야의 문턱이 너무 낮아지는 것 아니냐?

시치베에는 이렇게 불평을 늘어놓았다. 가쿠스케와 다이치로 사이를 알고 있기 때문에 할 수 있는 심술궂은 농담이다. 다이치로는 웃으며 흘려 넘기고, 쓰쓰야 일가를 위해 최상의 요리를 내놓는 것이 후네야의 출발에 가장 어울린다고 생각했다.

요릿집은 숙수의 실력으로 경영한다. 숙수가 바로 요릿집의 꽃이며 중심이다. 하지만 꽃도 중심도 손님에게 알려지지 않고서는 아무 의미가 없다. 시치베에의 마음도 알지만 다이치로는 후네야가 에도 전체에 널리 알려지는 날이 올 때까지는, 아니, 그런 때가 빨리 오도록 하기 위해 더더욱, 지금은 여태까지 쌓아 온 사람과의 관계가 중요하다고 생각했다.

◌

"모레는 쓰쓰야의 아저씨가 손님으로 올 테니까 오엔과 동글이도 오겠죠?"

삼월 십팔일 밤의 일이다. 오린은 부엌 구석에서 오쓰타의 시중을 받으며 늦은 저녁을 먹고 있었다. 요즘 첫 손님을 맞을 준비로 아버지도 어머니도 더욱 바빠져서 겨우 하루에 한 번 제대로 얼굴을 볼까 말까 할 정도다. 오린을 돌보는 일은 완전히 오쓰타의 몫이 되었다. 하지만 그런 오쓰타도 이런저런 일로 바빠서 자연히 오린의 식사도 늦어지고 말았다.

결국 다에의 간절한 부탁을 거절하지 못한 시치베에는 오린이 다 나은 후에도 계속 오쓰타를 후네야에 있게 해 주었다. 오린에게도 그 편이 좋았다. 오쓰타가 없었다면 아버지와 어머니가 상대해 주지 않는 것이 쓸쓸해서, 지금까지 두세 번은 짜증을 냈으리라.

오린도 쓰쓰야의 가쿠스케는 잘 알고 있다. 정월에 만나면 눈을 가늘게 뜨고 '많이 컸구나' 하고 말하곤 한다. 별로 말을 하지 않는 아저씨지만 눈빛은 상냥하고 목소리도 따뜻하다.

가쿠스케에게는 두 아이가 있다. 위의 여자아이가 오린과 동갑인 오엔이고, 밑의 사내아이가 오린보다 세 살 어린 동글이다. 동글이에게는 조이치로라는, 집안을 물려받을 적자에게 어울릴 만한 훌륭한 이름이 있었지만 아기 때 너무나도 동글동글하게 살이 쪄서 그 후로 그냥 동글이라고 부르고 있다. 두 사람과의 만남이 오린은 무엇보다도 기대되었다.

"어르신의 고희 축하 자리니까 물론 오엔과 조이치로도 올 거예요."

오쓰타는 오린이 먹다 흘린 생선 부스러기를 쟁반 위에 주워 모으면서 말했다.

"하지만 오린. 여기는 요릿집이에요. 오엔과 조이치로는 손님으로 오는 거라고요. 복도를 쿵쾅거리며 뛰어다니거나 놀아서는 안 돼요. 어디까지나 가게와 손님 사이니까."

"그래요? 재미없네."

"이제 다카다야나 숙사에서 스스럼없이 지내던 시절과는 달라요. 그 점은 확실하게 알고 있어야지요."

"흐음. 저기, 아줌마, 고희가 뭐예요?"

"일흔 살 생일을 말하는 거예요."

"오엔이랑 동글이의 할아버지가 고희가 된 거예요?"

"할아버지가 아니라 증조할아버지지요."

"시치베에 할아버지도 고희 아니에요?"

"벌써 지나셨어요. 경사스러운 일이에요."

오쓰타는 깔깔 웃었다. 부뚜막 위가 툭 트여 있어서 부엌 천장은 높다. 오쓰타의 웃음소리가 잘 울린다.

"시치베에 할아버지는 이곳에 와서 요리를 하지 않나요?"

"그러시지는 않을 거예요. 여기는 오린의 아버지와 어머니의 가게니까요."

후네야의 개업에 함께할 수 있는 인원은 적다. 지금껏 다카다야에서 많은 숙수와 고용살이 일꾼들을 보아 온 오린에게는 조금 불안해질 정도로 적었다. 주방에는 요리장인 다이치로 외에는 다카다야에서 데려온 슈타라는 젊은 숙수와 아직 오린이 갓난아기였을 때 이 년쯤 다카다야의 주방을 도왔던 적이 있다는 시마지라는 숙수가 들어오기로 되어 있을 뿐이다. 시마지는 나이가 많은 아저씨로, 오린의 아버지보다 훨씬 더 연상일 것이다. 이 사람은 매일 오지는 않는다. 사흘에 한 번 정도 오기로 약속되어 있다고 한다. 본인도 혼조 후타쓰메바시에서 도시락 가게를 하고 있다는 얘기를 들었다.

하녀의 수도 적다. 다에가 우두머리이고 다카다야에서 데려온 오리쓰가 있고 그 외에는 오쓰타뿐이다. 처음에는 손님이 하루에 한 번 올 테고, 매일 손님이 있는 것은 아니기 때문에 이걸로 충분하다고 한다. 손님이 늘면 사람도 늘릴 생각인가 보다.

어린 오린이지만 후네야의 출발이 결코 매끄럽지 않다는 것을 알아채고 있었다. 요전에 다이치로와 시치베에가 나누는 이야기를 들으니, 오쓰타와 슈타와 오리쓰에게 명절이나 연말에 지급하는 돈은 시치베에가 낸다고 한다. 그래도 꾸려 나가기는 힘들 거라고 시치베에는 말했고, 다이치로는 어려운 얼굴로 고개를 끄덕였다.

"아버지는 어떤 요리를 내놓을지 벌써 결정했을까?"

오린이 중얼거리자 오쓰타는 눈을 가늘게 뜨고 웃었다.

"오린, 뺨에 밥풀이 붙었어요."

오린은 당황하며 입가를 문질렀다.

"걱정하지 않아도 괜찮아요." 오쓰타는 상냥하게 말했다. "나리는 틀림없이 어떤 음식을 내놓을지 생각하셨을 테니까요. 어제까지 고민했던 모양이지만 오늘 아침에는 이미 완성되어 있었어요."

요즘 다이치로는 부지런히 쓰쓰야에 다니며 가쿠스케와 상의를 하곤 했다.

"쓰쓰야 주인의 축하연이니까요. 쓰쓰야와 관련된 음식을 내놓고 싶다고 하셨어요."

"그럼 피나 조 같은 거?"

"그런 것은 축하연에는 좀 어울리지 않네요. 역시 팥을 넣어서 팥밥 같은 것을 짓겠지요."

"흐음."

별로 재미있지는 않겠다고 오린은 생각했다. 오쓰타가 곰곰이 생각에 잠겨 있는 오린의 얼굴을 보고 쿡쿡 웃는다.

"오린도 어른이 되었군요. 그렇게 나리의 일에 대해서 걱정하다니. 게다가 아픈 것도 다 나아서 얼마나 다행인지 몰라요."

오린은 젓가락을 놓고 양손을 모으며 잘 먹었습니다 하고 중얼거렸다. 오쓰타가 "네, 반찬이 변변치 못했지요" 하고 말을 받았다.

"저기, 아줌마, 아줌마는 이제부터 아버지를 나리라고 부르는 거예요?"

"네, 그렇게 되지요."

"어머니는 마님?"

"네."

"그럼 시치베에 할아버지랑 오사키 아줌마는?"

"큰나리와 큰마님이려나요."

"어렵네요."

"아니, 왜요? 어디나 그렇답니다. 쓰쓰야에도 은퇴하신 큰나리와 지금의 나리, 오엔의 아버님 되시는 작은나리가 계시니까요."

머리로는 알고 있지만, 오린은 역시 아직 익숙하지 못하다. 지금까지 계속 다카다야에서 함께 지내며 어머니와 자매처럼 친했던 오쓰타 아주머니가 갑자기 어머니를 '마님'이라고 부르며 모신다……. "다이치로 씨, 정신 똑바로 차리세요" 하고 때로는 아버지의 등을 내리치며 격려하던 오쓰타 아주머니가 아버지를 '나리'라고 부르며 머리를 숙인다…….

생활이 변해 간다. 이곳에 오자마자 병으로 앓아눕는 바람에 지금까지 그런 것을 느긋하게 느낄 새도 없었다. 겨우 건강해져서 자리를 털고 일어나고 보니 저도 모르는 사이에 주위가 완전히 바뀌어 있었다―고 느껴 오린은 조금 쓸쓸했다.

오쓰타는 오린이 먹은 것을 치우고 그릇을 개수대로 가져갔다. 사방등 근처를 빙빙 나는 두 마리 작은 날벌레 소리까지 들릴 만큼 몹시 조용하다.

수로에 면해 있는 이 집에는 다카다야의 숙사보다 날벌레가 더 많다. 지금까지보다 한 달이나 더 일찍 모기장을 치게 될 거라고 오쓰타는 말했다. 물가라 시원하지만 모기가 많을 것이다. 여름철 밤에 오는 손님을 위해서는 모깃불이 많이 필요할 텐데, 그런 지출은 눈에 보이지 않지만 의외로 부담이 되는 법이라고 조금 걱정스러운 듯이 중얼거린 적도 있었다. 은근히 '왜 이런 물가에 있는 집을 골라서 가게를 열었을까' 하고 의아해하는 말투다. 그런 것도 오린에게는 더욱 불안하게 느껴졌다.

오린은 자기 전에 어머니한테 다녀오려고 일어섰다. 안채 방에서 장부를 쓰고 계시겠지—.

그때 부엌 입구 근처에서 인기척을 느꼈다. 누군가가 서 있다. 그림자만 보이고 얼굴은 보이지 않지만 머리를 올린 모양으로는 여자 같다. 순간적으로 어머니인가 생각했다.

"어머니."

말을 걸자 개수대 앞에서 오린에게 등을 돌리고 있던 오쓰타가 돌아보았다. 그러고는 오린의 시선이 향하는 쪽을 바라본다.

"마님?"

오쓰타도 불렀다.

오린은 눈을 깜박였다. 방금 전까지 보이던 그림자가 사라지고 없다. 부엌 입구에는 사방등의 엷은 불빛이 가까스로 닿고 있지만, 그 맞은편 봉당은 어두컴컴하다. 봄날 밤의 어둠이 끈적끈적하게 고여 있다.

어둠 속에서 미지근한 바람이 한 차례 일더니 가볍게 불어와서 오린의 뺨을 어루만졌다. 사방등의 불이 흔들린다.

"오린, 마님이라면 안채 방에 계실 거예요."

오쓰타가 행주로 손을 닦으면서 말했다.

"응. 하지만 지금 누군가 저기 있었던 것 같아요."

"오리쓰가 목욕을 하고 돌아온 게 아닐까요?"

"그런가? 나, 어머니한테 안녕히 주무시라고 인사하고 올게요."

부엌을 나서서 복도를 달려, 오린은 이층 방으로 올라가는 계단 안쪽에 있는 어머니의 작은방으로 향했다. 두 평 반 정도 되는 좁은 방이지만 삼면 격자에 좌탁이 있고, 주판에 장부 등 도구는 전부 갖추어져 있다. 거기에 앉아 있는 어머니가 몹시 대단해 보여서 자랑스러웠다.

복도에는 계단 입구 부근에 딱 하나 놓여 있는 등잔 외에는 불빛이 없다. 이 등잔도 손님이 와 있을 때는 촛불로 바꾼다. 생선 기름을 태우는 등잔은 요리 냄새를 해치고 분위기도 싸구려로 만들기 때문이다. 손님이 돌아가면 다시 등잔에 불을 켠다. 그런 소소한 절약이 가게를 꾸려 나가는 데에는 중요하다고 한다. 이것은 오사키가 어머니에게 들려준 말이다.

오사키 아주머니는 오린에게는 친할머니 같은 사람이지만 시치베에보다 열 몇 살이나 젊기 때문에 좀처럼 그렇게 부르게 되지가 않는다. 그래서 오린은 오사키 아줌마라고 부르고 있다.

당지를 바른 장지문에 손을 대자 작은 방 안에서 이야기 소리가 들렸다. 아버지와 어머니다. 오린은 귀를 기울였다. 아무래도 내놓을 음식에 대한 이야기 같다.

"그러니까 두부껍질을 이렇게 말아서—."

"싸서 내놓는 건 좋지만 어르신이 먹기 힘들면 곤란하잖아."

"하지만 아무리 고희 축하연이라도 너무 부드러운 음식만 내놓으면 다른 손님들이 괴롭잖아요."

열심히 대화를 나누고 있다. 오린은 방해하지 않기로 했다. 살며시 오른쪽으로 돌아 계단 아래로 다시 돌아간다.

누군가가 계단을 쿵쿵거리며 올라가는 발소리가 들려왔다.

이층에는 창고방과 이불방과 손님용의 넓은 객실이 두 개 있을 뿐이다. 오린 일가 세 사람은 아래층의 동쪽 방을 쓰고 있다. 오쓰타와 슈타는 다카다야의 숙사에서 다니고 있기 때문에 방이 없다. 오리쓰가 생활하는 한 평 반짜리 방은 오린 일가의 바로 옆방이다. 지금 이런 시간에 누가 무슨 볼일로 위층에 올라가는 걸까?

오린은 서둘러 계단 밑으로 돌아가서 이층을 올려다보았다. 계단을 끝까지 올라가더니 객실 쪽으로 달려가는, 가냘픈 어린아이의 새하얀 복사뼈가 얼핏 보인다.

오린은 눈을 깜박거렸다. 방금 봤던 장면을 당장은 실감할 수가 없었던 것이다. 누구지? 이 집에 나 말고 어린아이가 없을 텐데.

그때 눈앞에서 누군가 박수를 딱 친 것처럼 퍼뜩 놀라며 떠올렸다. 그렇다, 메롱을 하던 아이. 어디에 사는지 알 수 없는 여자아이. 그 아이가 아닐까?

오린은 계단을 뛰어올라 갔다. 위층은 캄캄하고 계단 밑에 있는 등잔의 불빛도 닿지 않는다. 오린은 평소 어두운 곳을 좋아하지 않는다. 하지만 지금은 무섭다는 기분보다도 빨리 쫓아가야 한다는 생각으로 가득해서 조금도 망설이지 않았다.

맨발로 찰박찰박 소리를 내며 계단을 뛰어올라 가자 오른쪽 방 장지문이 열리는 게 보인다. 아하, 저쪽이다! 하고 생각하며 달려가니 오린의 코앞에서 으스름달을 본뜬 무늬가 그려져 있는 장지문이 탁 닫혔다. 오린은 기세 좋게 문을 열었다.

덧문을 달아 두었기 때문에 방 안은 캄캄하다. 그런데도 다섯 평의 넓은 방 안이 잘 보인다.

—꼭 고양이가 된 것 같아.

갑자기 밤눈이 밝아졌다. 생각해 보면 아까 장지에 그려져 있던 무늬가 보인 것도 이상하다. 이층에는 아무런 불빛도 없는데.

"흥—이다" 하고 큰 목소리가 났다.

오린은 놀라서 목소리가 들려온 쪽으로 고개를 돌렸다.

"메롱이다!"

도코노마_{다다미방에서 정면 상좌에 바닥을 한 층 높게 만들어 족자나 꽃병 등을 장식하는 곳} 옆 선반 근처에 작은 여자아이가 걸터앉아 다리를 흔들고 있다. 그리고 희읍스름한 얼굴을 오린 쪽으로 향하고 한껏 메롱을 하고 있었다.

오린은 멍해져서 당장은 말이 나오지 않았다. 오린이 뚫어져라 바라보자 여자아이는 메롱을 멈추고 손을 내리더니 입을 삐죽거리며 오린을 노려보았다. 오린이 아파서 높은 열에 시달리고 있을 때 베개 위에서 올려다보았던 그 얼굴이다. 같은 여자아이의 얼굴이다.

"—너, 누구야?"

오린은 간신히 물었다. 여자아이는 대답 대신 또 메롱을 했다. 이번에는 아까랑 반대쪽 눈을 뒤집어 보이면서.

"메롱이다!"

여자아이는 오린보다 훨씬 몸집이 작고, 뼈와 가죽만 있는 것처럼 야위었다. 붉은색 바탕에 작은 흰색 매화꽃 무늬를 가득 흩어 놓은 기모노를 입고 있는데 이상할 정도로 덜름해서 마른 나뭇가지 같은 종아리가 드러나 있다.

"저기, 너 어디 사는 애니?"

오린은 여자아이 쪽으로 한 발짝 내딛으면서 물었다.

"어디서 왔니? 이 집에 있어? 네 이름은 뭐야?"

여자아이는 메롱을 멈추더니 양손을 무릎 위에 가지런히 올려놓고 고개를 갸웃거리며 오린을 바라보았다. 마치 아기 도둑고양이에게 말을 거는 것 같다고 오린은 생각했다. 이리 와, 이리 와, 해치지 않을게, 이쪽으로 와, 이쪽으로 오면 밥을 줄게—하지만 아기 고양이는 눈을 빛내며 천천히 뒷걸음질을 칠 뿐이다.

그때 뒤에서 큰 소리가 들렸다.

"오린?"

오린은 펄쩍 뛰어올랐다. 돌아보니 촛불을 손에 든 오쓰타가 오린과 비슷할 정도로 깜짝 놀라며 꺅 하고 소리를 질렀다.

"오린? 오린이지요? 뭘 하는 거예요?"

"아줌마!"

오린은 오쓰타 옆으로 달려가려다가 아슬아슬하게 멈추었다. 그러고는 도코노마의 선반 쪽을 돌아보았다. 거기에는 이미 여자아이의 모습이 없었다.

"오린, 무슨 일이에요? 이렇게 캄캄한 곳에 혼자 올라오다니."

오쓰타가 다가와서 조금 난폭하게 오린의 팔꿈치를 잡았다. 오린은 아연실색한 채 선반에서 눈을 떼지 못하고 그대로 중얼거리듯이 물었다.

"아줌마, 방금 그 여자아이 봤어요?"

"응?"

오쓰타는 얼굴을 찌푸렸다.

"여자아이?"

"도코노마의 단 있는 곳에 있었어요. 빨간 기모노를 입고 다리를 흔들고 있었는데. 나한테 메롱을 하고 있었어요."

오쓰타는 도코노마 쪽에 빛이 닿도록 손에 든 촛불을 높이 들었다. 방 안이 둥글게 밝아졌다. 어둠은 사방 구석으로 후퇴했다.

"아무도 없어요, 오린."

"방금 전까지 있었어요. 아줌마는 못 봤어요? 못 봤어요?"

"못 봤어요."

오쓰타가 그렇게 말하며 촛불을 든 채 도코노마 쪽으로 다가갔다. 불빛이 움직인 순간, 오린의 시야 구석에, 방 모퉁이의 어둠 속을 재빨리 뛰어가는 희고 가느다란 발목이 보였다.

"아! 저쪽!"

오린은 오쓰타의 소매를 세게 잡아당겼다. 촛불이 기울고 촛농이 다다미에 뚝뚝 떨어졌다. 불꽃이 크게 흔들리며 작아진다.

"앗 뜨거워! 오린도 참, 잡아당기면 안 돼요."

오린은 발목이 보인 곳으로 달려갔다. 하지만 그냥 어둠만이 있고, 오린의 맨발에는 차가운 다다미가 밟힐 뿐이었다.

"오린, 졸린 거 아니에요?"

오쓰타가 웃는다. 오린은 하고 싶은 말이 많았지만 명랑한 오쓰타의 웃음소리를 밀어낼 정도의 말은 생각나지 않았다.

"자, 아래층으로 내려가요. 볼일도 없는데 이런 곳에 있으면 귀신이 나와요."

그때 오린의 머릿속에도 촛불이 켜졌다. 귀신?

"아줌마, 여기 귀신이 나와요?" 오린은 오쓰타의 가슴에 달려들 듯이 물었다. "여기, 귀신이 있는 집이에요? 아줌마도 귀신을 봤어요?"

오쓰타는 촛불을 든 손을 쳐들고 몸을 젖혀 오린을 피했다.
"위험해요, 오린!"
"그렇지만 아줌마······."
"이 집에 귀신 같은 건 없어요. 있을 리가 없잖아요. 오린의 아버지와 어머니가 이제 막 새로 시작한 요릿집이니까요. 불길한 말은 하면 안 돼요."

오쓰타가 꾸짖는 듯한 어투로 말한다. 하지만 오린이 풀이 죽어 어깨를 축 늘어뜨리자 웃는 얼굴을 하며 머리를 쓰다듬어 주었다.
"귀신이 나온다는 건 오린을 겁주려고 한 말일 뿐이에요. 오린이 그렇게 깜짝 놀랄 줄은 몰랐거든요. 미안해요."

오쓰타는 비어 있는 손을 내밀어 오린의 손을 잡아당기려고 했다. 오린도 오쓰타의 손을 잡으려고 했지만 마지막 순간에 생각을 바꾸어 도코노마의 선반 있는 데까지 달려갔다.
"오린?"

지금은 선반 위에 아무것도 놓여 있지 않다. 본디 장식으로 만들어진 것이라 선반이라고 해도 폭은 세 치도 되지 않고 아주 작은 꽃꽂이 그릇이나 향로를 올려놓을 수 있는 정도이다.

아무리 마른 여자아이라도 이런 곳에 앉을 수 있을까?

그 아이―앉아 있었던 게 아니라 허공에 둥실 떠 있었던 게 아닐까.

오린은 갑자기 오싹하니 추워져서 서둘러 달려가 오쓰타의 소매를 잡았다.

"어머나, 왜 이럴까, 오린이."

오쓰타는 웃으며 촛불로 발치를 비춰 주었다.

그날 밤, 오린은 좀처럼 잠이 오지 않아서 계속 귀신에 대해서 생각했다. 귀신은 어떤 얼굴을 하고 있고 어떻게 나오는 거였더라. 가족 셋이서 나란히 누워 자는 이 작은 방 안이라면, 아버지와 어머니 사이에 끼어 있는 지금이라면 무서운 생각을 해도 괜찮을 것 같은 기분이 든다.

귀신에 얽힌 무서운 이야기라면 오린도 몇 가지 들어서 알고 있다. 오시아게의 숙사에 있을 때, 여름이 되면 잠들기 어려운 더운 밤에 시치베에가 모기장 안에서 같이 자면서 이야기해 주었다. 요물 고양이라든가, 여우에게 홀린 사람이라든가, 그림자를 밟혀 수명이 다하고 만 처녀의 이야기라든가, 원한을 품고 물에 빠져 죽은 사람이 수영의 달인인 무사의 다리를 잡아당겨 익사시킨 이야기라든가. 시치베에는 이야기 솜씨가 좋아서, 한 번은 오린이 완전히 겁에 질려 오줌을 싸고 마는 바람에 어머니에게 따끔하게 혼났다. 오린이 더럽힌 이불 옆에서 울고 있자니 시치베에가 몰래 다가와서 미안하다며 사과했다. 그것을 어머니가 듣고는 이번에는 시치베에를 심하게 나무랐다. 할아버지는 얌전히 고개를 숙이고 야단을 맞았다.

그리고 그날 저녁에는 야시장에 데려가 주고, 오린이 원하면 무엇이든 사 주겠다고 말했다. 오린은 웃고 있는 듯한 재미있는 얼굴을 한 강아지 종이 인형이 마음에 들어서 밤에는 그것을 끌어안고 잤다. 이 강아지 인형이 오린이 자는 동안에도 눈을 뜨고 깨어 있으면서 귀신이 나와 오린을 겁주려고 하면 멍멍 짖어서 쫓아내 주리라고 생각했다.

오린은 곡예장이나 극장에 드나든 적이 없다. 아버지나 어머니에게도 그런 시간이나 여유가 없었다. 그래서 그런 곳을 통해 듣는 무서운 이야기와는 인연이 없다. 시치베에가 어디에선가 손에 넣은, 아주 무서운 여자 귀신을 그린 족자를 갖고 있다는 이야기를 한 적이 있지만 오줌 사건이 있고 나서는 오린이 아무리 졸라도 결코 족자를 보여 주려고 하지 않았다.

귀신이 어떤 모습을 하고 있느냐고 물으면 어른들은 모두 양손을 가슴 아래쯤에서 흔들흔들하며 개개풀린 눈으로 '원망스럽구나' 하고 이상한 목소리로 말한다. 그것은 조금도 무섭지 않다. 귀신에게는 다리가 없다고 하는데 다리가 없으면 어떻게 걸어다니는 걸까.

오늘 밤에 오린이 본 여자아이는 틀림없이 두 다리를 갖고 있었고 걸어다니는 정도가 아니라 뛰어다녔다. 별로 원한에 찬 얼굴은 하고 있지 않았고, 양손을 흔들흔들 하고 있었던 것도 아니다. 그러고 보니 메롱을 하는 귀신 이야기는 들은 적이 없는데. 이상하네.

만일 그 아이가 귀신이라면 아주 이상한 이야기다.

하지만 만일 귀신이 아니라면 훨씬 더 이상한 이야기다. 그 아이는 대체 어디에서 왔을까?

시치베에가 사 준 강아지 인형은 이사를 하느라 정신이 없어서 깜박 잊어버리고 두고 왔는지 눈에 띄지 않는다. 아아, 그게 있었다면—누군가에게 말해서 찾아 달라고 해야지. 오시아게에 있으면 가져다달라고 하자. 역시 무섭다. 그걸 인정하려니 울화가 치밀지만,

그래도 역시 무서워진 듯한 기분이 든다.

오린은 천장을 향해 메롱을 했다.

"메롱, 이다."

소리 내어 말하자 아주 조금 속이 후련해졌다. 옆에서 자고 있던 어머니가 "응?" 하고 대답하며 불쑥 일어났다.

"왜 그러니, 오린?"

어머니는 상반신을 일으키고 앉아 있지만 눈은 꼭 감겨 있다. 오린은 숨을 죽이고 자는 척을 했다. 잠시 지나자 어머니는 다시 털썩 눕고 말았다. 이윽고 오린도 잠이 들었다.

일가족 세 명의 규칙적인 숨소리가 좁은 방 안을 오간다. 벽도 바닥도 천장도 함께 조용히 잠들어 있다.

하지만 만일 이 자리에 불침번을 서는 것이 특기인 강아지 인형이 있었다면, 밤의 밑바닥이 가장 깊어지는 축삼시_{오전 두 시부터 두 시 반}에 꽤나 재미있는 광경을 보았으리라.

자고 있는 다이치로의 발치에 앉아 있는 회색 옷을 입은 마른 안마사를.

자고 있는 다에의 머리맡을 오른쪽에서 왼쪽으로 가로질러 지나가는 날씬한 여자의 그림자를.

자고 있는 오린 위에 덮어씌우듯이 뚫어져라 잠든 얼굴을 바라보는 작은 여자아이의 모습을. 여자아이는 붉은 색에 작은 매화꽃 무늬가 흩어져 있는 기모노를 입고 기장이 모자라는 짧은 소매 사이로 야윈 팔꿈치를 내놓고 있다.

여자아이는 슬픈 얼굴을 하고 있었다. 당장이라도 울음을 터뜨릴 것 같은 얼굴이다. 따라서 설령 강아지 인형이 오린 옆에 있었다 해도 왠지 몹시 가여운 기분이 들어 멍멍 짖어 여자아이를 쫓아내지는 않았을지도 모른다.

세 개의 그림자는 새벽녘의 하얀 빛이 동쪽 하늘에 비쳐들 무렵 스윽 사라져 보이지 않게 되었다. 사라질 때 안마사가 음침한 목소리로, 너무 뭉쳐 있어서 힘들다는 말을 웅얼웅얼 중얼거렸지만 누구에게 들려주려고 한 말은 아닌 모양이다.

5

잡곡 도매상 쓰쓰야 일가가 후네야의 첫 손님으로 찾아오는 날이 다가왔다.

초저녁에서 밤까지 벌어지는 연회다. 하지만 다리가 다소 불편한 주인공 노인을 비롯해 쓰쓰야 사람들은 가마를 줄줄이 이끌고 서쪽 하늘에 주황색이 한 줄기 비칠까 말까 하는 시간에 이미 후네야에 도착해 있었다. 초대 손님이 모이기 전에 가쿠스케 부부가 다이치로 부부에게 우선은 후네야 개업을 축하한다는 말을 하고 싶다는 것이었다.

어르신을 방의 커다란 방석 위에 앉히고 시중을 드는 하녀에게 보살펴 달라고 부탁한 후, 가쿠스케 부부는 다에의 안내에 따라 후네야 안을 구경했다. 다이치로는 주방을 떠날 수 없었고, 또 오늘 밤에 내놓을 요리가 어떤 것인지 마지막 순간까지 알리고 싶지 않다며 일찌감치 주방에 틀어박혔지만, 가쿠스케는 여기저기에서 감탄의 소리를 지르거나 다에의 노고를 위로하면서 몹시 즐거운 듯이 돌아다녔다.

오린도 처음에는 쓰쓰야의 오엔과 동글이와 함께 어른들에게 바싹 붙어서 집 안을 돌아다녔지만 금세 싫증이 난 동글이가 수로 쪽으로 내려가서 낚시를 하겠다느니, 창고방에서 숨바꼭질을 하자느니, 이것저것 귀찮은 말을 꺼내면서 뛰어다니는 바람에 오린과 오엔은 그를 쫓아 헉헉대며 뛰어다녔다. 오쓰타가 재빨리 그런 분위기를 알아채고 오른손에 눈깔사탕을, 왼손에 피를 한 움큼 쥐고 쫓아오며 말했다.

"해자 가장자리에 피를 뿌려 보세요. 참새나 제비가 많이 올 테니까. 해가 지기 전에 뿌려야 해요. 떨어지지 않도록 조심하고!"

오쓰타가 도와준 덕분에 오린과 오엔은 눈깔사탕을 핥으며 해자 가장자리에 걸터앉아, 참새나 제비를 쫓아다니며 노는 동글이를 바라볼 수 있게 되었다.

"동글아, 가장자리에 너무 가까이 가면 안 돼!"

오엔이 누나답게 큰 소리로 말한다. 눈깔사탕을 핥으면서 큰 소리를 지르다니 무슨 마술 같다. 오쓰타가 준 동그란 눈깔사탕은 핥다 보면 색깔이 변하는 종류였다. 지금 오엔이 참새를 밟으려고 하는 동글이를 야단치며 입을 크게 벌렸을 때 얼핏 보인 색깔은 빨간색이다.

오린은 자신의 입 안에 든 눈깔사탕을 꺼내 보았다. 귤 색깔을 띠고 있다. 신기하네. 왜 이렇게 되는 거지.

"저기, 오린. 여기 와서 심심하지는 않아?"

동글이의 머리를 주먹으로 쥐어박은 오엔이 오린 옆으로 돌아와 고개를 갸웃거리며 그렇게 물었다. 호리호리한 목에서 턱에 걸친 선이 몹시 어른스러운 느낌이 드는 여자아이로, 크면 분명히 미인이 될 것이다. 동그랗고 귀여운 눈동자에 수로의 잔물결이 비치고 있다.

"조금 심심해." 오린은 솔직하게 대답했다. "시치베에 할아버지가 없어서."

"그 할아버지 참 좋지." 오엔은 무언가를 감정하는 투로 말했다. "그 연세에도 같이 달리기를 하면서 놀아 주잖아. 우리 증조할아버지는 이제 혼자서는 제대로 걷지도 못하는데."

"고희니까 그렇지. 어쩌겠어."

"그야 그렇지. 어쩔 수 없지."

둘이서 그런 대화를 하니, 비록 의미는 엉망진창이라도 어른이 된 것 같은 느낌이 든다.

"아버지가 후네야에 축하 선물로 준다면서 엄청난 족자를 가져왔어. 나중에 펼쳐서 보여 주겠지만."

"어떤 족자?"

"에비스 님어업과 상가(商家)의 수호신이 낚시를 하는 족자. 도미를 낚는 거지. 눈에서 꼬리까지의 길이가 이만안한 도미."

오엔은 양손의 검지를 세워 한 자 이상의 폭을 나타내 보였다.

"행운의 상징이래."

"그래, 고마워. 가쿠스케 아저씨는 늘 정말 다정하시네."
"어머니는 다정하기만 하다고 말하지만."
"우리 어머니는 아버지가 가쿠스케 아저씨처럼 다정하면 좋을 텐데, 하고 말했어."

정확하게는 다에가 하는 말을 들은 게 아니라 다에가 그렇게 말했다는 이야기를 오쓰타가 오리쓰에게 하는 말을 엿들었을 뿐이지만, 오린은 짐짓 점잔을 빼며 그렇게 지껄였다. 응, 이런 이야기는 정말 어른 같다.

"오린, 오늘 어떤 요리가 나올지 알아?"
"몰라. 아버지가 안 가르쳐 줘. 나한테 가르쳐 주면 오엔한테 얘기해 버릴 거라면서."

오엔은 입 끝을 씨익 추켜올리며 꽤나 어른 여자처럼 웃었다. 잠깐 보지 못한 사이에 이런 표정을 익힌 모양이다.

"아저씨는 우리를 꿰뚫어 보고 있구나."

응, 꿰뚫어 보고 있어, 하고 대답하며 오린은 동글이를 불쑥 돌아보았다. 동글이는 발치의 자갈을 주워 들어 수로의 물속으로 던져 넣고 있었다. 아마 자갈을 던져서 수면을 가르며 날아가게 하고 싶은 모양이지만, 힘만 잔뜩 주어 던지기 때문에 돌은 첨벙첨벙 가라앉을 뿐이다.

동글이 옆에 얼핏 붉은 기모노가 보였다.

오린은 숨을 삼키며 순간적으로 일어섰다.

그 여자아이다. 하얀 매화꽃 무늬의 붉은 기모노다. 그 아이가 동글이와 나란히 서서 수로에 돌을 던지고 있다. 여자아이가 던지는 돌은 기분 좋게 물살을 가르며 엿가래처럼 획획 미끄러져 간다.

"잠깐, 너!"

오린은 크게 소리를 질렀다. 순간 눈깔사탕이 입속에서 데구르르 굴러 목구멍 쪽으로 떨어졌다. 숨이 탁 막혔다.

오린은 계속해서 소리치려고 했지만 입을 벌려도 목소리가 나오지 않았다. 한겨울 밤중에 아귀가 맞지 않는 덧문 틈으로 겨울바람이 지나갈 때와 같은 쉭쉭 하는 소리가 나올 뿐이다.

"오린, 왜 그래?"

목구멍이 아프고 두 눈이 뜨거워지고 눈알이 튀어나올 것만 같았다.

"오린!"

눈앞에서 오엔이 양손을 휘저으며 뭐라고 외치고 있다. 동글이도 돌을 던지려던 동작을 멈추고 이쪽을 보고 있다. 동글이 뒤로 아직 붉은 기모노가 보인다. 동글이의 등에 숨어 있는 붉은 기모노를 입은 여자아이. 오린은 열심히 소리를 지르려고 했다. 저 아이는 동글이를 수로에 밀어 떨어뜨릴 생각이다. 위험하다, 위험하다—아아, 하지만 목소리가 나오지 않는다. 눈앞이 새하얘진다. 안개가 끼기 시작한다. 머리가 어질어질하다.

"오린이 큰일났어요!"

오엔의 비명 소리가 어딘가 먼 곳에서 들려온다.

그때, 뭔가가 바람처럼 재빨리 오린 곁으로 다가와 오린의 몸을 들어 올렸다. 오린의 다리가 허공에 떴다. 그렇게 생각한 순간 이번에는 머리를 아래로 한 채 거꾸로 들려 있었다. 오시아게의 숙사 마당에 있던 오래된 벚나무에 올라가, 가장 낮은 곳에 튀어나와 있는 가지에 두 다리를 걸치고 원숭이처럼 매달려 소란을 피우다가 야단맞은 추억이 번개처럼 머리 구석을 스쳤다.

수로의 땅바닥이 머리 위에 있고, 저물어 가는 주황색 하늘이 발밑에 있다. 눈알이 달아오르고 입이 벌어지고 코끝이 찡하니 아파 왔다. 이제 거의 숨은 멈추었다.

철썩 하고, 누군가의 손이 오린의 등을 때렸다. 등뼈가 삐걱거린다.

마치 뭔가 장치가 되어 있는 장난감처럼 오린의 입에서 둥근 눈깔사탕이 톡 튀어나왔다. 순간 호흡이 돌아왔다. 오린은 가슴 가득 숨을 들이마시고 왈칵 토해 내면서 소리를 질렀다. 스스로는 울 생각은 없었지만 울음 섞인 목소리가 들려온다. 이상하다고 생각했더니 동글이의 목소리였다.

오린은 또 바람 같은 것에 낚아채여 휙 뒤집혔다. 눈앞에 줄무늬 기모노의 옷깃이 보였다. 머리 바로 위쪽에서 목소리가 들려온다.

"천천히 숨을 쉬렴. 천천히."

정신을 차려 보니 오린은 낯선 남자에게 안겨 있고 지금 그 사람은 천천히 몸을 굽혀 오린을 수로 가장자리의 땅 위에 내려놓으려 하고 있었다. 들은 대로 천천히 숨을 쉬려고 했지만 개가 헐떡이며 혀를 내놓을 때처럼 헉헉대고 만다. 울음이든 웃음이든 터뜨리고 싶지만 목이 아프다. 뭔가 말하려고 했더니 콜록콜록 기침이 나고 말았다.

"오린!"

울음은 그쳤지만 눈물로 엉망이 된 얼굴을 하고 있는 동글이를 그대로 내버려둔 채 오엔이 달려왔다. 낯선 남자는 오린 옆의 땅바닥에 시선을 떨어뜨리더니 손을 뻗어 뭔가를 주워 들었다.
"이거 신기하군. 파란색이야."
남자는 손가락 끝으로 오린의 목에서 튀어나온 사탕을 집어 들고 있었다.
"파란색으로 바뀌는 사탕은 좀처럼 없는데. 어쨌든 하마터면 죽을 뻔했구나."
이 아저씨가 구해 주었다는 사실은 알고 있지만 아직 목소리가 나오지 않아서 고맙다는 인사를 할 수가 없다. 오린이 콜록거리고 있자니 오엔이 오린의 등을 안으면서 마치 언니나 어머니처럼 머리를 숙였다.
"고맙습니다."
낯선 남자는 싱긋 웃었다.
"뭘, 대단한 일도 아닌데."
다이치로와 비슷한 나이일까. 줄무늬 기나가시하오리나 하카마를 입지 않고 기모노만 입은 남성의 약식 복장를 입고 띠에 크고 작은 검 두 자루를 차고 있다. 키는 크지만 마른 느낌이라, 마치 기모노를 걸어 두는 횃대처럼 어깨뼈가 도드라져 있다. 매끈매끈하게 벗겨진 이마 탓인지 눈과 눈 사이가 상당히 떨어져 있는 것처럼 보인다. 무언가와 닮은 것 같아서 잠시 생각했다. 아귀인가?
이 아저씨, 무사님이다. 이런 곳에서 무엇을 하고 있었을까?
오린의 의문에 답하듯 바로 옆에서 개가 왕 하고 짖었다. 돌아보니 오린이 좋아하는 강아지 인형만 한 크기의 새하얀 개가 동그랗고 귀여운 눈으로 이쪽을 보며 귀를 쫑긋 세우고 있다. 목에는 동아줄이 매어져 있고, 줄 끝은 땅 위로 길게 뻗어 있었다.

"알았다, 알았어." 오린을 구해 준 낯선 무사는 웃으면서 하얀 개를 돌아보더니 동아줄 끝을 집어 들었다. "자, 갈까?"

아무래도 무사님은 수로 주위를 걸으며 개를 산책시키는 참에 때마침 눈깔사탕 때문에 질식할 뻔한 오린을 목격한 모양이다.

"이제 괜찮지?"

무사는 끊임없이 꼬리를 흔들며 재촉하는 개를 달래면서 오린을 돌아보고 물었다.

"네, 이제 괜찮아요."

겨우 목소리가 나왔다. 조금 갈라지긴 했지만 오린의 목소리다.

"정말 고맙습니다."

"뭘, 뭘."

무사는 성큼성큼 걷기 시작했다. 맨발에 꿰어 신은 짚신은 완전히 닳고 해어져서 걸을 때마다 펄럭거린다. 개는 몹시 기쁜 듯이 앞서거니 뒤서거니 하며 펄쩍펄쩍 뛴다.

무사님과 개는 수로 가장자리를 따라 바로 옆에 있는 저택 쪽으로 향했다. 주저앉은 채 지켜보고 있자니 군데군데 벗겨지거나 부러진 빈약한 판자담을 돌아 저택 북쪽으로 모습을 감추었다.

"저 사람, 옆집 사람이구나."

오엔이 말했다.

"어떤 사람인지 아니?"

"하타모토라고 어머니가 그랬어."

오린은 아픈 목을 문지르면서 일어섰다. 오쓰타가 말한 '가난뱅이 하타모토'에 대해서는 얘기하지 말자고 생각했다.

"자, 돌아갈까?" 오엔이 동글이의 손을 잡아끌었다. "어머니한테 들키지 않아서 다행이야. 호되게 야단을 맞았을 테니까."

오엔이 갑자기 지친 듯 한숨을 쉰다. 축하 연회는 이제부터 시작인데, 왠지 벌써 집에 가고 싶어 하는 것처럼 보였다.

오린은 말을 꺼내기가 어려워져서 결국 얘기하지 못하고 말았다. 저기, 오엔, 너 동글이 옆에 서 있던 붉은 기모노를 입은 여자아이를 보지 못했니?

여자아이의 모습은 이미 사라지고 없다. 수로의 잔물결이 갑자기 으스스한 색깔로 보여서 오린은 부르르 몸을 떨었다.

쓰쓰야는 잡곡 도매상으로서뿐만 아니라 상가로서도 보기 드문 이름이다. 그러나 여기에는 이유가 있다.

원래 가게 이름이 아니라 별명 같은 것이었다. 진짜 가게 이름은 가게를 처음 일으킨 선선대 주인의 출신지 지명을 따서, 지극히 평범하게 '미카와야'라고 했다. 미카와야 대신 쓰쓰야라고 부르기 시작한 사람은 다름 아닌 이 가게에서 잡곡을 사 가는 손님들이었다.

쌀이든 잡곡이든 된장, 간장, 기름 종류든 양을 달아 물건을 파는 가게에 가는 손님들은 그릇을 들고 사러 간다. 미카와야도 예외가 아니었다. 그러던 어느 날, 다리가 불편한 노인이나 심부름을 온 어린아이가 비에 미끄러지거나 돌에 걸려 넘어져서 됫박 가득 산 팥이며 피를 길에 온통 쏟아 놓고 마는 일이 거듭되자 선선대 주인은 생각했다. 떨어뜨리거나 넘어져도 안전한 그릇이 뭐 없을까 하고. 주인은 안주인과도 상의하고 무명 도매상에도 찾아가 이야기를 한 끝에 크고 작은 자루를 두 종류 만들기로 했다. 큰 자루는 팥이 한 되 들어간다. 작은 자루는 한 되의 반, 다섯 홉이 들어간다. 내용물을 넣고 입 부분을 끈으로 조이면 대충 통 모양이 된다. 천이 튼튼하기 때문에 어지간해서는 닳아 해어지지 않는다. 손님이 오면 여기에 주문한 잡곡을 달아 넣어서 건네주고, 다음 기회에도 그것을 가지고 와 달라고 말한다. 다시 말해서 공짜로 손님에게 주는 자루였다. 당연히 가게로서는 상당한 지출이다.

그래도 큰맘 먹고 해 보니 이것이 예상외로 평판을 얻었다. 손님들은 더 이상 아무도 미카와야라고 부르지 않고 통 모양의 자루에 잡곡을 팔아 주는 가게—쓰쓰야_{일본어로 '쓰쓰'는 '통'이라는 뜻}라고 부르게 되었다.

하지만 가게에 온 손님에게 반드시 자루를 주는 방식은 곧 바꾸지 않을 수 없게 되었다. 지난번에 준 자루를 어디에선가 잃어버리고 결국 됫박을 가져오거나, 자루만 갖고 싶으니 팔아달라는 등 여러 가지로 소란스러운 일이 일어났기 때문이다. 손님을 빼앗긴 근처 잡곡 가게에서 사람을 고용해 계속해서 가장 싼 피를 사러 보내는 심술을 부린 적도 있었다. 이런 일을 당하고 보니 쓰쓰야의 피해는 의외로 심각해졌다. 아무리 싼 물건이라도 처음 오는 손님에게는 자루에 담아서 주어야 하고, 그렇게 되면 새로운 손님이 올수록 자루 값만큼 손해를 입게 되기 때문이다.

결국 손님이 원하면 자루를 주지만 자루만 팔지는 않는다. 다음에 물건을 살 때 자루를 가져오면 그대로 사용한다는 방식으로 바꾸었고, 그 후 쓰쓰야는 계속 장사를 해 왔다. 물론 지금의 주인도, 가쿠스케도 그렇게 하고 있다.

선대 주인의 고희를 축하하는 오늘 연회의 가장 중요한 요리는 그러한 쓰쓰야의 유래를 그대로 본따 만든 통 모양의 조림이었다.

이것이 다이치로가 만들어 낸 작품이다. 아무리 식재료가 풍부한 봄의 연회 요리라지만 제철 재료만 순서대로 늘어놓으면 재미가 없다, 좀 더 쓰쓰야에 어울리는 것을 내놓을 수 없을까—하고 생각하다가 만든 요리다.

이날의 요리는 주인공인 어르신의 연세를 생각하고, 미리 물어봐둔 취향도 가미해서 전체적으로 부드럽고 먹기 쉬운 것만을 골랐다. 전채로는 커다란 술잔 같은 작은 주발에 담은 유채꽃 겨자무침, 봄에 맛이 좋은 키조개 산초구이 두 조각. 가다랑어는 아직 이른데다 어르신이 지금 거의 날것에 젓가락을 대지 않는다고 했기 때문에 회는 빼고, 공기에 담은 뱅어두부. 간장을 친 죽순, 달걀부침으로 이어진 다음 구이는 도미, 그러고 나서 드디어 다이치로가 고안해 낸 조림이 곁들여진다.

넙치 쓰쿠네^{어육을 다지고 달걀과 녹말을 섞어 경단처럼 둥글게 빚어서 기름에 튀긴 요리}에 잘게 다진 푸성귀를 뿌린 다음 통 모양으로 다듬어 대강 한 번 찌고, 다진 두릅을 두부껍질로 싸서 통 모양으로 만들어 육수로 삶아서 그릇에 담은 후 잡곡 도매상이라는 점과 축하한다는 뜻을 이중으로 담은 팥알을 띄운 칡즙을 뿌린다. 너무 뜨거우면 노인이나 아이들이 화상을 입기 때문에, 다이치로는 가만히 연회의 분위기를 살피다가 때가 되었다 싶을 때에 그릇을 갖추어 한꺼번에 내놓았다.

결과는 매우 좋았다. 그릇 뚜껑을 열고 통 모양의 두부껍질 말이가 나타나자 시끌벅적하던 연회 분위기가 한층 더 고조되었다. 초대 손님들의 입에서 통 모양의 자루에 담아 팔기 시작한 당시의 고생담이나 추억담이 나오기 시작하고, 그 이야기가 또 다음 이야기를 불러 화제가 넓어져 간다.

급사를 맡은 다에는 쓰쓰야 사람들의 즐거운 웃음소리를 등 뒤로 들으며 부엌으로 내려가 다이치로와 젊은 슈타에게 웃는 얼굴로 일이 잘되었음을 알렸다. 두 사람은 눈에 띄게 안도한 표정을 지었다. 아침부터 완전히 굳어 있던 다이치로의 옆얼굴은 그제야 처음으로 풀어졌다.

"두부껍질 마는 방법을 연구한 보람이 있었던 모양이네요. 먹기 어렵다고 말하는 사람은 한 명도 없어요."

"노력한 만큼 보람은 있었군."

다이치로가 말했다.

이제는 산뜻하게 입을 헹굴 식초 요리와 어르신이 좋아한다는 완두콩밥, 마지막으로 과일만 내놓으면 된다.

"그러고 보니 마님, 아까 아가씨의 저녁밥에 오쓰타 씨가 달걀부침을 조금 곁들여서 가져갔습니다. 아가씨가 좋아하신다면서요."

슈타가 말했다.

"어머나, 파는 음식은 먹이면 안 된다고 말해 두었는데."

다에는 눈썹을 찌푸렸지만 다이치로는 고개를 저었다.

"하나 정도 뭐 어때."

"맞아요. 저도 아가씨에게 큰나리의 달걀부침과 비교해서 어땠는지 물어보고 싶고요."

슈타는 아직 지기 싫어하는 소년의 그림자가 짙게 남아 있는 젊은이지만 다카다야에서 엄하게 교육을 받아 온 탓인지 행동거지가 빠릿빠릿하고 말씨도 단정하다. 요리 실력은 아직 부족해도 성실하고 열심히 노력하는 데 있어서는 젊은 시절의 다이치로에게도 뒤지지 않는다. 지금은 아직 밑준비하는 일만 맡고 있지만 달걀 요리는 특기이기 때문에 오늘 밤의 달걀말이도 공정의 대부분은 그가 손을 댄 모양이다.

다카다야 시치베에게 직접 전수받은 달걀부침은 시치베가 젊은 시절에 어디선가 만드는 법을 배워 온 것으로, 과자에 가까울 정도로 단맛이 강하고 폭신한 카스텔라처럼 굽는 데 특징이 있다. 시치베가 오시아게에 와서 달걀부침을 구워 준다고 하면 오린을 비롯해 숙사 아이들은 펄쩍펄쩍 뛰며 기뻐한다.

"그럼 오린은 밥을 먹었겠네."

"네. 오쓰타 씨는 곧 돌아와서 이쪽 일을 도와주겠다고 했습니다."

다에는 요즘 계속 오린에게 신경을 써 줄 시간이 없기 때문에 오쓰타에게만 맡겨 두고 있다. 그 사실이 마음 아팠다. 식사도 거의 같이 하지 못했다. 밤에는 옆에 나란히 누워서 자지만 자식의 잠든 얼굴을 찬찬히 바라볼 여유도 없이 베개에 머리를 댔는가 싶으면 끌려들어가듯 잠들어 버리는 매일이다. 얌전한 아이라 입 밖에 내어 말하지는 않지만 내심 쓸쓸해하고 있지는 않을까. 달걀부침 정도로는 벌충할 수도 없겠지만 조금은 위로가 되었을까 하고 생각하면서 다에는 북적거리는 연회장을 향해 계단을 올라갔다.

'슈타 씨는 아직 멀었다. 시치베에 할아버지에게는 한참 미치지 못한다.' 그것이 오린의 판정이었다. 시치베에의 달걀부침은 훨씬 더 폭신하다. 비단과 무명 행주만큼이나 차이가 있다.

오쓰타는 저녁밥을 가져다주고 아주 잠깐 오린의 식사를 지켜봐 주었지만, 역시 오늘 밤에는 장사가 진행중이다 보니 마음이 급한지 도중에 사라지고 말았다. 오린은 혼자서 밥을 먹었다. 꼭꼭 씹어서 먹으렴, 씹으면 씹을수록 거북처럼 오래 살게 된다는 시치베에의 입버릇을 떠올리면서 부지런히 씹었지만, 자신이 밥을 씹는 소리가 들리자 처량해져서 점점 후루룩 먹게 되고 말았다.

다 먹고 나도 오쓰타는 돌아오지 않았다. 오린은 빈 접시와 밥그릇을 단정하게 늘어놓고 '잘 먹었습니다' 하며 손을 모으고는 쟁반을 부엌으로 가져갔다. 계속 혼자 있으니 심심하다.

눈깔사탕 때문에 숨이 막힌 일은 없었던 마냥 기운이 났다. 오린을 구해 준, 아귀를 약간 닮은 무사님은 상속받기 전의 도련님처럼 보이지는 않았으니 그분이 이웃에 사는 나가사카 님이리라. 다음에 만나면 제대로 고맙다는 인사를 해야겠다.

하지만 만일 다음에 오린이 부모님과 함께 있을 때, 개를 산책시키는 나가사카를 만나게 되면 조금 곤란해진다. 눈깔사탕 때문에 목이 막힌 것은 비밀이기 때문이다. 나가사카가 실수로 다이치로와 다에에게 이야기를 하면 오린은 크게 야단을 맞을 것이다. 아니면 무스님이라는 분은 그런 이야기 따위 함부로 하지 않는 사람일까?

―오쓰타 아줌마한테만은 이야기해 둘까?

저기, 나 아줌마가 준 사탕이 목에 걸려서 죽을 뻔했어요. 그러면 오쓰타 아줌마는 깜짝 놀라서 오린을 야단치기 전에 사과하겠지. 그건 싫은데. 오쓰타 아줌마가 잘못한 게 아닌걸.

아줌마한테는 붉은 기모노를 입은 여자아이에 대해서나 이야기해 볼까. 어쩐지 으스스해요. 저기요, 역시 이 집에는 귀신이 나오는 것 같아요―.

오린은 양손으로 쟁반을 들고, 오늘 밤에는 촛불이 켜져 있는 계단 밑 복도로 접어들었다. 계단 중간쯤, 흐릿하고 둥근 빛의 고리 속에 앉아 있는 누군가의 모습이 보였다. 하얀 버선과 하카마의 접은 금이 또렷하게 보인다. 손님 중 누군가일 테지. 오린은 집 안에서 손님을 만나면 그렇게 하라고 배운 대로 말없이 목례를 하면서 계단 밑을 지나가려고 했다.

그러자 계단에 앉아 있는 사람이 후후후 하고 웃었다.

오린은 슬쩍 머리를 들고 위를 보았다. 그곳에 앉아 있는 사람과 눈이 정면으로 마주쳤다. 오린은 놀라서 쟁반을 떨어뜨릴 뻔했다.

거기에 있는 사람은 오늘 밤에 온 손님이 아니다. 젊은 무사였다. 가문의 문장紋章이 새겨져 있는 하카마기모노 겉에 입는 폭이 넓은 하의 차림으로 계단에 느긋하게 걸터앉아, 무릎 위에 팔꿈치를 짚고 양손을 깍지 낀 채 웃는 얼굴로 오린을 내려다보고 있다.

"여어, 안녕."

그가 인사했다.

오린은 뚫어져라 그를 올려다보았다. 눈깔사탕이 걸렸을 때처럼 숨 쉬기가 힘들었다.

자세히 보니 그의 모습이 반쯤 비쳐 보였기 때문이다. 위층의 연회석에서 새어 나오는 불빛과 아래층의 촛불 불빛 덕분에 오늘 밤에는 계단의 나뭇결까지 잘 보인다. 나뭇결이 그의 얼굴 맞은편에 보인다. 하오리를 입은 어깨 언저리에 보인다. 하얀 버선 끝에서부터 상투 꼭대기까지, 그 너머에 계단이 몇 개나 있는지 셀 수 있을 정도다.

오린이 얼어붙은 듯이 우두커니 서 있자 그는 깍지 낀 손가락을 풀었다. 오린이 얼른 펄쩍 뛰어 물러서니 그는 또 웃었다.

"무서워하지 않아도 돼, 아무 짓도 안 할 테니까."

밝고 좋은 목소리였다. 얼굴도 단정하고 잘생겼다. 나이는 스무 살 남짓. 눈썹은 짙고 눈은 맑고 뺨은 매끈한 것이 몹시 생기발랄하다.

설령 상대가 반쯤 투명하더라도 미남이면 그렇게 무섭지 않은 법이다. 그런 말을 하면 미남이 아닌 사람에게는 미안하지만 세상이란 그런 법이다. 오린은 살며시 아래에서 위쪽을 향해 목소리를 던지듯이 물었다.

"무사님은 귀신이세요?"

"응."

계단에 걸터앉은 그가 말했다.

"잘 아는구나, 대단한데, 대단해."

왠지 태평해 보이는 귀신이다.

"어째서 거기에 있지요?"

상대는 슬쩍 어깨를 으쓱했다.

"어찌된 셈인지 계속 여기에 있었어. 나야말로 묻고 싶구나. 왜 이런 곳에서 요릿집을 하려는 걸까, 너희 부모님은."

오린도 그것에 대해서 부모님께 자세히 물어본 적은 없다. 어째서일까?

"아마 마음에 들었나 봐요."

"전에 여기에 있던 요릿집은 망했는데."

젊은 무사는 그렇게 말하며 느긋하게 목덜미를 벅벅 긁었다. 목덜미를 긁는 하얀 손도 머리 너머로 비쳐 보여 마치 환등幻燈 같다. 이상하지만 아름다워서 오린은 잠시 넋을 잃고 말았다.

"올라오렴. 잠깐 이야기나 하자꾸나."

자신이 앉아 있는 계단 옆을 가볍게 두드리며 오린을 불렀다.

"네 이름은 오린이지?"

오린은 손에 든 쟁반을 잠시 내려다보았다. 오린의 망설임을 알아차렸는지 계단 위의 무사는 아하하 하고 웃었다.

"쟁반을 가져다 놓고 오렴. 나는 여기서 기다릴 테니까."

오린은 "네" 하고 대답을 하고 잔걸음으로 부엌으로 갔다. 아무도 없다. 오쓰타 아주머니도 객실 쪽을 거들고 있는 모양이다. 개수대의 물을 담아 둔 통에 밥그릇을 담그고, 쟁반을 선반 위 정해진 곳에 반듯하게 넣은 후 서둘러 계단으로 되돌아갔다.

쟁반을 내놓고 물리는 일 정도는 오린도 당연히 직접 해야 한다. 설거지는, 지금은 오쓰타가 전부 모아서 해 주고 있지만 머지않아 오린의 일이 될 것이다. 매일 반복해서 이루어지는 그런 일 사이사이에 귀신과 이야기를 하고 있다는 사실이 참으로 이상해서, 오린은 이게 꿈인가 싶어 뺨을 꼬집어 보았다. 아프다.

돌아가자 흐릿하게 비쳐 보이는 무사의 모습은 아직도 분명히 그 자리에 있었다. 그가 오린 쪽으로 머리를 돌렸다.

"그렇게 꼬집으면 예쁜 얼굴이 다 망가지지 않니."

그가 밝은 목소리로 말한다.

"여자아이는 함부로 얼굴에 손을 대서는 안 돼. 일부러 확인하지 않아도 나는 꿈이 아니고, 사라지지도 않을 테니 말이다."

오린은 뺨에 손을 대며 고개를 끄덕였다. 난간을 잡고 계단을 올라가 머뭇머뭇 그의 옆에 걸터앉는다.

바로 가까이에서 보아도 무사의 몸은 역시 투명해서 금세 사라질 것만 같았다. 하지만 그 와중에도 하카마의 곧은 주름이 빛나 보이는 것이 또 이상하다.

게다가 이 귀신에게서는 왠지 모르게 좋은 냄새가 났다. 무슨 향 같기도 하고 꽃 같기도 한―.

"시끌벅적하게 놀고 있는 모양이군."

무사는 그렇게 말하며 어깨 너머에 있는 객실 쪽을 오른손 엄지로 가리켰다. 사람들의 이야기 소리뿐만 아니라 가락이 맞지 않는 노랫소리도 들려온다. 계단에까지 술과 요리 냄새가 풍겨 오는 듯하다. 위층에 넘쳐나는 촛불의 불빛을 등지고 있으니 무사님과 단둘이 몰래 숨바꼭질을 하고 있는 것 같다.

"오늘 온 손님 중에 오린과 비슷한 또래의 여자아이가 있더구나. 그 아이와 사이가 좋지?"

"네. 오엔이에요."

"그 아이가 손님으로 오면 오린만 저 자리에 낄 수 없으니 재미가 없겠구나. 장사를 하는 집의 아이는 그런 점이 괴롭겠어."

꽤 이해심이 많은 귀신이다.

"저어……."

"응?"

"아까, 무사님은 계속 여기에 있었다고 말했지요?"

"응, 그랬지." 하얀 이를 드러내며 씩 웃고는, "오린, 정중한 말씨를 쓸 생각이라면 그럴 때는 '말했지요'가 아니라 '말씀하셨다'라고 해야 한다. 경어라는 것이지."

"네. 말씀하셨습지요."

"그렇게까지 정중하게 말할 필요는 없다. 게다가 내게는 일일이 정중하게 말하지 않아도 돼. 편하게 말하렴."

오린은 눈을 깜박거렸다.

"네."

"그래서? 분명히 나는 계속 여기에 있었단다."

"네……. 저어, 어째서요?"

"어째서?"

"무사님은 귀신이지요?"

"응."

"그리고 계속 여기에 있었지요?"

"그래."

"그렇다면 저어, 이 집에 그, 원한을 품고 있다거나 그런 건가요?"

"원한을 품지 않으면 여기에 있으면 안 되나?"

오린은 또 눈을 깜박거렸다.

"원한을 품는다는 것은 말하자면 어떻게 하는 걸까?"

무사는 팔짱을 끼더니 턱 끝에 손을 대고 생각에 잠겼다.

"나쁜 짓을 한다는 건가?"

"이야기 속에서는 그렇게 되어 있어요." 오린은 작은 목소리로 말했다. "시치베에 할아버지가 가르쳐 줬어요."

"예를 들면 이런 것 말이냐?"

무사는 그렇게 말하며 오른쪽 손바닥을 팔랑팔랑 움직였다. 그러자 갑자기 싸늘한 바람이 오린의 머리카락을 희롱하며 오른쪽에서 왼쪽으로 불어 지나갔다.

"아니면, 이런 것?"

이번에는 손가락을 딱 울렸다. 순간, 계단 아래의 작은 방과 부엌, 복도에 켜져 있던 촛불과 등잔이 일제히 딱 한 번 깜박이더니 훅 꺼졌다. 오린의 발밑이 어둠의 보자기에 덮인 것처럼 캄캄해졌다. 머리 위의 객실 쪽에서는 따뜻한 빛깔의 빛이 비치고 여전히 시끌벅적한 소란이 들려온다.

"아니면 이런 것 말이냐?"

무사는 계단에 걸터앉은 채 한 치 정도 가볍게 떠올랐다. 위층의 어두운 방에서 오린이 보았던 붉은 기모노를 입은 여자아이와 똑같이.

"여러 가지를 할 수 있지만." 가볍게 원래 자리로 돌아오면서 그는 또 하얀 이를 드러내고 웃었다. "어느 것이나 세상살이에는 보탬이 되지 않지. 뭐, 귀신이 된 이상은 세상살이에 골머리를 앓지 않아도 되니 당연한지도 모르겠다만."

오린은 여러 가지를 한꺼번에 생각했지만 어느 것부터 먼저 말해야 할지 알 수 없었고, 또 어울리는 말을 제대로 떠올렸는지 아닌지 자신도 없어서 결국 "마술 같아"라고만 중얼거렸다.

"오린 너는 마술을 좋아하니?"

"네. 한 번밖에 본 적은 없지만요."

"어디에서 보았지? 히가시료고쿠?"

그 근처의 곡예장은 수상쩍다며 시치베에는 데려가 준 적이 없다.

"시치베에 할아버지가 아는 아저씨가 보여 주었어요. 전에, 다카다야에서."

"그래? 나는 히가시료고쿠에 임시로 차려 놓은 곡예장에서 보았단다." 무사는 어딘지 모르게 자랑스러운 듯이 말했다. "레이란이라는 이름의 엄청나게 예쁜 여자가 있었지. 정말 끝내주게 괜찮은 여자였는데, 눈앞에서 아무것도 없는 가운데 손바닥 위로 용궁에서 만들었나 싶을 정도로 아름다운 상자가 나타나게 하는 거야. 그리고 상자를 열면—."

손짓을 해 가며 열띤 말투로 말하다가 오린의 표정을 알아차린 그가 입을 벌린 채 침묵했다. 오린도 말없이 그를 올려다보았다.

"얘야, 오린." 양손을 내리고 에헴 하고 헛기침을 하더니 오린에게 묻는다. "아까부터 네가 말하는 '시치베에 할아버지'라는 건 누구지? 이 집 사람이니?"

아뇨, 아니에요. 하며 오린은 고개를 저었다.

"마침 잘됐다. 너희가 이곳에 오게 된 경위를 잠시 이야기해 주지 않겠니? 나뿐만 아니라 다들 알고 싶어 하거든."

"다들?"

"응, 다들. 나를 만나기 전에 이미 만나지 않았던가? 오우메나 오미쓰, 그리고 와라이보 영감도."

"이미 만났다니―그럼 그 사람들도 모두 무사님이랑 똑같은 귀신인가요?"

"그래. 새삼 놀랄 것도 없겠지."

아니, 역시 놀랐다. 오린은 저도 모르게 일어서서 위층의 방을 가리켰다. "저, 지난번에 캄캄한 방에서 작은 여자아이를 보고―."

"그러니까 그게 오우메지."

"매화꽃 무늬'우메'는 일본어로 '매화'의 빨간 기모노?"

"그렇고말고. 와라이보는 오린 네가 병에 걸렸을 때 지압을 해 주었지 않니?"

그 안마사 말인가!

"그 사람도 귀신이었어요?"

"실력은 좋지만 유감스럽게도 귀신이란다. 너도 보았다시피 무뚝뚝한 할아버지지만 이마의 가로 주름이 꼭 웃는 입매 같은 모양을 하고 있지? 그래서 와라이보'와라이'는 일본어로 '웃음'이라는 뜻라고 하는 거야."

오린은 계단에 털썩 주저앉았다.

"모두 귀신?"

"미안하구나." 무사가 또 목덜미를 벅벅 긁었다. "그 외에도 더 있는데."

"더요? 다 합쳐서 몇 명이나 있는데요?"

"나까지 해서 다섯 명."

"다섯 명이나 이 집에 원한을 갖고 있어요?"

"그러니까 그, 원한을 갖고 있다는 말은 듣기에 좀 그렇지 않니. 아무도 나쁜 짓은 하지 않았어."

그렇게 말하고 나서 무사는 의미심장하게 덧붙였다.

"아직은 말이다."

너무 깜짝 놀라서 잠시 멍하니 있는 바람에 무사의 말꼬리를 잡아 "아직은, 이라니 무슨 뜻이에요?"라고 물을 수 없었다. 무사도 그것을 알고 굳이 더는 말하려고 하지 않았다.

오린은 붉은 기모노를 입은 여자아이를 보았을 때의 일이나, 안마사가 등을 꾹꾹 눌러 주었을 때의 일을 찬찬히 생각하고 머릿속에 떠올려 되새겨 보았다. 여자아이가 귀신이라는 것은 '아아, 역시 그렇구나' 하고 순순히 받아들일 수 있다. 하지만 안마사가 귀신이었다는 것은—생각해 보니 그렇다, 장지문을 여는 소리도 내지 않고 갑자기 머리맡에 앉아 있었고, 안마 치료가 끝나자 스윽 사라지듯이 없어졌으며 아무도 안마사를 부르지 않았고—.

어이없는 것 같기도 하고 무서운 것 같기도 하고 웃음을 터뜨리고 싶은 것도 같고 가슴이 후련해진 것 같기도 한, 그것들을 전부 한꺼번에 뒤섞은 느낌이 들어서 오린은 양손을 뺨에 대고 크게 숨을 내쉬었다. 스스로는 그럴 생각이 없었지만 정신을 차려 보니,

"세상에, 이게 무슨 일이람" 하고 소리 내어 말하고 있었다. 그것

도 아주 큰 소리였다.

위층 복도에서 장지문 열리는 소리가 났다. 발소리가 이어진다. 촛불의 불빛이 다가왔다.

"어머, 오린."

오쓰타의 목소리가 머리 바로 위에서 들려왔다.

오린은 일어서서 오쓰타를 올려다보았다. 옆에 있는 무사는 걸터앉은 채 고개를 틀어 위층을 올려다본다.

"그런 곳에서 뭘 하고 있어요?"

오쓰타는 생글생글 웃으며 그렇게 물었다. 빈 그릇이나 술병을 올려놓은 접시를 받쳐들고 있다. 오린은 뚫어져라 오쓰타를 바라보고 나서 고개를 돌려 옆에 있는 젊은 무사를 보았다. 그는 오린에게 눈짓했다. 오린은 다시 오쓰타를 보았다.

"아줌마."

"네."

대답을 하면서 오쓰타는 성큼성큼 계단을 내려온다.

"오린, 밥은 다 먹었나요?"

오린 바로 위까지 내려왔다.

"아줌마."

오린과 같은 단까지 내려왔다.

"달걀부침, 맛있었지요?"

오쓰타는 무사가 앉아 있는 단에 서 있다. 오린의 눈에는 그와 오쓰타의 모습이 겹쳐 보인다.

"아줌마."

오쓰타의 줄무늬 기모노 밑에 무사 문장이 새겨진 소매가 보인다.

"오엔이랑 같이 있을 수 없는 것은 안됐지만 오늘은 참아요. 게다가 동글이는 벌써 졸린 모양이에요."

"아줌마."

오쓰타는 쟁반을 한 손으로 옮겨 들고 빈손으로 오린의 이마를 만졌다.

"왜 그래요, 오린? 아까부터 똑같은 말만 하고. 아이고, 세상에, 떨고 있잖아. 또 열이 나나?"

오린은 오쓰타의 얼굴에서 눈을 돌리고 시선을 내려 바로 옆에 있는 무사의 얼굴을 보았다. 그는 무릎 위에 양 팔꿈치를 짚고 거기에 턱을 올려놓은 채 오린을 보고 있었다.

―아줌마한테는 안 보이는 거예요?

오린이 표정으로 그렇게 묻자 그는 고개를 끄덕였다.

"지금으로서는 아무래도 너 혼자만 우리의 모습을 볼 수 있는 것 같다."

"오린?"

오쓰타가 몸을 굽히고 오린의 얼굴을 들여다보았다. 오린은 건성으로 중얼거렸다.

"아니에요, 괜찮아요, 아줌마. 몸이 안 좋은 것은 아니에요."

오쓰타는 정말 수상하다는 눈빛이었지만 쟁반을 든 채 계단 중간에서 우왕좌왕하는 것은 위험하다고 생각했는지 아래층까지 쿵쿵 발소리를 내며 내려갔다. 거기에서 다시 오린을 올려다보더니 조금 무서운 목소리로 말했다.

"그런 곳에 앉아 있으면 감기 걸려요. 어서 방으로 돌아가세요, 알겠지요?"

오쓰타가 부엌으로 가기를 기다려 오린은 크게 한숨을 쉬었다. 그리고 옆에 있는 무사에게 말했다.

"무사님, 너무 밝은 곳은 안 되나요?"

"뭐, 기분이 좋지는 않지."

"제 방이라도 불을 끄면 괜찮나요?"

"음, 끄지 않더라도 작게 줄여 주기만 하면 괜찮을 거다."

"그러면 가요." 오린은 계단을 내려가기 시작했다. "계속 여기에 앉아서 얘기하면 저는 어지러워질 것 같아요."

"그건 안 되지."

젊은 무사의 모습이 갑자기 사라졌다. 오린이 안쪽의 작은 방으로 돌아가 장지문을 닫고 사방등의 심지를 기름에 잠길까 말까 할 정도로 짧게 해서 불을 줄이자 그는 다시 나타났다. 이번에는 화로 가장자리에 양 팔꿈치를 올려놓고 있다.

"이 정도면 적당하구나. 그럼 하던 이야기로 돌아갈까?" 하고 스스럼없는 말투로 이야기를 시작했다.

"너희 가족은 어떤 경위로 이곳에 오게 되었지?"

오린도 부모님이 이곳에서 후네야를 시작하기에 이르기까지의 경위에 대해서는 자세히 알지 못한다. 그래도 알고 있는 데까지는 가능한 자세히 이야기하려고 노력했다. 젊은 무사는 흥미롭다는 듯이 흠흠 하고 고개를 끄덕이거나 맞장구를 치면서 열심히 듣고 있었는데, 가끔 부지깽이로 재를 뒤적이거나 손바닥을 붉게 타오르는 숯불 위에 쬐거나 하면서 전혀 귀신답지 않은 행동을 하기도 했다.

"그러면 요릿집을 연다는 것은 네 부모님의 간절한 바람이라기보다는 오히려 다카다야 시치베에의 꿈이었던 게로구나."

"그렇긴 하지만 아버지도 어머니도 요릿집은 하고 싶어 했어요."

"네 아버지는 꽤 실력이 좋은 숙수인 모양이지."

"어떻게 아세요?"

"오늘 연회의 요리는 손님들을 몹시 기쁘게 한 것 같으니 말이다."

"아버지가 엄청나게 머리를 짜내서 연구했는걸요. 쓰쓰야의 유래와 연관된 요리를 내놓겠다면서…… 저기……."

"왜 그러지?"

"그렇게 손을 쬐면 역시 따뜻한가요?"

무사는 손바닥을 화로 위에서 치우고는 팔랑팔랑 흔들었다.

"아니, 전혀. 하지만 아무것도 하지 않으면 심심하니까. 오린 너는 춥지?"

듣고 보니 이렇게 화로에 바싹 붙어 있는데도 등이며 무릎 언저리가 묘하게 오싹오싹하니 춥다.

"미안하구나. 우리가 나오면 왠지 추워지는 모양이야."

"그래서 귀신은 여름의 풍물이래요."

무사는 소리 내어 웃었다.

"그런 것은 아니야. 우리는 일 년 내내 나온단다. 달리 있을 곳도 없으니까."

있을 곳이라.

"저기…… 무사님, 어째서 이 집에 있는 거예요? 다른 사람들도 다들 어째서 여기서…… 으음…… 으음……."

시치베에 할아버지는 괴담 이야기를 해 줄 때 귀신이 나오는 대목을 어떤 식으로 말했더라? 이 세상에 남는다? 헤매 다닌다?

"어째서 이런 곳을 떠돌고 있느냐고 묻고 싶은 게냐?"

"아, 맞아요! 그래요."

"곤란한데." 또 부지깽이를 집어 들고 재를 뒤적이면서 고개를 갸웃거린다. "오린, 우리는 특별히 떠돌고 있는 것은 아니란다. 성불하지 않은 것은 확실하지만 장소를 잘못 알고 이 집에 있는 것은 아니야. 우리는 모두 이 근처에서 죽었어. 게다가 이곳은 옛날에는 묘지였고."

"묘지? 무덤 말이에요?"

"그래. 오린, 지금 이 건물이 서 있는 곳은 옛날에는 묘지였단다. 옛날이라고 해도 겨우 삼십 년쯤 전의 일이야. 이 근처에 사는 사람들은 아마 알고 있을 테지."

오린은 작은 방 안을 둘러보다가 다다미를 손바닥으로 두드렸다.

"이 아래가? 이 땅바닥이요?"

"그래, 묘지였어. 길을 사이에 두고 반대쪽에 작은 절이 있었지."

"하지만 그런 이야기는 아무도 하지 않았어요."

"그야, 이렇게 훌륭한 건물이 지어진 이상 이제 와서 그런 이야기를 다시 끄집어낼 수도 없을 테니까."

"절은 어떻게 되었어요?"

"화재로 탔지. 깨끗하게 없어지고 말았어."

"다시 지으면 되잖아요."

"얘야, 얘야, 그렇게 입을 삐죽거리는 게 아니다. 그런 얼굴로는 나이가 차도 시집을 갈 수가 없어."

오린은 당황하며 손으로 입가를 누르고 입술을 집어넣었다. 그가 재미있다는 듯이 웃는다.

"여자아이는 재미있구나."

"몰라요. 하지만 저는 시집 같은 건 안 갈 거예요."

"흐음. 어째서?"

"시집을 가게 되면 이 집에서 나가야 하잖아요? 시집을 간다는 것은 다른 집 사람이 되는 거지요? 그런 건 싫단 말이에요."

오린은 진심으로 그렇게 생각하고 있다.

"흐음, 그래?"

무사가 화로 너머로 오린의 얼굴을 물끄러미 바라보며 싱긋 웃었다.

"너는 부모님이나 다카다야의 시치베에를 좋아하는구나."

"네."

"계속 그들과 함께 있고 싶은 게지."

"저도 가게를 도울 수 있었으면 좋겠어요."

지금은 아직 안 되지만 조금 더 지나면 그릇을 나르는 일 정도는 시켜 줄지도 모른다. 설거지도 할 수 있다.

"그렇다면 오린도 차라리 숙수가 되면 되지."

오린은 이상한 말을 한다고 생각했다. 역시 무사님이라서 상점에 대해서는 모르시나 보다.

"저는 숙수는 될 수 없어요."

"어째서?"

"여자는 숙수가 될 수 없어요."

"그건 또 어째서?"

무사가 몹시 진지한 얼굴로 되물었기 때문에 조금 곤란해졌다.

"그야, 그렇게 정해져 있으니까요."

"누가 정한 거지?"

"누구라니…… 아주 옛날부터 그렇게 정해져 있었어요."

"누가 그런 것을 오린 네게 가르쳐 주었니?"

특별히 가르쳐 준 것은 아니다. 하지만 여자는 숙수가 될 수 없다, 주방에 들어갈 수도 없다는 것은 자연스러운 규칙이고 다카다야에서도 당연한 일이다. 따라서 일부러 '어째서?'라고 생각한 적은 한 번도 없었다.

"그런 것보다 무사님."

오린은 이번에는 일부러 입을 삐죽거리며 말했다.

"절은 어째서 다시 짓지 않은 거지요? 어째서 무덤 위에 이 집이 지어진 거예요?"

으음, 하는 목소리를 내며 젊은 무사는 턱을 긁적였다.

"오린한테 설명하기에는 조금 어려운 이야기인데."

"어째서요?"

귀신은 턱을 긁적이면서 살짝 머리를 기울이더니 웃음을 머금은 눈으로 오린을 내려다보았다.

"여자들은 이 정도 나이가 되면 '어째서'냐고 묻는 법을 배우는 게로군" 하고 말했다.

"곤란한데."

무슨 말을 하는지 알 수가 없어서 오린은 그저 귀신을 올려다보고 있었다. 그리고 그때 처음으로 그가 입고 있는 옷에 새겨져 있는 문장을 자세히 보았다.

이것은—무엇일까. 등나무 꽃이다. 도안화된 두 송이의 등나무 꽃이 원 안쪽을 따라 그려져 있다. 예쁜 무늬지만 등나무 꽃이라는 것이 본디 덧없기 때문인지 이 문장도 어딘지 모르게 쓸쓸한 느낌이 들었다.

귀신은 오린이 그의 기모노에 새겨져 있는 문장을 보고 있음을 알아차렸는지 일부러 그러는 것처럼 팔짱을 끼고 소매를 뒤로 튕겨 올려 가렸다. 오린은 왠지 장난을 치다가 들킨 것 같은 기분이었다. 그러다가 문득 깨달았다. 나는 아직 이 귀신의 이름도 못 들었구나.

"무사님—."

"왜 그러니?"

"저어, 이름은?"

젊은 무사 귀신은 활짝 웃었다. 오른손을 과장스럽게 흔들며 마치 북이라도 치는 것처럼 이마를 탁 친다.

"아니, 이거 실례를 저질렀구나. 그렇군, 아직 이름도 말하지 않았네. 응? 나는 네가 오린이라는 것을 알고 있는데 너는 내가 그냥 귀신이라는 것밖에 모르지. 이거 미안하게 됐다."

겐노스케라고 불러 다오, 하고 그는 싱글벙글 웃으며 말했다.

"겐 님이나 겐 공이라고 부르는 자도 있다만. 뭐, 오린 너는 겐노스케라고 부르는 것이 제일 무난할 테지, 응. 아니, 네가 꼭 겐 님이라고 부르고 싶은 나이가 되면 그렇게 불러 주어도 전혀 지장은 없다만, 아직은 조금 이른 것 같구나."

네에—하고 오린은 맥 빠진 맞장구를 쳤다. 아까부터 계속 이분만 몹시 즐거워 보인다. 오린은 여우에 홀린 것 같은 느낌만 쌓여 갔다.

아니, 사실 나는 무언가에 홀린 게 아닐까? 귀신이 이렇게 느긋하게 어슬렁어슬렁 헤매고 다니면서 조잘조잘 이야기한다는 사실 자체가 이상하잖아. 귀신이라는 것은 좀 더—그, 뭐라고 할까—사연이 있어 보이고 슬퍼 보이고, 말이 없어야 하는 게 아닐까?

이 사람, 정말 귀신이 맞을까?

갑자기 오린이 외쳤다.

"나무아미타불!"

겐노스케는 눈을 부릅뜨더니 그대로 몸을 움직이지 못한다. 오린은 그의 얼굴에 검지를 들이대면서 계속해서 외쳤다.

"나무묘법연화경!"

한두 번 숨을 쉴 정도의 시간이 흐르는 동안 한 사람은 팔짱을 끼고 한 사람은 검지를 들이댄 자세로 굳어 있었다.

겐노스케가 실실 웃기 시작했다.

"특이한 몸짓 가위바위보여우는 사냥꾼에게 잡히고, 사냥꾼은 쇼야에게 굽실거리고, 쇼야는 여우에게 홀리는 관계를 빗대어 가위바위보 대신 여우, 사냥꾼, 쇼야를 나타내는 몸짓으로 승부를 정하는 놀이로구나."

그러고는 팔짱을 끼고 있는 자신의 팔을 내려다보며 말했다.

"오린이 낸 것은 사냥꾼이로군. 그런데 내가 낸 것은 뭐라고 해야 할까? 쇼야에도 시대에 마을의 정사(政事)를 맡아 보던 사람라면 내 승리인데, 쇼야는 무릎에 양손을 올려놓는 거였지? 아니면 내가 살아 있을 때랑은 달라졌나?"

오린은 아직도 고집스럽게 검지를 들이대고 있었다. 겐노스케는 실실거리던 웃음을 지우고는 오린 쪽으로 얼굴을 불쑥 내밀었다.

"걱정하지 마라, 나는 정말 귀신이야. 그 손가락으로 내 코끝을 찔러 보렴."

오린은 망설였다. 검지 끝이 흔들린다.

"자, 찔러 보렴. 사양할 필요는 없단다."

겐노스케가 그렇게 말하면서 더욱 얼굴을 내밀었다. 그러자 오린의 손끝이 그의 코에 닿았다―보통 같으면 닿았으리라.

실제로는 오린의 손가락이 허공을 스윽 가르며 그의 얼굴을 지나쳐 갔다.

"봐, 틀림없지?"

얼굴 한가운데에 오린의 손가락을 꽂은 채 겐노스케는 말했다.

"그러니까 안심하렴."

정말 귀신이니까 안심하라는 것도 이상한 논리지만 오린은 말없이 손가락을 집어넣고는 고개를 끄덕였다.

"귀신인 척하는 너구리나 여우인 줄 알았어요."

"그런 실례되는 말을."

겐노스케는 정말로 기분이 상한 듯한 얼굴을 했다.

"그것들은 짐승이라서 모두 바보란다. 이런 변화가에는 나오지 않지. 자신들의 영역에서, 자신들이 잘 아는 곳에 길을 잃고 들어온 인간만 속이는 거야."

"으음…… 그래요?"

시치베에 할아버지는, 너구리는 바보지만 여우는 똑똑하다고 가르쳐 주었는데.

"게다가 귀신이라면 모두 불경을 무서워하리라는 것도 이상해. 그렇다면 스님은 유령이 못 되지 않겠니?"

어머나, 하며 오린은 눈을 크게 떴다.

"그런 벌 받을 소리를 하면 안 돼요."

"어째서?"

"스님은 대단하신걸요. 덕을 쌓고, 마음이 맑은 물처럼 깨끗해요. 그러니까 죽어도 유령이 될 리 없어요."

겐노스케가 과장스럽게 얼굴을 찌푸렸다.

"너는 마음이 올바른 아이로구나. 하지만 인간은 좀처럼 그렇게 되지 않는 법이야. 아아, 걱정되는군."

그렇게 말하며 뒷목을 벅벅 긁는다.

"오린 너는 이대로 자라면 대단한 미인이 될 테지만, 파계승에게는 엄청나게 약할 것 같구나. 너, 의외로 이 집으로 이사를 온 것이 다행이었는지도 모르겠다. 나처럼 세상 물정을 잘 아는 남자가 있으니 말이야. 음, 오늘부터는 내가 너를 가르쳐 주마. 그렇게 하지."

이 사람과 이야기를 하고 있으니 머리가 복잡해지는 기분이다. 오린은 양손으로 뺨을 눌렀다. 그렇게 받치고 있지 않으면 혼란스러워진 머리가 어깨로 뚝 떨어질 것 같다.

"애야, 오린. 스님이라는 게 네 말처럼 모두 고귀하다면 이 집 맞은편에 있었던 절도 없어지지 않았을 거야."

어라, 이야기가 다시 되돌아왔다. 그렇다, 오린이 물었다. 맞은편에 있었다는 절은 어째서 화재가 있은 후에 재건되지 않는지.

"맞은편에 있던 절의 스님은 고귀한 분이 아니었나요?"

"응. 전혀 고귀하지 않았어. 주지가 말이지. 다만 그 사실은 화재가 일어나기 전까지는 아무에게도 알려지지 않았단다. 절이 통째로 타고, 불탄 자리를 정리하다가 여러 가지 사실이 연달아 탄로났지."

"주지 스님이 무슨 짓을 했는데요?"

겐노스케는 다시 어린아이처럼 화로에 양 팔꿈치를 짚고는 오린의 얼굴을 보았다.

"그러니까 나는 그것을 네게 가르쳐 주고 싶지 않아서 이렇게 머리를 써 가며 화제를 피해 왔는데, 무슨 일이 있어도 듣고 싶으냐?"

"하지만—."

듣지 않고서는 찜찜해서 견딜 수 없을 것 같지 않은가.

"무서워서 오줌을 싸도 나는 모른다."

오린은 발끈하며 토라졌다.

"저는 오줌 같은 거 싸지 않아요!"

"정말?"

"그런 어린아이가 아니에요. 오줌을 싸는 건 동글이 같은 어린아이가 하는 짓이잖아요!"

겐노스케는 아하하 하고 위를 향해 웃었다. 고르게 난 이가 보인다. 귀신에게는 충치가 없다. 그렇게 생각하자 순간 유쾌해졌다.

"그렇다면 그런 것으로 해 두자꾸나."

겐노스케는 화로 속의 숯으로 시선을 떨어뜨렸다. 빨갛게, 따뜻하게 타오르고 있다. 그 색깔이 그의 눈동자 속에 비친다. 그러고 있으니 겐노스케는 도저히 귀신으로는 보이지 않고, 손을 뻗으면 만질 수 있을 것 같다. 하지만 그렇게 해 보았다가 역시 손이 빠져나가 버리면 슬픈 기분이 들 것 같아서 오린은 그의 흉내를 내어 화롯가에 팔꿈치를 괴었다.

"맞은편에 있던 절은 고간지라는 절이었어. 종파는—뭐, 오린도 아는 불경을 외고 있었다는 정도만 말해 두마."

네, 하고 오린은 고개를 끄덕였다.

"후네야 바로 앞에 화재가 번지는 것을 막기 위한 공터가 있지? 풀이 무성한. 거기가 절 건물이 있던 터란다."

분명히 겐노스케의 말대로 길을 사이에 두고 맞은편에는 공터가 있다. 그리 넓은 곳은 아니다. 후네야의 부지와 비슷한 정도일까.

"원래는 훌륭한 절이었어. 역사도 오래되었단다. 후카가와 일대가 개척되고 나서 바로 지어진 절이라서 시주 중에는 지주들이 많았어. 작은 절치고는 살림살이가 윤택하고, 훌륭한 금색 부처님도 있었지. 스님도 주지 밑으로 대여섯 명은 있었으려나. 이 스님들은 주지가 저지르고 있던 나쁜 일에 가담하지 않았지만."

"가담?"

"아아, 으음, 돕는다는 뜻이란다. 하지만 좋은 일을 돕는 경우에는 그렇게 말하지 않아. 나쁜 짓에 도움을 주는 경우에만 '가담한다'

고 하지. 알겠니?"

응, 기억해 둬야지.

"그저 스님들은, 첫째로는 주지가 무서웠겠지. 어쨌거나 무서운 인간이었으니까. 또 주지가 그런 짓을 하고 있다는 사실을 믿고 싶지 않았을 게다. 보지 못한 척하면 그것은 없었던 일이 되는 거야. 오린 너도 그런 적이 있지? 오줌을 싸도, 이불을 숨겨서 보이지 않게 해 버리면 싸지 않은 것이 된단 말이지."

"그러니까 저는 오줌은 싸지 않는다니까요."

겐노스케가 웃었다.

"그렇구나."

보고도 못 본 척하는 일이라면, 나는 산더미처럼 많이 해 보았단다—하고 그는 말을 이었다.

"도박 빚도, 내가 속인 여자도, 없었던 것으로 해 버리면 별것 아니거든. 그 점에서는 빚이 그나마 얼버무리기 쉬웠지. 여자는 어떻게 할 수가 없어. 어디까지든 쫓아와서 어째서, 어째서냐고 캐묻거든. 어째서 저를 버리는 건가요, 어째서 저보다 저런 계집애가 더 좋은 건가요, 어째서 그렇게 차가운 건가요, 어째서 저를 속인 건가요—."

혼잣말처럼 계속 중얼거린다. 이 사람에게는 아무래도 이야기가 딴 데로 새는 버릇이 있는 모양이라고 오린은 이해하기 시작했다.

"그래서 고간지 절의 주지 스님은 무슨 짓을 했는데요?" 하고 방향을 수정했다.

"어? 아아, 그렇군. 그 이야기를 하고 있었지."

겐노스케가 턱을 긁적인다.

"사람을 죽였어."

나쁜 짓이라면 그런 것이리라고 생각은 하고 있었지만, 역시 듣기 좋은 말은 아니다. 오린은 입술을 꼭 다물고 겐노스케의 얼굴을 바라보았다.

"많이도 죽였지. 산더미처럼 많이 죽였어. 감자 껍질을 벗기는 것보다 더 쉽게 사람을 죽이고, 시체를 절간의 자기 방 뒤에 묻어 두었단다. 그래서 화재가 일어나 건물이 완전히 타 버린 후에 불탄 자리를 팠더니 뼈가 우르르 나왔다. 그렇게 된 것이지."

겐노스케는 오린의 얼굴을 보았다.

"기분 나쁘지?"

오린은 솔직하게 고개를 끄덕였다.

"네."

"아주 드물게, 인간은 그런 짓을 저지르고 만단다."

"주지 스님은 어째서 그렇게 많은 사람을 죽였나요? 돈을 빼앗기 위해서인가요?"

"그렇지 않아. 그냥 죽이고 싶었던 거야."

"그것은—."

이상하다고 말하려고 했지만 겐노스케가 조금 무서운 얼굴을 했기 때문에 오린은 입을 다물었다.

"이것은 전부 나중에, 고간지 절 스님들의 이야기를 합쳐 보고서 알게 된 사실인데, 본디 그 화재 자체가 방화로 일어난 것이었어. 불을 지른 이는 주지였지. 불길이 일고 소란이 시작되었을 때, 절에서 도망치는 주지를 몇 명의 스님이 보았단다. 하지만 그때도 다그치거나 붙들지는 않았어. 한 스님은 불타서 무너지는 절을 바라보면서 '아아, 이제야 무서운 재앙이 끝나는구나' 하고 생각했다더구나. 주지는 도깨비에게 홀려서 사람의 길을 벗어나 버렸다고 말했지."

"어째서…… 불을 질러 놓고 도망친 걸까요?"

"알 수 없어." 겐노스케는 고개를 저었다. "아까도 이야기했지만 화재가 일어나기 전까지 적어도 절 밖에서는 주지가 저지른 나쁜 짓이 탄로나지 않았거든. 그러니 거품을 물고 도망쳐야 할 이유는 없었지."

오린은 무서워져서 화로를 향해 똑바로 앉은 채 겐노스케 쪽으로 약간 다가갔다.

"저기, 저기, 그 주지 스님은 붙잡혔지요? 발견되었지요?"

"발견되지 않았어."

오린은 울고 싶어졌다. 아아, 오늘 밤에는 정말로 오줌을 쌀 것 같다.

"오린, 그런 얼굴 하지 않아도 괜찮다. 주지는 당시 이미 예순이 넘은 나이였어. 삼십 년 전의 이야기라고 했지? 이미 죽었을 게다."

더 무섭다. 죽어서—이번에야말로 정말 도깨비가 되었을지도 모르지 않는가. 도깨비에게는 수명이 없다. 적어도 인간보다는 오래 살 것이다. 이 근처로 불쑥 돌아올 수도 있지 않을까.

오린은 견딜 수 없게 되어 양손을 눈에 대고 훌쩍훌쩍 울기 시작했다.

겐노스케는 몹시 당황했다. "애야, 애야, 오린."

오린이 엉엉 울자 그의 목소리도 어찌 할 바를 모르며 뒤집혔다.

"울지 마라. 그러니까 말했잖니, 싫은 이야기라고. 네가 졸라서 이야기한 거야. 부탁이니 울지 말아 다오."

그 변명이 어린애 같아서 우습다. 오린은 마음속으로 그렇게 생각했다. 하지만 우선 눈에서는 눈물이 넘쳐흘렀기 때문에 당장은 울음을 그칠 수가 없었다.

"얘야, 오린. 만일 주지가—그, 뭐냐, 원령이라도 되어서 돌아온다 해도 내가 지켜줄 테니까 괜찮아. 그러니 울지 말아 다오."

"정말이세요?"

"정말이고말고."

"그러면 그만 울게요." 오린은 눈물이 고인 눈으로 입가에만 씨익 웃음을 지었다. "이제 곧 울음을 그칠 수 있을 거예요. 조금만 기다리세요."

옆에 있는 작은 서랍 안에서 코 푸는 종이를 꺼내 흥 하고 풀었다. 숨을 한 번 쉬고 나자 눈물도 그친 것 같다. 무서워서 가슴이 써늘한 느낌이 들지만 얼굴을 닦자 기분도 조금 상쾌해졌다.

"네, 이제 안 울게요."

겐노스케는 눈에 띄게 안도하며 두 어깨를 축 늘어뜨렸다.

"이것 참, 여자아이는 어렵군" 하고 절실하게 말했다. "눈물은 무엇보다도 강한 무기란 말이야, 응."

혼자 고개를 끄덕이고 있다.

"어쨌거나 그런 사정 때문에 절은 재건되지 않았단다. 고간지 절은 처음부터 없었던 것처럼 깨끗이 사라지고 말았지. 절이 있던 땅도, 좌우간 부정한 곳이니 불길이 번지는 것을 막기 위한 땅으로 비워 두게 되었어."

남은 문제는 묘지라며 겐노스케는 떫은 표정을 지었다.

"당연한 이야기지만 고간지 절이 없어지면 시주들은 다른 절로 옮겨야 하지. 무덤도 새로 옮겨야 하고."

수속은 엄숙하게 진행되었다. 주지 밑에 있던 승려들은 물론 관청에서 엄한 조사와 추궁을 받고 결국은 한 명도 남김없이 사형에 처해졌지만, 묘지를 새로 만드는 일이 끝날 때까지는 그들의 처형도 미루어졌다. 무덤 안에는 오랜 세월이 지나면서 시주의 핏줄이 끊기거나, 재산을 잃고 도망쳤거나, 일가가 뿔뿔이 흩어져서 사실상 연고가 없어진 경우도 있었기 때문에 무덤을 새로 만들 때는 그런 사정을 잘 아는 절 사람의 협조가 꼭 필요했던 것이다.

"무덤을 새로 만드는 일이 완전히 끝나자 땅을 고르고, 이곳은 일단 빈터가 되었단다."

"역시 그 후로 한동안은 쭉 빈터였겠네요?"

겐노스케는 오린의 얼굴을 들여다보았다. 또 울음을 터뜨리지 않을까 하고 눈치를 살피는 것 같다.

"어째서 빈터로 놔두어야 하지?"

"그야―."

"묘지였던 곳이기 때문이니? 하지만 그것은 이상해. 묘지는 결코 부정한 곳이 아니란다. 적어도 고간지 절이 세워져 있던 땅과는 전혀 다르지 않겠니. 부처님_{일본어로 '호토케사마'는 '부처님'이라는 뜻도 있고 '죽은 사람'이라는 뜻도 있음}이 잠들어 있던 땅이니 오히려 깨끗하지 않을까?"

그래서 결국 지금의 지주地主가 사들였다고 겐노스케는 말했다.

"처음에는 공동 주택을 지었단다. 열 간짜리 공동 주택이었지. 그 무렵부터 이 근처는 점점 개발이 되어서 사람이 늘어나고 있었으니까. 세입자는 곧 들어왔어. 다만 이 근처에서 고간지 절의 나쁜 소문은 유명했기 때문에 역시 기분 나빠하는 세입자도 있었다더구나. 그럴 때는 지주에게 충실한 관리인이 나서서, 내가 지금 오린 네게 한 것과 똑같은 말을 하며 간곡하게 설득해서 이해시켰던 모양이야. 뭐, 관리인의 재량으로 조금쯤 집세를 깎아 주는 일 정도는 있었을지도 모르겠다만. 그렇지, 그이가 네 부모님에게 이곳을 알선해 준 관리인이야. 이름이 아마 마고베라고 했지?"

오린은 물끄러미 겐노스케의 얼굴을 보았다. 찬찬히, 들여다보듯이.

"왜 그러니?"

그는 또 조금 허둥거렸다.

"공동 주택에 뭔가 있었지요?"

"어째서 그리 묻는 게냐?"

"그렇지 않다면 이곳에 지금 같은 건물이 지어졌을 리가 없는걸요."

겐노스케는 코 밑을 벅벅 문질렀다.

"뭐, 그 일에 대해서는 순서대로 이야기하마. 이야기에는 순서라는 게 있는 법이다, 오린."

오린은 물러서지 않았다. 몸을 불쑥 내밀었다.

"얼버무리지 마세요. 저기, 역시 겐노스케 님—아니, 당신은 아무

짓도 하지 않았을지도 모르지만 당신의 동료들은, 계속 여기서 유령으로 돌아다니면서 때로는 나쁜 짓을 할 때도 있었지요? 그렇지요? 그래서 공동 주택은 꾸려 나갈 수 없게 되었고, 나중에 요릿집이 지어졌지만 역시 같은 이유로 망해서, 그래서 이번에는 우리가 이곳에 오게 된 거지요?"

"아니, 아무도 나쁜 짓은 하지 않았어."

겐노스케는 몹시 당황하며 양손을 휘저었다.

"그건 트집이다. 나쁜 짓은 아무도 하지 않아. 내가 보증하마―."

그의 말이 끝나기도 전에 위층 객실 쪽에서 꺄악 하는 비명 소리가 들려왔다.

6

오린은 앉은 채 펄쩍 뛰어올랐다. 머리카락이 곤두서는 것 같다. 그만큼 이층 객실에서 들려오는 비명은 무시무시하고 절박했다. 게다가 한두 명이 지르는 소리가 아니었다. 오린과 겐노스케는 허둥지둥 계단을 뛰어올라 갔다.

"살려 주세요!"

남자의 고함 소리 속에 여자의 목소리가 섞인다. 분명 쓰쓰야의 안주인이다.

"아아, 큰일났구나."

겐노스케가 손바닥으로 이마를 철썩 쳤다.

"오린 너는 여기에 있으렴. 내가 상황을 보고 올 테니까."

"저도 갈래요!"

계단 아래에서 어지러운 발소리가 들렸다. 다이치로와 슈타와 다에가 안색을 바꾸며 뛰어나온 것이다. 슈타는 나무공이까지 들고 있다. 다에는 두 눈을 눈알이 튀어나올 만큼 크게 뜨고 다이치로의 소매를 움켜쥔 채 우두커니 서 있었다.

오린이 그들에게 정신이 팔려 있는 틈에 겐노스케는 위층으로 스르륵 올라갔다. 쫓아가려고 했을 때 다이치로가 오린을 불렀다.

"오린, 거기에서 뭘 하는 거니?"

"오린, 거기에 있어!"

"오린, 내려와!"

셋이 한꺼번에 서로 다른 말을 해서 오린은 허둥거렸다. 결국 누구의 물음에도 대답하지 않고 누구의 명령에도 따르지 않은 채, 오린은 겐노스케 뒤를 쫓아 뛰어갔다. 바로 뒤에서 다이치로가 뛰어올라 온다. 젊은 슈타는 계단을 두 단씩 뛰어오르다가 오린에게 부딪칠 뻔했다. 오린은 그의 소매 아래를 지나 큰 걸음으로 추월해 가려는 아버지 옆을 빠져나가서 밝게 불이 켜져 있는 객실 안으로 뛰어들었다.

앗, 하고 저도 모르게 목소리가 나왔다.

손님용 칠기상이 여기저기에서 뒤집혀 상다리가 천장을 향하고 있다. 작은 접시나 공기가 흩어져 있고 술병이 쓰러져 있고, 다이치로가 정성껏 만든 요리가 방바닥 위에 흩어져 더러운 쓰레기처럼 뒤섞여 있다. 넘친 술과 요리의 냄새가 뒤섞여 코를 누르고 싶어질 정도다. 사방등에는 전부 불이 켜져 있어서 실내는 밝다.

쓰쓰야 일가와 초대 손님, 합쳐서 스무 명 정도 되는 사람들은 다리에 힘이 풀려 엉덩방아를 찧은 채, 서로 껴안거나 머리를 묻고 객실 도코노마 쪽에 한데 뭉쳐 있었다. 작은나리인 가쿠스케가 크게 손을 벌리고 아내와 두 아이를 등 뒤로 감싸고 있다. 오늘 연회의 주인공인 어르신은 기절했는지 벽 가장자리에 축 늘어져 있다. 어르신의 새하얀 버선 바닥에 묻어 있는 간장 얼룩이 묘하게 오린의 눈에 선명하게 새겨졌다.

"오린, 비켜!"

다이치로가 뛰어들어 왔다.

"가쿠스케, 가쿠스케, 어떻게 된 건가, 대체 무슨 일이야!"

손님이 아니라 친구에게 말하듯이 캐묻는다.

가쿠스케는 당장은 대답하지 않았다. 아니, 대답할 수 없었던 것이다. 그의 눈은 위를 보고 있었다. 다이치로의 머리보다 더 위, 객실 천장의, 사방등 불빛이 닿지 않는 네 귀퉁이의 어둠을 이리저리 둘러보며, 무언가를 찾듯이.

"가쿠스케, 왜 그러나?"

다이치로가 그에게 달려가려고 했다. 그리고 갑자기 쿵 하고 앞으로 쓰러졌다. 여자들이 또 심하게 비명을 지르며 팔다리를 옴츠렸다.

오린은 아버지가 쓰러진 상에 걸려 넘어진 거라고 생각했다. 엎드린 그의 곁으로 다가가려고 뛰어나갔을 때, 비로소 좌우로 죽 찢어진 아버지의 기모노 등 부분 사이로 맨살이 보였다.

맨살에서 순식간에 피가 넘쳐흐른다. 무섭고 놀라서 다리가 꼬여, 오린은 아버지의 등 위로 쿠당탕 손을 짚으며 쓰러졌다. 아픔으로 읏 하고 신음하는 다이치로의 목소리가 들렸다.

"왔다!"

가쿠스케가 고함쳤다. 오린은 머리 위로 차가운 돌풍이 지나가는 것을 느꼈다. 칼처럼 날카로운 바람이다. 창문도 장지도 열려 있지 않은데, 태풍 같은 바람이 객실을 훑고 지나간다. 오린의 머리카락이 풀리고 화악 날아올라 얼굴을 덮었다.

"장난은 그 정도로 해 둬, 덥수룩이."

겐노스케의 목소리다. 방금 전까지와는 달리 당당한, 남자다운 목소리였다.

"적당히 하지 않으면 또 혼날 줄 알아!"

흐트러진 머리카락 사이로 오린은 보았다. 도코노마 옆에 뒤범벅이 되어 비좁게 모여 있는 사람들 앞에 겐노스케가 가볍게 떠 있다. 양손을 크게 벌리고 눈을 날카롭게 치켜뜬 채 입을 한일자로 다물고 있다.

차가운 돌풍이 이번에는 객실을 오른쪽에서 왼쪽으로 훑고 지나갔다. 손님 중 누군가의 기모노 자락이 쉬익 잘렸다. 오린은 쓰러져 있는 다이치로의 등을 감싸며 얼른 엎드려 눈을 감았다.

"말귀를 못 알아듣는 녀석이로군!"

겐노스케가 고함을 치더니 기합이 담긴 "에잇!" 하는 소리를 질렀다. 객실 어디에선가 상이 또 뒤집히고 벽에 부딪혀 뽀각 하고 부서졌다.

"오린, 오린!"

오쓰타의 목소리가 들린다. 오린은 엎드린 채, 흐트러진 머리카락 사이로 그녀를 찾았다. 어르신의 버선 옆에 오쓰타의 통통하고 동그란 얼굴이 보였다. 턱 관절이 빠져 버린 것처럼 그저 덜덜 떨고 있었다.

"오린, 위험해!"

오엔이 울음 섞인 소리를 지른다.

"도망쳐, 도망쳐!"

가쿠스케의 등 뒤에 숨은 채 오엔도 새파랗게 질려서 울고 있다. 그때 오린은 오엔뿐만 아니라 가쿠스케도, 쓰쓰야의 안주인도 기모노 자락이 잘린 우아한 옷차림의 할머니도, 손님들이 모두 오린이 엎드려 있는 바로 위를 보고 있다는 사실을 알아차렸다. 집 안에 커다란 벌이 들어왔을 때 같다―아니, 옆 마을에 미친개가 나타났을 때 같다. 남자들은 저마다 손에 몽둥이나 죽창, 사다리, 손도끼를 들고, 여자와 아이들을 집 안에 가둔 후 미친개에게 시선을 고정한 채 눈도 깜박이지 않고 숨을 죽이고―.

천천히, 호흡을 멈추고 천천히, 오린은 자신과 다이치로의 머리 위를 올려다보았다.

바로 코앞에 검의 칼날이 있었다. 거기에 오린의 콧등이 비친다. 얼어붙을 것 같은 냉기가 얼굴에 불어 닥친다.

오린은 다이치로의 기모노 뒷덜미를 꽉 움켜쥐었다. 그리고 아버지의 몸에서 느껴지는 온기에 힘을 얻어 검의 모양을 눈으로 더듬었다. 검을 쥐고 있는 털이 부숭부숭한 팔이 보인다. 손등에까지 털이

빼곡하게 돋아 있다. 굵은 팔이다. 소매가 잘린 지저분한 옷이다. 때가 타고 흐트러진 구깃구깃한 목깃이다. 풀어헤친 가슴 사이로 보이는 부숭부숭한 가슴 털. 그루터기 같은 목.

그 위에 머리카락을 덥수룩하게 헝클어뜨린 우락부락한 남자의 얼굴이 있었다.

"오린, 도망쳐, 베이겠어."

오엔이 엉엉 울고 있다.

"빨리 도망쳐야 해."

그러나 오린은 홀린 듯이 머리 위에 있는 남자의 얼굴을 바라보았다. 어머나, 무슨 얼굴이 이렇담. 모양이 흐트러진 주먹밥처럼 윤곽이 울퉁불퉁하게 일그러져 있다. 부스스하고 짙은 눈썹은 오른쪽과 왼쪽의 길이가 다르고 기울어진 정도가 다른데다 방향까지 다르다. 너무 많이 삶은 감자처럼 못생긴 코 밑에 두꺼운 입술. 윗입술과 아랫입술은 가급석이면 서로 떨어지려는 듯 세각기 반대 방향으로 휘어져 있었다.

얼굴 앞에 늘어져 있는 머리카락 사이로 한 쌍의 붉은 눈이 오린을 노려보고 있다. 술을 잔뜩 퍼마신 눈이다―오린은 그렇게 생각하다가, 아니, 술을 좋아하지도 않는데 잔뜩 퍼마신 술꾼의 눈이다―하고 정정했다. 시치베에 할아버지도 술은 많이 마시지만 한 번도 이렇게 된 적이 없다.

"그 아이를 베면 용서하지 않겠다."

겐노스케가 위협했다.

"전에도 말했잖나. 사람에게 나쁜 짓을 해서는 안 돼. 겁을 주어

선 안 된단 말이다. 그런 짓을 해도 너는 이제 결코 되살아나지 못할 테고, 편하게 쉴 수 있는 곳이 생기는 것도 아니야."

"아우, 아우."

오린의 코끝에 검을 들이댄 채 덥수룩한 머리의 남자가 목소리를 냈다. 겐노스케의 말에 뭐라고 대꾸를 한 것인지도 모르겠지만 혀가 전혀 돌아가지 않아서 무슨 말을 하는지 알 수가 없다.

"오우, 오오우."

남자가 또 뭐라고 말했다. 기분 탓인지 아까의 '아ㆍ우ㆍ아ㆍ우ㆍ'보다 약한 느낌이 드는 목소리였다.

"그 아이는 네 적이 아니야."

겐노스케가 별안간 아이를 달래는 듯한 목소리로 말했다.

"그 아이는 네게 아무 짓도 하지 않아. 이 집 딸이야. 인연이 있어서 이 집으로 이사를 왔을 뿐인, 아직 철모르는 아이가 아냐. 잘 봐라. 어째서 네가 그 아이를 위협해야 하지?"

"오우."

덥수룩한 머리의 남자가 또 말했다. 오린은 그의 두 다리가 겐노스케의 다리와 똑같이 방바닥 위로 한 척은 떠 있는 것을 직접 눈으로 확인했다.

—이 사람도 귀신이구나.

"자, 가거라."

겐노스케가 설득했다.

"너는 여기에 있어서는 안 돼. 어쨌든 지금은 있어서는 안 된단 말이다. 이 집 사람들을 곤란하게 만들지 마."

덥수룩한 머리의 남자 귀신은 희미하게 고개를 갸웃거리며 오린의 얼굴을 들여다보았다. 오린은 몸을 엎드린 채 머리를 들어 그를 보았다. 정면에서 보니 남자의 오른쪽 눈동자가 하얗게 흐려져 있음을 잘 알 수 있었다. 눈병이었다.

"여기서 날뛰지 마세요" 하고 작게 말했다. "우리 아버지와 어머니가 곤란해져요. 부탁이니까 여기서 날뛰지 말아 주세요."

남자의 말려 올라간 입술이 서툴게 움직였다. 어쩌면 이 사람―이 귀신은 말을 자유롭게 하지 못하는지도 모르겠다고 오린은 생각했다.

애처로울 정도의 노력을 해 가며 덥수룩한 머리의 남자는 겨우 말을 짜냈다.

"나아는, 시러."

그러고는 휙 사라졌다. 한순간 귓불과 콧속이 찡하니 아파질 정도의 냉기가 스치고, 정신을 차려 보니 그의 모습은 사라지고 없었다.

어떤 여자가 생각난 듯이 울음을 터뜨렸다. 오린은 계속 생명줄처럼 움켜쥐고 있던 다이치로의 뒷덜미가 피로 끈적끈적하게 젖어 있음을 깨달았다.

뒤처리는 난리도 아니었다.

다에가 슈타를 보내 오린이 병에 걸렸을 때 친절하게 봐 주었던 마을 의원을 모셔오게 했다. 알고 보니 객실 입구까지 왔던 슈타는 방 안에 검이 날아다니는 광경을 보자마자 다리가 풀렸다고 한다. 들고 있던 나무공이도 도움이 되지 않았다. 슈타는 벌벌 떨며 장지에 매달렸고, 너무 필사적으로 매달리는 바람에 정신을 차려 보니 손가락이 장지를 뚫어 큰 구멍을 만들고 말았다. 그것을 면목없게 생각했는지 부리나케 달려가 의원을 불러왔다. 사실 슈타는 이 집에 있고 싶지 않았던 것뿐이지 않을까 하고 오린은 생각했다.

다친 사람은 많았지만 의원의 본격적인 치료가 필요한 것은 다행히 쓰쓰야의 어르신과 다이치로뿐이었다. 기모노 자락이 잘린 여자 손님은 정강이도 발목도 무사했다. 오엔이 도망치려다가 넘어지면서 입술 끝이 찢어지고 동글이의 이마에 혹이 생겼지만 둘 다 침을 바르면 나을 정도의 상처였다.

어르신은 다치지는 않았지만 무서운 일을 당한 탓에 눈앞이 새까매져 기절해 있었던 모양이다. 의원님의 치료를 받고 다시 깨어난 후에도 얼굴은 회색이고 손발은 차갑고 일어서지도 못해서 결국 들것에 실려 나가게 되고 말았다.

다이치로의 등에 난 상처도 오린이 생각하고 있었던 만큼 깊지는 않았다. 다만 상처는 길이가 한 자나 되었고, 오른쪽 견갑골에서 왼쪽 견갑골 있는 데까지가 자로 잰 듯 일직선으로 베여 있었다. 다이치로가 정신을 잃었던 까닭도 상처 때문이 아니라 앞으로 쓰러졌을 때 운 나쁘게도 방바닥 위에 떨어져 있던 그릇에 이마를 호되게 부딪쳤기 때문이었던 것 같다.

객실 안은 한바탕 난동을 부린 꽃놀이 연회가 끝난 후처럼 엉망이었다. 뒤집히기만 한 듯 보이던 상 중 몇 개는 다리가 싹둑 잘려 있거나 한가운데에서 절단되어 있었다. 창살도 잘려 있었다. 다다미는 요리 국물이 스며 축축하고 미끌미끌해서 청소를 하려면 몹시 고생해야 할 것 같았다. 잘못하면 다다미를 갈아야 할지도 모른다.

하지만 무엇보다 더 중대한 것은 후네야가 첫 손님인 쓰쓰야의 신뢰를 잃었다는 사실이다. 모처럼 연 고희 축하연이 엉망이 되었을 뿐만 아니라 어르신이 쓰러지고 말았다. 그것도 요리를 잘못 내놓았거나 화재, 강도 등의 어쩔 수 없는 사태가 일어났기 때문이 아니다. 연회석에 어디에선가 기분 나쁘게 빛나는 검이 나타나 닥치는 대로 주위의 물건을 베어 날리고 손님에게 덮쳤든 것이 원인이다.

그렇다—이것은 뼈아프다. 정말로 뼈아프다. 후네야는 하룻밤 만에, 숙수의 솜씨로 손님을 모으고 요리로 명성을 쌓으려는 이제 막 개점한 앳된 요릿집에서, 이른바 귀신 나오는 곡절이 있는 집으로 전락하고 만 것이다.

쓰쓰야의 가쿠스케는 굳어진 얼굴을 하면서도 다이치로의 상처를 걱정해 주고 다에와 오린을 위로해 주었다. 가족들에게도 쓸데없는 말은 한마디도 하지 못하게 한 다음 우선 오늘 밤은 돌아가겠다며 엄숙한 표정으로 돌아갔다. 하지만 연회에 온 손님 전원의 입을 막을 수는 없다. 쓰쓰야가 후네야를 배려해 입을 다물어 주어도 조만간 초대 손님 중 누군가의 입을 통해 오늘 밤 소동의 전말이 밖으로 새어 나가게 될 터이다.

손님 장사의 숨통을 끊을 만한 소문은 슈타가 의원을 부르러 달려간 것보다 더 빠르게 후카가와 일대를 돌게 되리라.

손님들이 돌아가고 의원님도 내일 다시 오겠다는 말을 남기고 돌아간 후, 다이치로는 베개를 내리치며 분해하고 다에는 얼굴을 덮고 울었다. 오쓰타와 오리쓰도 객실을 정리해야 한다는 것을 알고 있지만 무서워서 들어가지 못했고, 슈타는 봉당에 주저앉은 채 그저 망연자실할 뿐이었다.

오린은 혼자서 계단 중간에 앉아 어둠을 바라보고 있었다.

이해할 수가 없다. 너무 이상하다. 그 기분이 무서움을 이기고 있었다.

―나는 봤어. 똑똑히 보았는데.

덥수룩한 머리를 한 남자의 모습을.

―하지만 다른 사람들에게는 보이지 않았어.

변사를 당한 사람들 중 누구에게 물어도, 가쿠스케도, 오엔도, 오쓰타도, 슈타도 모두 자신들이 본 것은 '객실 안을 날아다니는 검' 뿐이라고 했다. 허공에서 검이 나타나 주위를 온통 날뛰며 돌아다니다가 갑자기 사라졌다고.

―다른 사람들에게는 겐노스케 님의 모습도 보이지 않았던 거야.

물론 목소리도 들리지 않았으리라. 사람들을 지키려고 크게 손을 벌리고 덥수룩한 머리를 한 남자 앞에 버티고 서서 위협하거나 달래던 겐노스케의 목소리를 오린 외에는 누구 한 사람 듣지 못했다.

이런 일이 있을 수 있을까?

"겐노스케 님."

양손을 입가에 대고 목소리를 낮추며 오린은 살며시 불렀다.

"겐노스케 님, 나오세요."

우리 이야기도 도중에 끊겼잖아요. 이 요릿집이 지어지기 전에 이곳에 있던 공동 주택에서 무슨 일이 일어났는지, 전에 있던 요릿집은 어째서 망하고 말았는지. 이곳에 사는 귀신들이 진작부터 나쁜 짓을 하지는 않았는지. 마침 그것을 묻던 참이었는데.

"겐노스케 님, 나오라니까요."

오린은 초조해져서 코를 킁킁거렸다.

"숨어 있지 말고 나오세요."

아버지와 어머니가 안에서 두런두런 이야기를 하고 있다. 어머니는 아직도 울음 섞인 목소리다. 늦어졌으니 슈타도 오늘 밤에는 자고 가라고 오쓰타가 말했다. 겁쟁이 슈타는 돌아가고 싶어 한다. 오리쓰가, 남자가 적으면 무서우니 남아 달라고 설득하고 있다. 그런 목소리가 커졌다 작아졌다 하면서 들려온다.

"겐노스케 님."

오린은 조금 목소리를 높였다.

"나오지 않으면 또 울어 버릴 거예요. 그래도 돼요? 울어 버릴 거라고요."

그때 오린의 작은 등을 슬쩍 스치고 계단 위에서 가볍게, 뭔가 좋은 냄새가 나는 그림자가 내려왔다. 그러더니 오린 바로 옆에 우아하게 걸터앉았다.

"그 사람이 불쌍하지 않니. 울지는 말아 다오."

오린은 눈을 크게 떴다. 옆에 있는 이는 어머니 또래의 몹시 아름답고 단정한 얼굴을 한 고운 여자였다.

"누구……세요?"

여자는 연지를 바른 입술을 슬쩍 누그러뜨리고 하얀 이를 드러내며 소리도 없이 웃었다.

"귀신?"

여자의 피부는 투명할 정도로 깨끗했다. 여자가 입고 있는 오글쪼글한 재질의 비단 기모노가 투명하다. 소매를 통해 띠의 무늬가 보인다. 비단실로 자수가 된, 여러 가지 표정의 작은 달마 무늬다. 어린 오린의 눈에도 값비싼 것으로 보였다.

"그래, 나도 귀신이야."

여자는 말하며 하얀 손가락을 뻗어 오린의 흐트러진 머리카락을 만졌다.

닿는 느낌이 없다. 여자의 손가락은 오린의 머리카락을 빠져나가고 말았다.

"생명이 있는 것은 건드릴 수 없지. 뭐, 와라이보 할아버지는 다르지만."

"와라이보 할아버지라면 안마사 말이지요?"

"그래. 너는 이미 만났지?"

오린은 고개를 끄덕였다.

"병에 걸렸을 때 안마를 해 주었어요."

"그 할아버지는 성질이 비뚤어지고 쩨쩨하고 고집쟁이지만 실력은 좋아."

"당신은—."

"나는 오미쓰."

여자는 또 생긋 웃었다.

"하지만 오린. 너도 오늘 밤에는 더 이상 귀신과 이야기하기 싫지 않니? 눈이 졸려 보여."

듣고 보니 옳은 말이다. 오린은 지칠 대로 지쳐 있었다.

"겐 공도 오늘 밤에는 더 이상 나올 수 없어. 우리가 현세에 나오려면 나름대로 힘을 써야 하거든. 너희가 강에 뛰어들어 헤엄칠 때 같은 거지. 아무리 수영을 잘해도 살아 있는 인간이 하루종일 헤엄칠 수는 없지? 그거랑 마찬가지란다."

알 것 같은 기분이 드는 비유다.

"나를 부르고 싶을 때는 이것을 쓰렴."

오미쓰라는 여자는 살짝 부푼 띠 사이로 슬쩍 손을 넣어 손거울을 하나 꺼냈다. 오린의 손바닥만 한 크기의 낡은 청동 거울이었다. 가장자리에 아주 조금이지만 녹청빛이 감돌고 있다.

"이것을 들여다보면서 날 불러 주렴. 가까운 곳에 있으면 곧 와 줄 수 있어."

그리고 오미쓰는 스윽 사라졌다.

―걱정하지 말고 푹 쉬어. 오늘 밤에는 더 이상 무서운 일은 없을 테니.

상냥한 목소리가 마음속에 울린다.

혼자 남겨진 오린의 무릎 위에 청동 거울이 올려져 있었다. 오린은 청동 거울을 집어 들고 찬찬히 바라본 후―.

크게 하품을 했다.

7

쓰쓰야 노인의 고희 축하연이 있었던 날로부터 사흘이 지났다.

사흘 사이에 비가 한 번 내리고, 그것이 한때 진눈깨비로 바뀌고, 최고로 맑은 날이 딱 하루 있고, 그 맑은 날 밤에 오린은 유성을 하나 보았다.

후네야 사람들에게는 몹시 안타까운 사흘간이었다. 꽤 옛날 일이지만 시나가와 역참의 어느 역참 사무소에 승냥이보다 더 발이 빠르다는 파발꾼이 한 명 있어 시중에서 꽤 평판이 났던 적이 있다. 그러나 후카가와 후네야에서 번져 나간 나쁜 소문은 그 파발꾼보다 더 빠르고, 부지런한 모양이었다. 쓰쓰야의 연회가 있던 날 밤의 기이한 이야기는 겨우 하루 남짓 만에 후카가와 곳곳을 돌았다. 이제 열 간짜리 공동 주택의 가장 후미진 곳에 있는 뒷간 옆집에서도 이 이야기를 모르는 이가 없었다.

이야기가 처음 한 바퀴를 돌았을 때는 그날 일어난 신기한 일이 팔 할 정도 전해졌고 두 바퀴째에는 거기에 꼬리와 지느러미가 붙고, 세 바퀴째에는 그 꼬리가 전혀 다른 물고기의 꼬리가 되어 있었다. 도통 갈피를 잡을 수가 없다. 어느새 객실 안을 날아다닌 것이 요도妖刀 무라마사 유명한 도공(刀工)의 이름이자 그가 만든 일본도의 총칭였다느니, 붉은 가죽끈으로 꿴 미늘 갑주를 걸친 옛 무사의 망령이 날뛰었다느니, 급기야 쓰쓰야에는 조문객까지 찾아왔다. 차마 눈 뜨고 볼 수 없다는 표현은 이럴 때 쓰는 것이리라.

사흘 동안 쓰쓰야의 젊은 주인 가쿠스케가 네 번에 걸쳐 후네야를 찾아왔다. 다이치로와 둘이서 머리를 맞대고 심각한 얼굴을 하며 이야기를 나누다 돌아가기를 되풀이했다. 처음에는 진심으로 사죄하는 다이치로를 가쿠스케가 그저 달래기만 하다가 둘이서 머리를 끌어안게 되었고, 이야기를 거듭할 때마다 두 사람의 얼굴은 어두워져 가는 것 같았다.

그런 가운데 오늘이 되어 다카다야의 시치베에가 드디어 무거운 엉덩이를 들고 다이치로를 찾아왔다. 꽤 늦었다. 시치베에는 후네야에서 맞이한 첫 번째 손님의 연회가 잘 치러질지 마른 침을 삼키며 지켜보았으니 당연히 소동에 대해서도 다음 날에는 전부 알고 있었다. 알면서도 좀처럼 후네야에 얼굴을 내밀려고 하지 않은 것이다.

새삼스럽게 말할 필요조차 없이 요릿집을 일으키는 것은 다이치로의 꿈이라기보다 시치베에의 꿈이었다. 따라서 후네야가 좌초하면 다이치로보다 시치베에가 훨씬 더 뼈아프다. 다이치로는 면목없는 기분만 느끼면 끝이지만 시치베에는 이 나이에 오랜 꿈이 파도 사이로 부서지는 모습을 보아야 하기 때문이다.

그런데도 시치베에는 좀처럼 움직이려 들지 않았다. 다이치로와 다에가 어떻게 하는지 혼조 아이오이초에서 가만히 상황을 보고 있었다. 그리고 아무래도 젊은 부부에게는 아직 감당하기 어려운 사태인 듯하다고 판단하자 느릿느릿 신발을 꿰어 신고 찾아온 것이다.

입을 열고 제일 먼저 시치베에는 이렇게 말했다.

"이것으로 후네야에 팔 것이 생겼다고 생각해라."

오랜만에 시치베에를 만난 오린은 그에게 바싹 달라붙어 이것저것 호소하고 싶었지만, 아버지와 어머니가 할아버지 앞에 정좌하고 간곡한 설교를 듣는 자리에는 물론 있을 수 없었다. 하는 수 없이 오쓰타 둘이서 복도에 털썩 앉아 장지에 귀를 대고 훔쳐들어야 했다. 덕분에 세 사람의 얼굴은 볼 수 없어 이야기의 분위기를 목소리만 듣고 판단할 수밖에 없었지만 시치베에는 묘하게 밝은 것 같았고 끊임없이 웃음소리도 들렸다.

"아저씨, 이런 어수선한 이야기가 팔 것이 될까요?"

다이치로가 지칠 대로 지친 목소리로 말했다.

"쓰쓰야의 어르신은 앓아누워 계시다고 합니다. 소문처럼 돌아가시진 않았지만 모처럼의 고희 연회가 엉망이 된 것은 확실해요."

"그건 얘야, 갑작스러웠기 때문이다."

시치베에가 호쾌하게 말했다.

"갑작스럽다고요?"

"그래. 유령이 나오리라고는 상상도 하지 않았는데 갑자기 나왔으니 간담이 서늘해지고 만 게지."

"누구나 유령을 보면 간담이 서늘해져요."

다에가 힘없는 목소리로 호소한다. 어머니가 야윈 목덜미를 쓰다듬는 모습이 눈앞에 보이는 듯하다. 소동이 있은 후로 어머니의 머리카락이 많이 빠지게 된 것도, 오린은 확실히 눈치 챘다.

"하지만 다에. 한 번이라도 좋으니 간담이 서늘해질 만한 일을 겪어 보고 싶다는 특이한 손님도, 한편으로는 꽤 있는 법이란다."

"귀신을 보고 싶다는 건가요?"

"그래."

"그럼 아저씨는 후네야를 '귀신이 나오는 요릿집'으로 선전하라는 말씀이신가요?"

"그렇단다. 아까부터 그렇게 말하고 있지 않니. 이건 둘도 없는 좋은 기회야. 재앙을 복으로 바꾼다는 것이지. 속담이 이렇게 딱 들어맞는 일은, 오래 살아도 좀처럼 없는 법이다. 나도 처음이야."

"그런 태평한……."

"태평해도 돼. 고민해 봐야 소용없다. 무엇보다 검을 휘두르는 유령이 반드시 또 나온다는 보장은 없거든. 두 번 다시 나오지 않을지도 몰라. 어쩌면 후네야가 아니라 쓰쓰야의 어르신에게 붙어 있던 유령이었을지도 모르지. 넌 그런 식으로 생각한 적은 없지?"

다이치로도 다에도 입을 다물고 있다. 복도에 털썩 앉아 있는 오쓰타도 이 말에는 눈을 휘둥그렇게 떴다. 오린은 재미있어졌다.

"네, 그런 생각은 해 보지도 않았습니다. 그렇다면 얼마나 좋을까요."

시치베에는 엄하게 말했다.

"좋지는 않다. 그게 네 생각이 모자란 점이야. 잘 들어라, 설령 유령이 두 번 다시 나오지 않더라도 그 집에 그게 나온다는 평판은 남는단 말이다. 네 수명보다 훨씬 더 오래 남는 소문이 될지도 몰라. 이런 것은 한 번 생기고 나면 없앨 수가 없어."

"그럼 어떻게 할 수도 없잖아요!"

"그러니까 역으로 이용하란 말이다."

다이치로의 목소리가 높아진다.

"하지만 아저씨, 저는 그런 꼴사나운 짓은 싫어요! 저는 후네야를, 숙수인 제 실력으로 유명한 가게로 만들고 싶다고요. 유령 이야기에 기대어 평판을 얻다니, 그런 부끄러운 줄도 모르는 짓은 하고 싶지 않아요! 아저씨도 아시잖아요?"

오린도 잘 아는 시치베에의 콧김 소리가 들렸다. 콧방울을 벌름거리고 눈을 부릅뜬 채 정말 기가 막힌다는 얼굴을 하며 숨을 내쉬는 소리다.

"정말 물러 터졌구나."

다이치로는 성난 기색을 띠었다. 장지 너머에 귀를 곤두세운 오린에게는 지금까지보다 더 아버지의 존재가 또렷하게 느껴졌다. 사람이 화가 났을 때는 기척이 강해지는 법이다.

"나도 계속 '유령 요릿집'으로 선전하라고 권하는 것은 아니다." 이렇게 말하며 시치베에는 아주 조금 심약한 웃음소리를 냈다. "소문도 칠십오 일이라고 하지 않니. 후네야가 유령 소동으로 고민하는 동안에만 그러라는 거야. 말하자면 억척스러워지라는 소리다. 무슨 일이 있어도 좋은 방향으로 이용해 주마 하는 근성이 없으면, 요릿집 같은 사치스런 장사는 해 나갈 수가 없어."

오린은 왠지 쓸쓸한 기분이 들어서 시치베에와 부모님의 이야기가 끝나기 전에 슬쩍 그 자리를 떠났다. 가게를 나와서 수로 쪽으로 돌아가, 그곳에 털썩 주저앉는다. 물 냄새가 나는 바람이 불어와 오린의 머리카락을 헝클어뜨렸다. 오늘은 공교롭게도 날씨가 흐려서 하늘 가득 목면 가게가 장사를 벌여 놓고 있다. 그것도 매끈매끈한 순면이 아니라 회색의 오래된 면이다. 누군가가 하늘의 신이 덮을 이불을 다시 치고 있는 것인지도 모른다.

주저앉은 발끝 옆에서 귀여운 지치가 꽃을 달고 물 위를 건너오는 바람에 흔들리고 있었다. 오린은 손을 뻗어 꽃을 어루만졌다. 어머니가 손님용 객실에 꽃을 꽂으면서 꽃에도 겉과 속이 있다고 가르쳐 준 적이 있는데, 이 꽃에는 겉 정도가 아니라 얼굴이 있는 듯했다. 그리고 그 얼굴이 오린을 위로하려는 표정을 짓는 것처럼 느껴졌다.

한동안 그렇게 소곤거리는 수면을 바라보고 있자니 풀밭을 서걱서걱 밟는 발소리가 들리고, 시선을 들어 보니 시치베에가 이쪽으로 다가오는 참이었다. 몹시 씩씩하게 걷고 있어서, 허리가 아프다고 했는데 괜찮을까 하고 생각했지만 그런 의문을 말할 새도 없이 시치베에는 기모노 자락을 휙 걷어올리고 오린 옆에 앉았다.

"오린 너는 어떠냐, 이곳 생활에 조금은 익숙해졌니?"

오린은 자신이 생각하고 있었던 것 이상으로 우물거리며 말을 흐렸다. 대답을 했지만 무슨 말을 했는지 스스로도 알아들을 수 없을 정도였다.

"너는 별로 즐겁지 않은 모양이구나. 응?"

시치베에는 활달한 태도를 바꾸지 않고 말을 이었다.

"이곳에 오자마자 큰 병을 앓았고, 이번에는 귀신이 나온다고 하니 편하지는 않겠지. 다카다야로 돌아가고 싶니?"

이 물음에는 단호하게 고개를 저었다.

"다카다야는 그립지만, 저만 돌아갈 수는 없어요, 할아버지."

시치베에는 그때까지 입가에 띠고 있던 웃음을 지우고 진지한 얼굴로 고개를 끄덕였다.

"그렇지. 너는 그런 아이지. 아니, 벌써 그렇게 말할 나이가 되었구나."

혼자서 납득하고 있다. 오린은 왠지 시치베에가 조금 멀게 느껴졌다. 다카다야에 있을 때도 아버지나 어머니가 할아버지에게 심하게 야단맞는 모습을 몇 번이나 보고 들었다. 그래도 지금 같은 기분은 들지 않았는데, 어째서일까.

"객실을 날아다니는 요도妖刀는 무서웠니?"

"응. 깜짝 놀랐어요, 할아버지."

"오줌을 싸 버릴 정도로 무서웠니?"

"제가 좀 더 어렸다면요."

목구멍까지 말이 치밀어 오른다. 저기요, 할아버지, 검만 날아다니고 있었던 게 아니에요. 저는 덥수룩한 머리의 무사를 봤어요. 그 외에도 몇 명이나 귀신이 있어요. 그 귀신들은 안마 치료를 해 주기도 하고, 위로해 주기도 하고, 제게 메롱을 하기도 했어요. 이 집에는 옛날부터 무서운 사연이 있고, 이웃 사람들도 지금까지 잠자코 있었을 뿐 모두 알고 있대요.

하지만 아무 말도 하지 않았다. 처음부터 그렇게 정해져 있었던 것처럼 여겨졌다. 목구멍까지 올라온 말도, 처음부터 그 너머로 가지는 않으리라는 것을 알고 있는 듯했다.

"아무래도 이 집에는 여러 가지로 사정이 있는 것 같구나."

시치베에가 턱을 문지르면서 말했다.

"관리인을 잡아다 놓고 물어보려고 찾아다녔는데 한발 늦었던 모양이야. 너구리 같은 놈, 소동을 듣고 곧장 오지王子에 있는 친척 집으로 가 버렸다더구나. 뭐, 사건에 대한 관심이 식으면 돌아올 테지만 말이다."

그때 오린은 바로 옆에서 인기척을 느꼈다. 그림자도 드리우지 않고 발소리도 없고 온기도 느껴지지 않았지만, 누군가가 바로 곁에 있다. 그리고 그런 식으로 나오는 것이 누구인지 대충 짐작이 간다.

"이웃 사람들에게 물어보는 편이 빠르겠네요."

오린의 말에 시치베에는 활짝 웃었다.

"글쎄다, 솔직하게 말해 줄까? 어째서 좀 더 일찍 가르쳐 주지 않았느냐고 원망을 들을 게 뻔한데."

"그럼 화가 나도 어쩔 수 없나요?"

"그래, 어쩔 수 없는 일이란다."

오린은 아까 할아버지가 아버지에게 한 이야기에 찬성이에요―라고 말하려고 했다. 어차피 피할 수 없는 소문이라면, 귀신을 보고 싶어 하는 손님을 모으는 편이 장사가 된다. 울척하게 사는 것보다는 명랑한 편이 좋다. 게다가 후네야에 살고 있는 유령이 모두 그런 나쁜 짓을 하는 유령만은 아니라는 사실을 알고 있기 때문에 더욱 그렇다.

하지만 역시 입 밖에 내어 말하지는 않았다. 아버지에게 미안한 마음이 들었기 때문이다. 아이와 어른과 나이 많은 어른 사이에는 눈앞의 파르스름한 물이 담긴 수로보다 폭은 좁지만 깊은 고랑이 파여 있는지도 모른다.

"오린, 너무 걱정하지 않아도 된다."

그렇게 말하며 오린의 머리를 쓰다듬고 시치베에는 일어섰다.

"할아버지랑 아버지, 어머니가 같이 있으니까. 네가 귀신에게 위협을 당할 일은 없어. 그런 일이 두 번 다시 일어나지 않도록 어른들이 두 눈 부릅뜨고 감시할 테니까."

오린이 "응" 하고 고개를 끄덕이자 시치베에는 호쾌하게 웃으며 "그러면 된다, 그러면 돼" 하고 말했다. 그러고는 왔을 때와 똑같이 수로 가장자리를 활보해 후네야로 돌아갔다.

오린은 계속 시치베에를 지켜보고, 지켜보며 천천히 장소를 이동해 수로를 지나쳐서 집 모퉁이까지 몰래 따라갔다. 시치베에는 이제 오린의 시선이 닿지 않으리라 생각되는 데까지 오자 갑자기 걸음걸이에 기운이 없어졌다. 약간이지만 허리가 굽었다. 어깨가 축 처졌다.

역시나, 하고 오린은 생각했다. 할아버지는 오린에게 기운을 북돋워 주려고 왔기 때문에 좋은 뜻으로 허세를 부리고 있었던 것이다. 이번 소동으로 가장 풀이 죽은 사람이 아버지에게 꿈을 맡긴 시치베에 할아버지라는 사실은 틀림이 없었다.

수로 쪽으로 돌아가 보니, 방금 전까지 시치베에가 있던 곳에 역시 겐노스케가 앉아 있었다. 양쪽 정강이를 완전히 드러낸 채 예의 바르지 못한 자세로 앉아 있다. 겐노스케는 오린이 다가가자 씩 웃으며 말을 걸었다.

"저 사람이 다카다야의 할아버지니?"

오린은 양손을 허리에 댔다.

"지금껏 숨어 있었지요?"

"어라, 오린 너는 벌써 그렇게, 오랜만에 찾아온 남자를 탓하는 법을 배웠니?"

겐노스케가 목을 움츠렸다. 오린은 그의 옆으로 다가가 발치의 작은 돌을 주워 들고 물을 향해 던졌다.

"뭐, 나도 오린 너를 볼 낯이 없어서 나올 수 없었단다."

"이곳 귀신은 나쁜 짓은 하지 않는다고 했으면서."

오린은 입을 삐죽거렸다.

"거짓말쟁이야."

"거짓말만은 아니야."

겐노스케는 반쯤 투명한 손을 들어 올려 반쯤 투명한 머리 옆을 긁적였다. 그의 오른쪽 정강이 맞은편에 방금 오린이 어루만지던 지치가 흔들리고 있다.

"그자는 불쌍한 사람이란다."

"그, 덥수룩한 머리를 한 사람?"

"응, 그래."

"그 사람도 이곳에 있던 무덤에 묻혀 있었나요?"

겐노스케가 고개를 젓는다.

"제대로 묻혀 있었다면 지금도 떠돌고 있을 리가 없지. 나도 그렇고."

오린의 발치에서 수로의 물이 찰랑거리는 소리를 냈다. 쳐다보니 한 치 정도 되는 크기의 둥근 고리가 생겨나 있다.

"큰 물고기가 있나?"

"아아, 있고말고."

겐노스케는 몸을 내밀었다.

"길이가 여덟 치나 되는 잉어가 있단다. 장어며 미꾸라지도 있어."

"지금까지 몰랐어요."

"깊으니까. 게다가 이 근처 수로에서는 장사를 위한 낚시나, 물고기를 마음대로 잡는 것이 금지되어 있거든."

그러더니 웃는 얼굴을 오린에게 향한다. "실은 말이지, 오린. 사흘이나 모습을 감추었던 이유는 내 나름대로 머리를 짜내고 있었기 때문이야. 그리고 오늘은 네게 상의할 게 좀 있어서 나왔단다. 이야기를 들어 주겠니?"

오린은 그의 옆에 쪼그려 앉았다.

"너, 우에노에 있는 변천변재천. 우에노의 시노바즈 연못에는 변천을 모시는 나카지마라는 작은 섬이 있음 님께 참배를 간 적은 있니?"

오린은 고개를 저었다.

"그런 번화한 곳은 어머니가 싫어하세요."

"그래? 하긴 그렇겠지. 네 부모님은 품행이 단정한 사람인 것 같으니, 그 근처에 있는 만남의 찻집남녀가 밀회하는 데 이용되던 찻집을 이용한 적도 없을 테고."

아까의 시치베에와 똑같이 겐노스케도 혼자서 납득하고 있다.

"그래도 너, 거기에 시노바즈 연못이라는 큰 연못이 있다는 사실은 알지? 연꽃이 많이 피는 아름다운 곳이란다."

"그림으로 본 적이 있어요."

"그래? 시치베에가 너를 거기로 데려가서 연잎밥을 사 주지는 않았구나. 이케노하타시노바즈 연못 남쪽 일대의 번화한 거리에는 요릿집이 많이 있는데 시노바즈 연못에서 딴 연잎으로 밥을 싸서 찌는 거야. 이게 아주 맛있거든. 나는 옛날에 아주 좋아했어."

흐음—하고 오린은 겐노스케의 호리호리한 턱을 올려다보았다.

"후네야를 지켜내려면 우선 잘 팔리는 요리를 만들 필요가 있어. 네 아버지에게 이 수로에서 잡은 장어나 미꾸라지를 이용한 요리를 만들라고 권해 보면 어떨까? 물론 장어나 미꾸라지는 다른 곳에서도 먹을 수 있지만 여기는 밑천이 필요 없으니 가격을 싸게 하는 거야. 꽤 좋은 생각이지?"

"하지만 여기서 물고기를 마음대로 잡는 것은 금지되어 있다고—."

"물론 대규모로 하면 곤란하지. 하지만 후네야의 손님에게 내놓을 양 정도라면 몰래 잡아도 벌은 받지 않을 거야."

오린은 쥐 죽은 듯 조용한 수로의 수면을 둘러보았다.

"여기서 잡히는 게 맛있나요?"

"맛있어. 내가 보증하마."

"먹은 적이 있어요?"

"뭐, 옛날에."

다시 말해서 생전의 겐노스케는 이 근처에 살았다는 뜻이 된다.

"네 아버지는 빈틈없고 성실한 사람인 모양이지만 아무래도 시접이 좁은 것 같다. 천의 질도, 바느질도 형편없지만 시접만은 넉넉히 있는 나 같은 남자의 판단이니까 이것은 확실해. 그렇게 시종 부지런히 일만 하다가는 곧 올이 풀리고 말 테지. 귀신 소동에서 후네야를 어떻게 구해 낼 것인가가 아니라, 숙수로서의 머리를 쓸 일을 빨리 주는 게 좋아. 장어 요리법에 몰두하게 만드는 것은 명안 같지 않니?"

오린의 작은 머리로 생각해도 나쁘지 않은 방법 같았다. 귀신에 대해서만 고민하고 있다간 아버지도 어머니도 머잖아 앓아눕고 말리라. 다른 일에 관심을 돌린다는 것은 명안이다.

"처음에는 시치베의 말처럼 귀신을 보고 싶어 하는 손님을 상대로 하게 될 테지. 그것도 장사야. 하지만 한편으로 장어나 미꾸라지 요리가 싸고 맛있다는 소문이 나면 그 외의 손님들도 틀림없이 찾아올 거야. 그쪽의 평판이 점점 높아지면, 언젠가는 귀신 따윈 모두 잊게 될 게다."

"─정말요?"

겐노스케는 손가락 하나로 뺨을 긁적였다.

"아마도."

"아마도."

오린은 길게 한숨을 쉬며 다리를 쭉 뻗었다.

"지금은 어쨌든 해 볼 수밖에 없겠네요. 그런데 그런 생각을 어떻게 아버지에게 전하면 좋을까요. 제가 말한다 해도 지금의 아버지가 곧 들어줄 것 같지는 않거든요. 어린아이 주제에 건방지다고 혼나는 게 고작일 거예요."

"부모가 생각하는 만큼 아이는 아이가 아니지만 부모는 그것을 깨닫지 못하니까."

겐노스케는 그렇게 말하고, 생각에 잠기듯 눈을 가늘게 떴다. 그런 표정을 하면 누군가와 닮았다─전에 어디선가 이런 얼굴을 본 적이 있나, 하고 오린은 생각했다. 누구일까? 몇 년 전, 다카다야에서 잠깐 동안 일한 적이 있는 젊은 남자를 조금 닮은 듯한 기분이 든다. 설거지꾼(주방에서는 가장 지위가 낮은, 설거지를 하는 사람)으로, 한때 오쓰타 아주머니가 동생처럼 귀여워했지만 무슨 일 때문에 시치베에 할아버지에게 호되게 야단을 맞고 다카다야를 뛰쳐나가고 말았다. 그때 할아버지는 말했다—저렇게 겉만 번지르르한 놈은 방심할 수가 없어.

"이렇게 하면 어떨까." 겐노스케가 생각하고 또 생각했다는 듯한 말투로 말했다. "네 꿈에 신이 나타나서 그렇게 말해 주었다고. 그러면 이야기를 그럴싸하게 지어내기도 쉽지 않을까?"

"어떤 신이요?"

"뭐든 상관없어. 네 부모님이 모시는 신."

"이나리오곡을 관장하는 신 님은 안 될까요? 다카다야 바로 위에 있던 이나리 신사에 아버지도 어머니도 계속 참배를 갔었는데."

"안 되는 건 아니지만…… 이나리 님은 제대로 공양을 하면 누구나 도와주잖니? 좀 더 진귀한 게 좋겠는데. 어차피 지어내는 이야기니까 네 부모님의 마음이 확 움직이는 편이 좋아."

신심이라고는 전혀 없는 말이다. 겐노스케는 귀신이니까 어쩔 수 없다.

"뭐, 어차피 꿈에서 알려 준 거니까 그렇게 정교할 필요는 없어. 영험한 신의 말씀이 있었다는 분위기만 전하면 돼. 내일 아침에 일어나면 제일 먼저 부모님께 이야기하는 거야. 아니, 잠깐만, 오히려 평소보다 훨씬 일찍 일어나서 꿈 속에서 이상한 계시를 받았다며 두 사람을 깨우러 가는 거다. 알겠니?"

요즘 부모님이 여러 가지로 힘들어서 오린은 혼자 자게 되었다.

"제가 아버지나 어머니보다도 먼저 일어나라고요?"

"그래. 그리고 두 사람의 머리맡으로 달려가는 거야. 그 정도는 해야 진짜 같지."

오린은 자신이 없었다. 사실 아침 잠투정이 많아 어머니 다에에게 자주 야단을 맞는 편이다.

"어쩔 수 없구나. 그럼 내가 깨워 주마. 어두울 때라면 편하게 나올 수 있으니까. 하지만 오린, 잠에 취해서 내 얘기를 하면 안 된다. 지금 지어낸 이야기를 머릿속에 잘 넣어 두어야 해."

"알아요."

"부모님이 이상하게 여기고 자세히 물으려 하면 천진한 얼굴로 꿈이라서 잘 기억나지 않는다거나 거기까지는 보이지 않았다고 얼버무려야 해. 그 편이 그럴싸하거든. 다만 아주 영험하고 눈물이 나올 것 같은 꿈이었다고만 하면 된다."

"왠지 엉성한데……."

"그게 좋아. 애초에 엉성한 이야기니까."

오린은 웃었지만, 그때 문득 웃을 수 없는 일이 생각났다.

"겐노스케 님."

"왜 그러니, 갑자기 귀여운 얼굴을 하고."

"후네야의 귀신은 어째서 제게만 보이는 거지요?"

겐노스케의 실실거리던 얼굴이 단단하게 조여졌다. 고등어회 같다.

"이번 소동으로 제게는 보이는 귀신들의 모습이 다른 사람들에게는 전혀 보이지 않는다는 사실을 알게 되었어요. 전부터 그랬지요.

메롱을 하는 오우메, 오미쓰 씨, 와라이보 씨, 덥수룩한 머리의 무사 님, 지금 이렇게 이야기를 하고 있는 겐노스케 님의 모습도 저 외에는 누구에게도 보이지 않아요. 어째서지요? 보이는 게 이상한 건가요? 보이지 않는 게 이상한 건가요?"

겐노스케는 양손을 품속에 넣고는, 오린이 생각도 못한 심각한 표정을 지으며 몹시 진지한 어투로 말했다.

"어느 쪽도 이상하지 않아, 오린."

"정말?"

"그래, 정말이란다."

겐노스케는 목깃에 턱을 묻고 수로의 옅은 초록색 물을 계속 응시했다.

"쓰쓰야의 연회에서 소동이 일어나는 바람에 어중간하게 끝난 이야기가 있었지? 기억나니?"

지금의 이 건물이 지어지기 전에 이곳에는 공동 주택이 있었는데—하는 이야기다.

"네, 물론 기억나요."

"그때 네가 알아차린 대로 그 공동 주택에서도 귀신 소동이 끊이지 않았단다. 세든 사람이 붙어 있질 않아 결국 공동 주택을 허물고 요릿집이 생겼지만 역시 마찬가지였어. 그래서 이곳은 빈집이 되었지. 거기에 후네야의 너희가 오게 된 거야."

그러니까—하며 오린의 얼굴을 보았다.

"지금까지의 세월 속에서 우리의 모습을 보거나 기척을 느낄 수 있었던 자들은 꽤 많이 있었다는 뜻이다. 그렇지 않다면 소동이 일어나지 않았을 거야. 그렇지? 보이는 것은 너만이 아니란다."

그렇구나.

"하지만 그렇다면 어째서 지금은 저뿐인가요?"

"그러니까—."

젠노스케는 고개를 갸웃거렸다.

"네 주위의 어른들은 분명히 모두 열심히 살아가는 성실한 사람들이라서 그럴 테지. 아니면 반대로 마음에 여유가 없기 때문일까."

무슨 뜻인지 아리송했다.

"어쨌거나 좀 더 시간이 지나 보면 확실해질 게다. 오린 외에도 누군가가 우리의 모습을 보게 될지도 모르지."

"다들 후네야에 익숙해지면 보이게 될 거라는 뜻이에요?"

"응, 뭐, 그런 뜻이려나."

젠노스케는 품에 손을 집어넣은 채 이번에는 하늘을 올려다보았다. 그대로 양치질이라도 하듯이 입을 뻐끔거리며 말한다.

"그러니 네 눈에 우리의 모습이 보인다고 해서 이상할 것은 없다. 다만 그것과는 별도로 네게는 분명히 지금까지 없었던 특이한 사실이 한 가지 있어."

오린은 깜짝 놀랐다.

"어떤 사실인데요?"

"네게는 내가 보이지."

"네."

"오미쓰도 보이고."

"네."

"와라이보도 보여."

"보일 뿐만 아니라 안마 치료까지 받았지요."

"그리고 오우메도. 그 성가신 덥수룩이의 모습도 볼 수 있지."

전부 해서 다섯 명이다.

"그게 이상해." 겐노스케는 이해할 수 없다는 듯 입을 삐죽거리며 말했다.

"어째서? 다들 후네야에 있는 귀신들이잖아요? 똑같이 다 보이면 안 되는 건가요?"

"안 되는 건 아니지만, 지금까지 그런 사람은 한 명도 없었어."

오미쓰를 볼 수 있는 사람이라도 겐노스케는 보이지 않았다. 겐노스케는 보여도 오우메는 보이지 않았다. 특히 덥수룩이는 보는 건 물론 기척을 느낄 수 있는 경우도 극히 적었고 반대로 와라이보는 다섯 명 중에서는 특히 많은 사람들의 눈에 보였다―.

"와라이보라면 이해가 가. 아마 그 영감 쪽에 이유라고 할까, 비결이 있는 것일 테지."

"비결이라니요?"

"와라이보는 우리와 달라. 그 영감은 오린을 만질 수 있어. 너도 와라이보가 만지면 느낄 수 있지. 그렇지 않으면 안마 치료 같은 건 할 수 없잖니."

오린은 앗 하고 놀라며 입을 눌렀다. 듣고 보니 그 말이 맞다.

"와라이보 영감은 전에 공동 주택이 있었을 때도, 후네야 전의 요릿집 때도 계속 그랬어. 단순한 귀신이 아니야. 사람이 만질 수도 있고, 사람을 만질 수도 있는 귀신이지. 특별 맞춤이란 말이야."

"어째서 와라이보 할아버지만 그런 거지요?"

겐노스케는 즐겁다는 듯이 쿡쿡 웃었다.

"그 영감, 안마 치료 실력은 제법 좋거든. 오린 너도 금세 좋아졌지."

"네!"

"와라이보는 자신의 실력에 긍지를 갖고 있어. 그래서 조금 몸이 안 좋아 보이는 사람을 보면 당장 치료하고 싶어 하지. 또 몸이 안 좋은 사람은 안 좋은 사람대로 빨리 낫고 싶어 하고. 그런 두 마음이 하나로 딱 들어맞기 때문에, 와라이보는 귀신의 벽을 넘어서 실력 좋은 안마사가 될 수 있는 거란다."

게다가 그 영감은 만지는 게 보는 것이니, 그런 부분도 크게 작용했을 거라고 겐노스케는 딱 잘라 말했다.

"몸에 대해서는 고민을 갖고 있는 사람이 많으니까. 누구나 건강하고 싶지만 좀처럼 그렇게 되질 않아. 게다가 어른들은 대체로 모두 피곤하거든. 거기에서 또, 와라이보의 존재는 살아 있는 사람들에게 눈치 채일 만한 가치가 생기게 되는 것이지."

조금 어려운 이야기다. 게다가 마음에 걸리는 말투다.

"하지만 그러면, 눈치 채일 만한 가치가 없으면 귀신은 여기에 있을 수 없는 거예요?"

겐노스케는 곧바로 대답을 하지 않았다. 역시나 하늘을 올려다본 채, 한쪽 뺨을 볼록하게 부풀이며 뭔가 생각하고 있다.

"겐노스케 님?"

겐노스케는 이번에는 반대쪽 뺨을 볼록하게 부풀리고 나서 후우 하고 숨을 내쉬더니 웃으며 오린을 보았다.

"오린 너는 후네야로 이사와서 쓸쓸하니?"

갑자기 이야기가 바뀌었다. 오린은 갈팡질팡했다.

"쓸쓸하다니요?"

"친구나, 서당 아이들과도 헤어지게 되었지. 시치베에 할아버지도 늘 있는 게 아니고 부모님은 장사 때문에 바쁘지 않니. 오린 너는 심심해. 그렇지?"

"……네."

"그렇기 때문에 오린 네게는 모두의 모습이 보이는지도 몰라."

그야 물론 겐노스케를 만나면 즐겁다. 오미쓰는 상냥해서 좋아한다. 하지만 오우메는 만나면 메롱을 할 뿐이라서 도저히 사이가 좋아질 수 없을 것 같고, 덥수룩한 머리를 한 무사의 경우에는 그저 무서울 뿐이다.

"어차피 우리는 다섯 명 모두 성불하지 못하고 떠도는 망자야."

겐노스케는 딱 잘라 말했다.

"망자라니, 그렇게 말하지 마세요."

"싫으니?"

"이상한걸요. 실감이 안 나요. 망자는 더 무서운 걸 말하는 거예요. 시치베에 할아버지가 그랬는걸요."

겐노스케는 일부러 흰자위를 드러냈다.

"우리도 무서울지도 몰라."

오린은 웃음을 터뜨리고 말았다. 겐노스케도 함께 큰 소리로 웃었다.

"오린 너는 다정하구나. 착한 아이야. 머리를 쓰다듬어 줄 수 없어서 너무 안타깝네."

겐노스케는 반쯤 비치는 자신의 양손을 내려다보며 절절하게 말했다.

"얘야, 오린."

"네?"

"우리 다섯 사람은 계속 여기에 있어. 계속 여기에 있었다고 내가 말했지. 하지만 그것은 완전한 사실이 아니란다."

오린은 겐노스케의 얼굴을 보았다. 뾰족한 코끝이 투명해서 파란 하늘이 보인다.

"분명히 계속 여기에 있었지만 언제든지, 어떤 때이든지 여기에 있다는 사실을 스스로 느낄 수 있는 것은 아니거든."

오린은 가슴에 손을 댔다.

"스스로—느낀다고요?"

"음, 그래. 그렇게 느낄 수 있는 것은 역시 산 사람들이 가까운 곳에 있고, 우리의 존재를 알아차려 주었을 때뿐이야. 그래서 이곳이 빈집이었던 동안에는, 그렇지, 어떻게 지내고 있었는지 스스로도 확실치가 않단다. 나는 무엇을 하고 있었을까. 이곳에 있기는 있었지만 그냥 둥실둥실 떠다니고 있었을 뿐이야. 그것도 당연하지, 우리는 이미 죽었으니까. 원래 같으면, 더 이상 이 세상에 있어서는 안 돼."

알고 있는 일이긴 하지만, 겐노스케의 입으로 분명하게 그런 말을 들으니 오린은 몹시 슬퍼졌다.

"우리가 떠나는 편이 후네야를 위해서 좋다는 것도 잘 알고 있다. 네 부모님은 우리가 있는 탓에 하지 않아도 되는 고생을 떠안고 있지. 미안하구나, 오린."

겐노스케가 이렇게 사과를 하면 어떻게 대답해야 좋을까.

"어떻게 하면 삼도천을 잘 건널 수 있을까."

겐노스케는 턱을 비틀었다.

"우리에게는 무엇이 부족한 걸까. 무엇에 집착하여 이곳에 있는 걸까."

"겐노스케 님은 모르세요?"

겐노스케는 더욱 턱을 비틀어 댔다.

"그것이…… 생각이 안 나. 어디선가 물건을 잃어버렸는데 어디에서 잃어버렸는지, 그걸 모르겠단 말이야."

알면 성불할 수 있다는 뜻일까.

"제가 도와드릴까요?"

말해 버리고 나서 오린은 스스로도 놀랐다. 겐노스케도 눈을 크게 뜨고 있다. 하지만 말해 버리고 나니 그래야 마땅한 일처럼 여겨졌다.

"어째서 겐노스케 님과 다른 분들이 이 세상에 머물러 있어야 하는지, 그 이유를 찾아내서 풀 수 있으면 되는 거지요? 그렇다면 저, 해 볼래요."

겐노스케는 입을 한일자로 다물고 그대로 응응 하며 고개를 끄덕였다.

"그렇구나. 오린이라면 할 수 있을지도 몰라. 한꺼번에 우리 다섯 명의 모습을 볼 수 있었으니까."

그러더니 씩 웃는다.

"우리도 사치를 부리려는 것은 아니야. 삼도천 강가까지 손잡고 안내해 달라고는 하지 않을 게다. 누가 삼도천 강가까지 데려다 주지 않으면 미아가 돼서 현세로 되돌아오는 것도 아닐 테니까."

오린도 조금 웃었다. 그때 머리 한구석에서 뭔가가 작게 깜박였다. 삼도천 강가. 둥근 돌. 미아. 전에도 이런 이야기가—아니, 꿈에서 본 것 같은, 그런 기분이 든다.

'이상해.'

깜박임은 곧 사라졌다. 역시 기분 탓일까.

"하지만 재미있게 되었구나."

오린의 마음속 생각은 아랑곳하지 않고 겐노스케가 다시 방향을 바꾸듯이 어깨를 크게 흔들며 말했다. 괜히 강한 척하는 말처럼 들렸다.

"나는 이 일을 적어도 오미쓰와 와라이보 두 사람에게는 이야기해야 해. 괜찮겠니?"

"네, 물론."

"그래?" 겐노스케는 싱긋 웃었다. 아주 조금이지만 슬퍼 보이는 웃음이다. 기분 탓일까.

"그렇다면 그렇게 하자." 겐노스케는 파도를 거스르며 나아가는 뱃머리처럼 크게 어깨를 흔들며 말했다. "하지만 그 전에, 우선은 오린, 내일 아침에 제대로 연기를 해야 한다. 우리가 떠나는 것은 좋지만, 후네야에는 전혀 팔 만한 요리가 없습니다. 역시 가게를 접을 수밖에 없을 것 같습니다―라고 해서는 곤란하니까."

8

 겐노스케가 명령한 대로 다음 날 아침에 아직 날이 밝아 오기도 전에 오린은 부모님을 상대로 한바탕 연극을 했다. 역시 나름대로 긴장하고 있었던지, 결국은 겐노스케가 깨우기도 전에 혼자 힘으로 침상에서 기어 나왔다. 장지 한 장을 사이에 두고 있는 부모님의 침실로 뛰어들어 가 이상한 계시 이야기를 하고 있자니, 스스로도 이것이 지어낸 이야기가 아닌 듯한 기분이 들어서 마침내 눈물까지 찔끔 배어나왔다. 연기의 효과는 절대적이었다.
 날이 밝자 부모님은 당장 다카다야로 가야겠다며 준비를 시작했다. 후네야를 에워싸고 있는 수로에서 몰래 장어나 미꾸라지를 잡는다 하더라도, 들켰을 때의 번거로움을 생각하면 역시 관리에게 묵인해 달라고 부탁하기 위해서 미리 어딘가에 인사를 해 두는 편이 좋을지도 모르겠다는 말을 꺼낸 사람은 다이치로다. 그런 쪽의 일이라면 세상물정에 익숙한 시치베에게 상의하는 것이 제일이다.
 "다 함께 언제 한번 이케노하타의 요리를 먹으러 가는 것도 좋겠구나."
 겨우 밝은 얼굴을 되찾은 다이치로가 그렇게 말했다.
 "나도 꽤 옛날에 아저씨가 데려가 주신 게 마지막이어서, 연잎밥의 맛을 깨끗이 잊어버렸어."

다에도 기쁜 듯이 꼭 그렇게 하자고 들뜬 목소리로 말했다. 어머니의 이런 흥분한 목소리도 꽤 오랜만에 듣는 것 같다.

"오린 너도 준비하렴. 할아버지와 오사키 아주머니한테 가는 거야."

재촉을 받고, 오린은 허둥지둥 변명을 늘어놓았다. 어젯밤에 영험한 꿈을 꾸느라 잠이 모자라요, 너무 졸려서 머리가 어깨 위에서 뚝 떨어질 것 같으니 나는 집을 보면서 낮잠을 잘게요.

"하지만 오리쓰도 우리를 따라올 테고, 슈타는 다카다야에 돌아가 있는데…… 너, 오쓰타 아줌마랑 단둘이 있어야 해."

오리쓰는 겁이 많은 처녀여서 소동이 난 이후로 틈만 나면 후네야를 떠나려 하고 있고, 손님이 오지 않아서 일이 없기 때문에 아직도 한참 배울 것이 많은 슈타는 다카다야로 돌아간 후 돌아오지 않았다.

"괜찮아요, 어머니. 아줌마가 있으면 안심할 수 있고, 오늘은 이렇게 날씨가 좋고 하늘이 맑잖아요."

부드럽고 푸른 아득한 하늘에, 이야기로 듣던 천녀의 옷도 저럴까 싶을 정도로 아름다운 구름이 나부끼고 있다. 후네야의 지붕과 창문에 쏟아지는 햇빛도 오늘은 한층 더 따뜻하고 밝은 것 같다.

그렇다면 아버지랑 어머니는 어두워지기 전에 돌아올 테니 집 잘 보고 있으렴―하는 말을 남기고 부모님은 나갔다. 오리쓰는 자칫하면 주인 부부를 추월할 듯한 기세로 성큼성큼 후네야에서 멀어져 갔다. 오린은 오쓰타와 나란히 입구에 서서 세 사람을 전송했다.

"저 애는 이제 여기서는 못 쓸지도 모르겠군."

오쓰타가 오리쓰의 가냘픈 등이 모퉁이를 돌아서 보이지 않게 되기를 기다렸다가 중얼거렸다.

"오리쓰 씨 말이에요?"

오린이 물었다.

"네, 맞아요."

"귀신을 무서워하기만 하니까요."

"저 기세를 보아하니 자기 몸만 소중해서 손님에게 실수를 할지도 몰라요. 뭐, 그런 걱정도 다시 손님이 와 줄 때의 이야기지만."

오쓰타는 자포자기한 듯이 그렇게 말하고 나서 허둥거리며 웃는 표정을 지었다.

"이런, 이런, 나도 참 이렇게 심한 말을 하다니. 괜찮아요, 오린. 가게 쪽은 하나도 걱정할 필요가 없어요."

오린은 생긋 웃으며 천진한 척을 했다. 오쓰다 아주머니는 그런 입에 발린 말로 내가 정말 안심할 거라고 생각하는 걸까, 하고 처음으로 그녀에 대해서 의문 같은 것을 느끼고 말았다. 이것은 내가 조금 어른이 되었다는 뜻일까. 어쨌거나 겐노스케 님이나 오미쓰 씨 같은 어른 귀신들과 사귀고 있으니까, 요즘은.

손님은 오지 않아도 오쓰타에게는 이것저것 집안을 꾸려 나가기 위해 할 일이 있다. 오린은 혼자 있게 되자 안도의 숨을 내쉬며 부엌에서 차가운 물을 국자로 퍼서 직접 입에 대고 마시고 나서—이런 짓은 부모님이 없을 때가 아니면 할 수 없다—위층으로 통하는 계단을 천천히 올라가서 계단 한가운데쯤에 걸터앉아 살며시 불렀다.

"겐노스케 님?"

문과 격자창을 통해 화창한 햇빛이 비쳐든다. 금색 빛 속에서 먼지가 춤추고 있다.

"겐노스케 님, 나와 주세요."

두 번 불러 보고 문득 깨달았다. 그러고 보니 여지껏 이렇게 구석구석까지 밝을 때 귀신들과 만난 적이 한 번도 없다. 수로 옆에서 오우메를 발견한 그때도 해질녘의 어둑어둑해질 무렵이었지……. 와라이보가 안마 치료를 해 준 것도, 저녁인지 밤중인지 아침인지는 확실하지 않지만 주위가 어두울 때였다.

깜박 잊고 있었다. 집 안에 혼자 있게 되면 귀신들을 마음껏 불러내서 이야기를 할 수 있겠다, 앞으로의 일을 상의할 수 있겠다고 생각했는데. 이럴 줄 알았다면 부모님과 함께 할아버지를 만나러 가도 상관없는데. 오린은 자신의 머리를 탁 때렸다.

어두운 곳에 들어가서 불러 보면 어떨까? 귀신들이 이 세상에 나오기 위해 어둠이 필요하다면 창고방이나 벽장 속에 들어가서 불러 보면 잘될지도 모른다.

오린은 기운차게 일어서서 귀를 기울였다. 아무래도 오쓰타는 위층 객실을 청소하고 있는 모양이다. 오린은 계단을 통통 내려가 부모님의 침실로 향했다.

벽장 안에는 이불이니 고리짝이니 하는 물건들이 가득 들어 있지만 몸을 비틀고 들어가면 어떻게든 될 것 같다. 좋아, 하고 팔을 걷어붙였을 때 중요한 기억을 떠올리고 서둘러 자신의 침실로 돌아갔다. 옷과 속옷이 들어 있는 고리짝을 열고 맨 밑바닥에서 오미쓰가 준 손거울을 꺼낸다. 그것을 품에 집어넣고는 다시 벽장 속으로 잠입했다.

이불과 이불 사이에 등을 꾹꾹 밀어 넣고, 오린은 양손으로 무릎을 껴안았다. 솜 냄새에 폭 감싸여 숨이 조금 막히지만 무섭지는 않다. 오히려 재미있을 정도다. 발끝을 뻗어 벽장문을 끙차, 끙차 하며 닫는다. 탁 하는 소리와 함께 바깥의 빛이 가로막히고 캄캄해지자, 순간 주위가 좁아진 것처럼 느껴졌다.

"겐노스케 님, 겐노스케 님."

불러 본다. 처음에는 작은 목소리였지만 점점 커졌다.

대답이 없다. 그는 지금 후네야가 아닌 곳에 있는 걸까?

손거울을 주었을 때 오미쓰는 '가까운 곳에 있으면 곧 올 수 있다'고 했다. '가까운 곳'이 후네야 안이라면 '먼 곳'은 어디가 될까.

"겐노스케 님?"

여전히 대답이 없다. 자고 있는지도 모른다.

오린은 힘들게 오른손을 움직여 품에서 손거울을 꺼냈다. 손거울을 들고 있다는 감촉은 있지만, 달도 별도 없는 한밤중처럼 캄캄해서 아무것도 보이지 않는다.

"오미쓰 씨, 오미쓰 씨."

손거울의 감촉을 향해 속삭였다.

"가까운 곳에 있다면 나와 주세요. 오린이에요."

몇 번인가 부르고는 숨을 죽이고 기다려 보았지만 오미쓰의 대답도 들리지 않고 그녀의 기척도 느껴지지 않으며, 그녀의 머리카락에서 나는 향긋한 향기도 나지 않는다.

역시 아무리 어두운 곳에 들어와도 낮에는 안 되는 모양이다.
 실망하자 좁고 답답하고 숨이 막힌다는 사실이 갑자기 신경 쓰이기 시작했다. 아아, 바보 같아, 밖으로 나갈까—하고 생각했을 때, 오린의 손 안에서 갑자기 손거울이 움찔 움직였다. 깜짝 놀라서 떨어뜨릴 뻔했다. 그때 어둠 속에 한순간 손거울의 윤곽이 또렷하고 하얗게 떠올라 오린은 홀린 듯이 그쪽으로 얼굴을 가까이 했다.
 다음 순간, 손거울 중앙에서 새하얗고 작은 손이 스르륵 뻗어 나와 갑자기 오린의 뺨을 찰싹 때렸다.
 오린은 저도 모르게 꺅 하고 소리를 지르며 손거울을 내던졌다. 그것은 비좁게 들어차 있는 벽장 안 어딘가에 소리도 없이 떨어지고, 오린 주위는 다시 캄캄해졌다.
 심장이 두근거린다. 맞은 뺨은 따끔따끔 아프고 눈가에는 눈물까지 고여 있다. 사정없이 얻어맞은 것이다.
 —그 작은 손.
 이런 짓을 할 만한 애는 오우메밖에 없다. 오린에게 메롱을 하는 것만으로도 모자라서 결국 때리기까지 하다니.
 —화나네. 나도 때려 줄 거야.
 오린은 그렇게 결심하고, 불편한 자세로 겨우 손발을 움직여 어딘가에 떨어진 손거울을 찾기 시작했다. 곧 왼쪽 발끝에 싸늘한 손거울 가장자리가 닿았다. 이불과 고리짝 사이에 떨어져 있는 모양이다. 오린은 얼굴을 이불에 처박고 손을 한껏 뻗어 가까스로 주워 들었다.
 그러자 손거울의 윤곽이 또 은색으로 빛나기 시작했다. 이번에는 점점 빛이 늘어 간다. 엄숙할 정도로 맑고 하얀 빛으로, 눈이 번쩍 뜨일 만큼 밝은데도 눈부시지 않다. 벽장 안에 사방등이라도 가지고 들어온 것처럼 구석구석까지 비추어진다.

빛에 넋을 잃고 있는데 손거울 한가운데에 또 아까 그 작고 하얀 손이 나타났다. 하늘하늘 움직이며 오린 쪽으로 '이리 와, 이리 와' 하고 있다. 오린은 손짓에 이끌려 손거울을 들여다보았다.

하얀 손은 채찍처럼 휘어져 다시 손거울 안에서 튀어나왔다. 오린을 붙잡더니 오른쪽 귀를 꽉 잡고 끌어당겼다.

"아파!"

비명과 동시에 몸이 통째로 거울 쪽으로 기울어지는 것을 느꼈다. 꺅 하는 비명을 뒤에 남기고, 오린은 토끼가 구멍에 떨어지듯 손거울 안으로 빨려 들어갔다.

정신을 차려 보니 왠지 몹시 싸늘한 곳에 있었다.

벽장 속과 똑같이 주위는 캄캄하다. 다만 벽장 속과 달리 묘하게 축축하고 어디에선가 물이 떨어지는 듯한 소리가 들린다.

점차 눈이 익숙해지자 자신의 주위를 에워싸고 있는 것이 보이기 시작했다.

돌벽이다. 둥글게 주위를 감싸고 있다. 손을 뻗어 만져 보니 이끼 때문에 미끈거린다. 발을 움직이자 무릎 바로 아래까지 물이 차 있어서 찰박 하고 소리가 났다.

바람이 위에서 휘잉 하고 불어 내려와 오린의 머리카락을 흔들고 이마를 어루만졌다. 그에 이끌려 오린은 저도 모르게 시선을 들었다.

밤하늘이 둥글게 잘려 있다. 하늘은 꽤 높은 곳에 있고, 목욕할 때 쓰는 대야보다 작을 정도의 원 모양을 하고 있다. 한가운데에 손톱자국 같은 가느다란 초승달이 둥실 떠서 오린을 내려다보고 있었다.

―여기는.

우물 밑바닥이다.

깨달은 순간, 몸이 부르르 떨렸다.

―나는 우물 밑으로 떨어진 거야.

손 닿는 곳에는 우물 가장자리로 올라가기 위해 잡거나 디딜 만한 것이 전혀 없다. 좁은 바닥을 돌아다녀 보니 발바닥에 진흙이 끈적끈적하게 달라붙는다. 기분이 나빠서 발을 마구 흔들어 대자 이번에는 왼쪽 발끝에 뭔가가 걸렸다. 손으로 더듬어 집어 들어 보니 가늘고 낭창낭창한 대오리 같은 것이었다. 이것은 뭘까 하고 생각하다가 퍼뜩 깨달았다.

나무통의 테다. 물을 푸기 위한 두레박이 부서져서 나무통이 우물 바닥에 떨어지고 물에 썩어 없어지자 테만 남은 것이다.

아까보다 주위가 밝아졌다. 하얀 달빛이 비쳐 들고 있다. 오린은 다시 머리 위를 올려다보았다. 달은 보름달이 되려 하고 있었다. 반달을 거쳐서 부풀어야 할 달님이 순식간에 둥글어져 간다. 그래서 빛도 강해지는 것이다.

이윽고 통통한 만월이 되더니, 이번에는 반대로 야위기 시작했다. 그에 따라 빛도 가늘어지고 약해져 간다. 순식간에 달은 눈을 감듯이 밤하늘 속에 모습을 감추고 주위에는 캄캄한 어둠이 찾아왔다.

그리고 호흡을 한 번 할 새도 없이 다시 하얗고 가느다란 달 가장자리가 밤하늘에 모습을 나타냈다. 아까와 똑같이 부풀어 간다.

차고 이지러지기를 반복하는 달을 지켜보던 오린은 비로소 깨달았다. 이것은 시간의 흐름을 의미하는 거라고. 우물 밑바닥에 떨어진 채 오린의 머리 위에서 시간이 지나가고 있다.

─꿈일까?

그렇다면 춥고 무섭고 쓸쓸한 꿈이다.

─누구의 꿈일까?

대체 누가 이렇게 춥고 무섭고 쓸쓸한 꿈을 꾸었을까?

배에서 꼬르륵 소리가 난다.

─배가 고프네.

오린은 자신의 배 언저리를 내려다보았다. 그리고 놀랐다. 달빛을 받은 오린은 오늘 아침에 일어났을 때 입고 있던, 남색 바탕에 작은 꽃을 흩어 놓은 무늬의 기모노를 입고 있지 않았다. 매화꽃 무늬의 붉은 기모노를 몸에 걸치고 있다.

─오우메의 옷이다.

오린은 양손을 들어 올려 보았다. 달이 이지러지기 시작하고 빛이 희미해져 간다. 그 아래에서 가까스로 눈에 들어온 것은 이미 팔이라고 부를 수 있는 것이 아니었다.

뼈였다. 달보다도 하얗게 빛나는 가녀리고 애처로운 뼈였다.

─오린.

누군가가 어깨를 흔들고 있다.

―오린도 참.

그렇게 난폭하게 흔들지 말아요. 내 팔은 뼈니까 심하게 흔들면 빠지고 말 거야. 빠져서 들개가 가져가 버릴 거야.

―오린, 이런 데서 자고 있으면 안 되잖아요, 오린.

오쓰타의 목소리다.

오린은 반짝 눈을 떴다. 눈앞에 오쓰타의 커다랗고 둥근 얼굴이 있었다. 웃고 있다.

"세상에, 어째서 벽장에 들어가 있었어요?"

오쓰타가 말하며 오린을 안아 일으켜 주었다. 햇빛이 가득 들어와 주위는 몹시 밝고 따뜻하다. 자신은 부모님의 침실 벽장 앞에 주저앉아 있다. 벽장에서 끌어내어진 모양이다.

"아줌마, 나……."

"잠들어 있었어요, 벽장 안에서."

오쓰타는 앞치마를 걸친 탄탄한 팔로 가슴 앞에서 팔짱을 끼고 웃으면서 오린을 내려다보았다.

"나도 어릴 때는 곧잘 벽장에 숨어서 장난을 치곤 했지만 잠들어 버린 적은 없었는데. 오린은 성격 한번 느긋하다니까."

오린은 양손으로 눈을 비볐다. 춥지도 차갑지도 않다. 두 발은 새하얗고 어디에도 진흙 같은 것은 묻어 있지 않았다. 팔은 통통하고 뼈 따위는 보이지 않았다.

마님이 어젯밤에는 날이 쌀쌀해져서 추웠다고 하기에, 솜이 두꺼운 이불을 꺼내어 말려 둘 생각으로 벽장을 열었더니 오린이 잠들어 있어서 깜짝 놀랐다고 오쓰타는 이야기해 주었다.

"꼭 어른처럼 코를 골고 있었어요. 몸이 딱딱하게 굳어서. 무서운 꿈이라도 꾸었어요?"

"응……."

"좁고 답답한 곳에 있으니까 그렇지요. 숨이 막혔나 보네."

"아마 그럴 거예요. 나……."

"오린."

오쓰타는 웃음을 거두고는 조금 걱정스러운 듯이 이마에 주름을 지었다.

"귀신이 무서워서 밤에 잠이 안 와요? 그래서 낮에 졸린 거예요?"

사정은 전혀 반대였기 때문에 오린은 대답할 수가 없었다. 우물거리며 얼굴을 문지르고 있자니 오쓰타는 다 안다는 얼굴로 말을 이었다.

"오린은 아버지와 어머니에게 걱정을 끼치고 싶지 않아서 참고 있는 거지요? 잘 알아요. 가게가 잘 돌아가게 될 때까지는 우리한테는 아침도 밤도 없다면서 다이치로 씨도 다에 씨도 오린만 다른 방에서 재우고 있지만, 사실은 오린도 아직은 아버지, 어머니와 함께 나란히 자고 싶겠지요. 그 편이 안심이 될 거예요. 보통 때 같아도 그렇지요. 하물며 귀신이 나온다는 집인걸, 더더욱 그럴 테지."

오쓰타는 떡 벌어진 어깨를 과장스럽게 들썩이며 한숨을 쉬었다.

"다에 씨도 좀 더 정신을 바싹 차려야 할 텐데."

"난 괜찮아요, 아줌마."

오쓰타의 말투에 전에 없는 비난 같은 것이 섞여 있는 게 마음에 걸려서 오린은 서둘러 말했다.

"이제 어린애도 아닌걸요. 벽장 안이 기분 좋아서 잠들어 버렸을 뿐이에요. 정말이라니까."

"기특한 아이네."

오쓰타는 근심스러운 얼굴을 한 채 오린의 머리를 살짝 쓰다듬었다.

"내가 이불을 널고 나면 점심을 먹도록 해요. 주먹밥을 만들어 두었거든요."

응 하고 고개를 끄덕이다가, 오린은 품속에 손거울이 들어 있음을 알아차렸다. 오쓰타에게 들키지 않도록, 다 아는 체하는 얼굴로 숨어 있는 것 같았다. 만져 보니 살짝 따뜻했다.

그날 오후에는 역시 진저리가 나서 더 이상 귀신들을 부를 마음이 들지 않았다. 어두워지면 나와 줄 테니까 그때까지 기다리는 편이 안전하다. 손거울 안으로 빨려 들어가서 꾸었던 꿈이 너무나도 무섭고 슬펐기 때문에 마음이 완전히 우울해지고 말았던 것이다.

다이치로와 다에는 해가 기울어지기 시작했을 무렵, 주황색 햇빛 속에서 묘하게 눈부신 듯한 얼굴을 하고 돌아왔다. 오늘 아침에 나갔을 때와 비슷하게 기운이 넘쳐 보이고 눈동자의 빛도 그대로였지만, 아버지의 미간 주위에는 어려운 궁리를 하고 있는 것처럼 엄한 선이 그려져 있었다.

"큰나리가 뭐라고 하시던가요?"

오쓰타는 두 사람에게 수고했다고 다독이면서 제일 먼저 그렇게 물었다.

"뭔가 좋은 생각이 있으시던가요?"

다이치로와 다에는 얼굴을 마주 보았다. 두 사람 다 입가가 조금 웃고 있었지만, 곤란해하는 모습처럼 보이기도 해서 마음에 걸렸다.

"실은 손님이 생겼어. 아저씨가 소개해 주셨어."

다이치로가 말을 꺼냈다.

"어머나, 잘되었네요."

오쓰타는 손뼉을 치며 기뻐했다.

"그것도 두 조나."

다에가 말하며 흐트러진 머리카락을 다듬었다.

"게다가 오쓰타 언니. 양쪽이 '귀신 대회'를 하고 싶대요."

9

"'귀신 대회'라는 건 뭐지?"

그날 밤도 깊었을 때의 일이다.

슬슬 나올 때가 되었다 싶어서 다시 한번 젠노스케를 불러 볼까 생각하고 있는데 젠노스케 쪽에서 불쑥 나와 주었다. 다른 사람들은 이미 잠들었기 때문에 오린은 목소리를 낮추어, 우선은 다카다야의 시치베에가 소개해 준 새 손님에 대해서 이야기했다. 젠노스케는 흥미진진한 듯이 턱을 꼬집으면서 듣고 있었지만,

"'귀신 대회'라니, 지금까지 본 적도 들은 적도 없는데."

하며 계속 의아해했다.

오린도 마찬가지다. 부모님이나 오쓰타도 그럴 것이다. 한꺼번에 두 조의 손님이 생기다니 고마운 일이 틀림없지만, 정말로 진지하게 받아들여도 되는 이야기인지 아닌지 약간 불안한 기분이 들었다.

두 조의 손님은 핫초보리 건너의 미나미신보리초에 있는 아사다야와 시라코야라는 가게다. 아사다야는 담배 도매상, 시라코야는 다다미 도매상으로, 둘 다 습기를 싫어하는 장사인 탓인지 사이좋게 처마를 나란히 하고 삼대에 걸쳐 친지 같은 교류를 계속해 왔었다고 한다. 양쪽 다 그리 큰 가게는 아니라서 한쪽에서 일손이 부족할 때는 다른 한쪽이 돕기도 하며 고용살이 일꾼들끼리도 친하게 지내고 있었다. 아사다야의 주인은 이름이 다메지로, 안주인은 오하쓰. 가정을 꾸린 지 삼십 년이 되었다. 시라코야의 주인 조베에와 안주인 오슈는 소꿉친구 사이로 둘 다 마흔 살. 나이상으로는 아사다야가 형, 시라코야가 동생이라는 모양새다.

그런데 아사다야의 부부에게는 아이가 없다. 그래서 다메지로 누나 아들을 양자로 들여 장래에는 후계자로 앉히려고 하고 있었다. 스물세 살이 되는 이 후계자는 마쓰사부로라고 하는데 작년 봄에 스무 살 난 아내 오리쿠를 맞이한 참이다. 오리쿠는 시라코야의 안주인인 오슈에게는 나이 차이가 많이 나는 사촌에 해당한다. 다시 말해서 오리쿠를 통해서 사이좋은 양가는 진짜 친척이 된 것이다.

시라코야에는 혼기가 된 아들과 딸이 각각 한 명씩 있다. 장남 미치타로는 올해 열여덟, 집안의 후계자로 아버지 밑에서 한창 장사를 배우는 중이다. 장녀 오시즈는 열다섯, 매화 꽃봉오리가 벌어지는 모습을 비춘 듯한 사랑스러운 처녀로 레이간지마나 핫초보리 일대에서는 유명한 미인이라고 한다.

 각자의 부모님을 본받아 아사다야의 젊은 부부와 시라코야의 남매도 똑같이 사이좋게 지내고 있다. 특히 오리쿠와 오시즈는 친자매라도 좀처럼 이렇지는 않으리라고 여겨질 만큼 사이가 좋아서 참배를 드리러 갈 때도 연극 구경을 갈 때도 물건을 사러 갈 때도 둘이 같이 다닌다.

 그렇게 친하고 허물없이 지내다 보니 어느 날 두 사람은 서로의 비밀을 알아차렸다―두 사람 다 지금까지 좀처럼 다른 사람에게 고백할 기회가 없었던 일이다.

 실은 오리쿠도 오시즈도 몹시 자주 귀신을 보았다.

 대개의 경우 별로 무서운 귀신은 아니라고 한다. 흐릿하고 어렴풋한 그림자를 발견하고 자세히 살펴보려고 눈에 힘을 주면 어둠 속으로 숨어 버리는 정도다. 다만 그것이 소리를 내면 똑똑히 들리고, 귀신이 이쪽을 만지면 알 수 있다. 오리쿠나 오시즈를 통해 현세 사람들에게 호소하고 싶은 사정이 있는 귀신이 두 사람의 머리맡에 서서 말을 걸어올 때도 있다고 한다.

 그런 귀신들이 가게 안에 나오는 것은 아니다. 두 사람이 외출한 곳, 건물 안이나 다리 위, 길가 등에 나온다고 한다. 그 외에 많은 사람들이 있는 곳이라도 보이지 않는 사람에게는 보이지 않기 때문에 알아차리는 사람은 없다.

 또 아사다야와 시라코야에 오는 손님들이 귀신을 짊어지고 오는 경우도 있다고 한다. 특히 오리쿠는 시어머니 오하쓰를 따라 안주인 수업을 받는 중이라서 가게 앞에 나가 있는 경우가 많은데 그럴 때

예를 들면 단골처의 대행수 어깨 위에 흐릿하게 떠 있는 여자의 얼굴을 보곤 한다는 것이다.

시라코야의 오시즈는 어머니 오슈가 병으로 앓아누웠을 때 진찰을 하러 와 준 마을 의원의 등에 마치 업히듯이 바싹 달라붙어 있는 어린 남자아이의 유령을 발견하고 입 밖에 내어 말할까 생각했지만 의원이 기분 나빠하면 안 되기 때문에 잠자코 있었다고 한다.

서로의 비밀을 고백한 두 사람은 단숨에 어깨의 짐을 내려놓은 듯한 기분이 들었다. 두 사람 다 자기 편을 얻은 기분이었다. 그리고 두 사람의 가족들에게도 자신들의 특이한 안력眼力에 대해서 이야기를 해 보자고 용기를 내게 되었다.

아사다야와 시라코야는 모두 깜짝 놀랐다. 그러나 아내도 누이도 몹시 진지한데다 두 사람의 마음씨가 착하고 심지가 곧다는 사실은 각자의 부모가 잘 알고 있었기 때문에 오랫동안 놀라고만 있지는 않았다.

―어쩌면 이 안력은 세상에 도움이 될지도 몰라.

성실한 아사다야의 다메지로는 그렇게 생각했다.

―내 딸에게 뭔가 영험한 신불의 가호가 있어서 이런 안력을 주신 것인지도 모르지. 그렇다면 감추기만 하거나 버려 두어서는 안 되지 않을까.

머리가 잘 돌아가는 시라코야의 조베에는 그렇게 생각했다.

이렇게 해서 양가는 서로 상의하여 각자의 며느리와 딸이 가진 신비한 안력으로 다른 이들을 돕자는 방향으로 눈을 돌리기 시작했다. 구체적으로는 어떻게 했느냐 하면, 가게 앞에 작은 간판을 내걸었다. 귀신 때문에 고민하시는 분, 돌아가신 친한 분의 모습을 회상하고 싶은 분, 무엇이든 상담해 드립니다―하고. 불과 반년쯤 전의 일이다.

 이것이 들어맞았다. 크게 들어맞았다.

 실제로 오리쿠와 오시즈의 안력은 확실했던 모양이다. 오랫동안 일가에 해를 끼쳐 온 집념 깊은 유령을 어떻게든 해 달라고 간절히 바라는 어느 하타모토 저택의 관리인. 우둔한 장남과 현명한 차남 중 누구를 후계자로 삼을지 정하지 않은 채 급사한 남편의 뜻이 어느 쪽에 있었는지, 어떻게 해서라도 죽은 사람의 혼을 불러내서 듣고 싶은 이야기가 있다는 어느 큰 가게의 안주인. 어린 나이에 죽은 아이의 영혼을 만나고 싶다, 저세상에서 쓸쓸하지는 않은지, 헤매고 있지는 않은지 확인하지 않고서는 밥도 물도 목구멍으로 넘어가지 않는다고 울면서 부탁하는 젊은 어머니. 모두 오리쿠와 오시즈를 의지해 찾아와서 크게 만족했다. 소문이란 내버려두어도 피지는 법이어서, 평판이 평판을 부르고 이제는 두 사람의 이 '일'을 위해 아사다야에서도 시라코야에서도 특별히 고용살이 일꾼을 두고 이 방면의 손님 전용 객실까지 만들었다는 것이다.

 그러나―참으로 공교로운 일이다. 아니, 오히려 당연한 흐름이라고 해야 할까.

 오리쿠와 오시즈가 가진 '안력'에 대한 평판이 높아지면 높아질수록, 칭찬의 목소리가 커지면 커질수록 사이가 좋았던 두 사람은 급속하게 소원해졌다. 반년이 지난 지금은 마치 원수처럼 서로 미워하고, 얼굴만 마주쳐도 고개를 돌려 버릴 정도라고 하니 곤란하다.

부모란 아무리 현명한 존재라 해도 부모의 입장으로서 그에 상응하는 어둠을 짊어지고 있다. 짊어지지 않는다면 부모가 아니다. 따라서 며느리와 딸이 노골적으로 대립하게 되고 나니, 역시 각자 자기 아들의 아내가 예쁘고 딸이 예뻐서 상대편이 얄미워지고 말았다. 그 후 어떻게 되었을지는 뻔하다. 삼대 동안이나 사이좋게 지내 온 양가의 관계는 뿌리에서부터 무너지고, 이웃 사람들의 이야기로는 이제 서로의 가게 간판조차 등을 돌리고 있는 것처럼 보인다고 한다.

조금만 머리를 식히고 생각해 보면 애초에 오리쿠와 오시즈가 나란히 이런 일을 시작한 것이 잘못이었다. 아주 가까운 곳에 있는 두 사람이 거의 같은 일을 해서 세상 사람들의 주목을 받는다―이러면 서로 경쟁하지 마라, 상대방을 신경 쓰지 말라고 해 봐야 소용없다. 게다가 그녀들에게 일을 부탁하러 오는 사람들이 기본적으로는 무책임하다 보니, '오리쿠 씨보다 오시즈 쪽이 안력이 강하다', '아니, 오리쿠 씨가 오시즈보다 의지가 된다'며 아무렇지도 않게 둘을 비교했다. 이래서는 불에 기름을 붓는 격이다.

아사다야와 시라코야가 사이좋게 장사를 계속해 온 역사를 잘 알고 있는 이웃 사람들은 이 한심한 꼴을 어떻게든 할 수 없을까 하는 마음에 중재를 하려고 꽤 애를 써 온 모양이다. 하지만 그러한 노력들은 지금까지 전부 실패로 끝났다. 충고하면 충고할수록, 달래면 달랠수록 양가는 모두 격분한다. 이래서는 더 이상 손을 쓸 수 없다―는 것이 주위 사람들의 본심이라고 한다.

그런데 다다미 가게의 회합 간사 중에 상당히 과감한 인물이 한 명 있었다. 그렇게까지 서로 경쟁하며 눈을 부라릴 바에는 차라리 사람들의 면전에서 승부를 시켜 보면 좋지 않겠느냐고 제안한 것이다. 시합에서 진 쪽은 깨끗이 물러나고, 이후로 귀신 퇴치나 죽은 사람의 영혼 소환 등의 일에서 완전히 손을 뗀다. 이긴 쪽도 이겼다고 으스대는 것을 삼가고 지금까지보다 더 성실하고 진지하게, 고민거리를 가져오는 사람들을 위해 일하도록 한다. 그러면 되지 않겠느냐는 것이다.

얼굴을 맞대고 싸워 온 아사다야와 시라코야는 이 제안에 적극적으로 달려들었다. 양쪽 다 물러날 생각이 없는 듯했다. 이번 기회에 상대방을 철저하게 때려눕혀 주겠다는 것이다. 아이들 싸움에 부모가 나서서 소동이 커지는 것과 같은 웃기는 사태였지만, 이미 그런 바보 같은 짓은 그만두라고 새삼 충고해 주는 사람도 없었기 때문에 결국 이 제안은 실행에 옮겨지게 되고 말았다. 기운이 넘치는 양가의 모습은 천하를 두고 싸운 세키가하라 전투 전날 밤이 이렇지 않았을까 싶을 정도로 용맹스러웠다고 한다.

다만 일은 그리 간단하지가 않았다. 우선 누가 승패를 판정할까 하는 점이 문제였다. 양가와 관련이 있는 인물이나 지금까지의 경위를 아는 사람들은 안 된다. 양쪽의 도매상 동료들 사이를 상의하며 돌아다니다가 겨우 적당한 가게 주인을 불러 심판 역할을 맡기기로 결정되기까지 드잡이나 말다툼이 양손으로 다 꼽을 수도 없을 만큼 일어났다고 한다.

다음은 승부의 대상이다. '귀신'을 정해야 한다. 이것이 또 번거롭다. 십 년 전에 죽은 그리운 남편이 지금 저세상에서 어떻게 지내고 있는지 알고 싶다는 의뢰로는 오리쿠와 오시즈 중 어느 쪽이 뛰어난지, 승패의 결정적인 근거가 되는 사항을 정하기가 어렵기 때문이다. 좀 더 거창하고, 좀 더 수수께끼 같고, 어느 쪽의 안력과 심령을 불러내는 힘이 더 뛰어난지 누구의 눈에도 분명해질 만한 귀신 소동이 어딘가에 있지는 않을까—.

이렇게 해서 후네야가 뽑히게 된 것이다.

"그렇다 해도,"

겐노스케가 품에 손을 넣은 채 천장을 올려다본다.

"후네야는 요릿집이야. 무당이 와서 굿만 해서는 장사가 안 되지. 그 점은 어떻게 할 거지?"

오린은 겐노스케의 당혹스러운 얼굴이 재미있어서 저도 모르게 웃었다.

"왜 웃는 거냐? 이것은 나보다도 너희에게 절실한 이야기인데."

"그야 그렇지만, 그래도 웃겨서요." 웃음이 멈추지 않는다. "오시즈 씨뿐만 아니라 오리쿠 씨도 엄청난 미인이래요. 겐노스케 님, 그분들이 부르면 기꺼이 나타나서 무엇이든 두 분이 시키는 대로 하시는 거 아니에요?"

"바보 같은 소리 마라."

겐노스케는 몹시 진지했다.

"나라고 미인이면 누구든 좋은 것은 아니야."

오린은 여전히 웃으면서 장사 쪽이라면 걱정할 필요 없다, 요리는 틀림없이 만들어서 내놓을 거라고 설명했다.

"하지만 '귀신 대회'라니, 불길하잖아요? 게다가 정말로 귀신을 성불시킨다고 할까, 여기서 내쫓아 준다면 스님들이 하는 일이랑 비슷한 엄숙한 일이에요. 그러니 날것은 쓸 수 없어요. 주문은 사찰 요리뿐. 너무 색깔이 화려한 것은 안 돼요. 아사다야 쪽은 검은색을, 시라코야白子屋 쪽은 가게 이름대로 흰색을 많이 써서 만들어 달라고 하셨대요."

"흠, 양가를 합쳐서 경막鯨幕장례식에 쓰는 포장막. 흰 천과 검은 천을 한 장씩 번갈아 이어 붙이고, 위아래 가장자리에 검은 천을 둘러서 만든다—으로 멋을 부리려는 건가?"

겐노스케는 코웃음을 쳤다.

"아버지는 고민하고 있어요. 꽤 어려운 주문이라면서."

"그럴 테지. 동정이 가는군."

겐노스케는 살짝 고개를 갸웃거리며 오린을 보았다.

"뭐, 요리는 그렇게 하면 된다지만 네 부모님은, 그…… 뭐냐, 오리쿠인지 오시즈인지가 후네야의 귀신을 퇴치해 줄지도 모른다고, 그쪽에 기대를 하고 있는 거니?"

오린은 고개를 저었다.

"아버지도 어머니도, 그쪽 일에 대해서는 분명한 말을 하지 않았어요."

애초에 이 이야기를 가져온 시치베에 본인도 거기에 대해서는 별로 기대할 수 없다는 얼굴을 하고 있었다고 한다.

"후네야를 귀신으로 유명하게 만들고 싶다는 시치베에로서는 그렇게 빨리 귀신들이 물러가 주면 곤란하겠지."

"그럴까요? 하지만 오리쿠 씨와 오시즈 씨 덕분에 귀신이 없어진다 해도, 그 이야기는 또 소문이 날 거잖아요? 귀신이 없어지고 평판만이 남는 거지요. 이것은 가장 기쁜 일이에요. 그러니까 뭐, 만일 정말로 잘된다면 운 좋은 일이라는 정도로는 생각하고 있을지도 몰라요. 시치베에 할아버지는 그런 할아버지니까."

"호오. 꽤나 건방진 말을 하는구나."

겐노스케는 재미있다는 듯이 웃었다.

"오린, 너는 어떠니?"

"어떠냐니요?"

"네게는 내가 보이지."

겐노스케는 자신의 콧등을 가리켰다.

"오미쓰가 보여. 와라이보가 보이지. 덥수룩이도 보이고 오우메도 보여. 그리고 너야말로, 우리 귀신들이 이 세상을 헤매고 있는 이유를 알아내서 우리가 이곳에서 떠날 수 있도록 할 생각이지. 굳이 오리쿠나 오시즈를 불러오지 않아도 아버지, 어머니, 저도 같은 일을 할 수 있어요, 라고 말해 버리면 그걸로 끝날 일이 아닐까?"

오린은 아하하 하고 웃었다.

"그러면 더욱더 큰 장사를 놓치게 되는걸요."

이대로 손님이 오지 않으면 후네야는 일찌감치 밥줄이 끊긴다는 절실한 문제가 눈앞에 드리워져 있기 때문이다.

"너도 꽤 만만치 않은 아이로구나. 그렇다면 오리쿠나 오시즈의 안력을 진심으로 의지하고 있지는 않다는 거니?"

"그건 모르겠어요. 저랑 똑같이, 오리쿠 씨에게도 오시즈 씨에게도 겐노스케 님이나 다른 여러분의 모습이 보일지도 모르잖아요? 그러면 사정을 이야기하고 둘이 사이좋게 지내 달라고 부탁한 다음

같이 도와달라고 할게요. 그게 제일 좋은 방법 같으니까요."

그렇지, 그것보다—하며 오린은 앉은 자세를 고쳤다.

"낮에요, 아주 이상한 환상을 보았어요."

벽장 안에서 꾼 꿈 같은 것에 대해서 이야기해 주자 겐노스케는 몹시 심각한 얼굴이 되었다. 그때까지는 어딘지 모르게 느슨했던 뺨의 선이 곧아지고 이마에는 주름이 몇 개나 생겼다.

이윽고 겐노스케는 불쑥 중얼거리듯이 말했다.

"그것은—오우메구나."

"역시 겐노스케 님도 그렇게 생각하세요?"

"음. 그 애는 낡은 우물에 떨어져서 죽었다고 하니까."

"우물? 어디 있는 우물이요?"

오린은 지금까지 겐노스케에게 들은 이 땅이나 맞은편 절 이야기를 떠올려 보았다. 어디에 우물이 있었던 것일까.

"우물은 고간지 절 쪽에 있었어. 절이 지어졌을 때 같이 판 것이지. 바보 같은 일이야, 이 근처에서는 우물 따윈 쓸모가 없는데. 파 봤자 바닷모래가 섞인 소금물만 나올 뿐이야. 공사를 지시한 놈들이 이 근처 땅에 대해서 잘 몰랐던 게지."

도움이 안 되는 우물은 파자마자 뚜껑을 덮고 말았다고 한다.

"낡은 우물은 위험할 뿐이야. 제대로 다시 메워 두었으면 좋았을 텐데, 그것을 게을리 한 바람에 오우메가 떨어지고 말았어. 그 애는 정말 가엾은 아이란다."

겐노스케는 그답지 않게 침울하게 말했다.

오린은 가슴이 따끔하니 아픈 것을 느꼈다. 오우메가 가엾다는 마음—만은 아니었다. 자신의 마음속 절반은 가엾다고 생각하는 마음 뿐이라고 주장하고 있었지만, 마음의 나머지 절반에서는 다른 기분이 있다는 사실을 알고 있었다.

—질투다. 겐노스케가 너무나도 절실한 표정으로 오우메의 신상을 동정하니 살짝 질투가 났던 것이다.

스스로도 그 사실에 놀랐다.

"저기, 겐노스케 님."

오린은 그 마음을 뿌리치듯이 서둘러 물었다.

"그렇다면 오우메는 고간지 절의 아이였나요? 그냥 근처에 살았을 뿐이라면 절 안까지 들어가지는 않았을 텐데."

겐노스케는 짙은 두 눈썹을, 서툰 글씨로 쓴 팔八 자처럼 한심하게 축 늘어뜨리며 오린을 향해 고개를 저었다.

"그걸 모르겠어."

"모르다니……."

"오우메가 어느 집 아이이고 어째서 낡은 우물 같은 곳에 빠져 죽게 되었는지 우리도 전혀 몰라. 또 어째서 그 아이가 목숨을 잃은 낡은 우물을 떠나 이곳에서 헤매고 있는지 알 수가 없어."

"흐음……."

옛날에 고간지 절이 있었던 건너편 땅은 현재 불길이 번지는 것을 막기 위한 공터가 되었다. 얼핏 봤지만 거기에는 낡은 우물의 흔적이 남아 있지 않다. 메워져 버렸을까. 그래서 오우메도 길을 건너 이쪽으로 와서 헤매고 있는 것일까.

"너도 잘 알겠지만 그 애는 어쨌거나 그런 아이잖니. 말도 하지 않고 메롱만 하고 있지. 상당히 비뚤어졌어. 곤란한 일이야."

겐노스케는 이 또한 보기 드물게 얌전히 한숨을 쉬었다. 마치 오우메의 아버지 같다.

"오린, 오우메 일은 나중에 생각하자. 아무리 곤란한 아이라고 해도 오우메는 그렇게 요란하게 나쁜 짓을 하지는 않으니까. 하지만 덥수룩이는 그렇지 않아. 요란하게 날뛰어 준단 말이지. 시작하려면 우선 그 녀석부터 해야 해."

단호하게 그렇게 말하고 나서 또 조금 마음이 약해졌는지 겐노스케는 덧붙였다.

"그래도 오린. 오우메에 대해서는…… 될 수 있는 대로 신경을 써 주지 않겠니? 여자아이끼리니까 너라면 우리보다 그 아이에게 친근하게 다가갈 수 있을지도 모르지. 가능하면…… 그렇지, 가능하면 친구가 되어 주었으면 좋겠구나. 어떻겠니?"

오린은 고개를 끄덕였다. 겐노스케가 그렇게 부탁하는데 받아들이지 않을 수가 없었으니까.

10

어린 오린이 이것저것 골머리를 앓고 있을 때 아버지 다이치로도 귀신 대회에 내놓을 요리를 짜느라 고심하고 있었다. 전부 사찰 요리로, 아사다야는 검은색, 시라코야는 흰색. 꽤 어려운 문제다.

공교롭게도 오린의 꿈에 나타난 신의 계시로 수로에서 잡은 미꾸라지, 붕어, 장어 요리를 후네야의 상품으로 삼는다는 안이 결정된 직후라서, 그는 생선 요리에 대해서만 생각하고 있던 참이었다. 게다가 완전한 사찰 요리는 처음 만들어 본다. 다카다야에 있었을 때도 본격적인 사찰 요리는 만든 적이 없었다.

그때 다이치로는 시마지에게 상의해 볼 생각을 해냈다.

혼조 후타쓰메바시 다리 기슭에 있는 하야시초에서 도시락 가게 하야시야를 경영하고 있는 시마지와는 다카다야 시치베에의 소개로 후네야가 개점하게 되면 일손이 부족할 때나 곤경에 처했을 때 주방을 거들어 주기로 약속이 되어 있었다. 하지만 개점하자마자 어려운 일이 계속되어 손님이 붙지 않게 되었기 때문에 지금까지는 시마지에게 후네야에 와 달라고 한 적도 겨우 몇 번밖에 없다. 그래도 귀신 소동에 대해서는 틀림없이 전해졌을 테니 걱정하고 있을지도 모르고 이참에 지금까지의 일을 정리해서 보고도 할 겸, 한번 정식으로 시마지와 이야기를 해 두자고 생각한 것이다.

시마지는 다이치로보다 훨씬 연상으로, 이미 오십 줄에 접어들었다. 아주 짧은 기간 다카다야에서 수업을 겸해 일했던 적도 있지만 어떤 경위로 시치베에와 알게 되었는지는 다이치로도 모른다. 시치베에도 말하지 않았다.

그래도 시치베에는 시마지에 대해서 잘 아는 것 같았고 다이치로에게도 여러 가지를 가르쳐 주었다. 그에 따르면 하야시초의 도시락 가게는 시마지의 부모가 만든 가게로 시마지에게는 두 살 많은 형이 있었다고 한다.

어릴 때부터 시마지는 형의 그늘에 가려져 자랐다. 그는 형을 도와 부지런히 일했지만 주방에서의 실력은 형에게 훨씬 미치지 못했고, 뿐만 아니라 형이 제몫을 해내게 되면서 점찍어 키운 젊은이들에게도 금세 따라잡히게 되었다고 한다.
　―결코 서툰 실력은 아니야.
　시치베에는 거기까지 이야기하고 나서 허둥지둥 그렇게 덧붙였다. 다이치로가 그런 시마지를 후네야의 도우미로 삼아도 정말 괜찮을까 하는 얼굴을 했기 때문이리라.
　―그저 화려함이 없고, 뭐라고 할까, 이런저런 궁리를 하는 게 없어. 손님을 깜짝 놀라게 해 주자, 같이 수련하는 주방 동료들을 뛰어넘어 실력을 보여 주자 하는 오기가 없는 것이지.
　연출이 부족하다는 뜻이리라.
　―그 대신 정해진 요리를 있는 그대로 아름답게 만드는 일이라면 그만큼 안심하고 맡길 수 있는 사람이 또 없지. 그러니 도우미로는 든든할 게다.
　그 말을 듣고 겨우 다이치로도 이해했다.
　시마지는 하야시야의 요리장으로서 가게를 꾸려 나가는 형 밑에서 마흔이 될 때까지 묵묵히 일했다. 가정도 꾸리지 않고 술도 마시지 않고 도박도 하지 않고 여자도 사지 않는다. 무슨 재미로 살아가는지 모를 남자라며 험담을 듣는 일이 많았다고 한다. 있는지 없는지 알 수 없다, 말수 적은 것이 지나쳐서 기분이 나쁘다, 마치 유령 같다―하야시야에서 시마지의 평판은 별로 좋지 않았다. 그래도 본인은 전혀 신경 쓰는 기색이 없었다고 한다.

그러나 시마지가 마흔두 살이 되었을 때, 형이 갑자기 죽고 말았다. 가정을 꾸리는 것이 늦었던 형에게는 그다지 몸이 튼튼하지 않은 아내와 열 살인 큰아이를 비롯해 모두 네 명의 아이가 있었다.

핏줄로 따지자면 형의 뒤는 시마지가 물려받아야 한다. 그러나 형에게는 시마지 이상으로 눈여겨보며 키우던 젊은 주방 일꾼이 있었다. 무슨 생각을 하는지 알 수 없는 시마지보다 그 젊은이 쪽이 함께 일하는 사람들 사이에도 인망이 있었다. 본인에게도 대단한 의욕과 시마지를 밀어내고라도 자리를 차지하고 싶다는 야심과 자신이 더 하야시야에 어울린다는 자부심도 충분히 넘치고 있었다.

그렇다고 해서 당장 그가 뒤를 이을 수도 없다, 그러면 아무리 시마지라도 잠자코 있지 않을 것이다—라며 이웃 사람들이나 단골손님들이 걱정하는 가운데, 당사자인 시마지는 형이 눈여겨보던 젊은이에게 가게를 맡기는 일에 선뜻 승낙해 버렸다. 형을 돕고 있었던 지금까지처럼 그의 밑에서 함께 일하겠다는 것이다.

—그 편이 저에게도 어울리고 손님도 떨어지지 않을 거예요.

시마지는 그렇게 말했다고 한다.

그러나 이번에는 다른 문제가 생겼다. 생판 남인 사람이 하야시야를 꾸려 나가게 되니 형의 아내와 아이들 입장이 어정쩡해지고 마는 것이다. 병약한 아내는 이제 와서 일을 할 수도 없고, 아이들은 아직 철모르는 어린 나이다. 새로 하야시야의 주인이 된 젊은이는 자신을 키워 준 아저씨의 가족을 함부로 대하지 않겠다고 맹세했지만, 나쁘게 말하자면 결국 가게를 가로챈 형태가 되는 젊은이가 그 마음을 계속 유지해 줄지 어떨지는 거의 도박에 가깝다.

그러자 시마지는 또 선뜻 이렇게 말했다―그렇다면 제가 형수님과 가정을 꾸리지요.

그냥 형식적인 일일 뿐 정말로 부부가 될 필요는 없다. 그것도 아이들이 자랄 때까지라고 한다. 아이들이 어른이 되어 자신의 장래를 생각할 수 있게 될 때까지, 그런 형태로 자신이 하야시야에 있으면 좋은 누름돌이 되리라는 것이다.

하기야, 그러면 결말도 나쁘지는 않다. 실제로 시마지는 독신이었기 때문에 형이 죽은 후 그 아내를 시마지가 다시 맞아들여 하야시야를 물려받으면 제일 좋을 것이라고 권하는 사람들도 있었다. 그보다는 조금 일그러진 형태지만, 적어도 죽은 형의 아내와 아이들에게 제대로 된 자리를 만들어 줄 수는 있을 것이다.

그렇게 해서 십 년쯤 전, 시마지는 갑자기 아내와 네 아이를 얻었다. 시치베에가 쓴웃음을 지으며 말하기로는 부부 사이가 별로 좋지 않다고 한다. 활달하고 밝고 발끈하면 금세 소리를 지르지만 오래 끌지 않고 금방 기분이 나아지는 알기 쉬운 성격이었던 죽은 남편에 비해 음침하고 말수가 극단적으로 적은 시마지는 몹시 못나 보였을 것이다. 시마지의 형은 키가 크고 풍채가 좋고, 숙수로서 드문 일은 아니지만 젊을 때부터 꽤나 여자들에게 인기가 좋아 그쪽 방면의 출입도 잦았다고 한다. 그에 비해 시마지는 몸집이 작고 야위었으며 어릴 때 상처를 입어 왼쪽 눈이 잘 보이지 않은 탓도 있어서 눈빛도 나쁘다. 형제이니 이목구비는 닮았지만 인상은 꽤 달랐다.

―뭐, 그런 사정으로, 사실상 그 녀석은 하야시야에 자기 자리가 없어.

시치베에는 그렇게 말하며 어려운 얼굴로 팔짱을 끼었다.
―다른 사람을 생각하며 일하는 좋은 녀석인데, 아무래도 그의 인생에는 좋은 일이 없단 말이야. 세상일이란 마음대로 되지 않는 법이지.
쓸쓸한 인생이군요, 하고 다이치로는 말을 받았다. 시치베에는 정말 그렇다며 쓴웃음을 지었다.
시치베가 후네야의 도우미 이야기를 꺼냈을 때, 완전히 한 사람 몫을 해내는 숙수로 성장한 하야시야의 주인도 시마지의 아내와 아이들도 잘된 일이니 차라리 시마지 씨가 후네야에 들어가 살면서 일을 하면 어떻겠느냐고 말했다고 한다. 실은 이 주인과 시마지의 아내는 하야시야의 후계자 자리를 둘러싸고 지난 몇 년 동안 싸움이 끊이지 않아 얼굴만 마주치면 가시 돋친 말을 주고받는다고 하는데, 그래도 시마지를 하야시야에서 내쫓고 싶다는 점에서는 멋질 정도로 생각이 일치했다는 것이다.
―주인 쪽은 처음부터 시마지가 눈엣가시였어. 시마지의 아내는 자기 자식에게 하야시야를 물려주고 싶다는 바람을 가지고 있지. 장남에게는 돌아가신 아버지에게 물려받은 재능이 있는 모양이야. 제대로 가르치면 좋은 숙수가 될 수 있을 것 같더구나. 아이가 그렇게까지 자란 이상, 이제 시마지에게 볼일이 없는 게야.
어차피 둘 다 시마지 따위는 안중에 없다. 게다가 허드렛일 일꾼까지 합쳐도 열 명이 되지 않는 하야시야에서는 현 주인파와 핏줄파로 나뉘어 가게 전체가 싸우고 있다. 확실히 핏줄에게 권리가 있지만, 지금까지 하야시야를 지탱하고 번성시켜 온 주인 쪽도 그렇게 간단히 '예, 그러십니까' 하며 가게를 넘겨줄 수는 없다. 맡겼을 뿐이다, 아니, 가게를 물려받은 것이다, 라며 결코 결론이 나지 않을 이야기가 오가고 있어, 하야시야는 지금 별로 좋은 상태가 아니라고 시치베에는 말을 맺었다.

─그러니 다이치로, 너만은 시마지를 잘 대해 주었으면 좋겠다. 부지런히 일하는 사람이니까. 그건 내가 보증하마.

벌써 반년쯤 전의 일이지만 시마지를 처음 소개받았을 때, 다이치로는 이 사람은 정말 음침하고 비뚤어진 사람 같다고 느끼고 놀랐다. 조촐하게나마 술잔을 나누던 자리였는데 한마디도 하지 않고 술도 전혀 마시지 않는다. 무슨 말을 들어도 고개를 끄덕이거나 고개를 젓는 정도고 무엇보다 다이치로의 눈을 보려고도 하지 않는다. 뭔가 다른 사람에게는 말할 수 없는 꺼림칙한 데가 있어서 몰래 숨어 사는 듯한 자그마한 남자다.

대체로 몸집이 작은 남자는 지기 싫어하는 성미인 경우가 많은 법이다. 시마지도 기실은 지기 싫어하는 성미인지도 모르겠다고 다이치로는 생각했다. 자신과 형이 길러 낸 제자의 역량 차이를 냉정하게 분석하고 손님의 취향을 생각해서 숙수의 자리를 양보한 일도 집안을 다스리기 위해서일 뿐이고, 자신을 꺼리는 여자와 잘 따르지도 않는 아이들을 떠맡은 일도 상당한 담력이 없는 이는 해낼 수 없다. 그러나 지기 싫어하는 성미와 배포가 시마지의 자그마한 체구 속에 미처 다 들어가지 않아 오히려 그를 일그러뜨리고 만 듯한 느낌이 들었다. 소심하고 제멋대로인 사람이라면 뒷일은 알 바 아니라며 도망쳐 버리거나 자신의 처신만 걱정하며, 그만큼 느긋하고 밝은 얼굴을 하고 있을 것이다.

 그래도 얼굴을 마주한 자리가 파할 즈음 다이치로는 '호오' 하고 생각했다. 돌아가는 길에 시미지가 깊이 절을 하며 시치베에와 다이치로에게 인사를 했을 때, 단호하게 머리를 숙이는 모습에 묘하게 상쾌한 데가 있었기 때문이다.

 시마지는 시치베에가 다이치로에게 하야시야의 그다지 유쾌하지 못한 집안 사정에 대해 털어놓았음을 알고 있었으리라. 그렇게라도 하지 않았다면 다이치로보다 나이도 훨씬 위이고 경험도 더 많은 시마지에게 도우미라고는 하지만 이런 어중간한 일자리 이야기를 가져올 리가 없다. 그런데 모든 과거가 알려졌다는 사실을 알면서도 시마지의 인사에는 비굴한 데가 없었다. 고개 숙인 모습이 열심히 일하며 도와드리겠다고 말하는 듯했다. 그에게서는 젊은이 같은 인내력이 느껴졌다.

 시마지라는 사람은 얼굴로만 판단해서는 안 되는 인간인지도 모르겠다고 다이치로는 생각했다. 천성은 강직하고 대범한 성격인데 얼굴 표정이 음침할 수도 있다. 본성은 갓 쪄낸 떡처럼 새하얗고 거짓말도 숨기는 것도 없는 성미인데 아무래도 눈빛이 나쁜 탓에 속으로 딴생각을 품고 있는 듯 보이고 말 수도 있다. 얼굴 모양은 사람의 마음을 나타내는 것이 아니다. 아니, 나타내는 경우도 있겠지만 얼굴에 비치는 것이 반드시 전부 진실이라는 보장은 없다.

 ―말하자면 시마지 씨와 잘 지낼 수 있을지 없을지, 시마지 씨의 좋은 점을 끌어내서 도움을 받을 수 있을지 없을지는 내 그릇에 달려 있다는 얘기로군.

다이치로는 그렇게 결론을 내렸다. 시마지와 일하는 것이 꽤 기대되기도 했다. 그런데 후네야는 뚜껑을 열어 보니 이 꼴이라 지금까지 시마지에게 뭔가 해 달라고 부탁할 기회가 없었다.

―이번이 같이 일을 시작하기에는 적기야.

다이치로는 용기를 내어 하야시야로 찾아갔다.

도시락 가게에는 두 가지의 장사 방식이 있다. 하나는 완성된 음식을 손님에게 배달해 제공하는 방식. 또 하나는 숙수가 식재료를 손님에게 가져가 손님의 부엌에서 조리를 하고 완성된 음식을 선보이는 방식. 하지만 전자의 경우에도 밥이나 조림 등은 다시 데울 필요가 있기 때문에 음식을 보기 좋게 담기 위해서는 손님의 부엌을 빌리게 된다.

조리에 필요한 도구들은 대개의 경우 도시락 가게에서 가져가서 사용한다. 배달 요리를 주문한다는 것은 상당히 사치스러운 일이고, 그렇게 아무나 할 수 있는 일이 아니다. 그래도 유복한 상가나 무가의 부엌에서 평소에 사용되는 도구만으로는 숙수가 보기에 부족한 경우가 많다. 요리를 담는 그릇의 종류는 손님과 상의해서 숙수가 가져가거나 집에 있는 것을 쓰는 등 경우에 따라 여러 가지지만, 때로는 그 한 끼뿐인 사치스러운 요리를 위해 배달 숙수가 외부에서 빌려다가 조달할 때도 있다.

하야시야에서는 대개 식재료를 가져가서 손님 집에서 조리하는 주문만 받고 있다. 가게 쪽은 금세 알아볼 수 있을 만한 간판도 내걸지 않았다. 도시락 가게인 다카다야처럼 지나가던 사람이 음식 냄새를 맡고 일하는 사람들의 목소리만 들어도 아아, 음식점이구나, 하고 알 수 있을 만한 분위기는 없다. 낡은 이 층 건물은 규모 자체는 크지만 쥐 죽은 듯 조용하다.

방문을 알리자, 무엇을 하고 있었는지 활달하게 상박을 드러낸 소녀가 금세 나와 다이치로의 용건을 듣자마자 깜짝 놀란 얼굴을 하며 "아아, 작은나리 말씀이세요?" 하고 말했다. 아무래도 시마지는 이 가게에서 작은나리라고 불리는 모양이다.

"그러면 나리는―." 소녀는 앞치마도 벗지 않고 다이치로의 얼굴을 뚫어져라 바라보며 물었다. "후카가와에 있는 후네야의 나리신가요?"

"아아, 그렇습니다."

다이치로가 대답하자 소녀의 눈이 더욱더 동그래졌다.

"귀신이 나와서 큰일이라는 이야기를 들었는데 그 후에는 어떻게 되었나요? 또 나왔나요?"

다이치로는 당황했다.

"아니, 소란스럽게 해 드린 모양이지만 그 후에는 아무 일도 없었답니다."

"뭐야."

소녀는 솔직하게 실망하는 태도를 보였다.

"그거 유감이네요."

소녀는 잠깐 기다려 달라는 말을 남기고 부리나케 안쪽으로 들어가 버렸다. 다이치로는 초봄의 흙먼지 때문에 더러워진 신발을 신경 쓰면서 왠지 모르게 불쾌한 기분이었다.

얼마 기다리지 않아 시마지는 소리도 내지 않고 나왔다. 다이치로는 고개를 숙이고 있었기 때문에 눈앞에 그의 그림자가 드리워질 때까지 알아차리지 못해서 조금 놀랐다. 분명히 이 사람은 좀 더 시끌벅적하게 움직이는 편이 좋을 것 같다.

다이치로는 그 자리에서 용건을 설명했다. 시마지가 귀틀 옆에 무릎으로 선 채 안으로 들어오라고 권하지도 않았기 때문이다. 일을 부탁하는 것만이라면 짧은 이야기이니 선 채로도 할 수 있었다. 그러나 그 후의 상담 이야기까지 이대로 뒷문에서 하기는 좀 그런데―하고 생각하고 있자니,

"알겠습니다." 시마지가 딱 부러지게 말했다. "그런 일이라면 어쩔 수 없지요. 저는 요리를 결정하는 데 참견할 수 있는 입장은 아니지만, 다이치로 씨에게 다소의 지혜를 빌려드리는 일 정도는 할 수 있을지도 모르겠군요."

시마지치고는 길게 말했다.

"정말 고맙습니다."

"죄송하지만 여기서는 이야기할 수 없습니다. 조금 바깥까지 나가 주셔야 하겠는데요."

다이치로는 상관없다. 이럴 바에는 처음부터 오리쓰나 오쓰타를 이곳으로 보내서 시마지를 후네야로 부를 걸 그랬다고 후회했다. 그런 방법은 고압적인 것 같아서 조심스러웠던 것이다.

둘이서 밖으로 나가 마쓰이바시 다리까지 걸어가서 강가에 있는 국수집으로 들어갔다. 얼마 안 되는 길을 걸어오는 동안에는 잠자코 있었지만, 다이치로는 국수를 삶는 냄새를 좋아하기 때문에 입 밖에

내어 그렇게 말하자 시마지는 무뚝뚝하게 "이곳 국수는 형편없습니다" 하고 내뱉었다.

"손님이 적고 조용한 것이 장점이지요."

과연, 가게는 텅 비어 있다.

"그건 그렇고 특이한 취향의 연회를 맡으셨군요." 시마지는 자리에 앉자 곧 용건에 들어갔다. "다카다야를 통해서 여러 가지로 사정은 듣고 있었지만 참 재미있는 손님도 다 있습니다."

다이치로는 쓴웃음을 지었다.

"아저씨는 귀신이든 뭐든 장사 거리가 되면 된다고 하지만 저는 마음이 조금 무거워요. 하지만 요리를 만드는 일이라면 이야기가 다르니까요."

시마지는 팔짱을 끼며 고개를 갸웃거렸다.

"정말로 진짜 사찰 요리를 내놓아도 될까요?"

"그쪽에서는 그러기를 바라십니다."

"손님에게 법사※₮가 있는 것은 아니지 않습니까."

"기분 문제겠지요, 요컨대."

"그. 무녀님 같은 아가씨들의."

"그렇지요."

"아가씨들은 전에도 이런 연회를 하신 적이 있습니까?"

다이치로도 그것은 물어보지 않았다.

"글쎄요……. 왜 물으십니까?"

"아니, 전에도 한 적이 있다면 그때 어떤 요리가 나왔는지 알고 싶어서요."

"참고하시게요?"

시마지는 팔짱을 풀지 않은 채 고개를 저었다.

"진짜 사찰 요리였는지 아닌지가 신경 쓰입니다."

시마지는 묘하게 그 점에 집착했다. 다이치로는 의아했다.

"그게 중요한 일입니까?"

시마지는 좁은 이마에 주름을 지었다.

"저는 배달 요리밖에 모릅니다. 요릿집에서는 또 사정이 다를지도 모르지요. 배달 요리는 경사든 흉사든 똑같이 손님이 오지만 요릿집에서는 경사로 오는 분이 많을 테니까요."

그건 그럴 것이다.

"법사에 내놓는 사찰 요리는 다이치로 씨의 말씀대로 기분이 중요합니다. 첫 번째 기일이든 일곱 번째 기일이든 열세 번째 기일이든, 공양하는 밥상이니 엄밀하게 해야 하지요. 비린내 나는 음식을 피하는 것은 부정을 피하는 일 중 하나니까요."

다이치로는 고개를 끄덕였다.

"하지만 이번 경우는, 말하자면 놀이지요. 나타나는 것이 귀신인지 부처님인지 저는 모르지만 어느 쪽이건 아사다야와 시라코야 여러분과 관련이 있는 것은 아니에요. 아가씨들이 귀신을 불러 내는 대결을 한다는 것은 의상 겨루기를 하는 것과 비슷하다고 할 수 있겠지요."

"그렇……군요."

"그렇다면 거기에 진짜 사찰 요리를 내놓는 것은 조금 위험하지 않을까요. 앞으로 법사 때문에 요릿집을 찾으려는 손님이 후네야를 전에 엉터리 귀신 겨루기에서 아주 제대로 된 사찰 요리를 내놓았던 곳이라고 생각한다면 오히려 지장이 생기지 않겠습니까?"

다이치로는 놀라고 있었다. 시마지가 말하는 내용뿐만 아니라, 우선 그가 말을 잘한다는 사실에—그것도 제대로 된 말을 할 줄 안다는 사실에 놀라고 있었다. 시마지가 극단적으로 말수가 적었던 까닭은 다만 쓸데없는 수다는 떨지 않았을 뿐이었던 게 아닐까.

"분명 시마지 씨의 말이 옳아요. 좋은 점을 깨닫게 해 주셨군요."

다이치로는 크게 고개를 끄덕여 찬동의 마음을 또렷하게 나타냈다. 시마지에게는 이렇게, 조금 과장스러울 정도로 이쪽의 뜻이나 기분을 나타내 보이는 편이 좋으리라.

"분명, 귀신 겨루기 놀이에 제대로 된 사찰 요리는 내놓지 않는 것이 좋겠지요. 하지만 어떻게 하면 좋을까요. 시라코야와 아사다야에 얼굴을 맞대고 분명하게 그렇게 말할 수는 없어요. 역시 손님이니까요."

"네, 그쪽의 체면은 세워 드려야지요." 시마지는 턱을 문지르면서 거스러미가 인 다다미 위로 시선을 떨어뜨렸다. "뭔가 변명을 만들 수밖에 없겠군요."

"변명, 이라……."

"우선은 일체의 차림표를 다 빼고 그냥 눈으로 보고 입으로 맛보기만 해서는 사찰 요리로밖에 생각되지 않는 요리를 하나 만들어 보면 어떨까요. 내놓는 요리 전부에 공을 들일 필요는 없습니다. 딱 한 가지만 만들면 됩니다."

"그것을 말없이 요리 사이에 섞어 넣는다?"

"예. 그리고 요리가 전부 끝났을 때 종이에 적은 차림표를 보여 주는 거지요. 그다음이 변명입니다. 무엇이든 괜찮습니다. 이런 자리에서 진짜 사찰 요리를 내놓는다면 양가에는 불길하고 징조가 좋지 않으리라고 생각했기 때문에, 딱 한 가지 비린 것을 섞어 넣어 마(魔)를 물리치기로 했습니다—라고 말씀드리면 어떻겠습니까?"

"시마지 씨, 용케 그런 생각을 해 내셨군요."

다이치로는 소박하게 감탄했지만 시마지는 얼른 손을 내저으며 담담하게 말했다.

"그럴싸하게 들리기만 한다면 무엇이든 상관없습니다."

그러나 명안이었다. 마지막에 차림표를 보여 줬을 때는 이미 요리는 먹어 버린 후다. 그렇게 강한 불평도 나오지 않을 것이다.

"애초에 양가 모두 우리 집의 요리를 보고 오는 것은 아니니까요."

다이치로는 저도 모르게 쓴웃음을 흘리면서 말했다.

"시라코야도 아사다야도, 마음은 처음부터 귀신 대회 쪽에만 기울어 있을 겁니다. 결과에 따라서는 차림표를 보여 드릴 일이 없을지도 모르지요."

"그 말씀이 옳습니다."

시마지의 눈이 아주 조금 밝아졌다.

"어느 쪽이 이겼다, 어느 쪽이 졌다며 큰 소동이 일어난다면, 양가 사람들은 음식 따윈 전혀 신경 쓰지 않을지도 모릅니다. 그래도 후네야로서는 귀신 대회의 평판을 듣고 앞으로 모여들—와 줄 손님들에게는 당일의 차림표를 보여 주고 이러이러한 연구를 한 요리를 내놓았습니다, 라고 말씀드릴 수 있습니다. 그 편이 중요하니까요."

다이치로는 안도와 함께 기뻐했다. 시마지를 얻게 된 것은 엄청난 횡재였다. 다카다야 시치베에 아저씨의 눈은 틀림이 없다는 생각에 마음속 깊은 곳이 서서히 따뜻해졌다.

주문한 국수가 겨우 나왔다. 이렇게 시간이 걸린다는 자체부터가 얼마나 솜씨가 없는지 자백하는 셈이다. 두 사람 다 하나마키$_{살짝\ 구워\ 부순\ 김을\ 위에\ 뿌린\ 메밀국수}$를 주문했는데 국물은 탁하고 김은 끈적끈적해서 딱 봐도 맛없어 보인다.

"이래서야 손을 댈 마음도 들지 않는군요."

다이치로는 목소리를 낮추며 말했다.

"대체 무슨 생각으로 장사를 하는 걸까."

시마지는 품에 손을 넣은 채 미지근하게 김을 피우는 사발을 앞에 두고 생각에 잠겨 있다. 눈앞의 국수 따윈 아무래도 상관없나 보다.

"본 요리는 어떻게 하실 겁니까?" 하고 중얼거린다. "밥으로 할지 면으로 할지 결정하기가 어렵겠는데요. 흰색과 검은색으로 나누어야 하니까요."

다이치로는 거기에 대해서는 쉽게 생각하고 있었다. 양가 모두 하얀 밥에 검은 콩을 몇 알 곁들여 내놓으면 되지 않을까. 뭣하면 아사다야 쪽은 검은 콩의 수를 늘리면 된다.

"아니면 좀 더 공들인 방법이 있을까요?"

시마지가 고개를 젓는다.

"지금 당장은 생각나지 않습니다. 그래도 밥을 사용한다면 별로 폭넓은 선택을 할 수 없겠군요. 쌀은 흰색이니까요. 한계가 있지요."

"음……. 하지만 면도 검은 것은 좀처럼 만들기 어렵잖아요. 이나카소바메밀껍질의 일부를 갈아 넣은 색깔이 거무스름한 메밀국수도 검다고 할 정도는 아니니까."

"어렵군요."

두 사람은 느릿느릿 국수에 젓가락을 댔다. 요리 궁리에 대해서 이것저것 의견을 나누며 먹었기 때문인지 맛은 거의 느껴지지 않았다. 다이치로는 정신없이 이야기하고 시마지도 이것저것 의견을 늘어놓으며 둘이서 검토했다.

"그런데 다이치로 씨."

시마지는 뺨을 누그러뜨리며 즐거운 듯이 말했다.

"요릿집이란 재미있군요. 배달 요리는 어느 정도까지는 정해져 있어 숙수의 궁리만으로 눈부신 일을 할 수는 없는데요. 요릿집은 그런 점이 아예 다른 모양이군요."

"그렇게 생각해 주신다면 저도 기쁘지요. 시마지 씨가 후네야에 힘을 많이 빌려 주셨으면 합니다. 실은 귀신 소동으로 슈타가 완전히 겁을 집어먹어 버렸는지 다카다야로 돌아가고 싶어 해서요. 뭣하면 슈타 대신 계속 후네야에 다녀 주시는 것도―."

그 자리의 분위기에 마음이 들떠서 저도 모르게 말해 버린 생각이었지만 다이치로는 도중에 말을 삼켰다. 시마지의 얼굴이 갑자기 그늘에 들어간 것처럼 어두워지고 말았기 때문이다.

"아니, 이쪽 사정만으로 그런 말을 해서 죄송합니다. 시마지 씨에게는 하야시야가 있는데."

다이치로는 당황해서 둘러대며 다 먹은 국수 그릇을 허둥지둥 들어 올려 보았다.

"당치도 않습니다. 미안하실 일은 아무것도 없습니다."

시마지는 그늘진 얼굴을 한 채 중얼거리듯 말했다.

"시치베에 나리께 들으셨을 테니 이제 와서 숨기지는 않겠습니다. 저는 이제 하야시야에는 필요 없는 사람입니다. 제 자리도 없어요. 제가 하야시야를 버리고 집을 나간다면 형수님도 조카들도 틀림없이 기뻐할 테지요."

시마지는 자신의 아내를 아직도 '형수'라고 부른다. 아이들은 '조카'다. 다이치로는 맞장구를 칠 수가 없어서 잠자코 그의 표정을 바라보고 있었다.

"미련 많은 놈이라고 생각하시겠지요."

시마지는 시선을 들고 입가를 일그러뜨리며 작은 목소리로 말했다.

"집안의 기둥이었던 형님의 자리를 차지할 만한 기량도 없는 주제에 저는 하야시야에 남아 있었어요……."

"그렇지 않아요. 물론 지금은 돌아가신 형님의 자녀분들이 훌륭하게 어른이 되었지요. 하지만 그것도 당신이 형님의 가족을 맡아 보살펴 왔기 때문이 아닙니까. 하야시야가 남의 손에 넘어가지 않도록 감시 역할을 해 온 사람도 당신이고요."

다이치로는 앉은 자세를 살짝 고치고는 무릎에 손을 올려놓고 일부러 시마지를 내려다보았다.

"시마지 씨는 스스로를 지나치게 작게 생각하는군요. 당신은 지혜가 있고 머리가 좋아요. 아첨이 아닙니다. 이야기를 나눠 보고 저는 진심으로 그렇게 생각했습니다."

시마지는 얼굴을 잔뜩 구기며 웃었다.

"안 되겠는데요, 다이치로 씨. 그렇게 사람이 좋으셔서야 당장 누군가에게 속겠습니다."

"저는 진지하게 말하는 겁니다."

"물론 압니다. 하지만 겨우 이만한 지혜를 내놓은 정도로 저를 그렇게 쉽게 신용해 버려서는 안 됩니다. 시치베에 나리도 말씀하셨지만 다이치로 씨는 정말로 곱게 자라셨군요."

다이치로에게는 의외의 말이었다.

"무슨 말씀을, 저는 다카다야에서 주워 주지 않았다면 건달이 되었거나 굶어 죽었거나, 어쨌든 제대로 된 삶도 죽음도 겪지 못했을 겁니다."

"아아, 그야 물론 고생은 많이 하셨겠지요." 시마지는 여전히 웃는 얼굴을 한 채 고개를 저었다. "제가 말하는 것은 그런 뜻이······ 아니, 됐습니다."

그럭저럭 두 시간이 지나려 하고 있었지만 결국 국수 가게에는 새 손님이 들어오지 않았다. 다이치로는 가게 앞에서 시마지와 헤어졌다. 시마지는 정중하게 머리를 한 번 숙이고 빙글 등을 돌리더니 빠른 걸음으로 하야시야 쪽으로 걸어갔다. 잠시 그 야위고 작은 그림자를 지켜보던 다이치로는 왠지 모르게 든 묘하게 슬픈 기분을 뿌리치기 위해 일부러 소리 내어 "자, 그럼" 하고 말해 보았다.

"검은색과 흰색의 요리라······."

생각을 그쪽 방향으로 바꾸고 돌아가는 길에도 계속 그 생각만 했다. 그러다가 멀리, 새로 수선한 흔적이 보이는 후네야의 지붕 기와가 보이기 시작하고 주위를 에워싼 수로 위로 불어오는 물 냄새가 느껴지자 문득 생각했다.

―그렇군. 생선 요리를 활용하면 되겠어.

후네야 주위의 수로에서 잡은 장어나 미꾸라지, 붕어를 사용한 요리. 그것을 그대로 시라코야와 아사다야의 상에 올리자. 흰색은 장어구이, 검은색은 미꾸라지나 붕어를 연구해서, 그러나 얼핏 보아서는 사찰 요리처럼 보여야 하니 어느 쪽도 있는 그대로의 모습으로는 안 된다. 다이치로의 독자적인 응용이나 연구가 필요하다.

―이거 재미있겠는데, 음.

다이치로는 등을 곧게 펴고 기운차게 후네야로 돌아갔다.

11

햇빛은 날이 갈수록 밝기를 더하고, 해가 점점 길어진다. 벚꽃이 피는 시기는 이미 지나고 철쭉이며 등나무꽃 소식이 이제나저제나 기다려진다. 그런 계절 탓도 있고, 또 아무리 이상한 주문을 한 손님이라도 역시 손님 장사에는 손님이 있어야 하는 법이다. 귀신 대회의 객실 준비로 아버지와 어머니, 오쓰타까지 부산하게 뛰어다니는 모습을 바라만 보고 있어도 즐거워서 오린 역시 요즘 그럭저럭 밝은 기분으로 매일을 보내고 있다.

그러나 한편으로, 오린은 오린 나름대로 어수선한 기분도 들었다. 다름 아닌 덥수룩이를 '퇴치'할 방법에 대해서 거의 매일같이 겐노스케와 이마를 맞대고 상의하고 있기 때문이다.

겐노스케의 이야기에 따르면 그도 덥수룩이의 이름이나 생전의 신분에 대해서 그리 자세히는 모른다고 한다.

"덥수룩이 녀석은 너도 보았다시피 원래는 무사란다. 다만 그 옷차림이나 분위기로 보아 떠돌이 생활이 길었던 모양이야."

"누구한테 죽임을 당한 걸까요?"

말하고 나서 '죽인다'는 말에 드러나 있는 악의에 오린은 조금 으스스해졌다.

"덥수룩이는 말을 제대로 못해." 겐노스케는 얼굴을 찌푸리며 말했다. "지난번 요란하게 등장했을 때도 무슨 말을 하고 있는지 알아들을 수 없었지?"

그랬다. 오린은 그가 소리치는 말의 절반도 알아들을 수가 없었다.

"마지막에 외친 '나아는, 시러'는 아마 '나는 싫다'는 뜻일 거야. 그 녀석은 날뛸 때면 꼭 그렇게 외치기 때문에 그 부분만은 나도 알아들을 수 있어."

"무엇이 싫었던 걸까요?"

"그걸 알면 고생할 이유도 없지."

천연덕스럽게 지껄이는 겐노스케를 때리려다가 오린의 손이 헛손질을 했다. 그것을 보고 그는 카카칵 하고 웃었다.

"이 참에 '어머나, 겐노스케 님 심술궂어요, 저는 심술궂은 나리님은 싫사옵니다' 하고 말해 주지 않으련?"

"웃을 때가 아니에요."

오린은 단호하게 말하며 앉은 자세를 바르게 했다.

"알았다, 알았어. 그렇게 무서운 얼굴 하지 마라."

해질녘, 두 사람은 또 계단 중간에 걸터앉아 있었다. 비스듬히 기울어진 햇빛의 마지막 한 줄기가 부엌으로 이어지는 복도 끝을 주황색으로 비추고 있다. 아래층에서는 부모님이 시끄럽게 이야기를 나누는 목소리가 띄엄띄엄 들려온다. 차림표를 상의하고 있는 모양이다. 그냥 이야기만 하는 게 아니라 시험 삼아 요리를 만들어 보고 있기 때문에 좋은 냄새가 풍겨 온다.

"그 친구, 머리는 나쁘지 않아."

겐노스케가 말했다.

"검 실력도 좋은 편이야. 하지만 말하는 게 그 모양이다 보니 생전에 무사로서 출세하기는 고사하고 다른 생계를 찾기도 어려웠을 테지. 어설프게 실력이 좋은 탓에 착실하지 못한 방법으로 돈을 벌며 살아가게 되었을 게다. 그 착실하지 못하게 살아가던 길 어디에선가 착실하지 못한 동료의 손에 죽임을 당한 게 아닐까?"

"강도라든지 살인이라든지, 그런 짓을 했었다는 뜻인가요?"

겐노스케는 당장은 대답하지 않았다. 한쪽 눈썹을 불쑥 추켜올리고 오린을 곁눈질로 보며,

"너, 또 무서워하면서 울면 안 된다" 하고 미리 다짐을 했다.

"이제 웬만한 일로는 울지 않아요."

"믿음직스럽구나. 그렇다면 말하겠는데—전에 이야기한 고간지

절의 사람을 죽인 중 말이다."

"네."

오린은 흠칫 놀랐다.

"그렇게 많은 사람들을 어떻게 죽였을까."

"어떻게라니······. 독이나 그런 걸까요?"

"음. 사람을 죽이는 데에는 여러 가지 방법이 있어. 오린 네 말대로 독을 먹인다. 아니면 목을 졸라 숨통을 끊는다. 어딘가 높은 곳에서 밀쳐 떨어뜨린다. 무거운 것으로 뭉개 죽인다. 무엇보다 무사에게 제일 간단하고 익숙한 방법은—검으로 베어 죽이는 것이지."

역시 무섭다. 오린은 몸을 움츠리고 겐노스케 쪽으로 바싹 다가갔지만 그는 본디 몸이라는 실체가 없는 존재여서 거의 위로가 되지 않았다.

"덥수룩이와 오랫동안 알고 지내면서 나는 몇 번 느낀 적이 있어. 그 녀석은 고간지 절의 스님에게 이용당하고 있었던 게 아닐까 하고. 다시 말해서 사람을 죽이는 도구로 말이지."

"덥수룩이 씨가 고간지 절의 스님한테 부탁을 받고 사람을 베었다는 말인가요?"

"부탁받았다는 부드러운 것이 아니었겠지. 그 녀석으로서는 그것밖에 살아갈 길이 없었던 게 아닐까. 아니면 싫어도 그렇게 하지 않을 수 없는 약점을 잡혔다거나."

"뭔가 그 비슷한 말을 덥수룩이 씨가 한 적이 있어요?"

오린의 물음에 겐노스케는 고개를 저었다.

"분명한 설명 같은 게 있었을 리가 있니. 다만 그 녀석은 옛날에,

아직 이곳에 공동 주택이 있었을 때 말인데, 우연히 주민을 찾아온 스님을 벤 적이 있었어."

"스님을······."

오린은 눈을 크게 떴다.

"스님에게는 덥수룩이의 모습이 전혀 보이지 않았단다. 수상한 기척을 느끼는 것 같지도 않았어. 그 스님이 마침 고간지 절의 스님과 비슷한 나이였거든. 덥수룩이는 대머리와 가사를 보자마자 뛰쳐나가 검을 휘둘렀지."

결과적으로는 쓰쓰야의 축하연 자리에서 일어난 일과 비슷한 사건이 되고 말았다고 한다.

"그때의 덥수룩이는 평소보다 더 거칠었어. 되풀이하고 또 되풀이해서 '나는 싫다, 나는 싫다'고 외치고 있었지. 나와 오미쓰가 어떻게든 달래서 붙들었지만 마지막에는 덥수룩이 녀석, 검을 휘두르면서 울고 있었어. 싫어, 싫어 하고 외치면서."

오린은 쓰쓰야의 객실에서 일어났던 일을 떠올렸다. 그 광경을 떠올리면 지금도 무섭다. 하지만 덥수룩이가 가엾게 느껴져서 가슴이 탁 막힌다. 겐노스케의 목소리가 가라앉아 있기 때문일까.

"그뿐만이 아니야. 그 녀석은 와라이보와 궁합이 아주 안 좋거든. 지금까지도 몇 번이나 검을 뽑아 들고 와라이보를 쫓아다닌 적이 있어. 하도 자주 심한 일을 당하다 보니 와라이보도 완전히 성미가 비뚤어져서 우리와 함께는 나오려고 하지 않게 되고 말았단다."

그렇게 이야기를 듣다 보니 분명 덥수룩이와 와라이보 사이에는 뭔가 사정이 있는 것 같다는 기분이 든다. 게다가 이 근방에는 고간지라는 무서운 절이 있었으니 그 두 가지와 관련을 지어서 생각하는 것은 당연한 이치일지도 모른다.

"단순한 상상에 지나지 않으니 너무 떠들어 댈 수는 없어. 하지만 그 녀석이 쓰쓰야의 객실로 뛰쳐나간 이유도, 실은 그때 객실에 있던 손님들 중에 뭔가 그 녀석에게 스님이나 절을 연상시키는 사람이 섞여 있었기 때문이 아닐까, 나는 그렇게 생각해. 덥수룩이 녀석은 좀처럼 사람들 앞에는 모습을 드러내지 않아. 나올 때는 반드시 뭔가 나름의 이유가 있는 것 같단 말이야."

조사해 볼 가치가 있을 것 같다.

"이 근처에 고간지 절에서 일어난 일을 자세히 아는 사람이 있을까요?"

오린이 말했다.

"겐노스케 님도 직접 사건을 아시는 건 아니지요? 하지만 삼십 년 전의 일이니까 당시의 일을 눈으로 보고 귀로 듣고 지금도 기억하는 사람이 분명히 있을 거예요. 제가 찾아볼까요. 덥수룩이 씨에 대해서 뭔가 단서를 찾을 수 있을지도 몰라요."

"그렇구나. 나도 바로 그렇게 제안하려던 참이었어."

겐노스케는 실실 웃었다.

"오린 너는 정말 머리가 좋아서 많은 도움이 돼."

"그래 봐야 아무것도 안 나오네요" 하며 오린은 입을 삐죽거렸다.

그때 아래층 복도를 비추고 있던 마지막 햇빛 한 줄기가 슥 사라지고 그림자가 들었다. 젊은 여자의 목소리가 들려왔다.

"실례합니다. 누구 안 계시나요? 저는 시라코야 주인의 딸 오시즈입니다. 실례합니다."

 안쪽에서 요란하게 발소리가 나는가 싶더니 뛰어나오는 오쓰타가 보였다. "어머나, 어머나" 하며 몹시 허둥거리고 있다.

 오린은 계단 중간에 걸터앉은 채 고개만 뻗어 아래층의 상황을 살폈다. 방문자는 후네야의 정면 출입구가 아니라 뒷문 쪽에서 방문을 알리고 있다.

 "무슨 일일까?" 하고 중얼거리며 겐노스케가 턱을 문질렀다.

 "별로 탐탁지 않은 일일 것 같은데."

 "어째서요?"

 "그야 그렇잖니. 오시즈 본인이 이곳을 찾아온다는 것은 오리쿠보다 먼저 몰래 예비 조사를 하게 되는 셈이잖아. 치사하다고 생각하지 않니?"

 방문자는 오쓰타의 안내를 받으며 뒷문에서 복도 쪽으로 들어왔다. 하얀 기모노를 입고 있다. 아무래도 시중꾼이 한 명 붙어 있는 것 같은데—.

 마침 그때, 오쓰타가 복도에 걸려 있는 초에 불을 켜서 그녀의 모습이 잘 보이게 되었다. 시원한 흰색 바탕의 기모노에 비단실로 된 띠를 높이 묶고, 턱을 새침하게 젖힌 아름다운 소녀다. 시라코야의 이름이 들어가 있는 한텐(하오리와 비슷한 짧은 상의)을 입은 키가 큰, 호위로 보이는 남자가 그녀 바로 뒤에 은근하게 버티고 있다. 번성하고 있는 가게의 아가씨는 결코 혼자서 어슬렁어슬렁 돌아다니지 않는 법이다. 특히 후카가와 근처에 온다면 더욱 그럴 것이다.

 "갑자기 찾아뵈어서 실례인 줄은 잘 압니다. 깊이 사과드립니다."

같이 온 남자는 오쓰타에게 살짝 머리를 숙이고 나서 말했다. 말은 정중하지만 태도는 몹시 거만했다. 고용인이 고용인에게 하는 인사는 이 정도면 충분하다는 식이다.

"실은 오시즈 아가씨가 오늘 오후에 갑자기 후네야 방향에 고여 있는 나쁜 기가 보인다, 이대로 놔두었다간 귀신 대회를 무사히 열 수 없을지도 모른다, 잠시 상황을 살펴서 정화할 수 있다면 정화하고 싶다고 말씀하셔서요. 그래서 찾아뵌 것입니다."

어때, 고맙지, 기쁘지, 영광이지, 라는 듯한 콧대 높은 말투다. 오린은 이 점잔 빼는 시중꾼이 단숨에 몹시 싫어졌다.

"느낌이 안 좋아요."

겐노스케에게 바싹 기대며 말했다. 그는 소리 없이 웃었다.

"나는 유쾌한데. 재미있구나."

그러는 사이에 부엌에서 다이치로와 다에도 나왔다. 뭔가 큰 소동이다. 오린은 일동이 위층의 손님용 객실로 올라올 것 같아서 숨으려고 채비를 했지만 다이치로와 다에는 결국 갑작스런 손님을 그들이 평소에 사용하는 아래층의 작은방으로 안내했다.

오린은 살금살금 계단을 내려가 복도 모서리에서 살며시 작은방의 분위기를 살폈다. 시중꾼 남자가 끊임없이 뭔가 이야기하는 소리가 띄엄띄엄 들린다. 다이치로가 공손하게 대답을 하고 있는 것 같다.

장지문이 열리고 오쓰타가 나왔다. 다과 준비를 하려는 것이리라. 오린은 서둘러 기둥 뒤로 숨었다. 문득 보니 겐노스케도 똑같이 몸을 움츠리고 있다. 그의 모습이 오쓰타에게 보일 리는 없지만 어쩐지 그 기분이 짐작되었다.

"나쁜 기를 정화하다니 어떻게 할 작정일까요. 소금을 뿌리려나?"

오린의 물음에 젠노스케는 목덜미를 긁었다.

"그걸로는, 적어도 우리한테는 효과가 없을 것 같은데."

오쓰타가 쟁반을 들고 부엌에서 작은방으로 달음질쳐 갔다. 오린은 슬쩍 기둥 뒤에서 나와 부엌으로 향했다. 거기에는 아무도 없었다. 음식을 굽는 화덕에 숯불이 피워져 있고 그 위에 주전자가 올려져 있다. 도구들은 깨끗하게 정리되어 있고 물기도 닦여 있었다. 그 대신 도마를 크게 만든 것 같은 작업용 대 위에는 몇 개의 요리가 놓여 있었다. 아무래도 오후부터 지금까지 몇 가지 요리를 만들고 이제야 맛을 보거나 담는 방법을 생각할 단계에 들어선 모양이다.

"또 특이한 요리로군."

젠노스케가 접시 중 하나에 얼굴을 가까이 하며 말했다. 코를 들이대고 냄새를 맡아 본다.

"냄새를 맡을 수 있어요?"

"당연하지. 바보 취급하면 못 쓴다."

젠노스케가 가리키는 것은 떡이나 찹쌀 경단처럼 둥글고 번들번들하며 새까만 팥소가 뿌려져 있는—것 같은 요리였다. 언뜻 보기에는 고급 보타모치_{찹쌀에 멥쌀을 약간 섞어 만든 떡에 팥이나 콩가루 등을 묻힌 음식}랑 비슷하다. 하지만 오린도 코를 대고 킁킁거려 보니 팥소와는 전혀 다른, 설핏 비린 냄새가 났다.

"이것은—."

"별로 맛있을 것 같지 않은데." 오린은 저도 모르게 그렇게 중얼거리고 말았지만 목소리만은 아주 작게 낮추었다. "아직 시험 삼아 여러 가지를 만들어 보고 있는 거겠지요, 아버지는."

겐노스케는 다음 접시로 다가갔다. 이번에는 알기 쉽다. 간하지 않고 구운 붕장어였다. 하지만 기름기가 돌아 보기에도 혀 위에서 살살 녹을 듯한 붕장어 껍질이 어찌된 셈인지 반쯤 벗겨져 있었다. 다카다야에 있을 때 시치베에가 자주 맛있는 음식을 사 먹으러 데리고 나가 주었기 때문에 오린은 또래 아이치고는 입이 고급인 편이다. 그래서 몹시 의아하게 생각했다. 붕장어 구이는 껍질의 향긋한 부분이 맛있는데 어째서 일부러 껍질을 벗겨 버렸을까? 본디 얇은 껍질이기 때문에 벗기면 살이 풀어져 버려서 겉모습도 보기 안 좋아진다. 이 붕장어는 일부러 비싼 돈을 내고 샀을 텐데―하고 생각하다가 중요한 것을 떠올렸다.

"그러고 보니 겐노스케 님, 아버지는 이곳 수로에서 장어나 미꾸라지를 잡는 것을 이제야 허락받을 수 있을 것 같다는 말을 했어요."

어젯밤의 일이다. 늦게 침상에 들어온 부모님이 한동안 장사 이야기를 하기에 똑똑히 듣고 있었던 것이다. 대부분은 돈을 융통하는 것에 대한 이야기뿐이어서 훔쳐 듣기가 괴로웠지만 수로의 장어나 미꾸라지 이야기가 나오자 아버지의 목소리가 밝아져서 오린도 덩달아 기뻤다.

"허락이라고 해도 은밀한 것이겠지."

겐노스케는 또 다른 접시를 살펴보면서 말했다.

"이곳 오캇피키에게 뇌물을 주고 눈을 감아 달라고 했을 거야."

"응, 뭔가 그런 얘기는 했어요." 오린은 발돋움을 하며 그의 손 안에 있는 접시를 들여다보았다. "그건 뭐지요?"

"뭐 같니?"

우무묵 같은 것에 허연 국물이 끼얹어져 있다. 다만 흔히 보는 반투명한 우무묵과 달리 전체에 검은 얼룩 같은 무늬가 들어가 있었다.

"먹으면 맛있을지도 모르지만······."

"개구리 알 같네" 하고 오린은 말했다. 겐노스케가 얼굴을 찌푸렸다.

"나도 그렇게 생각했지만 입 밖에 내서 말하기는 미안하니까 잠자코 있었던 거다. 너는 불효막심하구나."

"하지만······."

그렇게 생각했으니 어쩔 수 없지 않은가.

겐노스케는 접시를 한바탕 둘러보며 탄식했다.

"역시 흰색과 검은색의 요리는 어려울 테지. 바다에서 난 재료도 산에서 난 재료도 그대로 써야 색깔도 여러 가지고 아름다운 법이다. 그 아름다움을 일부러 지우고 요리하려는 것이니."

그런가—오른손 검지를 살짝 뻗어 '개구리 알'에 끼얹어져 있는 하얀 국물을 한번 찍어 먹어 본다. 우헤, 맵다.

"어머나, 오린, 그러면 안 돼요."

큰 소리로 꾸중을 들은 오린은 그야말로 펄쩍 뛰어올랐다. 입에 손가락을 넣고 있었기 때문에 변명도 할 수가 없었다.

오쓰타는 조금 무서운 얼굴을 하며 오린을 노려보기는 했지만 곧 활짝 웃으며 부지런히 화덕 쪽으로 다가갔다. 차를 새로 끓이러 온 모양이다.

"아직 구상중인 요리라서 별로 맛이 없지요?"

오린은 솔직하게 고개를 끄덕였다.

"이 하얀 것은 뭐예요? 매콤하네요."

"겨자가 들어가 있어서 그래요. 초록색을 없애기 위해서 흰깨를 썼지요."

"우무묵은? 얼룩덜룩한 거."

"그것도 깨가 들어갔어요. 향은 좋을 거예요."

겐노스케는 모습을 감추었다. 그도 야단을 맞고 깜짝 놀랐는지도 모른다. 부엌에는 오린과 오쓰타 두 사람뿐이었다.

"저기, 아줌마, 오리쓰 씨나 슈타 씨는 어디에 있어요?"

부모님의 부재만으로 부엌이 텅 빈다는 것은 사실 이상한 일이다.

오쓰타의 둥근 얼굴이 흐려졌다. 한 번도 다듬은 적이 없는 그녀의 굵은 눈썹이 일그러졌다.

"두 사람은 다카다야로 돌아갔어요."

"돌아갔다니—."

"네. 오리쓰는 겁쟁이라서 귀신이 무서워서 그만두고 싶다며 난리였거든요. 슈타도 그래요. 젊은 사내 주제에 이 집에서 일하다 보면 나쁜 것에 씌일 것 같다지 뭐예요. 사람이 그렇게 기개가 없어서야, 원."

오쓰타가 화덕 위에 주전자를 탁 내려놓자 물방울이 넘쳐 숯이 쉭 소리를 냈다.

"주전자의 물은 제가 길어다가 채워 놓을게요" 하고 오린은 기특하게 말했다. "그리고 아줌마, 음식에 고양이가 손을 대면 안 되니까 내가 여기서 지키고 있을게요. 손님이 돌아가려면 좀 더 시간이 걸리겠지요?"

오쓰타는 생긋 웃으며 기분을 풀었다.

"오린은 정말 착한 아이네요. 하지만 괜찮아요, 다이치로 씨와 다에 씨는 이제 곧 이곳으로 돌아올 테니까요."

"손님은 돌아갔어요?"

"아니요, 아직 볼일이 있는 모양이에요. 제가 이제부터 집 안을 안내할 거랍니다."

오린은 눈을 크게 떴다.

"집 안을 보고 다닌다고요?"

"네. 나쁜 기가 고여 있는 곳을 찾아서 쫓아내겠대요. 아마 북동쪽_{예로부터 북동쪽을 '귀문(鬼門)'이라 해서 불길한 방향으로 여겼다} 방향이겠지요."

"그거, 정말 시라코야의 오시즈 씨가 맞을까요?"

오쓰타는 쟁반 위에 다기를 올려놓던 손을 멈추고 타이르듯이 입술을 오므렸다.

"그거라고 불러선 안 돼요."

"죄송해요. 하지만 시라코야의 아가씨 맞아요? 본인이 왔어요?"

"그럼요. 아니면 누가 오겠어요?"

오린은 겐노스케의 말을 빌렸다. "오시즈 씨, 치사하지 않아요? 오리쿠 씨가 알면 화내지 않을까요?"

오쓰타는 깜짝 놀랐다.

"왜 아사다야에서 화를 낸다는 거지요?"

오린은 설명했다.

"차림표가 정해지기 전에는 귀신 대회 날짜도 정할 수가 없잖아요? 고작해야 이달 안이라는 것 정도지, 언제라고는 정해지지 않았어요. 그런데 오시즈 씨만 먼저 예비 조사를 하는 건 좋지 않아요."

오쓰타는 손가락을 세워 틀어 올린 머리카락 옆을 긁적였다. 그런 생각은 해 보지도 않았다는 얼굴이다.

"오린, 그럼 어떻게 하면 좋겠어요? 이러면 치사하니까 안 된다고 하고 내쫓을까요?"

"그야……."

"하지만 반대로 시라코야에서 화를 내어 귀신 대회 자체가 취소되면 어쩌지요? 후네야는 손님을 두 조나 잃게 되잖아요. 오린은 어리니까 잘 모를지도 모르겠지만 지금의 후네야에는 아주 중요한 손님이랍니다. 여기서 실수를 했다간 이제 후네야를 꾸려 나갈 수 없을지도 몰라요. 섣부른 짓은 할 수 없단 말이에요. 아니면 오린에게는 더 좋은 생각이 있나요? 있다면 아줌마한테 얘기 좀 해 주세요."

오쓰타는 보기 드물게, 집요하게 물고 늘어지듯 꾸짖었다. 점점 형세가 불리해진 오린은 고개를 떨어뜨리고 대 위의 요리 접시만 보고 있었다. 착 가라앉은 색깔의 요리가 전부 오린과 마찬가지로 축 늘어져 있는 것처럼 보인다.

"어린아이는 쓸데없는 걱정은 안 해도 돼요."

오쓰타는 단호하게 말하고 엄한 말투를 벌충하려는 듯 오린의 머리를 쓰다듬었다.

"알았지요? 손님에게 방해가 되지 않도록 착하게 있어야 해요. 다이치로 씨가 돌아오시면 오린을 위해 주먹밥을 만들어 줄지도 모르니까요. 배가 고프지요?"

오쓰타는 할 말만 하고는 나가 버렸다. 오린은 일방적으로 건네받은 짐을 양손에 안고 우두커니 서 있는 듯한 기분이었다. 점점 화가 치밀었지만 어떻게 할 수도 없었다.

"그리도 반하고 설레었건만, 헛되어라 오늘 밤, 만나면 시시할 뿐—."
 오쓰타의 말과는 달리 다이치로도 다에도 좀처럼 부엌으로는 돌아오지 않았다. 오린이 부엌 구석의 빈 나무통 위에 앉아 할 일도 없이 다리를 흔들고 있는데, 문 쪽에서 샤미센을 튕기는 소리와 함께 노랫소리가 들려와서 얼굴을 들었다.
 ―이 목소리는.
 오미쓰다. 오린은 서둘러 부엌을 나서서 주위를 둘러보았다. 그동안에도 고운 목소리가 복도로 흘러온다. 결코 큰 소리는 아니다. 중얼거리는 것 같은 부드러운 목소리지만 말 하나하나까지 똑똑히 알아들을 수 있다.
 오미쓰는 다리를 옆으로 모으고 뒷문 귀틀에 걸터앉아 샤미센을 맵시 있게 기울여 길쭉한 대 부분에 뺨을 비비듯이 대며 튕기고 있었다.
 아까 오쓰타가 켠 촛불은 어찌된 셈인지 꺼져 있었다. 문 밖에는 초저녁 어스름이 조용히 내려오고 있다. 어스름이 집 안에도 조금씩 흘러들어 천장과 벽의 경계가 흐려져 간다. 그 속에서 오미쓰 혼자만이 하얀 목덜미나 손등, 손끝을 희미하게 빛내면서 박꽃처럼 두둥실 피어 있었다.

"어머나, 착한 아이가 왔구나."

오린의 기척을 알아차렸는지 그녀는 문득 돌아보며 미소를 지었다. 샤미센을 타던 손가락이 멈춘다. 음곡이 끊기자 오린은 갑자기 차가운 바람이 뺨을 어루만지는 것을 느꼈다.

"한동안 얼굴을 보지 못했네요."

오린은 그렇게 말하며 오미쓰에게서 두 자쯤 떨어진 벽 쪽에 조심스럽게 몸을 기댔다. 무섭다기보다 부끄러운 기분이었다. 오미쓰가 너무 아름다워서 긴장하고 말았던 것이다.

오미쓰는 붉은 입술을 열어 오호호 하고 웃었다.

"나는 변덕스럽거든."

차랑—하고 샤미센을 울린다.

"게다가 너는 조금도 손거울을 들여다보며 나를 불러 주지 않았잖니. 센 공이 상냥하게 대해 주니까 겐 공만 있으면 충분했던 거니?"

오린은 새빨개졌다. 스스로도 그것을 알 수 있었다.

"어머나, 귀여워라. 착한 아이의 얼굴이 새빨개졌네."

오미쓰는 즐거운 듯이 웃고는 다시 샤미센을 기울였다.

"체념하였습니다, 어찌 체념하였나, 체념할 수 없다고 체념하였지요—."

상아로 된 발목撥木을 쥔 낭창낭창한 손가락이 계절에 맞지 않는 눈처럼 희다. 오린은 홀린 듯이 오미쓰를 바라보며 멍하니 그 목소리에 귀를 기울였다.

노래를 한 구절 마치고 나자 오미쓰는 발목을 빙글 돌려 고쳐 쥐고는 머리카락을 빗듯이 가볍게, 틀어 올린 머리카락 언저리를 긁었다. 아까 부엌에서 오미쓰가 했던 것과 비슷한 동작이지만 흐르는 듯한 손가락의 움직임과 들어 올린 나긋나긋한 팔꿈치, 소매 사이로 엿보이는 팔의 고운 살결은 마치 다른 생물 같았다.
—아니야, 생물이 아니지.
오린은 멍하니 넋을 놓고 있으면서도 정정했다.
—오미쓰 씨는 귀신이니까. 이 세상 존재라고는 생각되지 않을 만큼 아름다워도 이상하지 않아.
"얘야, 착한 아이야."
오미쓰가 슬쩍 앉은 자세를 고치며 오린을 향했다.
"너, 덥수룩이의 원한을 풀어 줄 생각이라면서?"
갑자기 꿈에서 깨어난 듯한 기분이 들어서 오린은 부르르 떨고 말았다. 당장은 아무 말도 하지 못하고 멍하니 오미쓰의 얼굴을 보고 있었다. 오미쓰는 샤미센을 옆에 내려놓고는 무릎으로 가볍게 다가와 손을 뻗더니 오린의 뺨을 어루만지는 듯이 몸을 놀렸다.
"이런 곳에 뭔가 묻히고—밥알인가?"
뺨에 먹을 것이 붙어 있나 보다. 오린은 또 부끄러워져서 얼굴을 붉혔다. 그 대신 겨우 안정을 되찾았다.
"부엌에 있었거든요."
"음식을 집어먹었구나?"
오미쓰는 탓하는 기색도 없이 재미있다는 듯이 말했다.
"그렇지, 이제 배도 고플 때가 되었을 테니."
오린은 오미쓰 옆에 쪼그려 앉았다. 그녀에게서는 좋은 향기가 났다. 다카다야 뒤에 서향(瑞香)이 많이 심어져 있는 아름다운 뜰이 있는데 오린은 그곳을 매우 좋아해서 자주 지나다니며 꽃냄새를 가슴 가득 들이마시곤 했다. 그때의 일이 생각났다.

"저한테는 힘들 거라고 생각하세요?"

"우리를 성불시키는 일이?"

오미쓰가 되묻더니 상냥하게 오린을 내려다보았다.

"아니, 너라면 할 수 있을지도 모르지, 착한 아이니까."

진심으로 하는 말이 아니다, 위로할 셈이거나 놀리고 있는지도 모른다―그렇게 생각했기 때문에 오린은 말없이 고개를 숙이고 있었다.

"정말로 그렇게 생각해."

오미쓰는 오린의 마음을 읽은 듯 그렇게 말했다.

"어린아이의 마음은 이제 막 다다미를 새로 깐, 가구도 아무것도 없는 새 방 같으니까. 곧은 것은 곧게 놓을 수 있고, 창문을 열면 햇빛이 가득 들어오지. 무엇에도 가로막혀 있지 않기 때문이야."

그럴까―나도 나쁜 생각을 많이 하는데. 오린은 속으로 그렇게 생각했다.

그러자 또 오미쓰가 앞질러 말했다.

"물론 나쁜 생각도 할 테지. 하지만 어른처럼 쓸데없는 생각을 하지는 않는단다. 필요없는 일은 생각하지 않아. 그것이 어린아이의 좋은 점이야."

어렵다. 나쁜 생각과 쓸데없는 생각의 차이는 뭘까?

계단 쪽에서 발소리와 사람의 목소리가 들려왔다. 이쪽으로 다가

온다. 손님이 돌아가려는 모양이다. 오린은 얼른 일어서서 벽 쪽으로 다가갔다.

"오시즈 아가씨, 일부러 와 주셔서 고맙습니다."

계단을 다 내려왔을 때, 다이치로와 다에가 정중하게 인사를 했다. 하얀 기모노를 입은 아름다운 소녀는 목을 젖히고 턱 끝으로 인사를 받았다.

"이제 안심할 수 있을 거예요."

묘하게 새된 목소리로 소녀는 말했다.

"제가 잘 정화해 두었으니 이제 나쁜 일은 없을 거예요. 안심하고 살도록 하세요. 우선은 귀신 대회 때까지 아무 일도 일어나지 않을 테니까요."

오쓰타가 웃으면서 어느 모로 보나 아첨하는 듯한 말투로 말했다.

"깨끗이 정화해 주셨으니 이제 귀신 대회를 할 필요도 없게 된 것은 아닐까요?"

그러자 소녀는 날카롭게 눈을 치켜떴다.

"그렇게 쉽게 생각하시면 곤란해요. 오늘은 그냥 객실을 청소한 것이나 마찬가지인걸요. 진짜 나쁜 기운을 봉하기 위해서는 좀 더 꼼꼼한 준비가 필요해요."

오쓰타는 풀이 죽어 어깨를 움츠렸다.

"실례했습니다."

"얘야, 보렴."

오미쓰는 긴 검지로 일동을 가리켰다.

"모두 쓸데없는 생각을 하고 있는 어른이란다."

"오미쓰 씨……."

"저 소녀, 대체 누구일까."

"시라코야의 오시즈 씨라는 아가씨예요."

오린의 말에 오미쓰는 우아하게 고개를 갸웃거렸다.

"글쎄다, 어떨까."

손가락 끝으로 귀밑머리를 쓸어 올린다.

"황혼녘에 찾아온 무서운 원령일지도 모르지……."

12

갑작스러운 오시즈의 방문도, 그녀의 정화도 귀신 대회에 어울리는 연회 요리를 만들어 내려는 후네야 사람들의 열의에 찬물을 끼얹지는 못한 듯, 다음 날도 다이치로와 다에는 새벽이 되자마자 부엌에 틀어박혀 이것저것 작업을 시작했다. 오린이 아침 식사를 끝낼 무렵에는 오쓰타와 후타쓰메바시 다리에서 온 시마지까지 가세하여 꽤나 시끌벅적해졌다.

오늘도 맑은 오월의 견본 같은 화창한 날씨다. 후네야의 복도와 객실, 기둥과 대들보 사이를 불어 지나가는 바람도 건조하니 기분 좋고, 맨발로 밟고 다니는 마루 판자도 매끈매끈하니 기분 좋게 말라 있어서 발가락 자국조차 남지 않는다. 이렇게 상쾌하고 밝으면 고간지 절의 무서운 주지와 그가 저지른 무시무시한 짓들에 대해서 듣더라도—설령 손짓발짓을 곁들인 자세한 이야기라 해도—어떻게든 도망치지 않고 참을 수 있으리라. 게다가 어른들은 모두 바쁘기 때문에 혼자서 몰래 밖에 나가도 야단 맞지 않을 것 같다. 좋아! 오린은 결단했다. 오늘은 드디어 밖에 나가서 고간지 절 사건과 옛날에 일어난 귀신 소동에 대해 조금 알아보자.

우선은 관리인 마고베에한테 물어볼 생각이었다.

오린은 아직 관리인을 만난 적이 없다. 여든을 넘긴, 몹시 귀가 어둡지만 정정한 할아버지라고 시치베에게 들었다. 첫 번째 귀신 소동이 있은 후 관리인은 귀신에 대해서 전부 알면서도 입을 다물고 있었음이 틀림없다. 완전히 속았다며 시치베에가 따지러 갔더니 냉큼 어디론가 외출해서 집을 비우고 없었다고 한다. 도망치는 속도가 빠르다. 그 후, 사건이 좀 잠잠해지자 태연자약한 얼굴로 돌아와서 아버지를 만나더니 귀신 이야기는 구렁이 담 넘어가듯 피하고, 이상한 소동이 있었다고는 하지만 이제 와서 가게를 옮기면 돈이 말도 못하게 많이 든다, 굿이나 한번 하고 열심히 해 보라고 했다니 엄청난 너구리 영감이다.

팔십 년이나 살았으면 고간지 절 사건에 대해서도 틀림없이 알고 있으리라. 이 사람에게 물어보는 편이 가장 쉬울 것이다. 다만 문제는 정면에서 솔직하게 묻는다고 해도 이런 너구리 영감이 결코 이야기해 줄 리가 없다는 점이다. 그럴 바에는 처음부터 뭔가 암시를 풍겼을 테니까.

어떻게 말을 꺼낼지 오린 나름대로 지혜를 짜냈다. 꽤 어려운 문제였다. 다이치로나 다에도 완전히 속아서 귀신이 나오는 집을 떠맡고 말았을 정도다. 어차피 쉽지는 않을 것이다.

그래서 생각하고 또 궁리 끝에 한 생각이 서당 이야기였다.

슬프게도 오린에게는 아직 근처에 친한 친구가 없다. 이사를 온 후로 자신과 집안의 근심거리에 쫓겨 그럴 기회가 거의 없었다. 지난 한 달 반 사이에 새 친구나 지인이 많이 생겼다고 여겼지만 생각해 보면 그런 지인은 모두 귀신들이란 사실을 깨달았을 때는 스스로도 살짝 웃고 말았다.

다카다야의 숙사에 있었을 때는 나이가 비슷한 아이들이 주위에 몇 명이나 있어서 함께 놀곤 했다. 오엔이나 동글이도 늘 놀러 와 주었다. 아는 사람들에게만 둘러싸여 지냈다. 읽고 쓰기도 숙사 안에서 아이들이 모여 나이 많은 아이가 어린아이에게 가르치거나 손이 비는 어른이 가끔 선생을 해 주곤 해서 다 같이 즐겁게 배웠다.

후네야 개업이 결정되었을 때 어머니는 조금 미안한 얼굴을 하며 말했다―미안하구나, 오린. 후카가와에 가면 너는 외톨이가 되겠네. 하지만 서당에 다니면 금세 친구가 생길 거야. 어머니가 관리인 아저씨한테 물어봐서 좋은 서당을 찾아 둘게. 무사님의 저택에서 예의범절을 배운 적이 있는 훌륭한 여선생님이 계시는 서당이 좋을까?

그러나 다에는 아직 서당을 찾지 못했다. 그런 일에 신경 쓸 겨를이 없는 사태가 계속되었기 때문에 까맣게 잊고 만 것이리라. 오린도 그 일로 어머니를 탓할 마음은 들지 않았다.

이제 와서는 도리어 잘되었다. 오린의 계획은 이랬다. 관리인을 찾아가서, 서당에 다니고 싶은데 어떻게 하면 될까요, 하고 상의할 생각이다.

아무리 너구리 같은 마고베에라도 어린 오린의 서당을 찾는 일까지 구렁이 담 넘어가듯 피할 수 있을 리가 없다. 그래서는 관리인으로서 체면을 잃게 된다. 무슨 일이 있어도 이 상담에는 응하게 해야 한다.

관리인이 서당을 소개해 주겠다는 말을 꺼내면 기회를 잡아 울상을 지어 줄 셈이다. 너구리도 갑자기 아이가 울음을 터뜨리면 곤란할 테니까 말이다. 뭣하면 큰 소리로 엉엉 울어 줄 수도 있다. 그리고 어째서 우느냐고 물으면 말해 주는 것이다.

―우리 집, 후네야에는 귀신이 많이 나온다는 나쁜 소문이 나 있어서 친구가 전혀 생기지 않아요. 서당에도 가고 싶지만 가면 괴롭힘을 당하지 않을까요? 그 생각을 하면 슬퍼서.

아이답게 훌쩍훌쩍 울면서 말해 주리라. 너구리는 당황할 것이다. 거기에 쐐기를 박는다.

―제게도 귀신이 보이는데 정체를 잘 알 수가 없어요. 무서워서 밤에도 잠이 안 와요.

빽빽 울어 주자. 너구리가 더욱 곤란하도록.

―저기, 관리인 아저씨, 관리인 아저씨는 이 마을에 오래 살았지요? 부탁이니까 뭔가 알고 있다면 가르쳐 주세요. 귀신은 누구인가요? 어디에서 왔나요? 이대로라면 저는 너무 무서워서 병에 걸리고 말 거예요. 아무한테도 말하지 않을 테니 제게만 가르쳐 주세요.

어때요, 좋은 생각이지요? 하고 오린이 계획을 밝히며 상의하자 겐노스케는 눈썹을 치켜 올리며 오린의 얼굴을 보고 말했다.

―그런 것을 뭐라고 하는지 아니, 오린? 눈물 작전이라고 한단다.

여자는 누구나 태어나면서부터 눈물의 달인이라고 말을 잇던 그가 턱을 문지르며 탄식했다.

―남자의 눈으로 보면 그것도 정면에서 묻는 방식과 큰 차이가 없겠지만, 뭐, 잘될 테지. 대개의 경우 여자의 눈물이 녹이지 못하는 것은 없으니까.

그래서 오린은 기운이 넘치고 있었다. 지금까지 일부러 우는 흉내를 낸 적은 없지만, 마음만 먹으면 틀림없이 잘할 수 있을 것이다. 해내고야 말 테니까.

마고베에의 집이 어딘지는 알고 있었다. 우미베다이쿠초 남쪽 변두리로, 사방등이 달려 있고 지붕의 판자가 들쭉날쭉하게 되어 있는 집이라고 하니 금방 알 수 있을 듯하다. 오린은 기운차게 출발해, 처음으로 찬찬히 둘러보는 우미베다이쿠초의 공동 주택 모습이나 작은 가게의 물건들, 채소 가게에 먹음직스럽게 진열되어 있는 푸성귀와 가지, 통장수 작업장 앞에 놓여 있는 오린이 양손을 뻗으면 겨우 닿을 법한 직경의 커다란 통 안에서 헤엄치고 있는 갖가지 색깔의 금붕어들, 야스에다나라는 신기한 이름의 공동 주택 출입문 쪽에서 요란한 부부 싸움 소리가 들려와 길 가는 사람들이 모두 웃으며 구경하는 모습이나, 어느 집 이층에 널어 두기라도 했던 듯한 얇은 이불이 바람에 날려 소화(消火)용 물통 위에 떨어져 있는 광경 등, 마을 안의 이런저런 것에 놀라거나 웃거나 하면서 걷다 보니 목적하는 집 앞까지 와 있었다. 분명히 사방등이 달려 있는 낡은 집이다. 판자 지붕이 망가져 있는지 아닌지는 올려다보며 확인할 필요조차 없었다. 하얀 바탕에 '관리인 마고베에'라고 검은 글씨로 쓴 등롱이 처마 끝에 매달려 있었기 때문이다. 뒤쪽에는 '관리인 마고베에'가 한자로 적혀 있다. 한자가 바깥쪽으로 나와 있지 않은 모습에서 마고베에 관리인이 통솔하는 대부분의 세입자들의 생활을 엿볼 수 있다. 그러는 오린도 한자를 전부 읽을 수 있었던 것은 아니었다. 그럴 거라고 짐작했을 뿐이다.

발돋움을 해서 등롱 뒤쪽을 들여다보고 있는데 갑자기 누군가가 불렀다.

"야, 너."

약간 새된 남자아이의 목소리였다. 오린이 몸을 돌려 상대방의 얼굴을 보기도 전에 목소리가 이어졌다.

"그런 곳에서 뭘 하는 거야, 오우메."

오u메.

놀라기보다 그 이전에 무슨 소리지 알 수가 없었다. 목소리의 주인은 오린보다 머리 하나만큼 키가 크고 나무토막처럼 야윈 남자아이였다. 오른손에 자루가 기다란 빗자루를 들고 등을 곧게 편 채 버티고 서서 입 끝을 추켜올리며 심술궂게 웃고 있다. 분명히 오린 쪽으로 몸을 향하고 있음에도 불구하고 남자아이는 오린의 얼굴을 보고 있지 않았다. 오린 바로 뒤, 왼쪽 어깨 언저리를 바라보고 있다. 마치 거기에 숨어 있는 누군가를 향해 말을 거는 것처럼.

오린이 뭐라고 말하기도 전에 그는 또다시 새된 목소리로 말을 이었다.

"네가 오우메를 데려왔어?"

이번에는 오린에게 물었다. 흰자위가 많은 심술궂어 보이는 눈이 오린을 날카롭게 바라보며 값을 매긴다. 정면에서 그의 얼굴을 보고 비로소 오린은 깨달았다. 이 아이는 웃고 있는 것이 아니다. 입가에 기묘하게 당겨진 흉터 같은 것 때문에 입가가 일그러져서 웃는 얼굴처럼 보일 뿐이다.

"러 뭐야."

위협을 받고 당황한 오린은 혀가 잘 돌아가지 않았다.

"라한테 무슨 볼일이야?"

그러자 남자아이는 이번에야말로 웃었다. 낄낄 웃었다.

"너 좀 모자라는 애냐?"

오린은 뺨에 핏기가 오르는 것을 느꼈다. 저도 모르게 주먹을 꽉 쥐었다. 그러나 남자아이는 오린의 손 따윈 보지 않는다. 또 아까처럼 오린의 어깨 뒤쪽으로 시선을 보내더니 빗자루를 어깨에 짊어지며, "뭐야, 가는 거야?" 하고 떠나는 사람을 쫓듯이 말을 걸었다.

"나한테 볼일이 있었던 거 아니야, 오우메?"

갑자기 머리 꼭대기에 벼락이 떨어진 것처럼 오린은 깨달았다. 목덜미가 당길 정도로 재빨리 돌아보자 바로 저 앞에 있는 두 채짜리 채소 가게 모퉁이를 붉은 기모노 소매가 바람에 펄럭이면서 슬쩍 돌아가는 모습이 보였다. 아니, 바람에 펄럭이는 것이 아니라 바람에 녹듯이 엷어져서 사라진 것인지도 모른다.

이 녀석이 부른 오우메는 내가 아는, 메롱을 하는 오우메다.

방금 전까지 그 아이는 나를 따라 함께 이곳에 와 있었던 것이다.

그렇게 생각한 순간 다리가 풀렸다.

관리인 마고베에는 이미 아내를 먼저 보냈을 뿐만 아니라 두 아들도 앞세워 보내고 혈혈단신의 몸이었다.

혼자 사는 그의 시중은 지난 십 년 동안 지주가 그에게 맡긴 공동주택에서 사는 여자들이 매달 당번을 정해 돌아가면서 들어 주고 있다. 하지만 귀는 어두워도 몸이 튼튼하고 기력도 충실한 마고베에는 대개의 일은 직접 할 수 있었다. 따라서 시중이라고 해도 평상시에 하는 일은 식사 준비 정도였다.

집 앞에 주저앉고 만 오린을 집 안으로 옮기고 친절하게 보살펴 준 것은 당번을 맡은 여자로, 오마쓰라고 했다. 그리 큰 몸집도 아닌데 매우 힘이 세어 오린을 한 팔로 가볍게 안아 옮겼다. 물을 먹여 주고 등을 문질러 주고 다정하게 말을 걸어 주는 사이사이에 끊임없이 남자아이에게 고함을 친다. 아무래도 그가 뭔가 장난을 치는 바람에 오린이 놀라서 다리가 풀렸다고 오해한 모양이다.

겨우 말을 할 수 있게 되자 오린은 오마쓰에게 고맙다는 인사를 한 뒤에 저 남자아이는 아무 짓도 하지 않았다고 더듬더듬 설명했다. 기묘하게도 공연히 야단을 맞은 남자아이는 빗자루를 짊어지고 집 앞에 우두커니 선 채 변명이나 설명도 하지 않았을뿐더러 대답도 없이, 옆으로 흘기는 눈빛으로 물끄러미 오린과 오마쓰를 바라보고 있을 뿐이었다.

"정말로 히네가쓰가 무슨 짓을 한 게 아니니?"

오마쓰가 기세 좋게 물었다.

"어려워할 필요가 전혀 없어, 말해도 된단다. 괜찮니?"

무릎이 부들부들 떨리는 것도 눈앞이 어질어질한 것도 가라앉았기 때문에 오린은 깊이 숨을 내쉬고 대답했다.

"네, 괜찮아요. 정말로 나쁜 짓을 당한 게 아니에요."

집 앞에 있던 남자아이는 "켁" 하는 목소리를 내고는 빗자루를 반대쪽 어깨에 짊어지면서 가 버렸다. 그 야윈 등을 향해 오마쓰가 또 고함을 쳤다.

"제대로 청소해야 해! 관리인 아저씨가 없다고 일을 게을리 하면 안 된다!"

귓속까지 찌릿찌릿해지는 어마어마한 목소리였다. 오린은 지금까지 이런 목소리로 야단을 맞은 적이 한 번도 없다.

"저 아이는 이 공동 주택에 사는 아이인가요?"

오린이 묻자 오마쓰는 마치 파리라도 쫓듯이 손바닥을 팔랑팔랑 흔들면서 얼굴을 찌푸리더니 "그렇단다" 하고 말했다.

"장난꾸러기인가요?"

"그렇다면 차라리 귀엽기라도 하지. 물을 더 마시겠니?"

"아니요, 이제 충분해요. 완전히 좋아졌어요. 고맙습니다."

오마쓰는 감탄한 듯이 턱을 살짝 당기며 웃었다.

"너, 예의가 바르구나. 이름이 뭐니?"

"오린이에요."

"오린."

오마쓰는 눈을 크게 떴다.

"어머, 그럼 너는 그 요릿집 아이로구나? 아버지는 다이치로 씨고, 어머니는 다에 씨지?"

오린은 놀랐다. 이름까지 알려졌다니.

"네, 맞아요. 우리 집은 후네야예요."

오마쓰는 갑자기 안절부절못하며 눈을 움직였다. 마음속에서 무언가가 술렁거린 것이다. 그러나 곧, 어린아이에게는 그런 심경을 들키지 않았을 거라는 듯이 생긋 웃었다.

"훌륭한 요릿집이겠지. 우리 같은 가난한 사람은 주문해서 만들어 달라고 하는 요리와는 평생 인연이 없지만 말이다. 그래도 엎어지면 코 닿을 곳에 그렇게 훌륭한 가게가 있다니 조금 콧대가 높아지는구나."

오린네 가족의 이름을 당장 떠올릴 수 있을 만큼 후네야에 대해서 잘 아는 사람이 설마 귀신 소동을 모를 리가 없다. 오마쓰는 여자들이 흔히 그러듯이 아부하는 말을 하고 있다. 오마쓰 자신이 열두 살 소녀로 돌아가 오린의 입장에 있었다면 겉치레에 불과한 말임을 당장 꿰뚫어 보았을 텐데. 그런 말을 이렇게 쉽게 입 밖에 내다니. 이상하다. 어째서 어른 여자들은 옛날에 소녀였던 시절의 자신들과 똑같은 날카로운 귀와 눈을 지금의 소녀들도 갖고 있다는 사실을 알아차리지 못하는 걸까.

"그런데 오린, 너는 뭘 하러 온 거니?"

오린이 아첨하는 말에 대답하지 않았기 때문에 오마쓰는 시원시원한 말투로 돌아왔다.

"관리인 아저씨께 서당에 대해서 물어보고 싶었어요."

오린은 준비해 온 말을 늘어놓았다. 오마쓰는 '흐음'이라느니 '아아'라느니 묘하게 맥빠진 맞장구를 치면서 듣고 있었다.

"혼자서 왔니?"

"네. 아버지도 어머니도 가게 일로 바빠서요."

"야무지구나. 하지만 오늘 관리인 아저씨는 종일 나가 있을 거야. 회합이라든가, 여러 가지 볼일이 있거든. 우리 관리인 아저씨는 우리만 담당하는 게 아니니까. 우리 말고도 지주님 댁에서 여러 가지 일을 한단다."

유감이기는 하지만 내일이라도 다시 오면 된다. 오히려 이런 일로 이 아주머니와 알게 되어 다행이다. 이야기를 들을 상대는 많을수록 좋다.

그보다 아까 전의 남자아이가 신경 쓰인다. 오린은 순진한 눈으로 오마쓰를 올려다보았다.

"아줌마, 아까 그 남자아이, 이상한 이름으로 부르셨지요? 히네가쓰라고 했나?"

오마쓰는 웃었다.

"아아, 그래. 그 녀석은 가쓰지로라고 하는데, 근성이 비뚤어지고 꼬인 녀석이라 다들 히네가쓰'히네루'는 '비뚤어지다, 꼬이다'라는 뜻의 동사라고 부른단다."

"아이 아버지와 어머니가 화내지 않나요?"

"화는 무슨. 고아인걸. 어릴 때 관리인 아저씨한테 맡겨져서 계속 여기서 자란 거야."

그러니 빨리 청소를 하라며 야단을 맞아도 어쩔 수 없다는 소리일까.

"그 아이, 얼굴 여기쯤에" 하며 오마쓰는 자신의 입가를 가리켰다. "화상 흔적이 있었지? 아마 그 아이가 세 살 때였다고 했나, 큰 화재로 집이 불타서 아버지도 어머니도 형도, 아기였던 누이도 죽고 그 아이만 살아남았대. 그건 그때의 흉터란다. 다른 곳은 어떻게 깨끗하게 나왔는데 얼굴의 흉터만은 남고 말았다지."

정말 가엾고 무서운 이야기다.

"그 화재는 이 마을에서 일어났나요?"

오린은 두근거리는 마음으로 물었다.

가족을 잃은 가쓰지로를 아무 이유도 없이 마고베에가 맡았을 리는 없다. 당시에도 마고베에가 가쓰지로 가족의 관리인 입장에 있었기 때문에 남겨진 고아를 키우게 되었을 것이다. 그렇다면 가쓰지로 일가의 집은 바로 이 근처에 있었을 가능성도 있다. 아니, 좀 더 직설적으로 말하자면 가쓰지로 일가의 집은 지금의 후네야가 지어지기 전에 존재했다는 공동 주택 안에 있었던 것이 아닐까.

오린이 그런 생각을 떠올린 이유는 다름이 아니라, 가쓰지로에게 오우메의 모습이 보였기 때문이다. 그는 어쩌면 오우메를 전부터 알고 있었는지도 모른다.

오우메는 고간지 절에 있던 낡은 우물에 떨어져 죽었다. 그러나 고간지 절은 삼십 년 전의 사건으로 폐사^{廢寺}가 되었고, 낡은 우물도 없어졌다. 따라서 오우메가 죽은 것은 적어도 지금으로부터 삼십 년 정도는 지난 일이 되는 셈이다. 한편 가쓰지로는 아무리 봐도 오린과 비슷한 나이, 고작해야 열서너 살쯤이다. 그렇다면 살아 있을 때의 오우메를 알고 있을 리가 없다. 그렇기 때문에 오린이 생각하는 '그는 전부터 오우메를 알고 있었다'는 것은 어디까지나 귀신으로서의 오우메를 알고 있었다는 뜻이 된다. 그뿐만 아니라 몹시 친해 보였다.

―나한테 볼일이 있었던 거 아니야, 오우메?

마치 소꿉친구에게 말을 거는 것 같았다.

가쓰지로는 처음에 어디서 귀신인 오우메를 만났을까. 어떻게 오우메와 친구가 됐을까. 역시 땅으로 이어져 있지 않을까. 예를 들어 가쓰지로가 가족을 잃은 불길한 집은 후네야가 지어진, 귀신에게 원한을 산 땅에 있었다면. 그래서 그에게는 오우메의 모습을 볼 기회가 있었던 거라면.

하지만 오마쓰는 곧장 고개를 저었다.

"히네가쓰는 타지 사람이야. 아까도 말했지? 우리 관리인인 마고베에 씨는 다른 곳에서도 땅이나 가게를 맡고 있다고. 그 애의 집은 간다 쪽에 있었어."

과연, 그렇다면 완전히 타지 사람이다. 그런데 그 녀석에게는 오우메가 보인다―.

이제 몸은 좋아졌다. 다리에도 힘이 넘쳤다. 알 수 없는 부분은 이리저리 생각하기보다 본인을 붙잡고 물어보는 편이 빠르다. 오린은 오마쓰에게 고맙다고 인사하고는 반듯하게 일어섰다.

"나중에 다시 관리인 아저씨를 찾아뵐게요."

"관리인 아저씨는 언제쯤 돌아올지 알 수 없어."

오마쓰는 걱정스러운 얼굴로 그렇게 말했다.

"네. 서당에 대해서는 가쓰지로 씨한테 전갈을 부탁하고 돌아갈게요. 맞다, 가쓰지로 씨도 서당에 다니지요? 어딘지 물어봐야겠네요."

오마쓰는 깔깔 웃었다.

"그냥 히네가쓰라고 불러. 가쓰지로 씨라고 부르면 본인도 대답이나 할지 모르겠다. 게다가 그 녀석이 공부 같은 걸 하러 다닐 리가 없지."

마고베에의 집 앞까지 돌아가 보았지만 가쓰지로의 모습은 눈에 띄지 않았다. 길에 면해 있는 공동 주택에서부터 안쪽의 후미진 공동 주택까지 한 바퀴 돌며 찾아보니, 있었다. 우물 옆의 흙먼지가 이는 땅바닥에서 공동 주택의 어린아이들이 돌을 차며 놀고 있는 것을, 여전히 빗자루를 어깨에 짊어지고 구경하고 있는 참이었다.

"얘, 거기 너."

오마쓰는 그렇게 말했지만 대뜸 히네가쓰라고 부르는 것은 역시 꺼려진다. 그래서 중간쯤이라고 생각되는 호칭을 썼다. 하지만 히네가쓰는 모르는 척하고 있다.

"잠깐, 관리인 아저씨 댁의 너 말이야."

놀고 있는 아이들이 돌아보더니 히네가쓰의 옷자락을 잡아당기며 '형을 부르잖아' 하고 말했다. 히네가쓰는 여전히 모르는 척하는 얼굴로 아이들 중에서도 가장 작은 여자아이에게 돌은 저쪽으로 차라, 이쪽으로 날려라 하고 가르치고 있다.

"널 부르는 거야, 얘."

오린은 분통이 터져서 성큼성큼 다가갔다. 양손을 허리에 대고 너 말이야, 너, 하고 또 불렀다.

"내 이름은 너가 아니야."

히네가쓰는 여자아이 대신 돌을 차 주면서 대답했다.

"그럼 히네가쓰, 너 말이야. 나 너한테 볼일이 있어. 좀 가르쳐 줬으면 하는 게 있는데."

히네가쓰는 즐겁다는 듯이 오린을 무시하면서 말했다.

"사람한테 뭘 물을 때는 더 정중하게 해야지, 후네야의 아가씨."

오린은 깜짝 놀랐다. '아가씨'라고 불리기는 처음이다. 그런 호칭은 좀 더 돈이 많은 큰 가게의 딸에게 쓰는 것이기 때문이다.

"내 이름은 아가씨가 아니야. 오린이라고 해. 하지만 내가 후네야의 딸이라는 걸 이미 알고 있다면 잘됐어. 얘, 히네가쓰, 어떻게 오우메를—오우메에 대해서 알고 있지?"

히네가쓰는 이번에는 다른 남자아이를 가르치기 시작했다.

"사람에게 뭘 물을 때는 공짜로는 안 돼, 오린 아가씨."

오린은 본격적으로 화가 나기 시작했다.

"돈을 내라는 거야?"

히네가쓰는 그제야 오린을 돌아보더니 어깨에 짊어지고 있던 빗자루를 내려놓았다.

"나 대신 뒷간 청소를 해 주면 돼."

순간, 마음속의 울화통이 둑 하고 터져 나가는 소리를 들은 듯한 기분이었지만, 이럴 때는 일단 어른이 되어야 한다고 생각하고 오린은 다른 끈을 꺼내 울화통을 다시 묶기로 했다.

"청소를 하면 내가 듣고 싶은 것을 가르쳐 주는 거지?"

한껏 위협적인 태도로 물어보았다. 히네가쓰는 조금 놀란 듯이 눈을 깜박거렸다.

"하려고?"

"할게. 뒷간 청소 정도야, 뭐."

사실 뒷간 청소는 지금까지 한 번도 한 적이 없다. 다카다야에서도 후네야에서도 결코 오린이 할 일이 아니었다. 하지만 여기까지 왔으니 물러설 수 없다.

"흐음, 그거 좋군. 그럼 따라와."

히네가쓰는 오린을 공동 주택에서 골목길의 가장 안쪽으로 데려갔다. 가까이 가니 싫은 냄새가 나서 오린은 순간 후회하기 시작했다. 다카다야나 후네야의 뒷간은 늘 깨끗하다. 같은 뒷간이라고 해도 이곳은 하늘과 땅만큼이나 차이가 나 보인다.

히네가쓰는 즐거운 듯이 청소 순서를 설명하고 도구를 건네더니, 나는 여기서 구경을 하겠다며 실실 웃었다.

많은 사람들이 제각기 멋대로 사용하는 공동 주택의 뒷간은 무시무시하게 더럽고 냄새가 나서 눈이 핑핑 돌 지경이었다. 발판은 젖어서 썩어 가고 있고, 자칫 체중을 잘못 실으면 쑥 꺼져서 나락으로 떨어질 것 같다. 히네가쓰가 말한 대로 쓸거나 닦으면서 오린은 눈물이 나서 견딜 수가 없었다. 분한 것도 슬픈 것도 아니고 냄새 때문에 눈이 따가웠던 것이다.

땀을 뻘뻘 흘리며 청소를 마치고 밖으로 나올 무렵에는, 이삼일은 밥이 목구멍으로 넘어가지 않으리라는 생각이 들 정도로 친저리가 났다. 히네가쓰는 어디론가 사라지고 없었다. 이번에야말로 머리에 피가 잔뜩 올라서 오린은 도로 뛰어가 히네가쓰를 찾았다. 그는 아까 그 우물가에도, 관리인의 집에도, 공동 주택 어디에도 없었다. 나무문 옆에서 놀고 있던 아이들을 붙잡고 물어보니, 형이라면 수로에 붕어를 낚으러 갔다고 한다. 발끈해서 어디 있는 수로냐고 고함치자

아이는 깜짝 놀란 듯이 큰 소리로 울음을 터뜨렸다. 공동 주택 사람들이 뛰어나왔기 때문에 오린은 당황해서 도망쳐야 했다.

후네야로 돌아오니 마침 뒷문에는 오쓰타가 있었는데 우와, 오린, 냄새 나요! 하고 고함을 치며 달려왔다.

"대체 어디서 뭘 하고 있었어요?"

너무 화가 나서 말을 할 수가 없었기 때문에 오린은 설명할 수 없었다. 오쓰타의 도움을 받으며 목욕을 했지만, 그래도 분노는 가라앉지 않았다. 다음에 만나면 히네가쓰 녀석, 뒷간에 밀어 떨어뜨려 버릴 테다!

분하게도 겐노스케는 큰 소리로 웃었다.

"오린도 세간의 차가운 바람을 처음으로 쐬었던 게로구나" 하고 이상하게 감개무량한 듯 말하는 것이었다.

두 사람은 또 계단 중간에 나란히 앉아 있었다. 아직 해가 지기 전이었지만 큰 비구름이 몰려와 조금 전부터 갑자기 주위가 어두워졌다. 바람 속에 비 냄새가 섞이기 시작했다. 아아, 소나기가 오겠구나―하고 생각하고 있던 차에 겐노스케가 불렀던 것이다.

"오린 너는 공동 주택의 생활 따위 모르는데다 좋은 냄새 속에서 자랐으니 더욱 힘들었겠지. 음식 장사를 하는 가게에서는 뒷간을 아주 깨끗하게 해 두니까."

"제가 이렇게 분한 일을 당했는데 겐노스케 님은 웃으세요?"

"뭐, 그렇게 원망스러운 얼굴 하지 마라."

겐노스케가 달랬을 때, 쏴아 하는 소리가 나고 소나기가 내리기 시작했다.

"아아, 좋은 비야. 이 비로 전부 흘려보내도록 해."

"절대로 싫어요."

오린은 입을 삐죽거렸다.

"반드시 복수하고 말 거야."

겐노스케가 또 웃는다.

"마음은 이해하지만 히네가쓰 쪽이 한 수 위야. 반격을 당하는 게 고작일 게다. 그만둬, 그만둬."

"하지만―."

"이곳의 옛날 이야기를 들으려면 마고베에를 만나면 될 일이야. 다음에는 히네가쓰를 만나도 모르는 척하면 돼."

"하지만 그 녀석과 오우메에 대해서는 본인에게 묻지 않으면 알 수 없잖아요."

겐노스케는 품속에 손을 집어넣고 으음 하며 신음했다.

"전에 있던 요릿집이 망한 후, 이 건물은 오랫동안 빈집이었으니까. 히네가쓰는 장난으로 이곳에 들어왔다가 오우메를 발견한 게 아닐까?"

히네가쓰는 오우메와 몹시 친해 보이지 않았던가. 오우메는 오린에게 메롱밖에 해 준 적이 없는데 히네가쓰와는 사이가 좋아 보이지 않던가.

"그보다 오우메가 어째서 밖으로 나가는 오린의 뒤를 따라갔을까."

겐노스케는 의아하게 여겼다.

"저는 오우메도 싫어요!"

오린은 외쳤다.

"정말 싫어, 정말 싫어, 정말 싫어!"

우르릉 쾅쾅! 하는 소리가 나고 어딘가에 벼락이 떨어졌다.

13

 스스로도 한심하다고는 생각하지만 뒷간 청소로 완전히 기력이 쇠약해지고 말아서 하루하루 귀신 대회 날짜가 다가오는데도 오린은 그저 집 안에서 빈둥거리며 지냈다. 바쁘게 연회를 준비하고 차림표를 짜고 그릇을 갖추는 등 생기 있게 일하고 있는 부모님이 오린의 울적한 얼굴을 알아차리지는 못하는 기색이라 다행이었다. 날이 지남에 따라 오린은 히네가쓰에 대해서도, 그에게 속은 일도, 떠올리는 것마저 싫어졌다. 귀신들도 그런 오린의 기분을 눈치챘는지 몸을 낮추고 모습을 드러내지 않았다.

 어느덧 아사다야와 시라코야의 귀신 대회 당일이 되었다.

 맑게 개고 햇빛이 밝은 날이었다. 연회는 황혼녘부터 시작하기로 약속되어 있었지만 후네야 사람들은 이른 아침부터 준비와 재료 손질을 시작해 그야말로 바쁘게 일했다.

 오후에 장의사가 찾아와서 아사다야와 시라코야가 사용할 위층의 두 객실에 각각 경막을 쳤다. 흑백으로 하면 연출이 지나칠지 모른다고 해서 하늘색과 흰색의 경막을 쳤기 때문에 객실은 갑자기 서늘해졌다. 도코노마의 선반에는 선향을 피울 수 있도록 도구를 놓고, 꽃은 새하얀 목련을 장식했다. 여름에 목련이 필 리가 없다는 생각에 다가가서 만져 보니 흰 명주로 만든 세공품이었다. 아무래도 어디서 쓰던 것을 받아왔는지 코를 가까이 해 보자 희미하게 말향抹香 냄새가 났다.

일이 바빠지면 오린은 공연히 부엌에 발을 들여 놓을 수 없게 된다. 그래서 얼굴을 마주치는 일은 없었지만 아무래도 이번에는 시마지라는 사람이 도우러 와 있는 모양이었다. 오린은 이 사람과 제대로 이야기한 적이 없다. 딱 한 번 아버지에게 불려가 잠시 인사를 했을 뿐이고 그때도 음침한 사람이라고 느꼈기 때문에 그 자리에 오래 있지는 않았다. 하기야 귀신 대회의 요리를 만들기에는 젊고 기운이 넘치는 슈타보다 어울리는 사람일 거라고 생각했다.

'오늘 오는 손님 때문에 너도 싱숭생숭할 테지만 어정버정해서는 안 된다'라는 다짐을 듣고, 오린은 계속 자기 방에 갇혀 있었다. 오후부터는 바느질 연습을 해야 했다. 어디서 이렇게 구해 왔나 하고 놀랄 정도로 많은 양의 헌 수건을 주며 걸레를 만들라는 것이다. 별수 없이 계속 바느질을 하고 있었는데 더워서 그만 졸음이 쏟아졌다. 꾸벅꾸벅 졸면서도 가끔씩 바깥의 기척에 귀를 기울이는 걸 잊지 않았다.

해질녘보다 두 시간은 족히 이르게 우선 시라코야에서 찾아왔다. 오린은 그들이 인사를 나누는 시끌벅적한 목소리를 듣자 살며시 방을 빠져나가 계단 옆에 몸을 숨겼다.

조베에와 오슈 주인 부부는 여름답게 사*로 지은, 똑같은 무늬의 옷을 입고 있었다. 연한 회색이라고 할까, 엷은 구름색이라고 할까, 품위 있는 색깔의 값비싸 보이는 기모노였지만 부부 모두 덩치가 좋아서 기묘할 정도로 부풀어 보였다. 그들이 나란히 부채를 부치는 모습은 계절에 맞지 않는 눈사람이 있는 여름 저녁나절 모습처럼 보이기도 했다.

오린이 보고 놀란 것은 오시즈다. 전에 정화를 하러 왔을 때와 달리 오늘은 위에서 아래까지 상복처럼 온통 하얗게 입고, 게다가 머리 위에 하얀 두건까지 폭 쓰고 있다. 여자가 흔히 쓰는 오코소 두건_{네모난 천으로 만든 쓸 것}이 아니라 머리 위쪽을 뾰족하게 만든 특이한 모양인데 단 부분이 양쪽 어깨까지 늘어져 있다. 몹시 더울 것 같았다.

따라온 하녀는 두 명. 스무 살이 되지 않아 보이는 처녀로 역시 하얀 기모노를 입고 얼굴에도 하얀 분을 듬뿍 발랐다. 하녀가 주인을 모시고 외출할 때 화장을 하는 경우는 보통 있을 수 없지만, 가면처럼 분을 덕지덕지 바른 모습에는 틀림없이 뭔가 의미가 있으리라 생각되었다.

시라코야에 내놓을 요리는 흰색을 기조로 하고 있다. 그들이 하얀 복장으로 온 까닭은 그것과의 조화를 생각했기 때문일까. 그렇다면 용의주도한 일이다.

"요리는 심판을 맡으신 손님의 몫도 함께 준비하기로 되어 있었는데요."

일동을 위층 객실로 안내한 오쓰타가 계단을 내려와 다에와 소곤소곤 이야기를 하고 있다.

"그래도 일인분이 남네요. 설마 하녀들에게도 요리를 내놓을 생각은 아니겠지요? 그렇다면 이번에는 모자라고."

"남는 일인분은 조상님의 몫이래요."

다에가 진지한 얼굴로 대답했다.

"안주인의 할머님 영혼이 오시즈 씨를 늘 따라다닌대요. 오시즈 씨의 신비한 힘도 할머님의 영혼이 있기 때문에 생긴다네요. 그래서 늘 할머님 몫의 밥상까지 준비한대요."

"세상에, 그랬군요."

오쓰타가 감탄한 듯이 고개를 젓는다.

"할머님의 가호라. 그래서일까요, 전에 이곳에 오셨을 때도 오시즈 씨는 전혀 두려워하는 기색이 없었잖아요. 대단한 분이셔요."

그렇다 해도 이렇게 일찍부터 와서 무엇을 할 셈일까. 오린은 작은 손으로 무릎을 끌어안으면서 생각했다. 지난번처럼 집 안을 돌아다니려나. 만일 그렇다면 들키지 않도록 해야지.

그러다가 등 언저리가 묘하게 선뜩선뜩하다는 것을 깨달았다. 계단 옆에 웅크린 채 불쑥 고개를 돌려 뒤를 보니 눈앞에 와라이보가 오린과 완전히 똑같은 자세를 하고 앉아 있다.

"와왓!"

오린은 앞뒤를 잊고 소리쳤다. 저도 모르게 일어나 뒤로 펄쩍 뛰어 물러났다가 곧 자신의 입장을 떠올리고 몸을 바싹 엎드렸다.

다행히 부엌에서 소란스러운 소리가 나고 있었기 때문에 오린의 목소리는 아무도 알아차리지 못한 모양이다. 오린은 천천히 계단 옆으로 돌아가 와라이보와 마주 보았다.

"할아버지, 여기서 뭐 하세요?"

와라이보는 말없이 흰자위를 드러냈다.

"위협하지 마세요. 저 심장이 멈추는 줄 알았단 말이에요."

와라이보는 오물오물 입을 움직였다. 몹시 불쾌해 보이는 표정이 되었다.

"멈추지 않아."

두런거리는 목소리로 말한다.

"내가 고쳐 주었으니 그렇게 쉽게 멈추지 않는단 말이다."

오린은 감동했다. 와라이보가 말을 한 것이다. 전에 안마 치료를 해 주었을 때, 오린은 병 때문에 비몽사몽이었고 와라이보는 '여기가 이렇게'라느니 뭐라느니 조각난 천 같은 말을 내뱉었을 뿐이다. 제대로 이야기하는 것은 처음이다.

"그때는 감사했어요. 덕분에 저는 이제 완전히 건강해졌어요. 보세요, 이렇게."

오린이 소매를 살짝 펼쳐 보이자 와라이보는 또 입가를 오물거렸다. 어쩌면 웃고 있는지도 모른다.

"오늘 온 손님은 우리 가게에서 귀신 대회를 할 거래요. 알고 계셨어요?"

와라이보는 거의 다 빠져 버린 눈썹을 치켜뜨고 이마에 깊은 주름을 지으면서 계단 위쪽을 바라보았다.

"정말이에요. 할아버지 모습도 보일지 몰라요."

오시즈와 오리쿠의 영력이 진짜라면 와라이보 일행이 후네야를 떠나 성불할 수 있도록 힘을 보태 줄지도 모른다—고 오린은 빠른 말투로 덧붙였다. 그러나 와라이보는 그 말을 듣자 입을 시옷자로 꽉 다물고 오린이 흠칫 놀라 몸을 물릴 정도로 무서운 표정을 지었다.

"성불 같은 건 하고 싶지 않다."

토해 내듯 말한다.

오린은 입을 딱 벌렸다.

"할아버지…… 성불하지 않으면 계속 이곳에서 떠돌아 다녀야 해요. 계속 귀신으로 있어야 한다고요."

와라이보가 흐리멍덩한 흰자위로 오린을 노려본다.

"그게 어디가 나쁘냐?"

"하지만……."

"무엇보다 나는 떠돌고 있는 게 아니야. 여기서 치료를 하고 있는 거다. 그래서 너도 봐 주었는데, 그런 나를 쫓아내려고 하다니 너는 은혜라곤 모르는 아이로구나."

오린은 대꾸할 말이 없어서 털썩 엉덩방아를 찧었다. 분명히 와라이보의 말에는 일리가 있다. 귀신들 한 사람 한 사람에게 당신은 성불하고 싶으세요, 아니면 계속 여기에 있고 싶으세요, 하고 물어보고 다닌 것은 아니다. 그들을 성불시켜 이곳을 떠나게 하고 싶다는 것은 오린의 사정이고 바람이다.

하지만—.

"하지만 할아버지, 겐노스케 님은 제가 여러분을 성불시키는 걸 도와주겠다고 했어요. 그래서 저는…… 여러분을 성불시키는 게 좋은 일이라고만…… 그렇잖아요, 계속 귀신으로 남아 있으면 슬프잖아요."

와라이보는 흐흥 하고 코웃음을 쳤다.

"슬프긴 뭐가 슬퍼."

"……."

"그 애송이는 네 앞이라 강한 척했을 뿐이야. 본심을 말하면 그 녀석도 계속 여기에 있고 싶을 게다. 사라져서 없어지기를 바라는 녀석이 어디 있겠냐?"

"그럴 수가."

와라이보는 쪼그려 앉은 채 야윈 손가락으로 자신의 홀쭉한 뺨을 벅벅 긁었다. 자세히 보니 그런 그의 모습은 반쯤 투명해서 뒤에 있는 벽의 판자 무늬가 희미하게 보인다. 이렇게 가까이 있어도 생물의 기척 같은 것은 없고 그냥 오싹하니 으스스한 느낌이 들 뿐이다.

그럼에도 와라이보는 사라져서 없어지고 싶지는 않다고 한다. 사실은 겐노스케도 마찬가지라고 한다. 오린은 완전히 머리가 혼란스러워지고 말았다.

"뭐, 게다가," 와라이보는 말을 이었다. "저 오시즈인가 하는 처녀는 전혀 기대할 수가 없어. 자신의 아버지가 위장이 아픈 것도 모르면서 무슨 영력이야."

"시라코야의 주인이?"

"그래. 나는 그래서 나온 거다. 지금이라면 아직 치료를 하면 아슬아슬하게 시간에 댈 수 있으니까."

오린은 계단 위쪽을 올려다보았다. 마침 그때 부엌에서 큰 쟁반을 들고 시마지라는 사람이 나왔기 때문에 서둘러 머리를 집어넣었다.

시마지가 계단을 올라간다. 쟁반 위에는 다기와 칠을 한 작은 그릇이 몇 개 놓여 있다. 잘 보이지 않았지만 과일일까.

"어라" 하고 와라이보가 중얼거렸다. "저것은 누구냐?"

시마지 씨라고, 도와주러 온 숙수라고 대답하려다가 오린은 입을 벌린 채 침묵했다. 와라이보가 가리킨 사람은 계단을 올라가 버린 시마지가 아니었다. 계단 아래에, 시마지를 올려다보다시피 하며 서 있는 남자를 가리키고 있었다.

시마지보다 몸집이 크지만 눈매가 그를 닮은 얼굴의 남자가 절박한 얼굴을 하고 시마지의 등을 바라보고 있었다. 하얀 앞치마를 하고 어깨띠를 매고 있다. 숙수의 옷차림이다.

몸은 반쯤 투명했다.

"다른 곳 사람이로군."

와라이보가 말하며 흥 하고 콧김 같은 소리를 냈다. 귀신은 숨을 쉬지 않으니 본디 콧김을 거칠게 할 수 있을 리가 없지만 꽤나 능숙했다.

"저 사람도 귀신이지요?"

오린은 시마지를 닮은 남자의 모습에서 눈을 뗄 수가 없었다. 남자의 몸 맞은편에 부엌에서 풍겨 오는 김인지 하얀 연기인지가 비쳐 보인다.

"아까 그 숙수한테 붙어서 이 집에 들어왔어."

와라이보는 불쾌하다는 듯이 말했다.

"저것은 그 숙수에게 씌어 있는 것 같아."

오린은 시마지가 사라진 계단 위쪽으로 힐끗 시선을 던졌다. 아무도 내려올 기색이 없다. 오린은 큰맘 먹고 음 하며 배에 힘을 주고,

얼른 계단 밑에서 미끄러져 나가 반쯤 투명한 남자 옆으로 달려갔다.

"저기요, 저어—."

그러나 기세가 지나쳤는지 그의 몸을 통과하고 만 모양이다. 순간 반투명한 남자가 어디에 있는지 전혀 짐작이 가지 않게 되었다. 어라, 어라, 하며 주위를 이리저리 둘러보아도 오히려 혼란스러울 뿐이다.

마침 그때, 다에가 부엌에서 나왔다. 옆구리에 눈이 촘촘한 소쿠리를 안고 있다.

"오린, 그런 곳에서 뭘 하고 있니?"

어머니가 말을 거는 바람에 오린은 허둥지둥 주위를 둘러보던 것을 겨우 멈추었다. 계단 밑의 어둠 끝자락에 살짝 나와 있는 와라이보의 매끈매끈한 머리를 슬쩍 확인하고 나서, 다에를 향해 웃어 보였다.

"손님이 오면 역시 시끌벅적해서 좋네요, 어머니."

다에는 기쁜 듯했다. 매끈한 이마며 관자놀이에 땀이 맺혀 있고 뺨은 반들반들하게 빛난다. 젊은 처녀처럼 화사한 표정이다. 손님 장사에 제일 잘 듣는 약은 역시 손님이 오는 것이라고 오린은 생각했다.

"응, 그렇구나. 오늘은 다들 몹시 바쁘니까 착하게 있어 다오."

"알아요. 제가 도울 수 있는 일은 없어요?"

다에는 활짝 웃었다.

"지금은 없어요. 방에 돌아가서 바느질이나 글씨 연습이라도 하는 게 어떻겠니?"

오린이 "네에" 하고 대답을 하자 다에는 빠른 걸음으로 계단을 올라갔다. 소쿠리 안에는 새하얀 가루가 산더미처럼 들어 있었다. 아무래도 소금 같다. 시라코야의 주문이리라.

오린은 다시 한번 주위를 둘러보았지만 시마지를 닮은 남자 귀신은 역시 눈에 띄지 않았다. 별 수 없이 살금살금 와라이보 곁으로 돌아갔지만 아까와 같은 자리에서 보아도 시마지를 닮은 귀신은 더 이상 보이지 않았다.

"제가 놀라게 한 걸까요?"

와라이보는 오린의 물음에는 대답도 하지 않고 계단을 밟으며 올라가는 다에의 모습을 물끄러미 지켜보고 있었다. 너무 열심히 쳐다보아서 오린은 갑자기 불안해졌다.

"저기, 할아버지, 우리 어머니의 몸에도 어딘가 안 좋은 데가 있어요?"

와라이보는 시라코야의 조베에는 위가 나쁘다고 아까 한눈에 꿰뚫어 보지 않았던가.

"저기요, 할아버지."

집요하게 다그치자 와라이보는 실처럼 가느다란 눈을 끔벅거리며 겨우 계단에서 시선을 떼었다.

"네 어머니의 다리는 아주 튼튼하구나."

오린은 맥이 빠졌다.

"뭐예요, 그런 말이나 하고. 저는 또 어머니가 어디 안 좋은 줄 알고 걱정했잖아요."

"머리가 나쁜 계집애구나."

와라이보는 심술궂게 입을 일그러뜨리며 말했다.

"게다가 왈가닥이야. 내가 나와 있을 때는 절대로 그렇게 달려들지 말아 다오. 눈이 핑핑 돌겠구나."

"다른 곳에서 온 귀신은 어디론가 가 버렸네요. 누굴까요, 할아버지?"

와라이보는 대머리를 갸웃거리더니 "모르지" 하고 한마디 내뱉었다. "어째서 내가 그런 것을 알아야 한단 말이냐?"

"아느냐고 물은 게 아니에요. 어떻게 생각하느냐고 물었지요."

와라이보는 매우 비뚤어진 성격인가 보다. 귀찮은 할아버지다.

"어떻게고 저떻게고 생각 안 한다."

또 흥 하고 코웃음을 치며 말한다.

"숙수를 닮았으니 아마 가족이겠지. 흔히 있는 일이야."

"흔히 있다니―가족에게 귀신이 씌는 일이?"

"그렇지."

"그래서 나쁜 짓을 하거나 그러나요?"

"모르지. 어째서 씌었느냐에 따라 다를 게다."

뭐, 와라이보가 그렇다고 하니 그렇겠지. 하지만 그렇지 않아도 귀신으로 북적거리는 이 후네야에 다른 곳의 귀신을 데려오다니 시마지도 귀찮은 사람이다.

"나는 돌아가야겠다."

와라이보는 그렇게 말하더니 끙차 하듯이 허리를 폈다. 오린은 문득, 귀신이 되어도 자신의 몸의 무게는 느껴질까, 나이가 많은 귀신은 역시 다리와 허리가 아픈 것일까 하고 생각했다. 그렇다면 와라이보는 직접 자신을 치료하면 될 텐데.

"오늘은 소란스러울 거예요, 할아버지. 좀 있다가 손님이 한 조 더 올 거거든요."

오린은 와라이보의 등을 향해 말했지만 노인은 돌아보지도 않고 복도 끝 쪽까지 미끄러져 가더니 휙 사라지고 말았다. 잠시 동안 노인이 사라진 복도의 판자와 벽의 경계 부근을 바라보던 오린은 퍼뜩 떠오른 생각을 작은 목소리로 말했다.

"시라코야 주인을 치료하겠다면서 갑자기 나오거나 하지 마세요. 다들 깜짝 놀라고 말 테니까."

대답이 없다. 이것은 좀 더 일찍 말해 두었어야 하는 중요한 이야기였다.

"네? 부탁이니까 할아버지, 나올 때는 저한테 먼저 말해 주세요."

"그렇게 말하는 것을 보니 너는 시라코야와 아사다야의 무녀들의 영력인지 뭔지를 믿지 않나 보구나?"

등 뒤에서 갑자기 목소리가 들렸기 때문에 오린은 깜짝 놀라서 한 자쯤 펄쩍 뛰어올랐다.

"어머나, 그런 얼굴을 하면 눈알이 튀어나오고 말 거야. 어디, 받아 줄까?"

오미쓰였다. 계단의 아래에서 세 번째 단에 걸터앉아 웃으면서 오린의 턱 밑에 손바닥을 내밀고 있다.

"아, 오미쓰 씨."

오린은 그녀의 발치로 다가가 계단의 가장 아래 단에 앉았다. 오늘의 오미쓰는 머리를 빗에 감아 틀어 올리고 하얀 바탕에 남색의 커다란 나팔꽃 무늬를 물들인 유카타목욕을 한 뒤나 여름철에 입는 홑겹 기모노를 가볍게 몸에 걸치고 있다. 샤미센은 들고 있지 않았다. 마치 목욕을 마치고 나온 것 같은 모습으로, 몹시 아름다웠다. 다리를 옆으로 모으고 앉아 있어서 옷자락의 벌어진 틈으로 다리가 엿보인다. 오른쪽 다리는 무릎 언저리까지 훤히 보였다.

"시라코야의 오시즈 씨와 아사다야의 오리쿠 씨에게 걸리면, 우리 갈 곳 없는 귀신들은 모두 불려 나가 어째서 자신들이 아직도 이 세상을 헤매고 있는지 낱낱이 밝히게 되잖니? 그렇기 때문에 벌이는 귀신 대회잖아."

오미쓰는 재미있다는 듯이 그렇게 말했다.

"와라이보 할아버지도 나도, 설령 나오고 싶지 않더라도 모두 불려 나오게 될 거야. 너는 그렇게 생각하지 않니?"

오린은 한숨을 쉬었다.

"그렇지요. 그렇게 되어야 마땅하지요. 하지만 와라이보 할아버지는 그런 건 기대할 수 없다고 했어요."

"나도 그렇게 생각해."

오미쓰는 빗으로 감아 틀어 올린 머리카락을 손으로 살살 어루만졌다.

"생각해 보렴, 전에 오시즈가 정화인지 뭔지를 하러 왔을 때도 우리는 아무것도 느끼지 못했거든."

듣고 보니 그 말이 맞다.

"왠지 저는 머리가 빙빙 돌아서 잘 모르겠어요."

오린은 솔직하게 약한 소리를 했다.

"몰라도 뭐 어떠니. 귀신 대회든 뭐든, 어쨌거나 이곳에 손님이 와 주었으니 기뻐하면 되는 거야. 손님이 어떤 손님인지는 우리와도 너와도, 물론 네 부모님과도 어차피 상관없는 일이지."

냉정하게 구분지어 생각하면 맞는 말이긴 하다. 그보다 오미쓰의 얼굴을 보니 신경 쓰이던 일이 떠올랐다.

"저기, 오미쓰 씨."

"왜 그러니?"

"와라이보 할아버지는 성불 같은 건 하고 싶지 않다고 했어요."

오미쓰는 말없이 오린의 얼굴을 들여다보았다. 오린은 발치를 보고 있었다.

"오미쓰 씨도 그런가요? 지금 그대로 있고 싶어요? 사라져서 없어지는 것은 싫지요?"

오미쓰는 잠시 눈을 깜박이더니 상냥하게 미소를 지었다.

"너는 우리가 여기에 있으면 방해가 되니?"

오린은 말을 삼키고 말았다. 방해? 결코 그렇게 여긴 적은 없다고 생각한다. 하지만 후네야를 제대로 된 요릿집으로 꾸려 나가기 위해서 귀신 소문 따위가 있어서는 안 된다—아니, 아니, 하지만 지금 온 손님은 귀신이 있어서 온 손님이고, 그런 손님을 모아 평판을 얻으려는 것이 시치베에 할아버지의 생각이고, 그렇게 되면 귀신들은 방해가 되는 게 아니라 오히려 필요한 셈이고—.

오미쓰는 오린의 머리를 가볍게 쓰다듬었다. 손가락이나 손바닥의 감촉은 없었지만 머리를 스윽 지나가는 차가운 기운을 느꼈다.

"사실을 가르쳐 줄까? 우리는 말이지, 자신이 어째서 이런 모습으로 이곳에 있는지, 우선 그것을 모른단다."

 사람은 죽으면 어떻게 될까?

 죽으면 어디로 가게 될까?

 자신은 자신이 아니게 되는 걸까. 아니면 자신은 여전히 자신이고, 이 세상과는 전혀 다른 곳으로 가는 걸까?

 그곳에서의 생활은 현세의 생활과 비슷할까, 아니면 다를까. 오미쓰는 손가락을 꼽으며 세듯이 말했다.

 "우리도 몰라. 왜냐하면 죽은 것은 이번이 처음이니까. 겐 공이나 와라이보나 오우메도 모두 마찬가지란다. 우리는 이곳에 있는, 같은 처지인 사람들에 대해서밖에 모르니까 귀신이 되지 않는 평범한 사람들이 어디에서 어떻게 지내는지는 아예 모르지. 알 길도 없어."

 내가 공동 주택에서 사는 아이들에 대해 몰랐던 것과 비슷한 걸까—하고 오린은 생각했다.

 "성불하면 어떻게 되는지 나는 몰라. 보통은 성불하는 법이니 너도 그렇게 하라고 한다면 '그렇사옵니까, 송구합니다'라고 생각하겠지만, 어떻게 하면 성불할 수 있는지 모르겠구나. 왜 나는 성불하지 못했는지조차 모르겠어. 아주 잔인하게 죽었기 때문일까?"

 하지만, 하며 오미쓰는 갑자기 웃음을 터뜨렸다.

 "불운한 죽음, 괴로운 죽음이라면 얼마든지 있는 일이 아니니? 나도 길지는 않은 이 세상 삶 동안에 홍수로 떠내려가거나, 불이 나서 산 채로 태워지는 등 심하게 죽은 사람들을 꽤 많이 보아 왔어. 그런 사람들이 모두 귀신이 되었느냐 하면 그렇지는 않잖아?"

 오미쓰는 깔깔 웃으며 또 오린의 머리를 쓰다듬는 몸짓을 했다.

"생전에 나쁜 짓을 하면 성불할 수 없다는 것도 이상해. 나쁜 짓을 한 인간은 죽으면 지옥에 떨어져 염라대왕님께 혀를 뽑히는 거잖니. 그렇지?"

"응. 시치베에 할아버지한테 그렇게 배웠어요."

"그렇지. 그런데 어째서 우리는 이렇게 어중간한 상황이 되었을까. '사정'이 있는 죽은 사람이라면 발에 채일 정도로 많이 있는데 말이다. 어째서 우리만 다른 걸까? 아니면, 혹시 이렇게 되는 것이 '성불한다'는 것인지도 몰라, 오린. 우리는 전혀 이상하지 않을지도 모른단다."

오린의 작은 머릿속에서 또 소용돌이가 빙글빙글 돌기 시작했다. 오미쓰의 말이 옳을지도 모른다. 귀신들은 이대로도 괜찮은 것인지도 모른다. 어디로도 가지 않을지도 모른다. 지금 이렇게 있는 것이 그대로 '저세상' 생활인지도 모른다. 그렇다면 죽는 것은 조금도 무서운 일이 아니니 훨씬 안심이 될지도 모른다.

"아사다야에서 온 모양이구나."

오미쓰의 말에 오린은 시선을 들었다. 온통 시커먼 옷차림을 한 사람 넷이 문 앞에 서서 사람을 부르고 있다.

"다들 맞춰 입었네."

오미쓰가 웃음을 머금은 목소리로 말했다.

"자, 어떻게 될까."

14

연회는 해가 지고 나서 시작되었다.

그때까지는 경을 읽는 것 같은 목소리가 들리거나, 코를 톡 쏘는 냄새가 나는 향을 피우거나, 쿵쿵 하고 발을 구르는 듯한 소리가 들리거나, 시끄러운 웃음소리가 울리는 등 꽤 시끌벅적했지만 연회의 목적인 귀신과 관련된 수상한 일들은 전혀 일어나지 않았다.

주문한 대로의 요리였다. 검게 칠한 네모난 쟁반 위에 놓인 그날의 중심 요리는 흰색과 검은색. 시라코야가 하얀 콩을 조린 것이라면 아사다야는 검은 콩. 두부에 흰깨로 만든 장을 끼얹은 것. 다시마를 부드럽게 삶아서 검게 조린 잔 물고기를 둘둘 감은 것. 토란을 데쳐서 고운체에 거르고 간을 한 오징어를 속에 넣어 뭉친 것. 작은 순무를 국화 모양으로 잘라 감초^{甘酢}설탕 또는 미림, 간장, 초를 같은 비율로 섞은 삼배초에 설탕이나 미림을 더 넣어 달게 한 것에 절이고 위에 검은 깨를 뿌린 것.

국은 전에 오린이 먹고 토할 뻔했던 개구리 알 같은 우무묵을 재료로 한 맑은 장국이다. 그래도 오늘은 다시마 국물의 좋은 냄새가 풍긴다. 그릇을 나르는 오쓰타에게 부엌에서 다이치로가, 이것은 빨리 내야 한다, 먹는 시점이 중요한 요리라고 말했다.

"장국을 입에 머금는 순간에 재료가 스르륵 녹는 것이 특색이야. 그러니 이 장국에는 젓가락을 쓰지 말아 주었으면 좋겠군. 아니, 쓰지 않아도 된다고 느끼게 할 수 있다면 잘된 것인데."

구이는 결국 붕장어를 양념하지 않고 구운 것으로 결정되었다. 다만 표면적으로는 사찰 요리이기 때문에 그대로 내놓을 수는 없다. 껍질 끝부분이 아직 지글지글 익고 있는 붕장어를 하얀 살만 발라서 양념절구로 찧는다. 마와 가다랑어포 육수, 달걀 흰자를 섞어 틀에 넣고 굳힌다. 언뜻 보아서는 두부 같다. 그 위에 구즈안_{갈분을 물에 풀고 술,} _{간장 등으로 조미하여 끓인 요리에 뿌려서 먹는 음식}을 뿌리면 완성이다. 시라코야는 그렇게 하면 되지만 아사다야의 검은 요리는 어떻게 하려나 했더니, 위에 아주 얇은 김을 가볍게 뿌린다. 붕장어 두부의 열기를 받아 나긋나긋해진 김을 위에 덮는다―는 식으로 만들었다. 김의 향기가 피어오른다. 젓가락을 대면, 처음에는 하얬던 붕장어 두부에 물기를 흡수해 흐물흐물해진 김이 섞여서 먹는 사이 점점 새까매지도록 연출했다.

튀김도 붕장어를 썼다. 시라코야 것은 얇게 자른 참외 사이에 끼워서 튀긴다. 아사다야 것은 표고버섯의 머리 속에 채워서 튀긴다. 시라코야 것은 유자 껍질을 갈아 섞은 소금에 찍어 먹게 하고, 아사다야 것은 간장을 듬뿍 넣은 검은 양념장을 곁들인다.

조림은 힘들었다. 계절 채소는 저마다 보기에 아름다운 색깔을 갖고 있다. 그것을 새하얀 색이나 새카만 색으로 물들이는 것은, 요리를 만드는 사람에게는 대단히 참기 힘든 일이다. 그렇다고 흰색은 토란, 검은색은 다시마란 식으로 처음부터 재료를 나누어 버리자니 재미가 없다.

다이치로와 시마지는 이것저것 생각한 끝에 조림 재료로 일찍 열린 호박을 골랐다. 시라코야 것으로는 껍질을 전부 벗기고 소금과 설탕으로 살짝 조리고 나서 으깬 호박을 반으로 갈라서 노른자를 뺀

삶은 달걀 속에 채워 넣고 하얀 그릇에 담아 장식한 다음 위에 가다랑어포 육수를 끼얹었다. 아사다야 것으로는 호박 껍질을 벗기지 않은 채 간장으로 조리고, 똑같이 조린 표고버섯과 검은 콩과 함께 칠이 되어 있는 그릇에 담았다. 반들반들한 광채가 나도록 진하게 조리는 것이 어려웠다.

시라코야는 밥에 생강 향이 나는 닭 육수를 곁들이고 장아찌는 무. 닭 육수는 기름기가 떠서 금세 알 수 있기 때문에 몇 번이나 거르고 떠내어 한없이 투명해질 때까지 손질을 하고, 거기에 기름을 흡수하는 두부껍질을 뿌렸다. 닭 냄새를 없애기 위해 맛술을 쓰는 것이 비결이다. 아사다야는 색깔이 짙은 수타 이나카소바. 밥은 없지만 국수 국물이 두 종류. 하나는 일반적인 가다랑어포 육수고, 다른 하나는 가지를 넣어 짠맛이 강해진 된장국이다. 된장국은 특히 짙은 색깔의 된장을 쓴데다 가지의 껍질 색깔을 우러나게 해서 한층 검게 만드는 연출을 했다.

본 요리가 끝난 후에는 엽차를 내고, 곧 옥로로 차를 바꾸어 단 것을 곁들인다. 시라코야는 하얀 팥소와 찹쌀 경단에 백밀白蜜하얀 설탕을 녹여서 진하게 끓인 액체을 끼얹은 것. 아사다야는 검은 양갱과, 삶아서 으깬 팥을 함께 뭉쳐서 만든 회색 경단에 흑밀黑蜜흑설탕을 녹여서 진하게 끓인 액체을 끼얹은 것.

"손님들이 좋아하세요."

마지막으로 단 것을 다 나르고 나서 쟁반을 손에 들고 달려온 오쓰타가 다이치로에게 말했다. 뺨이 달아올라 있다.

"특히 아사다야에서 김이나 다시마만 먹게 될 거라고 깔보고 있었는데 큰 착각이었다면서요."

특히 붕장어 두부는 평판이 좋았던 모양이다. 주인 다메지로는 처음에 젓가락을 댔을 때는 "아, 이것은 흰색이 아닌가!" 하고 도깨비 머리라도 벤 듯이 의기양양해져서 소란을 피웠다가 그 말을 하고 있는 사이 그릇 속에서 김과 섞여 검어지는 붕장어에 몹시 감탄했다고 한다.

"태워서 검게 만드는 등의 성의 없는 짓을 하면 상을 뒤집어엎어 주겠다고 생각하고 있었건만 정말 대단하다—고 하셨어요."

다이치로는 이마의 땀을 수건으로 닦으면서 후련한 얼굴로 웃었다.

"설령 아무리 어려운 주문이 붙더라도 요릿집이 손님에게 탄 음식을 내놓을 리가 없는데. 아사다야의 주인도 의외로 뭘 모르는 나리로군."

요리가 전부 끝나고, 다이치로와 시마지는 각각 객실로 불려가 인사를 하게 되었다.

"사실은 사찰 요리가 아니라는 사실을 여기에서 자백해야 합니다."

시마지는 어깨끈을 풀면서 몹시 진지한 얼굴로 다이치로에게 말했다. 그는 다이치로와는 대조적으로 오쓰타의 자랑스러운 듯한 보고에도 찌푸린 눈썹을 누그러뜨리는 일이 없었다.

"붕장어나 닭을 사용했으니까요. 그래도 이해해 주신다면 우선은 성공이라고 할 수 있겠지요."

다이치로는 고개를 끄덕였다.

"그건 그렇고 준비를 하는 동안에는 귀신 대회라는 기괴한 연회라는 사실은 머리에 없었군."

"우리에게는 요리 자체가 중요하니까요."

몸단장을 마치고 부엌에서 나오는 두 사람을 오린은 계단 그늘에서 바라보고 있었다. 그리고 약간 피곤하기는 하지만 즐거워 보이는 아버지와 눈을 내리깐 시마지 뒤에 시마지와 얼굴이 닮은 남자 귀신이 스윽 떠올라 있음을 알아차렸다.

오린은 눈을 크게 뜨고 하마터면 벌떡 일어날 뻔했다. 시마지를 닮은 귀신이 아까 보았을 때보다 훨씬 험악한 얼굴을 하고 있었기 때문이다. 화가 난 것 같기도 하고 원망하는 것 같기도 한 차가운 시선이 시마지의 야윈 등에 딱 고정되어 있다.

다이치로와 시마지는 계단을 올라 객실로 향했다. 귀신은 소리도 없이 뒤를 따라간다. 오린은 잠시 안절부절못하며 망설였지만 큰맘 먹고 일어서서 그들의 뒤를 쫓았다. 다이치로와 시마지가 먼저 시라코야의 객실로 들어갔는지 열려 있는 장지문 맞은편에서 불빛이 복도로 새어 나오고 시끌벅적한 이야기 소리도 터져 나온다. 약간 혀가 꼬인 듯한 남자의 목소리가 조베에일까. 오늘의 연회에 술이 나왔나 싶어 오린은 의아하게 생각했다.

다행히 복도에는 다에도 오쓰타도 없었다. 오린은 벽에 몸을 바싹 붙이고, 들려오는 대화에 귀를 기울였다. 다이치로가 요리를 설명하고 있는 모양이다. 그렇다면 귀신은 연회 자리에는 나타나지 않은 것일까. 아니, 그보다 시마지를 닮은 귀신은 어디에 있을까? 오린은 주위를 둘러보았지만 아까 본 무서운 얼굴의 남자 유령이 지금 어디에도 보이지 않는다.

"제게는 약간 소금 맛이 강하게 느껴졌어요."

젊은 여자의 목소리가 말한다. 오시즈일 것이다.

"소금에는 마를 쫓는 힘이 있기 때문에 너무 소금 맛이 강하면 방황하는 영혼을 불러낼 때 방해가 된답니다."

다이치로의 목소리가 조심스러워하듯 낮게 대답한다.

"그러면 아가씨, 오늘은 그쪽이 잘되지 않았다는 뜻입니까?"

"그렇지요, 별로 잘되지는 않았어요."

오시즈가 시원시원하게 대답한다.

"다만…… 이곳에 마치 장기(瘴氣)처럼 고여 있는 강한 영혼이 느껴져요. 너무 강해서, 처음에는 현기증이 나서 견딜 수가 없었답니다."

"정말로 객실에 들어오자마자 이 애가 새파랗게 질리더군요."

오슈의 목소리가 뒤를 이어 말한다.

"물을 먹이고 등을 쓸어 주었더니 겨우 정신을 차렸을 정도예요."

"그러면 아가씨는 아무것도 드시지 않았다는……."

묻기 어려운 듯이 다이치로의 목소리가 또 갈라진다. 오린은 귀를 쫑긋 세웠다. 아무것도 먹지 못했다면 소금 맛이 어쩌고 할 수는 없을 테니 조금은 집어 먹었겠지.

"두건은 계속 그대로 쓰고 계셨습니까?"

시마지가 물었다. 무뚝뚝한 사람답게 모서리를 깎아 내지 않은 것처럼 거친 느낌이 드는 목소리다. 하지만 그것보다도 오린은, 지금도 객실 안에서 오시즈가 기묘한 두건을 쓰고 있다는 얘기를 듣고 놀랐다. 요리를 먹을 때는 어떻게 했을까?

"이것은 중요한 거예요."

오슈가 화난 목소리로 대꾸했다.

"영혼을 불러낼 때는 꼭 필요하지요. 무슨 불평을 하는 건가요?"

다이치로가 당황하며 수습했다.

"당치도 않으십니다, 부인. 저희가 불평을 하는 일은 없습니다. 다만 요리가 마음에 드셨는지 신경이 쓰일 뿐이지요."

"그러니까 소금이 너무 많이 들어갔다고 했잖아요?"

오슈는 더욱 고압적인 태도가 되었다.

"영혼을 부르는 일이 잘되지 않았던 것은 전부 이 상차림 때문이에요."

오린은 조금 우스워져서 목소리가 새어 나가지 않도록 입을 꼭 다물고 웃었다. 뭐야, 결국 오시즈는 실패했다는 거잖아. 아니면 전에 왔을 때 너무 깨끗하게 정화해 버리기라도 한 걸까.

와라이보는 처음부터 오시즈를 전혀 인정하지 않았다. 아버지 조베에의 병도 꿰뚫어 보지 못하면서 무슨 영력이냐고 했다. 당사자인 귀신이 하는 말이니 가장 신용할 수 있다. 실제로 오린은 꼭 물어보고 싶었다. 오린에게 보이는 이 집의 귀신들 중 한 명이라도 오시즈에게는 보였을까?

"정말 죄송하게 되었습니다."

다이치로의 목소리는 침착하다. 불쾌한 빛도 없다. 역시 아버지는 대단하구나, 상인으로서 자신을 억누를 수 있구나, 하고 오린은 생각했다. 숙수는 대체로 자부심이 높지만 자부심만으로는 장사를 할 수 없다. 손님에게 함부로 대했다가는 와 줄 손님도 오지 않게 되기 때문이다.

"조금 더 신중하게, 여러분께 의향을 묻고 차림표를 결정해야 했습니다."

"맞아요."

오슈가 단정짓는다. 잘난 척하는 아줌마다.

"다만 일전에 아가씨 혼자서 찾아와 주셨을 때는 기분도 나쁘지 않아 보이셨고, 저희에게도 다정하게 말을 건네 주셨기 때문에 완전히 안도해서—."

다이치로의 말에 오시즈가 갑자기 끼어들었다.

"일전? 제가? 여기에 왔다는 건가요?"

"예, 혼자서 오셨지요? 객실을 둘러보고, 객실을 깨끗이 해야 한다고 하시며 정화를 해 주셨습니다."

오시즈의 목소리가 뒤집어졌다.

"뭐라고요?"

"내 딸이 혼자서 이곳에 오다니, 그런 일이 있을 리 없잖아요."

오슈도 당황한 듯이 목소리가 커졌다.

"당신, 어째서 그런 말도 안 되는 이야기를 지어내는 거지요? 대체 이게 무슨 소리예요?"

"저희는—."

"닥치세요!"

쨍그랑 하는 소리가 났다. 누군가가 상을 쓰러뜨렸거나 상을 내리친 모양이다.

"알겠어요, 당신들, 아사다야에서 뭔가 들은 말이 있는 거지요? 그렇지요? 그렇게 지어낸 이야기를 늘어놓아서 오시즈의 기분을 흐트러뜨리거나, 일부러 소금 맛이 강한 요리를 내놓아 영혼 부르는 일을 방해하고 시라코야의 체면을 망치려고 한 거지요? 말하세요, 아사다야에서 대체 얼마나 쥐어 주던가요?"

터무니없는 사태가 벌어졌다. 계단 쪽에서 발소리가 들린다. 다에나 오쓰타이리라. 큰 목소리를 듣고 상황을 보러 올라오려는지도 모른다. 오린은 복도에서 허둥거렸다. 숨을 곳은 어디에도 없다. 여기서 들키면 매우 곤란하다.

그때 차가운 바람이 얼굴을 어루만지는가 싶더니 계단 난간 맞은 편에 오미쓰가 문득 모습을 나타냈다. 아무것도 없는 어둠에, 포렴을 가르듯이 어둠을 가르고 스르륵 나타난 오미쓰는 그대로 복도를 가볍게 걸어와 오린 옆으로 다가왔다. 연회 전에 만났을 때와 똑같이 머리를 빗에 감아 틀어 올린 유카타 차림이었는데, 완전히 어두워진 이 시간에 보니 조금 추워 보였다.

"꼼짝 말고 있으렴. 내가 숨겨 줄 테니까."

그렇게 말하며 오린 옆에 걸터앉더니 지키듯 등 뒤로 감싸 주었다.

"이렇게 오미쓰 씨 등에 숨으면 돼요?"

"응, 그러고 있어. 조금 춥겠지만 그건 봐 다오."

순식간에 벌어진 일이었기 때문에 오린은 반쯤 투명한 오미쓰의 몸이 정말로 오린을 숨길 수 있는지 물어볼 여유조차 없었다. 가능한 몸을 움츠리고 호리호리한 오미쓰의 몸이 만드는 그늘에 들어가서 손으로 만질 수는 없는 그녀의 등이며 어깨를 저도 모르게 붙잡을 뻔했다.

다에가 걱정스러운 듯 위층의 분위기를 살피면서 계단을 올라왔다. 그 사이에도 시라코야의 객실에서 이루어지는 대화는 점점 노기를 띠고, 오슈와 오시즈의 목소리는 점점 커졌다. 다이치로의 달래는 듯한 말도 그 목소리에 지워져서 띄엄띄엄 들릴 뿐이다.

아사다야의 객실 장지문이 열리고 오쓰타가 얼굴을 내밀었다. 급사를 하는 김에 객실에 남아 이야기를 하고 있었던 모양이다. 오쓰타의 얼굴 끝자락에는 웃음이 남아 있었지만 하녀로 오랫동안 일한 그녀로서는 손님이 화가 난 것 같다는 사실만으로도 긴장하기에는 충분하리라. 눈가가 경련하고 있다.

오쓰타 뒤로 아사다야 오리쿠의 얼굴이 보였다. 남편 마쓰사부로와 손을 맞잡고 분위기를 살피듯 목을 움츠리고 있는데 얼굴은 조금 웃고 있다. 시라코야 쪽에서 일어난 정체 모를 소동이 어쨌든 재미있다는 기색이었다.

"이런, 이런."

오미쓰가 쓴웃음을 띠었다.

"정직한 사람이구나. 웃고 있잖니."

"아사다야는 이겼다는 것을 알고 있을까요?"

오미쓰는 오린을 슬쩍 돌아보았다.

"이겼다니, 무엇에?"

"귀신 대회에. 시라코야의 오시즈 씨가 오늘은 잘되지 않았다고 인정한 셈이니까요."

오미쓰는 목을 젖히며 오호호 하고 웃었다.

"세상에, 어느 쪽이 이기고 지고 한 것도 없단다, 오린. 보렴, 저 사람들 중 누군가의 눈에 나와 오린의 모습이 보이니?"

보이지 않는다. 보일 리가 없다.

"저도 알아요. 와라이보 할아버지도 말했어요. 기대할 수 없다고. 오시즈 씨와 오리쿠 씨가 무엇을 할 수 있는지는 모르겠지만, 적어도 이 집 안에서는 저 사람들, 저보다 더 안 보이는 거지요."

"그렇지."

오미쓰는 천천히 시라코야의 객실로 다가가는 아사다야의 젊은 부부를 곁눈질로 바라보며 고개를 끄덕였다. 젊은 부부 뒤로 다메지로와 오하쓰도 따라온다. 오쓰타가 열심히 네 사람을 원래의 객실로 돌려보내기 위해 뭔가 설득하고 있었다. 시라코야의 객실에서 싸움 소리 같은 거친 대화가 오가고 있고, 오쓰타의 노력은 전혀 보답을 받지 못했다.

"뭐지, 시라코야는 무엇 때문에 이렇게 시끄러운 게야?"

다메지로가 배를 문지르면서 재미있다는 듯이 들여다보았다.

"이제부터 승부인데 멋대로 싸움을 벌이면 곤란하잖나."

"하지만."

오린은 오미쓰 옆에서 몸을 작게 웅크리며 말을 이었다.

"혼을 부르는 일이 속임수인지 아닌지 하는 것과 귀신 대회의 승패는 또 전혀 다른 이야기예요. 아버지나 어머니는 저처럼 오미쓰 씨와 이야기를 할 수 없으니까 시라코야와 아사다야의 말이나 행동에 휘둘리고 말지요. 귀신 대회의 승패도 어느 한쪽으로 정해지지 않으면 방법이 없잖아요?"

"그래, 그렇구나. 생각해 보니 귀찮은 일이네."

"좀 더 일찍 말릴 걸 그랬어요."

후회가 깊이 가슴을 찔러 오린은 자신에게 화가 났다.

"귀신 대회 따위 열게 하지 않아도 제 눈에 보이는 것을 솔직하게 털어놓을 것을 그랬어요. 그랬다면 이런 사기꾼들에게 이용당하는 일도 없었을 텐데. 잠깐 동안이나마 오시즈 씨나 오리쿠 씨의 강령이 잘되면 후네야에서 귀신들을 성불시킬 수 있을지도 모른다고 생각한 제가 바보였어요."

저도 모르게 입에서 나온 본심이었다. 오미쓰는 오린을 상냥하게 내려다보며 아무 말도 하지 않고 미소를 지었다.

"하지만 와라이보 할아버지는 성불 같은 건 하고 싶지 않대요. 겐노스케 님도 사실은 그렇게 생각하고 있을 거래요. 그렇지요, 누구든 사라져서 없어지고 싶지는 않겠지요. 오미쓰 씨도 그렇지요? 저는 바보였어요."

이 꼴을 보라. 귀신 대회도 무엇도 아니다. 연회조차 아니다. 사이가 틀어진 두 집안이 다이치로가 연구한 맛있는 요리를 헛되이 하고 그 상을 쓰러뜨려 뭉개며 서로 으르렁거리고 있을 뿐이지 않은가.

눈물을 글썽이는 오린을 오미쓰가 가만히 달랬다.

"여기서 울면 안 돼. 네 마음은 잘 알겠다. 괜찮아, 그렇게 스스로를 탓하지 않아도 된단다. 게다가 지금은 그것보다 이 소동이 어떻게 될지 걱정이구나."

아사다야 사람들도 네 명 다 복도에 나와 저마다 뭐라고 말하고 있다. 시라코야의 객실에서는 또 상이 쓰러진 모양이다. 다에가 끊임없이 사과하며 오쓰타에게 가세하지만 전혀 소용이 없다. 다메지로는 무례하게 다에를 밀어내고 시라코야의 객실로 발을 들여 놓을 기세다. 밀쳐진 다에가 벽에 부딪혀 오린은 발끈해서 뛰쳐나갈 뻔했다.

"쉿, 가만히 있어." 오미쓰가 오린을 붙들었다. "자, 보렴, 오린."

오미쓰가 가리키는 곳을 보고 오린은 앗 하고 소리를 지를 뻔하다가 허둥지둥 양손으로 입을 막았다. 그대로 꼼짝 않고 굳어지고 말았다.

계단 난간 옆에, 어느새 덥수룩이가 서 있었던 것이다. 오늘도 그날과 마찬가지로 기모노 옷깃을 흐트러뜨리고 양쪽 어깨를 늘어뜨린 채 흰자위가 드러난 위로 쭉 찢어진 눈을 반쯤 감고 있다. 뛰어온 것처럼 숨을 거칠게 헐떡이며 오른손에는 뽑아든 검을 들었다. 반쯤 풀어져 가는 허리띠가 복도에 늘어져 있지만 객실에서 새어 나오는 밝은 빛을 받고도 그림자는 어디에도 드리워져 있지 않았다.

"나왔구나."

왜일까, 애처롭다는 듯이 눈을 깜박거리며 오미쓰가 말했다.

"여자의 목소리에 끌려서 나왔는지도 모르지. 전에도 그랬으니까."

쓰쓰야의 연회 때다. 오린은 덥수룩이에게서 시선을 떼지 못하고 두근거리는 가슴을 양손으로 꼭 껴안으며 숨을 죽였다.

"쓰쓰야 때는 어르신이 베일 뻔했어요—."

"그랬지. 하지만 그때도 저 사람은 쓰쓰야의 젊은 안주인 목소리에 끌려서 나온 거야. 이번에도 마찬가지일 테지."

"오미쓰 씨, 저 무사님에 대해서 뭔가 아세요?"

"몰라. 그저 억측을 하고 있을 뿐이야. 겐 공은 뭐라고 했니?"

"저 사람에 대해서는 잘 모른다고요."

"나도 마찬가지지만, 아마 저 사람은 뭔가 여자에 관한 일로 마음에 걸리는 게 있을 거야. 이런 일이라면 내 감은 틀림이 없지."

이런 일이란 어떤 일일까 하고 오린이 내심 궁금해하니 오미쓰가 어느새 알아챈 모양이다.

"아마 애정 문제가 얽혀 있을 거야."

조금 웃으면서 말한다.

"움직이면 안 돼, 오린. 숨어 있으렴."

복도에서 어수선하게 싸우던 일동은 결국 시라코야의 객실로 몰려 들어갔다. 꺄악 하는 비명이 들렸다. 오린은 순간적으로, 비명에 자극되어 또 덥수룩이가 날뛰기 시작할까 봐 간담이 서늘해졌지만 그는 여전히 헐떡이며 어깨를 들썩이고 있을 뿐 난간 옆에서 한 발짝도 움직이지 않았다. 그러나 비명을 듣더니 두 눈이 생기를 되찾고 시선이 정확하게 앞을 보았다. 오린은 그 눈에 핏발이 서 있음을 깨달았다.

"저 사람—."

팔에 소름이 오소소 돋았다.

"술 때문에 머리가 이상해진 사람이랑 닮았어요."

"주정뱅이 말이구나. 그런 어른을 본 적이 있니, 오린?"

오미쓰가 말했다.

다카다야 시치베에의 오랜 지인 중에 술을 마시면 미친 듯이 날뛰는 남자가 한 명 있었다. 아직 오린이 세 살 정도였을 때, 다카다야에서 술을 마시다가 크게 날뛰어 오사키가 오린을 안고 벽장으로 도망쳐 들어간 소동이 있었다. 세세하게는 기억을 못하지만 그때 날뛰던 남자의 새빨간 흰자위와 집밖으로 나가도 맡을 수 있을 것 같았던 강한 체취가 기억에 남아 있다. 땀과 술냄새가 뒤섞인, 욕지기가 날 것 같은 냄새인데도 과자처럼 달콤해서 기분 나빴다.

"그만 좀 하세요!"

누군가의 날카롭고 새된 목소리가 울려퍼지고 쿵 하는 소리가 나더니 다메지로가 복도로 굴러나왔다. 다메지로의 뚱뚱한 배 위로 오하쓰가 뒤이어 쓰러진다.

"이래서 이 사람들과 같이 있기 싫었던 거야! 귀신 대회라는 시시한 이야기를 들먹이다니, 거기에 넘어간 우리가 어리석었어. 이 사람들은 오시즈를 깎아내리기 위해서라면 뭐든지 할 셈인 게지!"

"뭐라고! 다시 한번 말해 봐!"

버둥거리다시피 일어서면서 다메지로가 달려들었다. 그의 입에서 성대하게 침이 튄다. 우와, 더러워! 하고 오린은 생각하는 한편으로 시야 한구석에 있는 덥수룩이를 똑똑히 보며 그가 아직 같은 장소에서 움직이지 않고 있음을 확인했다. 마치 어른처럼 침착한 오린. 후회와 분노와 당황과 공포로 등에 식은땀을 흘리며 할 수만 있다면 오미쓰를 껴안고 싶다고 생각하는 오린.

덜컹덜컹! 우당탕탕! 그릇 깨지는 소리. "그만두십시오!"라는 다이치로의 목소리. 이어서 시마지가 내던져진 것처럼 복도로 쓰러져 나와 양손을 바닥에 짚었다.

"너희 같은 천한 숙수 따위가 뭘 안다고!"

시라코야의 조베에가 고함친다.

"오시즈를 건드리지 마라! 잘난 척하지 마! 우리는 돌아가겠다! 이제 이런 불쾌한 곳에는 두 번 다시 오지 않겠어!"

"승부는 나지 않았어!"

다메지로가 일어서서 장지문에 손을 짚고 몸을 받치면서 마주 고함쳤다.

"댁의 오시즈 씨와 달리 우리 오리쿠는 진짜야. 승부를 해 보면 알 수 있겠지. 세상 사람들에게도 알려 줄 수 있을 게야. 그래서 귀신 대회라는 기묘하고 이상야릇한 것을 할 마음이 든 거다. 속임수가 들킬 것 같아 불리하다고 해서 냉큼 도망치려 하다니, 그렇게 당신들 뜻대로 할 수야 없지. 당신들은 엄청난 사기꾼이야! 에도 전체에 소문을 내 주고 말 테다! 그렇게 되면 당신들은 좋은 웃음거리가 될 게야. 꼴좋게 됐군!"

"저는 사기꾼이 아니에요!"

오시즈가 울부짖는다. 그 목소리에 덥수룩이가 흠칫 반응하며 입을 딱 벌렸다. 오린은 긴장했다. 당장이라도 검을 쥔 덥수룩이의 손이 올라갈 기세다―그리고 그는 거실로 뛰어들어 가 검을 휘두르고―.

시마지가 조용히 일어섰다. 그 얼굴은 잘못 만든 가면처럼 밋밋하고 표정이 거의 없었다. 안색은 솜처럼 하얗고 멍하니 뜬 두 눈은 옹이구멍처럼 캄캄해서 거기에는 어떤 빛도 비치지 않았다.

오린은 오싹했다. 오미쓰가 갑자기 목덜미를 굳히며 눈을 가늘게 떴다.

시마지 바로 뒤에 또 그 남자 귀신이 서 있었다. 시마지의 등과 그의 배가 바싹 붙을 정도로 가까운 곳이다. 점점 다가간다—다가간다—다가가고 다가가서—마침내는 귀신의 반쯤 투명한 몸이 완전히 시마지 위로 겹쳐지고 말았다.

시마지의 입이 열렸다.

"여기서 나가."

그가 말했다. 떨리고 갈라져서, 땅 속에서 울려오는 듯한 목소리였다.

"여기서 나가. 다 나가. 나가지 않으면 죽여 버리겠다."

일동은 어안이 벙벙해져서 아무 말도 하지 못했다. 시마지는 상반신을 흔들흔들 흔들면서 입가에서 침을 한 줄기 흘렸다.

"오오, 오오."

덥수룩이가 소리를 지른다. 재빨리 그쪽을 돌아본 오린은 덥수룩이의 충혈된 두 눈에서 눈물이 왈칵 넘쳐 나는 것을 보았다.

"그게 무슨 말버릇인가—."

시라코야의 조베에가 시마지를 노려보며 증오에 찬 어조로 내뱉었다.

"손님한테 무례한 데에도 정도가 있지. 이 미친 놈!"

주먹을 쥔 팔을 휘둘러 올리며 뛸 듯이 시마지에게 덤벼든다. 강한 바람 속에 서 있는 허수아비처럼 흔들흔들 몸을 흔들던 시마지가 한 방에 나가떨어지지 않을까 하는 우려와 달리 고양이처럼 재빠르게 몸을 피해 조베에의 등 뒤로 돌아갔다.

"조베에 씨, 위험해요!"

누군가의 외침이 허공에서 사라지기도 전에 시마지에게 발이 걸린 조베에는 벌렁 자빠져 바닥에 쓰러졌다. 그 등에 시마지가 올라타고 목에 양팔을 걸어 힘껏 조인다. 순간 짧게 끅 하는 소리를 지른 조베에는 이후 목소리도 내지 못하고 숨도 쉬지 못한 채 팔다리를 버둥거리며 몸부림칠 뿐이다. 순식간에 얼굴이 새빨개져 간다.
"아버님!"
오시즈가 새된 비명을 지르며 뛰어나왔다. 너무나 무서워서 우두커니 서 있던 일동은 그녀의 목소리에 찬물이 끼얹어진 것처럼 제정신으로 돌아와 일제히 시마지 쪽으로 몰려갔다.
때 아닌 아비규환의 난리법석을 오린은 입을 딱 벌린 채 바라보았다. 오미쓰도 아무 말 없이 눈을 가늘게 뜨고 가만히 이 모습을 응시하고 있었다.
고함치거나 때리거나 소리를 지르거나 할퀴거나 하고 있는 사람들 바로 옆에서 덥수룩이가 우두커니 서서 계속 울고 있다. 그의 눈에서 흘러나오는 눈물을 이으면 오린의 손목에 딱 알맞을 정도의 염주를 만들 수 있을 것이다. 그만큼 굵고 반짝반짝 빛나는 예쁜 눈물이었다.
오린은 눈앞의 소동과 우두커니 선 채 어린애처럼 울고 있는 덩치 큰 덥수룩이의 모습을 번갈아 바라보았다. 꿈이라도 꾸는 기분이다. 이런 일이 자신의 집 안에서 일어나고 있다니 도저히 믿을 수가 없다. 이 얼마나 이상한 광경이란 말인가.
"이 손 놓지 못해? 조베에 씨를 죽일 셈이냐!"
아사다야의 다메지로가 침을 튀기고 고함을 치면서 시마지의 팔을 조베에의 목에서 뜯어냈다. 조베에는 목에서 새액새액 소리를 내고 기침을 하면서 바닥을 기어 도망쳤다.

"어머나, 세상에."

오미쓰가 놀란 듯이 소리를 질렀다.

"보렴, 오린!"

다메지로와 다이치로가 뒤에서 꽉 붙들고 있던 시마지는 갑자기 풀이 죽어 얌전해졌다. 이내 무릎을 털썩 꺾으며 머리를 떨어뜨렸다. 마치 꼭두각시 인형의 실이 끊어진 것 같다. 그때 오린은 보았다. 시마지와 얼굴이 닮은 남자 귀신이 그의 몸에서 스윽 떨어져 나가는 광경을.

"잠깐, 당신."

오미쓰가 가볍게 일어서면서 남자 귀신에게 말을 걸었다. 발목撥木으로 핑 하고 튕기듯 날카로운 물음이었다.

"남의 집을 흙발로 어지럽히는 짓은 멋이 없는데. 당신은 어디에서 온 누구지?"

어른들은 조베에를 보살피거나 정신을 잃고 쓰러진 시마지를 객실로 옮기는 등, 여전히 경황이 없다. 오린은 오미쓰 뒤에서 벽에 손을 짚어 몸을 지탱하고 일어서면서—무릎이 덜덜 떨린다—손에 땀을 쥐고 식은땀을 흘리고 있었다.

남자 귀신과 대치하는 오미쓰는 여느 때와 달리 엄격하고 무서운 얼굴을 하고 있었다. 손톱은 뾰족해지고 입은 갑자기 독을 품었다. 턱을 당기고 다리에 힘을 주며, 빈틈이 있으면 덤벼들려는 듯이 몸 안쪽에 힘을 가득 채우고 있다.

오미쓰와 마주한 남자 귀신은 갈고리로 끌어올린 것처럼 입 오른쪽 끝을 치켜 올리며 웃는 듯한 얼굴을 하고 있었다. 그 눈에 떠오른 번들거리는 빛은 수면에 뜬 기름이 빛을 받아 반짝이는 모습을 연상시켰다.

"여자 주제에 참으로 위세가 좋은 말을 하는군, 누님."

남자 귀신은 그렇게 말하며 축 늘어뜨린 양팔을 앞뒤로 흔들었다. 그러고는 천천히 한 발짝 이쪽으로 다가왔다.

"내가 어디에서 온 누구든 누님과는 아무 상관도 없을 텐데."

오미쓰는 미동도 하지 않고 겁먹은 기색도 보이지 않았다. 눈썹 사이에 깊은 주름을 지으며 고개를 약간 기울이고 있기는 하지만 등은 곧게 펴고 있다.

"상관이 있어. 여기는 내 영역이니까. 한마디 인사도 없이 이곳에서 날뛰면 내 체면이 말이 아니지."

이번에야말로 확실히 시마지를 닮은 남자 귀신이 웃었다. 오린은 벌벌 떨었다. 입에서 엿보인 이 하나하나가 몹시 길고 뾰족했기 때문이다.

"그거 미안하게 됐군. 하지만 누님, 나도 할 말이 있어. 저것은—."

귀신은 기절한 시마지가 실려 들어간 객실 쪽으로 턱짓을 했다. 어느새 복도에는 아무도 없었다. 어른들은 모두 일단 객실로 돌아간 모양이다.

"저것은 내 동생이거든. 들어 봐, 누님. 십 년쯤 전에 나는 저 녀석에게 살해되었어."

그 말에 놀라고 있을 새가 없었다. 우오오 하고 짐승이 울부짖는 듯한 목소리가 울리기 시작했다. 쳐다보니 덥수룩이가 양손으로 얼굴을 덮고 그 자리에 쪼그려 앉아 으르렁거리고 있었다. 다만 그는 혼자가 아니었다. 바로 옆에 겐노스케가 나타나 있었다. 어떻게든 여기서 움직이게 해야 하는데 혼자서는 옮기려야 옮길 수 없는 커다란 짐 앞에서 꼼짝도 못 하는 것처럼 팔짱을 끼고, 양쪽 눈썹을 축 늘어뜨릴 수 있는 만큼 늘어뜨린 채 덥수룩이를 내려다보고 있다. 그래도 그의 모습을 알아차린 오린을 향해 살짝 웃으며 고개를 끄덕여 주었다. 뭐, 어쨌거나 지금은 일이 어떻게 전개되는지 구경해 보렴, 이라는 얼굴이었다. 혼란이 극에 달해 있던 오린은 겐노스케 덕분에 큰 위로를 받고 안도의 숨을 쉴 수 있었다.

"저 사람은 시마지 씨라고 하는데 이곳의 요리를 만드는 주방 사람이야."

오미쓰는 확인하듯 천천히 남자 귀신에게 물었다.

"정말 당신 동생이 맞겠지?"

"틀림없어. 내 형제야."

"당신의 이름은 뭐지?"

"나는 긴지야. 누님, 잘 부탁해."

오미쓰는 마주 인사하지 않았다. 눈썹도 눈매도 한일자로 한 채 물었다.

"당신은 시마지 씨에게 원한을 품고 씌어 있는 건가?"

"그야 그렇지. 원망할 만한 이유는 얼마든지 있어. 가게를 빼앗기고 아내와 자식들을 빼앗겼으니까. 목숨도 빼앗겼지."

"당신이 씌어 있다는 사실을 시마지 씨는 알고 있어?"

"알고 있지. 내가 머리맡에 엄청 서 있었거든."

"당신은 시마지 씨를 어떻게 할 셈이지? 오늘처럼 사람들 앞에서 이상한 행동을 하게 해 봤자 당신에게 득이 될 것 같지도 않은데."

"나는 시마지의 몸을 빼앗고 싶어."

긴지의 귀신은 선뜻 대답하고 또다시 길고 뾰족한 이를 드러내며 씩 웃었다.

"저 녀석의 혼을 몸에서 쫓아내고 내가 들어가서 저 녀석의 몸으로 남은 인생을 살고 싶단 말이지. 아내와 아이들 곁으로 돌아가고 싶어."

흥분한 말투였다. 오미쓰는 잠시 눈을 깜박이며 미세한 것을 다시 재듯이 긴지의 귀신을 바라보았다.

잠시 침묵이 흘렀을 때 객실이 또 사람들의 목소리로 소란스러워졌다. 긴지의 귀신은 그쪽으로 힐끗 시선을 던지더니,

"시마지가 깨어난 모양이야" 하고 서둘러 말했다.

"누님, 당신한테는 영역이 어지럽혀지는 것 같아서 불쾌하겠지만 지금은 좀 참아 주면 안 될까? 나는 오랜 세월에 걸쳐서 시마지의 혼을 야위게 만들어 왔어. 이제 조금만 더 하면 저 녀석의 혼을 콧구멍으로 긁어내서 패대기쳐 버릴 수 있지. 그러면 더 이상 폐를 끼치지 않고, 바란다면 누님을 위해 뭔가 공양이 될 일을 해 줄 수도 있는데."

그는 빠른 말투로 그렇게만 말하고 흐르듯이 몸을 돌려 오린과 오미쓰의 눈앞에서 바람에 휩쓸린 엷은 안개처럼 스윽 사라졌다.

"이거, 일이 곤란해졌구나."

오미쓰가 중얼거리며 양손을 허리에 댔다. 오린은 천천히 앞으로 나가서 겐노스케 쪽으로 다가가려고 했다. 덥수룩이는 이제 신음하지도 눈물을 흘리지도 않았지만 쪼그려 앉아서 양손 안에 얼굴을 묻은 채 몸을 앞뒤로 흔들고 있었다.

객실에서 우르르 사람들이 나왔다. 딱딱한 턱을 분노로 붉게 물들인 아사다야의 다메지로가 선두에 서고 오하쓰와 오리쿠, 마쓰사부로가 뒤를 따르며 술래잡기라도 하는 것처럼 서둘러 나갔다. 조금 뒤늦게 심판을 맡았던 사람들이 비틀거리며 나오고 그 뒤를 쫓듯이 새파란 얼굴을 하고 눈 밑에 그늘이 진 시라코야의 조베에가 나왔다. 아직 약간 비틀거리며 발걸음이 불안정하다. 오슈가 팔을 둘러 그의 몸을 부축하고 있다. 그 두 사람에게 숨듯이 젊은 처녀가 뒤따른다. 여기에서는 처음 보는 얼굴이다―그렇다면 오시즈이리라. 소동중에 새하얀 두건이 벗겨진 모양이다. 화려하게 틀어 올린 머리카락이 눈에 띄었다. 그 뒤로 함께 온 하녀들이 비틀비틀 뒤따른다.

그리고 그때 오린은 잠깐 눈을 깜박였다. 어? 오시즈?

"조베에 씨, 조베에 씨, 여러분께는 참으로 뭐라고 사과를 드려야 할지―."

다이치로가 뭔가 우물우물 말하면서 매달렸지만 시라코야의 누구도 귀 기울이지 않았다. 그들은 오린의 눈앞을 가로질러 도망치다시피 계단을 내려갔다.

"아버지."

오린은 자신의 존재도 알아차리지 못하고 계속 사과하면서 시라코야 일동을 쫓아가는 다이치로의 소매를 잡아끌었다.

"저기, 아버지, 저 사람은 오시즈 아가씨? 전에 왔던 오시즈 아가씨와는 다른 사람이에요."

다이치로는 애초에 오린의 목소리 따윈 듣지 않는 것 같았다. 하지만 소매에 매달려 몇 번이고 같은 말을 하자 겨우 그의 눈이 맑아지고 걸음이 멈추었다.

"뭐라고?"

오린은 참을성 있게 같은 말을 되풀이했다. 시라코야 일가는 아래층으로 내려가 신을 신고 있다. 그들에게 다가가 오시즈의 옆얼굴을 가까이서 확인한 다이치로는 입을 딱 벌렸다.

"정말이구나―."

"이번에는 뭐라는 겐가."

귀찮다는 기색으로 다이치로를 돌아보며 조베에가 말했다.

"이제 지긋지긋해. 저리 가게! 못 가겠나!"

난폭하게 떠밀린 다이치로가 비틀거렸다. 조베에의 굵은 목 주위에 또렷하게 검푸른 손자국이 나 있다. 오린은 오싹했다. 시마지의 손자국이다. 아니, 긴지라는 귀신의 손자국이라고 해야 할까.

오시즈는 한 번도 돌아보지 않았고, 시라코야 일가는 도망치듯 후네야를 떠났다. 결국 손님들은 하나도 남지 않게 되고 말았다.

다이치로는 현관 앞에 우두커니 서서 대체 어떻게 된 일일까 하고 울먹울먹한 목소리로 중얼거렸다. 오린은 아버지의 우는 얼굴을 보기가 무서워서 도움을 청하는 기분으로 계단 위를 올려다보았다.

오미쓰도 겐노스케도 덥수룩이도 모습을 감추고 없었다. 차가운 바람이 스윽 불어 내려와 오린의 머리카락을 어루만졌을 뿐이다.

15

그날 밤도 충분히 깊어지자 오린은 몰래 위층 객실로 올라갔다.

부지런한 후네야 사람들은 귀신 대회의 연회가 이렇게나 참담한 결과로 끝났는데도 뒤처리를 내일로 미루지 않았다. 그래서 객실은 깨끗하게 뒷정리가 끝나고 불도 꺼져 있었다. 저녁 연회의 흔적은 어디에도 없다. 상이 뒤집히고 그릇이 쓰러진 탓인지 방바닥에서 육수 냄새가 아주 희미하게 나는 듯도 했지만 객실로 들어가자 곧 느껴지지 않게 되었다.

후네야 안은 쥐 죽은 듯 조용하지만 잠들어 있는 것은 아니다. 어른들은 부엌에 있다. 다이치로도 다에도 넋이 나간 모습이다. 다부진 오쓰타도 보기 드물게 눈물을 글썽이고 있다. 시마지는 혼절한 채 계속 눈을 뜨지 않아 결국 의원을 불러 진찰을 받았다. 하야시야에도 사람을 보내 알리자, 조카라는 사람을 선두로 몇 명의 젊은이들이 와서 계속 잠들어 있는 시마지를 덧문짝에 싣고 방금 돌아간 참이다.

수로에 면해 있는 창의 덧문을 아주 살짝 여니 달빛이 가늘게 비쳐 들었다. 복도에 면해 있는 장지문을 닫자 객실 안에는 어둠과 오린과 손바닥만 한 폭의 달빛만이 남았다.

오린은 후우 하고 깊은 한숨을 쉬었다. 몹시 지쳐 있었지만 눈은 말똥말똥하고, 마음은 가라앉았지만 기분은 조급했다.

"누군가와 이야기할 수 있다면 좋을 텐데" 하고 어둠을 향해 말해 보았다.

"누구 없어요? 아까처럼 누군가 나와 주지 않을래요? 오늘은 큰 소동이 있었고, 모르는 귀신이 나와서 우리 모두 깜짝 놀랐잖아요? 이야기하고 싶지 않으세요? 저는 이야기하고 싶은 게 많이 있어요."

대답이 없다. 역시 계단 쪽으로 가 볼까. 늘 그렇듯이 계단 중간에 걸터앉아 있으면 젠노스케가 와 줄지도 모른다—는 생각이 들어 오린이 창가에서 떠나려고 했을 때, 시야 구석에서 뭔가가 하얗게 빛났다. 객실 반대쪽 끝이다.

거기에 덥수룩이가 앉아 있었다. 쪼그리고 앉아 양팔로 몸을 껴안고 있다. 빛난 것은 그의 뺨이었다.

또 울고 있는 것이다.

오린은 이제 그가 별로 무섭지 않았다. 생각해 보면 처음 마주쳤을 때도, 이 사람은 분명히 검을 휘둘렀지만 오린을 베지는 않았다.

한 발짝 한 발짝 다다미에 발바닥을 스치다시피 하며 나아간 오린은 덥수룩이 바로 옆에 그와 똑같이 쪼그려 앉았다.

"정말 고마워요, 나와 주어서." 한껏 상냥하게 말했다. "무사님과 이야기하고 싶었어요."

덥수룩이는 흠칫했다. 굶주리고 고독하고 돌을 맞거나 욕설만 듣는 들개 같았다.

"무사님, 어째서 그렇게 슬퍼하세요?"

오린은 그렇게 물었다. 너무 소박해서 대답하기 어려울 정도로 솔직한 물음이었다. 그런 복잡한 일이 있은 후에는 에둘러서 비비 꼬아 대화하면 지레 지칠 것 같다고 생각한 것이다.

"무사님은 말을 잘 못하시나요? 그럼 제가 무사님의 슬픔을 덜어드리기 위해서는 어떻게 해야 하지요? 누군가 다른 귀신에게 와 달라고 하면 될까요?"

덥수룩이의 젖은 눈동자가 머뭇머뭇 오린에게로 향한다. 아무렇게나 자란 수염에 감싸인 그의 아래턱도, 어깨도 양손도 가늘게 떨리고 있다. 오린은 몹시 가슴이 아팠다. 어둠 속에서는 그의 몸이 투명하게 비쳐 보이지 않는다. 꼭 피와 살을 가진 살아 있는 사람처럼 느껴져서 안고 위로해 주고 싶은 마음에 저도 모르게 양팔을 뻗었다. 그 팔이 허공을 갈랐기 때문에 겨우 제정신으로 돌아왔다.

덥수룩이의 입이 바들바들 떨리고 말이 새어 나왔다.

"나, 나아는."

"응." 오린은 격려하듯이 고개를 끄덕였다. "응, 뭔데요?"

"나아, 는, 사람, 을, 베었어."

나는 사람을 베었어.

오린은 눈을 크게 뜨고 말없이 고개를 끄덕여 다음 말을 재촉했다. 덥수룩이는 처연한 눈빛으로 오린을 바라보며 또 입가를 떨었다.

"많, 이, 베었어."

"많은 사람을 베었군요?"

안정감이 안 좋은 인형의 머리가 기울어지듯 덥수룩이는 어색하게 고개를 끄덕였다.

"어째서 그런 짓을 했나요?"

오린은 묻고 나서 잠시 생각하다가 큰맘 먹고 말을 이었다.

"혹시 옛날에 여기에 있었던 고간지 절의 스님이 한 짓과 뭔가 관련이 있나요?"

덥수룩이의 눈이, 눈가의 피부가 찌리릿 소리를 내며 찢어지는 게 아닐까 싶을 정도로 크게 뜨였다. 그가 몸을 휙 뒤로 젖혔기 때문에 오린은 덥수룩이가 도망치려는 줄 알고 흠칫 놀랐다. 하지만 그렇지는 않았다. 덥수룩이는 다리에 힘이 풀린 기색으로 주저앉았을 뿐이다.

"나도 참." 오린은 안심해서 얼굴에 웃음을 지었다. 갑자기 침착해졌다. "아직 이름도 말하지 않았네요. 저는 오린이라고 해요. 무사님의 이름은 뭔가요?"

덥수룩이는 오른손으로 끊임없이 얼굴을 문지르면서 겁먹은 눈초리로 오린을 바라보고 있었지만, 그 물음에는 고개를 저었다.

"이름을 가르쳐 주기는 곤란한가요?"

덥수룩이는 힘껏 고개를 저으며 말했다.

"엄다."

이름은 없다는 뜻인가 보다.

"이름이 없어요? 누구에게나 이름은 있는 법인데."

"엄다." 덥수룩이는 단호한 눈빛으로 다시 한번 대답했다. "살, 인자, 리까, 엄다."

이름은 중요한 단서지만 억지로 강요해 봐야 별 수 없다. 게다가 오린은 왠지 덥수룩이와 부쩍 친해진 기분이 들었다. 지금까지 닫혀 있던 문이 열리고 덥수룩이가 거기에서 나와 점점 이쪽으로 다가온 느낌이다. 이상했다. 그에게 뭔가 오린에게—후네야 사람에게—도움을 청하고 싶을 만한 일이 일어난 것일까? 혹시 불미스럽게 끝난 귀신 대회와 뭔가 관련이 있는 것일까? 그 소동이 일어나는 내내 덥수룩이는 어째서 이전처럼 날뛸 기미도 보이지 않고 그저 엉엉 울고 있었을까?

"무사님은 옛날부터 아주 오랫동안 여기에 있었나요?"

오린의 물음에 덥수룩이는 어린애처럼 고개를 끄덕였다. 문득 동글이를 떠올리게 하는 몸짓에 오린은 누나가 된 것 같은 기분이 들었다.

"여기에 있는 거, 괴로우세요? 어딘가 다른 곳으로 가고 싶으세요? 아니면 계속 여기에 있고 싶으세요?"

덥수룩이가 턱을 들고 얼굴을 움직여, 처음으로 오린을 뚫어져라 관찰했다. 무섭지는 않았지만 쑥스러운 기분이 들었다. 무엇을 보고 있을까. 내 안에서 뭔가를 찾고 있는 표정이다.

"사람을, 죽이면, 좋은 곳에는, 갈 수 엄다." 덥수룩이는 중얼거렸다. "아가, 는, 그런 짓, 하지 아나도, 대."

"응, 고마워요."

덥수룩이는 깜짝 놀란 듯이 몸을 뒤로 물리며 오린을 보았다. 오린은 생긋 웃었다.

"무사님은 다정하시네요."

아래층 어디에선가 발소리가 났다. 오린은 몸을 움츠리고 그 발소리가 위층으로 올라오는지 안 올라오는지 귀를 기울였다. 아무래도 괜찮은 모양이다. 발소리는 복도를 따라 가 버렸다.

"저기, 무사님."

오린은 다시 덥수룩이를 돌아보았다.

"오늘은 어째서 그렇게 울고 있었어요? 오늘 여기에 있던 사람이 무사님이 울고 싶어질 만한 일을 했나요? 뭔가 생각나게 하는 일을 했나요?"

덥수룩이는 다시 고개를 숙이고 부들부들 떨었다. 오린도 그 옆에서 작게 몸을 움츠렸다.

이렇게 가까이서 보니 덥수룩이의 몸도 겐노스케와 마찬가지로 조금 비쳐 보였다. 손을 뻗어도 만질 수는 없으리라. 어딘가 써늘한 느낌이 드는 것도 다른 귀신들과 마찬가지다.

겐노스케나 오미쓰나 와라이보와 마찬가지로 덥수룩이 역시 이제 조금도 무섭지 않았다.

"그는, 나쁜 노미다."

덥수룩이는 무릎을 껴안고 웅크린 채 낮게 중얼거렸다.

"그라니, 누구요?"

덥수룩이는 말없이 눈을 여러 번 깜박였다. 눈물이 또 뚝 하고 떨어졌다.

"그…… 긴지인가 하는 귀신 말인가요? 시마지 씨의 형인데, 시마지 씨한테 살해되었다던."

덥수룩이는 대답하지 않았다. 오린은 한동안 혼자서 떠들어 보자고 결심했다.

"시마지 씨는요, 저는 어떤 사람인지 잘 몰라요. 아버지랑 같이 후네야를 위해서 일해 주는 아저씨니까 분명히 좋은 사람일 거라고 생각할 뿐, 이야기를 한 적도 없고요. 다만 아버지는 시마지 씨를 굉장히 마음에 들어 하고 의지하는 것 같아요. 귀신 대회에 맞는 어려운 요리를 생각하기 위해서 시마지 씨와 자주 상의하면서 의견을 묻곤 했어요. 우리 아버지는 참 다정해요. 하지만 아버지도 열심히 일하면서 살아온 사람이라서 게으른 사람을 싫어해요. 시치베에 할아버지도 말하곤 했어요—아, 시치베에 할아버지는 우리 아버지를 숙수로 키워 준 할아버지인데, 우리 친할아버지는 아니지만 친할아버지나 마찬가지예요. 아시겠어요?"

눈을 동그랗게 뜨고 덥수룩이를 보자 그는 여전히 눈물이 고인 눈을 깜박거리고 있었지만 틀림없이 오린을 보고 있었다. 오린은 생긋 웃으며 말을 이었다.

"게으름뱅이를 싫어하는 우리 아버지가 시마지 씨와 사이가 좋은 것을 보면, 시마지 씨는 틀림없이 부지런한 사람일 거예요. 그리고 시치베에 할아버지가 알려주었는데, 어른은 아무리 몸을 망쳐도, 도박을 하거나 나쁜 곳에서 놀거나 도둑질 따위를 해도, 일만 한다면 정말로 나쁜 데까지 떨어지지는 않는 법이래요. 반대로 말하면 정말로 나쁜 길로 빠지는 사람은 모두 게으름뱅이라는 거예요. 저는 아직 그런 사람을 별로 보지 못했으니까, 듣기만 했으니까 모르겠지만 시치베에 할아버지는 그렇게 말했어요. 그래서 말이지요—."

침묵이 흐르지 않도록 빠른 말투로 이야기하는 동안, 스스로도 무슨 말을 하고 싶었는지 잘 알 수 없게 되어서 오린은 허겁지겁 생각했다.

"시마지 씨는 부지런한 사람이니까 정말로 나쁜 사람은 아닐 거라고 생각하거든요."

이야기가 옳은 길을 가고 있는지 확인하면서 그렇게 말을 이었다.

"긴지라는 귀신은 십 년쯤 전에 시마지 씨에게 살해되었다고 했지만, 어쩌면 뭔가 착각했을지도 몰라요. 사람을 죽이는 것은 정말로 나쁜 짓이니까 정말로 심지까지 나쁜 사람이 아니면 할 수 없는 일이잖아요?"

후우 하고 긴 한숨이 들렸다. 차가운 한숨이었다.

덥수룩이의 한숨이다. 오린은 놀라서 그를 올려다보았다.

"나아, 는, 게으른, 사람, 이어써."

덥수룩이는 온화한—오히려 상냥하다고 할 수 있을 만한 말투로 조용히 말했다.

"그래러, 사람도, 죽였어. 아가의, 말이, 마자."

오린은 구덩이 밑바닥으로 휙 떨어져 버린 기분이 들었다. 사람을 죽이는 것은 정말로 나쁜 짓이니까, 정말로 심지까지 나쁜 사람이 아니면 할 수 없다. 덥수룩이 씨가 울면서 '나는 살인자다'라고 고백해 주었는데, 그의 얘기를 듣자마자 나는 그런 말을 해 버린 것이다. 시마지와 긴지에 대해서 이야기하려고 열을 올린 게 잘못이었다.

나는 무엇을 하고 싶었던 걸까? 이 귀신을 슬프게 하거나 상처를 입히거나 화나게 하고 싶었을까? 오린 바보. 무슨 생각이야?

"저는……."

뭔가 변명을 하려고 했지만 할 말을 찾을 수가 없어 결국 입을 다물 수밖에 없었다. 오린은 슬프고 거북해서 구멍이 있으면 들어가고 싶은 심정인데 덥수룩이는 침착했다. 지금까지 중에서 가장 상냥한 얼굴을 하고 있는 것처럼 보이기까지 한다.

"그는, 무서운, 노미다." 덥수룩이는 말했다. "아가는, 다가가면, 아 된다."

"그러니까 시마지 씨 말인가요? 긴지라는 귀신 말인가요?"

덥수룩이는 곧 대답했다.

"두 다."

"두 사람 다? 하지만 시마지 씨는—."

오린은 눈을 크게 뜨고 물끄러미 덥수룩이의 얼굴을 바라보았다. 자세히 보니 그의 얼굴에는 많은 흉터가 있었다. 검상의 흉터, 멍 같은 흉터, 깔쭉깔쭉하기도 하고, 손톱이 파고든 모양이기도 하고, 살이 움푹 패여 있기도 하는 등 여러 가지 형태의, 크기도 종류도 제각각인 흉터. 그것이 그의 얼굴 전체를 몹시 불쾌한 인상으로 감싸고 있다. 오른쪽 눈썹 끝은 흉터 때문에 눈썹이 나지 않게 되고 말았다. 코도 일그러져 있고 입술도 위아래가 완전히 짝짝이다.

문득 오린의 머릿속에서 무언가가 번득였다—이 흉터들은 모두 이 사람이 생전에 사람을 죽일 때, 무시무시한 짓을 할 때마다 생긴 것이 아닐까. 죽어 가는 불쌍한 사람들이 이 남자의 얼굴을 할퀴거나, 이 남자를 때리거나, 이 남자를 밀치고 도망치려고 하거나, 이 남자에게 반격하거나 하면서 난 수많은 저항의 흔적이 얼굴 위에 표식이 되어 남아 있는 것이 아닐까.

엄청나게 위험하고 엄청나게 사악한 사람이다. 도저히 얼버무릴 수 없는 사실이다. 본인도 인정하고 있지 않은가. 지금 아무리 무력

하고 상냥하고 가엾고 쓸쓸한 외톨이로 보여도, 이 사람은 아무렇지도 않게 수많은 사람을 베어 죽이고 피를 뒤집어쓰다가 결국 죄업의 대가로 서방정토에 가지도 못한 채 떠돌고 있는, 구제할 길 없는 악인이다.

그런 악인의 말을 신용해도 될까?

오린의 나이에는 마음속 생각을 숨기기 어렵다. 뺨에는 나타나지 않더라도 눈동자에 비치고 만다.

아마 덥수룩이도 오린의 마음을 보았으리라. 갑자기 표정이 울적하게 사그라든다. 그는 커다란 어깨를 움츠리고 더욱 몸을 웅크렸다.

"그러, 타." 작은 목소리로 말했다. "나아, 는, 나쁜, 노미니까."

"미안해요, 저는—."

오린은 서둘러 덥수룩이에게 다가갔지만 그는 더 이상 이쪽을 봐주지 않았다. 아래만 보고 있다. 그러다가 완고하고 단조로운 말투로 말했다.

"그래도, 아가는, 그, 노미랑, 관여하면, 안 대."

"시마지 씨는 나쁜 사람이니까?"

"안 대. 안 대 안 대 안 대."

덥수룩이가 격렬하게 고개를 젓는다.

"시마지 씨가 정말로 형인 긴지 씨를 죽였을 거라고 생각하세요?"

덥수룩이는 자신의 머리를 쥐어 뜯었다.

"죽였어, 죽였어, 죽였어. 나아는, 피를 나는, 형제를, 주겼다!"

한순간 아플 정도의 냉기가 오린의 몸을 감쌌다. 차가워! 하고 어깨를 움츠리자 콧속이 찡해지면서 재채기가 튀어나왔다.

정신을 차려 보니 덥수룩이는 사라지고 없었다.

나는 피를 나눈 형제를 죽였다.
오린의 마음속의 매우 중요한 부분—평소에는 아버지와 어머니가 거기에 있는, 그곳을 차지하고 있는, 그만큼 한가운데의 소중한 곳에, 덥수룩이가 사라지기 직전에 외친 말이 단단히 걸렸다.
피를 나눈 형제를 죽였다.
그 자신의 형이나 동생을 해쳤다는 뜻이다. 그렇다, 틀림없다.
그것이 최초의 살인이었을까. 그렇다면 형제를 해침으로써 덥수룩이는 단숨에 제대로 된 인간의 길에서 굴러떨어져 살인을 되풀이하는 무서운 삶으로 떨어지고 만 것이 아닐까.
아니면 그것이 마지막 살인이었을까. 그렇다면 살인을 되풀이하는 무서운 삶을 보다 못해 충고해 준 형제를 그 손으로 죽이고 말았다—는 것이 아니었을까.
어느 쪽인지는 본인에게 물어보는 수밖에 없다. 덥수룩이가 다시 한번 오린과 둘이서 이야기를 해 줄지 어떨지 불안하고, 이야기한다 해도 여기까지 말해 줄지 더 의심스럽다. 하지만 적어도 덥수룩이가 자신의 형제를 죽인 과거를 깊이 후회하고, 그것 때문에 이승을 떠돌고 있다고 생각하면 그가 왜 시마지와 긴지가 함께 있는 곳에 나타나 무턱대고 엉엉 울고 있었는가—하는 수수께끼는 풀린다. 시마지와 긴지 사이에 있었던 일은 덥수룩이의 가슴속 상처를 헤집어 다시 피를 흘리도록 하기에 충분한 일이었을 테니까 말이다. 시마지는 긴지를 죽였다. 동생이 형을 죽였다. 죽이고 형의 인생을 빼앗았다.

적어도 긴지는 그렇게 주장하며 시마지에게 씌어 있다. 그것이 덥수룩이에게는 자신이 과거에 한 짓과 똑같이 여겨졌으리라.

또 하나, 오미쓰의 말도 생각난다. 덥수룩이의 혼이 이 세상에 떠도는 이유는 젊은 여자와 관련이 있다고 그녀는 말했다. 그래서 저 사람은 젊은 여자가 오면 마음이 흐트러져 나타나는 거라고.

형제와 젊은 여자. 오린은 조금 어른스러운 기분으로 생각해 보았다. 형과 동생이 같은 여자를 좋아하게 되었다거나.

그렇게 생각하면 긴지의 귀신이 이야기한 시마지에 대한 원한도 앞뒤가 들어맞는 것 같다.

―아내를 빼앗겼어. 가게를 빼앗겼어.

만일 시마지 씨가 형인 긴지 씨의 아내, 즉 자신의 형수를 좋아하게 되었다면? 그리고 아무리 해도 참을 수가 없어서 방해가 되는 형을 죽이고 말았다면?

실제로 시마지는 형수와 가정을 꾸리고 형의 아이들을 키우고 있다. 부모님이나 오쓰타로부터 뜨문뜨문 들었던 이야기를 통해 오린도 시마지의 생활에 대해서 그 정도 지식은 갖고 있었다.

참담한 결과로 끝난 귀신 대회 연회로부터 하룻밤이 지났다. 후네야는 여전히 장례식을 치른 것처럼 조용했다. 평소 같으면 새벽 여섯시 종과 함께 일어나는 다이치로와 다에도 이불을 뒤집어쓴 채 침실에서 나오지 않는다. 오쓰타도 자리에 누워 있는 모양이다. 어젯밤에는 늦게까지 셋이서 소곤소곤 이야기를 나누었으니 늦잠을 자도 어쩔 수 없다. 그렇지 않아도 모두 지칠 대로 지쳐 있으니 잘 수 있는 만큼 잤으면 좋겠다고 오린은 생각했다.
 잠들어 있는 동안에는 후네야에 대해서 생각하지 않아도 된다. 귀신 대회가 그렇게 된 결과, 후네야는 전보다 더 어려운 상황에 내몰리고 말았다. 귀신은 쫓아내지도 못했고 시라코야와 아사다야는 저마다의 이유로 불같이 화를 내고 있다. 후네야의 요리가 맛있다거나 솜씨가 섬세하다거나, 그런 것은 아무래도 상관없어지고 말았다. 준비에 들었던 돈을 포함한 연회 대금 절반은 미리 받았을 테지만, 나머지 절반을 과연 제대로 지불해 줄지 어떨지도 의심스러울 정도다.
 후네야는―이제 안 될지도 모른다.
 침상에서 일어나 해님 아래로 나가면 싫어도 그런 사실과 직면할 수밖에 없다. 아직 그럴 기력이 나지 않는다. 조금 더 쉬고 싶다고 다이치로와 다에가 생각했다 해도 무리는 아니다. 푹 잤으면 좋겠다. 꿈 따위는 꾸지 말고.
 그러고 보니 전에 쓰쓰야 소동 때와 마찬가지로 다카다야 시치베에는 아직까지도 사람을 보내지 않았다. 본인이 흙먼지를 일으키며 혼조에서 달려오지도 않는다.
 이번만은 후네야도 끝장이다, 다이치로와 다에도. 적어도 분이 풀릴 때까지 실컷 잠이라도 자게 해 주자―는 부모의 마음일지도 모른다.
 하지만 오린은 자고 있을 수가 없었다. 후네야를 위해서 도움이 된다거나 후네야를 구할 수 있을지도 모른다거나 하는 이유를 빼고라도 확인하고 싶고 알고 싶은 것들이 널려 있었기 때문이다.
 어른들이 깨어 있지 않을 때나 집 안에 없을 때, 오린 혼자 불씨에서 불을 피우는 일은 엄하게 금지되어 있었다. 자다 일어난 직후라 목이 말랐고 배도 고팠지만 밥통 밑바닥에 차가운 밥이 조금 남아 있을 뿐이고, 물을 끓일 수 없으니 더운 물에 말아 먹을 수도 없다. 뜨거운 물도 마실 수 없다. 뭐, 됐어. 물독에서 국자로 직접 물을 떠 마시고 나서 오린은 '좋았어' 하고 혼잣말을 하며 후네야에서 출발했다.

우선은 시마지의 집이다. 형인 긴지가 남긴 도시락 가게 하야시야는 혼조 후타쓰메바시 다리 기슭에 있다고 들었다. 굳이 대뜸 문을 두드리지 않아도 어젯밤에는 널문에 시마지를 싣고 그렇게 큰 소동을 피우며 데려갔으니 이웃 사람들이 여러 가지를 알고 있을 테고, 이야기하고 싶어서 입이 근질거릴 것이 틀림없다.

실제로 그랬다. 하야시야 옆에 있는 채소 가게도 생선 가게도, 맞은편에 있는 과자 가게도 지나가던 물장수도 모두 시마지 이야기만 하고 있었다.

오린은 꽤나 빈틈없이 돌아다녔다. 저는 후네야 옆에 있는 마고베에 공동 주택에 살고 있거든요. 그래서 후네야의 마님께 심부름값을 받고, 하야시야 아저씨는 좀 어떠신지 물어보고 와 달라는 부탁을 받았어요. 이 말만 늘어놓고 그 뒤로는 천진한 얼굴을 하고 있으면 근처에 사는 사람들은 멋대로 이야기를 꺼내기 시작했다.

"그래, 너도 대단하구나. 안부를 묻는 심부름을 오다니. 그, 후네야인가 하는 요릿집의 마님에게는 심부름값을 듬뿍 받아야 한다."

"시마지 씨는 도시락 가게 일도 바쁜데 어째서 요릿집의—후나야였나? 그런 곳을 도우러 갔을까."

"지켜야 하는 의리라도 있었던 게 아닐까?"

"그런데 요릿집을 도우러 가서 왜 얻어맞고 돌아왔을까? 어젯밤부터 죽은 사람처럼 계속 잠만 자고 있다면서. 어지간히 세게 얻어맞은 게지."

하야시야 근처에 사는 사람들은 후네야의 이름도 제대로 모르고, 어젯밤에 그곳에서 무슨 일이 일어났는지 자세한 이야기는 듣지 못했다. 귀신 대회라는 터무니없는 연회였다는 사실도 전혀 모른다. 다만 시마지 씨를 조금 걱정하고, 조금 재미있어 할 뿐이다. 오린은 속으로 음음 하며 고개를 끄덕였다.

"하야시야의 마님은 뵐 수 있을까요? 만일 가능하다면 직접 안부를 여쭙고 와 달라고, 그러면 심부름값도 더 쳐 주겠다고 후네야의 마님이 그러셨거든요."

오린이 묻자 뚱뚱하게 살이 찐 채소 가게 아주머니는 매우 사람 좋은 얼굴로 싱긋 웃으며 가슴을 두드렸다.

"그럼 우리 가게에서 기다려 보렴. 오타카 씨한테 물어봐 줄 테니까."

채소 가게에서는 아저씨도 친절해서 기다리고 있는 동안 일부러 오린을 위해 엿물_{엿을 뜨거운 물에 녹이고 육계 등을 넣은 주로 여름에 마시던 음료}을 만들어 주었다. 아침도 먹지 않고 왔기 때문에 매우 고마웠다.

엿물을 한 잔 다 마셨을 무렵 채소 가게 아주머니가 호리호리하게 마른, 턱 끝이 뾰족한 여자를 데리고 돌아왔다. 입고 있는 기모노의 짙은 보라색 줄무늬 때문인지 몹시 안색이 나빠 보인다.

"하야시야의 오타카 씨야."

채소 가게 아주머니는 기운 좋게 말했다. 그러고는 야윈 여자를

돌아보더니 아무렇게나 오린 쪽으로 손을 흔들면서,

"자, 이 애야" 하고 소개했다.

"어머나, 고생이 많구나."

야윈 여자는 그렇게 말하면서 오린 쪽으로 다가왔다. 향 냄새가 확 풍겼다.

"시마지의 아내 오타카가, 안부를 물어 주셔서 송구해 하더라고 전해 드리렴."

이 사람이 시마지의 아내이고 그 전에는 긴지의 아내였던 사람인 모양이다. 이름이 오타카인가.

오린은 단정하게 머리를 숙여 인사를 하고는 '말씀하신 대로 전하겠습니다'라는 식의, 말은 정중하지만 말투는 더듬거리는 인사를 늘어놓았다. 채소 가게 아주머니는 생글생글 웃으며 "이 애는 참 대단하네"라며 기분 좋은 얼굴을 한다.

오타카는 왠지 덤덤하고 밋밋한 얼굴로 오린의 인사를 듣고 있었다. 남편이 그렇게 돼서 나는 화가 났단 말이야—라는 표정도 아니고, 안부를 물어 주시다니 오히려 죄송하구나—라는 얼굴도 아니다. 이야기에 집중하고 있지 않는 것을 들키면 곤란하니 겉모습만 듣고 있는 듯이 꾸민다—는 기색이 빤히 보이는 태도로 눈을 이리저리 움직이고 있었다.

오린이 일단 인사를 마치자 오타카는 기다렸다는 듯이 한 발짝 더 다가왔다.

"그래서, 문병 선물로 무엇을 받아 왔니?"

"네?"

오린은 정말로 어리둥절해지고 말았다. 채소 가게 아주머니도 입을 딱 벌렸다. 그러다가 아하하 하고 웃기 시작했다.
　"세상에, 오타카 씨. 이 애는 정말 심부름을 온 어린애야. 문병 선물 같은 것은 받아 오지 않았어."
　오타카의 얼굴에 야비할 정도로 뚜렷하게 낙담의 빛이 떠올랐다.
　"어머나, 세상에. 난 또."
　"죄송합니다."
　오린은 어깨를 움츠리며 사과했다.
　"후네야에서는, 우선 저를 보내서 시마지 씨 상태가 좀 어떤지 물어보고 오라고 하셨어요."
　"시마지라면 괜찮아. 머리에."
　오타카는 이마 위쪽에 손을 댔다.
　"이—렇게 커다란 혹이 생기긴 했지만, 목숨에는 지장이 없어."
　지장이 없어서 유감이라는 듯한, 시원시원한 말투다.
　"저어, 시마지 씨와 이야기는 할 수 있을까요?"
　"깨어 있으니까 얘기할 수 있지 않을까? 의사 선생님이 몸은 걱정할 것 없다고 하셨고. 하지만 한마디도 하지 않아. 왠지 혼이라도 빠져나가 버린 것 같아."
　오린은 마음속으로 얼굴을 찌푸렸다. 어젯밤에 쓰러지기 전까지 시마지는 아주 평범하게 행동하고 있었는데—어찌 된 일일까.
　그때 문득 긴지의 말을 떠올리고 흠칫 놀랐다.
　대소동의 와중에, 오미쓰의 물음에 답하여 긴지의 유령은 이렇게 말하지 않았던가.

―나는 시마지의 몸을 빼앗고 싶어.

―이제 조금만 더 하면 저 녀석의 혼을 콧구멍으로 긁어내서 패대기쳐 버릴 수 있지.

오린은 목덜미 언저리의 털이 곤두서는 것을 느꼈다. 정신을 차린 시마지가 한마디도 하지 않는 까닭은 말 그대로 시마지의 혼이 몸에서 쫓겨나고 그 뒤에 긴지가 들어와 있기 때문이 아닐까. 입을 열면 시마지의 입에서 긴지의 목소리가 튀어나오는 게 아닐까.

―망자의 목소리다.

"아이구, 왜 그러니?"

정신을 차려 보니 채소 가게 아주머니가 걱정스러운 얼굴로 이쪽을 들여다보고 있었다.

"너, 얼굴이 새파래."

오타카도 의아한 얼굴을 하고 있다. 오린은 서둘러 고개를 젓고는 생긋 웃어 주었다.

"그러면 저는 후네야로 돌아가서 시마지 씨는 괜찮다고 사람들에게 이야기하고 올게요."

"그래, 조심해서 돌아가렴. 심부름하느라 수고했다."

채소 가게 아주머니는 생글생글 웃으며 위로해 주었지만 오타카는 잠자코 있을 뿐이었다. 안 그래도 뾰족한 턱이 떫은 얼굴을 하고 있는 탓에 더욱 날카로워 보인다. 오린은 달려서 그 자리를 떠났다.

하야시야가 보이지 않는 데까지 멀어지자 간신히 마음이 가라앉기 시작했다. 아직 가슴은 두근거리고 있었지만 달리기를 멈추고 한두 번 크게 숨을 쉬자 겨우 진정이 되었다.

오린의 작은 가슴속에는 시마지와 긴지와 오타카의 얼굴과 울부짖는 덥수룩이의 얼굴이, 누가 누구인지 알 수 없을 정도로 어지러이 뒤섞여 날아다니고 있었다. 마음을 진정시키기 위해서는 열심히 머리를 움직여야 했다. 형제 살해. 복잡한 이 얼굴들을 하나하나 원래 주인에게 되돌려 놓기 위한 암호는 이것이다.

십 년 전에 긴지는 어떻게 죽었을까. 그것을 알고 싶다. 어림짐작만이 아니라 제대로 된 사실을 알아야 한다. 그리고 덥수룩이를 만나 그 자신의 신상에 일어난 사건이 정말로 시마지와 긴지 사이에서 있었던 일과 같은지 다른지 물어봐야 한다. 그를 걱정하고 있다는 자신의 진심을 보여 주려면 그 편이 제일 좋다. 마음이 통하면 덥수룩이도 틀림없이 믿어 주리라. 그리고 어떻게 하면 그를 도울 수 있는지 같이 생각할 수 있게 될 것이다.

그러려면 대체 어떻게 해야 할까. 아까처럼 천진한 어린아이가 심부름을 온 척하는 것으로는, 딱 거기까지 다가갈 수 있을 뿐이다. 누구에게 어떻게 물어보면 좋을까. 시마지에 대해서 옛날부터 잘 알고 있는 사람이라면—.

오린은 걸음을 멈추었다. 두 눈을 반짝 크게 떴다. 길 반대쪽에서 저울을 짊어지고 다가오던 물장수가 스쳐 지나가면서 오린에게 웃음을 지어 주었다. 아니, 오린의 얼굴을 보고 웃음을 터뜨린 것인지도 모른다.

나도 참, 어쩌면 이렇게 멍청할까! 오린은 손바닥으로 이마를 찰싹 때렸다. 시치베에 할아버지가 있지 않은가!

16

 혼조 아이오이초에 있는 다카다야는 늘 그렇듯이 좋은 냄새를 풍기고 있었다. 가까이 다가가면 주방 창문의 격자 사이로 김이 흘러나오는 모습이 보인다. 사람들이 일하는 기척도 칠기 그릇을 겹치거나 늘어놓는 소리도, 허드렛일을 하는 일꾼이 야단맞는 큰 소리도 모두 그립다.
 다카다야의 내부를 훤히 알고 있는 오린은 그대로 마당으로 돌아 들어가 쪽문을 열고 안으로 들어갔다. 주위에 가득 심어져 있는, 잡다하지만 잘 손질된 화초를 밟지 않도록 조심하며 가다 보면 시치베에가 침실로 쓰고 있는 방 옆으로 나오게 된다. 이곳에 있었을 때, 겨울이 되어 눈이 가득 내리면 이 마당에서 시치베에와 눈사람을 만들었다. 여름에는 이렇게 작은 마당에 길을 잃고 들어오는 개구리를 잡거나 반딧불을 세기도 했다.
 후네야 따위 시작하지 말고 계속 여기에 있었으면 좋았을 텐데—갑자기 가슴을 꿰뚫는 날카로운 생각이 치밀어 올라 눈물이 나려고 한다. 아버지도 어머니도 이곳을 떠나지 않았으면 좋았을 텐데. 그러면 지금 같은 고생은 전혀 하지 않아도 되었을 텐데.
 아아, 하지만 이제 와서 그런 말을 해 봐야 소용없다. 게다가 이미 오린은 오린만의 이유로 후네야를 버리고 도망칠 수가 없게 되었다.
 낮이니 시치베에는 가게에 있을 것이다. 방의 툇마루에서는 오사키가 혼자서 커다란 꽃꽂이 그릇에 부채싸리를 꽂고 있었다. 오린이 나무 그늘에서 얼굴을 내밀어도 금방 알아차리지 못한다.

"오사키 아줌마."

오린이 작은 목소리로 부르자 오사키는 깜짝 놀라 꼿꼿이 그릇에서 얼굴을 들었다. 오린을 발견하더니 손에 들고 있던 전정가위를 떨어뜨리고 말았다.

"어머나, 어머나, 오린 아니니."

오사키는 무릎으로 섰다. 오린은 또 가슴이 조여들어서 울상을 지을 뻔했지만 열심히 참았다.

"너, 혼자서 왔니? 그런 곳에 있지 말고 이리로 올라오렴."

그 말대로 오린이 툇마루로 다가가자 오사키는 천천히 다가와 오린을 껴안았다. 오린은 신을 한 짝은 벗고 한 짝은 신은 채 그리운 오사키의 냄새에 휩싸였다. 오사키의 살 냄새와 머릿기름 냄새와 기모노 소매에 들어 있는 향낭의 향기가 뒤섞인 온기다.

"들었어, 어제는 큰일이었다면서?" 오사키는 콧소리로 그렇게 말했다. "아버지 어머니가 실망하고 있으니 너도 슬프겠지. 가엾게도."

귀신 대회가 실패하게 된 전말이 오사키의 귀에도 들어간 모양이다. 그래서 걱정해 주고 있었나 보다.

"오사키 아줌마, 누구한테 들었어요?"

"한 시간쯤 전이었나, 네 아버지가 왔어. 그래서 방금 할아버지랑 같이 나갔단다."

"후네야로 다시 가셨을까요?"

"글쎄, 모르겠구나. 시마지 씨를 문병하러 가겠다고 하긴 했는데.

시치베에 할아버지가 아주 무서운 얼굴을 하고 계셨으니까……."

오사키는 오린의 얼굴을 들여다보았다.

"너, 오늘 아침부터 지금까지 어디에 있었니? 아버지가 걱정하던데. 어딘가에 놀러가 있었던 거니?"

오린은 거짓말을 하기로 했다.

"응. 후네야 근처의 마고베에 공동 주택에 친구가 있거든요."

"그래? 그렇다면 다행이구나."

오사키는 오린의 머리카락을 다듬어 올리며 겨우 안심했다는 듯이 무릎을 꿇고 앉았다.

"아침에는 뭐 좀 먹었니? 안 먹었지?"

"응, 하지만 엿물을 받아서 마셨어요."

"그런 걸 먹어서 무슨 배가 부르다고. 잠깐 기다려 보렴, 뭘 좀 가져다줄 테니까."

오사키는 꼿꼿이하던 꽃도 내팽개치고 부엌으로 서둘러 걸어갔다. 오린은 방에 털썩 앉아 눈물로 흐려지는 눈을 북북 문지르며 한숨을 쉬었다.

시치베에가 나갔다면 여기까지 온 의미는 없어지고 만다. 그래도 오길 잘했다. 이러니저러니 해도 어젯밤의 소동은 오린의 몸도 지치게 했던 터라 실은 위로받고 싶은 심정이었다.

오사키는 곧 돌아왔다. 뜨거운 된장국과 하얀 밥과 장아찌, 달걀부침, 간장을 발라 구운 작은 생선 토막. 쟁반 위의 음식들을 본 순간, 오린의 배에서 꼬르륵꼬르륵 소리가 났다.

"어머나, 어딘가에 개구리가 있나 보다." 오사키가 웃음을 터뜨렸다. "자, 많이 먹으렴. 많이 있으니까."

오린은 게걸스럽게 밥을 먹었다. 먹다 보니 기운이 돌아왔다. 인간은 아무리 힘든 일이 있어도 밥만 먹을 수 있으면 괜찮다, 아직 헤쳐 나갈 수 있다—는 시치베에의 입버릇이 정말이었다고 실감했다.

오사키는 오린이 먹는 모습을 미소 지으면서 바라보고 있었다. 오린이 잘 먹었습니다, 하고 인사하고 나자 일단 그릇을 물리고 참외를 깎아 접시에 담아다 주었다.

"참외는 아직 좀 철이 이르다만."

오사키는 그렇게 말하며 오린에게 참외를 권하고 자신은 꽃꽂이로 돌아갔다. 부채싸리에는 엷은 붉은색과 흰색의 귀여운 꽃이 달려 있었다. 이 꽃도 슬슬 지고 마는 계절이 왔다.

세상에서는 여름이 끝나면 귀신도 끝난다. 하지만 후네야에서는 사정이 다르다.

"저기, 오사키 아줌마."

오린은 참외를 베어 물면서 물었다.

"아줌마는 시마지 씨라는 사람을 아세요?"

시마지는 시치베에의 소개로 후네야를 돕게 되었다고 들었다. 시치베에게 실력을 인정받을 정도로 알고 지냈다면, 오사키도 그에 대해서 뭔가 알고 있지 않을까.

오사키는 전정가위를 찰칵찰칵 움직이면서 고개를 살짝 갸웃거렸다.

"아니, 잘은 몰라."

"아주 실력이 좋은 사람이라서 시치베에 할아버지가 후네야에 와 달라고 부탁해 준 거지요?"

"그런가 보더구나."

오사키는 느긋하게 대답하고 나서 문득 오린을 보았다.

"뭐야, 오린, 시마지 씨에 대해서 뭔가 신경 쓰이는 문제라도 있는 거니?"

"아뇨, 별로."

오린은 당황하며 고개를 저었지만 오사키는 아직 가위를 든 손을 멈추고 있다. 도저히 그 나이로는 생각되지 않을 만큼 매끈매끈하고 예쁜 이마에 희미하게 주름을 지으면서.

"아줌마야말로 왜 그러세요?"

오사키는 부채싸리의 귀여운 꽃 쪽으로 힐끗 시선을 떨어뜨렸다. 그러고 나서 천천히 말을 꺼냈다.

"어젯밤의 연회는 귀신 대회라고 했지?"

"응, 맞아요."

"그래서, 귀신은 나왔니?"

사실 아무것도 하지 않아도 후네야에는 항상 귀신이 나온다. 하지만 어젯밤 연회의 귀신 대회 자체는 결과적으로는 실패였다.

"잘되지 않았나 봐요. 요리의 소금 맛이 너무 강하다고 아버지가 야단을 맞았어요. 소금에는 마를 쫓는 힘이 있다면서."

자연스럽게 불평하는 말투가 되었다. 시라코야의 오시즈도 아사다야의 오리쿠도 처음부터 사기꾼이었다. 설령 소금기가 전혀 없는 요리를 내놓았다 하더라도 강령인지 뭔지가 잘 되었을 리 없다. 분명히 또 다른 변명을 늘어놓았을 것이다.

그러니—하고 오사키는 중얼거렸다. 오린은 참외를 덥석 베어 문 채 멈추었다. 오사키의 이마 주름이 더욱 깊어졌기 때문이다.

"귀신이 나오지 않았는데 시마지 씨는 이상해진 거구나……. 귀신이 나오지 않았는데도."

다짐하듯이 되풀이하는 오사키의 말이 마음에 걸린다. 오린은 먹다 만 참외를 접시에 내려놓고 오사키 곁으로 다가갔다.

"오사키 아줌마, 왜 그러세요?"

"응?" 오사키는 웃는 표정을 지었다. "아니, 아무것도 아니다. 참외 먹으렴."

"나는 아무것도 아니지만, 아줌마는 아무것도 아닌 게 아닌 얼굴인데요."

"어머나." 오사키는 손으로 얼굴을 슥 문지르는 것 같은 몸짓을 했다. "그것은 이런 얼굴이니?"

두 사람은 함께 소리 내어 즐겁게 웃었다. 그래도 오린은 재빨리 머리를 굴리고 있었다. 오사키는 시마지에 대해서 마음에 걸리는 뭔가가 있는 것이다. 어떻게 하면 그것을 알아낼 수 있을까?

먼저—슬쩍 떠 봐야 하려나. 무엇보다도 귀신이 나오지 않았는데, 라는 말이 신경 쓰인다.

"저기요, 아줌마." 오린은 무릎을 가지런히 모아 앉은 자세를 고치며 진지한 표정을 지었다. "나, 어제 좀 무서운 것을 보았어요."

"무서운 것?"

"응. 시마지 씨가 정신을 잃고 쓰러졌을 때, 뭔가—시마지 씨가 아닌 남자의 얼굴이 흐릿하게 보였어요. 시마지 씨 가까이에."

오린은 도박처럼 던진 자신의 말이 적중했음을 알았다. 오사키의 표정이 순식간에 험악해졌기 때문이다.

"어떤 남자였니?"

오사키도 무릎걸음으로 다가오며 물었다. 오린의 팔에 가만히 손을 올려놓고 부드럽게 잡는다.

"너, 많이 무서웠니? 설마 그것과—눈이 마주치지는 않았겠지?"

오린에게는 너무 진지하게 나오는 오사키가 더 무서울 정도였다.

"아뇨. 그냥 흐릿하게 보였을 뿐이에요. 잘못 봤는지도 모르고요."

"어떤 얼굴이었는데?"

오린은 한 번 더 도박을 해 보았다.

"왠지 시마지 씨랑 닮았어요."

오사키는 오린의 팔을 꽉 잡았다.

오린은 그 손 위에 자신의 작은 손을 올려놓았다.

"아줌마, 왜 그러세요? 아줌마 뭔가 아세요?"

오사키는 눈을 내리깔고는 작게 고개를 저었다. 그러고 나서 속삭이듯 말했다.

"얘야, 오린, 이 일은 시치베에 할아버지한테는 말하면 안 된다. 그분은 이런 이야기를 싫어하시니까."

"응, 알았어요. 말 안 할게요. 약속해요."

오사키는 오린의 얼굴을 보고 길게 숨을 내쉬었다.

"아까도 말했다시피 나는 시마지 씨에 대해서는 잘 몰라. 가게 운영은—특히 주방과 숙수에 대해서는 전적으로 시치베에 할아버지가 맡아서 하고, 나는 관여하지 않으니까."

오사키는 집안을 부지런히 꾸려 나가는 근면하고 든든한 안주인이지만 분명히 장사에는 끼어들지 않는다.

"다만, 후네야를 시작한 지 얼마 안 되었을 때 시마지 씨가 시치베에 할아버지를 찾아온 적이 있어. 후네야의 보조 숙수로 소개해 주어 고맙다면서 말이다. 의리가 깊은 사람이지."

시마지는 지금 오린이 있는 이 방의 옆방으로 안내되었다. 오사키는 거기에 술과 안주를 가지고 인사하러 나갔다.

"시마지 씨는 내게도 아주 정중하게 인사를 해 주더구나. 그래서 나도 잠시 함께 이야기를 나누었지. 그 사람이 죽은 형에게서 물려받았다는—."

"도시락 가게 하야시야 말이군요."

"그래, 그래. 그곳도 번성하고 있다거나, 형이 남긴 아들이 훌륭하게 꾸려 나가고 있어서 자신은 손이 빈다거나 하는 이야기 말이야. 시마지 씨는 결코 붙임성이 좋은 사람이 아니고 입도 무거워 보였지만 시치베에 할아버지는 기분 좋게 이야기하고 있었어. 너도 잘 알다시피 그 왜, 부지런한 사람을 아주 좋아하는 분이잖니."

그러나 온화한 방의 분위기에도 불구하고 오사키는 묘하게 어깨며 허리 언저리가 싸늘하니 추웠다고 한다.

"이미 추울 만한 계절이 아니었기 때문에 이상하다고 생각했지. 그날은 날씨도 좋았고 마당 가득 햇빛이 비치고 있었거든."

아직 집안일도 있고 너무 으슬으슬해서 오사키는 자리를 뜨려고 했다. 그리고 별 생각 없이 마당 쪽으로 시선을 주었다.

"그랬더니." 오사키는 숨을 꾹 삼키고 오린의 어깨 너머로 마당 쪽을 가리켰다. "남천 나무 그늘에 말이지—저기에 남천 두 그루가 나란히 심어져 있지? 줄무늬 기모노 소매를 어깨끈으로 묶은, 안색이 나쁜 남자가 저기에 슥 서 있는 모습이 보였어."

오린은 고개를 돌려 마당을 보았다. 지금 남천 나무에는 붉은 열매가 달려 있지 않지만 그래도 금방 알 수 있다. 장난으로 자주 붉은 열매를 따다가 시치베에게 혼나곤 했기 때문이다. 남천은 '어려움을 피하게 해 준다'는 뜻이 있는 남천은 일본어로 '난텐', '어려움을 피하다'는 '난오 텐즈루'이다. 같은 발음을 이용한 말 길조를 상징하는 중요한 나무로, 마를 쫓고 복을 불러 주니까 상처를 내서는 안 된다는 것이다. 시치베에는 꺼림칙한 유령 이야기나 업보 이야기는 싫어하지만 상인답게 길흉에 관한 이야기는 좋아하는 사람이다.

물론 지금 거기에는 아무도 없다. 여름 막바지의 햇빛을 받으며 남천 나무가 서 있을 뿐이다. 만일 나무에 깃든 정령이 말을 할 수 있다면, 어째서 두 사람은 그렇게 무서운 얼굴로 우리를 보십니까? 하고 오히려 물었을 것이다.

"그 남자의 얼굴도—," 오린은 남천을 물끄러미 바라보며 물었다. "시마지 씨를 닮았던 거군요, 아줌마."

"닮았더라." 오사키는 그렇게 대답하며 살짝 몸을 떨었다. 마주 잡은 손가락을 통해 오린에게도 떨림이 전해졌다. "순간적으로 시마지 씨가 한 명 더 있어서 마당에 서 있는 게 아닌가 생각했을 정도야. 생령生靈이라고 하나?"

그러나 오사키가 퍼뜩 놀라 눈을 깜박이는 사이에 남천 나무 옆의 남자는 사라지고 말았다. 방에서는 시치베에가 시마지와 기분 좋게 계속 이야기를 나누고 있었다.

"나는 정말 무서웠어. 술을 더 가져오겠다고 말하고 방을 떠났지. 복도로 나오고 나서도, 부엌에 있어도 너무 오싹해서 이에서 딱딱 소리가 날 정도였어."

얼마 후 시마지가 돌아가고 나자 오사키는 시치베에에게 물어보았다. 저 시마지라는 사람은 조금 음침해 보이는데 최근에 뭔가 불행한 일이라도 있었느냐고.

"시치베에 할아버지는 크게 웃으면서, 저 사람은 옛날부터 칙칙한 얼굴이었다. 불행이라면 십 년쯤 전에 긴지라는 형을 잃은 것뿐이고 최근에는 아무 일도 없었다고 하더구나."

그 말에 오사키는 깨달았다. 아까 남천 그늘에 있던 남자는 죽은 시마지의 형, 긴지의 유령이었다고.

"그래서 얼굴이 닮았던 거야."

오사키는 은근슬쩍 질문을 계속하며 시마지와 긴지와 하야시야의 사정에 대해 시치베에에게 들었다. 다행히 시치베에는 매우 기분이 좋아서 오사키의 물음을 의아하게 여기지도 않고 이것저것 이야기해 주었다.

"그리고······."

오사키는 새삼 오린의 얼굴을 들여다보더니 곤란한 듯이 웃었다.

"세상에, 이런 얘기를 들려주었다가 만일 네가 오늘 밤에 무서운 꿈을 꾸면 내 탓이겠구나."

"괜찮아요, 아줌마. 도중에 멈추는 게 더 신경 쓰이거든요."

"그렇지." 오사키는 고개를 끄덕였다. "시치베에 할아버지는 이런 말을 했어. 긴지 씨는 병으로 죽었지만 대체 어디가 안 좋았는지, 어떤 병인지, 끝까지 확실하게는 알 수 없었대."

오린은 발치에서 스멀스멀 냉기가 올라오는 것을 느꼈다.

"그래서 나는 더욱더 무서워지고 말았지."

오사키는 그렇게 말하며 마당에 눈길을 주었다.

"저기에 있던 긴지 씨는 원한에 찬 얼굴을 하고 있었거든. 그리고 가만히―그냥 가만히 시마지 씨를 보고 있었어. 아니, 노려보고 있더라. 나는 지금도 그 눈빛을 잊을 수가 없어."

그 눈빛이라면 나도 알아요, 아줌마. 오린은 마음속으로 생각했다.

오사키는 경직된 얼굴로 고개를 돌리며 물끄러미 마당에 시선을 고정했다. 지금도 거기에 서 있는 긴지의 망령이 보이는 것이리라. 사람의 눈은 거기에 있는 것을 비추는 것만이 아니라 마음속에 남아 있는 것도 비추는 법이다.

가게 앞쪽에서 약장수의 목소리가 들려왔다. 아직 약장수가 된 지 얼마 안 된 행상인지 억양이 조금 맞지 않는다. 하지만 이상한 억양을 덮을 만큼 목소리가 엄청나게 크다. 오사키는 퍼뜩 제정신으로 돌아온 듯 눈을 깜박거리며 오린을 보았다.

"아줌마, 괜찮으세요?"

"어? 아아, 괜찮아, 무서운 이야기를 해 버렸구나."

오사키는 띠 부근에 끼워져 있던 수건으로, 참외 즙으로 끈적끈적해진 오린의 손을 닦아 주었다. 전에는 늘 이렇게 보살펴 주었는데.

그리운 기분이 들었다.

오린은 문득 생각나서 물었다.

"저기, 아줌마. 아줌마는 그―긴지 씨의 유령―같은 것을 보았을 때 외에도 귀신이나 무서운 원령을 본 적이 있어요?"

"글쎄다." 오사키는 작게 웃었다. "어땠더라? 특별히 기억나는 일은 없는데. 너구리에게 홀렸다거나 여우에 씌었다거나, 이야기로는 들은 적이 있지만…… 그렇지, 저것은 귀신이구나 하고 분명하게 생각되는 것을 본 적은 그때가 태어나서 처음이었어."

"아줌마, 후네야에도 몇 번이나 온 적이 있지요? 후네야에서도 뭔가 본 적 없어요?"

오사키는 웃었다.

"그런 게 어디 있니."

그렇구나. 오린은 자기도 모르게 귓불을 잡아당기며 얼굴을 찌푸렸다.

겐노스케가 언젠가 말했다. 귀신이 보이는 사람은 오린 혼자가 아니다. 과거에도 몇 명이나 있었다. 후네야 사람들도 머지않아 누군가의 모습이 보이게 될 거라고. 다만 오린만은 특이하게도 처음부터 다섯 명 모두의 모습을 볼 수 있었다―.

그리고 오사키에게는 긴지의 귀신이 보인다는 사실을 알았다. 의외의 곳에 귀신이 보이는 사람이 있었다. 같이 후네야에 가면 겐노스케 일행 중 누군가를 볼 수 있을지도 모른다. 하지만 아버지나 어머니는 여전히 어떤 귀신의 모습도 보지 못하는 듯하다.

어째서일까?

"귀신이라는 것은 말이지요, 보이는 사람에게는 보이고 보이지 않는 사람에게는 보이지 않는 걸까요? 만일 그렇다면 어째서 그렇게 되는 걸까요. 왜 아줌마한테는 긴지 씨가 보였는데 시치베에 할아버지에게는 보이지 않았을까요."

"글쎄다."

오사키의 눈매가 조금 험악해졌다.

"오린, 어제 쓰러진 시마지 씨 옆에 남자의 얼굴이 보였다는 얘기, 아버지와 어머니에게도 했니?"

오린은 고개를 저었다.

"안 그래도 아버지 어머니 모두 풀이 죽어서 난리인데 이상한 말은 하고 싶지 않았어요."

"그렇구나. 너는 정말 착한 아이야. 그 두 사람도 별다른 얘기는 없었지?"

"귀신에 대해서는 전혀요."

"그래? 그러면 다이치로 씨와 다에 씨에게는 보이지 않았다고 생각해도 되겠구나······."

생각에 잠긴 듯 중얼거리는 말끝이 흐렸다.

"아버지랑 어머니는 지금까지 전혀 보지 못했어요. 오쓰타 아줌마도 마찬가지고요. 으스스하다면서 후네야를 나가 버렸지만 오리쓰 씨나 슈타 씨도 뭔가 본 것은 아니에요. 나는 똑똑히 알아요."

오린이 별 생각 없이 한 말에 오사키는 놀란 기색으로 턱을 당기며 새삼 오린의 얼굴을 바라보았다.

"오린, 너 그런 말을 하다니—혹시 귀신이 보인 게 처음이 아닌 거니? 너야말로 후네야에서 다른 귀신도 본 적이 있는 거 아니야?"

오린은 당황했다. 거기까지 고백할 생각은 없었기 때문이다.

"그런, 그렇지는 않아요."

"정말이니? 나도 참, 그 걱정을 전혀 하지 않다니. 후네야가 귀신의 저주를 받고 있는 것 같다는 이야기를 듣고 나서 지금까지—시치베에 할아버지는 사람이 그렇다 보니 거기까지 신경을 쓰지는 않지만—좀 더 네 입장에서 생각해 보아야 했는데."

오사키는 이마에 손을 대고 몹시 아픈 듯한 얼굴을 했다.

"아이는 말이다, 어른처럼 눈이 흐리지 않기 때문에 어른에게는 보이지 않는 것이 종종 보이곤 한단다. 그러니 네게는 후네야에서 나쁜 짓을 하는 귀신이 다이치로 씨나 다에 씨보다 더 많이, 더 자세히 보일지도 모르지 않니? 정말로 그런 일은 없었어?"

오린은 여기서 끝까지 거짓말을 해야 할지, 단숨에 사실을 털어놓을지 잠깐이지만 몹시 망설였다. 마음이 달걀처럼 데굴데굴 굴러서 손가락 사이로 빠져나가는 기분이다.

―이야기해 버릴까.

오사키라면 겐노스케나 와라이보에 대해서 털어놓아도 순순히 받아들여 주지 않을까.

마음의 달걀은 또 데굴데굴 굴러서 '좋아, 얘기하자' 하는 결단의 입구에 부딪혀 멈추었다.

오사키가 말했다.

"만일 네게 후네야에 붙어 있는 여러 귀신들이 보인다면 더 이상 꾸물거리고 있을 수는 없어. 무당을 불러서 귀신을 퇴치하게 해야지.

시치베에 할아버지처럼 귀신을 이용해서 후네야의 이름을 팔겠다는 느긋한 말을 하고 있을 시간이 없어. 깨끗하게 처리해 버려야지."

덜컹했다. 오린은 두 눈을 크게 떴다. 오사키는 어린아이를 물려고 하는 개를 쫓을 때처럼 분한 듯한, 화가 난 듯한 얼굴을 하고 있었다. 말투도 강해졌다.

"처리하다니—아줌마, 무당에게 부탁해서 귀신을 성불시켜 준다는 뜻이에요?"

"성불할지 어떨지는 몰라. 헤매는 귀신이 어디로 가든 우리가 알 바 아니지. 하지만 후네야에서 쫓아낼 수는 있지 않겠니?"

—어라라, 그러면 곤란한데.

후네야의 귀신들을 쫓아내다니 말도 안 된다. 조금도 바라는 바가 아니었다.

사실 어떤 무당이 오더라도 그들을 쫓아내기는 어렵지 않을까 하고 오린은 생각했다. 왜냐하면 본디 후네야는 그들의 것이고 오린네 가족이 나중에 왔으니까. 그러니 무당이 와 봤자 겐노스케도 오미쓰도 웃으며 구경하지 않을까.

그래도 어른들이 그런 짓을 하도록 오린이 허락했다는 사실에 겐노스케 일행은 실망할 것이다. 틀림없이 실망할 것이다. 더 이상 사이좋게 지내 주지 않을 것이다. 용서해 주지 않을 것이다.

오린은 마음의 달걀을 재빨리 주워 들어 도로 가슴속에 넣었다. 숨겼다. 그리고 가능한 야무지게 오사키의 말을 가로막았다.

"아줌마, 안심하세요. 귀신은 시마지 씨 때만 봤을 뿐이니까요. 정말이에요."

"정말이니? 아줌마한테 거짓말을 하면 안 돼. 이렇게 걱정하고 있으니까."

"거짓말 아니에요." 오린은 한껏 귀엽게 생긋 웃어 보였다. "그러니까 아줌마도 그런 얼굴 하지 마세요. 네?"

만일 겐노스케가 이 모습을 본다면,

―오린, 벌써부터 그렇게 연극을 잘하다니, 앞날이 걱정되는구나. 무서운 여자는 되지 말아 다오.

하며 쓴웃음을 지으리라.

잠시 기다려 보았지만 시치베에는 돌아올 것 같지 않았다. 아마 시마지의 문병을 마친 후 후네야로 가지 않았을까. 오린은 오사키와 헤어져 다카다야를 떠났다. 서둘러 후네야로 돌아가면 아직 시치베에가 부모님과 논의하는 선후책을 엿들을 수 있을지도 모른다. 오린은 실제로 한때는 그렇게 하려고 걸음을 빨리 했지만 사루코바시 다리를 건널 때쯤 살짝 마음이 바뀌었다. 걸음이 느려진다. 다리 난간에 양손을 짚고 수로의 수면을 내려다보았다. 오린의 얼굴이 비치고 동그란 눈이 올려다본다.

어째서 귀신이 보이는 사람과 보이지 않는 사람이 있을까. 어째서 같은 사람이라도 어떤 귀신은 보이고, 어떤 귀신은 보이지 않을까.

오린에게는 후네야의 귀신들과 긴지가 보인다. 오사키에게도 긴지의 귀신이 보였다. 하지만 시치베에에게는 보이지 않았다. 어째서일까?

만일 귀신이 보이는 '눈'을 갖고 있는 사람이 있다면 그런 사람에게는 어디에 가든, 그곳에 귀신이 있으면 있는 만큼 전부 보일 것이다. 어쩌면 오린은 그런 체질인지도 모른다. 싫지만. 아직 모르겠지만.

그렇다면 오사키의 경우가 설명이 되지 않는다. 오사키는 긴지의 귀신을 보기 전까지는 비슷한 경험을 한 적이 없다고 했다. 후네야에서도 지금까지는 전혀 보지 못했다. 오로지 긴지의 귀신만 봤을 뿐이다. 이상하지 않은가. 오사키에게는 귀신을 보는 '눈'이 있다고 해야 할까, 없다고 해야 할까.

오사키는 어린아이에게는 어른에게 보이지 않는 것이 보인다고 했다. 하지만 훨씬 전에, 오린에게는 보인 오우메의 돌 던지는 모습이 같이 있던 쓰쓰야의 오엔과 동글이에게는 보이지 않은 적도 있다. 그때 오우메는 동글이를 수로의 물에 밀어 빠뜨리려고 하는 것처럼 보였다. 그래서 오린이 소리를 지르려다가 눈깔사탕이 목에 걸리고 말았다. 오우메가 정말로 위험한 귀신인지 아닌지는 제쳐 두더라도 심술궂은 어린아이 귀신임은 확실했다. 오린은 오우메가 꽤 위험한 존재로 여겨졌다. 어쨌든 그때 오우메를 알아차린 사람은 오린뿐이었다. 오린의 눈에는 오우메의 붉은 기모노가 똑똑히 보였는데 오엔도 동글이도 알아차리지 못했다. 눈깔사탕 때문에 숨이 멎을 뻔한 오린을 구해준 무사님—야위고 키가 크고 개를 데리고 있던, 이웃 저택의 하타모토—그 사람의 눈에는 그럼 보였을까. 아아, 실수했다. 그때 물어보았더라면 좋았을 텐데.

수면에 비치는 얼굴. 제대로 보인다. 이것은 나. 오린이다. 이 얼굴이 보이는 것과 마찬가지로 내게는 겐노스케 님도 오미쓰 씨도 보인다. 와라이보 할아버지는 안마 치료까지 해 주었다. 덥수룩이 씨의 우는 얼굴도 보였다. 그 사람의 커다란 몸이 슬픔으로 떨리는 것까지 느껴졌다. 게다가 오우메가 메롱을 하는 모습은 얼마나 얄미운지! 꽉 누르고 때려 주고 싶을 정도로 똑똑히 보였다.

얄밉다. 오우메. 거기에서 생각났다.

그 녀석. 마고베에 공동 주택의 히네가쓰. 내게 변소 청소를 시킨 녀석. 그 녀석, 그 녀석에게는 오우메가 보였다. 내 뒤에 서 있던 오우메가 보였다. 그뿐만이 아니다. 오우메를 잘 알고 있었다.

—나한테 볼일이 있었던 거 아니야, 오우메?

그런 말까지 했다. 그 녀석에게는, 히네가쓰에게는 어째서 오우메가 보였을까? 오우메가 보인다는 사실에 대해서 그 녀석은 어떻게 생각하고 있을까. 그 녀석에게는 다른 귀신은 보이지 않는 걸까? 그 녀석에게는 긴지의 귀신이 보일까?

뭔가가 번쩍 하고 머릿속을 스쳤다. 어쩌면—누구에게는 보이고 누구에게는 보이지 않는다는 데에 그 귀신의 '열쇠'가 있는 것이 아닐까?

오린은 마고베에 공동 주택을 향해 달리기 시작했다.

17

화가 치미는 일이었지만 관리인 마고베에는 또 집에 없었다. 히네가쓰의 모습도 보이지 않는다. 골목길 여기저기에서 아이들이 놀고 있지만 그들을 상대하고 있는 것 같지도 않다.

전에 왔을 때 다리가 풀려 넘어진 오린을 간호해 준 오마쓰가 비슷한 나이의 아주머니 두 명과 함께 우물가에 빨래를 산더미처럼 쌓아 놓고 튼튼한 두 팔을 드러낸 채 빨래판을 북북 문지르고 있었다. 아주머니 중 한 명은 쪽물을 들인 한텐 같은 것을 발로 밟아 빨고 있다. 오린이 마고베에의 행선지를 묻자 오마쓰는 발을 멈추지도 않고, 오늘은 아사쿠사에 관음보살 참배를 갔다, 뭐라더라 고향 가와고에에서 아는 사람이 찾아와 안내해 갔다고 선뜻 가르쳐 주었다.

"너, 아직 서당을 찾지 못한 거니?"

오마쓰가 오린을 똑똑히 기억하고 있었는지 친절하게 묻는다.

"네, 그래요. 그래서 저어, 아줌마, 히네가쓰는 어디에 있나요?"

"그 녀석이라면 낚시하러 갔어. 근처 다리 위에라도 있지 않을까."

이 근처에는 수로가 종횡으로 나 있다. 어른 남자라면 달려서 뛰어넘을 수 있을 정도로 좁은 것이나 세 간(약 5.5미터)쯤 흐르다가 막히는 작은 것까지 여러 가지다. 다리 역시 이름조차 붙어 있지 않은 나무판자를 가로질러 놓은 것까지 합하면 열 개가 넘는다. 어느 다리 위지? 하고 초조해하면서 오린은 근처를 뛰어다녀야 했다.

결국 마고베에 공동 주택에서 반 정(약 55미터) 정도 남쪽으로 간 곳에 있는, 웅덩이처럼 좁아터진 수로의 막다른 곳 위에 걸려 있는 작은 다리 밑에서 히네가쓰를 찾을 수 있었다. 물이 얕고 다리 밑에는 갈대가 빽빽하게 우거져 있는 곳이다. 히네가쓰는 옷자락을 걷어 올려 허리에 접어 넣고 갈대 사이로 들어가 긴 낚싯대를 늘어뜨리고 있었다. 그러나 탁한 물속에는 물고기라곤 전혀 살고 있을 것 같지 않았다.

 오린은 슬슬 숨이 찼기 때문에 다리 위에 서서 잠시 호흡을 가다듬었다. 뒤틀리고 거스러미투성이인 판자를 나란히 붙였을 뿐인 다리라 틈새 사이로 아래가 보인다. 썩어 가기 시작해서 흔들거리는 난간을 잡고 몸을 반쯤 내밀자 마침 히네가쓰의 머리가 오린의 발끝 언저리에 있었다.

"얘, 잠깐. 너."

 오린이 말을 걸어도 히네가쓰는 모르는 척하고 있다. 낚싯대는 낭창낭창하게 호를 그리고 있지만 꼼짝도 하지 않는다. 자세히 보니 버드나무 가지에서 잎을 꼼꼼하게 제거했을 뿐인 낚싯대였다.

"너, 히네가쓰 너 말이야. 잠깐 할 이야기가 있어. 들어 봐."

 처음부터 싸움을 걸듯이 불렀다는 자각은 있지만 변소 청소의 원한이 있으니 어쩔 수 없다. 실제로 오린은 잔뜩 화가 나 있었다. 자칫 뛰어다니며 그를 찾아서 무엇을 묻고 싶었는지, 그 목적을 잊어버릴 뻔할 만큼 성이 나 있었다. 만나기만 해도 화가 치미는 사람이 이 세상에는 있는 것이다.

 히네가쓰는 딴 데를 보고 있다. 아니, 낚싯대 끝을 보고 있을 테지만 오린 입장에서 보자면 그것이 '딴 데'다.

"너, 나 기억나지? 전에 나를 속여서 마고베에 공동 주택의 변소 청소를 시켰잖아. 후네야의 오린이야. 관리인 마고베에 씨에게 서당에 대해서 물으러 갔던 오린 말이야. 알지?"

 부웅 하고 날개 소리가 나고 무언가가 오린의 얼굴 옆을 스쳐 지나갔다. 해님이 쨍쨍 내리쬐고 있어서 잘 보이지 않지만 이런 곳에는 모기가 가득 들끓을 텐데.

히네가쓰가 낚싯대 끝을 바라본 채 말했다.

"뭔지는 모르겠지만 큰 소리 내지 마. 물고기가 전부 도망쳐 버리잖아."

"이런 곳에서 뭐가 낚인다고 그래? 물고기 같은 거 없잖아."

"시끄럽네. 알지도 못하면서."

"얘, 히네가쓰. 나 너한테 묻고 싶은 게 있어서 왔어."

"남에게 뭔가 물으려면 머리 위에서 소리지르지 마."

"그럼 어쩌라는 거야? 그런 곳에 내려갈 수는 없잖아. 네가 올라와."

히네가쓰는 휙 고개를 돌려 이쪽을 올려다보았다. 그쪽에서 보면 오린 바로 뒤에 해님이 있다. 그래서 눈이 부신 모양이다.

"뭐야, 너 누구야?"

"그러니까 아까부터 말했잖아!"

"나는 기억력이 나빠서 잊어버렸어."

오린은 쾅 하고 발을 굴렸다. 작은 다리 전체가 흔들렸다.

"그러니까 오우메 말이야!"

히네가쓰는 낚싯대 쪽으로 얼굴을 돌리려고 하다가 오우메의 이름을 듣자 다시 이쪽을 올려다보았다.

"오우메가 뭐라고?"

"요전에 내가 마고베에 공동 주택에 갔을 때 내 뒤를 오우메가 따라오고 있었잖아? 너 그 애한테 말을 걸었지. 오우메, 그런 곳에서 뭘 하고 있는 거냐고. 난 똑똑히 기억한단 말이야."

히네가쓰는 앞을 향하더니 아무 말도 하지 않고 갈대 속에서 반보 쯤 발의 위치를 바꾸었다. 바스락거리는 소리가 났다. 오린은 난간 너머로 몸을 내밀고 거의 상반신을 꺾다시피 하며 그의 귀에 대고 말했다.

"응? 너 오우메가 귀신이라는 거 알고 있지? 어째서인지 모르겠지만 그 아이는 후네야에 있어. 거기에 후네야 건물이 지어지기 전부터 있었는지도 몰라. 너는 어째서 오우메가 보이는 거야? 전부터 오우메에 대해서 알고 있었지? 어째서?"

"나는 아무것도 몰라."

"알잖아. 나―."

"아가씨, 머리가 이상한가 보네."

"뭐라고!"

"오우메가 누구야? 후네야라면 나가사카 님 저택 옆에 있는 요릿집이지? 뭔지는 모르겠지만 귀신 대회인가에 요리를 내놓는다고 평판이 자자하던데. 그런 거, 정말 먹을 수 있어?"

요릿집과는 인연이 없어 보이는 마고베에 공동 주택의 사람들 사이에까지 귀신 대회 소문이 퍼져 있었던 모양이다.

"안됐지만 우리 집에서 내놓는 요리는 훌륭하답니다. 이 근처에서는 히라세이에도 지지 않는다고."

히네가쓰는 턱을 쳐들고 깔깔 웃었다.

"귀신을 요리해서 먹으려는 가게 주제에 말은 잘 하네."

오린은 발끈했다. 저도 모르게 주먹을 쥐고 휘두르면서 더욱 몸을 내밀었다.

"누가 귀신을 요리한다는 거야! 되는 대로 지껄이지 마!"

히네가쓰는 재빨리 이쪽을 돌아보고는 우헤에 하는 소리를 지르며 잽싸게 옆으로 피했다. 오린은 그를 윽박질렀다고 생각하고 잠시 의기양양해졌다. 하지만 콧구멍을 벌름거리며 의기양양해할 시간은 거의 없었다.

오린의 몸을 받치고 있는 난간이 삐걱거리는 불길한 소리를 냈다.

"위험한데."

히네가쓰가 이를 드러내며 웃었다.

"뭐라고?"

말을 마치기도 전에 오린은 부서진 난간과 함께 물속으로 떨어져 버렸다.

"정말 운이 없구나, 아가씨."

뜨거운 물을 담은 찻잔을 오린에게 건네면서 오마쓰가 웃는 얼굴로 그렇게 말했다. 찻잔에는 낡아서 바랜 붉은 매화 그림이 그려져 있고 가장자리에 이가 두 군데쯤 빠져 있다.

오린은 젖은 기모노를 벗고 오마쓰에게 빌린 유카타 위에 기운 차국투성이인 창창코_{솜을 넣어 겨울에 입는 소매 없는 웃옷}를 걸치고 있었다. 추울 때도 아니고, 물웅덩이 같은 수로에 떨어진 정도로는 별일 없으리라고 생각하고 있었지만 옷을 입은 채로 흠뻑 젖는 것은 처음부터 헤엄칠 생각으로 강에 뛰어들거나 목욕을 하는 것과는 전혀 달라서 꽤 춥다. 뜨거운 물을 마실 수 있다는 사실이 기뻤다.

오린의 기모노는 오마쓰가 튼튼한 팔로 북북 빨아 주었다. 지금은 마고베에의 집 뒤에 있는 빨랫대에서 펄럭이고 있다. 오마쓰는 기모노를 손에 들더니 '아이고, 예쁜 무늬구나. 어머니의 기모노를 고친 거니? 이런 비늘무늬는 여자의 액운을 막아 주는 의미가 있지. 하지만 그런 것치고는 아가씨, 정말 멋지게 강에 빠졌구나, 아하하' 하고 즐거운 듯 이야기했다.

히네가쓰는 낚시 도구를 씻어 정리하고는 어롱魚籠 속에 들어 있던 작은 물고기를 꺼내어—그런 곳이지만 정말로 물고기를 낚을 수 있었던 모양이다—밑손질을 하고 쓰쿠네를 만들기 시작했다. 부엌에 서 있는 뒷모습은 꽤 그럴듯하고 물고기를 다루는 손놀림도 익숙했다.

"관리인 아저씨는 저녁 식사 때는 돌아오실까?"

오마쓰는 오린의 기모노가 얼마나 말랐는지 확인하려고 뒤뜰로 내려갔다. 거기에서 큰 소리로 히네가쓰에게 물었다.

히네가쓰가 생선을 바르면서 대답한다.

"돌아오기로 되어 있긴 하지만 알 수 없어요. 참배를 끝내면 손님을 하나카와도에 있는 숙소까지 바래다줄 거라고 했으니까."

"어머나, 그러면 거기에서 술을 드시겠네. 마시기 시작하면 돌아오지 않을 거야. 묵고 올지도 모르겠는걸."

오마쓰는 히네가쓰의 등을 비스듬히 보았다.

"너, 집 잘 봐야 한다. 관리인이 없다고 나쁜 짓을 하면 안 돼. 안 그래도 이 아가씨한테는 불쌍한 짓을 하고 말았으니까. 정말이지 너란 아이는 뭐 하나 제대로 하질 않는구나."

히네가쓰는 응인지 흥인지 하는 목소리를 냈을 뿐 돌아보지도 않앉다. 오린은 전에 처음으로 이곳에 왔을 때도 오마쓰가 히네가쓰에게 이렇게 거침없이 심한 말을 했던 기억을 떠올렸다.

분명히 오린은 심한 일을 당했지만 강에 떨어진 오린을 물에서 끌어올리고, 흠뻑 젖은 기모노 자락에 발이 걸려 걷지 못하는 오린을 업고 여기까지 데려와 준 사람은 히네가쓰다. 그는 오린이 물에 떨어지자 크게 웃었지만, 머리에서부터 흠뻑 젖은 오린이 죽도록 놀란 데다 강바닥에 무릎이며 팔꿈치를 부딪친 아픔 때문에 울기 시작하자 곧 웃음을 멈추고 부축해 일으켜 주었다. 그때 몹시 진지한 얼굴로 어디가 아프냐거나, 어디를 부딪혔냐고 조급하게 물었다. 오린이 좀처럼 울음을 그치지 않자 '울지 마, 바보야, 울지 마' 하고 허둥거리며 물속에서 첨벙첨벙 왔다 갔다 했다.

그 후 지금까지 오린과 한마디도 말을 나누지 않고 있다.

오마쓰는 널어 둔 오린의 붉은 띠를 손바닥 사이에 끼우고 탁탁 두들겨 보더니 두 시간은 걸리겠다며 방으로 돌아왔다.

"아가씨, 너희 집, 후네야였나? 거기에 알리는 편이 좋겠지? 데리러 와 달라고 할까?"

오린은 몹시 당황해서 고개를 저었다.

"아뇨, 괜찮아요. 데리러 올 사람은 필요없어요. 옷이 마르면 저 혼자 돌아갈게요."

"그래? 괜찮을까."

"네, 다치지도 않았는걸요."

"그럼 머리만이라도 내가 어떻게 해 줄까?"

머리를 만지는 오마쓰의 힘이 너무 세서 조금 아팠다.

"아가씨는 꽤 미인이네."

오마쓰는 즐거운 듯 말하며 오린의 얼굴을 찬찬히 바라보았다.

"관리인 아저씨한테 볼일이 있더라도 혼자서 여기저기 돌아다니면 위험해. 조심해야지."

"네. 하지만—오마쓰 씨, 저는 아가씨가 아니에요."

"어째서? 요릿집의 아가씨잖아. 우리 따위와는 사는 게 달라. 자, 다 됐다."

손거울을 보여 주었다. 오랫동안 윤을 내지 않았는지 흐릿해져서 잘 보이지 않았지만, 비뚤어지고 풀려 가던 머리가 제대로 된 것은 보였다. 거울이 흐릿한 탓일까, 얼굴 생김새가 몹시 어른스럽게 보여서 자신도 조금 놀랐다.

"자, 아가씨, 나는 아직 할일이 있어서 여기에는 있을 수 없어. 너도 같이 우리 집으로 올래? 여기보다는 좁고 지저분하고 아이들이 있어서 시끄럽지만—."

오마쓰는 험악한 눈빛으로 히네가쓰를 힐끗 바라보며 말했다.

"여기서 히네가쓰랑 집을 지켜 봐야 별수 없잖니?"

"고맙습니다."

오린은 정중하게 고개를 숙였다.

"하지만 저는 옷이 마를 때까지 히네가쓰—가 아니라 가쓰지로 씨가 상관없다면 여기에 있을게요."

오마쓰는 턱을 당기며 눈을 가늘게 뜨고 몹시 수상하다는 듯 오린을 보았다.

"괜찮겠어? 재미없을 텐데. 그래, 뭔가 필요하면 사양하지 않아도 되니까 날 부르렴."

오마쓰가 밖으로 나갈 무렵이 되자 히네가쓰가 생선살을 완전히 발라내고 부엌칼로 가늘게 다져 그것을 절구에 집어넣고 있었다. 오랫동안 사용해 왔는지 길이가 짧아진 나무공이를 집어들고는 공이 끝으로 탕탕 두드려 생선살을 으깨기 시작한다.

오린은 잠시 동안 말없이 그것을 구경했다. 익숙한 손놀림으로 으깬 어육을 준비하는 히네가쓰지만, 젖은 행주 위에 올려놓은 절구가 나무공이를 두드릴 때마다 좌우로 움직이고 만다. 이런 작업을 할 때는 누군가가 곁에서 절구를 붙잡고 있어 주는 게 좋다.

오린은 살며시 일어서서 부엌으로 내려가 손을 내밀었다.

"내가 붙잡아 줄까?"

히네가쓰는 슬쩍 오린을 쳐다보았을 뿐 말이 없다. 오린은 양손으로 절구를 단단히 고정했다.

"이거, 무슨 생선이야?"

오린이 물어도 히네가쓰는 대답하지 않는다. 그러나 손놀림은 훌륭하다. 잘게 썬 탄력 있는 생선이 순식간에 다진 어육으로 바뀌어 간다. 재미있을 정도다.

"너, 늘 이렇게 반찬을 만드니?"

역시 히네가쓰는 말이 없다.

"우리 집은 요릿집이라서 아버지가 부엌칼을 굉장히 잘 쓰셔. 숙수니까 당연하지만. 그런데 너도 잘하는구나."

히네가쓰는 여전히 말이 없는 채로 문어처럼 입을 뾰족하게 만들었다.

오린은 살짝 웃었다.

"아까는 고마웠어."

히네가쓰는 나무공이를 빙글빙글 돌리면서 낮게 말했다.

"뭐가."

"뭐냐니, 나를 강에서 건져 주었잖아."

"나 때문에 떨어졌잖아."

"그렇지 않아. 떨어진 건 네 탓이 아니야. 하지만,"

오린은 갑자기 견딜 수 없을 정도로 우스워져서 양손으로 입가를 누르고 웃음을 터뜨렸다.

"너도 참 특이하구나. 친절한지 심술궂은지 모르겠어."

"어차피 나는 머리가 나빠."

"그런 말이 아니야."

히네가쓰는 혹시 친절과 심술이라는 말의 차이를 모르는 걸까. 양쪽 다 욕처럼 받아들이는 듯하다. 관리인인 마고베에 씨와 둘이서 평소에는 어떤 생활을 하고 있을까. 오마쓰 씨는 늘 히네가쓰를 심하게 대하는 모양인데, 공동 주택의 다른 사람들도 모두 그럴까.

역시—히네가쓰가 고아이기 때문에? 아니면 비뚤어졌기 때문에?

오린이 손을 떼어 버렸기 때문에 절구는 또 덜컹덜컹 움직였다. 히네가쓰는 공이질을 멈추고 겨우 얼굴을 들더니 입술을 우물우물 비틀며 오린을 보았다.

"뭐 하러 온 거야. 도대체 너 누구야?"

이번에는 오우메에 대한 얘기뿐만 아니라 후네야에서 일어나고 있는 일이나 귀신 대회에 대해서까지, 조금 길어졌지만 오린은 전부 이야기해 주었다. 히네가쓰는 나쁜 녀석은 아니지만 사귀기가 어려운 성격이다. 뭔가 알아내려면 이쪽도 완전히 마음을 터놓고 사정을 이야기하기 전에는 제대로 받아들여 주지 않는다는 것을 알아차렸기 때문이다.

생각했던 대로 히네가쓰는 오린의 이야기에 맞장구를 치거나 도중에 주의를 딴 데로 돌리거나 하지 않고 진지한 얼굴로 들어 주었다.

"이사를 오고 나서 지금까지, 나 혼자만 후네야에 나오는 귀신들을 볼 수 있었어."

오린은 그렇게 말하며 히네가쓰에게 고개를 끄덕였다.

"하지만 전에 여기에 왔을 때, 네게는 오우메가 보였어. 내가 깜짝 놀란 이유를 알겠지?"

히네가쓰는 또 솜씨 좋게 입을 비틀었다. 그렇게 하면 몹시 기이한 얼굴이 된다. 안 그러면 좋을 텐데, 버릇인가.

"오우메는 거기 있는 수로에 낚시를 하러 갔다가 발견했어."

히네가쓰는 잡아 뜯은 것을 내밀듯이 대뜸 그렇게 말했다.

"후네야 주위에 있는 수로?"

"응. 잉어나 장어가 잡히니까."

오린도 알고 있다. 그러고 보니 수로에서 몰래 잡은 생선으로 만든 요리를 후네야에서 팔자고 겐노스케와 상의를 한 적도 있었다. 그 후 귀신 대회 이야기가 나오고 야단법석을 떠느라 그럴 때가 아니게 되어서 완전히 잊고 말았지만.

"들키면 혼나지 않아?"

히네가쓰는 입 끝을 시옷자의 반대 모양으로 끌어올렸다. 의기양양해 보인다.

"들킬 만한 실수는 안 하니까."

이 년쯤 전의 초봄이었다고 한다.

"하지만 그때 그 집은 빈집이었지?"

"맞아. 빈집 이층 창문에서 여자아이가 이쪽을 보고 있어서 깜짝 놀랐어."

또 누군가 살게 됐나 싶었다고 한다.

"하지만 관리인 아저씨한테 물어봐도 그럴 리 없다고 해서 이상하다고 생각했지. 그랬더니 관리인 아저씨는 그게 원령이나 망자라는 거야. 그 집뿐만 아니라 그 근처에는 고간지 절의 사람 죽인 중의 저주가 남아 있기 때문이라면서—."

히네가쓰는 단숨에 거기까지 말하고 당황하며 입을 다물었다. 너무 많이 말했다는 표정이 솔직하게 얼굴에 드러났다. 오린은 서둘러 고개를 저었다.

"괜찮아, 얘기해도 돼. 고간지라는 절의 무서운 스님에 대해서라면 나도 들었는걸."

히네가쓰는 눈을 동그랗게 떴다.

"누구한테 들었어?"

"귀신 중 한 명이 가르쳐 주었어. 삼십 년쯤 전에 일어난 일인데 대단한 소동이었다고."

"너, 배짱이 좋구나."

"어째서?"

"아무렇지도 않은 얼굴이잖아. 무섭지 않나 보네."

히네가쓰는 진심으로 감탄한 모양이다. 오린은 조금 의기양양해졌다. 만사를 비뚜름하게 대하는 가쓰지로지만 놀랄 때만은 솔직해서 재미있다.

"내가 전에 여기에 온 이유도 사실은 서당 때문이 아니라 마고베에 씨한테 삼십 년 전의 사건에 대해서 자세히 가르쳐 달라고 하고 싶었기 때문이야."

"그런 걸 알아서 어쩌려고?"

"귀신들이 성불할 수 있게 해 주고 싶어."

히네가쓰는, 이번에는 두 눈을 잔뜩 찡그렸다. 솜씨 한번 좋은 녀석이다.

"그게 뭐야."

"귀신들이 계속 후네야에 있는 이유는 각자의 사정이 응어리치고 말았기 때문이라고 생각해. 그러니까 응어리를 없애 주는 게 중요하겠지. 그러려면 옛날 일을 조사하지 않고서는 알 수 없는 부분도 있으니까."

"바보구나, 너. 그런 건 본인에게 물어보면 금방 알 수 있잖아."

"그렇게 간단하지 않단 말이야. 본인도 잘 모르는 경우도 있고, 말하기 좋아하는 귀신들만 있는 것도 아니라고. 오우메도 나한테는 메롱만 할 뿐 지금까지 한 번도 이야기해 준 적이 없었어."

히네가쓰는 코 밑을 슥슥 문질렀다.

"그 녀석…… 그래……?"

"오우메가 너하고는 이야기하니? 어떤 이야기를 하는데?"

잠시 동안 생각에 잠긴 듯이 눈을 찌푸리고 나서 히네가쓰는 작은 목소리로 말했다.

"나한테도 별로 이야기하지는 않아. 다만, 계속 거기에 있으니까 심심하다는 말은 하더라."

이 년 전 초봄, 계속해서 몇 번인가 빈집 이층 창가에 서 있는 여자아이를 발견하고 히네가쓰도 으스스한 기분이 들었다. 마고베에의 이야기와 맞물려서 생각만 해도 무섭다. 그러나 무서운 한편 타고난 비뚤어진 습성으로 여자아이의 정체를 밝혀내고 싶다는 기분도 들었다. 그래서 어느 날 몰래 숨어들어 가 보았다고 한다.

"그거, 낮이었어?"

"낮이지. 빈집은 낮에도 어둑어둑한 느낌이 들잖아."

히네가쓰가 먼지투성이 계단을 밟고 문제의 창이 있는 이층 방으로 짐작되는 곳에 올라가자 햇빛이 밝게 비치는 창가에 붉은 기모노를 입은 여덟 살 정도의 여자아이가 오도카니 앉아 있었다.

"너무 또렷하게 보여서 나는, 뭐야, 망자가 아니잖아, 나랑 비슷한 아이가 들어와 있는 거구나 싶었어."

그러나 안심한 히네가쓰가 말을 걸려고 하자 여자아이는 스윽 사라지고 말았다. 형체도 없이.

"깜짝 놀라서 주위를 둘러봤지. 그랬더니 내 뒤에 앉아 있는 거야. 그때는 간덩이가 입으로 튀어나오는 줄 알았어."

상상만 해도 우스운 것 같기도 하고 불쌍한 것 같기도 해서, 오린은 소매로 입을 누르며 웃었다. 히네가쓰도 토라지는 기색 없이 우물우물 입을 움직여 슬쩍 웃었다.

"넌 누구냐고—그랬더니 오우메라고 대답하더라. 여기서 뭘 하는 거냐고 물었더니 아무것도 하지 않는다, 하지만 여기서 나갈 수 없다고 했어."

여기서 나갈 수 없다—.

"너는 망자냐고 물었어. 그랬더니 그 녀석, 망자가 뭐냐고 묻는 거야. 귀신 말이야, 죽어도 성불하지 못하면 그런 무서운 존재가 되는 거야, 하고 말해 줬더니 오우메 녀석, '나는 무섭지 않아' 하고 말했어. 하지만 혼자라서 쓸쓸하대."

겐노스케나 와라이보, 오미쓰는 히네가쓰 앞에는 나타나지 않았던 걸까.

"다른 귀신은 보지 못했어?"

"응."

히네가쓰는 기세 좋게 고개를 끄덕이더니 이어서 뭔가 말하려다가 왜인지는 모르겠지만 망설였다. 눈이 움직인다.

"왜 그래?"

"아무것도 아니야."

어쨌거나 오우메와는 그렇게 해서 친구가 되었다고 한다.

"오우메가 너한테는 메롱을 하지 않아?"

"안 해. 그 녀석은 얌전하다고."

"나하고는 많이 다르네."

조금 발끈했다. 오린은 히네가쓰 흉내를 내어 입가를 시옷자로 일그러뜨렸다.

"요전에는 오우메가 나를 따라서 여기까지 왔잖아? 지금까지도 그런 일이 있었어? 정말로 그 집에서 나올 수 없는 거라면 이상한 이야기잖아."

히네가쓰는 왠지 말하기를 망설이고 있다. 갑자기 왜 그럴까.

"지금까지도―두 번 정도, 있었어."

"여기까지 나온 적이?"

"응."

"그럴 때는 혼자서 나와?"

"아니야. 너 때랑 똑같이 누군가에게 붙어서 와. 그―마음이 맞는 녀석에게."

"나는 오우메와 마음이 맞지 않아."

"그 녀석은―마음이 맞는다고 생각하는 거지."

"그렇다면 이야기해 주어도 좋을 것 같은데."

히네가쓰는 차분하지 못하게 귓불을 잡아당기더니 누군가 오기를 바라는 것처럼 문 쪽으로 시선을 던졌다.

"왜 그래? 갑자기 안절부절못하네."

"어? 아니야."

오린은 그의 눈을 들여다보았다.

"있지, 어째서 너한테는 오우메가 보일까. 생각해 본 적 있어?"

히네가쓰는 이번에는 반대쪽 귓불을 잡아당기기 시작했다. 오린은 웃으면서 그의 손을 뿌리쳤다.

"그러지 마. 귀가 커지고 말 거야. 천축에서 건너온 코끼리인가 하는 동물처럼."

히네가쓰는 손을 내리더니 야단맞은 표정으로 눈썹을 축 늘어뜨리고 또 입을 뾰족하게 내밀었다.

"나는—아무것도 몰라."

"이상하네."

아무래도 신경이 쓰인다. 오린의 말이나 질문 중에서 무엇이 이렇게 갑자기 히네가쓰를 허둥거리게 만들었을까.

"오우메—어째서 네 앞에 모습을 나타냈는지 이유를 말한 적은 있어?"

귀신이 보이는 이유 중에는 뭔가 공통점도 있으리라. 그것이 단서가 되지 않을까.

"저기, 이유를 물어본 적 없어?"

오린이 채근하자 히네가쓰는 그답지 않게 서글픈 얼굴을 했다. 그리고 더듬더듬 이렇게 말했다.

"오우메는—내가 고아라서 오우메의 모습이 보이는 거라고 했어. 똑같으니까. 그 녀석도 고아야. 지금까지 두 번, 그 녀석이 붙어서 여기까지 왔을 때의 상대도 모두 고아였어. 그래서 나는 그렇게 알고 있었지."

오린은, 당장은 그의 말이 갖는 깊은 뜻을 알지 못하고 으음, 그런가? 하며 고개를 끄덕였다. 그러고 나서 눈을 크게 떴다.

"그러면—그 이치로 따지자면 나도 고아라는 뜻이 되는 거 아니야?"

히네가쓰는 또 솜씨 좋게 얼굴을 일그러뜨렸다. 오린이 그런 생각에 이를 것을 예상하고 있었던 모양이다. 그래서 아까도 안절부절못했던 것이다.

한편 오린은 자신의 머리에서 흘러나온 생각에 스스로 놀라고 있었다.

"말해 두겠는데 나는 고아가 아니야."

오린은 저도 모르게 그렇게 덧붙였다.

"아버지도 어머니도 건강한걸. 계속 우리 아버지, 어머니로 계실 거란 말이야. 나한테는 집이 있어. 고아가 아니야. 절대로 아니야. 이상한 말 하지 마."

입을 삐죽거리며 주장하는 오린 옆에서 히네가쓰는 귓불을 잡아당기며 어쩔 줄 몰라한다.

"나는 아무 말도 안 했어." 그는 낮은 목소리로 말했다. "멋대로 화내지 마."

"오우메는 같은 여자아이라서 나한테 나타나는지도 몰라." 오린은 말했다. "나한테는 아버지와 어머니가 있는데 그 아이한테는 없으니까 분해서 메롱을 하는지도 모르지."

응, 그렇다. 틀림없이 그럴 것이다. 말로 표현해 보니 딱 들어맞지 않는가.

히네가쓰는 절구 속의 쓰쿠네를 내려다보다가 갑자기 생각난 듯이 "된장을 넣어야지" 하고 중얼거렸다. "생강도."

그렇게 오우메 이야기에서 도망치려고 하는 히네가쓰의 태도가 오린은 마음에 들지 않았다. 오우메와 자신을 잇는, 이해할 수 있을 만한 설명이 필요하다. 하지만 아까 같은 생각은 싫다. 좀 더 제대로 된 답이 필요하다.

그것은 어차피 자신의 마음에 드는 답을 듣고 싶어 하는 어린아이다운 이기심에 지나지 않다는 사실을 본인은 깨닫지 못한다.
 "저기, 내가 전에 이상한 꿈을 꾼 적이 있어. 들어 줄래?"
 히네가쓰는 부엌 선반에서 된장이 들어 있는 작은 병을 꺼냈다. 오린은 그의 뒤를 바싹 붙어 걸어가면서 말을 이었다.
 "벽장 안에 들어갔다가 잠이 들어 버렸거든. 그때 꾼 꿈이야. 나는 우물 밑바닥 같은 어두운 곳에 떨어져 있어. 위를 올려다보면 달님이 찼다 이지러졌다 하면서 지나가. 그만큼 세월이 지났다는 뜻이겠지. 그러는 사이 나는 점점 뼈가 되어 가는 거야."
 히네가쓰는 절구에 엄지손톱만큼의 된장을 집어넣었다. 코를 찌르는 냄새가 나는 적갈색 된장이다.
 "아마도 꿈속의 나는 시체고, 시간이 지나 해골이 되어 간다는 뜻일 거야. 그래서 나는 생각했어. 이 꿈은 오우메에게 일어난 일이 아닐까 하고. 그 아이, 우물에 떨어져서 죽은 게 아닐까? 그 꿈을 어째서 내가 꾸는가 하면, 역시 나와 오우메는 같은 여자아이이기 때문이겠지."
 히네가쓰는 된장이 든 병을 원래대로 올려놓고 이번에는 선반 옆에 아무렇게나 떨어져 있는, 짚으로 만든 자루 같은 것을 집어 올렸다. 그러고는 안에서 쓰쓰야의 가게 이름이 들어가 있는 다섯 홉짜리 무명 자루를 꺼낸다.
 "어, 너 쓰쓰야까지 피나 조를 사러 가니?" 하고 오린은 물었다. 자기 쪽에서 화제를 돌리는 셈이기는 했지만, 친하게 지내는 쓰쓰야에서 파는 자루를 보고 저도 모르게 기뻐지고 말았던 것이다.
 히네가쓰는 대답하지 않고 쓰쓰야의 자루를 옆으로 치우더니 더욱 팔을 집어넣어 말라비틀어진 생강 조각을 꺼냈다.

오린은 쓰쓰야의 자루를 집어들었다. 끈을 잡아당겨 열어 보니 안에는 예쁜 연녹색의 피가 반쯤 들어 있다.

"피떡을 만들 거야." 히네가쓰는 오린의 손에서 자루를 집어들었다. "관리인 아저씨가 좋아하거든."

"네가 만드는 거니?"

"나 말고 누가 있어."

히네가쓰는 생강껍질을 벗기기 시작했다. 오린은 다시 그의 옆에 나란히 섰다.

"쓰쓰야라면 나, 잘 알아. 작은나리인 가쿠스케 아저씨는 우리 아버지의 친구고 오엔은 내 친구거든."

히네가쓰가 폭이 넓은 채소용 부엌칼로 능숙하게 생강을 벗겨 간다. 역시 익숙한 손놀림이다.

"후네야의 첫 번째 손님도 쓰쓰야였어. 어르신의 고희 축하연을 했거든. 쓰쓰야의 무명 자루는 유명하니까, 우리 아버지가 여러 가지를 생각하다가 무명 자루와 관련이 있는 요리를 연구해 냈어. 굉장히 기뻐해 주셨는데."

그 연회석에서 최초의 대대적인 귀신 소동이 있었으니 잊을 리도 없지만, 여기서 히네가쓰에게 말하고 싶지는 않았다.

"지금 네가 만드는 것 같은 쓰쿠네를 말이지, 흰살 생선 쓰쿠네인데 두부껍질로 싸서 육수로 조린 거야. 어르신이 맛있다, 맛있다 하면서—."

히네가쓰는 생강을 가늘게 썰기 시작하면서 부루퉁한 말투로 가로막았다.

"나라면 그런 짓은 하지 않을 텐데."

아버지의 요리 자랑에 신이 나 있던 오린은 조금 멍해졌다.

"어? 뭐라고?"

"나라면 쓰쓰야의 축하연에 그런 요리는 내놓지 않을 거라고 했어."

히네가쓰는 잘게 다진 생강을 양손으로 쓸어 절구에 던져 넣고 나무공이를 집어들었다.

"쓰쓰야는 잡곡 가게잖아? 어르신이 고희가 될 때까지 잡곡을 팔아 번성해 온 거잖아? 그렇다면 축하 요리에는 가게에서 팔고 있는 잡곡을 내놓는 게 맞지. 덕분에 돈을 벌었으니까."

오린은 발끈했다.

"잡곡은 요릿집에서 내놓는 진수성찬이 되지 못하는걸."

"진수성찬이 아니면 안 되는 거야?"

히네가쓰는 생각지도 못한 강한 목소리로 말하며 오린을 노려보았다. 오린이 겁을 먹고 반보 뒤로 물러날 정도의 기세였다.

"에도에서는 모두 흰 쌀밥을 먹을 수 있으니까, 잡곡은 좋아하는 사람이나 먹는 거라고 생각하고 있지? 그야 그럴 테지. 우리 관리인 아저씨도 피나 조를 좋아하니까 먹는 거야. 하지만 정말로 가난해서 다들 먹는 흰쌀을 살 수 없거나, 너 같은 놈에게 흰 쌀밥을 먹게 해줄 것 같으냐는 말을 들으면서 흰 쌀밥이 눈앞에 있는데도 어쩔 수 없이 피나 조를 먹어야 하는 사람들도 있어. 잡곡 가게는 그런 손님을 상대로 하는 거야. 친지들이 모인 축하연이라면 '이게 다 잡곡 덕분입니다' 하고 제일 먼저 잡곡을 먹으며 감사 정도는 드려도 벌은 받지 않을 거야."

오린은 얼굴이 뜨거워졌다. 화가 나서 속이 뒤집힐 것 같다. 역시 이 녀석은 히네가쓰다. 비뚤어진 성격이 보통이 아니다.

"그렇다면 너는 어떤 요리를 만들겠다는 거야? 우리 아버지에게 지지 않을 만한 요리를 만들 수 있다는 거야?"

히네가쓰는 코를 새침하게 위로 쳐들었다.

"그래, 만들어 주지. 요릿집은 생선도 푸성귀도 달걀도, 손님이 돈을 듬뿍 내주니까 살 수 있는 거잖아. 재료가 좋으면 아무리 서툰 숙수라도 맛있는 걸 만들 수 있다고. 나는 그런 응석받이 같은 짓은 하지 않아. 잡곡으로도 제대로 된 축하 요리를 만들어 낼 수 있어."

오린의 뱃속은 활활 지핀 숯불처럼 새빨개지고, 그 열로 혀도 입술도 목소리도 말도, 풍로 위의 석쇠처럼 바싹 타고 말았다.

오린은 지는 것을 싫어하기 때문에 울지 않았다.

지금은 아직 물러날 생각도 없다.

작은 오른손을 쳐들어 히네가쓰의 뺨을 철썩 하고 후려쳤다.

짝 하고 경쾌한 소리가 났다.

"너 같은 애는 정말 싫어!"

분노의 불로 바싹 타서 쉰 목소리로 외치고, 이번에는 주먹을 쥔 왼손으로 히네가쓰의 어깨를 때렸다. 히네가쓰는 때리는 대로 맞아 주었지만 오린의 주먹에 맞은 어깨 언저리를 뭔가 달라붙었나 하고 신경 쓰는 것처럼 물끄러미 바라보았다.

"나도 너 같은 건 싫어." 그는 작은 목소리로 빠르게 말했다. "얼른 집으로 돌아가. 가 버려."

"말 안 해도 갈 거야!"

오린은 그렇게 외치고 뛰어나갔다. 부엌에서 밖으로 뛰어나가 마고베에 공동 주택 안을 달리다가, 그제야 겨우 길이가 맞지 않는 기모노 자락이 엉켜서 달리기 힘들다는 사실을 깨달았다. 큰일이다, 옷이 아직 마고베에의 집 빨랫대에 걸려 있는데. 지금 몸에 걸치고 있는 기모노는 오마쓰가 마련해 준 빌린 옷이다.

—어떡하지.

입이 시옷자로 구부러졌다.

결국 오린은 그 옷차림을 한 채 후네야로 돌아갔다.

후네야는 바깥문을 닫고, 마치 불행한 일이라도 있었던 것처럼 쥐 죽은 듯 조용했다. 문 옆의 작은 방에서 오쓰타 혼자 우두커니 집을 보고 있었다.

"어머나, 오린. 어떻게 된 거예요, 그 옷차림은?"

오쓰타의 얼굴을 보자 오린은 갑자기 긴장이 풀려서 응석을 부리듯이 울고 말았다. 오쓰타는 오린이 갈아입을 옷을 내오고 부지런히 옷을 갈아입힌 후 그 김에 머리도 다듬어 주었다.

당연한 일이지만, 혼자서 마고베에 공동 주택까지 원정을 간 진짜 이유를 오쓰타에게 말할 수는 없었다. 그러나 오쓰타는 어린아이의 말을 깊이 파고들어 캐묻는 성격이 아니었다. 오린은 아버지와 어머니가 곤란에 처한 모습을 보다 못해, 하지만 아무것도 할 수 없고 기분이 울적해서 잠시 산책을 갔는데 멍하니 있다가 발이 미끄러져서 무너져 가는 나무다리에서 강으로 떨어지고 말았다. 그런데 마침 지나가던 마고베에 공동 주택의 아주머니가 구해주었다―는 이야기만 해도 충분했다.

"옷은 빨아서 말려 주었지만 마를 때까지 기다릴 수가 없었어요. 집에 오고 싶어서."

오린이 코를 훌쩍이며 그렇게 말하자 오쓰타는 "그래요?" 하며 오린을 안고 쓰다듬고 문질러 주었다.

"정말 무서웠겠네요. 다치지는 않은 것 같은데, 아픈 데 없어요?"

"응, 괜찮아요."

"그럼 오린은 잠깐 낮잠을 자도록 해요. 옷은 아줌마가 가지러 가 줄게요. 마고베에 공동 주택의 어느 집이지요? 도와준 아주머니의 집이겠지요? 그 사람은 이름이 뭐예요?"

오린이 순간적으로 생각해 낼 정도의 거짓말로는, 이런 구체적인 질문에 금세 말문이 막히고 만다. 여기서 오마쓰의 이름을 꺼내기는 쉽지만 오쓰타가 가서 오마쓰를 만나면 오린이 마고베에 공동 주택에 히네가쓰를 찾아간 일도, 그와 이야기하다가 강에 떨어진 일도 전부 들키고 만다. 그것은 곤란했다.

"아줌마는―이름을 말하지 않았어요."

오린은 더욱 구차한 거짓말을 했다.

"그냥, 근처에 있는 마고베에 공동 주택에 살고 있다고."

"세상에." 오쓰타는 둥근 얼굴에 두 눈을 동그랗게 떴다. "그럼 옷은 어디에서 갈아입었어요?"

"관리인 마고베에 씨의 집. 옷은 거기에 널어 두었어요."

오쓰타는 곧 이해해 주었다.

"관리인의 집이라면 오히려 얘기가 빠르겠네요. 아줌마가 옷을 가지러 가서 고맙다는 인사를 잘 드리고 올게요."

"지금 가려고요?"

"네, 바로 가는 게 좋잖아요?"

"마고베에 씨, 지금은 집에 없을 텐데."

오쓰타가 가서 히네가쓰를 만나면 또 그 녀석이 쓸데없는 말을 할지도 모른다. 하지만 마고베에라면 사정을 모르는데다 귀가 엄청나게 어둡다고 하니 이쪽의 말만 듣고 옷을 건네줄지도 모른다.

"집에 없다고요? 하지만 오린, 관리인 댁에서 신세를 졌다면서요?" 오쓰타는 혼자서 묻고 혼자서 답을 내놓았다. "아아, 그렇구나, 관리인의 안주인에게 신세를 졌군요."

"그건—아닌데요. 어쨌든 마고베에 씨는 외출하고 없어요. 내일 가면 돼요, 아줌마. 빌려 온 옷도 빨아서 돌려주어야 하잖아요?"

오쓰타는 노골적으로 업신여기는 눈빛으로 오린이 빌려 온 유카타와 창창코를 내려다보았다. 색깔이 바랜 단풍잎 무늬로, 군데군데 다른 천을 크게 대어 기운 자국이 보인다. 그중 하나는 딱 보기에도 이불 무늬다.

"이런 옷을 돌려줘 봐야 소용없잖아요."

"그럼 어떻게 해요?"

"그럭저럭 깨끗한 헌옷이라도 적당히 골라서 대신 가져갈 수밖에 없겠네요. 이럴 때는 그렇게 하는 것이 예의랍니다."

그래요? 하고 오린은 말했다.

"오린도 잘 기억해 두세요. 다른 사람에게 수건을 빌렸을 때도 그냥 빨아서 돌려주는 것은 꼴사나운 일이에요. 우리는 수건 하나 때문에 전당포에서 일수 돈을 빌려야 하는 처지의 사람들과는 다르니까요."

"그럼 지우산紙雨傘 같은 것도 빌리면 새것을 사서 돌려줘야 해요?"

"우산은 어렵겠지요. 어지간히 찢어진 우산이 아닌 한 그대로 돌려주는 게 맞을 거예요. 하지만 과자 정도는 들고 가야 하지요."

"찢어진 우산은 안 돌려주는 거예요? 버리는 거예요?"

오쓰타는 과장스럽게 고개를 저었다.

"무슨 소리예요. 찢어진 우산을 빌리면 새것을 사서 돌려줘야지요."

"하지만 그러면 내 돈이 나가잖아요."

"내 돈이 나가도 괜찮은 거예요. 그런 것이, 제대로 된 가게가 하는 일이랍니다."

"찢어진 우산을 빌려준 사람은 오히려 곤란하지 않을까요? 그런 것은 버려도 괜찮았는데, 하면서."

"남에게 찢어진 우산을 빌려 주는 사람은 본디 마음가짐이 무례한 사람이에요. 그러니 그런 무례한 사람에게는 새것을 사다 돌려주어서 세상의 예의가 어떤 것인지 보여 주어야지요."

오린은 아직 이해할 수는 없었지만 오쓰타가 위엄 있게 딱 잘라 말해서 고개를 끄덕였다. 오마쓰가 '아가씨'라고 부르던 기억이 얼핏 머리 한구석을 스친다.

"오린, 배는 고프지 않아요? 아침부터 아무것도 안 먹었잖아요."

"아니, 괜찮아요. 아버지랑 어머니는?"

"다카다야의 큰나리가 오셔서 조금 전에 같이 나가셨어요. 오늘은 늦게 돌아오실 테니 오린은 이 오쓰타랑 착하게 집을 보고 있읍시다."

오쓰타는 단숨에 그만큼 말하고도 숨이 남는다는 듯이 탄식했다.

"그건 그렇고 후네야도 재난이 계속되는군요. 다이치로 씨―나리도 힘들겠어요."

"어디에 간 걸까."

"글쎄요……. 모르겠어요."

오쓰타는 시치미를 떼려 했지만 오린은 금세 알아챘다. 오쓰타 아줌마는 세 사람이 간 곳을 자세히 알고 있는데도 내게는 말하고 싶지 않은 거야.

―나중에 겐노스케 님한테 물어보자.

계단 한가운데에 앉아서 불러 보자. 오미쓰도 좋다. 애교 있고 듣기 좋은 목소리로 뭔가 노래라도 한 구절 불러 준다면 히네가쓰와 싸워서 거스러미가 인 마음도 깨끗하게 정돈될지 모른다.

오쓰타는 잠시 부엌에 나갔다가 곧 쟁반을 들고 돌아왔다. 작은 접시 위에 갈분 떡이 담겨 있다.

"큰나리가 선물로 가져다주셨어요. 후나바시야의 갈분 떡. 오린이 아주 좋아하잖아요."

오린은 기뻐하며 은은한 단맛의 흑밀을 마지막까지 깨끗하게 먹어 치웠다.

갈분 떡을 먹는 오린을 지켜보면서 오쓰타는 보리차를 마시고 있었다. 오쓰타 아주머니가 이렇게 하는 일 없이 앉아 있는 모습은 좀처럼 볼 수 없었는데. 오쓰타도 지쳤다. 낙담했다. 후네야의 앞날에 불안을 느끼고 슬퍼졌을 것이다.

"시치베에 할아버지도 후네야를 걱정하고 있겠네요."

오쓰타는 또 시치미를 떼려고 했다.

"큰나리가 걱정하시는 것은 시마지 씨의 상태예요, 오린. 그렇게 미치광이처럼 되다니, 여우라도 씌었을지도 모르지요. 강령이니 귀신 대회니 하는 불길한 일을 하니까 그렇게 된 거예요."

확실히 귀신 대회는 변변찮은 짓이었다.

"오쓰타 아줌마는 시마지 씨를 잘 아세요?"

"거의 몰라요. 큰나리의 간절한 추천으로 온 사람이니까 나 같은 사람이 꼬치꼬치 캐물을 일도 없고요."

말과는 반대로 불만스러운 말투다.

"그런 음침한 사람은 처음부터 요릿집에는 맞지 않았어요."

접시의 콩가루까지 몽땅 휩쓸고 난 오린은 뱃속과 기분이 가라앉았다. 오린은 마침 좋은 기회이니 오쓰타에게도 이것저것 좀 물어볼까 하고 생각했다.

"저기, 오쓰타 아줌마. 아줌마는 알았어요? 시라코야의 오시즈 씨 말이에요."

오린은 이야기했다. 어제 연회가 끝난 후, 하얀 두건을 벗은 오시즈의 얼굴은 전에 '시라코야의 오시즈'라며 후네야를 찾아온 젊은 여자와는 다른 사람이었다는 사실을.

오쓰타의 얼굴이 순식간에 흐려졌다.

"나리가, 오린이 가르쳐 주어서 겨우 알아차렸다고 하셨어요. 그때는 모두 그런 것을 따질 겨를이 없었지요. 오린은 똑똑하네요."

"나중에 온 두건을 쓴 사람이 진짜일 테니까 전에 온 사람은 가짜겠지요? 어디 사는 누구일까."

"큰나리도 거기에 신경을 쓰셨지요." 오쓰타는 기세 좋게 이야기하기 시작했다. "큰나리는 발이 넓어서 여러 가지를 아시거든요. 시라코야의 주인에게는 오시즈 씨 외에도 딸이 있대요. 물론 안주인이 낳은 아이는 아니에요. 하녀한테 손을 대서 낳은 아이로, 먼 옛날에 모녀 모두 쫓겨났는데—딸은 금방 고아가 되어서 지금껏 시라코야 주인을 원망하고 있었대요."

거기까지 말한 오쓰타는 그제야 어린아이에게 들려주어도 되는 종류의 이야기가 아니라는 분별을 되찾았다. 어지간히 이야기하고 싶었을 테고, 혼자 집을 보느라 지루했으리라.

오린은 다른 생각을 하고 있었다. 흐음, 그렇구나. 시라코야에는 그런 일이 있었구나. 그런데 오늘은 '고아'가 참 많이 나온다.

오린은 반쯤 혼잣말 같은 기분으로 말했다.

"고아는 그렇게 슬픈 걸까? 부모에게 버려지는 것이 그렇게 괴로울까? 원망스러울까? 내가 고아라면 역시 그렇게 원망스러웠을까?"

오린 옆에서 오쓰타가 버팀목으로 쿡 찌른 것처럼 흠칫하며 등을 폈다. 심상치 않은 기색에 오린은 오쓰타의 얼굴을 보았다.

"왜 그래요, 아줌마?"

"오린."

오쓰타는 밋밋한 목소리로 말했다.

"이상한 말을 하는군요."

"이상한 말? 어째서요?"

"내가 고아라면, 이라니."

"잠깐 생각해 봤어요."

"그것뿐이에요? 정말로?"

뭔가를 살피는 시선에 오린은 놀라서 오쓰타의 눈동자를 들여다보았다. 갑자기 서늘하니 추워진다. 뭔가 말하려고 했지만 말이 잘 나오지 않았다.

오쓰타는 더욱더 진지하게 오린 쪽으로 몸을 내밀었다.

"누군가에게—뭔가 이상한 말을 들은 것은 아니지요? 오린의 출생에 대해서 트집을 잡는다거나 하는 말을?"

오린은 말을 할 수가 없었다. 이런 것을 '꿀 먹은 벙어리가 되었다'고 하나 보다.

오쓰타의 진지한 얼굴이 바싹 다가온다. 이것은 웃자고 하는 이야기가 아니다.

"오린, 왜 입을 다물고 있어요?"

오쓰타는 오린의 두 어깨에 손을 올려놓고 마구 흔들었다. 왠지 야단을 맞고 있는 듯한 형세다.

"아줌마—나는," 오린은 겨우 말을 찾아냈다. "아줌마가 말하는 것 같은 생각은 조금도 하지 않았어요. 왜냐하면 지금까지 아무한테도 그런 이야기—내 출생에 대해 내가 모르는 이야기를 들은 적이 없었고."

오쓰타는 얼른 양손을 집어넣고는 턱을 당기고 몸을 통째로 조금 뒤로 물리더니 찬찬히 오린을 바라보았다. 두 눈썹이 화가 난 모양으로 휘어 있다.

"어머, 그래요?" 하고 재빨리 말한다. 끓는 물에 재빨리 찬물을 부어 넣은 것처럼 열기가 쑥 내려갔다.

"그렇다면 됐어요, 그렇다면."

그렇게 말하면서도 아직 오린의 얼굴을 응시하고 있다. 오린은 논리로 설명할 수는 없지만 직감적으로 지금 오쓰타의 얼굴에서 시선을 피한다면 이 이야기가 앞으로도 계속 나오게 될 거라고 느꼈다. 그래서 가능한 천진하고 맑은 눈을 크게 뜨고 아주머니의 얼굴을 마주 올려다보았다.

"오린도 돌아왔고 배도 불렀으니."

오쓰타는 생긋 웃음을 짓고 양쪽 옷자락을 띠 옆에 끼워 넣으면서 일어섰다.

"그러면 아줌마는 청소를 시작해야겠네요. 객실은 끝났지만 부엌은 어제부터 그대로라서."

오쓰타가 자리를 뜰 때까지 오린은 가면을 쓴 것 같은 천진한 얼굴을 유지하고 있었다. 아아, 갈분 떡은 맛있었어, 그럼 이제부터 무엇을 하고 놀까?

그리고 혼자 있게 되자 방의 장지문을 닫고 거기에 등을 기대며 크게 숨을 내쉬었다. 지금까지 오린의 연극에 박자를 맞춰 주던 심장도 활개를 치며 두근두근 빠르게 뛰기 시작한다.

—오린의 출생에 대해서 트집을 잡는다거나 하는 말을.

지금까지 한 번도 그런 말을 들은 적은 없다. 오쓰타는 뭔가 착각을 하고 있는 것이다.

—하지만 만일 내가, 만약 이 집의 진짜 아이가 아니라면.

오린은 손으로 입가를 닦았다. 입술에 남아 있던 흑밀의 맛이 은은하게 달다.

—사실은 고아인데 아버지와 어머니가 양녀로 들였다거나.

그런 일이 있었다면 왜 오우메가 오린에게 다가오는지에 대한 수수께끼는 풀린다. 다시 말해서 앞뒤가 맞다.

—큰일났네.

지금은 우선 어른처럼 차분하게 마음을 가라앉히고 생각해 보아야 한다. 울거나 떠는 것은 어린아이 같은 짓이니 안 된다. 오린은 자신을 그렇게 타이르며 그 자리에서 떠오르는 가장 어른스러운 몸짓을 했다. 정좌를 하고 품에 손을 넣은 것이다.

그래도 노력은 순식간에 허사가 되었다. 만일 고아라면, 양녀라면—이라고 생각한 것만으로도 울음이 나오려고 한다. 다다미의 금이 천천히 고이기 시작한 눈물 때문에 순식간에 흐릿해져 간다.

역시 혼자서는 안 된다.

오린은 앞뒤 생각 없이 입을 시옷자로 일그러뜨리고 벌떡 일어섰다. 장지문을 열고는 발소리를 죽이고, 그래도 가능한 재빠르게 위층으로 이어지는 계단으로 달려갔다.

거기에, 늘 있는 그곳에 겐노스케가 양손으로 뺨을 받치고 심심하다는 듯이 걸터앉아 있는 게 보였다. 역시 오린이 부르지 않아도 먼저 기다리고 있어 주었다.

"겐노스케 님!"

오린은 계단을 뛰어올라 갔다.

"어제도 보았는데 몹시 오랜만인 것 같구나, 오린."
겐노스케의 말이 맞다. 짧은 시간 동안 여러 가지 일이 있었기 때문이리라.
오린은 저도 모르게 겐노스케에게 뛰어들고 말았다. 그의 무릎에 매달려 엉엉 울고 싶은 기분이었다. 하지만 겐노스케는 귀신이다. 만질 수는 없다. 그것을 잊고 돌진하는 바람에 하마터면 이마에 커다란 혹이 생길 뻔했다.
"미안하구나. 나도 오린을 다정하게 위로해 주고 싶은데, 귀신이란 꽤 불편한 존재라서."
겐노스케는 정말 미안하다는 듯 목을 움츠렸다. 오린은 양손으로 눈물을 닦다 보니 갑자기 후련해진 기분이 들었다. 기운을 내서 생긋하고 조금 수줍게 웃으며 고개를 저었다.
"괜찮아요. 저는 겐노스케 님을 만날 수 있는 것만으로도 안심했어요."
"기쁜 말을 해 주는구나."
겐노스케는 방금 전의 오쓰타와 오린의 이야기를 듣고 있었다고 한다. 그래서 오린은 거슬러 올라가 히네가쓰와 오우메의 이야기를 했다. 겐노스케는 가끔 턱을 문지르면서 시종 조금 슬픈 듯한 얼굴을 하고 귀를 기울였다.
"어쨌거나 많은 문제가 있구나."
오린이 이야기를 마치고 아까 그가 했던 것처럼 양손으로 뺨을 누르자 겐노스케는 탄식하며 그렇게 중얼거렸다.

"다만 지금 눈에 보이는 문제는, 수는 많이 있지만 전부 조금씩 이어져 있는 것 같지 않니?"

"그런가요?"

오린은 진심으로 곤혹스러워져서 힘없는 대답밖에 할 수 없다.

"저한테는 아주 복잡하게 보여요."

"오린의 머리가 아직 작기 때문이야. 어쩔 수 없지. 그러니 이 멋있는 오라버니가 대신 주석을 좀 달아 주려는 게다."

겐노스케는 웃으며 얼굴 앞에서 손가락을 하나 세웠다.

"우선, 지금의 오린에게 제일 큰 문제부터 시작하자. 이 일에 대해서는 전에도 둘이서 이야기했지? 어째서 오린에게는 나를 포함한 이 집 귀신들의 모습이 보이는 것일까?"

오린은 다소 경직된 몸짓으로 고개를 끄덕였다.

"잘 듣거라, 오린. 우선 지금은 오우메와 히네가쓰에 대해서는 옆으로 제쳐두렴. 아까 오쓰타 씨가 한 말도 잠시 잊어버려. 알겠지?"

"하지만—."

"오우메가 고아여서 고아에게 즐겨 모습을 보인다는 논리는 분명히 앞뒤가 맞는 것 같다. 하지만 그 사실이 히네가쓰뿐만 아니라 오린 네게도 들어맞을지 어떨지는 아직 알 수 없어. 알겠니?"

오린은 아래를 향한 채 고개를 끄덕였다.

"그 후로 나도 내 나름대로 여러 가지를 생각해 봤어."

겐노스케는 진지한 어투로 말을 이었다.

"어째서 오린 네게는 우리 모두가 보일까? 우리와 마음이 통할 수 있는 것일까? 어린아이를 좋아하는 오미쓰나 여자를 좋아하는 나나 병자를 보면 치료하고 싶어 하는 와라이보 영감의 경우는 그나마 이해가 가. 나도 오린이 귀여워서 조금 참견해 보고 싶다고 생각했으니까. 하지만 덥수룩이는 어떨까? 오우메는 어때? 두 사람 다 아주 다루기 어려운 귀신이지. 우리 귀신들과도 잘 사귀지 못하는 귀신이야. 그 녀석들이 둘 다, 처음부터 오린 앞에는 모습을 보이고 각자의 방식으로 오린에게 뭔가 전하려 하고 있어ㅡ."

"오우메는 메롱밖에 해 주지 않는데요."

오린이 끼어들어 말했다.

"그것은 뭔가 전한다기보다도 저를 싫어한다는 뜻이 아닐까요?"

"그럴까? 나는 그렇게 생각하진 않아."

겐노스케는 다시 품에 양손을 집어넣고는 작게 웃음을 띤 눈으로 오린을 곁눈질했다.

"오린, 히네가쓰는 그렇게 나쁜 녀석이 아니지?"

"네?" 오린은 깜짝 놀랐다. "무, 무슨 말씀이세요, 갑자기."

"실은 오린, 히네가쓰가 조금 마음에 드는 거 아니니?"

오린은 양손을 주먹 쥐고 붕붕 휘두르면서 일어섰다.

"말도 안 돼요! 어째서 겐노스케 님이 그런 말을 하세요? 저는 그런 녀석은 딱 질색이에요! 그렇게 말하고, 귀싸대기를 갈긴 후에 집에 와 버렸다고요!"

겐노스케는 더욱더 실실 웃는 얼굴로 곁눈질을 했다.

"그런 짓을 해서 지금은 조금 반성하고 있지 않니? 히네가쓰와 싸움을 한 것이 괴롭지 않아?"

"전혀요! 조금도!"

오린은 천장을 향해 큰 소리로 외쳤다. 그러자 부엌 쪽에서 발소리가 나더니 곧 오쓰타가 계단 밑에 얼굴을 내밀었다.

"오린? 왜 그래요, 불렀어요?"

오린은 당황해서 손으로 입을 눌렀다.

"아니, 안 불렀어요, 아줌마."

"큰 소리를 지르지 않았어요?"

"노래를 부르고 있었어요. 오사키 아줌마가 가르쳐 준 공놀이 노래예요."

"어머나." 오쓰타는 앞치마로 손을 닦으며 살짝 고개를 갸웃거렸다. "그러면 공을 꺼내다 줄까요? 밖에서 놀래요?"

"아뇨, 필요없어요."

오쓰타는 뭔가 의아하다는 표정으로 좀처럼 그 자리에서 움직이지 않고 오린이 앉아 있는 계단 한가운데를 올려다보았다. 오쓰타에게 겐노스케의 모습이 보이지 않는다는 사실은 알고 있지만 그래도 뭔가 기척 같은 게 느껴지는지도 모른다.

겨우 오쓰타가 부엌으로 들어가자,

"후우." 오린은 원래대로 걸터앉았다. "왠지 피곤하네요."

"하지만 만일 오쓰타 씨에게도 우리의 모습이 보인다면 더욱더 피곤해질 게다" 하고 겐노스케가 말했다.

어차피 또 웃고 있겠지 하는 생각에 오린은 노려보려고 했는데 겐노스케는 의외로 진지한 표정을 짓고 있었다. 조금만 더 진지하다면 험악하다고 해도 좋을 것 같은 얼굴이다.

오린의 마음에 얼핏 '겐노스케 님은 오쓰타 아줌마를 좋아하지 않는 것일까?' 하는 의문이 스쳤다. 지금까지 그렇게 생각해 본 적은 없었다.

입 밖에 내서 묻는 것은 몹시 꺼려지는 기분이 들었다. 만일 '응, 싫어해'라고 대답하면 어떻게 해야 좋을지 몰라 당황하고 말 것이다.

"무슨 이야기를 하고 있었지? 내가 이야기를 뒤죽박죽으로 만들어서는 안 되는데."

겐노스케는 턱 끝을 꼬집으면서 상냥한 눈으로 오린을 보았다.

"그렇지, 히네가쓰 이야기였지."

"저는 그 녀석이 싫어요."

"그래? 그럼 그런 것으로 해 두자꾸나. 하지만 오린. 지금까지 그 녀석이 한 행동이나 말을 듣자 하니 히네가쓰는 처음부터 오린을 좋아했던 것 같은데."

"그럴 리가!"

"자, 기다려라. 그렇게 흥분하지 말고."

겐노스케는 싱글벙글 웃으면서 양 손바닥을 오린의 얼굴 앞에서 살랑살랑 흔들었다.

"히네가쓰는 처음부터 너를 속이거나 불친절한 짓만 하며 무뚝뚝했지? 그것은 부끄러웠기 때문이야. 오린이 마음에 들었기 때문에 오히려 심술궂은 태도를 취한 거지. 그 나이의 남자아이에게는 흔히 있는 일이란다. 그렇기 때문에 네가 강에 떨어지자 허둥지둥 구해 내서 집까지 데려가서 아주 친절하게 대해 준 거야."

오린은 왠지 얼굴이 빨개질 것 같은 기분이 들었기 때문에 애써 입을 삐죽거렸다.

"하지만 집에 올 때는 크게 싸웠는걸요. 그 녀석이 아버지의 요리를 깎아내렸기 때문이에요. 저는 절대로 용서 못 해요!"

"그렇지, 오린이 화내는 것도 무리는 아니야. 하지만 히네가쓰의 요리 이야기는 꽤나 재미있구나."

겐노스케는 기분 좋은 표정으로 말했다.

"장래가 기대되는 녀석이야. 나이는 어려도 괜히 고생을 한 것은 아니구나. 오린은 불쾌할지도 모르겠지만 나는 말이다, 쓰쓰야에 내놓은 요리에 대한 히네가쓰의 의견은 경청할 가치가 있다고 생각한다."

경청할 가치가 있다는 어려운 말을 듣고, 오린은 아무 대답도 할 수가 없었다. 다만 겐노스케가 일부러 이런 어려운 말을 썼다는 것은 알 수 있었기 때문에 분노는 그대로 남았다.

"뭐, 어쨌든 말이다, 오린."

겐노스케는 명랑하게 말을 이었다.

"인간이란 복잡하거든. 좋아하는 상대, 마음을 끌고 싶다고 생각하는 상대에게는 오히려 솔직해지지 못할 때가 있어. 오우메가 네 앞에 나타나서 메롱을 하는 이유도 똑같은 게 아닐까."

오린은 완전히 기분이 상해 있었기 때문에 그저 부루퉁한 얼굴을 하는 것이 고작이었다. 겐노스케는 익살맞은 몸짓으로 그 얼굴을 들여다보려고 한다.

"이것 참, 그렇게 토라지지 마라, 오린. 모처럼 예쁜 얼굴이 다 소용없잖니."

흥—하고 오린은 얼굴을 돌렸다.

"이런, 이런, 단단히 마음이 틀어진 모양이구나. 나도 장난은 그만 쳐야겠다. 진지하게 말하마, 오린."

겐노스케는 앉은 자세를 바로 하더니 콜록 하고 헛기침을 했다.

"오린 네 눈에 우리 귀신들의 모습이 보이는 이유는 네가 전에 고열이 나서 생사의 경계를 헤맨 일과 깊은 관련이 있지 않을까 하는 생각이 들어."

오린은 놀라서 겐노스케 쪽을 돌아보았다. 그가 천천히 고개를 끄덕여 보인다.

"이곳으로 이사를 오자마자 너는 병에 걸려서 많이 괴로워했지? 목숨이 위험한 지경이었어. 와라이보가 나서서 안마 치료를 했지? 그 후에 영감이 그러더라. 저 여자아이의 몸은 엉망진창이다, 정말 종이 한 장 차이로 목숨을 건졌다, 아주 무거운 병이었다고. 와라이보는 별난 작자지만 치료 실력은 확실해. 영감이 하는 말은 믿어도 된단다."

오린은 저도 모르게 양손으로 몸을 껴안았다.

"너는 그 나이에 목숨이 아슬아슬한 무서운 경험을 했어. 저세상 앞까지 갔다가 삼도천의 잔물결 소리를 듣고 나서 이 세상으로 되돌아왔지. 그런 의미로 너는 조금 특이한 여자아이가 된 거야. 아무도 간 적이 없는—아니, 한 번 가고 나면 돌아오는 사람이 없는 먼 곳에 가까이 갔다가 이쪽으로 되돌아온 경험이 네 안에 뿌리를 내리고 귀신을 보는 힘을 낳은 게 아닐까. 나는 그렇게 생각한다."

오린은 눈을 깜박거리면서 잠시 생각해 보았다.

"겐노스케 님."

"응, 왜 그러니?"

"겐노스케 님의 말씀, 저는 알 것 같아요. 하지만 겐노스케 님의 말씀이 옳다면 긴지 씨의 귀신을 본 적이 있는 오사키 아줌마도 오우메를 만나서 이야기를 할 수 있는 히네가쓰도 두 사람 다 목숨이 위험한 경험을 했어야 하잖아요? 히네가쓰는 어떤지 모르겠지만 오사키 아줌마는 그런 적이 없어요. 굉장히 튼튼하다는 게 자랑인걸요."

그러자 겐노스케는 무릎을 철썩 내리쳤다.

"그래, 그거다. 오린 네 말이 맞아. 그것이 두 번째 문제와도 연결되어 있어."

오린 같은 특별한 힘은 없지만 보통 사람이라도 귀신이 보일 때가 있다고 겐노스케는 말했다.

"귀신과 그 인간 사이에 비슷한 점이 있는 경우—각각 비슷한 마음의 응어리를 안고 있는 경우, 라고 하면 될까."

"마음의 응어리?"

"응, 그래. 그래서 히네가쓰에게는 오우메가 보이는 거야. 두 사람 모두 고아인데다 그 덕분에 쓸쓸한 기분을 느꼈고 고생을 해 왔으니까."

"오사키 아줌마는요?"

겐노스케는 침착한 말투로 말을 이었다.

"긴지와 시마지 형제 사이에는 불행한 일이지만 복잡한 마음의 엇갈림이 있었던 것 같지 않니? 어쩌면 시마지가 긴지를 해쳤을지도 몰라."

그것은 알고 있다. 하지만 그 사실이 오사키 아주머니와는 연결되지 않는다.

말을 고르듯이 잠시 생각하고 나서 겐노스케는 오린의 얼굴을 보았다.

"나는 오린네 아줌마가 어떤 사람인지 잘 모른다. 착한 사람일 테지."

"네, 굉장히."

"오린 너는 오사키 아줌마의 부모형제 이야기를 들은 적이 있니?"

생각해 봤지만 기억나지 않는다.

"오사키 아줌마는 그런 이야기는 별로 하지 않아요."

"어쩌면 사이가 틀어진 형제가 있다거나 병으로 일찍 죽은 자매가 있는 게 아닐까? 그리고 그 일을 오사키 아줌마는 계속 마음에 담아 두고 슬프게 생각하고 있는지도 몰라. 그렇기 때문에 형제의 불화가 원인이 되어 목숨을 잃은 긴지의 귀신이, 형제가 없는 시치베에 할아버지한테는 전혀 보이지 않았지만 오사키 아줌마의 눈에는 보였는지도 모르지. 이 생각은 어떠니?"

오린은 입을 다물고 따져 보았다. 히네가쓰와 오우메 쪽이야 그렇다 치더라도, 이쪽은 조사해 보지 않고서는 뭐라고도 할 수 없다.

"아직 석연치 않은 것도 무리는 아니야. 오사키 아줌마 이야기는 내 추측에 지나지 않으니까."

겐노스케가 그렇게 말했다.

"누군가에게 물어볼까요……?" 오린은 중얼거렸다. "오사키 아줌마한테도 형제 문제로 슬픈 추억이 있다면 겐노스케 님의 생각이 맞는 것이 되니까요."

"네가 낙심하지 않고 그렇게 생각해 준다면 나는 기쁘지."

겐노스케는 고개를 끄덕였다.

"어른은 여러 가지 추억을 갖고 있단다. 살다 보면 어쩔 수 없이 여러 가지 생각이 쌓이는 법이거든."

겐노스케는 이마에 손을 대고 잠시 고개를 숙였다.

"자, 그러면 세 번째로 가 볼까. 덥수룩이 말이다."

오린은 얼굴을 들었다.

"그것이 세 번째?"

"음, 그래. 얘야, 오린, 덥수룩이가 처음으로 나타난 쓰쓰야 연회 때 그 녀석의 모습을 볼 수 있었던 사람은 오린 너뿐이었지?"

그렇다. 다른 사람들의 눈에는 덥수룩이가 휘두르는 칼만이 허공에서 춤추는 것처럼 보였다.

"어제 귀신 대회 연회 때도 역시 놈의 모습을 본 사람은 오린 너뿐이지?"

"맞아요."

"그러면 순서대로 생각해 보자. 덥수룩이는 두 번의 연회에 나타났어. 그러나 행동은 꽤 달랐지. 쓰쓰야 때는 칼을 들고 날뛰었지만 귀신 대회 때는 처음부터 손놓고 울기만 했어. 그 녀석이 그냥 난폭한 귀신이라면 두 연회에서 다 똑같이 날뛰었을 텐데 이상하지 않니? 무엇이 달랐던 것일까?"

오린은 손가락으로 코 밑을 가볍게 문지르며 으음 하고 말했다. 지금까지 이렇게 조리 있게 덥수룩이 씨에 대해서 생각한 적이 없다. 겐노스케 님은 역시 무사님이라서 머리가 좋은가 보다.

"물론 두 번의 연회는 모인 사람들이 달랐지."

겐노스케가 도와주듯이 말했다.

"연회 내용도 전혀 달라. 한쪽은 노인의 고희 축하연이고 한쪽은 후네야에 사는 귀신을 불러내려는 모임이지. 뭐, 결국 불러낸 것은 다른 곳의 귀신이었지만."

오린이 말했다.

"쓰쓰야의 축하연 자리에는 저와 사이가 좋은 오엔이랑 동글이가 있었어요. 작은 어린아이가 있었다는 뜻이지요. 하지만 귀신 대회에 있었던 것은 어른뿐이었어요."

"좋다, 오린." 겐노스케는 씩 웃었다. "네 말이 맞아. 그쪽으로 생각해 보면 한 가지 더 말할 수 있는 것이 있다."

오린은 열심히 생각했다. 두 번의 연회에 참석했던 얼굴을 떠올리고 손가락을 꼽으며 센다. 겐노스케도 못지않게 열심인 얼굴로 그런 오린을 바라보고 있다.

"으음." 오린은 신중하게 말을 꺼냈다. "귀신 대회 때는 젊은 처녀가 있었지요. 시라코야의 오시즈 씨. 쓰쓰야 때는 아줌마들밖에 없었는데."

겐노스케는 손바닥으로 무릎을 철썩 때리며 그래, 그래, 하고 큰 소리로 말했다.

"어, 그래요? 오시즈 씨가 있었다는 게 답인가요?"

"음, 나는 그렇게 생각한다."

"그러면—덥수룩이 씨는 젊은 처녀를 보면 슬퍼지는 걸까요?"

"아무래도 그런 모양이야. 어쨌든 한 가지 요소일 듯한 기분이 드는구나. 아니, 분명히 그럴 거야."

겐노스케는 그렇게 말하며 품에 손을 집어넣고는 아까의 오린을 흉내내듯이 "으음" 하고 한 번 신음했다.

"얘야, 오린. 시라코야의 오시즈에게는 이상한 점이 있지?"

귀신 대회 전에 '오시즈'라며 이곳에 온 처녀와 당일에 온 진짜 오시즈가 다른 사람이었다는 점이다.

"시치베에 할아버지는, 시라코야에는 첩에게서 본 딸이 한 명 더 있으니 처음에 온 사람은 그쪽 처녀가 아니겠느냐고 생각한다면서? 나도 그 첩의 딸은 아주 수상쩍다고 생각한단다. 또 그렇다면, 앞뒤가 맞는 부분이 한 가지 더 있고."

"앞뒤라뇨?"

"여기에도 형제자매의 갈등이 있지 않니."

겐노스케가 산뜻한 얼굴로 그렇게 말하고 나서 당황해하며 덧붙였다.

"여기서 내가 말하는 갈등이라는 것은 말이다, 사실은 사이좋게 지내야 하는데 사이좋게 지낼 수 없는 사정이 있어서 복잡하게 얽혀 있다는 뜻이야. 알지?"

오린은 양손을 뺨에 대고 고개를 숙였다.

"덥수룩이는 오린 네게, 나는 피를 나눈 형제를 죽였다고 말했지? 아직은 글자 그대로 자기 손으로 해쳤다는 뜻인지 아닌지 알 수 없지만, 그래도 형제 싸움과 젊은 처녀의 존재—아무래도 거기에 그 녀석이 성불하지 못하고 있는 이유가 있을 것 같지 않니?"

"응."

오린은 몹시 슬픈 기분이 들어서 코끝이 찡해졌다.

"저기요, 오미쓰 씨도 그랬어요. 덥수룩이 씨가 이 세상을 떠도는 이유는 젊은 여자와 관련돼 있다고."

"뭐야."

겐노스케의 자세가 갑자기 무너졌다.

"내가 먼저 발견한 게 아니었단 말이냐? 오미쓰 녀석, 나한테는 그런 냄새를 조금도 풍기지 않았는데. 여자는 여자끼리만 이야기하는 건가?"

"겐 공, 당신도 바보로군요."

갑자기 요염한 웃음소리가 나고 오미쓰가 두 사람 앞에 스윽 나타났다. 계단의 맨 아랫단에 다리를 옆으로 모으고 걸터앉아, 날씬한 목을 비틀어 이쪽을 올려다보고 있다. 오늘은 샤미센은 없지만 빗으로 감아 틀어 올린 머리카락이 매끈매끈하게 빛나고 서향의 향기가 난다.

"남자의 마음을 어지럽히는 일이라면 당연히 여자지요. 당신도 참, 그런 것도 몰라요? 풍류인인 척 뽐내 봐야 소용없군요. 그래서야, 앞으로 백 년을 더 여기서 헤매어도 바싹 말린 촌뜨기 무사가 될 뿐이에요."

오미쓰는 붉은 입술을 뾰족하게 내밀며 우후후 하고 웃었다.

"말 한번 무섭게 하는군."

겐노스케는 쓴웃음을 지었다.

"저기, 오미쓰 씨."

오린은 계단을 미끄러져 내려가 그녀의 곁으로 갔다.

"우리가 나누었던 얘기가 틀림없이 맞는 것 같아요. 오사키 아줌마의 형제라든가, 시라코야의 또 다른 딸 같은 것은 확인해 보지 않으면 알 수 없지만, 그래도 아마 우리의 짐작이 맞을 것 같아요."

"그렇구나. 하지만 오린, 그렇게 한결같은 눈으로 사람을 보는 것은 언젠가 사랑하는 사람이 생길 때까지 아껴 두렴. 네 그 눈은 상당히 뛰어나. 지금은 소중하게 넣어 두고 중요한 순간에 사용해야지."

오린은 새빨개졌다.

"오미쓰 씨도 참, 왜 놀리고 그러세요."

"놀리는 게 아니야, 진짜란다." 오미쓰는 그렇게 말하며 사랑스럽다는 눈빛으로 오린을 바라보았다. "그런데 오린, 나도 네 말이 옳다고 생각한다만 그 생각이 맞으면 어떻게 할 거니?"

"그렇다면 덥수룩이 씨를 위로해 주려면 어떻게 해야 할까요? 우리가 생각해 낸 것을 전부 말해 주고, 그리고―."

그리고 어떻게 할 것인가? 어린아이처럼 얼굴을 일그러뜨리고 눈물을 뚝뚝 흘리던 덥수룩이 씨에게 뭐라고 말해 주면 좋을까?

"살아 있는 동안에 네가 어떤 죄를 지었는지 알 수 없고, 지금 그것을 얼마나 후회하는지도 모르겠지만―," 겐노스케가 노래하듯이 중얼거렸다. "그런 것은 비단 너뿐만이 아니다, 인간이란 그런 어리석은 생물이다, 그러니 신경 쓰지 말고 성불해라. 뭐, 이런 정도?"

"그런다고 성불할 수 있다면 겐 공, 당신도 나도 이런 곳에 있지는 않을 거예요."

오미쓰가 엄하게 말하자 겐노스케는 두 어깨를 움츠렸다.

"알아. 그냥 얘기해 봤을 뿐이야."

오린은 두 사람의 얼굴을 번갈아 바라보며 입을 다물고 있었다. '성불'이라는 표현을 쓸 때 두 사람 모두 조금 말하기 어려운 듯한—예를 들자면 맛있게 먹고 있던 바지락 된장국에 모래가 들어 있었을 때와 같은 얼굴을 하는 것이 왠지 거북했기 때문이다.

"어쨌거나 오린." 오미쓰가 겐노스케보다 훨씬 더 능숙하게 말을 돌렸다. "덥수룩이가 너에게만은 마음을 열기 시작한 모양이니 또 네 앞에 모습을 보이도록 마음을 써 주면 안 될까? 너무 자주 벽이나 장지문을 향해 말을 걸면 네 어머니가 걱정할 테니까, 비밀로 말이야."

"응, 알았어요. 그렇게 할게요."

오린이 고개를 끄덕인 바로 그때, 바깥에서 "어어이, 어어이" 하고 사람을 부르는 시치베에의 목소리가 들려왔다.

"아, 할아버지다!"

오린은 벌떡 일어나 뛰어나갔다. 시치베에의 목소리가 더욱 크게 사람을 부른다.

"어어이, 오쓰타, 나와서 좀 거들어 줘. 빨리, 빨리!"

안쪽에서 오쓰타가 뛰어나오는가 싶더니 앗 하며 우뚝 섰다.

"세상에, 다에 씨! 어떻게 된 건가요?"

"시라코야를 찾아갔는데, 갑자기 몸이 안 좋아져서—아, 오린. 걱정하지 않아도 된단다. 어머니가 조금 피곤한가 봐. 조용히 쉬게 해 주면 금방 건강해질 거야."

"어머니!"

오린은 외치며, 다이치로의 어깨에 기대어 장지문의 종이처럼 새하얀 얼굴을 하고 있는 다에 곁으로 달려갔다.

어머니의 손을 잡아 보니 한겨울의 강물처럼 차갑다. 오린의 목소리를 듣고 희미하게 눈을 떴지만, 약하게 입술을 움직였을 뿐 목소리는 내지 못하고 다시 힘없이 머리를 떨어뜨리고 만다.

후네야 사람들이 허둥거리며 소란을 피우는 모습을 겐노스케와 오미쓰는 계단에 앉은 채 조용히 바라보고 있었다. 겐노스케의 짙은 눈썹은 걱정 때문에 약간 찌푸려지고, 평소에는 익살스럽게 움직이는 입도 한일자로 다물어져 있다.

"이거, 드디어 쓰러졌나? 가게를 열자마자 어려운 일이 계속되었으니 피로가 쌓이는 것도 무리는 아니지만" 하고 그가 말했다. "이러다 어머니가 앓아눕기라도 하면 오린은 더욱더 가엾어지겠군."

"저 아이는 야무지니까요."

오미쓰가 그렇게 말하며 목덜미의 흐트러진 머리카락을 나긋나긋한 손놀림으로 다듬었다.

"여자는 어려워요. 야무진 사람은 야무진 사람대로 주위의 어려움을 내버려두지 못하고 조금이라도 도움이 되려고 무엇이든지 받아들이는 바람에 스스로 자신을 고생시키지요. 그렇다고 멍청한 사람이 행복한가 하면 또 그렇지 않거든요. 그런 여자에게는 그 멍청한 머리에 남자가 파고들어 제대로 고생을 가져다준다고요."

"이봐, 이봐, 너무 비꼬는데."

겐노스케는 목을 움츠렸다.

"뭐, 비꼬는 게 아니에요. 여자의 불행 이야기를 했을 뿐이지요."

쿵쾅쿵쾅 복도를 달리는 소리가 나고 객실 쪽에서 오쓰타가 뛰어나왔다. 두 사람은 시선을 들어 그쪽을 보았다.

"네, 마쓰자카초의 구니마스 선생님이요, 큰나리의 담석을 봐 주신 선생님 말씀이지요, 저도 기억납니다, 꼭 모셔오겠습니다!"

아무래도 의원을 데리러 나가는 모양이다. 오쓰타가 밖으로 뛰쳐나가자 안쪽에서 뒤쫓듯이 시치베에의 목소리가 뭐라고 당부하는 것 같았지만, 계단에 있는 두 귀신이 내용까지 알아들을 수는 없었다. 오쓰타가 기운차게 "네, 알겠습니다!" 하고 대답하는 목소리만이 어두컴컴한 후네야의 텅 빈 천장에 위세 좋게 울렸다.

"오쓰타라는 아주머니만은 늘 기운이 넘치는군." 겐노스케가 말했다. "내 눈에는 저것도 야무진 여자의 말로—라고 하면 실례지만—뭐, 야무진 사람의 일종으로 보여. 게다가 오미쓰, 저 사람은 스스로 고생을 부르기도 하지만 즐겁게 그 일을 하고 있는 것 같아."

오미쓰는 날씬한 목을 기울이며 깊고 깊은 한숨을 쉬었다. 그녀가 고개를 너무 푹 숙이는 바람에 겐노스케가 있는 곳에서는 높이 솟아오른 기모노 뒷덜미를 통해 등 위쪽까지 훤히 들여다보였다.

"이것 참, 눈이 호강하는군."

겐노스케의 말에 머리를 든 오미쓰가 정말 기가 막힌다는 듯 혀를 차며 지승紙繩을 꼬아 놓은 모양으로 어여쁜 입술을 비틀어 보였다.

"뭐야, 칭찬인데 얼굴이 씁쓸하군?"

"그렇지 않아요. 정말이지, 당신은 참으로 여자에 대해서 전혀 모르는군요."

겐노스케는 어리둥절해졌다. 오미쓰는 그에게 눈길도 주지 않고 오쓰타가 허둥지둥 나간 문 쪽을 향해 고개를 갸웃거렸다.

"저 여자가 저렇게 기뻐 보이는 까닭은 기꺼이 고생을 떠맡았기 때문이 아니에요. 그 정도는 저 얼굴에 씌어 있잖아요."

"무슨 소리야?"

"사랑하는 남자를 손에 넣는 일을—,"

오미쓰는 슬픈 얼굴을 한 채 천천히 가락을 붙여 노래했다.

"방해하는 것은, 참을 수 없는 고생의, 잔물결뿐, 아 그리고, 노를 저어 건너는 것은, 노를 저어 건너는 것은, 덧없는 세상의, 여선장女船長—삐, 거, 덕 하고."

18

다에는 완전히 앓아눕고 말았다.

다음 날도, 그다음 날도 마쓰자카초의 구니마스 의원은 까다로워 보이는 작은 얼굴 위에 백발이 섞인 소하쓰기른 머리카락 전부를 뒤로 넘겨 정수리에서 묶은 머리 형태를 올려놓은 모습으로 후네야에 왕진을 와 주었다. 그리고 진찰이 끝나면 왔을 때와 똑같이 어려운 얼굴로 손을 씻고, 다이치로가 귀를 바싹 대지 않으면 들리지 않을 만큼 낮은 목소리로 한바탕 이야기를 한 후 내일 다시 오겠다는 말을 남기고 돌아간다. 약상자를 짊어지고 따라오는 젊은 서생은 의원과 비슷할 정도로 몸집이 작고 얼굴 생김새도 매우 닮았는데, 요릿집이 신기한지 늘 눈을 이리저리 움직인다.

사흘째 진찰을 마친 후, 그가 뒷간을 좀 쓰고 싶다고 해서 안내에 나선 오린은 어른들이 아무도 없는 곳에서,

"이곳에는 아주 무서운 귀신이 나온다던데 사실이니?"

하는 질문을 받고 완전히 기분이 상했다. 그때 정원의 남천 나무 그늘에 서 있는 와라이보를 발견하지 못했다면, 화가 난 나머지 서생을 뒷간 안으로 걸어차 떨어뜨렸을 것이다.

오린은 서생을 옆에서 쫓아내 버리고 와라이보 옆으로 달려갔다. 와라이보는 한 손으로 지팡이를 짚고 한 손으로 생각에 잠긴 듯 턱을 꼬집으면서 남천 나무 잎이 얼마나 우거져 있는지 살펴보고 있었다.

"할아버지!"

오린은 하마터면 와라이보에게 뛰어들 뻔했다. 기뻐서 견딜 수가 없었기 때문이다.

"나와 주셔서 고마워요! 제가 아팠을 때랑 똑같이 어머니의 병을 고치려고 와 주신 거죠!"

와라이보는 몹시 몸집이 작기 때문에—나이 탓에 줄어들었는지도 모른다—오린보다 머리 하나쯤 키가 작다. 그런데도 턱을 쳐들고 거만하게 몸을 젖히며 오린을 아예 무시하고 있다.

"와라이보 씨, 왜 그러세요?"

할아버지라고 부른 게 잘못이었을까. 오린은 그의 얼굴을 아래에서 들여다보았다.

"어머니를 봐 주실 거지요? 와라이보 씨가 나서면 고치지 못하는 병이 없잖아요. 제 몸도 병으로 앓아누워 있을 때는 굉장히 심하게

상하고 엉망진창이었다지요. 하지만 와라이보 씨는 확실하게 고쳐 주셨는걸요."

와라이보의 감은 두 눈이 흠칫흠칫 움직이고 흰자위가 엿보였다.

"흥."

늙은 안마사는 콧구멍으로 숨을 내뱉었다.

"어린애인 주제에 아첨을 하는구나."

"아첨이 아니에요. 진짜예요."

오린이 바싹 다가서자 와라이보는 슬쩍 몸을 피했다. 몹시 기민하다. 비록 눈은 보이지 않아도 오린이 당해 낼 수 있는 상대는 아닌데다 애초에 싸울 생각 따윈 없다. 어머니를 봐 달라고 하고 싶었을 뿐이다. 와라이보에게 매달려서라도 어머니를 낫게 하고 싶었다.

"나는 그저 정원을 산책하는 중이야. 너 같은 어린애한테는 볼일이 없어."

와라이보는 오린의 코끝에 얼굴을 들이댔다.

"네 어머니가 앓아누워 있다 해도 나와는 상관없는 일이야."

"하지만—제가 아팠을 때는 아무 부탁도 하지 않았는데 안마 치료를 해 주셨잖아요."

와라이보는 흥 하며 얼굴을 돌리더니 정원의 나무 사이를 지나 떠나 버린다. 오린은 기다리라며 쫓아갔다.

"제가 무슨 나쁜 말을 했다면 사과드릴게요. 하지만 어머니가 앓아누워 있는 건 정말이에요. 구니마스 선생님이라는 마을 의원님이 봐 주고 계시고, 받은 약탕을 먹고 있지만 조금도 효과가 없어요."

"이삼일 만에 나을 리 없지."

와라이보는, 이번에는 떡갈나무 옆에서 두 다리를 버티고 서더니 오린에게 구부정한 등을 향한 채 말했다. 매끈하게 벗겨진 뒤통수는 오린의 얼굴이 비칠 듯이 반짝반짝하지만 목덜미 언저리는 쭈글쭈글하다. 그 주름 하나하나까지 전부 시옷자 모양을 하고 있었다.

"네 어머니의 병은 마음의 병이야."

와라이보가 무뚝뚝하게 말했다.

"몸의 피로가 풀려도 약탕이 피의 흐름을 깨끗하게 해 주어도 속이 후련해지지 않으면 낫지 않을 게다."

"그럴 수도 있지만 나는 와라이보 씨의 안마 치료를 받았더니 몸과 함께 마음도 가벼워졌어요."

와라이보는 무겁게 고개를 저었다.

"네 어머니가 왜 마음의 병을 앓고 있는지 모르겠니, 이 멍청한 녀석아."

오린은 흠칫 놀랐다.

"이곳에 우리가 있어서 장사가 잘되지 않으니까 마음에 병이 생겼을 테지. 그것을 당사자인 내가 나서서 치료해 봐야 나을 리가 없잖니. 너는 생각이 얕은 아이로구나!"

와라이보의 말이 옳다. 하지만—.

"그렇다면 할아버지는 왜 나와 주신 거예요?"

와라이보는 손 안에서 지팡이를 만지작거렸다. 그러고 나서 오린이 아니라 떡갈나무를 향해 말했다.

"너는 우리가 없어졌으면 좋겠지?"

오린은 눈을 크게 떴다.

"우리가 나가 주었으면 좋겠지? 장사가 시원찮을 뿐만 아니라 우리 때문에 어머니가 앓아눕고 말았으니, 이제 우리를 용서할 수 없는 거지?"

"할아버지……."

"그렇게 고맙다는 얼굴을 하고 다가와서 무슨 소리를 하나 했더니 나와 주어서 고맙다니, 너는 불효막심한 아이로구나. 네가 하는 말의 뜻을 알고는 있는 게냐?"

와라이보의 웅크린 등이 화를 내고 있는데다, 늙은 안마사가 이야기할 때마다 목덜미의 주름이 '맞아, 맞아' 하는 듯이 시옷자를 그리는 것에 압도되어 오린은 아무 말도 할 수 없었다. 오린은 슬쩍 뒷걸음질을 쳐서 뒷간 앞 복도까지 되돌아갔다. 손 씻는 물에 반쯤 울상이 된 얼굴이 비치고 있다.

복도로 올라가 뒤돌아보니 와라이보의 모습은 사라지고 없었다. 남천 나무와 떡갈나무 사이에 희미한 그늘이 져 있는 듯했지만 자세히 보니 비와 바람 때문에 흙 색깔이 변한 것뿐이었다.

오린은 혼자 남게 되자 뒤늦게 화가 치밀었다. 뭐야, 저 말투는! 그렇게 심술궂은 말을 할 바에는 얼른 나가 버리면 될 텐데! 그래, 우리가 이렇게 고생하고 있는 것은 전부 귀신들 때문이잖아!

오린은 쿵쾅쿵쾅 발을 구르며 분노를 흩뿌렸다. 급기야는 복도에서 오르락내리락 뛰어다녀 보기도 했지만 분노는 빠져나가 주지 않았다.

"오린? 거기 있는 게 오린이냐? 그런 곳에서 날뛰면 어쩌니?"

큰 목소리가 들렸다. 어라? 오사키 아줌마의 목소리다! 오린은 다시 방으로 달려갔다.

틀림없이 오사키였다. 다에의 상태가 좋아질 때까지 후네야에서 지내며 집안일을 봐 줄 거라고 한다.

오린은 매우 기뻤다. 오사키가 있어 준다면 마음이 든든하다.

―게다가 혹시 아주머니 눈에도 이곳 귀신 중 누군가가 보인다면. 분명히 오린의 편이 되어 줄 것이다.

그날 밤의 일이다.

오사키가 오린을 재우러 와 주었다. 이것도 그리운 습관이다. 오린은 이제 갓난아기가 아니니 혼자서 잘 수 있을 거라고 말하면서도, 모기장 안에서 얇은 이불에 나란히 누워 손에 든 부채로 오린에게 부채질을 해 주는 오사키의 얼굴은 부처님처럼 상냥하다. 오늘 밤에는 여름이 한탕 더 뛰어 보자는 생각인지 몹시 푹푹 찌고 숨이 막혔기 때문에 부채가 만들어 주는 작은 바람도 기뻤다.

다에가 앓아누웠으니 오린은 분명히 불안하겠지―그렇게 생각하고 있기 때문인지 오사키는 끊임없이 즐거운 이야기만 했다. 네 어머니는 곧 좋아질 테니 그러면 다 함께 어디어디에 참배를 하러 가자, 이러이러한 명물을 먹자, 새 옷을 짓자. 지친 아버지와 어머니를 쉬게 해 주기 위해서라도 후네야를 잠시 닫는 거야 전혀 문제없다. 실은 다이치로 씨가 이곳으로 와 버린 후 다카다야의 도시락에 화려함이 없어졌다면서 단골손님들이 불평해서 곤란해하고 있다. 너희 세 사람이 다카다야로 돌아와 준다면 얼마나 기쁠까―.

이야기가 일단락되었을 때 오린은 일부러 목소리를 반쯤 졸린 듯이 꾸며서 말을 꺼냈다.

"저기, 아줌마. 나 그 얘기 무서웠어요."

부채질을 하던 오사키의 손이 멈추었다.

"아니, 어떤 이야기 말이니?"

"아줌마가 정원에서 죽은 긴지 씨의 모습을 봤다고 했잖아요. 정말 무섭고 신기했어요."

"아아, 그거?"

오사키는 서둘러 부채를 움직이기 시작했다.

"나도 참, 터무니없는 실수를 저질렀구나. 오린을 무섭게 하다니, 멍청한 아줌마를 용서해 다오."

"아니, 그런 건 괜찮아요. 하지만 아줌마. 제가 생각해 봤는데."

오린은 몸을 틀어 오사키를 바라보았다.

"어째서 아줌마한테는 긴지 씨의 귀신이 보이고 시치베에 할아버지에게는 보이지 않았을까요?"

"그런 생각을 했니? 그만두렴, 머리에 좋지 않아. 어린애가 생각할 일이 아니야."

오사키는 그렇게 말하며 작게 웃었다.

"무엇보다 내가 본 것이 정말 귀신이었는지 아닌지도 알 수 없단다."

"분명히 귀신이었을 거예요."

오린은 시마지와 긴지와 그들의 아내인 오타카에 대해 이야기했다. 그 이야기를 듣는 오사키의 눈이 점점 커져 갔다.

"오린 너는 그런 이야기를 어디서 듣고 온 거니?"

"소문으로 들었어요."

"누가 그런 소문을 얘기하고 다니든? 다에 씨 성격에 뜬소문 같은 이야기를 섣불리 입에 담을 리는 없는데. 다이치로 씨도."

오사키는 빠르게 말하다가 갑자기 험악한 표정을 지었다.

"혹시 그런 소문을 주워듣고 와서 네게 가르쳐 준 사람은 오쓰타 아니니? 그 사람은 가끔 생각 없는 짓을 저지르니까. 애초에 이 가게도—."

거기까지 말하다가 오사키는 흠칫하며 입을 다물었다. 아무래도 오린에게 들려줄 만한 이야기는 아니라는 얼굴이다. 오쓰타 이야기를 할 때 이렇게 말투가 엄해지기도 처음이다.

오쓰타 아주머니가 오사키 아주머니에게 야단맞을 만한 일이라도 했나. 내가 모르는 곳에서 어른들끼리 뭔가 다툼이라도 있는 걸까. 오쓰타 아줌마는 좋은 아줌마인데.

하지만 그때 오린은 문득 떠올렸다. 고아 이야기를 했을 때의 오쓰타. 어금니에 뭐가 낀 것 같던 그 말투. 어느 모로 보나 숨기는 것이 있는 듯, 소위 말하는 뭔가 있어 보이는 얼굴이었다. 입으로는 아무것도 아니라고 말했지만 눈빛은 그렇지 않았다.

뭔가—오린이 모르는 일이 후네야 안에 아직 더 있을지도 모른다. 어쩐지 기분이 나쁘다.

"하지만 오린."

오사키가 얼버무리려는 듯이 갑자기 자세를 바로 하더니 말했다.

"정말 어디에서 그런 소문을 들은 거니?"

화제가 다시 돌아와서 오린은 안심했다.

"이웃 사람들한테서요, 아줌마. 긴지 씨의 가게 있잖아요, 하야시야. 다들 그 이야기밖에 안 하던걸요."

"오린."

오사키가 약간 꾸짖듯이 날카로운 목소리로 말했다.

"어째서 그쪽 가게까지 찾아가서 소문을 수군거리는 어른들 사이에 섞이게 된 거니? 언제 그런 짓을 한 거야?"

오린은 가짜 하품을 해 보이고 천진하게 졸린 눈을 하며 오사키의 물음을 얼렁뚱땅 넘겼다. 그러고는 잠꼬대에 가까운 혼잣말처럼 겐노스케의 설을 이야기했다. 아마 아줌마도 형제나 자매에 관한 슬픈 추억이 있기 때문에 긴지 씨의 귀신이 보였을 거예요—저는 그렇게 생각했어요—.

하고 싶은 말만 하고는 자는 척하면서 가만히 오사키의 반응을 살폈다. 오사키는 한동안 천천히 부채를 부치다가 이윽고 일어나 앉아 오린이 잠들었나를 확인하듯이 부드럽게 이마를 어루만져 준 후 작게 말했다.

"어린아이란 가끔 엄청난 것을 꿰뚫어 보는구나……. 이 아이에게는 대체 어떤 신의 가호가 함께하는 것일까."

아무래도 겐노스케의 추측은 맞았던 모양이다. 오린은 실눈을 뜨고 계속해서 규칙적인 숨소리를 조용히 내었다.

"분명히 나는…… 언니에게 꽤 심한 짓을 했고…… 언니는 그것 때문에 수명이 줄어서…… 하지만 벌써 삼십 년이나 지난 일이야. 이미 잊었다고 생각했는데."

오사키가 손가락 끝으로 귀밑머리를 가다듬으면서 중얼거리고는 천천히 고개를 젓는다. 하지만 갑자기 놀란 듯이 얼굴을 번쩍 들고는 모기장 맞은편을 향해 물었다.

"거기 있는 게 누구지? 오쓰타예요?"

대답이 없다. 밤바람에 모기장이 흔들린 것일까 하고 오린은 생각했다.

"어머나, 누가 있는 것처럼 보였는데."

오사키는 작은 목소리로 말하고 몸을 부르르 떨었다.

"귀신 소동 때문에 나까지 이상해지지 않도록 조심해야겠어."

오사키가 모기장에서 나가고 나서도 오린은 당장 자는 척을 그만두지는 않았다. 그러자 모기장을 들추고 누군가의 기척이 스윽 다가왔다. 눈을 떠 보니 오미쓰가 머리맡에 앉아 있다.

"오사키 아줌마는요?"

"자기 침실로 돌아갔어."

오미쓰는 그렇게 말하고 빗으로 감아 틀어 올린 머리카락의 귓가를 만지작거리며 생긋 미소를 지었다.

"오린, 잘해냈구나. 겐 공의 억측이 아무래도 표적의 한가운데를 맞힌 모양이잖니."

오린은 고개를 끄덕이며 오미쓰의 얼굴을 보았다.

"저기, 지금 오사키 아줌마가 '누구냐'고 말한 것은 오미쓰 씨인가요?"

"그래. 내 모습이 보였거나 기척이 느껴졌을 테지."

"역시 형제자매의 싸움과 관련이 있나요—?"

오미쓰는 오린의 머리를 한 번 쓰다듬는 몸짓을 했다.

"유감스럽게도 그건 아니란다. 내 모습이 보인다는 것은 남자 때문에 고생을 산더미처럼 해 온 여자라는 뜻이야. 너희 오사키 아줌마는 지금도 저렇게 요염하고 예쁜 사람이니 젊을 때는 대단했겠지."

오미쓰는 가느다란 어깨를 으쓱했다.

"누구에게나 숨기는 일이 한두 가지는 있는 법이고, 두 가지가 있으면 세 가지가 있어도 이상하지 않아. 세 가지가 있으면 더 많이 있어도 이상하지 않다는 뜻이지. 자, 오린 너는 이제 그만 자렴. 내가 여기에 있으면 아무리 무더워도 시원하게 잘 수 있을 테니 부채는 필요 없을 거야. 뭣하면 자장가도 한 소절 들려주마."

다음 날 아침, 오린은 일찌감치 아침 식사를 마치고 아버지에게 어머니의 침실에 데려가 달라고 졸랐다. 여름이라 다른 방은 전부 장지문을 떼고 발을 쳐서 구분해 두었는데, 다에의 침실만은 마치 병을 거기에 가두기라도 하려는 듯 장지문이 꼭 닫혀 있고 머리맡에는 병풍이 둘러져 있었다.

병에 걸려 초췌해진다는 것은 이런 것일까 하고 오린은 다에의 얼굴을 보며 생각했다. 어머니의 몸은 요와 이불 사이에 끼어 납작해 보인다. 잠옷의 가슴 부분이 헐렁헐렁해져서 마치 오린이 장난으로 어머니의 옷을 입어 보았을 때 같다. 잠깐 사이에 어떻게 이렇게 야위었을까? 아니면 결국 쓰러질 때까지 오린이 알아채지 못했을 뿐 어머니는 조금씩 약해지고 있었던 것일까.

"오린, 걱정을 끼쳐서 미안하구나. 아버지 말씀 잘 듣고 착하게 있어야 한다."

목소리도 약하고 갈라져서 말을 하기만 해도 힘들어 보인다. 오린은 "네, 착하게 있을게요"라고 대답하고 울음을 터뜨리지 않도록 서둘러 침실을 나왔다.

그리고 나서 오사키와 오쓰타와 오린은 후네야의 대청소를 시작했다. 이럴 때는 청소를 하는 게 제일이라는 오사키의 지휘는 시원시원하고 엄격해서, 오린은 걸레 짜는 법이나 빗자루 쥐는 법까지 호되게 배웠다.

오린뿐만 아니라 오쓰타 역시 마찬가지로 쥐어짜였다. 오린은 오쓰타가 집안을 꾸려 나가는 데 있어서 어머니보다 더 뛰어나다고 늘 생각해 왔다. 그러나 오사키에게 걸리면 국물도 없다.

"자, 여기는 다시 닦아요. 쓸데없는 생각만 하니까 청소 실력이 무뎌지나 보네."

오사키는 심술궂을 정도로 호되게 오쓰타를 닦달했다. 오쓰타는 "예, 죄송합니다" 하고 얌전히 대답했지만 걸레를 짜거나 물을 새로 길으면서 부루퉁한 얼굴로 입을 삐죽거리곤 한다는 것을 오린은 눈치챘다.

전에도 오사키는 오쓰타에 대한 이야기를 할 때 무서운 얼굴을 하고 있었다. 역시 뭔가 말썽이 있는 모양이다. '쓸데없는 생각'이라는 것은 무엇일까. 오사키는 오쓰타가 무슨 생각을 하고 있다고 화를 내는 것일까.

오린은 다시 '고아'에 대해 얼핏 생각하다가 허둥지둥 그 생각을 지웠다.

오후가 되자 어딘가로 외출했던 다이치로가 시치베에와 함께 돌아왔다. 오린은 크게 낙담한 기색의 다이치로와 화난 듯이 어깨를 굳히고 성큼성큼 걸어오는 시치베에를 번갈아 바라보며 가슴이 덜컹했다. 무슨 일일까?

시치베에는 후네야로 들어오더니 일동을 객실로 모이게 했다. 오린은 방에서 낮잠을 자라는 다이치로의 말도 가로막았다.

"처음에 온 오시즈와 다음에 온 오시즈가 다른 사람임을 꿰뚫어본 것은 오린의 공이다. 나는 오린에게도 이야기를 들려주고 싶어. 이 아이는 똑똑한 아이니까, 아무것도 가르쳐 주지 않고 보여 주지 않고 들려주지 않는다면 오히려 괴롭히는 꼴이 되고 말게다."

오린은 내심 매우 기뻤다. 역시 시치베에 할아버지는 이야기가 통한다. 기대를 저버리지 않도록 가능한 영리하게 눈을 빛내며 오사키와 다이치로 사이에 얌전히 앉았다.

시치베에는 오린의 팔만 한 길이의 곰방대에 담배를 채우고 씁쓸한 얼굴을 하며 연기를 내뿜고 나서 천천히 말을 꺼냈다.

"지난 며칠 동안 나와 다이치로가 외출만 해서 너희도 이상하게 생각하고 있었겠지. 이렇게나 늦게 사정을 이야기하게 돼서 미안하구나."

시치베에는 이것저것 조사하고 다녔다고 설명했다.

"가짜 '오시즈'는 시라코야의 조베에가 첩에게서 얻은 딸이라고, 나는 처음부터 짐작했다. 그런 딸이 있다는 얘기는 전부터 소문으로 들어 알고 있었고, 또 그 딸이 조베에의 차가운 태도에 증오를 품고 크게 원망하고 있었다는 사정도 아는 사람들 사이에서는 유명한 일이었지. 게다가 나이로 보아도 그 처녀가 딱 들어맞는단 말이야. 어떻게든 붙잡으려고 백방으로 노력한 덕분에 가짜가 지금 어디에 사는지는 알아냈지만, 가장 중요한 본인은 도망쳐 버려서 행방을 알 수가 없구나."

"어떤 처녀인가요?"

오사키가 물었다.

"이름은 오유, 진짜 오시즈보다 네 살 위인 열아홉 살이야. 어머니는 시라코야의 하녀였던 여자인데 모녀가 함께 시라코야에서 쫓겨나고 나서 어머니는 곧 죽었어. 오유는 그때 아직 두 살밖에 안 되었고, 그 후에 관리인이나 양부모 집을 전전하면서 자란 모양이다. 어른이 될 무렵부터 나쁜 짓을 시작해서 혼기가 되었을 때는 찻집이나 활놀이터_{요금을 받고 활을 쏘게 하던 오락 시설. 활 주워 오는 여자를 두고 은밀하게 매춘을 시켰다}에 드나들며 질이 좋지 못한 놈들과 어울리게 되었어. 지난 이 년 동안은 시타야에서 고리대금을 하는 영감의 첩으로 살았던 모양이더군. 물론 정부情夫는 따로 있지만."

"가엾기도 해라." 오사키가 중얼거렸다. "양부모와도 잘 지내지 못했겠지요, 분명히."

시치베에는 턱을 내밀며 가로막았다.

"하지만 고아가 되는 것보다는 훨씬 나은 생활이었을 테지. 친부모와 인연이 없어 남의 집 밥을 먹으며 자라는 것은 분명히 쓸쓸한 일일지도 몰라. 하지만 어느 집 밥도 얻어먹지 못하는 데 비하면 훨씬 행복해. 갈 곳 없는 아이에게 밥을 먹여 주는 타인을 만날 수 있었던 사실에 감사를 하지는 못할 망정 건실한 길을 벗어나다니 말도 안 되지."

다이치로가 목을 움츠리고 오사키가 미소를 지었다.

"네, 맞아요, 여보. 당신은 자신도 그런 고생을 해 왔으니까 더더욱 오유라는 처녀가 가엾어서 답답하고 화가 나겠지요."

시치베에는 잠시 말이 막혔다가 에헴 하고 헛기침을 했다.

"오유는 고리대금을 하는 영감을 완전히 구워삶아서 호화로운 생활을 하고 있었던 모양인데, 틈만 나면 주위에 이걸로는 아직 부족하다. 어차피 첩은 그늘 속의 신세다, 나는 사실 큰 재산을 가진 미나미신보리초 시라코야의 장녀니까 언젠가는 상응하는 재산을 나누어 받아서 즐겁고 유유자적하게 살 거라고 떠벌리곤 했다는구나."

실제로 몇 번인가 시라코야에 찾아가 조베를 만나게 해 달라거나, 오시즈와 자매로 인정해 달라며 소란을 일으킨 적도 있다고 한다. 그렇기 때문에 시라코야 주변 사람들이 그녀의 존재를 알고 수군거리고 있었던 것이다.

"뒤에서 정부가 부추기고 있었겠지요, 분명히."

오사키가 말했다. 아직도 동정하고 있는 모양이다.

"여자 혼자서는 좀처럼 그렇게까지 할 수가 없어요."

"아무래도 그런 모양이야."

시치베에는 담뱃대를 내려놓고 고개를 끄덕였다.

"그 정부는 주겐武家의 하인으로 있다가 쫓겨난 도박꾼인데 이름은 하시지로라고 해. 나이는 마흔도 훌쩍 지나서, 오유와는 부녀지간만큼 차이가 나지. 악당이지만 배짱이 두둑하고 도박장이나 사창가에서는 꽤 알려진 얼굴이지. 오유가 지금 도망쳐 다닐 수 있는 것도 그 녀석이 함께 있기 때문일 거야."

"하지만 도망쳐도 별수 없을 텐데."

오린은 저도 모르게 끼어들었다.

"그 사람의 진짜 목적은 시라코야에서 재산을 나누어 받는 거잖아요? 그렇다면 언젠가는 반드시 시라코야로 돌아와야 하잖아요."

"쉿, 오린. 어린애가 끼어들 일이 아니에요."

오쓰타가 잔소리를 하며 야단쳤지만 시치베에는 웃었다.

"됐다, 오쓰타. 오린의 말이 맞아. 어떤 형태로든 오유는 조베가 자신을 딸로 인정하도록 만들고 싶었을 테고, 물론 시라코야의 돈도 탐이 났을 테지. 하시지로가 달라붙어 있다면 더 그럴 거야. 그래서 우리는 시라코야에 덫을 치기로 했다."

앞으로 시라코야는 오유가 오시즈의 이름을 사칭한 일도 귀신 대회의 연회에 찬물을 끼얹으려고 한 일도 전부 용서할 테니 어떻게든 오유와 만나서 대화를 하고 싶다, 나쁘게 할 생각은 없다—는 소문을 퍼뜨릴 것이다. 소문을 듣고 몰래 시라코야를 찾아온 오유를 붙잡아 후네야로 데려오게 할 거라고 한다.

"거기서 시마지와 대면시키는 거지" 하고 시치베에는 말했다.

"나란히 자백하게 할 거다. 사기꾼 녀석."

오린은 눈을 깜박거리며 시치베에의 길쭉한 얼굴을 올려다보았다.

"어째서 시마지 씨가 나오는 거지요?"

다이치로가 몸을 약간 굽히며 부드럽게 말했다.

"아저씨는 시마지 씨를 의심하고 있어."

그날의 소동—시마지가 갑자기 무엇에 씌인 듯 '나가, 그러지 않으면 죽여 버릴 테다' 하고 소리친 것은 전부 그가 오유와 짜고 벌인

연극이라고, 시치베에는 주장했다.

"우선 오유가 오시즈인 척하고 후네야를 찾아오는 거야. 한번 둘러볼 겸해서 와 봤겠지. 진짜 오시즈가 강령인지 뭔지를 할 때는 늘 그 두건으로 얼굴을 가린다는 사실을 오유는 알고 있었을 테니, 거리낄 만한 일은 전혀 없었을 거야. 그리고 당일의 강령이 어떻게 되든지, 틈을 보아 시마지는 미리 오유와 의논해 둔 대로 귀신에 씐 척하면서 날뛰는 거지. 시라코야도 아사다야도 놀라서 귀신 대회는 실패로 끝나고 오시즈와 오리쿠는 체면을 구기게 돼. 그러다가 누군가가—실제로는 오린이었지만—며칠 전에 왔던 오시즈와 귀신 대회의 오시즈가 다른 사람이었음을 알아채겠지. 그러면 아사다야는 화를 내. 제대로 겨루었다면 오시즈가 오리쿠를 당해낼 리 없으니 오리쿠를 모욕하기 위해 시라코야가 꾸민 일이라면서 말이다. 당연히 화를 내겠지. 실제로 지금 그렇게 되었어. 앞뒤가 맞든 맞지 않든 아사다야로서는 오리쿠를 지키기 위해서라면 큰 소리로 사기라고 되풀이할 수밖에 없고, 시라코야는 그러면 이중으로 체면을 잃게 되는 셈이지. 실제로 오시즈가 지금까지 해 온 강령도 전부 가짜가 아닐까 하는 소문이 나기 시작했으니까."

이런 소문은 요미우리_{세간의 사건 등을 담은 인쇄물. 또는 그 내용을 재미있게 읽어 주며 팔러 다니던 사람}에 인쇄되어 간다나 아사쿠사 부근에까지 퍼지고 있다고 한다. 아사다야는 울분을 달랠 길이 없어서 사람을 모아다가 대략적인 사건의 진상을 떠들어 대고, 시라코야와 오시즈의 사기를 온갖 말로 욕하고 있다고 한다.

한편 시라코야는 하고 싶은 말은 산더미처럼 많이 있지만 조베에가 바깥에서 낳은 딸이 한몫해서 일으킨 사건이라 곧장 항변하기도 어렵다. 지금으로선 이를 악물고 발을 동동 구르면서 모르는 척할 수밖에 없다. 그렇기 때문에 덫을 쳐서 오유를 잡자고 시치베에가 이야기를 꺼냈을 때도 두말없이 넘어온 것이다.

"여보."

오사키가 희미하게 떨리는 목소리로 말했다.

"하지만—시마지 씨가 오유 씨와 한패라는 추측에는 뭔가 증거라도 있나요?"

시치베에는 콧김과 함께 대답했다.

"증거는 없어. 하지만 그렇게 생각하면 대강의 줄거리가 똑똑히 보이지."

"그래도 이 줄거리는 조금 심하지 않나요? 시마지 씨는 그날 정말로 망자에 씌어서 이상해졌는지도 몰라요."

그렇다, 그 말이 맞다. 오린은 오사키와 눈을 마주쳤다. 오사키의 눈은 얼어붙은 것 같았다. 나랑 오사키 아줌마는 알고 있어. 아줌마는 긴지 씨의 귀신을 보았는걸.

그러나 시치베에는 상대하지 않았다. 뿐만 아니라 두 눈을 크게 부릅뜨더니 손바닥으로 무릎을 탁 내리치며 고개를 쳐들고 웃음을 터뜨렸다.

"걸작이로군. 이봐, 오사키, 자네답지 않은 말을 하는군. 자네가 언제부터 망자나 귀신 따위에 휘둘리게 됐나?"

"휘둘린 것이 아니에요. 이야기를 듣자 하니 시마지 씨의 상태가 보통이 아닌 것 같아서 보통이 아니라고 말한 것뿐이에요."

"보통이 아닌 것처럼 연극을 하고 있기 때문이야. 보통내기가 아니지."

시치베에의 증오에 찬 말에 다이치로가 또 목을 움츠렸다. 오린은 아버지가 시마지의 실력을 높이 사며 의지하고 있었던 사실을 떠올렸다.

"제가 더 야무지게 했더라면······."

다이치로가 우물우물 중얼거렸다.

"시마지를 이곳에 소개한 내 잘못이다."

시치베에는 다이치로를 짓누르듯이 말했다.

"그 녀석은 자기 가게인 하야시야에서도 제자리를 찾지 못해서 세상을 완전히 비뚤게 보고 있었어. 이쪽에서 제대로 맞아들여 주면 열심히 일해 주리라고 기대하고 있었는데 내가 잘못 봤다. 좀 더 일찍 녀석의 본성을 꿰뚫어 보았어야 하는데."

"죄송합니다."

다이치로는 손을 짚고 머리를 숙였다. 곧 오쓰타가 그의 옆으로 다가가, "그렇게 마음 쓰지 마세요, 다이치로 씨" 하며 등에 손을 올려놓고 문질렀다. 다이치로가 좀처럼 일어나지 않자 오쓰타도 안타까운 듯 고개를 숙인 채 그대로 가만히 있었다.

"나는 도저히 이해할 수 없는 이야기예요."

오사키는 얼굴이 창백해지면서도 다부지게 고개를 들고 시치베에에게 말했다.

"여보, 오유인가 하는 닳고 닳은 여자가 시마지 씨를 유혹해서 손을 잡았다고 하는데, 대체 어떤 군침 도는 얘기를 내걸었을까요? 열아홉 살짜리 처녀가 분별 있는 시마지 씨를 상대하는 거라고요. 게다가 시마지 씨는, 분명히 하야시야에서는 외로웠을지도 모르지만 돈이 없어서 곤란했던 것도 아니잖아요."

"시마지의 코앞에 무엇을 내걸었는지는 본인에게 물어보면 알 일이야. 그 녀석, 몇 번을 찾아가도 얌전한 얼굴을 한 마누라가 나와서, 우리 남편은 머리가 이상해져서 어느 분도 만날 수 없습니다, 하면서 문전박대만 한단 말이지. 끝까지 그 방법으로 피할 생각인 모양이야."

시치베에가 씨근거렸다.

"그러니까 오유를 붙잡아서 두 사람을 대질시키는 게 제일이야. 자네는 잠자코 보고 있으면 돼."

"시치베에 할아버지, 귀신은 정말로 있어요."

내가 봤는걸요, 시마지 씨에게 씐 긴지 씨의 귀신을. 그렇게 말하려다가 오린은 시치베에에게 가로막혔다. 커다란 손이 오린의 머리 위로 내려와 북북 쓰다듬는다.

"오린, 귀신 이야기는 이제 됐다. 귀신 따위는 마음의 병 같은 거야. 있다고 생각하니까 보이지. 처음부터 없다고 생각하면 없단다. 더 무서운 것은 살아 있는 인간이야."

생각도 해 보지 않았던 일이 벌어졌다.

귀신은 보이는 사람에게는 보이지만 보이지 않는 사람에게는 전혀 보이지 않는다. 전혀 보이지 않는 시치베에 할아버지에게 대체 어떻게 말해야 귀신을 믿게 할 수 있을까.

"알겠습니다, 큰나리. 열심히 돕겠습니다."

기운 넘치는 목소리가 들렸다. 그때까지 오사키와 다이치로 뒤에 조용히 물러나 있던 오쓰타가 앞으로 몸을 내밀었다.

"후네야를 위해서 이런 시시한 소동은 뿌리째 뽑아 버려야 해요. 이 오쓰타, 큰나리가 말씀하시는 대로 하겠습니다. 무엇이든 시켜 주세요."

오쓰타는 얼굴이 살짝 붉어져 있었다. 어느 모로 보나 열의가 넘쳐 보인다.

"다이치로 씨도."

오쓰타가 말하면서 다이치로의 등에 손을 올려놓았다.

"다에 씨 몫까지 이 오쓰타가 힘낼 테니까요."

다이치로는 오쓰타에게 머리를 숙였지만 옆에 있는 오사키는 씁쓸한 얼굴을 하고 있었다. 오린은 오사키가 또 심한 말을 하지 않을까 싶어 마음속으로 조금 긴장했지만 약간은 기대하기도 했다. 오쓰타의 말투가 왠지 모르게 강요하는 듯해서 기분이 좋지 않았기 때문이다.

하지만 오사키는 입을 다물고 아무 말도 하지 않았다. 오쓰타는 더욱더 의기양양하게 말을 이었다.

"이럴 때는 기운을 내는 게 제일이에요. 확실하게 기합을 넣고 다 함께 후네야의 재앙을 걷어내서 번성시킵시다."

"그렇게 말해 주니 든든하다만."

시치베에는 싱글벙글 웃으며 말했다.

"그렇다고 오쓰타 자네에게 시마나 오유를 다그치라고 할 수도 없지. 우선 집안일을 잘 부탁한다."

"네!" 오쓰타는 가슴을 탕 쳤다. "맡겨 주십시오, 큰나리!"

정신을 차려 보니 오사키가 오린을 보고 있었다. 그 표정을 읽고 오린은 비로소 자신도 오사키와 똑같이 씁쓸한 얼굴을 하고 있음을 깨달았다.

그날 밤의 일이다. 이미 잘 시간이 지났는데도 잠이 오지 않아 이불을 뒤집어쓰고 침울해하고 있던 오린의 귀에 사람의 목소리가 들렸다.

처음에는 겐노스케나 오미쓰인가 싶었다. 하지만 아무래도 귀신이 아니라 살아 있는 인간의 목소리 같다. 한 명이 아니다. 두 명—게다가 말다툼을 하고 있다.

부엌이다. 오린은 몰래 침상을 빠져나가 벽에 달라붙어서 복도를 나아갔다. 부엌의 불빛이 보이는 데까지 오자 누구와 누가 말다툼을 하고 있는지 또렷하게 알아들을 수 있었다. 그림자 두 개가 흔들리고 있다.

오사키와 오쓰타다.

"분명히 너는 부지런하고, 후네야를 위해 열심히 해 주고 있다는 것은 나도 잘 안다."

오사키가 오쓰타를 '너'라고 부르고 있다. 말투는 침착하지만 모가 나 있다.

"하지만 분에 안 맞는 희망은 품지 마라. 요즘의 네 태도를 보고 있으면 나는 걱정이 되어서 견딜 수가 없구나."

"뭐가 걱정되십니까?"

대꾸하는 오쓰타의 말꼬리가 확 올라가서 어느 모로 보나 싸움을 거는 모양새다.

"큰마님은 저를 나쁘게만 생각하시는군요. 물론 큰마님은 다에 씨가 마음에 드시겠지만, 지금 다에 씨는 앓아누워 버려서 도움이 안 된단 말입니다. 제가 열심히 할 수밖에 없어요. 그래서 열심히 일하고 있는 것뿐이고요. 그게 뭐가 나쁩니까? 무엇이 큰마님의 마음에 들지 않는 건가요?"

손윗사람을 상대로 이렇게 뻔뻔스럽게 말하는 오쓰타 아주머니라니, 믿을 수 없다. 오린은 저도 모르게 양손으로 뺨을 눌렀다.

"그러면 말하겠는데," 오사키의 목소리에도 모가 난다. "귀신이 무섭다면서 오리쓰가 이곳에서 도망쳐 나갔을 때, 나는 네게 좋은 기회니까 함께 돌아오라고 말했지? 꼭 필요하다면 내가 가겠다고. 기억하느냐? 하지만 너는 듣지 않았어. 가게를 열 때부터 그랬지. 나는 말렸는데, 너는 다에 씨 혼자서는 일손이 부족하다느니 하며 큰나리를 설득해서 결국 이곳에 들어왔어."

"그야 걱정이 되었기 때문이지요. 다이치로 씨도 다에 씨도 기뻐해 주었어요. 오린도 저를 잘 따르니까요. 제가 왔더니 아줌마, 아줌마가 없어서 쓸쓸했어요, 하면서."

"그야 그렇겠지. 너는 그렇게 행동할 수 있는 사람이니까. 하지만 흑심이 있어서 하는 짓이라는 걸 아는 사람은 안단 말이다."

"무슨 흑심이라는 말씀입니까!"

"쉿! 목소리가 커."

하나의 그림자가 딱딱하게 굳어지고 다른 하나의 그림자가 슬쩍 옆으로 움직였다.

"나도 그렇게 몹쓸 사람은 아니야."

오사키가 갑자기 조용하고 다정한 목소리로 말했다.

"당신의 안타까운 기분은 충분히 잘 알아요. 같은 여자인걸. 하지만 오쓰타. 아무리 안타까워도 포기해야 하는 것은 포기할 수밖에 없는 거예요. 눈을 질끈 감고 스스로 포기하세요."

"저는 큰마님이 무슨 말씀을 하시는지 모르겠습니다."

오쓰타의 목소리는 끝까지 완고했다. 모르면 모르는 대로 됐다고 오사키는 단호하게 대꾸했다.

"다에는 건강해질 거예요. 다이치로와 둘이서 후네야를 지켜 내야 하니까."

다에 씨는 그러지 못할 거라고 낮은 목소리지만 내뱉듯이 오쓰타가 말했다. 오린은 진심으로 깜짝 놀랐다. 이 사람이 정말로 내가 아는 다정하고 부지런한 오쓰타 아줌마가 맞는 걸까?

"그 사람에게는 기력이라는 것이 없으니까요. 이 상태로는 다이치로 씨가 불쌍해요."

"너는 아직도 그런 말을 하는 거냐?"

오사키의 목소리도 높아졌다.

"이제 그만 정신 차려!"

"싫습니다. 저는 알고 있어요. 큰마님이 방해하신 거지요? 제가 계속 다이치로 씨를 좋아해 왔다는 사실을 알고 있었으면서, 큰나리께 소개해 주시기는커녕 다에 씨를 며느리로 삼으라고 권하시고. 어째서 그런 심술을 부리셨습니까. 그 일이 없었다면 지금쯤 제가—."

"이제 그만해요. 나는 그런 이야기를 듣고 싶지 않아요."

"왜 도망치십니까? 큰마님은 행복하시면서 남의 행복을 방해하고."

"당신이 다이치로보다 몇 살 연상인지 알아요?"

"나이 따위……."

"꼴사납다고 생각하지 않나요?"

"꼴사납다고요? 제가?" 오쓰타의 목소리가 갈라졌다. "큰마님은 다카다야에서도 후네야에서도, 제가 얼마나 성심성의껏, 몸이 가루가 되도록 다이치로 씨를 위해서 일해 왔는지 아십니까? 제 마음은 가슴속 깊은 곳에 감추고 늘 웃으면서, 언젠가는 알아줄 거라고, 언젠가는 통할 거라고 바라면서―."

"그러니까 그런 바람을 갖는 것이 잘못이라는 소리예요."

흥, 하고 오쓰타는 내뱉었다.

"분명히 통할 겁니다. 이렇게 되면 어떻게 해서라도 통하게 만들고 말겠어요. 큰나리는 저를 인정해 주고 계시고 오린도 저를 더 따르니까요. 어차피 그 아이는 그 부부의 진짜 꺾쇠도 아니고."

찰싹 하는 소리가 났다. 잠시 후 오린은 깨달았다. 오사키가 오쓰타의 뺨을 때린 것이다.

"두 번 다시 그런 말을 입에 담았다간 정말로 쫓아내겠어."

오사키는 이를 악물고 낮게 으르렁거렸다.

"다에도 오린도 당신을 조금도 의심하고 있지 않아요. 두 사람 다 당신을 좋아하고 있지. 그 아이들을 배신하는 짓을 한다면 내가 지옥 끝까지 당신을 쫓아가서 뉘우치게 해 주겠어."

오쓰타가 울음을 터뜨렸다. 그 울음소리를 틈타 오린은 기다시피 도망쳤다.

자신의 방으로 돌아가 보니 머리맡에 오미쓰가 앉아 있는 모습이 보였다. 샤미센을 무릎에 올려놓고 있다.

"늦게까지 깨어 있으면 안 돼, 오린."

오미쓰는 상냥하게 말하며 머리카락을 흔들었다.

"오미쓰 씨……."

"밤에는 목소리가 잘 울리니까. 그 여자들도 조심해야 할 텐데."

이쪽으로 오렴, 하고 오미쓰는 오린에게 손짓했다. 오린은 침상 위에 오도카니 앉았다.

"듣고 싶지 않은 이야기를 들어 버렸구나, 오린."

오미쓰의 위로하는 듯한 표정에 오린은 퍼뜩 깨달았다.

"혹시 오미쓰 씨는 그런 것을…… 오쓰타 아주머니에 대해서 전부터 알고 있었나요?"

오미쓰는 긴 머리카락을 슬쩍 쓰다듬으며 고개를 끄덕였다.

"조금은. 나도 그냥 나이를 먹은 것은 아니니까."

오린에게는 아직 이른 이야기야, 하고 작게 말했다.

"사람은 말이다, 아니, 여자는 말이다, 가끔 스스로도 어떻게 할 수 없을 때가 있어. 그것이 연애란다. 그러니 오쓰타 씨에게 너무 화를 내선 안 돼. 하지만 그렇게 되는 것이 좋지 않다는 사실은 기억해 두렴."

오린은 멍해져서 뭐라고 잘 대답할 수가 없었다. 다정한 오쓰타 아주머니. 어머니보다 오린의 어리광을 잘 들어주는 오쓰타 아주머니. 그런 아주머니가 아버지를 좋아하고, 그래서 어머니를 싫어하고—.

"오사키 씨가 단단히 감시하고 있으니 앞으로 싫은 일은 일어나지 않을 거야. 너는 어머니를 소중히 대해 드리면 돼."

"……응. 하지만 오미쓰 씨."

"왜 그러니?"

"꺾쇠라는 게 뭐예요? 진짜 꺾쇠가 아니라니 무슨 뜻일까요?"

오미쓰는 한 손을 뺨에 대고 천천히 고개를 갸웃거렸다.

"글쎄, 나도 모르겠다."

거짓말이다. 오미쓰는 알고 있다.

"거짓말이지요."

오미쓰는 우후후 하고 웃었다.

"안 가르쳐 줄래. 조만간 알게 될 테니까. 그것도 너의 오사키 아주머니께 맡겨 두면 괜찮을 거야."

자, 안 자는 아이를 재우려면 무엇을 불러야 할까, 하며 오미쓰는 샤미센을 집어 들었다.

19

사흘이 지나고 닷새가 지나고 열흘이 지나도 오유는 시라코야에 모습을 나타내지 않았다.

소문은 충분히 퍼졌을 것이다. 요미우리들이 더 이상 이 일을 쓰지 않게 된 후에도 시라코야는 고객이나 마을사람들에게 오유로 보이는 처녀를 발견하거든 당장 알려 달라, 우리는 지금까지의 일, 귀신 대회를 망친 일까지 포함해서 전부 불문에 부칠 것이다, 어쨌든 오유를 만나서 얘기하고 싶다는 말을 틈만 나면 퍼뜨렸다.

오유가 귀신 대회를 마지막으로 시라코야 따윈 모른다, 그것이 마지막 발악이었다, 이제 속이 후련하다, 앞으로 시라코야에는 관여할 생각이 전혀 없다고 결심하고 신경을 끊었으리라고는 생각할 수 없다. 그녀로서는 조베에에게 하고 싶은 말이 아직 산더미처럼 남아 있을 것이다. 시치베에가 꾸민 이 이야기에 넘어오지 않을 리가 없는데.

오린은 하루에 한 번은 젠노스케나 오미쓰와 이것에 대해서 이야기했다. 두 사람 다 어른의 분별을 갖춘 얼굴로 이제는 기다릴 수밖에 없다고 오린에게 말했다. 오유에게는 또 뭔가 다른 사정이 있을지도 모른다는 것이다.

귀신 대회 이후, 오린이 몇 번이나 부탁하듯이 불러도 덥수룩이는 전혀 나와 주지 않았다. 다에는 계속 병상에 있지만 와라이보도 그 후로 볼 수가 없다. 오우메는 밤중에 쿵쿵 발소리를 내며 계단을 올라가곤 하는데 오린 앞에는 나타나지 않는다. 기분 탓인지, 모두 뭔가 사태가 일어나기를 기다리고 있는 것 같은 느낌이다.

한편 하야시야의 시마지는 시치베에가 매일같이 문병을 구실로 심부름꾼을 보내 상태가 어떠냐고 물었더니, 마침내 아내 오타카가 과자 상자를 들고 후네야를 찾아왔다.

"덕분에 남편 몸은 많이 건강해졌습니다. 그래도 역시 지난번의 그 일은 제정신으로 한 짓이 아니었던 게 아닐까요. 머리는 아직 정상이 아니랍니다. 멍하니 있기만 해요. 하야시야에서는 저나 아들이 곁에 붙어 있으니 어떻게든 되겠지만 후네야의 일을 거드는 것까지는 무리입니다. 정말로 죄송하지만 시마지는 저희에게 돌려주셨으면 합니다."

날카로운 눈빛은 여전하지만 오타카는 얌전히 손을 짚고 인사를 하면서 머리를 숙였다.

다카다야에서는 시치베에가 달려와 다이치로와 나란히 그녀의 인사를 받았다. 시치베에는 계속해서 오타카를 위로했지만 오타카는 송구해하기만 할 뿐, 거의 듣고 있지 않은 것 같았다.

오린은 그들의 모습을 그늘에서 몰래 엿보고 있었다. 어쨌거나 오유라는 처녀가 잡히지 않는 한은 시마지와 대치시킬 수는 없으니 시치베에가 속으로 초조하게 이를 갈고 있으리라는 사실도 오린은 안다. 하지만 그보다는 오타카의 태도에 더 신경이 쓰였다. 그냥 송구해하는 것만이 아니라 왠지 겁을 먹고 있는 듯한, 몹시 지친 듯한, 기운 없는 옆모습이다.

모두 시마지, 시마지라고 부르고 있지만 실상은 시마지의 몸만이 남아 있을 뿐이고 그 속에는 형인 긴지가 들어 있다. 긴지는 자신을 죽인 동생의 혼을 쫓아내고 그 몸을 빼앗아 현세로 돌아왔다. 자신의 집, 자신의 가게, 자신의 아내와 아이를 되찾은 것이다.

그것은 무서운 일이지만, 그래도—하고 오린은 의아하게 생각했다. 지금의 긴지는 분명히 시마지에 대한 원한을 풀고 만족감을 느끼리라. 안주인에게도 아이들에게도 다정하고, 열심히 하야시야를 꾸려 나가야 한다. 가족을 행복하게 해 주기 위해서 열심히 애써야 한다. 만일 오린이 그의 입장이었다면 분명히 그렇게 했을 것이다. 그렇지 않다면 이 세상에 돌아온 의미가 없다.

그런데 어째서 오타카의 얼굴은 저렇게 초췌해졌을까? 흠칫거리는 것처럼도 보인다. 욕심이 많아 보여서 느낌이 좋은 안주인은 아니었지만 전에는 좀 더 활기찬 사람이었다.

과연 긴지는 하야시야에 돌아온 후로 어떻게 지내고 있는 것일까?

오늘 아침에는 하늘도 파랗고 맑게 개어, 손님용인 안쪽 방에서는 한발 먼저 여름 방석을 집어넣고 당지를 바른 장지문을 세웠다. 그것이 스윽 열리고, 오쓰타의 배웅을 받아 돌아가는 오타카의 모습을 확인하고 나서 오린은 재빨리 뛰어가 오타카를 따라잡았다.

"하야시야 아주머니!"

돌아본 오타카는 처음에는 오린이 기억나지 않는 모양이었다. 전에 후네야의 심부름으로 시마지 씨의 문병을 갔다고 설명해도 좀처럼 통하지 않는다. 오타카가 겨우 오린을 떠올려 주기까지 꽤 많은 말을 해야 했다.

가까이서 보니 오타카의 눈 밑에는 희미하게 검은 그늘이 져 있고 눈가 언저리가 버석버석하게 말라 있었다. 오린이 하마터면 죽을 뻔한 병에 걸렸을 때 계속 옆에 붙어 간병해 준 다에가 이런 얼굴을 하고 있었다. 밤에 제대로 자지 못하는 사람의 얼굴이다.

오린의 작은 가슴속에 불길한 예감이, 밤에 날아다니는 박쥐처럼 이리저리 가로질렀다.

"그래서 이번에는 내게 무슨 일이니, 아가씨?"

하늘은 가을빛인데 맑은 하늘의 햇빛은 아직 강하다. 오타카는 눈부신 듯이 눈을 가늘게 뜨고 있다.

"아주머니, 죄송해요. 사실 저는 후네야 주인의 딸이에요. 그때는 거짓말을 했어요."

오린은 빠른 말투로, 자신은 귀신 대회 가까이에 있었다, 시마지 씨가 쓰러졌을 때의 모습도 알고 있다고 설명했다.

"아주머니, 저 같은 게 갑자기 이런 말을 해도 믿지 못하실 거예요. 하지만 들어주셨으면 해요."

오린은 숨을 가다듬고 나서 큰맘 먹고 말했다.

"혹시 지금의 시마지 씨는, 옛날에 돌아가신 아주머니의 남편―시마지 씨의 형인 긴지 씨 같아지지 않았나요? 긴지 씨를 떠올리게 하는 행동을 하거나, 나는 사실 긴지라고 말하거나 하지 않나요?"

오타카의 실처럼 가느다란, 끝이 치켜 올라간 눈이 커졌다. 그렇지 않아도 혈색이 나쁜 뺨이 바랜 천처럼 하얘졌다.

"너, 너, 너."

오타카는 아래턱을 덜덜 떨면서 오린을 가리켰다.

"너, 대체 무슨 말을 하는 거니? 무슨 소리야?"

"아주머니―."

다가가려고 한 오린을 밀쳐내고, 오타카는 등을 빙글 돌리더니 고꾸라질 듯이 도망쳤다.

"아주머니, 잠깐만요!"

오린은 뒤를 쫓아갔다. 오타카는 나가사카 님 댁의 담 모퉁이까지 달려가 담을 붙잡으면서 모퉁이를 돌았다. 비틀거리다가 신발 한쪽이 벗겨지는 바람에 두세 발짝 앞으로 고꾸라진 오타카는 결국 털썩 넘어지고 말았다.

"아주머니, 괜찮으세요?"

오린이 달려가자 오타카는 새파란 얼굴로 기어가 양손으로 땅을 긁으며 여전히 도망치려고 했다.

"아주머니, 왜 도망치세요? 제가 그렇게 이상한 말을 했나요?"

"시끄러운 아이구나, 놔!"

오타카는 떨리는 목소리로 고함치고 양손을 마구 휘두르며 일어서더니 두 발이 다 맨발인 것을 신경 쓰는 기색도 없이 다시 도망치려고 한다.

오린은 외쳤다.

"아주머니, 역시 시마지 씨는 긴지 씨가 되어 버린 거지요? 아주머니도 무서우시지요? 긴지 씨의 망령은 하야시야에서 대체 무엇을 하고 있나요?"

오타카는 비틀거리며 걸음을 멈추고 고개를 비틀어 오린을 돌아보았다. 두 눈은 크게 뜨여 있고 입도 벌어져서 거친 숨이 흘러나온다.

"망령?"

오타카는 작게 중얼거렸다. 쉰 것 같은 목소리였다.

"그게 망령이라는 거니?"

오린은 잠자코 오타카 옆으로 달려갔다. 손을 잡으니 얼음처럼 차게 식어 있었다.

"어떻게 그런 것을 알지?"

묻는다기보다 혼잣말에 가까운 말투였다. 그렇지만 오린은 대답했다.

"저는 이 눈으로 보았어요. 긴지 씨의 망령이 나와서, 나는 십 년 전에 시마지에게 죽임을 당해 가게도 가족도 빼앗겼다, 그러니 이번에는 시마지의 몸에서 시마지의 혼을 쫓아내 버리겠다고 말했어요. 시마지의 몸을 빼앗아 하야시야로 돌아가겠다고."

오타카의 고개가 힘없이 떨어졌다. 크게 뜬 눈꺼풀이 흠칫거린다. 틀어 올린 머리카락이 흐트러져서 앞머리가 몇 가닥 흘러내린다. 그리고 갑자기 털썩 무릎을 꺾더니 그 자리에 무너지고 말았다.

오린은 꺅 하고 비명을 질렀다. 한낮의 길가에는 공교롭게도 지나가는 사람 한 명 없었다. 오린의 얼굴마저 창백해졌다.

"아주머니, 정신 차리세요!"

그때 겨우 한 간(약 1.8미터) 정도 앞에 있는 나가사카 가의 나무 문이 덜컹 열리고 안에서 여자가 나왔다. 오린과 오타카의 모습을 보고 한순간 놀란 듯이 두 눈을 크게 뜬 여자는 상냥한 목소리로 이렇게 물었다.

"왜 그러시지요?"

꽤 오래된 저택이다.

오린은 생각했다. 나는 예의 바른 아이니까, 곤란에 처해 있는데 친절하게 도와주신 나가사카 님의 집에 대해서 무례한 말을 할 수는 없다.

―하지만 히네가쓰라면.

'이게 뭐야, 용케도 이런 집이 쓰러지지 않고 서 있네, 귀신의 집 아니야?' 하고 말하겠지.

황폐하다. 여기저기가 상해 있다. 지금 이렇게 앉아 있는 방은 우선 다다미가 깔려 있고 벽도 떨어지지 않았고 천장도 깨지지 않았다. 하지만 여기저기에 비가 샌 얼룩이 있고 장지는 기운 자국투성이다.

나가사카의 저택은 후네야 이층에서 잘 보인다. 기와지붕에 수리한 흔적이 있는 것도 알고 있었다. 하지만 빈약한 판자담과 새파란 정원수에 둘러싸인 저택 안쪽이 이렇게까지 참혹한 상태이리라고는 상상도 못했다.

하타모토의 저택이니 넓기는 불평할 수 없을 만치 넓다. 통용문에서 안뜰을 지나 건물 안으로 들어와서 이 방으로 안내되기까지도 꽤 긴 복도를 걸었다. 하지만 도중에 본 방은 다다미가 들려 바닥 판자가 드러나 있거나, 지붕에 큰 구멍이 뚫려 있거나, 장지가 전부 떼어져 있어서 그곳만 보면 폐가 그 자체였다.

시치베에가 오린 일행이 후네야로 이사를 올 무렵에 '옆집은 가난뱅이 하타모토의 저택이다'라고 말했다. 할아버지는 이곳에 인사를 하러 왔다가 안 보았던 것일까.

―정원도 그래.

바깥에서, 그것도 이층에서 바라볼 때는 커다란 나무가 많이 있구나 싶은 정도였다. 하지만 가까이서 보니 손질 하나 안 되어 우거진 모습이 정원이 아니라 야산에 훨씬 가깝다. 덤불이 무성한 가산假山의 그늘에 여우나 너구리가 살고 있다 해도 전혀 이상하지 않을 것이다.

생각해 보면 옆집 정원에 정원사가 드나드는 모습을 한 번도 본 적이 없었다.

가벼운 발소리가 나고 누군가가 복도를 따라 이쪽으로 다가왔다. 오린은 깜짝 놀라 그 자리에 엎드렸다.

"어머나, 그렇게 딱딱하게 굴지 않아도 돼요."

생글생글 웃는 목소리와 함께 아까 그 여자가 들어왔다. 나이는 다에와 비슷해 보인다. 몸집이 작고 동그란 얼굴에, 목소리도 소녀처럼 귀엽다.

"혼자 놔두어서 미안해요. 자, 드세요."

여자는 오린 옆에 앉더니 손에 든 쟁반에서 찻잔을 내려놓고 오린에게 권해 주었다. 무척 자연스러운 동작이다.

"많이 놀랐지요? 하지만 안심해요. 그 여자분은 정신을 차리셨답니다. 한 시간만 누워 있으면 완전히 좋아질 거예요."

"고맙습니다."

오린은 다시 한번 방바닥에 손을 짚고 깊이 절을 했다.

여자는 생긋 웃었다.

"아주 예의가 바르군요. 당신은 이웃 요릿집의 딸이지요?"

오린은 깜짝 놀랐다. 나를 알고 있다.

"네, 오린이라고 합니다."

여자도 마주 절을 했다.

"저는 이 집의 주인 나가사카 몬도노스케의 아내인 미사에라고 해요."

아내? 어? 하녀가 아니었어?

놀람이 그대로 얼굴에 드러나고 만 모양이다. 미사에는 입가에 손을 대고 쿡쿡 웃었다.
"우리 집에는 하녀가 없거든요. 집안일은 제가 전부 하고 있어요."
"아, 그렇군요."
"보시다시피—," 미사에는 황폐한 방 안을 손으로 가리켰다. "장식할 것 하나 없는 가난뱅이 하타모토라서요."
집만이 아니다. 미사에의 기모노도 셀 수 없을 만큼 많이 빨고 천을 대어 기운 것이리라. 오른쪽 소매의 눈에 띄는 곳에 덧댄 천을 꿰맨 자국이 보인다. 머리카락에도 낡은 회양목 빗이 꽂혀 있을 뿐. 오린은 대답하기가 곤란해져서 얼굴이 새빨개졌다. 미사에는 또 깔깔 웃었다.
"어머나, 미안해요. 하지만 신경 쓰지 마세요. 남편도 저도 이 저택을 좋아하거든요. 낡았든 황폐하든 부끄럽다고는 생각하지 않아요. 하지만 후네야가 저 집에 이사를 오고 나서는 가끔 남편과 이야기하곤 했어요. 훌륭한 요릿집인데 어떤 요리가 나오는 걸까, 어떤 분들이 손님으로 오실까 하고."
왠지 입장이 반대다. 오린은 저도 모르게 말하고 말았다.
"우리는 전혀 훌륭하지도 호화롭지도 않아요. 저야말로 이웃 저택에는 어떤 훌륭한 분이 살고 계실까 하고 계속 생각하고 있었어요."
"어머나, 그럼 서로 짝사랑을 하고 있었던 거나 마찬가지군요."
하타모토의 아내다운, 어느 모로 보나 이지적이고 아름다운 목소리로 '짝사랑'이라는 서민이나 쓰는 말을 입에 담는다. 하타모토의 안주인이 전부 이런 분은 아닐 테지. 아니, 이런 분은 몹시 드물 것이다.

정원의 수풀 안쪽에서 멍멍 하고 개 짖는 소리가 났다. 미사에는 얼굴 앞에서 가볍게 손뼉을 쳤다.

"오린 씨, 시로는 만난 적이 있으세요?"

"시로?"

미사에는 불쑥 일어나더니 툇마루로 나갔다. 시로, 시로, 이리 와, 하고 부르자 덤불을 가르고 나무 사이를 지나 하얀 개 한 마리가 달려왔다.

"시로, 거기 앉으렴. 손님이야. 전에 뵌 적이 있지?"

"그런 말을 해도 이 아이는 기억하지 못할 거야."

복도에서 목소리가 들리더니 곧 소리의 주인이 느릿느릿 방으로 들어왔다. 나이는 마흔 정도로 키가 크고 야위었으며 턱이 길고 눈과 눈 사이가 떨어져 있어서—약간 아귀 같은 얼굴이다. 어디선가 만난 적이 있었는데—.

"아!" 하고 외치며 오린은 펄쩍 뛰어올랐다.

"맞다, 그때의 무사님!"

후네야의 첫 번째 손님, 쓰쓰야의 연회가 열렸던 날의 일이다. 오엔과 동글이와 함께 수로 가장자리에서 돌을 던지며 놀다가 오우메의 모습에 놀라, 눈깔사탕이 목에 걸린 적이 있었다. 그때 오린을 안아 올리고 등을 두드려 눈깔사탕을 토하게 해 준 사람이다.

"그렇지, 그때 이 개가 같이 있었어요!"

놀라는 오린을 보고, 키 큰 무사는 미사에에게 웃음을 짓고 나서 그 자리에 털썩 주저앉아 느긋한 어투로 말했다.

"그때는 인사를 할 시간이 서로 없었지. 내가 나가사카 몬도노스케란다. 다카다야의 시치베에는 나를 이웃의 가난뱅이 하타모토라고 했니? 아니면 아귀를 닮았다는 게 더 먼저 화제가 되었을까?"

나는 가난하지만 한가하다고, 전혀 괴로워하지 않는 말투로 나가사카 몬도노스케는 말했다.

"고부신 조—라는 둥 어려운 말을 해도 너는 잘 모르겠지만, 말하자면 하타모토라는 가문의 격은 있어도 일거리가 없는 거야. 당연히 봉록도 적지. 아내와 둘이서 살아가기도 힘들 정도긴 해도 여러 가지 부업을 해서 간신히 입에 풀칠은 하고 있단다."

"아, 네."

오린은 당혹스러워하면서 맞장구를 쳤다. 이런 말을 나 같은 것에게 해도 되나, 상관없으려나? 저택의 모습을 보면 가난하다는 것은 일목요연한걸.

"후네야에서 여러 가지로 곤란한 일이 일어나고 있다는 소문은 일찍부터 듣고 있었어. 그 집은 후네야 전에도 귀신 소동이 있었던 곳이거든."

나가사카 몬도노스케는 턱을 꼬집었다.

"이번에는 또 어떤 소동이 일어나고 있는지, 자세한 이야기를 후네야 사람에게 직접 들어보고 싶었지. 아내와도 자주 이야기하곤 했단다. 그런데 그 후네야의 오린이 통용문 앞에서 뭔가 곤란을 겪고 있다고 하니 마침 잘되었지 뭐냐."

"도와주셔서 정말 고맙습니다."

"뭘, 뭘. 그런데 저 여자는 후네야 사람이 아니지? 미사에의 이야기로는 너와 뭔가 말다툼을 하는 것 같았다고 하던데, 어떻게 된 일이니?"

이야기하자면 길어진다. 어디까지 거슬러 올라가서 설명하면 좋을까?

"역시 후네야의 귀신 소동에 관련된 일인데요……. 저어, 나가사카 님."

망설이던 오린은 반대로 물어보기로 했다.

"지금 후네야가 있는 곳에 삼십 년쯤 전에는 무덤이 있었다는 이야기를 들었어요. 맞은편에는 고간지라는 절이 있었고, 그곳 주지가 많은 사람을—죽이는 등 아주 무서운 일이 일어나 화재로 불타 없어졌다는 이야기도 들었어요."

"음."

몬도노스케는 고개를 끄덕였다.

"실은 나도 그 무렵의 일은 잘 모른단다. 나가사카 가의 저택은 당시 여기에 없었거든. 고간지 절이 불탄 사건이 있고 나서 직후에 이 집이 지어졌지. 나는 아직 열 살 정도의 어린아이였어."

오린은 실망했다. 그렇구나, 나가사카 님도 그 일에 대해서는 자세히 모르시는구나.

"다만—," 몬도노스케가 아내의 얼굴을 힐끗 보고 나서 말을 이었다. "우리 나가사카 가가 이쪽으로 저택을 옮긴 이유가 고간지 절 사건에 우리 집안사람이 연관되어 있었기 때문이라는 이야기를 아버지에게 들은 적이 있다. 저택을 옮긴 것만이 아니야. 아버지가 고부신 조로 들어가라는 명령을 받은 이유도 그것 때문이었다고 하니까."

스스로는 털끝만큼도 그럴 생각이 없었지만 저도 모르게 오린은 몸을 뒤로 물리고 있었나 보다. 미사에가 웃으며 수습했다.

"여보, 그렇게 말씀하시면 마치 우리 집안에서 무서운 살인자가 나온 것 같잖아요. 보세요, 오린 씨가 무서워하잖아요. 오린 씨, 미안해요."

몬도노스케는 아귀처럼 사이가 벌어진 눈을 휘둥그렇게 뜨더니 곧 활짝 웃었다.

"과연 그렇구나. 하지만 사실은 사실이니까. 속일 수야 없지."

"아뇨, 아뇨, 괜찮아요."

오린은 앉은 자세를 바로 했다.

"저는 무섭다고 생각하지 않았어요. 다만 조금 놀랐을 뿐이에요. 그뿐이에요."

"그렇다면 다행이다만. 뭐, 계속 이야기를 들어 준다면 잘 알게 되겠지."

몬도노스케는 목덜미를 벅벅 긁었다.

"고간지 절 사건에 연관되어 있었던 이는, 내게는 숙부에 해당하는 사람이란다. 다시 말해서 할아버지의 막내아들이지. 우리 아버지가 장남이고. 알겠니?"

"아, 네."

고간지 절이 불에 타 소실될 당시, 몬도노스케의 아버지는 서른다섯 살. 문제의 숙부는 약관 스물세 살이었다고 한다.

"오린처럼 어린 여자아이에게 이런 이야기를 해도 될지 어떨지는 모르겠지만, 할아버지는 상당히 여자를 좋아하셨단다. 할머니와의 사이에는 장자인 내 아버지와 일찍 세상을 떠난 딸이 하나 있었을 뿐이지만 차례차례 여자를 만들어서, 만년이 되어서도 손자로 착각될 만한 아이를 셋이나 얻었어. 전부 다른 배에서. 어머니가 다르다는 뜻인데, 이것도 알겠니?"

"알―것 같아요."

오린은 진지한 얼굴로 대답했다.

"아버지는 가문을 물려받은 것은 좋았지만 나이 어린 이복형제들 탓에 쓸데없는 고생을 꽤나 하셔야 했어. 거기에 대해서는 죽을 때까지 투덜거리셨지. 하나 같이 게으른 주제에 돈은 함부로 쓰고 다니는데다 자존심만 높아서―."

몬도노스케는 자신이 고생을 한 것처럼 매우 절실하게 투덜거렸다.

"그중에서도 특별히 벅찼던 이가 바로 막내 숙부였어. 하지만 성격은 다정한 사람이었지. 내가 어릴 때는 나와 자주 놀아 주곤 했거든. 다만 여자한테 정신을 못 차렸어. 그 점에서는 할아버지의 피를 제일 짙게 물려받았다고 할 수 있지. 용모가 잘생기고 남자다웠기 때문에 여자 쪽에서 내버려두지 않은 탓도 있고."

몬도노스케의 아버지가 고생해서 찾아다 준 사관仕官에도 시대에 무사가 특정 영주를 섬기는 일 자리에서 해고되기를 두 번. 전부 여자가 얽힌 일이었다. 한번은 상관의 아내와 정을 통해서 사랑의 도피를 시도했다고 하니 죽어 마땅한 일이었지만, 악운에는 강했는지 봉록을 잃는 정도로 끝났다. 마을에서 살며 도장을 열면 어떨까 싶어 마련해 준 돈은 몽땅 여자에게 탕진하고 만다. 간신히 그럭저럭 괜찮은 데릴사위 자리에 밀어 넣었더니 아내가 되어야 할 처녀의 언니와 정분이 나서 소동을 일으키고—.

유창한 불평이었다. 나가사카 님, 이 이야기가 그렇게 하고 싶었던 걸까. 조금 즐거워 보이기도 하는걸.

"아까도 말했다시피 고간지 절이 불타 없어진 사건 때 나는 열 살이었어. 그래서 숙부에 대해서도 똑똑히 기억하고 있단다. 사건이 일어나기 반년쯤 전에 데릴사위로 들어간 곳에서 쫓겨 온 후로 같은 저택 안에 살고 있었거든."

그래도 숙부가 어째서 고간지 절의 주지 같은 사람과 관계를 갖게 되었는지는 확실히 모른다고 몬도노스케는 말을 이었다.

"주지가 몰래 고리대금업도 하고 있었던 모양이니, 아마 그쪽 관련으로 알게 되었으리라고 아버지는 추측하고 있었어. 나도 그렇게 생각한다. 숙부가 돈이 필요했던 원인은 역시 여자 때문일 거라고도 생각해. 다른 숙부들과는 달리 본인은 사치스러운 사람이 아니었으니 돈은 여자에게 썼을 게다. 어디의 어떤 여자인지는 몰라. 유녀遊女일지도 모르지."

그것은 초봄의, 매우 바람이 강한 밤이었다—며 몬도노스케는 목소리의 어조를 바꾸었다.

"초목도 깊이 잠든 축삼시였어. 덧문을 마구 두드리며 숙부가 아버지를 부르더구나. 나도 아버지와 함께 일어나 나가 보니 찢어진 등롱을 들고 숙부가 정원에 서 있었어. 기나가시 차림이었는데 옷자락을 걷어지르고 양 소매를 어깨끈으로 묶고 있었지. 이제부터 사람을 베러 갈 겁니다, 하고 숙부는 말했어. 너무나도 명랑하고 생기 넘치는 목소리여서 나는 문득 자랑스러운 기분이 들었단다. 분명히 누군가 악인을 벌하러 가는 것이 틀림없다고 생각했거든. 실제로 숙부는 눈썹을 단단히 치켜뜨고 기합이 잔뜩 들어간 멋진 남자의 모습이었어."

자신에게는 처리해야 하는 사람이 있다. 이제부터 그를 쫓아 고간지 절로 쳐들어갈 텐데, 앞으로 나가사카 가에 지장이 있어서는 안 되니 한마디 양해 말씀을 드리겠습니다—.

"이 일에 대해서는 나가사카 가는 아무 관련도 없다. 자신은 일을 일으키기 훨씬 전에 집을 뛰쳐나가 나가사카 가에서는 인연이 끊긴 오갈 데 없는 사람이라는 것으로 해 주었으면 좋겠다. 그와 같은 내용을 자필로 적은 문서를 방의 문서궤 안에 숨겨 놓았으니 오메쓰케 <small>최고 집정관인 로주 밑에서 다이묘, 하타모토, 그 외 여러 관리의 정무·행정을 감찰하는 관직</small>가 묻거든 보여 주기 바란다는 말을 하고 숙부는 정원을 떠났어. 아버지가 쫓아가서 혼자 가는 거냐고 한마디 물었더니, 도와줄 사람은 필요 없다는 말만 남기고 밤 속으로 달려서 사라졌지."

몬도노스케는 잠시 입을 다물고 그날 밤의 일을 떠올리듯이 아련한 눈을 했다.

"그로부터 한 시간쯤 뒤에 고간지 절에서 불길이 치솟았어."

당시 나가사카 가는 현재의 장소보다도 한 정(약 109미터) 정도 북쪽으로 떨어진 곳에 있었지만 고간지 절을 불태운 홍련의 불꽃은 밤눈에도 또렷이 보였다고 한다. 바람을 타고 타닥타닥 튀는 불똥이 하늘에서 춤을 추고, 무언가가 타는 냄새가 주위에 피어올라 숨이 막힐 정도였다고 한다.

"그렇게 바람이 불어 닥치고 있었는데도 불은 고간지 절 밖으로는 번지지 않았어. 어렸던 내 눈에는 불꽃이 절을 완전히 감싸고 이제 어디로도 도망치지 못하게 가두고 있는 것처럼 보였단다."

몬도노스케는 진지한 얼굴로 그렇게 중얼거리고 나서 문득 활짝 웃었다.

"조금 연극 같은 이야기였지? 그때는 아직 아무도 거기서 많은 사람들이 주지의 손에 목숨을 잃었다는 사실을 몰랐어. 살아남은 불목하니나 스님들이 악행을 고백하고 나서야 모든 것이 확실해졌지. 그러니 화재가 있었던 날 밤의 내 추억도 나중에 들은 이야기들과 조합되어 생겨난 것이란다. 뭐, 추억이란 대개 그런 법이다만."

"절에 불을 지른 사람은 주지 스님이라고 들었어요. 불을 질러 놓고 자신은 도망쳤다고요. 어디로 도망쳤는지 결국 행방은 알 수 없었다고."

오린의 말에 몬도노스케는 고개를 끄덕였다.

"잘 알고 있구나. 그 말이 맞다. 사원 부교소_{절과 신사 및 그 영지의 사람들을 관리하고 소송을 맡았던 곳}에서도 이 사건은 여자를 범한 승려가 어쨌느니 저쨌느니 하는 소동이 아니라 터무니없는 불상사니까. 체면 때문에라도 주지를 찾아내어야 할 판이었는데 하늘로 솟았는지 땅으로 꺼졌는지 결국 발견하지 못한 채 끝나고 말았어."

자신의 숙부도 돌아오지 않았다고 그는 조용히 덧붙였다.

"불에 탄 자리에서는 그 전에 살해당한 사람의 유골뿐만 아니라 화재로 죽은 사람의 시체도 기둥이나 벽에 깔린 채 몇 구인가 발견되었단다. 그중 한 사람이 아마 숙부였겠지. 검이 있으면 알아볼 수도 있었겠지만 건물 잔해에 뒤섞여 버렸는지 누가 가져가 버렸는지, 발견할 수가 없었기 때문에 어쩔 수 없었어."

"나가사카 님의 숙부님은 누구를 죽이려고 하셨을까요. 역시 주지 스님일까요?"

"그렇겠지. 그렇게 되면 숙부는 성공하지 못하고 목숨을 잃었다는 뜻이 돼."

살아남은 불목하니는 사원 부교의 엄한 취조를 통해 주지의 소행에 대해서는 몰랐으나 벌써 몇 년 전부터 주지가 마을에서 떠돌이 무사나 방랑자를 데리고 와서는 한동안 절에 살게 했고, 잠시 지나면 그들의 모습이 사라지고 또 다른 자가 들어오는 일이 되풀이되었다―고 자백했다. 또 한 달쯤 전부터 주지를 찾아 젊은 무사 한 명이 자주 방문하곤 했는데 그가 절에서 그리 멀지 않은 곳에 저택을 가진 하타모토 나가사카 가의 사람이었다는 것도 이야기했다.

"그런 형태로 관가에 숙부가 알려지고 말았으니 우리 집안으로서도 숨길 수가 없었지. 처음부터 우리 아버지는 숙부가 남긴 말에 기대어, 그는 우리 집안과는 인연을 끊은 자라며 시치미를 뗄 생각은 털끝만큼도 없었어. 무엇보다도 숙부가 대체 고간지 절 주지에 대해 무엇을 냄새 맡고, 무엇을 탐색하고 있었는지, 어째서 그날 밤 혼자서 쳐들어갔는지를 알고 싶다는 마음이 강했던 것이지. 그래서 추궁을 당하게 될 줄 알면서도 스스로 사원 부교나 오메쓰케의 취조에 응했다만―."

결국 확실한 답은 얻지 못한 채 끝났다고 한다.

"아버지는 오사키테에도 성에서 쇼군이 외출할 때 경호를 맡거나 방화, 도적 등을 막기 위해 에도 시내를 순찰하는 일을 하던 관직 조의 관직을 반납하고 고부신 조로 들어가라는 처벌을 받았어. 저택을 옮기라는 명령도 떨어졌는데, 굳이 그 무렵에는 아직 휑뎅그렁한 습지였던 이곳으로 옮기기를 강하게 바란 것은 아버지 쪽이었지. 아마도 숙부가 마지막에 고간지 절에서 무엇을 하려고 했는지 알고 싶다는 바람의 표현이었을 게다."

몬도노스케는 아귀와 꼭 닮은 얼굴을 누그러뜨리며 오린에게 싱긋 웃어 보였다.

"하지만 아버지도 만년까지 그런 집념을 품고 있었던 것은 아니야. 그냥 이상하게 생각하고 있는 정도지. 나 또한 가문을 물려받았을 때 그 '이상하군'이라는 마음까지 물려받았다만, 그렇다고 어떻게 하려는 건 아니야. 그저 이곳에서 느긋하고 가난하게 살면서 초봄의 바람이 강한 밤이 되면 큰 화재와 숙부의 명랑한 얼굴을 이따금 떠올리는 나날을 보내고 있단다."

오린은 나가사카 부부의 온화하고 상냥한 얼굴을 번갈아 바라보며, 지금까지의 긴 이야기를 듣고 가슴속에 떠오른 어떤 질문을 입 밖에 내기 위해 남몰래 숨을 가다듬었다. 심장이 폴짝 뛰어올랐다.

"나가사카 님. 가르쳐 주셨으면 하는 것이 있는데요."

"뭐지?"

"숙부님의 성함이 어떻게 되나요?"

스물세 살의 용모 단정한 미남에 여자를 좋아하는 사람.

"겐노스케라고 한단다." 몬도노스케가 대답했다. "숙부를 따라다니던 여자들이 겐 공이라고 부르기도 했었는데, 그 호칭 때문에 아버지가 자주 화를 내곤 했어. 꼭 건달처럼 들린다면서."

하야시야의 오타카는 정신을 차리긴 했지만 아직 비틀거려서 걸을 수 있는 상태가 아니라고 한다. 미사에가 친절하게 오타카는 자신에게 맡기고 일단 집으로 돌아가라고 권해 주었기 때문에 오린은 고마운 마음으로 그렇게 하기로 했다. 실제로 얼른 후네야로 돌아가고 싶어서 발바닥이 근질거렸다.

후네야에서는 시치베에와 다이치로가 방에서 이야기에 열중해 있었고, 오쓰타는 오사키와 둘이서 방의 장지를 바꿔 바르고 있었다. 다에는 자고 있는 모양이다. 오린은 아무도 자신을 불러 세우지 못하도록 목을 움츠리고 복도를 살금살금 걸어서 계단 아래까지 갔다.

"겐노스케 님?"

작은 목소리로 불렀다.

쥐 죽은 듯 조용한 계단은 오사키와 오쓰타가 매일 닦는 덕분에 매끈매끈하게 빛나고 있다.

"겐노스케 님, 나오세요. 오린이에요."

오린은 계단을 반쯤 올라가서 불렀다.

"겐노스케 님과 이야기를 하고 싶어요. 부탁이니까 나와 주세요."

스스로도 어째서인지 알 수 없지만 울음 섞인 목소리가 나오고 말았다. 이상하다, 이상하다 생각하면서 오린은 손으로 눈물을 닦았다.

"겐노스케 님, 심술부리지 마세요."

"여기 있어."

바로 뒤에서 목소리가 났다. 돌아보니 겐노스케가 늘 그렇듯이 태연자약한 얼굴로 계단 중간에 걸터앉아 있었다.

"뭐야, 오린. 어째서 울상을 짓고 있는 거지?"

그의 얼굴을 보고, 목소리를 듣고, 오린은 어째서 눈물이 나는지 이유를 깨달았다.

친근하게 곁에 있어도 겐노스케가 귀신이라는 사실은 알고 있다. 그를 만질 수 없다. 그의 모습은 언제나 반쯤 투명하다. 그래도 지금까지 겐노스케의 '죽음'에 대해서는 생각이 미치지 않았다. 상상하지도 않았다. 사람은 죽지 않으면 귀신이 될 수 없다. 하지만 자주 모습을 보고 이야기를 하고 함께 소리 내어 웃는 상대가 어떻게 죽었는지 일부러 생각할 필요는 없었다.

"겐노스케 님은 역시 죽었군요."

오린은 간신히 그렇게만 말하고 본격적으로 울음을 터뜨렸다.

"그렇구나……. 나가사카 저택에 다녀왔니?"

겐노스케는 턱에 손을 대고 어린애처럼 뺨을 괴면서 중얼거렸다.

"언젠가는 이렇게 되리라고 생각했어. 어쨌거나 이웃이니까."

오린은 손으로 얼굴을 문질렀다. 눈물 때문에 끈적끈적하다.

"어째서 좀 더 일찍 가르쳐 주시지 않았나요?"

"내가 나가사카 가의 사람이라고? 으음, 왜냐하면 말이지."

겐노스케가 웃었다.

"아귀 얼굴의 몬도노스케와 핏줄로 이어져 있다니 꼴사나워서 자백할 수가 없었어."

"거짓말만 하시고."

"거짓말이 아니야. 나가사카 가에는 몇 대에 한 명씩 그런 얼굴을 가진 사람이 태어난단다. 눈과 눈 사이가 두 치나 떨어져 있지."

매우 진지하게 손가락과 손가락으로 두 치의 폭을 만들어 보인다. 오린은 조금 웃었지만 그 바람에 또 눈물이 왈칵 쏟아졌다.

겐노스케가 오린의 얼굴을 들여다보더니 씩 웃었다.

"몬도노스케는 가난뱅이 하타모토치고는 친절한 사람이지?"

"네. 마님도 상냥하신 분이에요."

"게다가 꽤 괜찮은 여자야."

"또 그런 말씀을."

"하지만 사실이잖니? 나는 이곳 창문에서 나가사카 저택을 출입하는 몬도노스케의 안사람을 볼 때마다 그 아귀 얼굴에게는 아까운 미녀라며 이를 갈곤 한단다."

몬도노스케의 어릴 적 이름은 고타로였다고 겐노스케는 말을 이었다.

"나가사카의 장자는 모두 고타로지만 말이야. 그 녀석은 어릴 때부터 그런 얼굴이었기 때문에 나는 단련하기에 따라서는 검술의 달인이 되지 않을까 싶었단다. 보통 사람보다 넓은 범위를 한꺼번에 볼 수 있을 것 같았거든."

진심으로 하는 말인지 농담인지 알 수가 없다.

"하지만 그 녀석은 검술도 안 돼, 주산도 안 돼, 글씨도 서툴고 말솜씨도 없어. 아버지 대부터 관직이 없어져서 오히려 다행이었을지도 몰라. 그렇게 써먹을 데 없는 사람도 드물지."

겐노스케는 품에 손을 집어넣고 감탄한 듯 고개를 설레설레 저어 보였다.

"뭐, 나는 그 녀석보다 훨씬 더 밥만 축내는 식충이었으니 잘난 척할 처지는 아니다만."

"이미 충분히 말씀하셨어요. 겐노스케 님."

오린은 진지한 얼굴로 그를 올려다보았다.

"나가사카 님과 마님에게 모습을 보여 주시면 어떨까요? 그리고 삼십 년 전의 화재가 있던 날 밤에 고간지 절에서 무슨 일이 있었는지 전부 밝혀 주시면요?"

나도 그 수수께끼의 풀이를 듣고 싶다.

겐노스케는 몹시 진지한 얼굴을 한 채, "오린 너는 사실 우리 어머니를 닮았어"라는 말을 꺼냈다.

"몬도노스케에게 들었겠지? 나는 아버지가 열네다섯 살의 하녀에게 손을 대서 낳게 한 아이야. 내가 고개를 가누게 되기도 전에 어머니는 다른 집으로 시집을 갔지. 오랫동안 소식을 알 수 없었는데 내가 데릴사위로 들어가기로 결정되었을 때 딱 한 번 대면할 수 있었어. 축하 선물을 가져다주셨거든. 시타야에 사는 소상인의 아내가 되어서 슬슬 살이 찌기 시작했지만 눈매가 또렷하고 사랑스러운 얼굴이었지. 데릴사위로 들어간 곳에서도 어머니의 얼굴만 눈앞에서 어른거려서 도무지 마음이 진정되질 않았단다."

오린은 입을 삐죽거렸다.

"그래서 겐노스케 님은 색시의 언니와 좋은 사이가 되어 소동을 일으킨 건가요?"

"뭐야, 몬도노스케가 그런 말까지 했니? 고자질이 심한 녀석일세."

오린이 겐노스케 본인과 아는 사이인 줄 나가사카 몬도노스케가 알 리가 없으니 이것은 터무니없는 비난이다. 오린은 쿡쿡 웃고 말았다.

"야아, 겨우 눈물을 그쳤구나. 그 편이 훨씬 오린다워."

오린 자신도 그렇게 생각했다. 겐노스케도 복잡한 얼굴 따위 하지 않는 편이 훨씬 그답다.

"네, 이제 울지 않을게요. 하지만 겐노스케 님, 시치미 떼지 마세요. 정말로 바로 이웃인걸요, 어째서 나가사카 님의 머리맡에라도 서서 옛날에 있었던 일을 이야기해 드리지 않는 거지요? 이렇게 저랑 이야기하는 것처럼 나가사카 님과도 이야기를 할 수 있지 않나요?"

겐노스케는 품에 넣었던 손을 빼고는 목덜미 언저리를 벅벅 긁었다. 아까 나가사카 몬도노스케도 똑같은 몸짓을 했던 것을 오린은 떠올렸다.

"그것은—불가능해."

"어째서요?"

다그치는 오린에게 겐노스케는 두 눈썹을 축 늘어뜨리고 한심하기 짝이 없는 얼굴을 해 보였다.

"기억이 안 나."

"네?"

"삼십 년 전의 바람이 강한 밤에 고간지 절에서 무슨 일이 있었는지. 나는 어째서 목숨을 잃었는지. 고간지 절의 주지를 베려고 했었는지. 정말로 베었는지."

잇따라 늘어놓고 나서 겐노스케는 허공을 바라보았다.

"내게는 전혀 기억이 없어. 고타로가 그런 추억 이야기를 했다면 분명히 나는 그날 밤 고간지 절에 쳐들어가려고 했을 테고 그 이전부터 절 주위를 탐색하고 있었겠지. 하지만 기억이 없단다. 머릿속에서 깨끗이 사라졌어."

겐노스케는 오른쪽 주먹을 쥐고 자신의 머리를 콩콩 두드려 보였다.

"어쩌면 내가 성불하지 못하는 것도 그 탓일지 몰라. 전부 잊어버렸기 때문에 혼이 이 세상에 남아 버렸는지도 모르지."

그런 일이 있을 수 있을까—어지간한 오린도 대답하기 곤란해하고 있는데 바깥쪽에서 소란스러운 목소리가 들려왔다. 점점 가까이 다가온다.

"계십니까, 계십니까!"

커다란 발소리와 흙먼지와 함께 옷자락을 걷어지른 자그마한 몸집의 남자가 후네야의 출입문으로 뛰어들어 상인방에 달려들었다.

"다카다야 시치베에 씨 계십니까? 무코지마의 다쓰타로 대장님 부하 도쿠입니다. 다카다야의 주인 계십니까?"

장지문이 드르륵 열리고 시치베에가 뛰어나왔다.

"오오, 도쿠 씨, 무슨 일이오?"

도쿠라는 이름의 자그마한 남자는 숨을 헐떡이면서 말했다.

"찾으시던 오유라는 처녀가 발견되었습니다! 아사쿠사 변천 사당 뒤에 있는 활놀이터 이층에 숨어 있었는데, 놀라지 마십쇼, 오늘 아침에 거기서 사람을 죽여 파수막에 넘겨졌습니다."

시치베에가 깜짝 놀라 숨을 삼키는 것을 오린은 알 수 있었다. 오린도 눈을 크게 떴다.

"누구를 죽였다는 거요?"

"예, 자신의 정부입니다. 도박꾼 하시지로를 죽였어요."

20

오린에게 늘 대단한 사람인 다카다야 시치베에는 세상 사람들에게도 상당히 대단한 사람인 모양이다.

시라코야의 주인 조베에가 버린 딸 오유는 하시지로 살해죄를 본격적으로 추궁당하기 전에 후네야로 끌려오게 되었다. 그녀를 에워싸고 귀신 대회의 연회에 모였던 사람들도 다시 한번 모였다. 그 자리에 하야시야의 시마지를 불러다가 모든 것을 자백하게 할 셈이다.

물론 시치베에의 의견이다. 살인죄로 큰 파수막에 보내지기를 기다리는 사람의 신병을, 비록 반나절이라 해도 다른 곳으로 옮기는 것은 원래 허락되지 않는 일이다. 그것을 해 버린 것이다. 돈을 쌓아 놓는 것만으로 할 수 있는 일도 아니고, 연줄이 있는 것만으로 부릴 수 있는 억지도 아니다. 양쪽이 적당히 있고 억지를 부린 본인에게 신용이 있지 않으면 절대로 이루어지지 않을 일이다. 게다가 시치베에는 오유가 아사쿠사 변천 사당 뒤에서 붙잡혔다는 소식을 듣고 그날 해가 기울기도 전에 이 밥상을 떡하니 차려 놓았다.

"아저씨는 과연 대단하시구나."

그러나 아버지가 감탄한 듯 중얼거리는 목소리를 듣고 오린은 으음 하고 신음할 수밖에 없었다. 시치베에를 존경하는 마음은 변함이 없지만 이번 일에 관해서는 할아버지의 머리가 너무 굳었다. 시마지와 오유가 은밀히 손을 잡고 귀신 대회를 실패하게 만들었다니, 그렇게 이쪽에만 유리한 일이 어디 있단 말인가.

"뭐, 하지만," 겐노스케는 품에 손을 집어넣고 말했다. "상관없잖니. 덕분에 얽혔던 실이 한꺼번에 풀릴지도 몰라."

이번 연회에도 그날과 같은 요리를 준비해야 한다는 시치베에의 명령으로 후네야 안은 갑자기 정신없이 바빠졌다. 내놓을 음식이 정해져 있다고는 해도 시마지라는 도우미를 빼고 다이치로 혼자서 그 많은 음식을 만드는 것은 처음부터 무리다. 하물며 이번에는 입회하는 시치베에와 오캇피키 대장 몫의 밥상이 늘어났고, 오유가 귀신 대회를 어떻게 망쳐 놓았는지 자백하게 만드는 데 성공하면 나중에 팥밥을 먹으며 축하하자는 성급한 계획도 세워 두었다. 도저히 혼자서는 일손이 다 돌아가지 않는다.

그래서 시치베에는 다카다야에서 세 명의 숙수를 불러와 다이치로를 도우라고 명령했다. 세 명 중 두 명은 오린도 잘 아는 다카다야의 오래된 일꾼이다. "여어, 오린, 많이 컸구나" 하고 반갑게 말을 걸어 주며 이야기를 나눈 것도 잠시, 그들은 곧 식재료 조달과 손질을 시작했다. 연회는 내일 정오. 오늘 밤에는 자지 않고 부엌에 틀어박혀 있게 될 거라고 다이치로는 말했다.

오랜만에 아버지의 얼굴에 생기가 넘친다. 목소리에도 탄력이 있다. 오린도 그것만은 기뻤다. 역시 숙수는 요리를 만들어야 해. 요리를 만들지 않으면 기운도 안 나지.

오사키는 처음에는 "장사하는 가게에 살인자를 데려오다니" 하며 오유를 후네야에 들이는 일에 반대했지만, 한번 말을 꺼내면 누구의 말도 듣지 않는 시치베에의 성미를 누구보다도 잘 알고 있는 사람이라 지금은 각오를 다진 얼굴로 부지런히 일하고 있다. 오쓰타도 여기저기 뛰어다니며 일에 쫓기느라 오린에게 신경 쓸 겨를도 없어 보여서 이번 연회를 어떻게 생각하는지, 지난밤의 말다툼은 어떻게 되었는지 오린은 알 수가 없었다.

그래서 오린은 바쁘게 뛰어다니는 어른들을 곁눈질하며 겐노스케와 둘이서 이층 빈방에 오도카니 앉아 있었다. 연회에 사용될 옆방은 방금 전에 오사키와 오쓰타가 대청소를 하고 간 참이다. 칸막이나 꽃꽂이 그릇에 장식할 꽃도 그날과 똑같이 할 거라고 한다. 지난번 귀신 대회 때는 무슨 꽃을 꽂았더라, 하고 오린은 생각해 보았지만 의외로 기억이 나지 않았다.

겐노스케는 넓은 방에 대자로 드러눕더니 천장을 올려다보고 크게 하품을 하면서 말했다.

"오린, 이번에야말로 그 녀석을 붙잡을 절호의 기회인지도 몰라."
"그 녀석이라니요?"
"덥수룩이 말이다."
"덥수룩이 씨, 나올까요?"
"오겠지. 분명히 올 거야."

겐노스케는 자신만만했다.

"그 녀석의 마음에 걸려 있는 것—형제자매의 대립, 그리고 젊은 여자. 전부 갖추어지잖니. 오지 않을 리가 없어."

"나오면 어떻게 해야 좋을까요?"

"그야 그 녀석이 무엇을 하러 오느냐에 달려 있지."

"또 쓰쓰야 연회 때처럼 칼을 휘두르면 어떡하지요?"

겐노스케는 씩 웃었다.

"괜찮아, 그 녀석은 오린을 베지는 않을 거야."

"제가 아니라도 다른 누군가를 베면 곤란해요."

"그런 걱정보다 또 그 녀석이 울음을 터뜨리면 어떻게 위로해 줄지를 걱정하는 게 좋겠다."

스윽 하고 차가운 바람이 부는가 싶더니 복도 쪽에서 오미쓰가 미끄러지듯이 들어왔다. 놀랍게도 오늘은 머리를 묶지 않았다. 빗으로 감아 틀어 올리지도 않았다. 방금 감은 머리처럼 풀어내리고 있다. 허리까지 닿을 정도로 길고 검은 머리카락이 가을 햇빛을 받은 수로의 수면처럼 조용히 빛나고 있었다.

"이건 또, 방금 우물에서 올라온 것 같군."

겐노스케가 드러누운 채 놀렸다.

"누님, 얼마면 되겠어?"

오미쓰는 생긋 웃지도 않고 겐노스케의 몸을 타 넘어서 오린 곁으로 다가왔다. 창 너머 들어오는 밝은 오후의 햇빛이 오린의 뺨을 비치고 있었다. 같은 햇빛이 오미쓰의 몸에 닿자 그곳만 모습이 엷어진 것처럼 보인다.

"창문 닫을게요."

오린이 격자창으로 손을 뻗자 오미쓰는 생긋 웃었다.

"괜찮아, 오린. 너는 아직 햇볕을 듬뿍 쬐어야 하는 나이니까."

오미쓰는 슬쩍 무릎을 굽혀 다리를 옆으로 모으고 앉더니 한쪽 팔꿈치를 창틀에 기대며 물었다.

"오린, 오늘은 어머니의 방에 문안드리러 갔니?"

다에를 걱정하고 있다.

"응. 아침에 아침 인사를 하러 갔어요."

"그래? 어머니의 상태는 어떠니?"

별로 달라진 것은 없다. 완전히 앓아누운 것은 아니지만 일어나서 돌아다닐 수 있는 상태와는 거리가 멀다. 밥도 별로 먹지 않고 안색은 그렇지, 오린보다는 오미쓰에 가까울 듯하다.

오린의 말에 오미쓰는 한 손으로 머리카락을 스윽 쓸어 올리면서 살짝 눈살을 찌푸렸다.

"그래……? 얘, 오린, 오늘 밤에 아버지는 많이 바쁘시지? 너, 어머니와 함께 자 드리렴."

갑자기 무슨 말을 하나 싶어 오린은 깜짝 놀랐다. 겐노스케가 뒹굴 몸을 뒤집더니 팔베개를 하고 이쪽을 보았다.

"후네야 사람들이 다들 바쁜데 혼자 몸이 안 좋아서 침실에 틀어박혀 있으니, 어머니는 따돌림을 당한 기분일 거야. 네 아버지와 다른 사람들이 밤새 일을 한다면 더욱 그렇지. 오린, 오늘 밤에는 어머니 옆에서 같이 자 드리렴."

차분하고 상냥한 말투다. 오린은 가슴이 따끔하니 아파 왔다. 오미쓰 씨는 참 좋은 사람이다. 듣고 보니 그 말이 맞다. 어머니는 지금 얼마나 답답하고 쓸쓸할까. 오랜만에 기운을 되찾고 일하고 있는 아버지 곁에서 일을 도울 수 없어서 얼마나 분할까.

"응, 그렇게 할게요!"

오린은 벌떡 일어섰다.

"지금, 잠깐 어머니 얼굴을 보고 올게요! 뭔가 필요한 게 있을지도 모르니까."

방을 뛰어나가는 오린을 오미쓰는 미소 지으며 지켜보았다. 겐노스케는 팔베개 위에서 머리를 움직이며 씩 웃었다.

"무슨 일이야, 누님. 어쩌려고 이렇게 기특한 모습을 보여 주는 거지?"

오미쓰는 대답하지 않았다. 묵묵히 잠시 동안 손가락으로 머리를 빗질하고 있었다. 그러고 나서 말했다.

"겐 공, 당신 저 아이에게 죽기 직전의 일을 조금 들키고 말았지요?"

겐노스케는 눈을 깜박거렸다.

"응."

"하지만 당신, 자신이 죽을 때의 일을 정말로 아무것도 기억하지 못하나요? 저 아이에게 거짓말을 하고 있는 것은 아니겠지요?"

"거짓말은 하지 않았어. 정말 머릿속에서 사라졌다고."

겐노스케는 몸을 일으켰다.

"어쩌면 오린이—사라진 기억을 되찾아 줄지도 모르지."

오미쓰는 겐노스케를 보지 않고 창밖으로 시선을 던지며 말했다.

"저 아이가 고간지 절 사건을 조사라도 한다는 건가요?"

"그렇게 해서 우리가 성불할 수 있다고 믿는다면, 조사할 테지. 실제로 마고베에 공동 주택의 관리인을 만나러 가기도 했잖아. 나가사카의 고타로와도 면식이 생긴 모양이고."

"당신, 정말로 성불하고 싶어요?"

갑작스런 물음에 겐노스케는 웃음을 터뜨렸다.

"모르겠어. 성불이 좋은지 나쁜지 아직 해 본 적이 없으니까."

"얼버무리는군요."

"그렇지 않아. 너야말로 어때? 지금 이대로 있기보다 서방정토인지 뭔지에 가고 싶나?"

오미쓰는 대답하지 않았다. 긴 머리카락을 하나로 모아 왼쪽 어깨 위로 늘어뜨리고는 창에 머리를 기댄다.

"좋은—곳일까요?" 하고 작게 중얼거렸다. "서방정토 말이에요."

"다들 가고 싶어 하는 것을 보면 그렇게 살기 불편한 곳은 아닐 테지."

겐노스케는 태평하게 대답했다.

"그렇다면 겐 공, 당신은 가세요. 나는 가고 싶지 않아요."

겐노스케는 오미쓰의 날씬하고 긴 등을 보았다.

"왜 그래, 오미쓰."

"아무것도 아니에요."

오미쓰는 등을 돌린 채 말했다.

"다만 조금—싫은 것을 보고, 싫은 것을 떠올렸을 뿐이에요."

겐노스케는 잠시 생각했다. 아까 오미쓰와 오린이 나눈 대화를.

"'싫은 것'이란 오린의 어머니에 관한 일인가?"

오미쓰는 고개를 끄덕였다. 그러고는 슬쩍 돌아보았다.

"투기하는 벌레가 후네야 안에 한 마리 있다는 뜻이에요. 주위를 온통 기어다니고 있어요. 여기가 자기 집이라는 양."

"오미쓰―."

"오린은 착한 아이잖아요. 당신도 그 아이가 귀엽지요?"

오미쓰의 눈에 절박하고 서글픈 그림자가 흔들리고 있었다.

"나는 그 아이에게 살아 있을 때 내가 얼마나 형편없는 여자였는지 들키고 싶지 않아요. 투기 때문에 몸을 망쳤다는 사실을 들키고 싶지 않다고요. 하지만―그 아이가 어머니를 잃고 슬퍼하는 것도 견딜 수 없어요. 그런 일은 있어서는 안 돼요. 어린아이에게서 어머니를 빼앗다니."

"오미쓰, 무슨 말을 하고 싶은 거야?"

"다에 씨를 이 집에서 쫓아내려고 하는 여자가 있다는 뜻이에요."

오미쓰는 방바닥에 한 손을 짚고 몸을 내밀었다.

"하지만 내가 어떻게 알아차렸는지를 그 아이에게 설명하기 위해서는 내막을 밝혀야 하잖아요. 나도 살아 있었을 때 같은 짓을 했기 때문이라고. 어떤 여자에게서 사랑하는 남자를 빼앗기 위해 똑같은 짓을 했기 때문이라고. 그래서 안다고. 어떻게 그런 말을 할 수 있겠어요? 그 아이가 날 싫어하게 되지 않겠어요?"

겐노스케는 가슴 앞에서 팔짱을 끼고는 입을 시옷자로 휘게 만들며 오미쓰의 얼굴을 보고 있었다. 완전히 풀이 죽어서 고개를 숙인 오미쓰의 얼굴을 긴 머리카락이 덮어 가리고 있다.

"그 이야기는—나중에 다시 하지."

겐노스케는 천천히 말했다.

"내일 낮에 또 다른 투기 덩어리가 와서 이곳에서 결판을 짓기로 되어 있어. 네가 말하는 남녀 사이의 투기와는 다르지만 다른 사람의 인생을 부러워한다는 점에서는 어엿한 투기지. 오유와 시마지와 긴지."

"아아, 싫어, 싫어!"

오미쓰는 머리카락을 흔들며 코를 천장으로 바싹 쳐들었다.

"사람이란 어째서 이렇게 더러운 걸까. 어째서 좀 더 미련을 버리지 못하는 걸까?"

"그걸 알면 고생도 안 하겠지."

겐노스케가 그렇게 말하며 미소를 지었다.

그날 밤, 오린은 오사키를 졸라 겨우 다에와 같은 침실에서 자도 된다는 허락을 받았다. 다들 바쁜데 어머니만 불쌍하다고 하자 오사키는 허를 찔린 듯한 얼굴로 곧 승낙해 주었던 것이다.

다에는 놀랐지만 기쁜 기색이었다. 그래도 혹시 자신의 병이 오린에게 옮지는 않을까 계속 신경을 썼다. 오사키가 달래듯이 의원도 이 병은 돌림병과는 다르다고 말씀하셨지 않느냐고 몇 번이나 말해 주어서 겨우 안심한 모양이었다.

요리며 날씨 이야기, 오린도 역시 서당에 가는 게 좋겠다는 등, 두 사람은 여러 가지 이야기를 했다. 밤에 자기 전에 탕약을 가져온 오쓰타가 다에의 옆 이불에 들어가 있는 오린을 보고 깜짝 놀라며 심하게 야단쳤지만, 오린은 오사키 아줌마가 괜찮다고 했다고 열심히 해명했다.
"하지만 오린, 어머니의 몸이 나빠지면 어떡하려고요!"
"그렇지 않아요!"
이렇게 어머니의 방에서 지내보니 주위 사람들은 결코 그럴 생각이 없어도 환자가 얼마나 외롭고 따돌림을 당한 기분이 드는지 새삼 진저리가 날 정도로 잘 알게 된 오린이었다. 서둘러 돌아다니는 발소리나 뭔가 일을 시키는 목소리, 크게 웃는 소리들이 전부 닿지 않을 정도로 멀게 들린다. 자신만 외딴섬에 떠내려 온 듯한 쓸쓸함이 이렇게 감당하기 벅찬 것일 줄은.
"하룻밤 정도는 괜찮아요, 오쓰타 언니."
다에도 거들어 주었다.
"게다가 오린과 이렇게 있으니까 오히려 기운이 나는 것 같아요. 후네야가 힘들 때 아무것도 돕지 못해서 몹시 비참하고 미안한 기분이었는데 오린이 위로해 주었어요."
그때 오쓰타의 눈 깊은 곳에 화난 것 같은 빛이 얼핏 스쳤다. 그러나 오린은 물러서지 않았다. 깊은 곳에서 빛나는 오쓰타의 눈빛에 오사키와 격렬하게 싸울 때 보였던—오린에게는 숨겨 왔던 그녀의 본심이 보였기 때문에 여기서 물러날 수는 없다고 생각했다.
두 사람의 싸움은 오린이 꾼 나쁜 꿈이 아닐까. 오사키 아줌마가 그런 말을 하고, 오쓰타 아줌마가 그렇게 말대꾸를 하다니. 믿을 수 없다. 계속 그렇게 생각하며 마음이 흔들리고 있었다. 하지만 역시 정말로 일어난 일이었다. 오쓰타 아줌마는 오랫동안 마음속에 숨겨 온 진심을 그때 완전히 토해냈다. 지금 이렇게 정면에서 대치하고 보니 그것이 피할 수 없는 사실임을 알 수 있었다.

오쓰타는 다이치로를 좋아해서 다에가 방해가 된다고 생각하고 있다. 오린에게 늘 좋은 아주머니였던 것도, 그렇게 해 두면 오린이 어머니보다 오쓰타를 더 좋아하게 될지도 모른다고 생각했기 때문이었다.

그럴 리가 없는데. 그렇게 하지 않아도 오쓰타 아주머니를 좋아했을 텐데. 어째서 그대로 내버려두지 않았을까.

강한 슬픔과 분노 때문에 오린은 오히려 아무 말도 할 수 없었다. 오직 강한 눈빛으로 '나 듣고 있었어요. 전부 알고 있어요'라는 마음을 담아 오쓰타를 가만히 마주 보았다.

"어머나, 오린, 그런 얼굴로 아줌마를 노려보면 무섭잖아요."

오쓰타는 갑자기 눈을 내리깔았다. 말로 표현하지 않는 오린의 마음을 꿰뚫어 보지는 못했겠지만 조금 겁먹은 것처럼 보이기도 했다.

"어쩔 수 없지요. 그럼 마님, 약은 꼭 드세요."

어머니가 탕약을 마시는 모습을 오린은 긴장하며 지켜보았다. 마시면 순식간에 효과가 나타나는 엄청난 약이라면 좋을 텐데.

"써요?"

"조금."

다에는 웃었다.

"오린, 장난으로 핥거나 하면 안 돼요."

오쓰타는 엄하게 못을 박고 빈 그릇을 가지고 나갔다.

"야단맞았네."

다에와 오린은 쿡쿡 마주 웃고 나서 곧 손을 잡고 잠이 들었다. 잠시 후, 방구석에 오미쓰가 스윽 모습을 나타냈다. 두 사람의 잠든 얼굴을 지켜보면서 작게 입술을 움직여 뭔가 노래를 하는 것 같았다.

21

다음 날—.
시라코야와 아사다야의 사람들이 모여 각자 다른 생각을 가슴에 숨기고 기다리고 있을 때 오유가 무코지마의 다쓰타로 대장과 부하 도쿠에게 이끌려 왔다.
죄인의 모습 같은 걸 봐서는 안 된다고 오사키가 엄하게 일렀기 때문에 오린은 계단 뒤에 몸을 숨기고 있었다.
틀림없다. 지난 귀신 대회 전에 시라코야의 오시즈라며 찾아왔던 처녀. 오늘은 그때의 부잣집 아가씨 같던 옷차림과는 비교도 할 수 없다. 기모노는 천을 대어 기워서 초라하고, 틀어 올린 머리는 비뚤어지고 흐트러져 있다. 얼굴은 씻지도 않았는지 뺨 언저리가 지저분하고 번들거린다.
"자, 얼른 들어가."
다쓰타로 대장이 쿡 찌르자 오유는 살짝 비틀거렸지만 곧 굶주린 개처럼 날카롭게 이를 드러내고 대장을 노려보았다. 허리에 포승이 감겨 양손이 뒤로 묶여 있고, 도쿠가 포승을 쥐고 있다. 오유는 유일하게 자유로운 다리를 들어 올려 대장을 걷어차려고 했다. 다쓰타로 대장은 그럴 줄 알았다는 듯이 슬쩍 피하며 오유의 뺨을 철썩 때렸다. 그녀의 턱이 툭 내려가고 뺨에 손자국이 났다.

 허리에 포승이 묶인 사람을 보기는 처음이다. 오린은 무서워서 혀가 목구멍 속으로 들어간 것처럼 아무 말도 할 수가 없었다.

 가게 앞에서는 다이치로와 시치베에가 나란히 대장 일행을 맞았지만 시치베에는 이 광경을 보고, 요리에 부정이 옮으면 안 된다며 다이치로를 부엌으로 물러가게 하고는 오린이 본 적도 없는 무서운 얼굴을 하고 오유 앞에 버티고 섰다.

 "잘 오셨소" 하고 조금도 환영하는 것처럼 들리지 않는, 뱃속 깊은 곳에서 쥐어짜 내는 듯한 목소리로 말했다.

 "여기가 어딘지 모른다고는 하지 않겠지. 당신이 나쁜 짓을 한 요릿집이오."

 오유는 또 눈을 치켜뜨고 시치베에게 얼굴을 바싹 들이댔다.

 "당신 누구지?"

 그 목소리는 그날 들은 목소리와 비슷했지만 갈라지고 쉰데다 높고 천박했다.

 "나는 시라코야의 조베에를 만나게 해 주겠다고 해서 온 거야. 어디서 굴러먹던 말 뼈다귀인지 모를 영감에게 설교를 들으러 온 게 아니라고."

 "이 화냥년이, 시치베에 씨에게 무슨 말버릇이냐!"

 도쿠가 등 뒤에서 오유를 흔들었다.

 "후네야에 얼마나 폐를 끼쳤는지 아는 거냐? 죄송하다는 말 한마디도 못 해?"

"괜찮습니다, 도쿠 씨." 시치베에는 말했다. "어차피 사람 같지도 않은 살인자예요. 제대로 된 말을 들을 수 있을 거라고는 나도 생각하지 않아요."

오유는 홍 하고 코웃음을 쳤다.

"나는 분명히 살인자지만 사람 같지 않은 걸로 치자면 나 같은 건 발뒤꿈치에도 못 미칠 것들이 있지. 먼저 와 있겠지? 시라코야 놈들이. 냄새가 나서 알 수 있어. 짐승 냄새가 풀풀 풍기거든."

수다는 그쯤 해 두라며 다쓰타로 대장이 그녀를 질질 끌다시피 계단을 올라가기 시작했다. 그 흐트러진 발소리와 '아프잖아, 잡아당기지 마'라느니 '이년, 얌전히 있어'라느니 하는 격렬한 욕설을 계단 뒤에서 들으면서 오린은 몸을 움츠렸다. 귀를 막고 싶어졌다.

먼저 와서 방에 자리 잡은 시라코야 사람들은 동요하거나 곤란해하거나 화를 내는 기색은 없었고, 오히려 안도해서 긴장이 풀린 듯 보인다. 진짜 오시즈는 호사스러운 사라사를 입고 있었다. 마치 축하연에 온 것 같다. 오유가 붙잡힌 것을 축하하는 걸까.

오유가 방에 끌려 들어갔는지 위층 방이 술렁거렸다. 오사키가 우선 차를 가져가고 나면 몰래 계단을 올라가야지.

그때 쪼그리고 숨어 있는 오린의 팔을 누군가가 꽉 잡았다.

오린은 놀란 나머지 꺅 하고 소리를 지르며 펄쩍 뛰어오를 뻔했다. 그러나 오린의 팔을 잡은 사람은 오린을 앞질러 "쉿" 하고 제지했다. 그리고 다른 한 손으로 오린의 머리를 누르며 계단 아래에 부딪치지 않도록 감싸 주었다.

"깜짝 놀라게 해서 미안하구나, 오린."

오린은 눈을 크게 떴다.

"어머니?"

다에는 즐거운 듯이 소리 죽여 웃었다.

"뒷간에 갔다가 네가 여기에 숨어 있는 모습을 보았거든. 왠지 아주 재미있어 보여서 슬쩍 끼워 달라고 할까 싶어서."

다에의 얼굴은 여전히 밀랍처럼 하얗게 보였지만 눈동자가 빛나고 있었다.

"어머니, 몸은 괜찮으세요? 춥지 않으세요? 내가 침실에 가서 덮을 것을 가져올까요?"

"아니야, 괜찮아."

다에는 계단 밑에서 슬쩍 머리를 내밀고 위층의 분위기를 살폈다.

"여기에서 다른 사람들을 바라보고 있으니 가슴이 두근거리는구나. 시치베에 할아버지가 좋아하는 야담에 나오는 밀정이라도 된 것 같아."

오사키가 부엌에서 나왔다. 오린과 다에는 얼른 계단 밑으로 숨었다. 계단을 올라가는 오사키의 발소리가 머리 바로 위에서 들린다. 오린은 어머니와 눈을 마주 보았다. 다에는 입가에 손을 대고 목을 움츠리고 있었다.

"오사키 아줌마, 알아차리지 못했지요?"

"오늘 아침에는 아주 험악한 얼굴을 하고 계셨어."

다에는 말했다.

"오늘 모임이 걱정되셨나 보지. 물론 나도 같은 기분이었다만—."

오린은 어머니에게 바싹 다가붙었다. 마른 어깨. 흐트러진 머리카락. 그래도 어머니의 냄새와 몸의 온기는 그대로다.

"후네야가 이렇게 힘들 때 앓아누워 있느라 다른 사람들에게 걸리적거리기만 하고 도움도 못 되는 내가 정말 한심해."

"그런 생각…… 아무도 안 하는데."

다에는 상냥한 눈으로 오린을 보았다.

"하지만 네가 계단 밑에서 마치 다쓰타로 대장의 부하가 된 것처럼 진지한 표정으로 숨어 있는 모습을 보니, 갑자기 우물쭈물하고 있는 내가 우스워지고 말았단다. 좋아, 오늘은 내가 오린의 부하가 되어서 시라코야의 다툼이 어떻게 수습되는지 제대로 탐색해 봐야지, 하는 기분이 들었어."

위층 방에서는 사람들의 이야기 소리가 이어지고 있다. 오유의 새된 욕설은 지금은 잠잠하다. 남자의 목소리만 들리는 것을 보면 다쓰타로 대장이 오유를 붙잡게 된 경위를 이야기하고 있는지도 모른다.

"전에도 이렇게 다른 사람들의 모습을 훔쳐보았던 적이 있니?"

"응. 죄송해요."

"사과할 필요 없어. 후네야는 처음부터 말썽이 끊이지 않았으니까. 네가 걱정하는 것은 당연하지. 너는 아버지나 어머니의 생각보다 훨씬 더 야무진 아이로구나."

"그렇지 않아요."

"아니, 맞아. 여기에 숨어 있는 너를 발견했을 때 알았어."

다에는 한 손을 심장 위에 댔다.

"그 생각이 여기 이쯤에 쿵! 하고 뛰어들어 왔어. 오린 너는 평범한 말괄량이 계집애가 아니라고 말이야."

오린은 얼굴이 빨개지는 듯한 기분이 들었다. 또 발소리가 들려서 두 사람은 위를 보았다. 오사키가 계단을 내려온다. 제일 아래까지 다 내려오더니 문득 발을 멈추고 걱정스러운 표정으로 위층을 올려다보고 나서, 기분 탓인지 어깨를 축 늘어뜨리며 부엌으로 사라졌다.

"계속 여기에 있으면 방의 이야기는 잘 들리지 않을 텐데 이제부터 어떻게 할까?"

다에가 물었다.

오린은 곤란해졌다. 다에와 함께 움직이면 귀신들과 이야기하기도 어려워진다. 겐노스케나 오미쓰는 다에에게 신경을 쓰느라 오린 곁에는 나오지 않을지도 모른다. 그때 덥수룩이가 등장해서 또 울거나 날뛰거나 하면 어떡하지?

그뿐만이 아니다. 이제 곧 시마지도 온다. 시마지의 몸을 가로챈 긴지의 망령도. 어쩌면 굉장히 무서운 일이 일어날지도 모른다. 어머니의 몸은 괜찮을까.

하지만 어머니와 몸을 맞대고, 마음이 통하는 '밀정 동료'가 되는 이 한때는, 오린에게 다른 무엇과도 바꾸기 힘든 행복을 주었다. 그것을 무^{無}로 돌리고 싶지 않다.

오린은 결심했다. "저기, 어머니" 하며 어머니의 손을 잡았다.

"이제부터 나랑 같이 있으면 어머니가 깜짝 놀랄 만한 일이 일어날지도 몰라요. 이상한 것을 보게 될지도 모르고요. 내가 이상한 짓을 해서 어머니를 놀라게 할지도 몰라요. 하지만 거기에는 전부 이유가 있어요. 이 자리에서는 모두 말할 수 없지만 나중에 다 이야기할 테니까, 어머니, 지금은 그냥 내가 말하는 대로 해 주시겠어요?"

오린의 진지한 눈빛은 다에에게도 제대로 전해진 모양이다. 어머니는 진지한 얼굴로 고개를 끄덕이고는 오린의 손을 마주 잡았다.

"알았어, 오린."

"그럼 위로 올라가요."

두 사람은 몸을 숙이고 재빨리 계단을 올라갔다. 오린은 다에의 손을 잡아끌고 일동이 모여 있는 방 옆의 빈방으로 미끄러져 들어갔다. 옆방과의 사이를 가르고 있는 것은 장지문뿐이고, 상인방과 천장 사이의 교창交窓을 통해 이야기 소리가 또렷하게 들린다.

"모두가 제 젊은 혈기 때문에 일어난 일입니다만—."

시라코야의 조베에가 이야기하고 있다. 아무래도 오유의 출생에 대해서 변명을 섞어 가며 설명하고 있는 모양이다. 아사다야는 오유가 시라코야에 있어 어떤 존재인지, 오유와 시라코야가 한패인지 아닌지 의심하고 있을 테니 아무리 가족의 치부라 해도 생략할 수는 없다.

"이러면 내가 꼭 새똥 같잖아. 뚝 떨어뜨려 놓고 그걸로 끝이라니."

부루퉁하게 딴 데를 보고 있던 오유가 다다미에 침을 뱉고는 조베에의 이야기에 끼어들었다.

"젊은 혈기 때문에 하녀에게 손을 대서 아기를 갖게 하고 말았습니다, 곤란해져서 버렸습니다, 라니. 새도 먹이를 먹는 가지에는 똥을 싸지 않아. 당신은 새보다 못해."

조베에가 뭔가 대꾸를 하고, 오유가 큰 소리로 욕을 퍼부었다. 오린은 다에에게 입술 앞에서 손가락을 세워 신호를 하고는 살며시 장지문에 양손을 대고, 문을 살짝 비켜 놓아 한 치의 절반 정도 되는 틈새를 만들었다. 방 안의 사람들은 그 자리에서 오가는 대화에 열중해서 엿보는 이가 있다는 사실을 알아차린 기색이 전혀 없다.

오유는 방의 복도 쪽에 손을 뒤로 돌려 묶인 채 앉아 있었다. 다쓰타로 대장이 옆에서 그녀의 어깨를 누르고 있다.

"너는 입 다물고 얌전히 있어."

"어째서? 내 이야기인데."

"입 다물고 있으라고 했어!"

"큰 소리를 낸다고 해서 벌벌 떨 줄 알아? 어차피 참수될 몸이야, 무서운 것 따윈 아무것도 없다고!"

오유는 마구 버둥거리며 일어서려다가 다쓰타로 대장마저 튕겨낼 뻔했다. 오시즈와 오리쿠가 미리 짠 것처럼 꺅 하는 소리를 지르며 도망치고, 오사키가 잠잘 시간도 아껴가며 닦은 칠기상 위에 찻잔의 내용물을 다 쏟고 말았다.

다에는 눈을 휘둥그렇게 뜨고 장지 틈새에 바싹 달라붙어 있다. 오린은 빈방의 벽장을 열고 이불을 감쌌던 당초무늬 천을 벗겨 내어 어머니의 어깨에 덮어 주었다.

"어머나, 오린. 고맙다."

그냥 다에의 몸이 차가워질까 봐 걱정했기 때문만이 아니다. 아까부터 아무래도 으슬으슬하다. 깊어지는 가을의 쌀쌀함만은 아닌 기분이 든다. 뭔가 몹시 차가운 것이 어디에선가 다가오는 듯한—.

퍼뜩 깨달은 오린이 복도 쪽의 장지문을 살짝 열고 밖을 내다보았다.

감은 옳았다. 다쓰타로 대장의 부하가 맨 뒤에 서고, 하야시야의 시마지와 오타카 부부가 계단을 올라오고 있다. 방의 소란에 귀를 기울이느라 세 사람의 도착을 알아채지 못한 것이다.

시마지는 야윈 몸을 줄무늬 기모노로 감싸고 거만한 웃음을 띠고 있었지만 취하기라도 했는지 걸음걸이가 약간 비틀거렸다. 오타카는 고개를 숙인 채 소매를 움켜쥐고 있었는데 대장의 부하가 바싹 뒤에 붙어 있는 탓도 있어서 마치 죄인처럼 보였다.

오린은 장지문에 몸을 바싹 붙이고 저도 모르게 부르르 떨었다. 시마지의 얼굴을 보자 무서워졌기 때문이다. 딱히 어디가 어떻게 변했다는 뜻이 아니다. 병석에서 일어난 남자처럼 보였고, 후네야를 도와주던 때의 시마지와 이목구비도 그대로였다. 얼굴이 달라진 것도 아니다.

하지만 무섭다. 만일 오린이 그의 안에 깃들어 있는 혼이 시마지 원래의 것이 아니라 화가 난 긴지의 망령이라는 사실을 몰랐더라도 이 남자에게서는 뭔가 심상치 않은 기운을 느끼지 않았을까. 이 얼굴을 보고 지나가는 들개가 도망치지 않았을까. 고양이가 등의 털을 곤두세우지 않았을까. 오타카가 고개를 힘없이 떨어뜨리고 있는 이유도 앞장서서 걷는 시마지와 실수로라도 부주의하게 눈이 마주칠까 두려워서가 아닐까.

"대장님, 하야시야의 주인 부부를 데려왔습니다."

부하가 방을 향해 말을 걸자 다쓰타로 대장은 가까스로 오유를 붙들어 누르면서 들어오라고 대답했다.

그 목소리를 듣고 오타카가 갑자기 흠칫하며 뒤로 물러났다. 부하가 그 팔에 손을 댔다.

"뭘 그렇게 미적거리십니까, 부인. 당신은 자신이 아는 데까지만 정직하게 말하면 됩니다. 다카다야의 나리도 우리 대장님도, 함부로 누군가를 몰아세우거나 탓하려는 것이 아니에요. 다만 사실을 알고 싶을 뿐입니다."

그때 대장의 부하에게는 보이지 않았을 테고 오타카도 등을 돌리고 있었기 때문에 알아차리지 못했겠지만, 오린은 보았다. 보고, 어머니가 미처 보지 못해서 다행이라고 생각했다.

시마지가 웃었다. 흰자위와 이를 드러내며 웃었다. 오린은 전에 흥행장에서 보았던 인형 곡예사의 인형을 떠올렸다. 시마다 모양⸱로 미혼 여성들이 하던 머리 모양으로 머리를 틀어 올린 여자 인형과, 그녀와 슬픈 사랑에 빠지는(나중에 시치베에 할아버지가 줄거리를 설명해 주었다) 가게 점원인 젊은이의 인형이었다. 인형 곡예사가 장치 속에 손을 집어넣어 조종하는 내내 두 인형은 정말로 살아 있는 것처럼 울거나 웃거나 서로를 그리워했다. 하지만 연극이 한바탕 끝나고, 돈을 받기 위해 인형 곡예사가 손을 꺼내자 인형들은 순간 혼이 빠져나간 듯 달그락 소리를 내며 흰자위를 드러내고 턱이 툭 내려갔다. 변한 모습이 너무나도 노골적이어서 오린은 한동안 두 인형에 시선을 고정한 채 눈만 깜박거리고 있었다.

—시마지 씨 역시 인형이다.

긴지의 망령에게 조종당하고 있는 인형이다. 오오, 그리고 이 추위! 오린은 양손으로 주먹을 꼭 쥐고 앞으로 일어날 일에 대비해 정신을 바짝 차렸다.

일동이 방에 자리를 잡자 시치베에가 무겁게 헛기침을 하며 말을 꺼냈다.

"다메지로 씨, 조베에 씨, 다쓰타로 대장님까지 번거롭게 해 가며 이렇게 모여 주십사 청한 까닭은 다름이 아니라, 전에 여기서 열린 귀신 대회에서 일어났던 불미스러운 일의 숨겨진 진상을 파헤치고 싶었기 때문입니다."

오유가 즉시 외쳤다.

"도대체 어째서 내가 이런 곳에 있어야 하는 거지? 이상하잖아. 나는 덴마초_{막부의 감옥이 설치되어 있던 곳}로 보내지게 되어 있잖아. 그렇다면 얼른 끌고 가란 말이야!"

아직도 기운이 꺾일 기미가 없다. 오린은 그래도 그녀의 치켜 올라 간 눈초리나 불쑥 내민 입매를 보고 있으니 몹시 슬픈 기분이 들었다.

"오유, 네게 묻고 싶다."

시치베에는 흐트러지지 않았다.

"여기에 있는 숙수 시마지를 알고 있지?"

오유는 시치베에의 얼굴에 침을 뱉으려고 했다.

"무슨 짓이야!"

시라코야 조베에가 얼굴을 새빨갛게 붉히며 말했다. 잠깐 보지 못한 사이에 눈가의 주름이 늘어난 것 같다. 옆에 앉은 안주인 오슈는 불쾌한 냄새를 막으려는 듯 계속 손등을 코에 대고 있었다. 설마 눈물짓고 있는 것은 아닐 테지.

"어째서 너 같은 딸이 태어났는지 모르겠다. 부끄럽구나."

"나도 당신 같은 부모가 있다는 사실이 부끄러워! 너무 부끄러워서 구멍을 파고 들어가 숨고 싶을 정도야!"

"네 어미는," 조베에는 오유를 노려보았다. "하녀로서도 별로 도움이 되지 않는 게으름뱅이였지. 욕심 많고 심술궂고, 우리 어머니가 고용살이 일꾼에게 너그럽다는 점을 이용해 교활한 도둑질을 되풀이하기도 했어. 네 그 썩은 근성은 어미에게 물려받은 게지."

"그런 하녀에게 아이를 갖게 한 당신은 어때?"

오유는 비웃었다.

"여자 혼자서는 아이를 못 낳는다고!"

"나는 젊고 어리석었다. 네 어미의 속셈을 꿰뚫어 볼 만한 눈이 없었지. 하지만 지금은 달라."

시라코야 조베에는 몹시도 으스대며 배에 힘을 주고 있지만 오린은 그 모습이 보면 볼수록 싫어졌다. 다에가 오린의 소매를 살며시 잡아당기며 속삭였다.

"친딸한테 저런 말을 하는 부모가 있다니 나는 믿을 수가 없구나. 오린, 계속 듣고 있어도 괜찮겠니? 오늘 밤 나쁜 꿈을 꾸지 않을까?"

"괜찮아요, 어머니."

"조베에 씨, 기분은 알겠지만 오유를 탓하는 것은 그쯤 해 두는 게 좋겠소."

시치베에가 온화하게 말했다.

"분명 오유는 입이 걸고 지금까지도 몇 번이나 시라코야에 폐를 끼쳐 왔겠지요. 하지만 이 처녀에게도 사정은 있어요."

오유가 조베에를 향해 혀를 내밀었다. 조베에의 등에 숨듯이 앉아 있던 오시즈가 얼굴을 일그러뜨렸다.

"꼭 개 같아" 하고 작게 중얼거린다.

"아버지, 저는 집으로 돌아가고 싶어요. 더 이상 이런 곳에 있고 싶지 않아요."

"어머나, 그래?"

조베에가 뭐라고 말하기도 전에 오유는 오시즈 쪽으로 얼굴을 내밀었다.

"역시 부잣집 아가씨는 다르네. 흰 설탕처럼 우아하고 더러움을 모른다니까. 하지만 잊지 마. 나는 네 언니라고!"

오시즈는 당장이라도 울음을 터뜨릴 기세였다.

"당신 같은 사람은 언니가 아니야."

"아니, 우리는 피로 이어진 자매야. 네가 아무리 날 싫어해도 내게 흐르는 피는 네게도 흐르고 있어!"

꾹 참고 있던 오슈가 갑자기 몸을 일으키더니 오유 쪽으로 불쑥 몸을 내밀고 그 뺨을 손바닥으로 후려쳤다. 철썩 하는 소리가 나면서 오유의 얼굴이 젖혀지고 얼굴에 손자국이 났다.

"닥쳐."

오슈는 악문 이 사이로 으르렁거리듯이 말했다.

"한 번만 더 내 딸한테 더러운 말을 지껄여 봐라, 그 목을 비틀어

따 버릴 테니!"

오유는 얼굴을 젖히고 바보처럼 웃기 시작했다.

"들었어? 이봐요, 대장님도 들었어요? 걸작이잖아. 시라코야의 안주인이 욕설을 퍼부었어! 꽤나 대단하시군요, 마님. 아무리 고상한 척하고 있어도 그런 말을 들으면 단번에 태생을 알 수 있는 법이지."

방은 또 소란스러워지고, 조베에가 거칠어진 목소리로 소리를 지르고, 다쓰타로 대장은 오유의 틀어 올린 머리를 움켜쥔 채 꾸짖고, 시치베에는 품에 손을 집어넣고 벌레 씹은 얼굴을 하고 있다. 그 가운데서 갑자기 아사다야의 며느리인 오리쿠가 양손으로 머리를 감쌌다.

"아아, 머리가 아파요. 속이 울렁거리고 어지럽네요."

"괜찮아, 당신?"

남편 마쓰사부로가 여봐란 듯이 오리쿠를 끌어안았다.

"아버지, 어머니, 보십시오. 오리쿠 얼굴이 새파래요. 여보, 뭔가 나쁜 게 보이는 거야?"

"네, 네, 보여요. 이 사람에게" 하고 오유를 가리키며 "이 사람 뒤에, 야위고 넝마를 입은 여자의 유령이 붙어 있어요."

오슈가 채찍처럼 휙 돌아보았다.

"어떤 여자인가요? 오른쪽 뺨에 사마귀가 있지요? 입매가 칠칠치 못하게 아래로 처져 있지는 않나요?"

오리쿠는 괴로운 듯이 몸을 꺾으면서 몸 전체로 고개를 끄덕였다.

"네, 네, 맞아요. 시라코야의 안주인을 실실 웃으면서 곁눈질로 보고 있어요."

"오킨이야!" 오슈는 외쳤다. "여보, 오킨이 망령이 되어 돌아왔어요! 그 악독한 것, 아직도 나를 저주할 생각인 거예요!"

오킨은 오유의 어머니, 조베에가 젊을 때 손을 댔던 하녀의 이름일 것이다. 오유는 그 이름을 듣고 안색을 바꾸었다. 지금까지와는 전혀 다른 흥분이었다. 눈초리가 찢어지지 않을까 싶을 정도로 눈을 크게 뜨고, 검은 눈동자를 분노로 빛내며 손을 뒤로 묶인 채 벌떡 일어나 오슈에게 덤벼들었다.

"어머니를 나쁘게 말하지 마!"

상 두세 개가 요란하게 뒤집히고 여자들이 비명을 지르며 일어섰다. 순간적으로 다에가 장지문 틈에서 몸을 피했기 때문에 오린은 어머니를 감싸다시피 하며 그 자리에 바짝 달라붙었다.

오유는 미친개처럼 이를 드러내고 오슈에게 덤벼들더니 말리려고 하는 조베에의 팔을 덥석 물었다. 조베에가 끄악 하고 비명을 지르고, 다쓰타로 대장과 부하가 둘이서 달려들어 오유를 떼어 놓으려고 해도 그녀는 으르렁거리며 조베에를 문 채 더욱더 깊이 이를 박았다. 피가 뚝뚝 흘러 떨어졌다.

"살려 줘!"

한층 더 큰 조베에의 비명이 아래층까지 들린 모양이다. 계단을 뛰어오르는 발소리가 들려왔다. 다이치로와 오사키다. 오린과 다에는 서로를 꼭 껴안았다. 곧 두 사람이 옆방의 복도 쪽 장지문을 열고 뛰어들어 왔다.

소동을 틈타, 그때까지 시마지와 부하 사이에 끼어 그림자처럼 얌전히 고개를 숙이고 있던 오타카가 슬쩍 일어나 도망쳤다. 복도로 빠져나간다. 오린은 다에의 팔을 놓았다.

"어머니는 여기 꼼짝 말고 계세요."

그렇게 말하고 오타카의 뒤를 쫓아 복도로 나갔다.

오타카는 무서워서 다리가 풀렸는지 기다시피 계단으로 향했다.

"하야시야 아주머니, 안 돼요!"

오린이 억누른 목소리로 부르자 그녀는 날아온 돌에 맞은 것처럼 몸을 움츠리며 돌아보았다. 울고 있다.

"도망치면 안 돼요, 아주머니."

오린이 달려가서 그녀의 소매를 잡았다.

"시마지 씨가 대체 왜 그렇게 되었는지 알고 싶지 않으세요? 아주머니도 대장님의 말처럼 시마지 씨가 오유 씨와 함께 일을 꾸며 귀신 대회를 실패하게 만들었다고 생각하시는 건 아니지요?"

오타카는 눈물을 닦지도 않고 그저 부들부들 떨었다.

"나는 그냥, 다쓰타로 대장님께 야단을 맞고—어떻게 해서든 남편을 데려오지 않으면 파수막행이라고—하지만 이렇게 한다고 뭐가 어떻게 된다는 얘긴지."

"그야 그렇지만."

순간적으로 오린은 할 말을 잃었다. 오유가 고함을 지르거나 날뛰거나, 도망치는 시라코야와 아사다야 사람들을 걷어차기 위해 거칠게 날뛰고 있는 방 안에서 시마지 혼자 꼼짝 않고 앉아 있다. 단정하게 정좌를 하고 있다. 하지만 그 눈이 지금 또 갑자기 하얗게 뒤집어지더니 턱이 내려가고 입이 딱 벌어졌다.

그러자 시마지의 몸은 빈껍데기가 되었다. 그의 바로 옆에서 긴지가 스윽 하고 일어섰다.

"나타났군."

오린의 머리 위에서 목소리가 들렸다. 어느새 겐노스케가 오린의 등을 지키듯이 서 있었다.

"겐노스케 님."

오린은 자신의 목소리가 떨린다는 사실을 깨닫고 더욱더 무서워짐과 동시에 화가 났다. 이제 와서 긴지가 나온들 무엇이 달라진단 말인가. 오린, 져선 안 돼.

"아아, 저것은."

오타카가 몸을 움츠리고 두 눈을 크게 뜨며 외쳤다.

"저것은 역시—그이야."

오린은 오타카의 기모노 소매를 더욱 단단히 붙잡으며 목소리를 낮추었다.

"아주머니에게도 보이지요? 긴지 씨의 유령이 보이는 거지요?"

"유령?"

오타카는 넋이 나간 표정으로 되풀이하며 입을 반쯤 벌린 채 싫다는 듯이 도리질을 하기 시작했다.

"나는—하지만 저것은—그이는 죽었—."

"네, 맞아요. 긴지 씨는 십 년이나 전에 죽었어요. 하지만 혼은, 보세요, 지금도 저기에 있어요."

오린은 바싹 다가섰다. 바로 뒤에서 겐노스케가 오타카를 응시하고 있다. 험악한 얼굴이지만 화가 난 것은 아니었다. 날개가 부러진 작은 새라도 보는 것 같은 눈빛이었다.

"아시겠어요, 아주머니? 긴지 씨는 동생인 시마지 씨에게 살해되었다고 원망하고 있어요. 살해되어서 당신과 가게를 빼앗겼다고요. 그러니 시마지 씨에게 씌어서 시마지 씨의 몸을 가로채 이 세상에 돌아오겠다고 했어요. 그래서 전에 이곳에서 열린 귀신 대회 때 시마지 씨가 쓰러지고, 그 후에 상태가 이상해지고 만 거예요. 아주머니도 알고 계셨지요? 시마지 씨가 시마지 씨가 아니게 된 것을 알아차리고 계셨지요? 그래서 그렇게 두려워하셨던 거지요?"

오타카는 이번에는 오린에게서 도망치려고 손을 움츠렸다. 하지만 오린은 그녀의 소매를 놓지 않았다.

"너는 어떻게 그런 것을 알고 있지? 아직 어린아이이면서 왜 그런 것을 아는 거야?"

"제게는 보이기 때문이에요." 오린은 당당하게 단언했다. "시마지 씨에게 씌어 있는 긴지 씨가 보였어요. 지금도 저렇게 저기에, 빈 껍데기인 시마지 씨의 몸 옆에, 엷은 웃음을 띠고 서 있는 긴지 씨의 귀신이 보여요. 자, 아주머니, 대답해 주세요. 아주머니도 눈치채고 계셨던 거지요?"

"오린." 젠노스케가 말했다. "긴지가 너를 보고 있어."

오린이 흠칫 놀라 시선을 돌리다가 긴지와 눈이 딱 마주쳤다. 그러나 젠노스케는 잘못 생각하고 있었다. 긴지는 오린을 보고 있는 것이 아니다. 오타카를 보고 있는 것이다. 얼굴은 웃고 있지만 입매는 일그러져 있다.

그는 갑자기 시선을 피하고는 슬쩍 움직여 아직도 날뛰고 있는 오유 곁으로 다가가서 그녀의 등에 찰싹 달라붙어 서더니 목덜미를 들여다보듯이 내려다보았다.

"우우우" 하며 오유는 몸을 떨었다. 기를 쓰며 뒤를 돌아본다. 그러자 긴지는 어린아이를 놀리듯이 다시 그녀의 뒤로 빙 돌아갔다.

"추, 추워. 뭐야, 이 방은. 으스스하기 짝이 없군! 어째서 내가 이런 곳에 있어야 하는 거야!"

오유는 욕설을 내뱉고는 무릎걸음으로 도망치려고 했지만 비틀거리다 넘어지고 말았다.

오유는 옆으로 쓰러져 흐트러진 기모노 자락 사이로 무릎 위까지 드러낸 채 버둥거리고 있었다. 어지간한 다쓰타로 대장도 눈 둘 곳이 없는 이 어지러운 모습에 손을 대지 못하고 있다. 방 안은 엉망진창이었다. 시치베에와 다이치로는 방패가 되어 여자 손님들을 지키고, 오사키는 장지 종이처럼 새하얀 얼굴로 거의 기다시피 하며 손으로 더듬어 사람들 사이를 누비면서 방에 떨어진 깨진 그릇의 뾰족한 조각을 주워 모으고 있었다.

"어째서 저렇게 웃는 거지?"

오타카는 이가 맞지 않을 정도로 부들부들 떨기 시작했다.

"어째서 저런 얼굴을 하는 거야. 저 사람은—요전에 이곳에서 돌아왔을 때—몸은 시마지였는데 긴지의 목소리로 내게 말했어—당신과 아이들을 되찾으러 돌아왔다고. 그리고 저렇게 웃었지—내가 돌아왔으니 이제 시마지 좋을 대로 하게 내버려두지는 않겠다며—."

"아주머니!"

날카롭게 부르며, 오린은 그녀의 어깨를 세게 흔들었다.

"정신 똑바로 차리세요! 긴지 씨도 시마지 씨도 둘 다 아주머니의 남편이잖아요. 뭐가 무서우세요!"

"하지만—나는 긴지를—어째서 이제 와서."

겐노스케가 걸어가 활짝 열려 있는 장지에 등을 대고 마치 첩자처럼 조용히 섰다.

울거나 고함치거나 도망치는 사람들로 어질러지고 시끌벅적한 방의 한 모서리에서 오직 시마지의 빈껍데기만이 조용히, 뼈가 빠진 것처럼 납작하니 앉아 있다. 오유가 다시 열심히 다쓰타로 대장을 밀쳐내고 부하를 걷어차며 도망치려다가 띠를 붙잡혀 앞으로 고꾸라졌다. 쿵 하는 진동 때문인지 시마지의 몸이 옆으로 풀썩 쓰러졌다. 쓰러져도 여전히 흰자위를 드러낸 채다.

"아주머니는 아세요? 긴지 씨가 정말로 누군가에게 살해되었나요? 시마지 씨에게 살해되었어요? 병으로 죽은 것이 아니었나요?"

오린이 다시 한번 세게 흔들자 오타카는 흠칫하며 눈을 크게 뜨고 오린을 보았다. 뺨은 눈물로 젖어 있고 눈은 새빨갛다.

"긴지 씨가, 병으로, 죽은 것이, 아닌가요?"

오린은 더욱 목소리를 낮추고, 그러나 오타카에게는 똑똑히 들리도록 물었다.

"아주머니는 아시나요?"

"용서해 줘." 오타카는 중얼거렸다. "용서해 줘. 날 돌려보내 줘."

이래서는 안 된다. 오린은 그녀의 손을 잡고는 다에가 숨어 있는 옆방으로 억지로 끌고 갔다.

"이쪽으로 오세요. 아주머니, 도망쳐서는 안 돼요. 눈을 똑바로 뜨고 긴지 씨를 보세요. 사실을 분명히 해 주세요. 지금 그렇게 하지 않으면 시마지 씨를 구할 수 없고, 긴지 씨도 성불하지 못해요!"

오린은 억지로 오타카를 옆방으로 데리고 들어가 다에 옆에 끌어다 앉혔다. 다에는 깜짝 놀라 일어서려고 했지만 오린은 오타카를 붙든 채 어머니 옆에 쪼그리고 앉아 재빨리 말했다.

"자, 아주머니, 여기 앉으세요. 어머니, 하야시야의 안주인이셔요."

다에는 아까 오린이 했던 부탁대로 그저 오린과 오타카의 얼굴을 번갈아 바라보기만 했다. 그러나 병을 앓고 있어서 홀쭉해진 턱이 눈앞의 어린 딸의 난폭한 행동에 쉴 새 없이 떨리고 있다.

"오린, 괜찮아."

갑자기 옆에서 누가 부르는 바람에 오린은 깜짝 놀랐다. 오미쓰였다. 빗으로 감아 틀어 올린 머리카락을 요염하게 흐트러뜨리고 창틀에 걸터앉아 있었다.

"다에 씨와 오타카 씨는 내가 지킬 테니까. 너는 네가 상대해야 하는 것만 생각하면 돼."

"오미쓰 씨―."

다에가 이번에는 허공을 향해 누군가를 부르는 오린과 아무도 있을 리 없는 격자창의 창틀 언저리를 번갈아 쳐다보기 시작했다.

"오린, 누구와 이야기하는 거니?"

오미쓰는 생긋 미소를 짓고는 "자, 옆방을 보렴" 하고 가리켰다.

오린은 장지문 틈에 눈을 댔다. 겨우 붙잡힌 오유가 도롱이벌레처럼 밧줄에 꽁꽁 묶여 방구석에 쓰러져 있다.

"다카다야 나리, 이거 안 되겠소." 다쓰타로 대장은 어깨를 들썩거리며 신음했다. "꼭 짐승 같군. 나리의 특별한 부탁이라 여기까지 데려왔지만 이렇게 애를 먹게 해서야, 나도 부하에게 모범을 보여 줄 수가 없어요. 당장이라도 다시 파수막으로 데려가야겠소."

"하지만 이 여자와 시마지의 꿍꿍이를—귀신 대회에 찬물을 끼얹고 후네야의 요리에도 재수 없는 짓을 하려고 한 계획을 자백받지 않고서는—."

그렇게 말하다가 그제야 시치베에는 쓰러져 있는 시마지를 발견한 모양이다. 시치베에뿐만 아니라 방에 있는 모든 사람이 아무 말도 없이 눈을 까뒤집고 쓰러져 있는 시마지를 방금 전까지 완전히 잊고 있었던 것이다.

"시마지 씨!"

다이치로가 다리에 힘이 풀린 듯이 주저앉아 있는 아사다야 다메지로를 타 넘고 시마지 곁으로 달려갔다.

"정신 차리세요! 왜 그러십니까, 시마지 씨!"

방 안을 여기저기 슬슬 돌아다니면서 자못 재미있다는 표정으로 실실 웃고 있던 긴지의 귀신이 양손을 허리에 대고는 몸을 젖히고 소리 높여 웃기 시작했다.

누구에게 얻어맞은 것인지, 아니면 스스로 벽에 부딪치기라도 한 것인지, 한쪽 눈이 뭉개질 만큼 눈꺼풀이 부은 오유가 흠칫 놀랐다. 그녀의 눈이 천장을 보고 웃는 긴지의 귀신 위에 딱 고정되어 있다.

오유의 입이 벌어지고 약간 갈라지고 쉰 목소리가 튀어나왔다.

"이 녀석은 누구지?"

하아—하며 오린은 양손을 입에 댔다. 그러면 오유에게도 긴지의 귀신이 보인다는 얘기다. 긴지와 마찬가지로 피를 나눈 육친에 대한 증오로 똘똘 뭉친 오유에게는 그의 원한이 보이는 것이다.

오사키 아줌마는? 오사키 아줌마는 어떨까?

그녀는 긁어모은 그릇을 앞치마에 싸고 장지문에 몸을 바싹 기대 앉아 있다. 그리고 핏기 잃은 입술을 벌린 채 역시 긴지의 망령을 올려다보면서 중얼거렸다.

"당신은."

본 적이 있는 거야, 오사키 아줌마는. 등에 식은땀을 느끼면서 오린은 마음속으로 외쳤다. 맞아요, 아줌마. 아줌마가 보고 있는 것은 시마지 씨를 저주하고 있는 형의 귀신이에요.

"큰나리—."

정신을 차려 보니 오쓰타가 복도에서 머뭇머뭇 들여다보고 있었다. 부엌을 지키라는 명령을 받았을 텐데 참지 못하고 올라온 모양이다.

"저 여자는 물러가 있게 하자." 이쪽 방의 오미쓰가 말했다. "여러 가지로 시끄러워질 테니까."

그리고 슬쩍 오린 옆을 빠져나가더니 기모노 자락 사이로 새하얀 정강이를 엿보이며 옷자락을 질질 끌고 복도로 걸어나갔다. 오쓰타에게 다가가 그녀 가까이에 가볍게 섰다.

복도에 양손을 짚은 채 오쓰타가 오미쓰를 올려다보았다. 입이 딱 벌어진다.

"다, 당신은 누구십니까? 아사다야나 시라코야의 분이신가요?"

오쓰타가 오미쓰에게 묻는다. 오린은 펄쩍 뛰어오를 정도로 놀랐다. 오쓰타 아줌마에게는 오미쓰 씨가 보여!

오미쓰는 고개를 살짝 기울이며 오쓰타를 바라보더니 "아니요" 하고 조용히 대답했다.

"안됐지만 나는 아사다야 사람도 시라코야 사람도 아니에요. 이 세상 사람이 아니지요."

오쓰타가 흠칫하며 손을 움츠렸다.

"뭐, 뭐라고?"

"나는 말이지요, 망자랍니다."

오미쓰는 천천히 무릎을 굽혀 오쓰타 옆에 쪼그리고 앉았다. 얼굴과 얼굴을 친근하게 가까이 한다.

"이봐요, 오쓰타 씨. 당신의 얼굴을 보고 있으면 내가 젊었을 때가 생각나요. 젊은 시절에 저질렀던 엄청난 잘못이."

오쓰타는 오미쓰에게 압도되고 말았는지 아연실색한 채 입도 열지 못했다.

"당신에게 내 모습이 보인다는 것은 당신이 지금 옛날의 나와 같은 잘못을 하고 있다는 뜻이에요. 오쓰타 씨, 당신의 마음을 괴롭히는 감정은 연모가 아니랍니다. 그렇게 좋은 것이 아니에요. 그저 비뚤어진, 이름도 붙일 수 없는 지저분한 것에 지나지 않아요."

"다, 다, 당신, 무, 무, 무슨 소리를—."

오미쓰는 부들부들 떠는 오쓰타의 입가에 살짝 손을 가까이 댔다.

"봐요, 나는 차갑지요. 이렇게 되면 아무리 아름다운 여자라도 아무 소용이 없어요. 그러니 당신은 나처럼 되어서는 안 돼요."

오미쓰는 검은 머리카락을 슬쩍 어루만지며 오린과 다에 쪽을 돌아보았다.

"자, 봐요. 사이좋은 모녀잖아요. 다에 씨와 오린 사이에 끼어드는 것은, 당신에게는 불가능해요. 설령 다에 씨가 없어지더라도, 오린을 속일 수 있더라도, 다이치로 씨는 당신 사람이 되지는 않을 거예요. 그렇게 되지는 않아요. 되지 않는 일을 억지로 하려 하면 망자가 보이게 되고 말지요. 망자에게 가까이 가게 되는 거예요. 알겠어요?"

오쓰타의 눈이 주뼛주뼛 허공을 헤맨다.

다에가 뭔가 말하려고 했기 때문에 오린은 어머니의 팔을 꼭 껴안고 말렸다.

"어머니, 지금은 잠자코 계셔요."

다에는 눈을 크게 뜨고 오린을 보았다. 다에가 속삭이는 목소리로 물었다.

"하지만 오린. 오쓰타 언니는 누구와 이야기하고 있는 거니? 아까의 너와 똑같아."

어머니에게는 오미쓰 씨가 보이지 않는다. 보이지 않아서 다행이라고, 오미쓰 씨는 그렇게 생각하고 있으리라. 틀림없이 그럴 것이다.

겐노스케 님이 말하지 않았던가. 망자가 보이는 사람은 망자와 같은 마음의 응어리를 갖고 있다고.

그래서 오미쓰 씨는—오쓰타 아줌마에 눈에 보이는 거고—그렇다면 오미쓰 씨의 마음의 응어리는 오쓰타 아줌마와 똑같은 것일까?

"시치베에 나리가 명령한 대로 이 자리를 떠나서 부엌에 숨어 있도록 해요." 오미쓰가 오쓰타에게 말했다. "그리고 내 말 뜻을 곰곰이 생각해 보세요. 모르겠다면, 나는 몇 번이고 당신 앞에 나타나서 당신이 알게 될 때까지 이야기해 줄게요. 하지만 지금은 이렇게 상황이 복잡하니까 당신한테까지 신경을 쓸 수가 없어요."

오미쓰는 입술을 쑤욱 내밀고 오쓰타의 얼굴에 후우 하고 숨을 불었다. 순간 오쓰타의 눈이 빙글빙글 돌았다. 한 손으로 머리를 누르고 한 손으로 벽을 짚고 버텨 간신히 쓰러지지는 않았지만 안색은 새하얗다.

"아아, 아아."

오쓰타가 허둥거리며 몸의 방향을 바꾸어 기다시피 계단을 내려간다. 중간까지 갔을 때 그녀는 결국 정신을 잃고 말았다.

"자, 이것으로 우선 정리되었다."

오미쓰는 생긋 미소를 지으며 오린 곁으로 돌아왔다.

"오린, 눈은 똑바로 뜨고 있니?"

"응! 문제없어요."

오린은 그렇게 대답하고 다에에게 기대어 오타카를 바라보았다.

오타카는 양손으로 얼굴을 덮고 마치 머리를 조아리듯이 방바닥에 엎드려 있다. 다에는 이불을 싸는 당초무늬 천을 몸에 단단히 감고 있었다.

긴지는 계속해서 껄껄 웃었다. 몸이 울릴 정도로 큰 웃음소리다. 겐노스케는 쓴 것을 씹은 표정으로 얼굴을 찌푸리고 품에 손을 넣은 채 가만히 지켜보고 있다.

옆방에 있는 사람들 중에서 긴지를 볼 수 있는 단 두 명, 오유와 오사키는 각자 삼킬 듯이 그를 쳐다보고 있었다. 다른 이들은 그런 두 사람을 어안이 벙벙한 기색으로 바라보고 있다.

"오사키, 왜 그러나?"

시치베에가 달래듯이 오사키 쪽으로 손을 내밀었다. 오사키는 긴지를 올려다본 채, 사다리에서 떨어질 뻔한 사람이 필사적으로 사다리 단을 붙잡듯이 시치베에의 손을 잡고 꽉 움켜쥐었다.

"당신, 누구야?"

오유가 방바닥에 쓰러진 채 물었다. 두 개의 눈동자에 물독에 뜬 기름 같은 둔한 빛을 띠고.

긴지는 웃음을 그치고는 그녀를 내려다보았다. 그제야 그는 겐노스케를 알아차렸다. "네놈은 뭐냐" 하고 그에게 묻는다.

이런 상황인데도 아주 잠깐 오린은 웃을 뻔했다. 오유와 오사키가 동시에 긴지가 물은 쪽을 보았다. 하지만 그녀들에게는 당지를 바른 장지문이 보일 뿐이리라. 어리둥절해져서 다시 긴지의 얼굴을 돌아본다. 그저 그녀들의 시선을 쫓기만 하는 다른 사람들은 여우에 홀린 상태에서 너구리로 둔갑당한 것처럼 서로 얼굴을 마주 볼 뿐이었다.

겐노스케의 입매가 누그러졌다. "나한테 묻는 건가?" 늘 그렇듯이 태평한 말투로 묻는다.

"너는 누구냐고 물었어." 긴지가 다시 물었다.

"여기서 뭘 하는 거지?"

겐노스케는 활짝 웃었다.

"그것은 내가 할 말이다. 천한 시정잡배 같으니, 무사를 대하는 말투도 모르다니 발칙하다만, 나도 잘난 척할 수 있는 신분은 아니니 그냥 너그럽게 봐 주마. 하지만 여기서 무엇을 하고 있느냐는 말은 그냥 넘길 수 없군. 여기는 내 집이야. 멋대로 들어온 쪽은 너다."

"네 집이라고?"

"아아, 그래. 적어도 내 혼이 쉬는 곳이지. 생판 모르는 남에게 짓밟힐 이유는 없어."

"어머니, 가슴이 답답해요."

시라코야의 오시즈가 몸부림쳤다.

"머리가 깨질 것 같아요. 부탁이에요, 저를 여기서 내보내 주세요."

아사다야의 오리쿠도 지지 않는다. 남편의 팔 안에 쓰러지면서 손을 마구 휘젓더니, "아아, 무서워라. 저기에 비쩍 마른 여자 유령이―."

오리쿠의 손끝이 다쓰타로 대장의 어깨 언저리를 가리켰다. 대장이 흠칫 놀라며 피했다.

비쩍 마른 여자 유령 따위 어디에도 없다. 오린은 양손으로 주먹을 쥐고, 하마터면 소리칠 뻔한 것을 참았다. 시끄러워, 당신은 입 다물고 있어! 오유 씨한테는 제대로 보이는 거라고!

"네가 꼭 내 정체를 알고 싶다고 한다면, 가르쳐 주마."

겐노스케는 품에 넣었던 손을 빼서 목덜미 언저리를 벅벅 긁었다.

"나는 망자다. 긴지, 너와 똑같지."

긴지의 두 어깨가 움직여 갈고리처럼 뾰족한 형태를 그렸다.

"이 세상에서 죽은 사람이 되었건만 저세상에는 가지 못하고 현세에 집착하며 꼴사납게 떠도는 망자야."

긴지는 살짝 기가 죽었다.

"그래서 이 가게에 있다는 거냐?"

"아아, 그래."

"나는 망자 따위와는 달라."

"호오?" 젠노스케는 웃었다. "그럼 뭐지? 요괴인가? 여우냐, 너구리냐? 아니면 저 수로에 사는 갓파_{물속에 산다고 여겨지는 상상의 동물}들의 대장이냐? 아니, 아니, 너는 그런 그릇이 못 되지."

"뭐라고?"

위협적인 태도로 한 발짝 앞으로 나선 긴지의 발이 쓰러져 있는 오유의 얼굴 앞을 스쳤다. 오유가 지치지도 않고 용감하게 그 발을 물어뜯으려고 하는 바람에 오린도 깜짝 놀랐다.

물론 오유의 이는 허공을 물었다. 앗 하고 놀라며 다쓰타로 대장이 곧 움직였다.

"이 녀석, 혀를 깨물려고 해!"

대장이 오유의 틀어 올린 머리카락을 움켜쥐고 머리를 뒤로 당기자, 오유는 큰 소리를 질렀다.

"뭐야! 당신들 전부 이상한 거 아니야? 이 녀석은 누구야? 어째서 이런 남자가 여기에 있는 거냐고?"

"누구를 말하는 거지?"

다쓰타로 대장이 방에 있는 일동을 향해 물었다. 어지간한 대장도 어찌할 바를 몰라 경련하는 얼굴에 살짝 땀이 배었다.

"다카다야 나리. 아무래도 이 여자는 머리에 바람이 든 모양이오. 더더욱 안 되겠는데. 이제 더 이상은 이런 우스꽝스러운 연극을 계속해 봐야 아무 소용도 없겠어요. 시마지도 말을 할 수 있는 상태가 아니고!"

겐노스케를 노려보고 있던 긴지가 눈을 치켜뜬 채 얼굴을 아래로 향하고 그제야 직접 오유에게 말을 걸었다.

"이봐, 오유라고 했나? 네게는 아무래도 내가 보이는 모양이군. 마누라도 아닌데 내 모습이 보이는 모양이야."

뺨에 흐트러진 머리카락이 달라붙은 모습으로 오유가 지금까지 중에서 가장 조용한 목소리로 말했다.

"당신, 무슨 말이 하고 싶은 거지?"

긴지가 실실 웃었다.

"너는 어차피 살인자, 조만간에 효수될 몸이야. 내가 좋은 것을 가르쳐 주지. 그렇게 시라코야 조베에가 밉다면, 배다른 여동생이 질투가 난다면 나를 흉내내면 돼. 다 너 좋으라고 하는 소리다."

앗핫하 하고 겐노스케가 웃었다.

"이거 대단한데. 망자가 되라고 권하는 건가?"

긴지는 한순간 날카롭게 겐노스케를 노려보았지만 곧 다시 오유를 돌아보았다.

"아아, 그래. 죽어서 몸을 잃어도 너는 너다. 산더미 같은 원한과 괴로움을 다 끌어안고 망자가 되면 돼. 그리고 나랑 똑같이, 미워하는 상대에게 씌어서 그 혼을 몸 안에 가두어 죽이고 몸을 빼앗아 이 세상으로 돌아오면 되지."

그때 처음으로 오유의 안색이 변했다.

"당신…… 뭐라고?"

"그래, 나는 망자다. 동생에게 살해되어서 아내도 가게도 빼앗겼어. 지금이야말로 복수할 때다. 자, 저기 쓰러져 있는 내 동생의 몸을 봐라."

오유는 그의 말대로 고개를 비틀어 벗어던져진 가죽처럼 납작하게 쓰러져 있는 시마지를 보았다.

"나한테도 보여요."

얼굴은 창백했으나 힘이 담긴 목소리로 오사키가 말했다. 사람들이 일제히 오사키를 보았다. 그러나 오사키는 당황하지 않았다. 오린이 알고 있는 강한 오사키가 거기에 있었다.

"긴지 씨, 당신은 기억나지 않을지도 모르지만 나는 전에도 한번 당신을 봤어요. 다카다야에 온 시마지 씨에게 달라붙어 따라왔지요? 나는 그때도 원한으로 굳어진 당신의 얼굴을 보았어요."

긴지는 오사키 쪽으로 얼굴을 돌리고 천천히 눈을 깜박거렸다.

"아니, 당신은 다카다야의 안주인이로군."

"네, 맞아요."

앉은 자세를 바로 하며 대답하는 오사키에게서 시치베에가 퍼뜩 놀라며 손을 떼었다.

"오사키, 자네까지 왜 그래?"

"오유 씨, 오유 씨."

오사키는 긴지를 노려보며 무릎걸음으로 조금씩 오유에게 다가가 그 야윈 어깨를 손바닥으로 감쌌다.

"알겠어요? 나와 당신은 망자를 보고 있는 거예요. 당신의 마음과 내 마음에 숨어 있는 무언가가 망자를 불러들이고 만 모양이지요."

"대체―." 할 말을 잃은 오유의 눈이 허공을 헤매었다. "대체 뭐야, 어째서 이런―아줌마, 당신 제정신이 아니지?"

"아니요. 제정신이에요." 오사키는 의연하게 대답했다. "다만 마음에 검은 것이 있을 뿐. 다쓰타로 대장님."

오사키가 갑자기 부르는 바람에 멍하니 있던 대장은 곧장 대답할 수가 없었다.

"부디 오유 씨를 데려가 주세요. 지난 귀신 대회 때의 소동은 결코 오유 씨가 시마지 씨와 작당해서 꾸민 것이 아닙니다. 이 처녀는 시라코야에 심술을 부리고 싶어서 귀신 대회를 방해하는 짓을 하기는 했지만 시마지 씨와 관계가 없어요. 네, 없고말고요."

"부인." 다쓰타로 대장은 숨을 삼키며 간신히 말했다. "어떻게 그런 것을 아십니까?"

시치베에가 벌떡 일어나 소매를 펄럭이며 오사키를 껴안으려고 했다.

"오사키, 자네 머리가―."

"아뇨, 여보. 나는 괜찮아요."

"이봐, 오유." 긴지가 거만하게 위에서 불렀다. "넌 나처럼 되고 싶지 않나? 망자가 되면 살아 있는 자 따윈 하나도 무섭지 않아. 얼마든지 괴롭혀 줄 수 있단 말이다. 원한을 풀고 싶지 않나?"

장지문 틈에 눈을 바싹 대고 있던 오린은 와락 쏟아내는 듯한 격렬한 울음소리에 놀랐다. 다에에게 안겨 있던 오타카가 몸을 비비대며 울고 있다.

"아아, 내가 잘못했어요. 나 때문이야. 여보, 용서해 주세요. 전부 내가 한 짓인데!"

다이치로가 재빨리 옆방으로 통하는 장지문을 열었다. 오린 일행은 일동 앞에 몸을 드러냈다. 그러나 누가 무엇을 묻기도 전에 오타카의 울부짖는 목소리가 울려 퍼졌다.

"당신에게 독을 먹인 사람은 시마지 씨가 아니에요. 내가 했어요. 내가 당신을 죽였어요!"

22

오타카는 양손으로 얼굴을 누르고 몸을 웅크린 채 방바닥에 엎드리더니 신음하듯이 울기 시작했다.

방 안에 있던 일동은 제각기 놀란 표정을 짓거나 화들짝 소리를 질렀는데, 깜짝 놀랄 만한 일이 몇 가지나 있었기 때문에 질문의 내용은 각양각색이었다.

"다에? 오린? 그런 곳에서 뭘 하고 있는 거야?" 하고 외친 사람은 다이치로다.

"뭐야, 이 여자는?"

오유는 입을 삐죽거리면서도 이때 비로소 안색이 창백해졌다.

"이 여자가 누구에게 독을 먹였다고?" 하며 이번에는 긴지의 유령을 올려다본다.

"당신은 독으로 죽은 거야? 죽었는데 어째서 여기에 있지? 난 그런 이야기는 전혀 몰라! 당신들, 내게 여기다 또 누명을 씌우려는 거야?"

"오사키, 자네—자네 눈에는 망자가 보이기라도 한다는 건가?"

다카다야 시치베에는 아내의 소매를 잡고 눈을 부릅뜨고 있다.

"오오, 어떻게 된 일이람. 자네처럼 야무진 사람이 그런 헛소리를 하다니!"

다쓰타로 대장은 납작하게 꺼진 듯이 쓰러져 있는 시마지의 몸과, 울고 있는 오타카의 등을 번갈아 바라보더니 옆에서 다리에 힘이 풀려 있는 부하에게 말했다.

"아무래도 대대적인 체포가 될 것 같군. 너는 얼른 근처 파수막으로 달려가서 도와줄 사람을 모아 와!"

예이이—하고 멍청한 목소리를 낸 부하는 엉금엉금 기어 방에서 도망쳤다.

"아아, 싫어, 싫어, 어지러워, 머리가 아파. 어머니, 저를 여기서 내보내 주세요, 부탁이에요."

"저도 가슴이—여기에도 저기에도 망자투성이, 망자의 기 때문에 눈앞이 어두워져요."

머리를 감싸는 오시즈와 가슴을 쥐어뜯는 오리쿠를 한가운데 두고 시라코야와 아사다야의 사람들은 한데 꼭 뭉쳐 있었다.

이곳에 있는 사람들 중 누구에게 무엇이 보이고 무엇이 보이지 않았더라?

내게는 보여. 모두 다 보여. 방구석에서 목덜미를 긁적이고 있는 겐노스케 님도, 어머니 뒤를 지키듯이 앉아 서글픈 얼굴을 하고 있는 오미쓰 씨도.

그리고 방 중앙에 우뚝 서서 양팔을 몸 옆에 축 늘어뜨리고 두 개의 눈을 실처럼 가늘게 뜬 채 물끄러미 오타카를 노려보고 있는 긴지의 모습도.

"오린."

다에가 속삭이며 양팔로 재빨리 오린을 끌어안았다. 어머니는 동그란 눈동자를 크게 뜨고, 엎드린 채 부들부들 떠는 오타카의 등을 바라보고 있다. 그리고 누구보다도 침착하고 부드러운 목소리로 물었다.

"하야시야의 오타카 씨. 당신이 지금 한 말은 사실인가요? 그렇게 울고 있지 말고, 자, 정신 똑바로 차리세요."

오타카는 싫다는 듯이 도리질을 치면서 한층 더 소리 높여 흐느껴 울었다.

"부인."

이번에는 다쓰타로 대장이 말을 걸었다. 어느새 대장은 자세를 약간 낮추고 누구보다도 빨리 움직일 수 있도록 준비하고 있었다.

"아까 한 말을 다시 한번 해 보십시오. 되는 대로 아무렇게나 말한 것은 아니겠지요? 학질에 걸려 헛소리를 하고 있는 것도 아니겠지요?"

오린의 귀에는 다쓰타로 대장의 말은 절반도 들리지 않았다. 대장의 말을 누르는 듯한, 묵직하고 엄하고 날카로운 긴지의 목소리가 도중에 끼어들었기 때문이다.

"오타카" 하고 그는 불렀다. "오타카."

다시 한번 부르더니 그는 천천히 한 발짝 앞으로 내딛었다. 죽은 자의 밀랍처럼 하얀 종아리가 기모노 사이로 얼핏 엿보였다.

그는 오타카 옆으로 오더니 바로 위에서 그녀를 내려다보았다.

"오타카, 나를 봐. 얼굴을 들고 나를 봐."

엎드려서 울기만 하던 오타카의 등이 채찍으로 맞은 것처럼 흠칫 떨렸다. 그녀는 얼굴을 들었다. 눈물에 젖은 뺨, 흐트러진 머리카락. 긴지의 발치에 머리를 조아리듯이 웅크리고.

"네가 나한테 독을 먹였다는 거야?"

오타카는 넋을 잃은 듯이 입을 반쯤 벌리고 고개를 끄덕였다. 그러고는 쉰 목소리로 말했다.

"여보."

"부인, 당신 누구를 향해 말하는 거요―?"

다쓰타로 대장의 물음을 오사키가 손을 들어 가로막았다. 오사키의 눈은 긴지의 등에 못박혀 있고 손가락 끝이 가늘게 떨리고 있다.

"망자예요, 대장님" 하고 낮게 떨리는 목소리로 말했다. "여기에 망자가 있어요. 대장님께는 보이지 않을지도 모르지만 분명히 있답니다."

그 말을 받아 오유가 중얼거린다.

"이 녀석, 망자야? 정말 망자란 말이야?"

"네, 그래요." 오사키는 오유를 돌아보지도 않았지만 그녀를 향해 격려하듯이, 질책하듯이 단호한 어조로 말했다. "눈과 귀를 크게 열고 계세요. 당신은 이렇게 되어서는 안 되니까."

"오오, 오오, 오오."

오타카는 신음하며 한 손을 주먹으로 쥐어 입가에 댔다. 눈물을 뚝뚝 흘리며 괴로운 듯이 흐느껴 운다.

"용서해 주세요—나를 용서해 주세요, 여보."

긴지는 아무 말도 하지 않았다. 그의 모습이 아지랑이처럼 흔들흔들 흔들리며 아주 잠깐 엷어지더니 다시 원래대로 돌아왔다. 망자의 마음 상태가 모습에도 영향을 준다. 망자의 마음에 부는 폭풍이 모습도 흐트러뜨린다.

"왜지?"

그가 물었다.

오린은 긴지의 얼굴을 보았다. 두 눈이 있어야 하는 곳에는 깊고 어두운 갈라진 틈이 있을 뿐이다. 방금 전까지는 거기에 빛이 깃든 눈이 있었다. 설령 그 빛이 원한이나 분노, 경멸을 원천으로 하여 생겨났다고 해도 분명히 거기에는 눈이 있어 망자 긴지의 마음의 움직임을 비추고 있었다.

하지만 지금은 그것도 없다. 오로지 캄캄한 어둠뿐이다.

그래도 오린은 확실히 느꼈다. 긴지의 슬픔이 마음을 찌르고 할퀴는 것을 느꼈다.

"대답해."

긴지의 몸이 둥실 떠올랐다. 그대로 오타카 위에 덮어씌우듯이 버티고 선다.

"허억!" 하고 외치며 오타카는 다시 바닥에 엎드렸다. "미안해요—용서해 주세요, 용서해 주세요."

오린은 몸이 차가워지는 것을 느꼈다. 한층 더 추워졌다. 다에가 떨고 있는 것도 알 수 있다. 오미쓰가 조용히 고개를 젓더니 한쪽 손을 들어 빗을 뽑았다. 빗으로 감아 틀어 올렸던 길고 검은 머리카락이 소리도 없이 풀려 어깨 위로 흘러내린다.

"나—나는 당신, 이, 무서웠어요." 오타카는 흐느껴 울면서 쏟아냈다. "당신, 은, 나, 도, 아이들, 에게도, 조금도 다정하게, 대해 주지 않았어요. 장사, 장사는 아주, 열심히 했지만, 당신은, 엄격해서, 우리는, 숨이 막힐 것 같았어요—."

"나는 너희를 위해 일하고 있었어."

긴지의 캄캄한 안구가 번득였다.

"너희를 편히 살게 해 주고 싶어서 열심히 일하고 있었던 거잖아."

오타카는 소리 내어 울었다.

"나는 그것보다 당신이 좀 더 웃어 주었으면 했어요!"

정말로 죽일 생각은 아니었다. 쥐약을 놓을 때, 장난 치는 기분으로 떠올린 생각이었다. 당신에게 이것을, 쥐약을 조금만, 정말로 조금만 먹이면 분명히 몸이 안 좋아져서 장사도 쉴 마음이 생기지 않을까. 그러면 지금처럼 노상 신경이 곤두서 있는 일도 없어지지 않을까. 장사 생각이 머리에서 떠나 자신에게 관대해지고, 아내와 아이들도 좀 더 다정한 마음으로 소중히 여겨 주게 되지 않을까—.

"그렇게 생각했어요! 당신을 죽일 마음은 조금도 없었어요!"

"이렇게 어리석을 수가."

시치베에가 신음했다. 할아버지의 얼굴이 이렇게 새파래지는 모습을 오린은 처음 보았다.
 "쥐약은 조금도 효과를 보이지 않았어요. 당신은 아무렇지도 않았어요. 그래서 조금씩 약의 양을 늘렸어요. 그래도 당신은 아무렇지도 않았는데 어느 날 갑자기 괴로워하기 시작하더니—."
 그렇게 되었을 때는 이미 손을 쓸 수가 없었다고, 오타카는 토해 내듯이 말하고 엉엉 울며 손으로 얼굴을 닦더니 긴지에게 매달리기라도 하는 것처럼 팔을 뻗었다.
 "한번 앓아눕고 나니 당신은 점점 나빠지기만 했어요. 나는 약을 너무 많이 먹이고 말았다는 걸 알았어요. 점점 야위어 가는 당신을 보살피며 제발 몸이 낫게 해 달라고 기도하고 또 기도하면서, 뒤에서는 손을 모아 사과하고 있었어요."
 "나는 괴로웠어." 긴지가 허공을 향해 낮은 목소리로 말했다. "몸 여기저기가 산 채로 산산조각 나는 것처럼 아팠지. 배도 아프고 가슴도 아프고 여기저기가 다 아팠어. 아파서 잘 수도 없었어."
 "용서해 주세요." 오타카가 내민 팔은 허공을 갈랐다. "나는 무서웠어요. 몇 번인가 사실을 말하려고도 했어요. 하지만 당신이—당신이 시마지 씨를 나쁘게 말하기 시작했어요. 내가 이런 원인 모를 병에 걸린 것은 틀림없이 시마지 때문이라면서. 그 녀석이 나를 질투해서 나쁜 것이라도 먹였는지도 모른다, 독을 먹였는지도 모른다고."
 "나는 진심으로 그렇게 생각했어."
 "그래요! 당신은 멋대로 점점 그런 생각을 키워 갔잖아요. 내게만에 하나 무슨 일이 있으면 시마지를 조심해라, 그 녀석은 너를 노리고 있다, 그렇게 말했잖아요. 전부 억측이고 당신의 착각이었어요. 시마지 씨는 언제나 당신을 위하고 있었어요. 단둘밖에 없는 형제라면서 늘 당신을 돕고 싶다고 말하곤 했어요. 형수님, 저처럼 시원찮은 놈과 달리 형님은 훌륭한 사람이라고, 틀림없이 하야시야를 크게 키울 거라고, 단순한 도시락 가게로 끝내지는 않을 거라고, 언젠가는 훌륭한 요릿집을 차릴 거라고 기쁜 듯이 말하곤 했어요―."

"그 녀석은 내게는 그런 말, 한마디도 하지 않았어."

어두운 안구를 또 깜박거리며 긴지는 허공을 스윽 움직여 시마지를 돌아보았다. 벗어던져진 옷처럼 바닥에 쓰러져 있는 시마지를 내려다본다.

"언제나 시마지는 나를 싫어한다고 생각했어. 내 안색을 살피고 비굴하게 목을 움츠리며 살고 있지만, 기회가 있으면 나를 배신하고 내가 가진 전부를 가로채려고 꾸미고 있는 게 틀림없다고만 생각했었어."

"그래요, 당신은 그런 사람이에요. 곁에서 보살피는 내게 그런 말만 하곤 했지요." 오타카는 울부짖으면서 몸부림을 쳤다. "단 하나뿐인 동생에게 그런 마음밖에 기울이지 못하는 사람이에요. 병에 걸려 몸이 쇠약해지고 자리를 보전하고 누워서도 미움으로만 똘똘 뭉쳐서. 친동생에게, 당신이 쓰러지고 나서는 싫은 내색 하나 하지 않고 당신 몫까지 두 배, 세 배로 일해 주는 소중한 동생에게 그런 의심의 눈길을 향하는 사람이에요. 나는 그때 당신이라는 사람의 본성을 본 것 같은 기분이 들었어요. 당신이 이대로 낫지 않는 편이 더 좋지 않을까 하고 그때 처음으로 생각했다고요."

긴지의 모습이 다시 엷어지더니 흔들리고 또 흔들렸다. 한순간,

그것은 사람의 형태를 잃었다. 사람과 비슷하지만 사람이 아닌, 일그러진 도깨비의 형태였다.

"너는 나를 죽였어."

도깨비의 모습은 순식간에 사라지고 다시 긴지의 모습으로 돌아왔지만 목소리만은 여전히 이상했다. 그것은 더 이상 긴지의 목소리가 아니었다. 상처 입은 짐승의 비명이었다.

"나를 성불하지 못하는 망자로 만든 끝에 동생을 죽이게 했어. 너 때문에 나는 시마지를 죽이고 말았어!"

긴지는 크게 양손을 벌리더니 열 개의 손가락을 갈고리처럼 휘며 작은 새를 덮치는 맹금처럼 오타카에게 달려들었다.

"못된 년, 이번에야말로 네 차례다!"

비명을 지르며 도망친 오타카는 발을 헛디뎌 크게 비틀거리다가 기세를 이기지 못하고 방 반대쪽의 선반에 부딪치고는, 거기에 장식되어 있던 꽃꽂이 그릇이며 향로와 함께 방바닥에 요란하게 넘어졌다.

"그만둬!"

날카로운 목소리가 날아들었다. 오미쓰의 목소리였다. 그녀는 벌떡 일어서더니 계속 오타카를 쫓아가려던 긴지 앞에 버티고 섰다.

"비켜!"

"못 비켜!"

오미쓰는 튕겨내듯이 대꾸하고 풀어헤친 긴 머리카락을 폭포처럼 흘려보냈다.

바람이 일었다. 오미쓰의 머릿기름 향기가 나는 바람이었다. 그것은 오미쓰를 중심으로 보이지 않는 소용돌이가 되어 일어났다. 긴지는 거기에 휩쓸려 자세가 무너지고 비틀거리며 허공을 떠돌았다.

오유가 새된 비명을 지르며 묶인 채로 구르듯이 도망쳤다.

"싫어, 나는 이런 거 싫어! 이런 것은 이제 질색이야!"

"그래? 아주 좋은 일이로군."

침착하고 산뜻한 목소리가 났다. 겐노스케가 천천히 몸을 일으키더니 오유를 피해 방 중앙으로 걸어왔다.

"들었나, 긴지. 오유는 너 같은 망자는 되고 싶지 않다는데."

시라코야와 아사다야 사람들의 눈에는 긴지도 겐노스케도 오미쓰의 모습도 보이지 않는다. 그러나 그렇게 강하게 독설을 날리던 오유가 창백해진 얼굴로 복도로 도망치려고 하는 모습은 그들을 움직이기에 충분한 힘을 가지고 있었다. 일동은 주술이 풀리기라도 한 것처럼 왓 하고 소리를 지르며 손을 맞잡거나 서로를 붙든 채, 상을 걷어차고 그릇을 밟으며 구르듯이 복도로 향했다.

다쓰타로 대장은 처음으로 얼굴에 낭패를 드러내며 도망치는 오유를 붙잡으려고 했다. 시치베에와 오사키는 반쯤 서로 부둥켜안은 채 꼼짝도 하지 않았다. 시치베에는 거의 넋을 잃은 모습이었지만 오사키의 눈은 방심하지 않고 용감한 오기를 담은 채 빛나고 있었다.

"오타카 씨."

다에가 오타카를 안아 일으켰다. 오타카는 축 늘어져 기절한 상태로 이마에서 피를 흘리고 있다.

"이봐, 긴지."

겐노스케는 한 손을 품에 넣고 한 손으로 턱을 문지르면서 귀찮다는 기색으로 물었다.

"너는 어쩔 테냐? 이번에는 아내를 죽이고 그 몸을 빼앗아 현세로 돌아올 건가? 아니면 이대로 시마지의 몸을 써서 네가 죽이고 만 가엾은 동생의 몫까지 실컷 현세의 즐거움을 맛볼 생각인가?"

긴지는 오미쓰가 부른 바람에 저항하려고 했지만 이기지 못하고, 창의 격자에 달라붙다시피 하면서도 버둥버둥 몸부림을 치면서 겐노스케를 노려보았다. 눈을 치켜뜨고 있다.

"너희도 망자라면 어째서 나를 방해하는 거냐?" 그는 분한 듯이 이를 갈았다. "너희도 이 세상에 미련이 있어서 남아 있는 이상 내 원통함을 알 텐데. 그렇지, 너희는 나 혼자 한을 풀고 홀가분해지는 것을 질투하는 모양이로군? 그래서 방해하는 것이로구나?"

겐노스케는 한 손을 얼굴에 대며 탄식했다.

"이 녀석은 끝까지 이런 생각밖에 못 하는군."

"한심한 사내 같으니." 오미쓰가 윤기를 띠고 검게 빛나는 긴 머리카락을 바람에 흐트러뜨리면서 말했다. "질투와 시기는 여자의 습성이라고들 하지만 실은 남자의 질투만큼 무서운 것이 없구나."

"크, 크."

긴지는 오미쓰의 바람 속에서 버둥거리며 가까스로 창의 격자에서 떨어졌다. 하지만 오미쓰가 재차 머리카락을 흔들자 새로운, 한층 강한 소용돌이가 일어나 그를 다시 창의 격자에 눌러 붙였다.

이상했다. 오린도, 오타카를 안고 있는 다에도, 시치베에와 오사키도, 그 두 사람 바로 뒤에 주저앉아 있는 다스타로 대장도, 멍하니 입을 벌리고 있는 오유도 모두 이 바람을 느끼고 있다. 바람이 뺨을 어루만지고 머리카락을 흐트러뜨린다. 그러나 꼼짝도 할 수 없는 것은 아니다. 마치 겨울이 끝날 무렵에 부는 강한 남풍처럼 상쾌한 바람이다.

"이봐, 여자! 오유!" 긴지는 얼굴을 일그러뜨리며 불렀다. "내게 힘을 빌려 줘! 네 몸을 내게 빌려 줘! 내가 내 일을 다 처리하고 나면 다음은 네 차례다! 시라코야를 처치해 주지! 반드시 원한을 풀어 주겠다! 효수 따위 당하지 않아도 돼! 봐라, 대장은 완전히 넋이 나가 버려서 쓸모가 없어졌어!"

확실히 다쓰타로 대장은 살아 있는 인형처럼 멍하니 앉아 있을 뿐이다. 대장님도 참, 어떻게 된 것일까? 오미쓰 씨의 바람 향기에 취하기라도 했나?

"나―."

오유는 입을 뻐끔뻐끔 움직이며 자신의 주위를 보았다. 대장뿐만 아니라 시치베에도 오사키도 움직이지 않는다.

오린은 외쳤다.

"오유 씨, 이런 망자의 말을 들으면 안 돼요!"

겐노스케는 조금 지친 시선으로, 오미쓰는 물끄러미 강한 시선으로 오유를 지켜보고 있다.

"내 곁으로 와!"

긴지가 외쳤다.

"곁으로 와서 나를 만져! 그러면 나와 너는 하나가 될 수 있어! 서로 도와서 이놈들을 처치할 수 있단 말이다! 원한을 풀고 싶지 않나!"

오유는 도움을 청하듯이 오린을 보았다. 오린은 안 돼요, 안 돼요, 하고 되풀이했다.

"제발, 유혹에 넘어가면 안 돼요!"

그때 오유 바로 옆에 검은 그림자가 스윽 나타나고 무언가가 번쩍 빛났다.

덥수룩이였다. 커다란 몸을 새우등처럼 웅크리고, 아무렇게나 자란 수염으로 덮인 길쭉한 턱을 슬픈 듯이 축 늘어뜨리고 있다.

빛난 것은 그가 오른손에 든, 검집에서 빼든 검의 끝이었다.

"당신—." 오유가 헐떡였다. "이번엔 누구야? 당신도 망자?"

덥수룩이는 눈을 몇 번 깜박거리더니 살짝 고개를 갸웃거렸다.

"너, 슬퍼?"

그가 오유에게 말을 걸었다. 오유는 몸을 굳힌 채 그저 그 얼굴을 올려다볼 뿐.

"이 남자의, 말을, 들으면 안 돼."

덥수룩이는 상냥한 말투로 오유에게 말했다.

"이 남자, 처럼, 되어서는 안 돼."

그러고는 머리를 휙 움직여 얼굴 앞에 늘어져 있는 머리카락을 걷어내고 긴지를 똑바로 응시했다.

"너는, 나, 와, 똑같군."

"너는 누구냐? 이번에는 뭐야?" 긴지는 혼자서 초조해하며 미친 듯이 화를 내고 있었다. "너도 망자냐?"

덥수룩이는 그 말에는 대답하지 않고 왜인지 겐노스케 쪽으로 얼굴을 돌린다.

"나가사카 겐노스케 도시미쓰" 하고 천천히 불렀다. "그거, 당신의, 이름이야."

"응" 하고 겐노스케가 대답했다. 약간 눈썹을 찌푸리고 곤혹스러워하는 모습이다.

"당신은,"

덥수룩이는 희미하게 웃었다.

"잊고, 있어. 오랫동안, 잊고 있어. 나를, 벤, 것을."

23

오미쓰의 머리카락 향기가 나는 바람이 부드럽게 뺨을 어루만진다. 그 온기를 느낄 수 있다.

하지만 그것뿐이다. 그 외의 것은 전부 멈춘 듯했다. 오린 자신도 멈춘 것처럼 그저 덥수룩이를 올려다보고 있었다.

겐노스케 님이—덥수룩이 씨를 베었다? 지금 그렇게 말했어요? 분명히 그렇게 말했어요? 당혹스러워하던 겐노스케의 얼굴 위에 번개 같은 속도로 다른 표정이 가로질렀다. 너무나 재빨랐기 때문에 그것이 놀람인지 분노인지, 오린은 알아볼 수가 없었다.

"당신은, 나를, 베었어." 덥수룩이가 되풀이했다. 부끄러워하는 듯한 엷은 웃음은 그대로 띤 채. "그것은, 옳아. 옳은, 일, 이었어."

그는 천천히 고개를 돌리고 가볍게 발을 미끄러뜨려 오유에게 더욱 다가가더니 그녀를 내려다보았다. 오른손에 든 검은 그대로 둔 채 끝을 아래로 향하고 오유 쪽으로 칼등 부분을 향했다.

"너는, 돌아가."

오린과 똑같이 멍해 있던 오유가 입을 벌린 채 "어?" 하는 목소리를 냈다.

"너는, 돌아가." 덥수룩이는 되풀이했다. "여기는, 네가, 있을, 곳이, 아니야. 너는, 좀 더 일찍, 다른 곳으로, 가야 했어."

"어디로?"

오유는 멍하니 꿈속에서 말하는 사람의 목소리처럼 엷은 목소리를 냈다. 이 사람의 이런 목소리는 처음 들었다.

"네가, 있을 곳." 덥수룩이는 싱긋 웃었다. 갈라진 얇은 입술 사이로 빠지고 더러워진 이가 엿보였다. "너, 망자와 똑같아. 남아 있어. 원망하면서, 남아, 있어. 다른 곳으로 가. 여기에는, 이제, 네, 몫은, 없어. 훨씬 전부터, 네 몫은, 없었어."

더듬거리는 말 속에 담긴 마음을 오린은 그때 비로소 깨달았다. 덥수룩이가 말하는 '여기'는 후네야가 아니다. 시라코야가 있는 곳, 오유를 버린 아버지 조베가 있는 곳, 괴로운 옛날이 있는 곳이다.

"지금, 이라면, 아직 늦지 않았어." 덥수룩이는 말을 이었다. "네, 아버지. 동생. 네, 것이 아니야. 아버지도, 동생도, 네, 몫이 아니야. 남이야. 싸워도, 아무것도 없어. 싸우려고, 생각했을 때, 싸워서라도, 원한 것, 네가 원한 몫, 그런 것은, 사라져, 없어지고 말았어. 전부, 사라져서, 없어지고, 말았어. 그러니까, 너는, 다른 곳으로 가는 편이, 훨씬 훨씬, 나았어."

마침 그때 아래층까지 도망친 시라코야와 아사다야 사람들이 뭔가 소동을 부리는 목소리가 들려왔다. 아까부터 큰 소리를 내고 있었는데 이쪽은 그럴 상황이 아니어서 알아차리지 못했을 뿐인지도 모른다. 그것이 바로 지금 귀에 들어왔다.

"이제 질렸어! 두 번 다시 이런 가게에 발을 들여놓을 줄 알고!"

"어머니, 저 무서워요."

"도대체가 조베에 씨, 당신이 귀신 대회 같은 시시한 얘기를 끌어들이니까—."

"아니, 흘려들을 수 없는 말이군요. 다메지로 씨. 먼저 말을 꺼낸 것은 그쪽 아닙니까!"

"더 이상 상관없잖아요. 어쨌든 도망쳐요. 저는 이제 진절머리가 나요!"

"하지만 대장님네가—."

"내버려둬. 우리와는 상관없는 일이야. 아니, 실례, 저 밧줄에 묶인 처녀는 시라코야의 딸이었지요. 하지만 우리한테는 생판 남이에요. 다행히 아사다야에는 여자라면 가리지 않고 손을 대지 않으면 직성이 풀리지 않는 색정광도 남자와 손을 잡고 친아버지를 위협하는 불효막심한 딸도 없거든요."

"뭐라고, 지금 뭐라고 했나! 다시 한번 말해 봐!"

"어머나, 남편이 한 말이 들리지 않았나요? 몇 번이든 말씀드리지요. 천박한 부모에 딱 어울리는 천박한 딸."

"저런 여자는 시라코야의 딸이 아니야!"

"맞아요, 저런 여자는 제 언니가 아니에요!"

서로 제멋대로 말다툼을 하며 시끄럽게 떠들어 대고 있다. 오시즈인지 오리쿠인지, 울음소리도 들린다. 바깥문이 쓰러졌는지 쿵 하고 요란한 소리가 난다.

두 눈을 크게 뜨고 무릎을 꿇고 주저앉아 있던 오유의 두 눈에서 갑자기 눈물이 뚝뚝 흘러 떨어졌다.

아무도 아무 말도 하지 않았다. 꼼짝도 하지 않았다. 어느새 긴지는 팔다리를 벌리고 창의 격자에 밀어붙여진 채 흰자위를 드러내고 있다. 입술이 흠칫거리며 죽어 가는 물고기의 지느러미처럼 희미하게 움직인다. 그러나 그 외에는 방 안에서 움직임이 있는 것이라면 차례차례 흘러 떨어지는 오유의 눈물방울뿐이었다.

뚝, 뚝.

"나, 나는." 눈물과 똑같이 말도 그녀의 입에서 흘러넘쳤다. "나는―어째서―어째서―아버지 따위―그립다고 생각한 적―없는데."

"그렇다면." 겐노스케가 조용히 입을 열었다. "너는 진심에서 우러난 것도 아닌 마음에 휘둘려 사람을 죽일 정도로까지 타락하고 말았다는 뜻이 된다. 불행한 일이로군."

오유의 입에서 오열이 새어 나왔다.

"나는 살인자야……."

"그래. 하지만 살인자보다 더 한심한 존재가 되기 전에 멈출 수는 있지."

겐노스케는 엷게 웃으며 격자에 책형이라도 당한 것처럼 붙어 있는 긴지 쪽을 턱으로 가리켰다.

"망자 말이야."

갑자기 긴지가 구오오 하고 포효했다. 벌어진 입 사이로 보이는 가느다란 이가 한순간 오린의 눈에는 짐승의 송곳니처럼 보였다. 오미쓰가 조종하는 바람에 휩쓸려 흐트러진 상투에서 풀린 머리카락이 흔들리고 있다. 흰자위가 빙글빙글 움직여 당장이라도 안구에서 튀어나올 기세다.

"노, 놓칠 줄 알고오오오오!"

오미쓰가 꺅악 하고 비명을 지르며 보이지 않는 손에 떠밀린 것처럼 비틀거렸다. 긴지는 바람의 포박을 거슬러 분노로 그것을 끊어내고는 커다랗고 징그러운 거미처럼 팔다리를 벌린 채 허공을 스쳐 오유에게 달려들었다.

겐노스케가 허리에 찬 검자루에 손을 댔다. 하지만 그가 검을 움켜쥐기도 전에 덥수룩이의 오른손이 올라갔다. 아무렇게나, 그러나 한순간의 망설임도 없었다. 아래에서 위로, 떨어지는 것을 주워 올리듯이 하얀 칼날이 호를 그렸다. 그것은 덮어씌울 것처럼 덮쳐드는 긴지의 옆구리에서 어깨까지 비스듬히, 싹둑 자르듯이 베었다.

짐승 같은 목소리로 긴지가 비명을 질렀다. 그러나 덥수룩이는 멈추지 않았다. 아래에서 그어 올린 칼을, 잠시도 그 기세를 멈추지 않고 크게 팔을 움직여 허공에 원을 그리듯 이번에는 반대로 휘둘러 내렸다. 하얀 칼날이 그리는 궤적이 일직선으로 긴지의 머리가 붙어 있는 부분을 가로질렀다.

크게 손을 벌리고 허공에 뜬 채 긴지는 멈추었다. 오미쓰의 바람은 그쳤다. 지금은 긴 머리카락을 천천히 쓸어 올리며 오린을 지키듯이 살며시 바로 오린 뒤에 섰다. 겐노스케는 검 자루에 손을 올려놓은 채 물끄러미 긴지의 모습을 응시하고 있다. 덥수룩이는 휘둘러 내린 칼날 끝을 발치로 향하며 얼굴도 아래로 내리깔았다.

달걀 흰자 같은 긴지의 흰자위가 또 흠칫흠칫 움직이고 눈이 감겼다—.

긴지의 목 아래가 갑자기 방바닥 위로 털썩 떨어졌다. 마치 젖은 유카타가 빨랫대에서 떨어지는 것처럼 허무하게.

머리만이 공중에 남았다.

그리고 다시 두 눈을 부릅떴다.

오린은 보았다. 그것은 이미 사람의 눈이 아니었다. 이야기 속에 나오는 도깨비의 눈. 아교에 갠 금박 가루처럼 깊이 빛나고, 눈동자는 하나의 검은 바늘 같다. 순식간에 상투가 완전히 무너져 풀리고 머리카락이 수많은 뱀처럼 꿈틀꿈틀 움직이기 시작한다.

입이 벌어지고 이가 보였다. 이번에야말로 정말로, 그것은 짐승의 송곳니였다. 위아래로 나 있는 뾰족한 이빨 사이로 독살스러운 핏빛을 띤, 한층 더 굵은 뱀 같은 것이 슈룩슈룩 뻗어 나왔다.

혀다. 그것은 마치 살아 있는 생물처럼 꿈틀꿈틀 몸을 비틀며 허공에서 머리를 쳐들고 주위를 한 바퀴 살피더니 오유의 정면에서 딱 멈추었다.

오유는 나쁜 꿈에 홀린 표정으로 꼼짝 않고 바라보고 있다.

"그것이 망자의 정체다." 겐노스케가 말했다. "망자가 되어 버린 긴지의 혼의 말로지. 오유, 너도 사람을 원망하고, 사람을 미워하고, 사람을 시샘하는 것에만 사로잡혀 죄를 지어 왔어. 이대로 죽으면 분명히 이렇게 될 게다. 이런 비참한 모습이 되고 말 거야. 그래도 좋다면 나는 딱히 말리지는 않겠다. 너 좋을 대로 해. 그 손으로 그 녀석의 머리를 받아들고 뺨을 부비대어 주기라도 하려무나."

긴지의 혓바닥 끝이 아양을 떨듯이 팔랑거리며 오유를 향해 끄덕거렸다. 오린은 너무나도 무섭고 기분 나빠서 소름이 돋고 다리가 풀릴 것만 같았다. 후네야에서 이렇게 무서운 기분을 맛보기는 처음이다.

"자아, 어떻게 하겠느냐? 오유."

겐노스케가 단호하게 물었다.

오린. 누군가가 작은 목소리로 부르며 손을 꽉 잡아서, 오린은 제정신으로 돌아왔다. 축 늘어져 기절한 오타카의 머리를 무릎에 올려놓고, 다에가 이쪽을 보고 있다. 손을 한껏 뻗어 오린의 손을 움켜쥐고 있다.

어머니도 두려워하고 있었다. 그 눈에 무엇이 보이는지, 어디까지 오린과 같은 광경이 보이는지는 알 수 없다. 그래도 어머니가 공포로 움츠러들어 있는 것은 잘 알 수 있었다. 하지만 다에는 지지 않았다. 공포를 단호하게 밀어내려 하고 있었다.

오린도 다에의 손을 마주 잡았다.

"나―."

오유가 떨리는 목소리로 말했다. 뺨은 눈물로 젖은 채, 그러나 머리는 똑바로 쳐들고.

"나는―싫어."

꼼짝도 않고 굳어 있던 덥수룩이가 그제야 얼굴을 들고 슬쩍 움직였다. 바닥에 주저앉아 있는 오유의 등 쪽으로 돌아가서 검을 움직여 그녀의 팔을 묶고 있던 밧줄을 잘라냈다. 그리고 쪼그려 앉더니 등 뒤에서 오유를 껴안듯이 팔을 두르고 그의 검을 쥐어 주었다.

얼굴 정면에, 정안_{검도 자세 중 하나로 칼끝이 상대방의 눈을 향한 자세}의 자세.

도신_{刀身}에 오유의 얼굴이 비친다. 그것을 보고, 그 눈을 보고, 그리고 눈을 들어 망자의 머리를 향해 오유는 힘차게 외쳤다.

"나는 망자 따위 되지 않아. 이런 비참한 모습이 될 수야 없지!"

힘찬 말이 끝나기도 전에 긴지의 머리가 크게 부풀어올랐다. 석쇠 위의 떡처럼 갑자기 부풀더니 형태가 무너지면서 커졌다. 입이 찢어지고 눈초리가 추켜올라 가고 소용돌이를 치며 거꾸로 선 머리카락 사이에서 두 개의 뿔이 자라난다. 그것은 입을 크게 벌리고 이빨을 드러내더니 오유의 목덜미를 노리고 물어뜯으려고 했다.

오유는 물러서지 않았고 눈을 감지도 않았다. 한순간 몸을 웅크리듯이 어깨를 움츠렸을 뿐 검을 쥔 손은 흔들리지 않았다. 덥수룩이와 오유의 손. 둘의 힘이 하나가 되어 덤벼드는 망자의 머리를 친다. 그것은 허공을 가르고 섬광을 뿜으며 도깨비가 된 긴지의 이마 한가운데를 베었다!

절규.

피를 흘리지는 않았다. 살도 없고 뼈도 보이지 않는다. 덥수룩이와 오유가 휘두른 검은 마치 구름을 가르듯이 쉽게 긴지의 이마를 베었다. 베인 순간, 그것은 재티나 김 덩어리처럼 느낌도 없는 것이 되었다. 그래도 아직 잠깐은 거기에 표정이 남아서 화내고, 고함치고, 미워하고 있었다.

그러고는 엷어지기 시작했다. 눈 위에 나뭇조각으로 그린 사람의 얼굴이 햇빛에 녹아 일그러져 가는 것처럼 도깨비의, 망자의, 긴지의 혼의 얼굴이 녹아 흐물흐물해지고 점점 엷어져 간다. 허공에 녹는다기보다는 허공에 삼켜져 간다. 커다란 물독에 채워진 물속에 단 한 방울 떨어진 먹물 방울처럼 스며들어 정체를 잃고 검은색조차 사라져 간다.

오린은 바라보았다. 시선을 피하지 않고 바라보고 있었다. 그래서 엷어질 대로 엷어져 결국 보이지 않게 되기 직전에 울 것 같은 얼굴을 한 것을 똑똑히 보았다. 그냥 울상 짓는 얼굴이 아니다. 우는 듯 웃는 듯한 얼굴이었다. 아아, 이제 살았다—하고 기뻐하는 얼굴이었다.

아마 망자가 되어 버리기 전의 긴지 안에 남아 있던, 제정신을 가진 긴지의 마지막 한 조각이리라.

그래서 마지막 한순간에 오린은 그것을 본 것이리라.

격렬한 숨소리가 들렸다. 오유다. 아직도 덥수룩이의 부축을 받으며 검을 든 채 땀을 흠뻑 흘리며 숨을 헐떡이고 있다.

"훌륭하다."

겐노스케가 그렇게 말하며 그제야 자신의 허리에 찬 검에서 손을 떼었다.

덥수룩이가 오유에게서 떨어졌다. 다만 검은 그대로 오유의 손에 남았다. 오유는 아직도 마치 생명줄을 움켜쥐듯이 검자루를 움켜쥐고 있었지만, 혼자서는 그것을 어떻게 해야 할지 모르겠다는 표정으로 덥수룩이를 돌아보았다.

덥수룩이는 상처투성이 얼굴에 상냥한 웃음을 띠고 어린 누이를 보는 것처럼 오유를 바라보고 있었다.

"나도, 당신과, 똑같, 았서." 그는 조용한 말투로 오유에게만 이야기하기 시작했다. "좋은, 집에서, 태어났, 지만, 나는, 첩의 자식이고, 귀찮은 노, 미었다."

오린이 처음에 그와 이야기했을 때와 똑같이 혀가 잘 돌아가지 않게 되었다. 오래 말을 하면 그렇게 되는 것일까. 자신의 이야기를, 자신의 마음을 이야기하려고 하면 그렇게 되고 마는 것일까.

덥수룩이 씨는 아픈 사람처럼 야위었다—누군가가 말해 주어서 비로소 깨달은 것처럼 오린은 문득 생각했다. 그는 겐노스케에게 베였다고 한다. 그래서 목숨을 잃었다. 하지만 그 이전부터 몸이 상해 있었던 것이 아닐까. 술이라든가, 병 때문에.

"태어났을, 때부터, 나는, 어리에도, 있을 곳이 없었어. 그래서, 나는—형이, 부러, 웠어."

"당신에게는 형이 있었어—?"

덥수룩이와 마주하고 그의 얼굴을 들여다보면서 오유가 물었다.

"당신과 똑가타." 덥수룩이는 희미하게 웃었다. "내가, 잘못한, 게 아린데. 늘, 귀찮은 존재, 여써. 나는, 모두, 미웠어. 나를, 싫어하는 아버지가. 내가, 갖고 있지 않을 것을, 전부 갖고 있는, 형이."

오유가 시라코야 조베에를, 누이 오시즈를 미워한 것처럼.

"나는, 형님의, 약혼자를, 사모했어." 덥수룩이는 부끄러운 듯이 눈을 내리깔았다. "형을, 깎아내리고, 부끄럽게 만들기 위해, 형의, 약혼자를, 가로채, 고 싶었어. 나는, 아주, 아주 나쁜—짓을, 했어."

"그 여자는 어떻게 됐지?"

오유가 물었다. 이제 그녀는 얼굴과 얼굴이 바싹 닿을 정도로 덥수룩이에게 가까이 다가가 있었다. 손에 쥔 검은 그녀의 손에서 천장을 향해 튀어나와 있다.

"―죽었어." 덥수룩이가 대답했다. "자해, 해서, 죽었어."

다에가 아아 하고 숨을 내쉬었다. 오린은 어머니를 보았다. 어머니는 눈물을 짓고 있는 것처럼 보였다. 어머니, 어머니에게도 덥수룩이 씨가 보여요? 귀신의 모습이 보이는 거예요?

"형은, 내가 한 짓을 알고, 내게, 칼을 겨누었어. 그래서 나는, 형을, 베었어. 베고, 도망쳤어."

덥수룩이는 천천히 눈을 깜박거렸다.

"그 후로는, 굴러갈, 뿐, 이어써. 굴러서, 점점, 아래로, 아래로. 돈을 위해, 서, 사람을 베었어. 많이, 베었어. 술도, 마셨어. 벤 사람의, 피를, 안주 삼아, 술을 마셨어."

오미쓰가 머리카락을 쓸어 넘기면서 갑자기 물러나 창가에 앉았다. 오미쓰의 눈은 덥수룩이를 보려고 하지 않았다. 눈길도 주고 싶지 않아서 보지 않는 게 아니라, 보지 않는 것이 자비라는 듯이.

"그리고, 결국."

덥수룩이는 자신의 입가를 손등으로 닦았다.

"나와 똑같이, 형편없는, 살인자를 만났어. 사람을 죽인, 중을 만났어."

그러고는 시선을 들어 오유의 어깨 너머로 겐노스케를 보았다. 겐노스케도 그 시선을 받아냈다.

"중을 도와서, 나는 또, 사람을 베었어. 많이, 죽였어. 피 보라로, 눈이 잘 보이지 않게 되고, 술 때문에, 배에 구멍이 뚫려서, 검을 휘두르면 어질어질하고, 머리가 이상해져서, 말하는 것도, 이상해지고, 그래도 여전히, 나는 사람을 베었어."

사람을 죽인 중. 고간지 절의 주지다. 삼십 년 전의 사건이다.

"그리고, 당신은, 나를 베었어." 덥수룩이는 겐노스케에게 말을 걸었다. "사람을 죽인, 중을 베러 와서, 그것을 방해하려고 한, 나를 베었어. 나는, 당신을, 베려고 했어. 끝까지, 중의 동료가 되어, 당신을—베려고 했어."

겐노스케는 눈을 감고 눈썹을 모으며 턱 끝이 가슴에 닿을 정도로 깊이 고개를 숙였다. 몹시 멀어서 잘 생각나지 않는 것을 열심히 떠올리려는 듯이.

"당신은, 나를 베었어. 이미, 그 절은, 불타기 시작했는데—그래도, 당신은, 불 속에, 발을 들여, 놓았어. 주지를 찾으러, 불 속으로, 뛰어들어, 갔어. 나는, 목숨이, 다할 때까지, 당신을 보고 있었어."

그러면 겐노스케도 거기에서 죽은 것일까.

"나는, 망자가 되었어."

덥수룩이는 다시 오유에게 시선을 옮겼다. 지금껏 상냥하던 눈빛에 몹시 슬픈 듯한, 무언가를 부탁하는 것 같은 빛이 섞여 있다.

"마지막, 까지, 내 무엇이—잘못되어, 있는지, 모른 채, 죽었어. 그래서, 망자가, 되었어."

천천히 고개를 젓는다.

"그것을, 지금, 알았어. 당신을, 보고, 알았어."

덥수룩이는 다시 한번 오유의 손을 부드럽게 이끌어 그녀가 쥐고 있는 검 끝을 자신 쪽으로 향하게 했다. 그리고 검이 걸리지 않도록, 오유가 편하게 검을 휘두를 수 있도록 뒤로 물러나 거리를 두었다.

"당신은, 나, 처럼은, 되지 않을 거야."

오유를 격려하려는 듯이 덥수룩이는 힘차게 말했다.

"당신은, 나를, 구할 수 있, 어. 당신이, 나를, 베어 주, 면, 당신은, 나, 처럼은, 되지 않을 거야."

오유는 덥수룩이의 얼굴을 보고, 손 안의 검을 보고, 그러고 나서 다시 덥수룩이를 보았다.

덥수룩이는 싱긋 웃었다. 덥수룩한 머리카락이 함께 웃는 것처럼 흔들렸다.

오유는 검을 고쳐 쥐었다. 그녀의 눈에는 빛이 있고 고개도 똑바로 뻗고 있는데, 그러면서도 조종당하는 것처럼 비틀거리고 있기도 했다.

"고간지 절이야."

덥수룩이가 말했다. 겐노스케를 향하여, 기원하듯이 강한 목소리였다.

"당신들도, 그 절에, 묶여, 있어. 찾아. 생각해―내. 나랑, 똑같, 이."

그리고 오린을 돌아보더니,

"나는, 갈 거야" 하고 밝게 말했다.

오유의 손이, 검이 움직였다.

24

후네야는 마치 폭풍이 지나간 후처럼 조용했다.

잔해가 여기저기에 가득 흩어져 있는 상태도 폭풍우가 지나간 후와 매우 비슷하다. 부서진 그릇이나 상, 찢어진 장지, 못쓰게 된 요리. 하지만 무엇보다 가장 심각한 것은 사람이 부서진 것이다.

놀랍게도 그만한 일이 있고 모두가 넋이 나가 주저앉아 있는 가운데 제일 먼저 기력을 되찾고 움직이기 시작한 사람은 다에였다. 다에의 격려를 받고 오린도 등을 곧게 폈다. 오사키도 정신을 차렸다. 우선 셋이서 옆방에 자리를 깔고 아직도 기절해 있는 오타카와 축 늘어져 차가워진 시마지를 나란히 눕혔다.

오린이 보기에 시마지는 이번에야말로 죽어 버린 것 같았다. 하지만 그의 뼈가 불거진 손목을 만져 보고 목덜미를 더듬은 오사키가 아무래도 맥박이 뛰고 있는 기분이 든다고 말했다.

"이 사람은 아직 살아 있는 것 같아. 아니, 이제부터 되살아날지도 모르지."

겨우 남자들도 움직이기 시작했지만 무엇을 해야 좋을지 그저 멍하니 팔짱을 낀 채 바라보고 있다. 다쓰타로 대장은 물에서 나온 강아지처럼 몸을 부르르 떨며 방을 둘러보더니 지칠 대로 지친 몸을 구부리고 작게 흐느껴 우는 오유를 일으켰다.

"어쨌든 너는 파수막으로 돌아가야 해."

그러고는 계단을 내려가려다가 거기에서 정신을 잃고 쓰러져 있는 오쓰타를 알아차리고 그녀를 부축해 일으켜 주고 나서 나갔다. 오유는 계속 울고 있었다. 옆얼굴에도, 힘없이 처진 두 어깨에도 아까의 부루퉁하고 싸움을 거는 것 같은 기색은 이미 없다.

겐노스케와 오미쓰도 어느새 모습이 사라지고 없었다. 오린은 다카다야의 시치베에가 마치 무서운 것이라도 찾는 양 방 안을 이리저리 둘러보고 나서 천천히 오린에게 시선을 멈추고 한층 더 정체를 알 수 없는 것을 찾는 듯 어두운 얼굴을 하는 모습을 가만히 바라보고 있었다. 시치베에 할아버지에게 꾸중을 듣는 일은 익숙하고 할아버지가 자신을 보고 웃는 것도 즐겁지만, 이렇게나 깊은, 의심과 비슷한 빛을 띤 눈으로 자신을 보는 것은 처음이다.

"할아버지—."

오린은 시치베에뿐만 아니라 모든 사람에게 말했다.

"나, 이야기해야 할 것이 아주 많이 있어요."

오린은 겨우 이야기할 수 있게 되었다. 후네야에 온 후로 지금까지 만난 귀신들의 이야기를. 고간지 절에 대해서. 거기에서 일어난 무서운 사건 이야기를. 전부, 하나도 남김없이.

"그러면—."

시치베에가 양손으로 머리를 끌어안았다. 할아버지의 이런 몸짓도 오린은 처음 보았다.

일동은 아래층에 있는 다이치로와 다에의 작은 방으로 옮겼다. 오쓰타만 조금 떨어져서 장지문 옆에 앉아 있고, 그 외에는 모두 오린을 에워싸듯이 둥글게 앉아 있다. 오린 바로 뒤에는 다에가 그 작은 등을 지키듯이 앉아 있었다.

"후네야에는 정말로 그런 망자들이 계속 살고 있으면서 귀찮은 일을 일으켜 왔다, 오린 너는 쭉, 처음부터 알고 있었다는 거니?"

오린은 고개를 끄덕였다. 시치베에가 너무나도 기운이 없어 보여서 미안하기도 하고 슬프기도 하고 몸 둘 바를 모르겠다.

"하지만 할아버지. 말했잖아요. 겐노스케 님도 오미쓰 씨도 와라이보 씨도, 우리를 곤란하게 할 생각은 조금도 없어요. 오우메는 그냥 나한테 메롱을 할 뿐이고요. 그 아이는 고아인데 굉장히 외로움을 많이 타는 모양이에요."

"고아."

갑자기 다이치로가 중얼거렸다. 그리고 그 말에 모두가 그를 보자 당황하며 손으로 얼굴을 문질렀다.

"고아인—망자까지 있는 건가, 여기에는." 그는 얼버무리듯이 중얼거렸다. "오린 너는 그 아이와 사이가 좋니?"

"사이가 좋지는 않아요. 하지만 사이가 좋아지도록 노력하는 게 좋았을지도 모르겠어요."

정말이다. 좀 더 일찍부터 오우메에게 다가갔다면 좋았을 텐데.

"어쨌거나 귀신들 모두 나쁜 짓은 조금도 하지 않았어요. 제일 처음에 있었던 쓰쓰야의 연회 소동도 덥수룩이 씨가 자기도 모르게 저지른 일이고—."

"덥수룩이 씨는 아까 성불하고 말았지" 하고 오사키가 말했다. 상냥하고 온화한 말투였다.

"그 사람은 이루어질 수 없었던 사랑과 형에 대한 질투와 살아 있는 동안 많은 사람들을 베어 죽인 것에 대한 양심의 가책으로 새까맣게 뭉쳐 있었어. 그래서 젊은 처녀의 꽃다운 마음이나 형제자매의 다툼이나 미움이 가까이에서 느껴지면 나타나서 날뛸 수밖에 없었겠지."

"그것이 시마지 씨를 원망하고 있던 긴지 씨를 불러들이고 오유 씨도 끌어들이고," 다에가 말을 이었다. "하지만 결국은 그것이 있었기 때문에 덥수룩이 씨는 성불할 수 있었던 거잖아요? 그러면 잘 된 게 아닐까요?"

다이치로가 고개를 숙인 채 중얼거렸다.

"잘됐다고 해도 되려나."

후네야는 이번에야말로 끝장이라며 그는 힘없이 어깨를 늘어뜨렸다.

"어째서 끝장이지요? 이제 덥수룩이 씨가 소동을 일으키는 일은 없을 텐데."

"여보, 아사다야나 시라코야에서 이 일을 세상 사람들에게 어떻게 퍼뜨릴지 생각해 봐. 나쁜 평판이—."

다에는 몸을 내밀고 방바닥에 한 손을 짚더니 격려하는 눈빛으로 남편을 올려다보았다.

"그거야 지금까지도 그랬잖아요. 다시 그 평판을 역으로 이용하면 돼요."

"또 귀신 대회 따위를 하고 싶어 하는 손님을 모으라고?" 다이치로는 고개를 저었다. "그런 손님에게 요리야 아무래도 상관없어. 오늘 내가 준비한 요리도 이렇게 보다시피 손도 대지 않아서 전부 버려야 해. 나는 요리를 만들고 싶어. 숙수로서의 실력을 인정받고 싶단 말이야. 하지만 귀신을 상품으로 삼는 한, 그런 것은 이차, 삼차의 문제지."

"맞아요. 다에 씨." 장지문 옆에서 오쓰타가 입을 삐죽거렸다. "다이치로 씨의 마음도 조금은 생각해 주어야지요."

소동이 일어나는 동안 계단에 쓰러져서 잠시 기절해 있었던 탓인지 오쓰타의 눈가가 부어 있다. 안색도 창백하다.

"하지만 언니—."

계속해서 말하려고 한 다에를 오쓰타는 갑자기 불쾌함을 드러내며 가로막았다.

"그만하세요, 다에 씨. 이 일에 대해서는 당신 편을 들 수가 없어요. 다이치로 씨의 편이 되겠어요. 당신이 어떻게 해서라도 후네야에서 장사를 계속하고 싶다면 마음대로 하면 돼요. 나는 다이치로 씨를 따라갈 테니까요."

다에가 입을 딱 벌렸다. 다이치로도 놀란 빛을 띠고 오쓰타를 돌아본다.

"오쓰타 씨, 성급하게 굴지 말아요. 나는 여기를 나가겠다는 얘기가 아니야."

"어머나, 하지만 나가지 않으면 방법이 없잖아요. 후네야에는 숙수가 있을 곳이 없어요. 필요한 것은 무당이나 스님이지요."

내뱉는 듯한 말투였다. 오쓰타 아줌마는 지금까지 한 번도 이런 말을 한 적이 없었는데. 사람이 달라 보인다. 아니, 어쩌면 이쪽이 진짜 오쓰타 아줌마인 것일까. 오린은 등이 오싹하니 차가워지는 것을 느꼈다.

"오쓰타 아줌마, 아까 오미쓰 씨를 만났지요?"

오린은 정신을 차려 보니 그렇게 말하고 있었다.

"오미쓰 씨가 보였지요? 이야기도 했지요? 그 사람은 망자예요."

오쓰타는 허둥거리며 앉은 채로 뒤로 물러나려는 자세를 취했다.

"무슨 말을 하는 건가요, 오린도 참."

"오미쓰 씨는 자신과 오쓰타 아줌마가 똑같다고 말했지요? 오쓰타 아줌마가 옛날의 자신과 같은 잘못을 하고 있다고 말했어요. 그것은 연모 따위가 아니라고도 말했지요. 그래서 아줌마에게는 오미쓰 씨의 모습이 보였던 거예요."

"연모—."

다에가 그렇게 중얼거리더니 입가에 손가락을 대고 오쓰타를, 이어서 남편의 얼굴을 보았다. 다이치로는 그저 멍하니 오린을 바라보고 있다.

오쓰타는 입을 달싹거리며 시치베와 다이치로에게 호소했다.

"이게 무슨 트집이랍니까. 너무 여러 가지 일이 일어나는 바람에 오린의 머리가 조금 이상해졌나 봐요. 제가 망자를 보았다니, 그런 일이."

"있을 리 없다는 건가요?"

오사키가 침착하게, 약간 위엄마저 풍기며 물었다.

"당신은 오린이 입에서 나오는 대로 지껄이고 있다고 생각해요?"

"그야 큰마님—."

"나는 오린의 말을 믿어요."

오사키는 단호하게 딱 잘라 말했다. 그리고 일동의 얼굴을 한 바퀴 둘러보았다.

"오린의 이야기를 믿어요. 망자는 그것을 보는 사람의 마음을 비추는 법이에요."

갑자기 시치베에가 중얼거렸다.

"내게는 아무것도 보이지 않았어."

모두 불안해져서 시치베에를 주목했다. 그는 그만큼 곤혹스러워하는 것처럼 보였다. 양손을 무릎에 올려놓은 채 등을 둥글게 구부리고 있다.

"여보……."

"방금 전의 소동이 있었던 동안에도 내 눈에는 살아 있는 사람들 외에는 누구의 모습도 보이지 않았어. 덥수룩한 머리의 무사 따윈 보이지 않았어."

시치베에는 의심스러운 듯이 눈을 가늘게 뜨고 오사키를 바라보았다.

"오사키, 자네에게는 정말로 덥수룩한 머리를 헝클어뜨린 무사가 보였단 말이야?"

"네, 보였어요."

오사키는 대답하고, 살며시 남편의 무릎에 손을 올려놓았다.

"분명히 그런 모습의 망자가 보였어요. 하지만 여보. 오린의 이야기를 들었지요? 내게 망자가 보인 이유는 내 마음에도 가엾은 덥수룩이 무사님과 같은 어두운 거리낌이 있기 때문이에요. 무사님은 어두운 마음 때문에 망자가 되었어요. 나는 다행히 아직 살아 있으니 망자가 되지는 않겠지만 그래도 어두운 마음이 있다는 사실은 스스로도 아주 잘 알고 있답니다."

"오유 씨에게도 덥수룩이 씨가 보였어요." 오린이 말했다. "역시 같은 어두운 마음이 있기 때문이에요. 그런 사람이 망자를 보는 거예요."

오사키는 상냥하게, 마치 어린아이에게 말을 거는 것처럼 목소리를 누그러뜨리며 시치베에게 말했다.

"여보. 당신은 어릴 때부터 많은 고생을 해 왔지요. 지금까지 인생은 결코 편한 길이 아니었지요. 하지만 그 속에서 당신은 한 번도 남을 원망하거나, 계략에 빠뜨리거나, 자신을 좋게 봐 준 사람을 배신하는 짓을 하지 않았어요. 성실하게, 정직하게, 오히려 서툴 정도로 곧게 살아왔지요. 그런 사람의 눈에는 망자가 비치지 않아요."

"그러니까 저도 망자 따위 보지 못했다니까요!" 오쓰타가 갑자기 소리를 질렀다. "나쁜 짓은 전혀 하지 않았는걸요! 저도 큰나리와 똑같이 열심히 노력해 왔을 뿐이에요! 다이치로 씨를 생각하며 열심히 노력해 왔을 뿐인데."

오린의 귀에 희미하게 떨리는 어머니의 목소리가 들려왔다.

"미안해요, 언니."

나는 아무것도 알아채지 못했다고 말하며 다에는 고개를 숙였다. 오쓰타는 머리를 끌어안고 와락 울음을 터뜨렸다.

"아이…… 오린 앞에서, 그러지 말아요. 꼴사나워."

낮은 중얼거림은 다이치로의 목소리다. 그러자 오쓰타는 물어뜯을 듯이 번쩍 얼굴을 들었다.

"꼴사납다고? 그렇게 말했나요, 다이치로 씨?"

다이치로는 얼굴을 돌렸다. 눈물로 더러워진 오쓰타의 뺨에 눈길도 주려고 하지 않는다.

"저는…… 하지만 저는."

"오쓰타, 그만해요." 오사키도 말렸다. "그 이야기는 나중에 하도록 하지요."

오쓰타의 얼굴이 구깃구깃하게 일그러졌다. 지금까지 오쓰타를 떠받치고 있던 버팀목이 한꺼번에 전부 부러지고 만 걸까. 자세까지 칠칠치 못해서 똑바로 앉아 있지 못하고 무릎이 허물어진다.

"뭐가 아이 앞이야?" 으르렁거리듯이 이를 악물고 말한다. "진짜 아이도 아니면서. 주워 온 아이를 키우고 있을 뿐이잖아."

다이치로가 고함쳤다.

"그만해!"

오쓰타는 흠칫 떨며 한순간 달려들어 죽이는 게 아닐까 싶을 만큼 원한이 담긴 눈빛으로 다이치로와 다에를 노려보고 나서 재빨리 몸을 돌려 일어서더니 방을 나갔다.

'진짜 아이도 아니면서.' 오린의 머릿속에서 그 말이 웅웅 울렸다. 하지만 이상하게도 마음은 동요하지 않았다. 역시 그런가. 흐음, 그랬구나. 주워 온 아이구나.

"그래서 내게는 오우메가 보이는 거예요."

소리 내어 말하자 눈앞이 환하게 밝아지는 기분이 들었다.

아무도 '아니다'라는 말은 하지 않는다. 창백해진 아버지와 어머니의 얼굴.

괜찮아요, 나는 울지 않아요. 오린이 말하려고 했을 때 다에가 힘없이 옆으로 쓰러졌다.

허둥거리는 남자들을 달래 다에를 눕히고, 오사키는 곧 오린에게 말했다.

"어머니는 괜찮아. 그런데 오린, 아줌마를 좀 도와주지 않겠니? 위층 방을 정리해야 해. 오타카 씨와 시마지 씨도 신경 쓰이고."

물론 '볼일'은 그것만이 아니라 둘이서 이야기를 하자는 것이다. 오린은 승낙했다. 오사키는 걱정스러운 얼굴을 한 시치베와 다이치로를 능숙하게 쫓아낸 다음 오린과 손을 잡고 계단을 올라갔다.

오사키는 시원시원하게 지시를 내렸고 오린은 그녀가 시키는 대로 일을 했다. 곧 연회에 사용되었던 방은 깨끗해졌다.

"당지와 장지를 새로 붙이고―다다미는 뒤집어 깔고―." 오사키는 소매를 걷어붙이고 새색시 같은 얼굴로 살짝 고개를 갸웃거리더니 "대충 두 냥은 들려나. 하지만 그 정도는 괜찮지 않을까? 이참에 족자와 꽃꽂이 그릇도 새로 살까? 내가 자주 다니는 골동품가게에 싸게 나온 물건이 있거든."

오린은 살며시 장지문을 열고 옆방을 들여다보았다. 시마지는 여전히 처음 눕혀 놓았을 때와 똑같은 자세다. 하지만 오타카는 소리가 들렸는지 "으음" 하고 신음하며 베개 위에서 머리를 움직였다.

"슬슬 깨어날 때가 됐나?" 오사키가 작은 목소리로 말했다. "오타카 씨는 먼저 깨우는 편이 좋겠지. 눈을 떴는데 갑자기 옆에 시마지 씨가 있으면, 이 사람은 이번에야말로 이상해지고 말지도 몰라."

그 말이 맞다. 오린은 조심스럽게 오타카의 머리맡으로 다가가 흔들어 깨웠다. 오타카는 눈부신 듯이 얼굴을 찡그리고 나서 갑자기 눈을 번쩍 뜨더니 위협이라도 당한 것처럼 벌떡 일어났다.

"나, 나는―시, 시마지는? 그 사람은?"

둘이서 오타카를 달래고 옆에 누워 있는 시마지의 모습을 보여 주었다. 오타카는 겁을 먹었지만 오사키는 그녀의 두 어깨를 단단히 잡고 눈을 응시하며 말했다.

"자, 부인. 여기가 당신 인생의 갈림길이에요. 잘 들으세요. 당신을 고민하게 하고 괴롭히던 전남편 긴지의 원령은 이제 없어요. 성불해서 완전히 사라지고 말았지요. 그러니 여기에 있는 사람은 시마지 씨예요."

오타카는 그래도 도망치려고 했다.

"아아, 한심하군요! 그러니까 자기도 모르게 남편을 해치게 되고만 거예요. 당신도 어른이라면 자신이 한 짓을 똑똑히 바라보고 그것을 보상하려면 어떻게 해야 할지 자신의 머리로 생각해야 한다는 사실쯤은 나 같은 사람에게 야단을 맞지 않아도 알 텐데요."

"하지만 나는 돌이킬 수 없는 일을 저질렀어요."

오타카는 울음을 터뜨렸다.

"그 '돌이킬 수 없는 일'이란 남편을 죽인 일인가요? 아니면 죽인 사실을 다쓰타로 대장님의 눈앞에서 털어놓고 만 일인가요?"

오사키는 일부러 심술궂게 말하고 있다. 오린은 알 수 있었다. 그래서 쓸데없는 참견을 하지 않고 그저 오타카에게 눈물을 닦을 수건을 내밀어 주었다.

"걱정하지 않아도 다쓰타로 대장님은 당신을 붙잡아 가거나 하지 않을 거예요."

오사키는 말을 이었다.

"오늘 이 방에서 일어난 일은 사람 세상에서 일어날 만한 일이 아니었어요. 그러니 그 와중에 흥분한 당신이 무슨 말을 지껄이든 누가 진심으로 여기겠어요? 하물며 다쓰타로 대장님처럼 고지식한 사람이 당신 말만 믿고 당신에게 오라를 지울 리가 있겠어요?"

오사키가 미소를 지었다.

"당신은 많이 괴로워했어요. 그 정도로 보상이 끝났다고 생각하지는 않지만 어쨌든 긴지 씨는 성불했어요. 당신이 솔직하게 자백했기 때문에 그 사람도 편해진 거예요. 앞으로는 하야시야와 대를 이을 아이들을 생각해야지요."

오타카는 불안한 듯이 시마지의 잠든 얼굴로 시선을 떨어뜨렸다.

"하지만 이 사람은."

"긴지 씨에게 몸을 빼앗기고 있었지만 죽지는 않은 모양이에요. 아주 희미하게나마 맥박이 있으니까."

오타카는 숨을 삼키며 양손을 바싹 움츠렸다.

"당신은 어떻게 하고 싶어요?" 오사키가 물었다. "시마지 씨가 되살아나기 전에 이제 두 번 다시 얼굴을 마주하지 않아도 되도록 어딘가 먼 곳으로 도망쳐 버릴 셈인가요? 아이들도 데리고? 아니, 당신 혼자 도망칠래요?"

오린은 조용히 무릎걸음으로 움직여 손을 뻗어 시마지의 이마를 만져 보았다. 아, 따뜻하다.

"아니면 시마지 씨에게 모든 사실을 이야기하고 앞으로 어떻게 할지, 어떻게 하면 시마지 씨가 당신을 용서해 줄지, 이해해 줄 때까지 이야기를 나누어 볼래요? 그런 후에 시마지 씨가 어떻게 할지, 하야시야를 어떻게 할지, 아이들도 어떻게 할지 결정하는 거예요."

오타카는 생각났다는 듯이 또 한 방울 눈물을 흘렸다. 그 눈물이 오린에게는 지금까지의 눈물과는 색깔이 다른 것처럼 보였다.

"도저히―용서를 받을 수는 없겠지만―하지만 이제 말없이 도망칠 수는 없어요."

"그렇지요." 오사키는 크게 고개를 끄덕여 보였다. "오타카 씨. 당신은 지금까지 몹시 무서워했지요? 무엇을 무서워했든, 그것에 비하면 앞으로 일어날 일은 절반도 무섭지 않을 거예요."

또 한 방울, 그리고 또 한 방울. 오타카는 소리 없이 울었다.

"시마지 씨를 불러서 깨워 주세요."

오사키는 그렇게 말하고 오린을 불렀다.

"자, 오린. 시마지 씨는 하야시야의 안주인께 맡기자꾸나. 우리에게도 우리끼리 할 중요한 이야기가 있어."

오린과 오사키는 수로 가장자리를 따라 천천히 걷고 있었다.

오사키는 밖으로 나가더니 걸음을 멈추고는 길을 사이에 두고 펼쳐져 있는, 예전에 고간지 절이 있었던 공터를 한바탕 감개무량한 눈빛으로 바라보았다. 그러고는 오린을 돌아보며 손을 내밀어 두 사람은 손을 잡고 걷기 시작했다.

수로의 물은 조용하고 푸르게 하늘을 비추고 있다. 어디에선가 향

굿한 꽃향기가 풍겨 온다. 오른쪽에 후네야, 왼쪽에 나가사카의 저택. 거기까지 와서, 오린은 쓰쓰야의 연회 때 이곳에서 오우메의 모습을 보았다고 고백했다.

"돌을 던지며 놀고 있던 우리 옆에 나타났어요."

"그래? 아마 같이 놀고 싶었던 거겠지" 하고 오사키는 말했다.

생각해 보면 후네야의 귀신들 중에서 오우메만이 건물 바깥까지 나온 적이 있었다. 한 번은 수로 가장자리. 또 한 번은 히네가쓰의 공동 주택이다.

"히네가쓰라니, 꽤 심한 이름이구나. 정말로 비뚤어진 아이니?"

"굉장히요. 아주 배배 꼬였어요."

오린의 대답에 오사키는 소리 내어 웃었다. 수면을 건너 울리는 그 목소리에 답하듯이 나가사카의 저택 쪽에서 멍멍 하고 개가 짖었다. 시로다.

"고아이기 때문이라고 공동 주택의 아줌마가 말했어요."

"그것은 틀린 말이구나."

오사키는 웃음을 지우고 단호하게 딱 잘라 말했다. 오린을 돌아보더니 몸을 굽혀 눈을 맞춘다. 꽃향기보다도 강하고 따뜻하게 오사키의 냄새가 오린을 감쌌다.

"너는 똑똑한 아이니까 지금까지 많이 고민해 왔겠지. 부디 용서해 다오."

갑자기 사과를 받고 오린은 깨달았다. 스스로에게 물었다가는 지우곤 했던 그 생각—아까 아버지가 흘리던 식은땀—시선을 피하던 어머니—.

깨닫고 나니 그 한순간은 편했다. 속이 후련하다는 것은 이런 것인가 하고 생각했다. 그런데 그 찰나가 지나고 나니 갑자기 가슴이 두근거리고 숨이 막혔다.

"오사키 아줌마."

오린은 말했다. 자신의 목소리가 멀게 들린다.

"그러면 저는 정말로 고아인 거지요? 아버지와 어머니는 고아인 저를 데려다 키워 준 거지요?"

오사키는 양손으로 오린의 어깨를 안고 똑바로 눈을 바라보며 대답했다.

"분명히 네 아버지와 어머니는 너를 낳아 준 부모가 아니야. 하지만 오린, 너는 고아가 아니란다. 다이치로 씨와 다에 씨에게 너는 하늘이 맡긴 아이였어."

그럴 생각은 없었는데 눈물이 왈칵 넘쳐나서 오린의 눈앞이 흐려지기 시작했다.

"역시 고아였군요."

그렇게 말하자 눈물이 뚝뚝 떨어졌다.

"아니, 아니야. 하늘이 맡긴 아이야." 오사키는 되풀이했다. "지금은 아직 그냥 말뿐인 거짓말이라고 생각할지도 모르겠다. 하지만 아줌마는 결코 겉치레 말만으로 얼버무릴 생각은 없어. 내 이야기를 잘 듣고 나면 아마 오린 너도 아줌마가 어째서 이렇게 말하는지 이유를 알 수 있을 거다."

옛날 일이다만—하고 오사키는 이야기를 시작했다. 나는 어제 일처럼 똑똑히 기억한단다.

"너도 들었겠지만 다이치로 씨와 다에 씨는 먼저 아기를 둘 잃었어. 다이치로 씨는 완전히 자포자기했지. 한때는 생활이 많이 망가져서 시치베에 할아버지가 화를 내며 다카다야에서 내쫓으려고 한 적도 있었을 정도였어.

두 아이를 연속으로 잃었다는 이유가 아니라 그 외에도 여러 가지 일이 있었겠지만 그 무렵 다이치로 씨와 다에 씨는 별로 사이가 좋지 않았단다. 이대로 가다가는 부부가 헤어지게 되지 않을까 하고 아줌마도 반쯤은 각오하고 있었을 정도였어. 그래서 다에 씨의 뱃속에 세 번째 아기가 생기고, 그 말을 들은 다이치로 씨가 마치 한 통 가득한 찬물을 뒤집어쓰고 정신이 든 것처럼 마음을 다잡는 모습을 보고는 춤을 추고 싶어질 만큼 기뻤단다. 아아, 다행이다, 이제 두 사람은 괜찮겠구나, 하고.

다에 씨는 위로 두 아이를 잃은 후에 몸이 망가져서 반쯤 병자 같은 생활을 하고 있었어. 그러니 이번 아기는 무사히 태어날 때까지 특별히 조심해야 했어. 보통 산달이 오기 전까지는 배가 부를 대로 불러와도 여기저기 돌아다니며 일을 하는 것이 당연해. 다에 씨도 그렇게 해 왔고. 하지만 이번만은 사정이 다르니 다에 씨는 산달에 들어가서는 오시아게의 숙사에 틀어박혀 바느질처럼 손으로 하는 일만 하면서 조용히 지냈어. 다카다야는 바쁘니까 다이치로 씨는 숙사와 가게 사이를 왔다 갔다 하면서 다에 씨에게 신경 쓰고, 아기가 태어나기를 손꼽아 기다렸지.

그런데 말이지. 세상은 뜻대로 되지 않는 법이야. 산파의 진단보다 스무 날이나 일찍, 다에 씨에게는 산기가 왔어. 그리고 태어난 아기는—죽어 있었단다. 여자아이였어.

　나는 그 자리에 있었기 때문에 아기가 숨을 쉬지 않는다는 사실을 알고 나서 곧장 이제는 안 되겠구나, 다에 씨도 죽고 말겠다는 생각이 들어서 정신을 차릴 수가 없었어. 침실로 뛰어들어 가 보니 다에 씨는 옹이구멍 같은 눈을 하고 멍하니 천장을 올려다보며 무슨 말을 걸어도 대답해 주지 않았어. 그래도 참을성 있게 말을 걸었더니 곧 눈물을 주르륵 흘리면서 그날 밤 내내 소리도 내지 않고 조용히, 조용히 울다가 이윽고 다 쉰 것 같은 작은 목소리로 '남편은 저를 용서해 줄까요?' 하고 말하더구나.

　다행인지 불행인지 다에 씨에게 산기가 있었던 것이 너무 갑작스러웠기 때문에 이 일은 아직 다카다야에는 알려지지 않았어. 마침 숙사에는 나와 다에 씨와 오쓰타밖에 없었거든. 그래서 나는 다에 씨에게 말했어. 다이치로 씨는 아직 아무것도 몰라요. 안다 해도 당신이 생각하는 것처럼 당신을 용서하지 않는다거나 하는 일은 절대로 없을 거예요. 울고 한탄하고 슬퍼하겠지만 화를 낼 리가 있느냐고. 하지만 다른 누구보다도 괴로울 당신이 지금은 가장 걱정이에요. 그러니 당신의 기분이 가라앉을 때까지는 다카다야에 심부름꾼을 보내지 않고 잠시 시간을 두지요. 닷새든 열흘이든, 당신이 다이치로 씨를 만나거나 이야기를 할 수 있을 정도로 기력이 돌아올 때까지는 누구에게도 어떤 얘기도 하지 않고, 아무도 이곳에 가까이 오지 못하게 할 테니까 안심하라고.

　그 생각이 좋았던 것일까 나빴던 것일까. 나는 좋았다고 생각한단다. 왜냐하면 덕분에 오린, 너라는 보물을 얻었으니까.

다에 씨의 슬픈 출산이 있고 나서 다다음 날 밤의 일이었어. 아기는 지주님이 손을 써 주셔서 근처 절의 동자묘에 극진하게 장사를 지낸 터라, 나도 아직 걸핏하면 갑자기 눈물이 나기는 했지만 조금은 안심한 참이었단다. 그래서 다에 씨의 머리맡에 붙어 앉아서 나도 모르게 꾸벅꾸벅 졸고 말았지.

벌레 소리만 들리는, 구월도 깊어 가는 한밤중이었어. 퍼뜩 잠에서 깨어 보니 다에 씨의 침상이 비어 있었단다. 나는 미칠 것만 같았어. 찾아야지, 하면서 다다미를 긁어낼 기세로 일어섰지만 다에 씨는 죽을 작정이다, 물에 들어가든 목을 매든, 틀림없이 죽을 작정이라는 생각이 들어서 무릎이 부들부들 떨리고 다리가 움직이질 않는 거야.

그런데 뒷문 쪽에서 다에 씨가 부르는 소리가 들려왔어. 마님, 마님, 하고.

나는 기다시피 뒷문으로 갔단다. 그랬더니 거기에 잠옷 차림을 한 다에 씨가 포대기에 싸인 아기를 안고 있었어. 팔은 아기를 단단히 감쌌지만 일어설 힘이 없어서 봉당에 주저앉아 있었지.

어떻게 된 거지요? 하고 나는 물었어. 꿈이라도 꾸고 있나, 아니면 다에 씨는 내가 졸고 있는 사이에 죽었고 유령이 되어 거기에 있는 걸까 하고 생각했어. 가엾을 정도로 바싹 야위어서 핏기도 없었기 때문에 정말로 이 세상 사람이 아닌 것처럼 그림자가 엷어 보였거든.

하지만 다에 씨는 유령이 아니었어. 틀림없이 살아 있었어. 살아 있고, 게다가 웃고 있었지.

마님, 이상하지요. 아기 울음소리가 나기에 혹시 죽은 아기가 나를 부르나 싶어서 꿈꾸는 기분으로 여기까지 왔는데, 이 아이가 뒷문 밖에 있었어요. 눕혀져 있었어요. 보세요, 잠든 얼굴이 참 귀엽지요. 여자아이예요, 마님.

다에 씨는 그렇게 말하며 내게 아기를 보여 주었어. 포대기째 받아들고, 나는 갓 태어난 아기의 온기를 느끼고 냄새를 느끼며 함께 털썩 주저앉고 말았단다.

오린. 그게 너였어.

그날 밤은 방울벌레가 울고 있었어. 천 개, 만 개의 방울을 흔드는 것 같은 서늘한 음색이 발치에서부터 부드럽게 우리를 감싸 주고 있었지.

그래. 아마 너를 낳은 어머니는 키울 수 없어서 너를 놓아 보냈을 게다. 하지만 길가나 다리 밑, 절문 앞이 아니라 왜인지 다카다야의 숙사 뒷문에 너를 눕혀 두고 갔어. 춥지 않도록 단단히 싸매서. 너는 색색 자고 있었단다. 너를 낳은 어머니는 틀림없이 이 다카다야에서 키워 주기를 바라며 너를 맡겨 준 거라고 나는 생각했어. 다에 씨도 그렇게 생각했고.

아이를 주웠을 때는 파수막에 신고해야 하지만 다에 씨가 싫어했어. 그러면 너를 다시 되찾을 수 없을지도 모른다. 어딘가 다른 집에 보내질지도 모른다. 나라에서 하시는 일은 어떻게 될지 알 수 없다. 그러니까 싫다면서.

마님, 이 아이는 제 아이예요. 죽은 아기 대신 신께서 제게 보내 주신 거예요. 이 아이는 제가 낳은 아이예요. 네, 그렇지요, 하고 다에 씨는 내게 매달릴 것처럼 호소했어. 나도 그것을 밀어낼 수가 없었단다. 안 된다고 하면 다에 씨가 어떻게 할지 걱정이 되기도 했지만, 그뿐만이 아니라 다에 씨와 똑같이 나 자신도 네가 다카다야에, 다에 씨에게 오게 된 신비한 만남에 감동하고 있었단다.

알았어요. 이 아이는 이대로 당신 아기로 삼지요. 만일 문책을 받게 되는 일이 있다면 내가 받겠어요. 정신이 들어보니 그렇게 장담하고 있었어.

다이치로 씨에게는 그 다음 날 알렸지. 다에 씨는 처음에 다이치로 씨에게도 사실을 말하지 않고 아기가 무사히 태어났다며 너를 보여 주고 싶다고 말했지만 나는 거기에는 반대했어. 다이치로 씨에게는 제대로 이야기하는 편이 좋다. 부부 사이에 이런 일을 숨겨서는 안 된다. 게다가 죽은 아기도, 아무리 동자묘에서 편안하게 잠들고 성불해서 당장 다시 태어난다 해도 한 번쯤 아버지를 만나고 싶지 않겠느냐. 다이치로 씨도 성묘를 가고 싶을 것이다. 사실을 숨기는 일은 좋지 않다고 나는 이야기했어. 다에 씨도 내 말을 받아들이고 다이치로 씨에게는 처음부터 전부 털어놓았지.

다이치로 씨는 다에 씨와 똑같이 너와의 인연을 신기하고 영험한 일이라고 느꼈어. 이 아이는 우리 딸이라며 울면서 뺨을 비비고 그 자리에서 오린이라는 이름을 붙였단다. 방울벌레의 음색에 보호를 받으며 태어난 아이 '린(鈴)'은 일본어로 '방울'이라는 뜻이니 딱 맞지 않니?

셋이서 의논하여 시치베에 할아버지에게는 아기가 무사히 태어났다고 거짓말을 하기로 의견을 모았어. 오린, 너도 잘 알고 있겠지만 할아버지는 몹시 완고해서—뭐라고 할까, 고지식한 데가 있잖니? 물론 할아버지로서는 너를 그대로 맡아 기르는 것을 안 된다고 할 리가 없어. 하지만 다카다야라는 큰 장사를 하고 있고 마을에서는 그럭저럭 알려진 얼굴인—그런 입장에서 보면 나라에서 정한 규칙을 깨고 주워 온 아이를 몰래 자기 집 아이로 삼아서는 안 된다고 말할지도 모르지. 아니, 틀림없이 그렇게 말했을 거야. 그럴 위험이 있었기 때문에 우리는 할아버지에게는 거짓말을 하기로 했어.

이야기가 자꾸 거슬러 올라가는데, 숙사에는 오쓰타도 있었거든. 그 사람한테는 숨길 수가 없지. 그래서 이 일은 다에 씨와 다이치로 씨, 나와 오쓰타, 네 명만 아는 비밀이었단다. 지금까지 계속.

자, 오린. 이제 전부 이야기했다. 숨기는 것은 이제 아무것도 없어. 일이 이렇게 되었기 때문에 말하는 것이 아니라, 나는 네가 적당한 나이가 되면 밝히는 게 좋지 않을까 생각하고 있었단다. 아직 그 일로 다이치로 씨나 다에 씨와 이야기한 적은 없었지만 마음 한구석에서는 쭉 그렇게 생각하고 있었어.

핏줄로 이어진 아버지와 어머니의 얼굴을 모른다는 뜻으로는, 분명히 너는 고아일지도 몰라. 그래서 네게는 오우메라는 여자아이의 귀신이 보이는지도 모른다. 히네가쓰에게 오우메가 보이는 것과 마찬가지로 말이야. 오우메가 네게 다가오는 것도 그 탓일지도 모르지. 뭐라 해도 나는 오늘, 살아 있는 사람의 마음에 남아 있는 수수께끼나 응어리나 슬픔이야말로 귀신들과 통한다는 사실을 연극보다 더 가깝게 확실히 배웠으니까.

하지만 오린. 너는 결코 외톨이가 아니야. 다이치로 씨와 다에 씨에게 너는 둘도 없는 소중한 딸이란다. 시치베에 할아버지와 나에게도 너는 이 세상에 하나밖에 없는 귀여운 손녀야. 이제 와서야 옛날 일을 밝힌다고 시치베에 할아버지는 화를 낼지도 모르겠구나. 하지만 우리가 오랫동안 거짓말을 해 왔기 때문에 화를 내는 것이지 네게 화내는 것이 아니야. 그 사람이 너를 얼마나 귀여워하는지, 얼마나 열심히 너의 행복을 바라고 있는지, 나만큼 잘 아는 사람은 달리 없을 테니까. 내가 보증하마.

만일 네가 핏줄로 이어진 아버지와 어머니를 만나고 싶다고 하면 우리는 다 함께 모든 방법을 동원해서 찾아 줄 거야. 진짜 아버지 어머니와 같이 살고 싶다면, 그것도 당연하다고 고개를 끄덕일 게다. 슬프긴 하지만 네 생각을 막을 수는 없지. 하지만 오린. 네가 고집스럽게 스스로를 고아라고 생각한다면 다이치로 씨에게, 다에 씨에게 그만큼 가혹한 벌은 없을 거야. 나에게도 그것만큼 돌이킬 수 없는 후회할 일은 없을 거고. 그 사람들은 한순간도 널 고아라고 생각한 적이 없거든. 비록 핏줄로 이어지지는 않았어도 하늘이 맡긴 소중하고 소중한 우리 아이라고 생각하고 있단다. 일일이 걸음을 멈추고 입을 다물고, 마음에 떠올리며 확인할 필요도 없을 정도로, 그것은 당연한 일이었어.

다이치로 씨와 다에 씨는 너의 아버지와 어머니란다."

긴 이야기의 어디에서 눈물이 멈추고 어디에서 뺨이 말랐는지 오린은 모른다. 다만 정신을 차려보니 눈앞이 흐렸던 것도 사라지고 맑은 바람 너머로 후네야가 다시 또렷이 보이고 있었다.

"오사키 아줌마."

오린은 또렷한 목소리를 낼 수 있었다. 기뻤다.

"잘 알았어요. 저, 정말로 잘 알았어요."

오린이 미소를 짓자 대신 오사키가 울음을 터뜨렸다. 소매로 얼굴을 덮어 버린다.

그러자 또 시로가 짖는 소리가 들려왔다. 이번에는 훨씬 더 가깝다. 멍, 멍 하고 마치 이쪽을 부르는 것 같다. 오린은 나가사카의 저택 쪽을 돌아보았다.

비바람에 상한 판자담 바로 바깥에 아무렇게나 기나가시를 걸쳐 입은 나가사카 몬도노스케가 서 있었다. 시로를 묶은 끈을 한 손에 들고 한 손은 눈썹 위에 차양처럼 대고 있다. 먼발치지만 어쩐지 몹시 놀란 모습이다.

그는 후네야 쪽을 보고 있었다. 아귀를 닮아 약간 사이가 벌어진 두 눈을 크게 뜨고 무언가에 넋을 잃고 있다.

"어머나, 세상에." 품에서 종이를 꺼내 눈물을 닦으면서 오사키가 작은 목소리로 물었다. "저분은 이웃의—."

"응. 나가사카 님이에요."

오사키는, 무례를 저질러서는 안 되겠구나, 하고 중얼거리더니 서둘러 얼굴을 매만지고 옷자락을 정돈했다. 그러나 나가사카 몬도노스케는 움직이지 않았다. 시로가 짖는다. 산책을 나온 모양인데 도무지 움직이려고 하지 않는 주인을 보고 초조해져서 짖는 것이다.

몬도노스케는 입을 딱 벌리고 있었다.

시로가 폴짝폴짝 뛰는 바람에 몬도노스케의 손에서 줄이 떨어졌다. 시로는 몹시 기뻐하며 오린 쪽으로 달려왔다. 사람을 잘 따르는 개다. 오린도 시로 옆으로, 몬도노스케 쪽으로 달려갔다.

"나가사카 님!"

오린이 큰 소리로 부르자 그는 흠칫 놀라며 제정신으로 돌아왔다. 차양 대신 대고 있던 손을 풀썩 떨어뜨리고 부르르 몸을 떨었다.

"오오, 오린" 하더니 끊임없이 눈을 깜박거린다. "이거 이거—아니, 또 뭘 하고 있는 거니?"

"나가사카 님은 산책을 나오셨어요?"

오린은 발치에서 어리광을 부리는 시로를 달래면서 그의 옆에 섰다. 몬도노스케는 또 입을 딱 벌리더니 그대로 잠시 할 말을 찾아 입을 뻐끔거리고 나서 겨우 말했다.

"이상한 것을 보았다."

"네?"

"후네야에—너희 집 이층 창가에."

그는 뼈가 불거진 손가락으로 그 창을 가리켰다.

"내가 아는 사람이 서 있었어. 이쪽을 보고 있었다. 똑똑히 보였어. 정말 놀랐단다."

그는 얼굴을 문질러 땀을 닦았다.

"삼십 년이나 전에 돌아가신 내 숙부님이었어. 돌아가셨을 때 그대로의 모습이었다."

어머, 겐노스케 님이구나. 오린도 후네야의 창을 멀리 올려다보았다.

"그리운 얼굴이었어. 지난날 그대로의 모습이었다. 어린 시절에 본 그대로의—."

몬도노스케는 중얼거렸다. 옆에 오린과 오사키가 있다는 사실을 잊어버린 모양이다. 추억 속에 완전히 잠겨 있다.

"나가사카 님은 숙부님을 좋아하셨군요?"

오린은 작게 물어보았다.

"응?"

나가사카는 눈을 깜박거리더니 또 손등으로 이마의 땀을 닦았다. 아귀를 닮은 얼굴이 조금 수줍어하고 있다.

"그렇구나, 숙부님 이야기는 전에 했지?"

"네, 들었어요."

오사키가 눈짓으로 재촉해서 오린은 나가사카에게 소개했다. 두 사람이 갑자기 예의를 갖추고 인사를 나누는 모습이 우스워서 즐거워졌다.

"나가사카 님의 숙부님 성함은 겐노스케 님이라고 하지요. 방탕한 사람이었지만 검술 실력은 대단해서 나가사카 님도 그분께 검술을 배우셨지요?"

몬도노스케는 놀랐다.

"맞다만, 내가 오린 네게 그런 이야기도 했던가?"

오린은 웃으며 오사키를 올려다보았다. 오사키도 미소를 짓고 있다. 몬도노스케는 곤혹스러워하면서 변명하듯이 말을 이었다.

"전에도 이야기했지만 숙부님은 이상한 사건으로 목숨을 잃은 사람이야. 하지만 우리 집안에서는 귀찮은 사람으로 취급되고 있었기 때문에, 어렸던 내게 아무도 숙부님의 마지막에 대해서 제대로 된 이야기를 해 주지 않았어. 그래서 계속 마음에 걸렸지. 그날 밤 숙부님의 패기 넘치는 상쾌한 얼굴이 지금도 눈에 떠오르고 꿈에도 나와."

숙부님은 무엇을 이루셨을까, 숙부님은 어떤 기분으로 이 세상을 떠났을까. 몬도노스케의 마음의 응어리와 숙부를 그리워하는 강한 바람이 통해서 겐노스케를 볼 수 있었던 것이다.

오린의 마음에 빛이 넘쳤다. 이런 식으로 망자를 보는 것은 나쁘지 않다. 전혀 나쁘지 않다.

"저도 나가사카 님의 숙부님을 정말 좋아해요" 하고 무심코 큰 소리로 말했다.

"뭐라고?"

지금이라면 이야기해도 될 것이다. 틀림없이 믿어 주실 테니까. 오린의 마음의 족쇄가 풀렸다.

"나가사카 님의 숙부님은 지금도 후네야에 계셔요."

나가사카 몬도노스케의 사이가 벌어진 두 눈이 각각 다른 방향을 헤매었다.

"뭐라, 뭐라고? 오린 너는 무슨 말을 하는 게냐?"

수로를 건너오는 바람을 맞으면서 오린은 몬도노스케에게 이야기했다. 겐노스케에 관한 일, 후네야의 귀신들에 관한 일. 이야기가 진행됨에 따라 헤매고 있던 나가사카 몬도노스케의 눈이 점점 침착해져서 원래 장소로 돌아왔다.

"그런 일…… 있을 수 있을까."

턱을 꼬집으면서 그는 차분하게 중얼거리고 다시 한번 후네야의 창을 올려다보았다.

"하지만 그렇다면, 숙부님과 이야기를 할 수만 있다면…… 아니, 안 되려나. 삼십 년 전의 그날 밤에 무슨 일이 있었는지 숙부님 본인도 잊고 계시다면, 대체 누구에게 물으면 고간지 절 사건의 전말을 알 수 있을까?"

듣고 나서 새삼 깨달았다. 그렇다, 마고베에 공동 주택의 관리인이다. 이번에야말로 만나러 가 보아야겠다.

"그렇다면 나도 같이 가자. 좋은 일은 서두를수록 좋지. 내일이라도 가 보지 않겠니?"

몬도노스케의 재촉에 오린과 오사키는 손을 꼭 마주 잡고 고개를 끄덕였다.

25

화창한 햇볕을 받으며 마고베에 공동 주택은 마치 통째로 낮잠이라도 자고 있는 것처럼 조용했다. 아낙들이 일하는 기척도 나지 않고 아이들의 환성도 들리지 않는다. 우물가에는 인기척이 없고 어느 집의 문짝이 떨어지려 하고 있는지 바람을 맞으며 덜컹, 덜컹 소리를 내고 있다. 들리는 것은 그 소리뿐이다.

"이렇게 날씨가 좋은데 아무도 빨래 하나 하고 있지 않다니."

먼지가 많은 골목길 입구에 서서 오사키는 어느 모로 보나 한 집을 꾸려 나가는 살림꾼다운 잔소리를 했다.

"대체 어떻게 된 일일까? 오린, 이 공동 주택 사람들은 하나같이 늦잠꾸러기니?"

오린도 당혹스러웠다. 마고베에 공동 주택을 찾아오는 것은 오늘로 세 번째지만 전에도, 그 전에도 어디에나 있는 공동 주택과 똑같이 시끌벅적했고 이곳에 사는 사람들은 바빠 보였다. 이렇게 무덤처럼 침울한 곳이 아니었다.

"어쨌거나 관리인의 집으로 가 보자."

나가사카 몬도노스케가 허리에 찬 검에 가볍게 손을 대면서 그렇게 말하고 걸음을 옮기기 시작했다. 평소처럼 태평한 말투지만 어깨 언저리가 아주 조금 굳어 있다.

"예. 어쩌면 돌림병이라든가, 사정이 있을지도 모릅니다."

오사키가 그렇게 대답하며 오린을 데리고 걷기 시작했다. 오늘은 북처럼 볼록하게 묶은 띠의 매무새에도 기합이 들어가 있다. 맞이하는 쪽인 관리인도 하오리를 갖춰 입고 나오지 않으면 격이 맞지 않을지도 모른다—며 오린은 쓸데없는 걱정을 했다.

마고베에의 집 문 앞에 도착해서 오린은 또 놀랐다. 낯익은 등롱이 눈에 띄지 않았던 것이다.

"이보시오."

"누구 안 계신가요?"

묵직한 부름에 곧장 대답하는 목소리는 없었다. 오사키가 다시 한번 되풀이해서 부르자 안쪽에서 덜컹거리는 소리가 나더니 천천히 미닫이문이 드르륵 열렸다.

"히네가쓰!"

오린은 아는 사람의 얼굴을 보고 안심해서 소리를 지른 것이었다. 하지만 도중에 놀란 소리로 바뀌고 말았다. 히네가쓰는 상처를 입고 있었다. 얼굴의 절반이 검푸르게 부어 있고 이마에는 혹이 나 있다. 찢어진 입술에 검붉은 딱지가 달라붙어 있고 코가 뭉개져서 완전히 얼굴이 바뀌고 말았다.

"어머나, 세상에, 이럴 수가."

오사키도 눈을 크게 뜨고 저도 모르게 바싹 다가가 히네가쓰의 팔을 잡았다.

"이 상처, 너 어떻게 된 거니? 어째서 이렇게 심한 상처를?"

히네가쓰는 난폭하게 오사키의 팔을 뿌리치고는 아픈 듯이 몸을 감싸며 얼굴을 일그러뜨렸다. 그 모습을 보아하니 얼굴이나 머리뿐만 아니라 몸 쪽도 다친 모양이다.

몬도노스케는 당황하며 히네가쓰의 어깨를 눌렀다.

"얘야, 도망치지 마라. 우리는 수상한 사람이 아니야. 관리인 마고베를 만나고 싶어서 왔을 뿐이다. 너는 마고베의 집 아이니?"

"오린, 이 아이가 네가 말한 히네가쓰지?"

"응." 오린은 재빨리 앞으로 나서서 미닫이문을 닫으려고 하는 히네가쓰를 가로막았다. "저기, 대체 어떻게 된 거야? 강도라도 들었어? 관리인 아저씨는?"

히네가쓰는 아무 대답도 하지 않고 평소보다 더욱 배배 꼬인 어두운 눈으로 발치를 응시하며 고집스럽게 문 앞에 버티고 서서 오린 일행을 들이지 않으려고 했다. 오린은 몸을 쪼그려서 그의 눈을 들여다보았다.

"얘, 어떻게 된 거야? 우리는 관리인 아저씨에게 중요한 이야기가 있어서 왔어."

"마고베에는 집에 있나?" 몬도노스케가 히네가쓰의 얼굴을 들여다보았다. "그건 그렇고 상처가 심하구나. 대체 어떻게 된 일이냐? 오린은 네 친구잖니. 무서워할 것 없으니 이야기해 주지 않으련?"

오사키가 가슴에 한 손을 대고는 "나는 오린의 할머니고 후네야의 큰안주인이에요. 가쓰지로 씨, 당신에게는 오린이 여러 가지로 신세를 졌다지요. 정말 고맙습니다."

히네가쓰는 일부러 그러는 것처럼 얼굴을 휙 돌렸다. 하지만 그때 그의 눈이 깜박거렸다. 그리고 놀란 듯이,

"오우메" 하고 불렀다.

오린은 히네가쓰의 눈을 좇았다. 그는 오린 일행에서 두 간(약 3.6미터)쯤 떨어진 곳을 보고 있었다. 하수구를 덮는 널빤지 바로 맞은편에 부서진 통이며 나뭇조각이 쌓아 올려져 있다. 그 옆에 분명히 오우메가 서 있다. 오린에게도 보였다.

"오우메."

오린은 그녀를 불렀다. 그렇게 부르는 것은 처음이다. 묘하게 가슴이 두근거리고 쑥스럽다.

"이쪽으로 와. 너도 히네가쓰가 걱정되지?"

오사키가 오린의 귓가에 속삭였다.

"오우메라면 네게 메롱을 하는 아이지?"

"응. 지금 저기에 있어요." 오사키에게 대답하고, 오린은 다시 한 번 오우메에게 손짓을 했다. "이리 와, 오우메!"

오우메는 양손을 굳게 주먹 쥐어 옆구리에 대고 마치 싸움에 대비하듯이 턱을 당긴 채 물끄러미 이쪽을 노려보고 있었다. 오린은 처음에 또 자신을 노려보고 있는 것이라고 생각했다. 곧 오우메의 손이 올라가고 늘 보는 메롱을 하리라 생각하고 있었다. 하지만 아무래도 그렇지는 않은 것 같았다. 오우메의 두 눈은 오린의 머리 너머로 관리인의 집을 보고 있다.

"이거 곤란한데, 오린, 대체 어떻게 된 일이냐? 너희는 누구 이야기를 하고 있는 거지?"

몬도노스케는 곤란한 얼굴을 하고 있다. 아, 그렇구나. 무리도 아니다. 나가사카 님에게는 오우메의 모습이 보이지 않고, 오사키 아줌마만큼 사정을 잘 알고 있지도 않다.

"죄송해요, 나가사카 님."

"흠. 오린, 이 공동 주택에 다른 아는 사람은 없니?"

"오마쓰 씨라는 아주머니가 있어요. 바로 옆집에."

"어디, 좀 들여다보자꾸나. 뭔가 가르쳐 줄지도 몰라."

몬도노스케는 껑충하니 길고 가느다란 몸으로 생각보다 민첩하게 걸어갔다. 히네가쓰는 딱딱하게 몸을 웅크리고 "아무도 얘기하지 않을 거야" 하고 말대꾸하듯이 작게 말했다.

"어, 뭐라고?"

오린이 되묻자 히네가쓰는 웅크린 채 입을 다물었다.

"이상해, 히네가쓰. 왜 그래?"

그때 오우메가 불쑥 몸을 내밀더니 마치 경고하듯이 오린 쪽으로 한 발짝 내딛었다.

"무슨 일이냐?"

갑자기 뒤에서 누가 말을 걸어서 오린도 오사키도 꺅 하고 소리를 지르며 펄쩍 뛰어올랐다. 돌아보니 오사키보다 머리 하나 키가 크고 해골처럼 야윈 노인이 버티고 서 있었다.

오사키가 노인의 얼굴을 올려다보고 금붕어처럼 입을 뻐끔거리고 나서 겨우 말했다.

"마, 마, 마고베에 씨셔요?"

"그렇소만. 내가 마고베에요."

노인의 뼈가 불거진 손이 움직여 친근하게 히네가쓰의 두 어깨 위로 올라갔다. 얼굴이 변할 정도로 부은 히네가쓰의 얼굴 위로 송충이가 목덜미로 뚝 떨어졌을 때처럼 순간적인 혐오의 빛이 스치고 지나간다.

이 할아버지가 정말로 마고베에 씨? 히네가쓰를 지금껏 키워 온, 나이는 아주 많지만 정신은 말짱하고 연륜을 쌓은 관리인? 그렇다면 어째서 히네가쓰는 저런 얼굴을 했을까?

오린 바로 뒤에 뭔가 싸늘한 것이 다가왔다. 문득 옆을 보니 오우메였다. 오린의 등에 숨다시피 서서 뾰족한 턱을 쳐들고 마고베에를 노려보고 있다.

"이 아이는 어느 집 아이지?"

마고베에가 주름투성이 얼굴을 돌려 오우메를 보았다. 그렇게 표정이 움직이니 뼈만 남은 해골 위에 얼굴 가죽 한 장이 씌워져 있을 뿐—이라고 할 정도로, 정말 바싹 말랐다는 것을 잘 알 수 있었다. 그리고 그 눈은 마치 나무에 뚫린 구멍처럼 텅 빈 것처럼도 보이고,

그 텅 빈 구멍 속에 뭔가가 있는 것처럼도 보인다. 어둡고 작고 빛이 다가가지 못하는 새까만 색이다.

하지만—이 팔자 눈썹.

마고베에의 두 눈 위의 눈썹 모양. 절반 이상 빠져 가고 있기는 하지만 그래도 알아볼 수 있는 팔자다. 얼굴 외의 부분이 이렇게나 말라비틀어지지 않았다면 틀림없이 상냥한 처진 눈썹으로 보일, 이 눈썹 모양. 어디선가 본 기억이 있다. 어디서였지? 기분 탓일까. 그럴리는 없다. 하지만 그렇다면 어째서 이런 느낌이 드는 것일까.

"어머나—아니, 관리인 아저씨는 이 아이가 보이시나요?"

오사키는 정신을 차리고는 옷깃을 다듬으면서 마고베에에게 물었다. 애초에 오사키에게는 오우메의 모습이 보이지 않는다. 그래서 '이 아이'라고 할 때 대충 아까 오린이 돌아본 방향을 가리켰다. 그러자 마고베에는 있을까 말까 한 엷은 눈썹을 움직이며 이상하다는 듯이 입가를 휘었다.

"당신은 누구를 말하는 거요?"

"누구냐니—."

영리한 오사키는 깨달은 것이다. 마고베에에게는 분명히 오우메가 보이고, 그는 오사키에게도 오우메가 보인다고 생각하고 있다. 오사키는 의지할 곳을 찾듯이 오린의 손을 잡았다. 오린도 단단히 마주 잡았다.

"이 아이지요. 오린이라고 한답니다."

마고베에의 텅 빈 눈동자 속에서 뭔가가 번뜩 움직였다. 그것은 오린을 보았다. 그렇다, 눈 속의 것이 오린을 본 것이다. 마치 늙은 나무를 올려다보았더니 나무의 구멍 속에 집을 지은 나쁜 벌레가 이쪽을 본 것처럼.

"너무 무뚝뚝하게 구셔서 저희 모습이 보이지 않는 게 아닐까 하는 걱정이 들었거든요. 갑자기 찾아왔으니 저희도 무례한 짓을 했습니다만, 어쨌거나 어린아이도 있고 하니 너무 화내지 말아 주세요."

오사키는 얼버무리듯이 교묘하게 말했다. 그래도 평소보다 말투가 빠르다. 무서워서다.

당사자인 마고베에는 오사키가 두려워하고 있다는 사실을 알면서도 유유히 내려다보고 있다. 비쩍 마른 해골에 가죽 한 장을 씌운 얼굴이 느슨해지며 미소에 가까운 표정이 떠올랐다.

오린은 목덜미의 털이 찌릿찌릿 곤두서는 것을 느꼈다. 그리고 귓가에서 작게 딱딱거리는 소리를 들었다. 자신의 이가 떨리고 있는 것인가 했다.

하지만 아니었다. 소리는 히네가쓰에게서 들려왔다. 히네가쓰가 이를 딱딱 울리고 있었다.

"오" 하고 누군가가 말했다. 여자아이의 목소리였다. "오, 오."

오린은 눈을 크게 떴다. 여전히 마고베에를 노려보면서 오우메가 이를 악물다시피 하며 뭔가 말하고 있다.

"오, 오린."

불렀다. 오우메가 오린의 이름을 불렀다. 오린은 아무 말도 없이 그저 자신을 부른 것을 알고 있다고 알려 주기 위해 오우메의 얼굴을 물끄러미 쳐다보았다.

"도, 돌아가."

한시도 눈을 떼지 않고 감시해야 한다는 듯이 오우메는 눈에 힘을 주고 마고베에를 노려보고 있다. 반쯤 흰자위를 드러내고 있다.
"돌아가."
이제는 어금니뿐만 아니라 히네가쓰의 온몸이 떨리기 시작했다. 발치에 드리워진 그의 그림자도 떨고 있다.
"아줌마, 돌아가요."
오린은 서둘러 오사키의 소매를 잡아당겼다.
"오늘은 이만 실례할게요. 관리인 아저씨, 다음에 다시 날을 정해서 인사드리러 올게요."
오린이 반보 물러나자 히네가쓰가 갑자기 쫓듯이 시선을 들었다. 그가 얼마나 두려워하고 있는지를 오린은 온몸으로 느꼈다.
"아, 아줌마." 정신이 들어 보니 뒤집어진 목소리로 오사키에게 말하고 있었다. "저기, 오늘은 후네야에 일손이 부족해서 괜찮다면 가쓰지로 씨를 반나절만 빌려 주실 수 없겠느냐고 부탁을 드리러 온 거잖아요. 제대로 된 인사는 나중에 하더라도 그것은 오늘 부탁해 보면 어떨까요. 네, 아줌마?"
오사키의 눈이 허공을 헤매었다. 그러나 야무진 사람의 귀는 곧 사정을 알아듣고 오린에게 말을 맞춰 주었다.
"그, 그랬지, 오린. 어떨까요, 마고베에 씨. 가쓰지로 씨를—물론 일당은 틀림없이 지불하도록 하겠습니다."
오린도 아주머니를 따라 침을 튀기며 주장했다.
"히네가쓰는요, 부엌칼을 아주 잘 쓰거든요. 그래서 후네야에서 일손을 도울 수 있을 것 같아서 제가 아버지에게 부탁했어요. 히네가쓰도 공부가 될지도 모르고—."

"좋지." 아직도 얼굴만은 실실 웃고 있는 마고베에는 잘라내듯이 무뚝뚝하게 말했다. "다녀와라, 가쓰지로."

"가자, 히네가쓰."

오린은 그의 손을 잡고 마구 끌어당겼다. 거의 도망치는 태세라서 상대방이 이상하게 여기리라는 것은 알고 있지만 멈출 수가 없다.

"그럼 실례 많았습니다, 마고베에 씨."

오사키도 내던지듯이 말하고 빠른 걸음으로 그 자리를 떠났다. 고개를 숙인 채 몸이 딱딱하게 굳은 히네가쓰를 둘이서 잡아끌고 등을 떠밀며, 공동 주택의 출입문을 지날 때가 되어서야 겨우 딱 한 번 돌아보았다.

물론 거기에서는 이미 관리인의 집은 보이지 않는다. 여전히 조용한 마고베에 공동 주택의 하수구 널빤지에 햇빛이 밝게 비쳐들고 있을 뿐이다. 아무도 없다. 그림자 조각 하나도.

오우메의 모습도 보이지 않게 되었다. 오사키가 오린을 재촉했다.

"오린, 빨리 돌아가자. 아미타불, 아미타불. 정말 으스스하구나!"

목소리는 작지만 저도 모르게 목구멍에서 넘쳐나온 듯한 비명에 가까운 중얼거림이다.

"하지만 나가사카 님은."

마침 그때 공동 주택의 출입문에서 두세 집 안쪽의 미닫이문을 열고 나가사카 몬도노스케가 나왔다. 갑자기 치통이라도 일어난 표정으로 얼굴을 일그러뜨리고 있다.

"나가사카 님!"

오린은 그의 소매를 잡아당기며 나무문에서 바깥으로 도망치고는, 재빨리 으스스한 마고베에 이야기를 했다.

"과연, 그래서 공동 주택 사람들도 입이 무겁고 이야기하고 싶어 하지 않는 건가……." 몬도노스케는 가늠하듯이 히네가쓰를 보고, "그중에는 분명히 야반도주를 한 집도 있더군. 오마쓰라고 했나, 오린이 아는 부인은 관리인에게 여우가 씌었다고 하더라."

"여우?"

"음. 지난 며칠 사이에 사람이 달라졌다더구나. 뜻을 알 수 없는 말을 중얼중얼 중얼거리고는 닥치는 대로 공동 주택 사람들을 괴롭히고 아이를 때리고 개와 고양이를 죽인다. 사실이니, 가쓰지로?"

히네가쓰는 고개를 흔들었다. 아니라는 것인지 그렇다는 것인지 알 수 없다. 얼굴이 한층 더 창백해진다.

"나는 이곳 파수막을 돌아보마. 경우에 따라서는 마을 관리의 도움이 필요할지도 몰라."

태평한 아귀 얼굴의 몬도노스케가 지금까지 본 적이 없을 정도로 남자다운 표정이 되어 달려갔다.

"자, 우리도 돌아가자, 오린."

오사키가 양손으로 감싸듯이 오린과 히네가쓰의 어깨를 안았다.

"응."

고개를 한 번 끄덕이고 히네가쓰의 손을 잡고 걷기 시작하면서 오린은 의아하게 여기고 있었다. 아까는 잘못 들은 것일까? 내 귀가 흥분한 나머지 있지도 않은 목소리를 듣고 만 것일까?

마고베에의 집에서 도망쳐 나올 때, 등 뒤로 들은 듯한 기분이 들었던 것이다. 입가에 실실 웃음을 띠고 있던 마고베에가 오히려 감개무량하다고 해도 좋을 만큼 깊은 목소리로,
—오랜만이구나, 오우메.
그렇게 부르는 것을.

후네야에서는, 시치베에가 다이치로를 데리고 다카다야에 가 있었지만 다에는 일어나 있었고 오사키의 지시에 따라 곧 가쓰지로를 보살피기 시작했다. 물을 끓여 상처를 닦아 내고 갈아입을 옷을 찾아다 입히고—다이치로 씨의 옷은 옷자락이 길지만 좀 참으렴—배는 고프지 않니, 뭐 먹고 싶은 것은 없니 하고 상냥하게 말을 걸고—.
그동안 히네가쓰는 내내 돌처럼 입을 다물고 있었다. 보살핌을 받는 대로 인형처럼 힘없이 늘어져 있다.
마고베에 공동 주택에 있었을 때와 같은 겁먹어서 굳어진 얼굴은 더 이상 아니다. 안심이 되어 피로가 몰려왔는지 멍하니 있는 것이 반, 모르는 집에 이끌려 와서 친절한 대접을 받고 어떻게 대해야 좋을지 알 수 없는 것이 반. 오린은 잠시 히네가쓰가 울음을 터뜨리지나 않을까 하고 생각했지만 아무래도 그러지는 않을 모양이다.
오사키가 타박상에 잘 듣는다는 고약을 히네가쓰의 상처에 붙였다. 이윽고 다 끓은 죽이 적당히 식기를 기다려 다에가 가져왔다.
"사양할 필요는 없어. 많이 먹으렴."
오사키는 히네가쓰 앞에 죽그릇을 올려놓은 쟁반을 놓았다.
"어쩌면 이렇게 배가 홀쭉할까! 며칠이나 밥을 먹지 않았니? 대체 마고베에 씨는 네게 무슨 짓을 했지?"

마고베에의 이름을 듣자 순간 히네가쓰는 또 자지러지듯 목을 움츠렸다. 다에가 오린의 얼굴을 보고 나서 얼버무리듯이 오사키를 보았다.

"우리가 옆에 붙어 있으면 부끄러워서 먹기 어렵겠지. 오린, 가쓰지로 씨를 돌봐 드리렴."

큰안주인과 안주인이 자리를 뜨고 오린은 방에서 히네가쓰와 둘이 남았다.

"먹어." 오린이 그를 재촉했다. "지금은 이것저것 묻거나 하지 않을 테니까 먹어."

히네가쓰는 힐끗 오린을 보고 나서 젓가락으로 손을 뻗었다. 먹기 시작하니 기세가 붙어 마치 강아지처럼 와구와구 먹어 치웠다.

오린도 조금 안심했다. 다리를 쭉 뻗고 앉아 후우 하고 숨을 내쉬었다. 어쨌거나 히네가쓰를 데리고 나올 수 있어서 다행이다. 그대로 남겨 두었다면—.

문득 쳐다보니 당지를 바른 장지문 앞에 오미쓰가 서 있었다. 긴 머리카락은 빗어 내렸고 속옷 한 장만 입은 요염한 모습이다. 이런 옷차림의 오미쓰는 처음 보았다.

"어머나, 오미쓰 씨."

오린이 부르자 오미쓰는 히네가쓰를 보고 고개를 갸웃하더니 그를 바라본 채 생긋 입가에 웃음을 지었다.

"머리를 감는 흉내를 내 보고 싶어져서 말이야" 하고 변명하듯이 말하며 손으로 머리카락을 쓰다듬는다.

"그런데 내가 모르는 남자분이 후네야에 오신 것 같아서 얼굴을 보러 온 거야."

"이 아이는 히네가쓰예요. 사실은 가쓰지로라고 하지만 잔뜩 비뚤어져서 히네가쓰."

오미쓰는 즐거운 듯이 고개를 젖히며 웃었다. 질냄비를 들어 올리고 바닥을 긁다시피 하며 남은 죽을 먹어 치우고 있던 히네가쓰가 겨우 알아채고 시선을 들었다.

"너, 뭘 혼자서 중얼거리고 있는 거야?" 하고 묻는다.

그런가. 히네가쓰에게는 오미쓰 씨가 보이지 않는다.

"유감이네" 하며 오미쓰는 웃었다.

"그러게요. 보여 주고 싶은데."

히네가쓰는 천천히 오린에게서 뒤로 물러나다가 죽 그릇을 떨어뜨릴 뻔하고는 허둥지둥 다시 잡았다.

"기분 나빠. 너 이상한 거 아니야?"

오린은 입가에 손을 대고 쿡쿡 웃었다. 이제야 평소의 히네가쓰다운 얄미운 말투가 돌아왔다.

오미쓰는 히네가쓰 옆에 나긋하게 걸터앉더니 무릎을 옆으로 모았다.

"이럴 때 망자는 재미가 없어."

"히네가쓰, 귀신은 네 바로 뒤에 있어."

히네가쓰는 펄쩍 뛰어올랐다.

"뭐, 뭐, 뭐라고?"

오린은 웃었다.

"오우메는 보이는데, 유감이네."

오린은 그렇게 말하다가 흠칫 놀랐다. 그렇다. 어째서 오린에게만 모두의 모습이 보이는 것일까. 그 수수께끼는 전혀 풀리지 않았다.

히네가쓰에게는 오우메가 보이고 오린에게도 오우메가 보인다. 그것은 안다. 세 사람 다 고아니까. 나가사카 님에게 겐노스케 님이 보이는 것도 삼십 년 전 밤의 추억이 계속 남아 있기 때문이다. 오쓰타 아줌마에게 오미쓰 씨가 보이는 것은 남자를 둘러싸고 괴로운 기억이 있기 때문이고—.

하지만 오린에게는 적어도 오우메 이외의 망자들과의 사이에는 아무런 관련도 없는데 전원이 보인다. 처음부터 전원이 보였다.

"뭐야, 이번에는 입 꼭 다물고."

히네가쓰가 죽그릇을 안고 거북이처럼 몸을 딱딱하게 웅크리면서 묻는다.

문득 보니 그의 바로 옆에 겐노스케가 서서 품에 손을 집어넣은 채 내려다보고 있었다.

"오린, 이 녀석이 히네가쓰니?"

"네!"

오린의 기운찬 대답에 히네가쓰는 허둥거리며 오린의 눈이 향하고 있는 방향을 보았다.

"이번에는 뭐야?"

"불편하군. 이 녀석에게는 내가 보이지 않는 건가? 그런데 꽤나 상판이 볼 만한 꼬마로구나."

겐노스케는 그렇게 말하고는 자못 즐겁다는 듯이 어깨를 흔들며 웃더니 한 손을 입가에 대고 히네가쓰에게 말했다.

"히네가쓰, 오린은 걸핏하면 네 소문만 떠들고 다녀서 나는 조금 질투를 하고 있었단다."

오린은 얼굴이 새빨개졌다.

"거짓말만 하시고! 나는 히네가쓰의 소문을 떠들고 다니지 않았어요!"

"그랬잖아."

"안 그랬다고요!"

"그러니까, 너 누구랑 얘기하는 거야!"

히네가쓰는 당장 도망치려고 하다가 질냄비를 걷어찰 기세였다. 당황한 오린이 질냄비를 잡으려고 달려 나가다가 누군가와 부딪칠 뻔하고는 꺅 소리를 질렀다.

와라이보였다. 늘 그렇지만 음침하고 떫은 얼굴이다.

"안마 치료가 필요한 사람은 누구지?"

"할아버지!"

히네가쓰는 벽에 찰싹 달라붙어 숨을 헐떡이면서 물었다.

"뭐야, 이 안마사 할아버지는."

오린은 눈을 크게 떴다.

"어? 그럼 와라이보 씨는 보이는 거야?"

히네가쓰는 와라이보를 가리켰다.

"보이고 자시고, 거기에 있잖아. 어디서 온 거야, 이 할아버지."

"나는 잘 보이나 보군." 와라이보는 원망스러운 말투로 오린에게 말했다. "다친 사람, 아픈 사람은 모두 나를 본다."

"하지만 그것은 와라이보 씨의 안마 치료가 효과가 좋고, 와라이보 씨가 사람들을 고쳐 주고 싶다고 생각하는 마음이 통하기 때문이에요."

전에 겐노스케도 말했다. 와라이보만은 특별히 많은 사람들 눈에 보인다고.

"다행이다, 히네가쓰. 이 할아버지한테 안마 치료를 받으면 상처 따윈 금세 나을 거야."

히네가쓰는 전혀 기뻐하지 않는다. 더욱더 벽에 찰싹 달라붙었다.

"하지만 어디에서 온 건데, 이 할아버지. 갑자기 불쑥 나와서—."

"그야 망자니까."

"마, 망자?"

"응. 하지만 안마 치료의 명인이야. 좀처럼 받기 힘든데, 너 운이 좋구나."

오린의 말에 이번에야말로 히네가쓰는 꼬리를 말고 도망치려고 했다.

"웃기지 마, 누가 망자의 안마 치료를 받겠냐!"

그렇게 말하지 말고 받아 봐—하고 오린이 달래기도 전에 와라이보의 목소리가 울렸다. 위엄있는 엄숙하고 날카로운 목소리에 오린도 히네가쓰도 그 자리에 꼼짝도 못하고 못박혔다.

"망자가 입힌 상처는 망자밖에 고칠 수 없다."

말의 뜻을 알기 전에 갑자기 새파래지는 히네가쓰의 얼굴을 보고 오린은 입을 딱 벌렸다.

"히네가쓰?"

와라이보는 자신의 옷자락을 밟지 않도록 조심하면서 천천히 그

자리에 정좌했다. 그러고는 작은 주먹을 무릎 위에 올려놓더니 말했다.

"지난 며칠, 너는 망자와 살았지? 악한 망자로군. 살아 있는 사람에게 해를 끼치는 망자야. 나는 알 수 있다. 네 얼굴에 그늘이 져 있거든."

"그게 사실인가, 영감?" 겐노스케의 얼굴이 진지해졌다. "그런 망자가 어디에 있지?"

와라이보의 눈꺼풀은 감겨 있다. 그러나 그 안쪽에서 빛나고 있는 눈동자가 오린에게는 보일 듯한 기분이 들었다. 모든 것을 꿰뚫어 보는 지혜로운 자의 빛.

"있고말고. 그렇지, 가쓰지로?"

와라이보는 히네가쓰에게 말을 걸었다.

"두려워서 입을 다물고 있으면 재앙이 퍼져나갈 뿐이야. 이야기해보아라. 관리인 마고베에는 언제 망자가 되었지?"

26

히네가쓰는 몸을 움츠렸다. 마치 뜨거운 물에라도 닿았을 때처럼 팔다리를 잔뜩 웅크린다.

"히네가쓰—."

오린은 그의 곁으로 다가가 살며시 팔을 만지려고 했다. 그러자 히네가쓰는 더욱더 몸을 작게 움츠리며 오린에게서 도망치려고 했다. 얄미운 말만 해 오던 그 입이 당장이라도 울음을 터뜨릴 기세로 부들부들 떨리고 있다.

"무서워하는 것은 당연하다만." 와라이보가 온화한 목소리로 말을 이었다. "하지만 너는 이제 혼자가 아니잖니? 여기에는 네 편이 많이 있어. 솔직하게 이야기해라. 너를 키워 준 마고베에의 몸에 살고 있는 망자는 도저히 너 혼자서 어떻게 할 수 있는 존재가 아니야."

"내, 내 편이라니." 히네가쓰는 머뭇머뭇 입을 열었다. "당신들이 뭘 할 수 있다는 거야. 공동 주택 사람들도 도망쳤는데."

오린은 쥐 죽은 듯 조용하던 마고베에 공동 주택을 떠올렸다.

"혹시, 마고베에 씨가 이상해졌기 때문에 공동 주택 사람들은 모두 어디론가 도망쳐 버린 거야?"

"그럴 수가 있겠냐."

오린에게 대꾸하는 말투에만은 평소의 히네가쓰다운 기운이 조금 남아 있었다.

"관리인의 승낙서도 없이 집을 옮길 수는 없어. 다들 두려워하며 집 안에 틀어박혀 있는 거야."

"그럼 공동 주택 사람들도 마고베에의 사람 됨됨이가 변했다는 사실을 알고는 있는 게로군?"

기세 좋게 옷자락을 털고 앉으면서 겐노스케가 물었다. 오린은 겐노스케의 말을 받아 히네가쓰에게 물었다.

"모르는 게 더 이상하지." 히네가쓰는 물어뜯듯이 내뱉었다. "얼굴 생김새가 달라졌어. 우리가 알고 있는 관리인 아저씨라면 절대로 하지 않을 짓만 하고 다녀. 들고양이를 우물에 던져 넣어서 빠뜨려 죽이거나 아이들을 걷어차거나 공동 주택 안을 어슬렁어슬렁 돌아다니면서 사람들 집에 성큼성큼 들어가 물건을 부수질 않나, 아줌마들을 때리질 않나ㅡ."

"완전히 미쳤군." 겐노스케는 턱을 문질렀다. "언제부터 그러기 시작했지?"

오린이 그대로 묻자 히네가쓰는 손가락을 꼽으며 생각하더니 대답했다.

"사흘인가ㅡ아니, 나흘 전 밤부터."

"갑자기 그렇게 된 건가?"

오린도 물었다.

"관리인 아저씨는 전부터 그렇게 야위었어?"

히네가쓰는 마구 고개를 저었다.

"살이 찐 편은 아니었지만 그렇게까지 야위지도 않았어. 하지만 갑자기 야윈 건 아니야. 관리인 아저씨는 전부터 몸이 안 좋았거든."

"얼마나 전부터? 너 혼자서 간병하고 있었어?"

"열흘인가⋯⋯. 그쯤. 속이 안 좋다면서 밥을 먹지 않더니⋯⋯ 앓아누웠다 일어났다 했어. 하지만 평소의 아저씨였어. 나 혼자서 잘 보살펴 줄 수 있었다고."

"대단하구나."

오미쓰가 분위기에 어울리지 않을 정도로 차분하게 말했다. 그 말이 들렸을 리는 없는데 갑자기 히네가쓰가 얌전해졌다. 마구 눈을 깜박거리기 시작한다. 울고 싶어졌는지도 모른다.

와라이보는 전혀 표정을 바꾸지 않는다. 입 안에서 뭔가 웅얼웅얼 중얼거렸다.

제대로 알아들을 수가 없다. 오린은 그쪽으로 귀를 가까이 했다.

"지금 뭐라고 했어요? 안 들려요, 와라이보 씨."

"나는 들었어." 겐노스케가 낮게 말했다. "사실이야, 영감?"

"대체 무슨 이야기인데요? 저기, 나와 히네가쓰도 알 수 있게 제대로 얘기해 주세요. 그러지 않으면 크게 소리를 지를 거예요!"

와라이보는 부루퉁한 얼굴로 감은 눈꺼풀을 꿈틀꿈틀 움직였다. 그러고 나서 천천히 말했다.

"마고베에는 몸이 좋지 않았어. 나이도 많지. 그래서 열흘쯤 전부터 앓아눕고 말았고 나흘 전 밤에 결국 죽은 게야."

오린도 눈을 크게 떴지만 그보다 먼저 히네가쓰가 대꾸했다.

"그럴 리 없어! 관리인 아저씨는 저렇게 멀쩡하게 돌아다니고 있잖아."

"하지만 마고베에는 죽었어." 와라이보는 동요하지 않았다. "혼이 빠져나가 텅 빈 몸에 다른 자의 혼이 들어와 있는 거야."

보통 같으면 대뜸 믿을 수 있는 이야기가 아니겠지만 오린에게는 사정이 다르다. 시마지와 긴지의 예를 본 지 얼마 되지 않았다.

"그 혼이 나쁜 혼이어서 마고베에 씨는 나쁜 망자가 되었군요?"

"그래."

"나는 안 믿어." 히네가쓰의 눈에 눈물이 고여 있다. "관리인 아저씨는 병의 나쁜 기가 머리로 들어가서 이상해진 거야. 그뿐이야. 병이 나으면 원래대로 돌아올 거야. 틀림없이 돌아올 거야."

"누가 네게 그렇게 가르쳤니?" 겐노스케가 물었다. "공동 주택의 아주머니들이냐?"

조금 화가 난 목소리였다.

"그렇게 가르치고 조금만 참으라고 타이르면서 이상해진 관리인을 보살피는 일을 너 혼자에게 떠넘기고 다들 몸을 웅크리고 있는 거냐?"

오린이 그렇게 전하자 히네가쓰의 목소리가 날카로워졌다.

"시끄러워!"

오미쓰가 다시 한번, 이번에는 분위기에 어울리는 상냥한 목소리로 "이 아이는 착한 아이구나" 하고 중얼거렸다. 히네가쓰는 주먹을 얼굴에 댄 채 고개를 숙이고 말았다.

"망자의 정체를 밝혀내야겠군." 겐노스케는 와라이보를 돌아보았다. "영감, 당신 뭔가 짚이는 데 없나?"

와라이보는 있을까 말까 할 정도로 숱이 적어진 눈썹을 치켜 올리며 벗겨진 이마에 깊은 주름을 지었다.

"왜 내게 묻는 겐가?"

"아니, 그냥 물어보았을 뿐이야."

"내게는 생각하는 바가 있어. 아마 당신과 똑같지 않을까?" 와라이보는 오미쓰 쪽으로 얼굴을 돌렸다. "당신도 그렇지? 느끼는 바가 있지 않나?"

오미쓰는 긴 머리카락을 천천히 흔들며 와라이보에게서 시선을 피했다. 그리고 이번에는, 말투는 분위기에 어울리게 가라앉아 있지만 내용이 어울리지 않는 말을 했다.

"오우메는 어디에 있을까?"

"우리가 마고베에 씨 집에 있는데 오우메가 나왔어요. 우리를 따라왔는지도 몰라요" 하고 오린은 대답했다.

"히네가쓰는 전부터 오우메와 사이가 좋았어요. 그렇지?"

히네가쓰는 더 이상 눈물을 보이지 않았지만 북북 문지르는 바람에 눈 주위가 새빨갛다. 오린은 히네가쓰 대신 히네가쓰와 오우메에 관한 일, 오늘 오우메가 마고베에 공동 주택에 나타났을 때의 모습 등을 모두에게 이야기했다. 이야기하면서 깨달았다.

"그러고 보니 오우메는 마고베에 씨의 몸속에 들어 있는 망자를 아는 눈치였어요. 그 녀석을 노려보면서 우리한테는 '돌아가'라고 말했는데 우리를 도망치게 해 준 것 같은 느낌이 들었어요—."

"물론 알고 있겠지." 와라이보는 말했다. "오우메뿐만이 아니야. 우리도 모두 마고베에에게 씐 망자를 알고 있을 게다. 그렇기 때문에 이렇게 가슴이 술렁거리는 것이겠지."

무슨 뜻인지 알 수가 없어서 오린은 모두의 얼굴을 둘러보았다. 겐노스케는 날카롭고 험악한 얼굴을 하고 있었다. 처음 보는 표정이 아니었다. 지난번 소동 때, 덥수룩이는 그에게 말했다—겐노스케가 자신을 베었다고. 그때도 겐노스케는 이런 얼굴을 하고 있었다.

"덥수룩이는 자신이 고간지 절의 살인자 주지의 부하였다고 고백했어." 와라이보가 말을 이었다. "그리고 겐노스케의 검에 베여 죽었다고 했지. 하지만 겐노스케는 잊어버렸다고 했어. 그 후로 나는 꽤 여러 가지를 생각했어. 나도 아주 중요한 뭔가를 잊고 있는 것은 아닐까 하고."

"네, 네." 오미쓰가 작은 목소리로 노래하듯이 말했다. "저도 생각했어요."

"이곳은 전에 고간지 절의 묘지가 있었던 곳이지. 고간지 절은 삼십 년 전에 희대의 살인자가 내키는 대로 실컷 사람을 죽였던 곳이야. 그곳에 우리는 망자가 되어 머물고 있지. 우리 중 한 명이었던 덥수룩이가 고간지 절의 주지와 관련이 있다면 우리도 똑같이 관련을 갖고 있을지도 몰라. 그것을 떠올릴 수는 없을까 하고 나는 생각해 보았어."

"내 경우는 떠올릴 것까지도 없지." 겐노스케가 말하며 오린에게 슬쩍 웃음을 지었다. "나가사카 저택에서 오린이 이야기를 듣고 와주었거든. 나는 고간지 절에 단신으로 쳐들어갔다가 아무래도 싸우다 죽은 모양이야. 주지를 치는 데 성공했는지 아닌지는 모르겠지만 소문에 따르면 도망쳤다고 하니 나는 성공하지 못했겠지."

히네가쓰는 선명한 색깔의 공에 매료되기라도 한 표정으로 눈도 깜박거리지 않고 오린과 와라이보를 보고 있다. 오린은 부축하는 기분으로 그의 팔을 붙잡았지만 문득 정신을 차려 보니 되려 매달려 있었다. 어떻게 할 수도 없는 불안과 개운치 못한 안개가 갤지도 모른다는 예감.

"나는 방탕한 여자니까," 약간 지친 듯이 눈을 내리깔며 오미쓰가 말했다. "아마 겐 공처럼 용감한 역할을 하지는 않았겠지. 틀림없이 살해된 거야, 고간지 절에서."

"나도 그렇게 생각해." 와라이보가 말했다. "당신에 대해선 모르지만 나는 아마 틀림없어."

"그리고 오우메도." 겐노스케가 말했다. "그 아이도 마찬가지지. 고간지 절의 주지를 알고 있어."

오린은 언젠가 꾸었던 꿈을 떠올렸다. 우물 밑에 떨어져 차가운 물속에서 조금씩 조금씩 뼈가 되어 가며 밤하늘을 도는 달을 바라본다. 무섭다기보다 춥고 쓸쓸하고, 아주 아주 슬펐다.

아마도 오우메의 꿈인 모양이라고 그때 생각했다. 지금은 한층 확실해졌다. 오우메도 고간지 절에서 살해되었다. 그 시체가 절의 우물 밑바닥에 있는 것이다.

"오린—." 히네가쓰가 속삭이는 듯한 목소리로 말했다. "여기에는 정말로 망자가 있어?"

"미안하구나, 애야" 겐노스케가 웃었다. "하지만 우리는 너를 다치게 하지는 않아. 그것은 안심해도 좋다고 말해 주렴."

오린은 그렇게 전했다. 히네가쓰는 와라이보를 보고, 보이지 않는 겐노스케와 오미쓰가 있는 쪽으로 시선을 주며 말했다.

"알고 있어. 당신들은—나 같은 놈이랑—비슷한 느낌이 드니까. 전혀 다르지 않아. 살아 있는 우리와."

히네가쓰는 잠시 우물거리고 나서 입속의 싫은 것을 뱉어내듯이 딱 잘라 말했다.

"마고베에 공동 주택에 있는 놈과는 달라. 그놈은 관리인 아저씨가 아니야. 나는 하지만—진짜 관리인 아저씨는—그런 놈에게 씌어서 틀림없이 무서웠을 텐데—나는 아무것도 할 수 없었어—."

"네가 나쁜 게 아니다, 애야, 누구도 어떻게 할 수 없었어."

오미쓰 씨가 그렇게 말하고 있다고 오린이 되풀이해서 전해 주자 히네가쓰는 오미쓰가 있는 곳 부근의 허공을 이상하다는 표정으로 바라보았다.
"어떻게 할 수 없었다……."
히네가쓰는 그제야 얼굴을 들고 오린을 보더니 희미하게 웃음을 지어 보였다. 오린은 그것을 두 배, 세 배로 부풀린 것 같은 큰 웃음을 돌려주었다.
"마고베에에게 씐 것은 고간지 절의 주지야."
긴장하는 기색도 없이 책을 읽어내려 가듯 조용하게 겐노스케는 말했다.
"우리가 여기에 이렇게 있는 이상, 주지의 혼이 남아 있어도 이상하지는 않지. 삼십 년 전의 화재에서 살아남아 관리의 눈을 피해 도망쳤다가 바로 얼마 전에 죽었는지, 아니면 더 이전에 죽어서 떠돌고 있었는지, 마고베에에게 씌이기 전에는 다른 누군가에게 씌어 있었는지ㅡ."
"어느 쪽이건 혼만 남은 주지는 고간지 절로 돌아온 거다."
와라이보는 눈을 한층 더 굳게 감았다.
"자, 우리는 어떻게 하면 좋을까?"
마고베에 공동 주택에 따라온 오우메는 누구보다도 빨리 마고베에의 몸에 주지의 혼이 옮겨갔음을 알았을 것이다. 그리고 오린 일행을 도망치게 해 주었다. 오우메는 지금 어쩌고 있을까? 주지는 지금 어디에 있을까?
복도에서 쿵쾅거리는 발소리가 났다. 누군가가 꺄악 하고 소리를 지른다. 오쓰타의 목소리인가? 오린과 히네가쓰는 펄쩍 뛰어오를 만큼 놀라서 서로에게 매달렸다.

"방금 그것은 뭐지?"

겐노스케의 목소리가 들려온다. 그리고 거의 동시에 장지문이 드르륵 열렸다.

눈앞에 마고베에가 서 있었다.

27

"이런 곳에 모여 있었나?"

종이 묶음을 사락사락 흔드는 것 같은 쉰 목소리였다. 그러면서도 확실하게 귀에 들린다. 마고베에의 얼굴은 웃고 있지만 눈 밑에는 또렷하게 그늘이 져 있다. 그 그늘은 마치 살아 있는 생물처럼 얼굴 위에서 꿈틀거리며 오린이 불길하게 생각하는 갖가지 모양을 만들고, 마고베에의—아니, 한때 마고베에였던 사람의 얼굴 위를 마구 설치고 있었다.

그때 후네야 사람들이 달려왔다.

"오린!" 하고 부른다. 다이치로의 목소리다. 바깥에 나갔다가 돌아온 모양이다.

"이봐, 당신은 대체 뭐야? 갑자기 들어와서—."

다이치로가 고함치면서 마고베에의 등에 달라붙었다. 다이치로는 힘이 세다. 마른 나무처럼 야윈 마고베에가 당해낼 수 있을 리 없다.

하지만 마치 어깨 위에 흩어진 꽃잎이라도 털어내듯이 마고베에가 아무렇게나 어깨를 흔들자 다이치로는 어이없게 튕겨 날아가 복도에 굴렀다.

"아버지!"

마고베에는 유유히 방 안으로 들어와 오린과 히네가쓰를 중심으로 모여 있는 젠노스케 일행 주위를 놀리듯이 반 바퀴 돌더니 살창을 등지고 섰다. 아아, 귀신이다, 하고 오린은 생각했다. 마고베에 씨의 몸을 빌리고 있기는 하지만 몸에 두르고 있는 차가운 바람은 틀림없는 망자의 것이다. 오미쓰처럼, 젠노스케처럼 싸늘한 바람을 잊게 해 주는 따뜻한 웃음이 거기에는 없다.

시치베에가, 다이치로가, 오사키가, 다에가 방 안으로 몰려들어 왔다. 순식간에 오린과 히네가쓰는 귀신들뿐만 아니라 오린의 가족 모두에게 단단히 에워싸였다.

오쓰타는 문지방 있는 데서 다리가 풀려 쓰러져 있다. 오쓰타의 얼굴이 왜 저렇게 새하얘졌을까?

"여기까지 오는 데 참 오래 걸렸어."

마고베에의 얼굴, 마고베에의 목소리로 그것은 말하기 시작했다.

"여기에 너희가 있다는 사실은 전부터 알고 있었는데 말이야. 이렇게 얼굴을 뵈러 오기까지는 생각보다 시간이 걸리고 말았어."

"관리인 아저씨." 히네가쓰가 헛소리처럼 불렀다. "관리인 아저씨 아니에요?"

"가엾게 됐구나, 꼬마야." 마고베에의 얼굴이 징그러운 웃음으로 무너졌다. "네 관리인 아저씨는 이제 없어. 쫓아내기까지 꽤 고생했지. 영감탱이가 되어서도 만만치 않은 놈이었거든."

오린은 호흡을 가다듬었다. 떨리는 목소리는 내고 싶지 않았다. 화살처럼 날아가 꽂히는 목소리를 내고 싶었다.

"당신은 고간지 절의 주지지요?"

마고베에는 오린을 보았다. 그가 쳐다보니 소름이 돋았다. 저 텅 빈 안구. 안쪽에서 무언가가 분명히 꿈틀거리고 있다.

"다 알아요!" 오린은 노력했다. "이제 와서 이 세상에 무슨 볼일이 있다는 거지요? 뭘 하러 왔어요! 마고베에 씨의 몸을 돌려줘요!"

허리에 손을 대고 마고베에—아니, 고간지 절의 주지는 느긋하게 웃었다.

"위세 좋은 꼬마 아가씨로군. 이래서 오우메도 위협할 수 없었던 거겠지."

오우메? 그렇다, 오우메.

"오우메는 어디 있어요? 그 아이를 어디로 보냈어요?"

"어디에도 보내지 않았어. 이 근처에 있겠지. 나는 이제 와서 그 녀석을 해칠 수도 없으니까."

미세한 것을 재듯이 눈을 가늘게 뜨고 마고베에를 가만히 바라보던 겐노스케가 천천히 몸을 일으키면서 말했다.

"그날 밤—나는 너를 베었다."

오린은 깜짝 놀라 겐노스케를 올려다보았다. 다이치로와 다에가 오린을 껴안았다.

"괘, 괜찮아요, 아버지, 어머니. 보이지 않으시겠지만 여기에는 저랑 사이좋은 귀신들이 있어요. 그러니까 걱정할 필요 없어요!"

다이치로와 시치베에는 또다시 오린이 제정신인지 걱정하는 것처럼 갑자기 몸을 뒤로 물렸다. 하지만 다에와 오사키는 달랐다. 그렇구나! 하고 다에가 외치자 오사키가 손뼉을 쳤다.

"지난번과 똑같은 거지, 오린?"

"응!"

젠노스케는 우뚝 서서 마고베에와 마주하고 있었다.

"생각났어―."

그 목소리는 낮지만 망설이거나 겁먹은 기색은 조금도 없었다.

"나는 실패하지 않았어. 분명히 널 베었다. 그래서 너는 삼십 년 전의 그날 밤에 목숨을 잃었어. 그렇지?"

마고베에의 입이 휘어졌다. 젠노스케를 비웃고 있다.

"잊고 있었나? 한심하군."

"나는 너를 베었어―."

"그래, 너는 나를 베었다. 내 몸은 죽었어. 하지만 혼백은 남았지. 너희와 똑같이 말이야."

"나도, 여기 있는 안마사도." 오미쓰가 말하며 와라이보의 어깨에 슬쩍 손을 올려놓았다. "당신 손에 걸려 죽었군."

"너희도 기억하지 못하는 거냐?"

"무서웠기 때문에 잊어버린 건지도 모르지. 그렇지요, 와라이보 씨?"

와라이보는 슬픈 듯이 고개를 저을 뿐이었다.

"바로 얼마 전까지 여기에는 망자가 한 명 더 있었어." 젠노스케가 말했다. "네가 살인 도구로 쓰던 남자다. 기억하나? 역시 삼십 년 전 그날 밤에 나는 그 남자를 베어 죽였어."

마고베에의 공허한 눈이 깜박거리고 빛이 돌아왔다.

"아아, 그 천치? 그 녀석은 내가 부리기 전부터 살인자였어."

"본인도 그렇게 말하더군. 하지만 이곳에서 후네야 사람들을 만나서 자신이 저지른 죄를 마음에 똑똑히 새길 수 있게 되어 편안하게 서방정토로 떠났어."

"정토라고?" 마고베에는—아니, 고간지 절 주지의 혼백은 마고베에의 목소리를 빌려 침이라도 뱉을 듯이 되풀이했다. "정토라고?"

정토 따위 없다고 주지는 힘주어 단언했다. 눈이 빛나고 주지의 몸속에 힘이 가득 차는 것 같았다.

"정토 따윈 없어. 왜냐하면 부처 따윈 없기 때문이다. 부처의 가르침은 다 속임수야."

"당신은 스님이었잖아요!" 오린이 견딜 수 없어서 소리를 지르자 주지는 크게 손을 휘둘렀다.

"승려였기 때문에 아는 거다! '부처'가 중생을 속이기 위해 지어낸 이야기임을 꿰뚫어 볼 수 있었던 거야!"

"그런 바보 같은—." 시치베에가 신음하듯이 말했다. "대체 어찌된 일이지? 이 남자는 누구냐, 오린?"

오린은 시치베에에게 대답할 여유가 없었다. 주지의 혼백이 내뿜는 강한 악의를 받아내는 것만 해도 힘에 겨웠다.

"부처 따윈 없어. 어디에도 없어. 나는 확인했다. 많은 사람들을 죽이고 그 피를 이 몸에 뒤집어씀으로써 확인했어. 사람을 베고, 사람을 찌르고, 목을 조르고, 불태우고, 뼈를 부숴 버리면서도 나는 늘 묻고 있었지. 큰 소리로 묻고 있었어. 부처님은 계십니까. 계신다면 당장이라도 제 눈앞에 나타나서 제게 어울리는 벌을 주십시오. 하지만 부처는 나타나지 않았어. 불러도 불러도 나타나지 않았어. 나타나지 않았기 때문에 나는 살생을 계속하고, 계속 부르다가 결국 목소리가 갈라지고 만 거다!"

오쓰타가 깜짝 놀라 비명을 지르며 머리를 끌어안고 몸을 웅크렸다. 시치베에도 다이치로도 얼어붙은 것처럼 움직이지 않는다. 오사키와 다에는 오린과 히네가쓰를 가운데 두고 두 사람을 함께 감싸듯이 단단히 껴안았다.

"그런 것을 위해서 살인을……."

오미쓰의 목소리에 덮어씌우듯이 등 뒤에서 다른 목소리가 들려왔다.

"아버지."

오우메였다. 오우메가 똑바로 주지를 응시하며 거기에 서 있었다.

"아버지."

오우메는 다시 한번 불렀다. 그리고 작은 발을 움직여 방 안으로 스르륵 들어와 똑바로 마고베에에게 다가갔다.

"오우메가…… 주지의 아이……."

오미쓰가 멍하니 중얼거리며 오우메의 작은 등을 바라본 채 한 발짝 비틀거렸다.

"아아, 그랬구나…… 그래서 너는 여기에 있었던 거야……."

오우메는 몸 옆에서 작은 주먹을 움켜쥔 채 겁먹은 기색도 없이 마고베에의 얼굴을 올려다보고 있다. 그러자 마고베에는―마고베에의 몸을 빌린 주지는 마른 뺨에 희미하게 웃음을 지으며 말을 내뱉었다.
"나는 부처를 섬기는 몸. 아이 따윈 없다. 아니, 아이 따윈 필요 없어."
"필요없다니, 그래도 당신은 부모잖아?"
겐노스케의 물음에 마고베에는 오우메를 바라보며 대답했다.
"절에 들어온, 어디서 굴러먹던 말 뼈다귀인지도 모르는 여자가 낳은 아이야. 그래도 내 아이라고 주장하니까, 아이라면 내가 부처를 구하는 데 도움이 되겠다고 생각했을 뿐이지."
"그래서 죽였다는 거냐? 그래서 이 아이를 해쳤어?"
마고베에는 천천히 몸을 굽혀 오우메에게 얼굴을 가까이 했다. 모래 속에 섞인 한 톨의 밤을 찾는 것 같은 눈빛으로 오우메의 눈동자 속을 들여다보고 있다.
"오우메." 그가 말했다. "너는 부처를 만났니? 우물 밑에서 네 탄식을 듣고 부처님이 모습을 나타내더냐?"
오우메는 동요하지 않았다. 그 눈은 깜박이지도 않았다.
"가르쳐다오, 오우메. 너는 부처를 만났니?"
주지는 되풀이해서 물었다.
"무도하게 목숨을 잃은 어린아이의 목소리는 부처님께 닿았니?"
오우메의 입술이 움직이고 목소리가 나왔다.
"나는 아버지를 불렀는데."
주지는 몸을 일으켜 오우메에게서 떨어졌다.
"나는 아버지를 불렀는데 아버지는 어디에 있었어요?" 오우메가 말을 이었다. "나는 아버지를 찾았는데 아버지는 어디에 있었어요? 어디에서 귀를 막고 눈을 감고 있었어요?"

오우메는 탄식하듯이 천천히 고개를 저었다. 오린은 떨림을 억누르지도 못하고 오우메의 작은 등을 바라보았다. 아버지에게 살해된 아이. 살해되어 우물에 버려지고, 머리 위를 달이 돌고, 이윽고 차가운 물이 아이의 몸을 씻고, 뼈를 씻고, 그동안에도 내내 아버지를 부르고 있었다.

"아버지는 부처님을 찾고 있었어요?" 주먹을 흔들며 오우메는 외쳤다. "부처님은 내내 여기에 있었어요. 여기에도, 거기에도 계셨어요. 없었던 것은 아버지예요!"

갑자기 오우메의 눈동자가 빛났다. 눈부실 정도로 하얀 빛이 새벽의 첫 햇빛 한 줄기처럼 터져나와 날카롭게 주지의 눈을 쏘았다.

"오, 오오!"

주지는 양손으로 얼굴을 덮고 비틀거리며 엉덩방아를 찧었다. 거기에 오우메가 돌진했다.

"오우메!"

오린은 겨우 몸이 풀려서 외쳤다. 놀라서 우두커니 서 있는 일동 앞에서, 오우메는 다다미를 긁다시피 하며 일어서려고 버둥거리는 주지의—마고베에의 말라빠진 몸 위로 원숭이처럼 쪼르르 기어올랐다.

"무슨 짓이야!"

오우메는 마고베에의 어깨 위에 걸터앉더니 양손으로 머리를 움켜쥐었다. 마치 목말 같다. 다만 보통의 목말과는 달리 오우메의 가

날픈 손이 마고베에의 눈을 완전히 덮고 있다.

"자, 아버지."

빛나는 밝은 눈을 크게 뜨고 오우메는 소리 높여 외쳤다.

"오우메가 아버지의 눈이 되어 드릴게요! 오우메가 아버지의 귀가 되어 드릴게요. 자, 일어서세요. 자, 가요! 아버지, 지금까지 보이지 않았던 것을 오우메가 전부 다 보여 드릴게요."

"그, 그만둬! 놔!"

주지는 비틀거리며 무릎을 꿇고 일어서서 벽에 손을 짚더니 또 비틀거리며 기세를 이기지 못해 장지문을 뚫고 말았다.

"아버지! 아버지!"

오우메는 주지의 어깨 위에서 뛰듯이 움직이고 있다. 그러나 그의 눈을 덮은 손만은 찰싹 달라붙어 떨어지지 않는다. 오우메의 하얀 다리는 족쇄처럼 주지의 목에 단단히 감겨 움직이지 않는다.

"자, 보여요. 여기에 몇 명이 죽어 있지요? 아버지가 목을 조른 사람이 한 명. 아버지가 물에 빠뜨린 사람이 한 명. 저기에도, 여기에도, 보세요, 뼈가 보여요, 머리카락이 보여요!"

주지는 주정뱅이 같은 발걸음으로 저리 구르고 이리 비틀거리며 방 안을 헤매고 있다. 그의 다리가 비틀거리며 복도로 나가자 오우메는 꺅꺅거리며 기뻐했다.

"보세요, 아버지! 여기에는 아이들이 많이 있어요! 아버지가 굶긴 아이들이에요."

"그만해, 그만해."

이제 주지는 당황하고 있었다. 오우메에게 지고 있었다.

"저쪽에는 스님이 있어요. 동자승도 있어요!"

오우메는 그리운 친구라도 발견한 것처럼 기뻐하며 소리 지른다.

"보세요, 아버지! 보이지요? 모두 여기에 있어요. 아버지가 죽여서 버린 사람들이 모두 여기에서 아버지를 기다리고 있었어요!"

"이봐." 겐노스케가 희미하게 떨리는 목소리를 냈다. "우리도 오우메의 뒤를 따라가자."

오미쓰와 와라이보가 천천히 움직이기 시작했다. 오미쓰는 와라이보의 손을 잡았다. 겐노스케를 선두로, 세 사람은 오우메를 어깨에 올려놓은 주지 뒤를 천천히 쫓기 시작했다.

오린도 살며시 일어섰다. 다에가 소매를 세게 당겼다. 오린은 어머니를 돌아보았다.

"괜찮아요. 어머니, 같이 가요."

오린은 한 손으로 어머니의 손을 잡았다. 나머지 한 손으로 곧장 아버지의 손을 잡으려고 했지만 그때 바로 옆에서 흰자위를 드러내며 떨고 있는 히네가쓰를 알아차렸다.

"히네가쓰, 손을 내밀어!"

오린은 그를 질타하며 손을 잡았다. 히네가쓰의 눈이 깜박거리고 검은자위가 눈동자 한가운데로 돌아왔다. 그러고는 덜덜 떨기 시작했다.

"아버지, 히네가쓰와 손을 잡으세요!" 오린은 다이치로에게도 말을 걸었다. "함께 가요. 함께라면 괜찮아요. 오우메의 뒤를 따라가도록 해요!"

그 목소리에 격려를 받아 오사키가 시치베에의 손을 잡았다. 다리가 풀려 주저앉아 있던 시치베에가 아내를 올려다보며 입가를 떨었다.

"여보, 오린을 따라가요."

문득 보니 오쓰타가 바닥에 털썩 주저앉아 있었다. 안색이 완전히 창백하다. 넋을 잃은 듯이 눈을 크게 뜨고 있고 말을 걸어도 대답이 없다.

"가만히 내버려두도록 하지요."

오사키가 말하며 시선을 피했다.

그리고 모두 한덩어리가 되어 오우메와 주지 뒤를 쫓아갔다.

오우메는 주지를 재촉해서 계단을 내려가 아래층 방과 부엌, 복도 끝, 후네야 안을 빈틈없이 돌아다니게 했다. 거침없이 말을 모는 마부처럼 뒤꿈치로 주지의 가슴을 때리고 주지의 눈을 단단히 덮은 손에 힘을 주어 그의 머리 방향을 바꾸면서 이리로, 저리로. 넘어지고 비틀거리면서 나아가던 주지는 결국 비명 같은 소리를 지르기 시작했다.

"그만해, 놔!"

주지는 필사적으로 오우메를 떨어뜨리려고 했지만 오우메는 쉽게 그 움직임을 피하며 결코 주지에게서 떨어지지 않았다. 그러는 동안에도 내내 큰 소리로 계속 부르고 있었다. 여기에도 있어요, 저기에도 있어요!

그리고 부엌 옆 봉당 가장자리까지 왔을 때, 오우메는 오미쓰를 돌아보았다.

"오미쓰 씨, 오미쓰 씨는 여기에 있어요!"

오미쓰는 손으로 입가를 눌렀다.

"오우메……."

"여기에 잠들어 있어요. 여기에 뼈가 있어요. 오미쓰 씨의 빗과 함께 묻혀 있어요."

노래하듯이 말하고 오우메는 주지의 어깨 위에서 팔짝팔짝 뛰었다. 뒤꿈치가 주지의 가슴을 호되게 때리고, 그는 다시 몸의 방향을 바꾸어 이번에는 북쪽 뒷간 쪽으로 걸어가기 시작했다.

"와라이보 씨는 저쪽이에요!" 오우메가 외쳤다. "정원 나무 있는 데 있어요! 계속 있어요, 지금도 있어요, 생각났어요, 와라이보 씨?"

와라이보는 쪼그려 앉았다. 부들부들 떨고 있다. 오린은 그를 만지고, 구부린 등을 안아 주고 싶었다. 오린을 고쳐 준 손을 잡아 주고 싶었다. 위로하고 싶었다. 함께 떨어 주고 싶었다.

하지만 지금은 그저 슬퍼서 아무래도 그럴 수가 없었다.

"아버지, 아버지!" 오우메는 문 바깥으로 얼굴을 돌렸다. "절로 가요! 아버지의 절로 가요! 우리는 거기에 있어요! 아버지, 내 우물로 가요!"

주지는 맨발로 상인방에서 아래로 내려갔다. 열려 있는 문을 지나 오우메를 어깨에 태우고 밖으로 나간다.

"나는 싫어."

울부짖는 목소리가 들렸다. 히네가쓰였다.

"저것은 관리인 아저씨가 아니잖아? 하지만 관리인 아저씨야. 관리인 아저씨는 어떻게 되는 거야?"

그는 완전히 혼란에 빠져 있다. 갑자기 흘러넘친 눈물이 오린의 팔에도 떨어졌다.

오린이 뭐라고 말하기도 전에 다이치로가 히네가쓰의 어깨를 잡고 얼굴을 들여다보며 말했다.

"애야, 정신 똑바로 차려. 저것은 이제 네 은인인 관리인 아저씨가 아니야. 관리인 아저씨는 이미 죽었어."

"무서워요."

"모두 무서워. 하지만 같이 있으면 괜찮아. 너는 우리가 지켜 주마. 네게는 우리가 있어. 자, 가자. 관리인의 몸을 빼앗은 나쁜 놈이 어떻게 되는지, 끝까지 지켜보는 것이 네 역할이야."

히네가쓰는 잠시 동안 아래를 보며 울었다. 너무나 불쌍해서 오린도 목이 메어 오고 소리 내어 울음을 터뜨리고 말았다. 하지만 울면서도 히네가쓰의 손을 잡아당겼다.

일동은 햇빛 아래로 나갔다. 오우메와 주지는 이미 길을 건너, 지금은 화재가 번지는 것을 막기 위한 공터가 되어 넓게 풀이 우거져 있는 곳에 발을 들여놓고 있었다. 오우메의 선창에 맞춰 주지가 춤을 추고 있는 것처럼 보인다. 다리가 폴짝, 폴짝 뛰고 있다.

그 뒤를 아지랑이처럼 빛깔이 엷어진 겐노스케와 오미쓰, 와라이보가 따라간다. 그들의 모습이 흔들흔들 흔들린다.

"나는 마고베에 씨를 알고 있어!"

주지의 어깨 위에서 흔들리면서 오우메가 히네가쓰에게 말을 걸었다.

"마고베에 씨는 아버지를 막으려 했어! 아버지를 막으려고 했어!"

겐노스케가 걸음을 멈추고 풀밭을 바라보며 눈부신 듯이 눈을 가늘게 뜨더니 중얼거렸다.

"그래, 나도 기억난다. 내가 고간지 절에 쳐들어갔을 때 마고베에도 거기에 있었어. 절의 주방에 갇혀 있었지."

"겐노스케 님!" 오린은 힘껏 소리를 질렀다. "생각났어요? 삼십 년 전 밤의 일이 생각난 거예요?"

하늘을 올려다보는 겐노스케의 얼굴에 파란 하늘을 비춘 것 같은 상쾌한 웃음이 번졌다.

"주지는 내게 쫓겨 절에 불을 질렀어. 더러워진 절이 불타는 것은 내가 바라는 일이었지. 타오르는 불 속에서 나는 주지를 찾아 뛰어다녔어—."

그러다가 주방에 있는 마고베에를 발견했다. 그를 구해내고, 겐노스케는 계속해서 주지를 찾았다. 마고베에도 겐노스케를 도와 움직였다.

"나는 결국 주지를 발견하고 베어 죽였어. 어이없을 정도로 간단했지. 하지만 거기에 불에 탄 대들보가 떨어져 내렸어."

—나는 목숨을 잃은 거야.

마고베에는 무사히 도망쳤다. 다리가 타고 머리카락이 그슬린 채, 목숨만 간신히 건져 고간지 절 밖으로 도망쳐 나갔다. 그러나 그것으로 끝이 아니었다.

"아버지는 계속 마고베에 씨 안에 있었어."

뛰어오르고 때려서 주지를 춤추게 하며 오우메는 외쳤다.

"마고베에 씨에게 씌어 있었어. 아버지는 저세상에 가지 못하고 마고베에 씨 안으로 도망쳐 들어갔어. 나는 계속 아버지가 거기에 있다는 사실을 알고 있었어. 하지만 마고베에 씨는 아버지에게 지지 않았기 때문에 아버지는 밖으로 나올 수가 없었어. 마고베에 씨가 나이가 들어 돌아가실 때까지 몸을 빼앗을 수가 없었지."

그래서 나는 계속 기다리고 있었어!

"아버지, 아버지! 보세요, 우물이에요! 우물이 보여요!"

풀밭 한가운데에서 오우메는 환성을 질렀다.

"내 우물이에요! 나는 계속 저기에 있었어요! 아버지, 아버지! 자, 가요!"

"너, 너는―."

마고베에의 몸을 빌린 주지는 이제 격렬하게 숨을 헐떡이고 있었다. 안구 속에서 눈이 이리저리 떠돌고 입가에서 거품이 뿜어져 나온다.

"나, 는, 우물 같은 데, 들어가지 않아―."

"아버지, 우물에는 부처님이 있어요. 보세요, 저기예요! 바로 저기예요!"

오우메의 목소리를 들을 것까지도 없이 오린의 눈에도 우물이 보였다. 낡은 우물의, 돌로 된 가장자리. 썩은 밧이 그 옆에 떨어져 있다. 이끼가 끼고 오랜 세월의 먼지에 덮여 잊히고 말았다―.

"나는 계속 여기에 있었어요."

오우메는 그렇게 말하며 주지를 재촉했다.

"나는 여기에서 몇 번이나 부처님을 만났어요. 부처님은 여기에 있어요, 아버지."

"그만해―제발 그만해."

주지는 몸을 비틀며 저항했다. 힘이라면 오우메가 훨씬 더 약할 텐데, 그는 오우메를 당해내지 못한다. 갈지자로 왔다 갔다 하면서 점점 우물로 다가간다.

주지의 한쪽 다리가 가장자리에 걸렸다.

"오우메―."

부르고 나서 오린은 자신이 울고 있음을 깨달았다.

"이렇게 가 버리는 거야? 이제 못 만나는 거지?"

주지는 오린 일행에게 등을 돌리고 우물 가장자리에 섰다. 오우메는 그의 어깨 위에서 고개를 비틀어 오린을 돌아보았다.

"메롱!"

혀를 내밀고 큰 소리로 이렇게 말했다.

"나는 오린을 정말 싫어해! 정말, 정말, 정말 싫어!"

오린은 우두커니 선 채 눈물을 뚝뚝 흘렸다.

"너는 버려진 아이인 주제에 계속 아버지와 어머니가 있었잖아. 어째서 너는 아버지와 어머니에게 소중히 여겨지고, 나는 아버지에게 살해되어서 우물에 있어야 했지?"

아아, 그 말이 맞다. 어째서 그런 일이 일어나는 것일까. 어째서 어린 나이에 죽는 아이가 있는 것일까. 어째서 살인이 있는 것일까. 어째서 그것을 부처님은 용서하시는 것일까.

"오린, 따라오지 마!" 오우메는 목이 쉬도록 소리쳤다. "내가 제일 싫어하는 오린, 너는 살아 있으니까!"

그렇다. 오린은 살아 있다. 다른 사람들이 오린을 살게 해 주었다. 지금까지 계속. 앞으로도 계속.

"아버지, 가요!"

오우메가 주지의 어깨 위에서 폴짝폴짝 뛰었다. 주지는 잠시 동안 마고베에의 것인 다리를 버티고 우물 가장자리에서 멈추려고 허무한 노력을 했다.

"냐, 냐, 나는 싫어어어—."

절규. 그의 다리가 우물 가장자리에서 떨어지고, 다음 순간 주지는 오우메를 어깨에 태운 채 돌처럼 우물 속으로 떨어져 갔다.

주지의 비명이 꼬리를 끌며 희미하게, 희미하게 허공 속에 남는다. 그러나 점점 작아진다.

"나는 이 옆에서 죽었어." 겐노스케가 중얼거렸다. "생각났어, 생각났다고."

"겐노스케 님······."

오린은 떨리는 목소리로 그를 불렀다.

겐노스케는 천천히 고개를 돌려 눈물에 젖은 오린을 내려다보며 미소를 지었다.

"오린, 울지 마라. 우리는 이제야 길을 발견했어. 이런 이별은 축하해야 하는 거란다."

"하지만!"

오린은 다에의 손과 히네가쓰의 손을 뿌리치고 겐노스케 옆으로 달려갔다. 그러나 그를 만질 수는 없다. 껴안을 수도 없다.

"원래 우리가 이 세상에 머물러 있었던 것은 옳은 일이 아니었어. 주지가 떠난 지금이 우리도 떠날 때야."

어느새 오미쓰가 곁으로 와서 긴 머리카락을 살랑살랑 흔들며 오린 옆에 쪼그려 앉았다.

"오린, 작별이야."

오린은 아무 말도 하지 못한다. 말보다 먼저 눈물이 넘쳐날 것 같다.

"마지막으로 부탁한다. 오쓰타 씨라는 사람 말이야, 너무 화내지 말아 주렴. 하지만 너는 오쓰타처럼은 되지는 않겠다고 약속해 줘."

"응……."

"여자는 말이지, 연정 때문에 길을 잘못 들 때가 있어. 오쓰타도 그러한 견본이지만 그 정도는 죄가 가벼운 편이야. 나는 더 지독했어. 더 심한 짓을 몇 번이나 했지. 이 남자에서 저 남자로 옮겨 다니면서 연애니까, 사랑이니까, 여자한테는 그게 제일 중요하니까, 하고 바보처럼 착각하고 있었거든."

나는 분명히 여기서 죽었어. 고간지 절 주지에게 살해되어서. 오미쓰는 중얼거리고 빛이 눈부신지 눈을 가늘게 떴다.

"하지만 어째서 나는 여기에 있었을까. 우습지? 덥수룩이처럼 살인을 도울 수 있었던 것은 아니야. 겐 공이나 마고베에 씨처럼 그 사람을 퇴치하려고 한 것도 아니야."

"억지로 끌려온 거 아니에요?"

"아니." 오미쓰는 천천히 고개를 저었다. "나는 말이지, 오린. 생각났어. 나는 주지의 여자였던 거야. 주지가 싫증 나서 나를 살해할 때까지는, 잘못만 되풀이하던 내 인생에서 마지막으로 다다른 곳이 거기였어. 짐승만도 못한 놈의 정부 말이야. 그래서 나는 그 사람의 혼이 이 세상에 머물러 있는 동안에는 정토로 갈 수가 없었어."

이제야 떠날 수 있겠네. 하지만 오린.

"내가 생각날 때가 있다면, 한 소절 흥얼거려 주지 않으련?"

"오미쓰 씨."

와라이보는 벌써 우물 가장자리에 서서 아래를 들여다보고 있다.

"빨리 하지 않으면 오우메를 놓치고 말겠어. 저세상으로 가는 도중에 길을 잃는 것은 이제 질색이야."

갑자기 뒤쪽에서 큰 소리가 들려왔다.

"어―이, 어―이!"

일동은 돌아보았다. 나가사카다. 열심히 달려오다가 거기에서 멈춘 것 같았다. 옷자락이 흐트러져 있다. 시로도 있다. 오린을 발견하고 시로가 멍멍 짖었다.

"대체 무슨 일인가? 왜 그러지? 다 함께 거기서 뭘 하고 있나?"

나가사카 님은 칼자루에 손을 대고 당장이라도 이쪽으로 달려올 기색이다. 하지만 갑자기 눈을 부릅뜨더니 놀란 듯 소리를 질렀다.

"수, 숙부님? 숙부님 아니십니까?"

오린의 귓가에서 겐노스케의 목소리가 들렸다.

"아귀 얼굴의 조카를 잘 부탁한다. 저래 봬도 꽤 마음씨가 착한 놈이야."

그리고 명랑하게 소리를 돋우어 나가사카 몬도노스케를 불렀다.

"어이, 고타로!"

몬도노스케의 얼굴이 순식간에 울상을 짓는 어린아이처럼 일그러졌다.

"수, 숙부님……."

"오랫동안 마음을 어지럽혀서 미안하구나. 네 못난 숙부는, 죽을 때만큼은 그리 나쁘지 않았단다."

"숙부님. 저는."

몬도노스케는 비틀거리며 앞으로 나섰다. 겐노스케는 싱긋 웃었다.

"훌륭한 아내를 얻었더구나. 아니, 정말 부러운 일이야. 나가사카가가 관직을 반납하게 된 것은 내 책임이다. 미안한 짓을 했다만, 그래도 고타로, 가난한 생활이라도 그렇게 마음씨 고운 아내가 있으면 오히려 마음이 편해서 즐거울 테지."

몬도노스케의 어깨가 축 처졌다. 하지만 얼굴은 웃고 있다.

"숙부님은…… 정말로 제가 알고 있던 숙부님 그대로군요."

"음. 귀찮은 존재였던 나를 따라 준 사람은 너뿐이었어. 그러니 네가, 내가 죽기 전에 조금은 이 세상에서 도움이 되었다는 사실을 알아주는 것은 나쁘지 않지."

뒷이야기는 오린에게 물어보라며 겐노스케는 웃었다.

"나는 이제 가야 해. 지금까지 좀 지나치게 오래 있었거든."

오린, 잘 있어라, 하고 겐노스케는 마치 말 나온 김에 인사한다는 듯이 귓가에서 재빨리 속삭였다.

오린은 퍼뜩 놀라며 우물을 돌아보았다. 겐노스케의 등이 우물 속으로 사라지는 참이었다. 이어서 와라이보가 말했다.

"내 덕분에 건진 생명이니 소중히 하지 않으면 가만 안 둘 거다."

"와라이보 씨, 와라이보 할아버지."

오린은 저도 모르게 손을 내밀었다.

"괜찮겠어요? 정말 가 버리는 거예요? 성불 같은 건 하고 싶지 않다고 말했잖아요."

와라이보의 감은 눈꺼풀 밑에서 눈이 빙그르르 움직였다.

"내가 그런 말을 했나? 아아, 그러고 보니 그랬지."

"그래요, 그랬잖아요……."

와라이보는 오린의 울음 섞인 목소리에도 지지 않았다. 평소와 똑같이, 여전히 붙임성 없는 말투로 말했다.

"나는 고간지 절 주지의 병을 고쳐 준 적이 있어. 이 자랑스러운 손가락의 안마 치료로 말이야."

"네?"

"그 남자가 살인자라는 것을 어렴풋이 눈치 챘으면서도 고쳐 준 적이 있다. 그런 까닭으로 고간지 절에 드나들고 있었던 거야."

그래서 여기서 살해된 것일까.

"나는 그 남자의 머릿속도 고칠 수 없을까 생각하고 있었어." 와라이보는 중얼거렸다. "터무니없는 자만이었지. 결국 자만 때문에 목숨을 잃었어. 사람을 잘 고치는 자는 가끔 그런 자만에 발목을 잡히게 되지."

차분하고 깊은 목소리였다.

"지금까지 나는 이 세상에 발목이 잡혀 있었어. 그 남자의 집념이 이 세상에 남아 있었으니까. 이제 그것도 끝이다."

와라이보는 스윽 옆으로 움직여 우물로 다가갔다.

"너를 고칠 수 있어서 다행이야."

그런 말을 남기고 뛰어들었다. 싸늘하니 차가운 기척이 나고 오미쓰가 오린 옆을 지나간다.

"그럼 오린."

눈에 익었을 텐데도 여전히 넋을 잃을 정도로 아름다운 웃는 얼굴이 거기에 있었다.

"착한 아이가, 멋진 처녀가 되렴."

말릴 새도 없었다. 세 사람의 모습이 사라지고 오린은 소리를 지르며 뒤를 쫓으려다가 풀에 발이 걸려 앞으로 고꾸라졌다. 울며 일어서서 겨우 얼굴을 들어 보니 이미 우물은 사라지고 없었다. 보이지 않게 되었다.

"대체 어떻게 된 일이람."

몬도노스케가 달려와 창백해진 얼굴로 사람들을 둘러본다. 다에가 울고 있다. 히네가쓰가 떨고 있다. 시치베에와 오사키는 마주안고 주저앉아 있다.

"후네야는─."

변함없이 거기에 있었다. 수로의 물에 지붕을 비추며.

오린은 엉엉 소리를 내어 울었다. 히네가쓰도 함께 울음을 터뜨렸다.

풀이 술렁술렁 흔들리며 파릇한 냄새를 실어 온다. 머리 위의 하늘은 끝없이 밝고, 새 소리를 쫓아 시로가 또 멍멍 하고 짖었다.

마침내 텅 빈 후네야는, 오린 일행이 울음을 그치고 돌아오기를 참을성 있게 기다리고 있다.

28

다음 날 아침 일찍, 오쓰타가 후네야를 나갔다.

잠이 들면 도막도막 조각난 꿈만 꾸고, 그러면서도 내용은 잘 기억이 안 나서 오린은 멍한 채로 일어났다. 뒷문 앞에서는 오쓰타가 고리짝을 짊어지고 오사키와 시치베에게 인사하고 있었다.

오사키와 시치베에는 후네야에서 묵었다. 하지만 두 사람 다 역시 푹 자지 못했는지 부은 얼굴을 하고 있었다.

오쓰타는 하룻밤 사이에 홀쭉하게 야위어 왠지 작아져 있었다. 그런 아주머니를 차마 볼 수가 없어서—아주머니도 보이고 싶지 않을 거라는 생각이 순간 가슴을 스쳐서 오린은 기둥 뒤로 몸을 숨겼다.

"큰마님의 말씀이 옳았어요."

오쓰타가 쉰 목소리로 말했다.

"저는 어제—여러분이 밖으로 나갈 때 봤어요. 망자를."

어제 다 함께 손을 잡고 오우메와 고간지 절의 주지를 쫓아 밖으로 뛰어나갔을 때, 오쓰타는 복도에 쓰러져 있었다.

"그것은 정말…… 무서운 모습의 망자였습니다."

무서운 망자? 하지만 오쓰타에게 똑똑히 보였다면 그것은 오미쓰일 것이다. 덥수룩이가 긴지의 귀신을 퇴치한 그때, 오미쓰가 오쓰타 앞에 나타나 설교를 늘어놓은 것을 오린은 기억하고 있다. 두 사람이 품고 있는 같은 마음의 번뇌—누군가를 좋아하게 되고 그 누군가를 자신의 것으로 만들고 싶어서—설령 억지를 쓰더라도—.

"전에도, 잘 생각해 보면 그것 역시 망자였겠지요. 여자의 모습을 본 적이 있어요. 이상하게도 제가 다이치로 씨를 짝사랑하고 있다는 사실을 그 여자는 알고 있었어요."

오사키가 잠자코 천천히 고개를 끄덕인다. 그래, 그래, 그것은 오미쓰 씨다. 오린도 마음속으로 고개를 끄덕였다. 하지만 그렇다면 오쓰타가 어제 본 망자는 누구일까?

"어제 본 망자는, 모습만 보자면 살아 있는 사람과 다름이 없는 그 여자 망자와는 전혀 비슷하지 않았어요. 도깨비 같은—바싹 말라서 팔 같은 데는 뼈가 튀어나와 있고, 뾰족한 송곳니 같은 이를 드러내고 발은 진흙투성이인데다 두 손은 피투성이였지요."

말하다가 오쓰타는 몸을 부르르 떨었다.

"그것이 무섭게도, 지체 높은 스님인 양 호화로운 가사를 입고 있는 거예요. 찢어져서 너덜너덜하지만 금사와 은사가 섞인 무거워 보이는 가사를, 어깨에서 이렇게—."

오린은 앗 하고 소리를 지를 뻔하다가 손으로 입을 눌렀다.

어제 오쓰타 아주머니가 보았다는 것은 고간지 절 주지의 망자로서의 진짜 모습이 아닐까.

"그 망자는 어느 쪽으로 갔나요?"

오사키가 조용히 물었다.

"길을 건너, 저쪽 풀밭으로."

그렇다. 오우메가 데려갔다.

"무서웠어요. 정말로 무서웠어요."

오쓰타가 울음 섞인 목소리를 낸다. 오린의 가슴도 답답해졌다.

"큰마님, 괴물 같은 망자의 얼굴은 저와 꼭 닮아 있었어요."

"오쓰타……."

"그것이 무엇이었는지 저는 모릅니다. 하지만 도깨비와도 비슷한 얼굴은 분명히 제 얼굴이었어요. 그래서 저는 알았지요. 이것이 내 말로라고. 이대로 후네야에서 내 욕심만 챙기려고 하면 나는 틀림없이 이렇게 될 거라고. 왜인지는 모르겠지만 안개가 걷힌 것처럼 퍼뜩 깨달았어요. 그러고 나니 이제는 너무 무서워서 다리가 풀리고 말았습니다."

대체 오쓰타 아주머니는 무슨 말을 하고 있는 것일까. 아주머니는 아버지를 좋아해서 어머니를 방해로 여기기는 했지만, 그런 마음의 비틀림이 고간지 절 주지의 망자를 보는 것과 이어질 리는 없다. 왜냐하면 그 주지는 무서운 살인자고—.

"약은 전부 뒷간에 버렸어요. 죄송합니다."

오쓰타는 깊이 머리를 숙였다. 손으로 이마를 누르는 시치베에의 모습이 보였다.

"다에 씨에게 먹인 것은—아주 조금뿐이에요. 변명이 되겠지만 효과는 거의 없었을 겁니다. 저도 무서워서 많이는 먹일 수가 없었어요. 하지만 포기할 수도 없었지요. 다에 씨만 없어지면 된다, 지금이 좋은 기회라고. 그러니 어제 그런 일이 없었다면 저는…… 결국 엄청난 짓을 저지르고 말았겠지요."

오쓰타가 무슨 말을 하고 있는지 겨우 이해함과 동시에 오린은 그 자리에 힘없이 주저앉고 말았다.

오쓰타는 어머니에게 독을 먹여 죽이려고 했다. 어머니가 아파서

약을 먹고 있는 것을 기회로 거기에 독을 섞어서.

오쓰타는 살인자가 될 뻔했다. 그래서 어제의 그 찰나, 살인자 주지의 모습을 똑똑히 보고 말았던 것이다.

오미쓰가 걱정했던 것도 이런 것이었을까.

"당신은 열심히 일해 주었어요." 오사키가 온화하게 말했다. 탓하는 말투는 조금도 없다. "부디 마음의 미혹을 털어 내고 처음부터 새로 시작하도록 하세요."

오쓰타는 아무 말도 하지 않았다. 그저 머리를 숙이고, 그러고 나서 천천히 등을 돌려 돌아보지 않고 후네야를 떠나갔다.

여러 가지로 의지하고 있던 관리인을 잃고 어쩔 줄 몰라 하는 마고베에 공동 주택의 뒤처리에는 상당한 수고가 들었다.

그곳에서 실제로 일어난 일에 대해서는, 공동 주택의 사람들은 아무것도 모른다. 마고베에 씨는 삼십 년에 걸쳐 이곳의 저주라고 불러도 좋을 고간지 절 주지를 처치했다. 그 사실을 다른 사람들에게 알리는 편이 좋지 않을까. 오린은 그렇게 생각했다.

몬도노스케는 반대했다.

"이 눈으로 본 나조차 하룻밤이 지나고 나니 벌써 꿈이 아니었을까 하는 생각이 들 정도다. 말로 전하는 것만으로 공동 주택 사람들을 모두 이해시키기는 어려울 게야. 게다가 마고베에는 자신의 공을 자랑할 생각은 하지 않았을 테지."

뭐, 이런 일은 마을 관리에게 맡겨 두면 잘 처리해 주는 법이라며 몬도노스케는 태평하다. 하지만 그러면서도 후네야를 찾아와 이런 말을 했다.

"마고베가 죽어서 가쓰지로는 다시 외톨이일세. 그래서 말인데" 하고 턱을 긁적이더니, "나와 아내에게는 자식이 없네. 그러니 그 아이를 양자로 맞아 나가사카 가의 뒤를 잇게 하는 것도 나쁘지는 않을 듯싶은데."

오린은 깜짝 놀라 아버지와 어머니와 얼굴을 마주 보았다.

"다만, 보다시피 우리 집안은 가난뱅이 하타모토거든." 몬도노스케가 씨익 웃었다. "히네가쓰도 그런 곳에 가고 싶지 않다고 생각할지도 모르네. 게다가 그 녀석은 꽤나 부지런해서 매일 식사 준비나 집안일은 전부 혼자서 해 왔다더군. 공동 주택 사람들이 모두 그렇게 말했네."

"요리도 잘해요." 오린은 즉시 말했다. "쓰쿠네를 정말 잘 만들어요. 제가 봤는걸요."

"그렇다는군. 후네야의 주인장." 몬도노스케는 다이치로 쪽을 향했다. "그러니 어떻겠나? 가쓰지로를 맡아 후네야에서 가르쳐 보지 않겠나? 제몫을 해내는 숙수가 되려면 아직 시간이 걸리겠지만 그래도 자네의 일손 부족을 메울 정도의 일은 그 녀석도 충분히 할 수 있으리라고 생각하는데."

다이치로의 표정이 누그러졌다. 다에도 웃었다.

"아저씨가 제게 해 준 일을 그대로 돌려주는 셈이군요" 하고 다이치로는 말했다.

"아아, 그래. 게다가 듣자 하니 요릿집을 하는 것은 시치베에의 오랜 꿈이었다면서? 시치베에가 키운 자네와 자네가 키운 가쓰지로가 그 꿈을 이룰 수 있다면."

"이렇게 좋은 보은은 없지요." 다에도 고개를 끄덕인다. "게다가 가쓰지로 씨가 우리 집에 오면 오린도 좋지?"

그렇게 무조건 좋은 것은 아니다. 오린은 흥 하고 말했다.

"별로 그렇지 않아요."

"그래? 그 녀석은 좋아하던데."

"히네가쓰가? 나가사카 님, 이 이야기를 그 녀석에게 하셨어요?"

"했고말고. 후네야의 아이가 되면 어떠냐, 오린의 오라비가 되는 거라고 했더니 그 녀석은 얼굴을 새빨갛게 붉히고 좋아하던걸."

"그렇군, 오린의 오라비인가."

다이치로가 말하더니 생각에 잠긴 얼굴로 팔짱을 낀다.

"오라비보다 약혼자가 좋을지도 모르겠군."

말도 안 된다!

"싫어요, 아버지, 벌써부터 그런 거 결정하지 마세요!"

어른들이 웃는 바람에 오린은 방에서 뛰쳐나갔다. 복도를 달려가다 보니 바로 그 히네가쓰가 빗자루를 들고 태연한 얼굴로 봉당을 쓸고 있다.

"너, 그런 곳에서 뭘 하는 거야!"

오린이 갑자기 고함치자 히네가쓰는 눈을 휘둥그렇게 떴다.

"뭐냐니, 청소하는 거지."

"어째서 네가 우리 빗자루를 쓰는 건데."

"그야 이것밖에 없으니까. 나가사카 님이 여기서 기다리고 있어라, 그냥 기다리는 것도 아까우니 청소라도 하고 있으라고 하셔서."

오린은 봉당으로 뛰어내려가 그의 손에서 빗자루를 낚아챘다.
"아직 네 집이 된 것은 아니란 말이야!"
히네가쓰는 쩔쩔맸다. 눈가가 살짝 붉다.
"어? 하지만 나—. 그야, 그렇지. 나도 그렇게 뻔뻔스러운 생각은 하지 않았어."
갑자기 쓸쓸해 보여서 귀엽다. 불안하기도 하다. 오린은 쳐든 주먹을 휘두를 곳을 잃었다. 이런 것은 히네가쓰가 아니다.
"아아, 진짜 답답해 죽겠네."
오린은 큰 소리로 말하고 나서 퍼뜩 생각했다. 그렇다, 이렇게 하면 된다.
"메롱, 이다!"

그날 밤, 다들 잠들고 달님만이 깨어 있을 무렵에—.
오린은 머리맡에 인기척을 느끼고 벌떡 일어났다.
"여어, 안녕."
모르는 할아버지가 무릎을 모으고 얌전히 앉아 있었다. 반쯤 투명한 몸. 또 새로운 귀신이다.
하지만—싱글벙글 웃고 있는 얼굴의 팔자 눈썹이 왠지 낯익다.
"할아버지."
"이 얼굴, 기억나지 않니? 이미 잊어버렸나?"
자신의 손가락으로 콧등을 가리키며 할아버지는 웃는다. 눈썹이 더욱더 팔자가 된다.
"봄에 네가 다 죽어가면서 삼도천 강가에서 미아가 되었을 때, 할아버지랑 만났지 않니."

아, 맞다! 오린은 손뼉을 딱 치고 나서 저도 모르게 할아버지의 얼굴을 가리켰다.

"맞아요, 할아버지! 하지만 나."

할아버지의 팔자 눈썹이 눈에 익은 까닭은 그때의 일 때문만이 아니다. 왠지 아주 최근에 이 눈썹 모양을 본 듯한 기분이 든다.

오린의 마음을 읽은 듯 할아버지는 고개를 끄덕이며 말했다.

"내 이름은 마고베에다. 마고베에 공동 주택의 관리인이지."

그리고 당황한 표정으로 오린의 얼굴 밑에 손바닥을 내밀었다.

"오린이라고 했나? 너, 그렇게 눈을 크게 뜨니까 당장이라도 눈알이 떨어질 것 같구나."

전에도 누군가와 이런 대화를 하지 않았나?

이 얼굴이 관리인 마고베에 씨의 진짜 모습이다. 시체가 되어 오랫동안 안쪽에 붙들어 두고 있던 고간지 절 주지의 혼에 몸을 빼앗겼을 때의 얼굴과는 이목구비도 턱선도, 모두 다르다. 그때 진짜 마고베에의 희미한 그림자가 남아 있었던 것은 사람 좋아 보이는 이 팔자 눈썹뿐이었던 것이다.

"여러 가지로 고맙구나."

마고베에는 머리를 꾸벅 숙였다.

"네 덕분에 이 할아버지도 이제야 강을 건널 수 있게 되었어."

"마고베에 씨……."

이 사람은 오랫동안 고간지 절 주지의 혼을 몸속에 가둬 놓고 있었다. 그렇다, 처음 만났을 때에 삼도천 강가에서 모닥불을 쬐면서 말하지 않았던가. 할아버지는 나쁜 놈을 붙잡아 두고 있다. 하지만 녹초가 되기 때문에 가끔 이곳에 쉬러 온다고.

고맙다고 말해야 할까, 수고가 많으시다고 말해야 할까.

"고간지라는 절이 있었기 때문에, 그런 주지가 곁에 있었기 때문에 마고베에 씨는 힘든 일을 당했군요."

"글쎄다. 다 인연이겠지."

"하지만 마고베에 씨가 애쓰지 않았다면 훨씬 더, 얼마나 큰일이 일어났을지 알 수 없어요."

겐노스케가 말했다. 삼십 년 전의 화재가 있던 날 밤, 마고베에 씨는 고간지 절의 주방에 갇혀 있었다고.

"살해당할 뻔한 거지요?"

"나로서는 주지를 퇴치하러 간 것이었지만 검도 쓸 줄 몰라서야 어떻게 할 수도 없었단다. 나가사카 님이 와 주셔서 살았지. 그리고 화재를 틈타 목숨만 겨우 건져서 도망쳐 나왔어."

그런 마고베에 씨에게 주지의 혼이 덮쳐들어 씌었다―.

"가쓰지로는 알고 있겠지만" 하고 말하며 마고베에는 눈을 약간 내리깔았다. "이 할아버지도 계속 좋은 관리인이었던 것은 아니야. 젊을 때는 꽤 나쁜 짓도 했단다. 그렇기 때문에 최소한의 속죄로 마고베에 공동 주택 사람들을 위해 도움이 되는 일을 할 생각이었다만."

"나쁜 짓?"

"뭐, 여러 가지였어."

마고베에는 그렇게 말하며 기모노 소매를 살짝 걷었다. 오린은 희미하기는 하지만 거기에 둥글게 자리 잡고 있는 문신을 알아보았다.

유배를 갔었다는 증거다. 아아, 그렇구나.

"젊을 때 저지른 악한 짓이 마음의 빈틈이 되어서, 고간지 절 주지의 혼이 파고들게 되었을 테지. 나쁜 짓을 하면 반드시 스스로에게 돌아오거든. 가쓰지로에게도 그것을 잘 전해 주렴."

오린은 고개를 끄덕였다.

"오린, 네가 너와는 아무 관계도 없는 귀신의 모습을 모조리 보게 된 까닭은 한번 삼도천 강가에 왔었기 때문이야. 그리고 이 마고베에를 만났기 때문에 고간지 절과 관련된 귀신이 모두 네게는 보였던 거란다."

마고베에의 말에 오린은 아무 말도 없이 그저 멍하니 있었다. 그것이 답? 그런 거예요?

"게다가 그때 물을 핥았잖니. 그것도 문제였어."

하지만 그것도 이제 끝이라고 마고베에는 상냥하게 말했다. 전부 다 끝났다.

풀리지 않았던 수수께끼의 마지막 하나가 봄의 잔설처럼 깨끗하게 사라졌다.

"가쓰지로는 비뚤어진 녀석이지만 심성은 착하단다. 사이좋게 지내 주렴."

이야기하면서 마고베에 씨의 모습이 더욱 엷어져 간다.

"벌써 가시는 거예요?"

"꽤 오래 머물렀으니까."

그렇지, 그렇지—하며 허리에 손을 대고 띠에 꽂아 두었던 곰방대를 빼냈다. 자루 부분에 용이 새겨져 있다. 아아, 이것도 전에 그

강가에서 본 기억이 있다.

"가쓰지로에게는 아무것도 남겨 줄 수 없었다만, 이것이 유품이야. 오랫동안 이 할아버지가 부려먹었거든. 그 녀석에게 좀 전해 주겠니?"

오린은 담뱃대를 받아들었다. 싸늘한 감촉. 꽤 무겁다.

그러자 마고베에는 사라졌다. 오린은 눈을 깜박이며 방을 둘러보았다.

그럼 이만—하는 목소리가 작게 들린 것 같은 기분이 들었다. 그 뒤에는 그저 창백한 달빛이 비쳐들 뿐이다.

안녕. 오린은 작게 중얼거리며 한동안 그렇게 달빛 속에 앉아 있었다. 히네가쓰에게 뭐라고 말하면서 이것을 건넬까. 마고베에 씨가 어떤 사람이었는지, 늘 둘이서 어떻게 지내고 있었는지 물어보면 가르쳐 줄까? 히네가쓰 녀석, 유품을 받고 울상을 짓지는 않을까. 그러면 어떻게 위로해 준담.

두서없이 그런 생각을 하던 중에 다시 잠들고 말았다. 이제 꿈도 꾸지 않는다. 귀신도 만나지 않는다. 삼도천 강가에 다다르는 일도 없다. 지극히 자연스럽고 편안한 잠. 조용하고 규칙적인 숨소리. 아침이 되어 눈을 뜨고, 새로운 후네야의 하루가 시작될 때까지.

안녕히 주무세요.

초판 1쇄 발행 2009년 8월 14일
10 9 8 7 6 5 4 3   쇄

지은이 미야베 미유키
옮긴이 김소연

발행편집인 김홍민 · 최내현
편집장 임지호
책임편집 추지나
마케팅 유덕형
표지디자인 이혜경디자인
용지 화인페이퍼
출력 한국커뮤니케이션
인쇄 현문
제본 현문
독자교정 김은모 이하나 이효령 이효민

펴낸곳 도서출판 북스피어
출판등록 2005년 6월 18일 제105-90-91700호
주소 (121-130) 서울특별시 강남구 논현동 77-1 디자인 빌딩 3층
전화 02) 518-0427
팩스 02) 701-0428
홈페이지 www.booksfear.com
전자우편 editor@booksfear.com

ISBN 978-89-91931-57-0 (04830)
        978-89-91931-29-9 (세트)

책값은 뒤표지에 있습니다.
파본은 구입하신 곳에서 교환해 드립니다